«PANDORA»

Della stessa autrice
(anche in ebook)

DEVIANT 1 – ECLISSI DI MARTE
DEVIANT 2 – SPECCHI DI VENERE
DEVIANT 3 – COSMOGONIA
DEVIANT 4 – SATELLITE

ELLIE B. LUIN

DEVIANT 2

Specchi di Venere

Sperling & Kupfer

Avvertenza
Questo romanzo contiene la trattazione di tematiche delicate e la descrizione di scene esplicite. Se ne consiglia la lettura a un pubblico maturo e consapevole.

Pubblicato per

Sperling & Kupfer

da Mondadori Libri S.p.A.

DEVIANT 2 – SPECCHI DI VENERE

ISBN 978-88-200-7721-1

I Edizione settembre 2023

Anno 2025-2026-2027 - Edizione 11 12 13 14 15 16 17 18 19

A chi ha la forza di bruciare per illuminare il buio
e a chi ha il coraggio di restare in una notte senza stelle.

1

I may be evil and I may be vile

«Avrei potuto, con la mia superbia che domina dall'alto le nuvole e i demoni, limitarmi a distogliere il mio sguardo sovrano, se non avessi visto in quella turba oscena (e tanta infamia al sole non ha storto il cammino!) lei, la mia regina dagli occhi senza uguali, ridere con loro della mia angoscia, e a tratti chinarsi su di loro in immonde carezze.»

C. Baudelaire

Mavor ♂

TRECENTOCINQUANTADUE.

Le cause penali che ho vinto, con sentenza definitiva, senza possibilità di appello della controparte.

Centoquindici.

Le aule di tribunale di tutto il Paese da cui sono uscito vittorioso.

Cento e lode.

Il mio voto a Oxford, il massimo, *ça va sans dire.*

Ventisette.

I miei anni.

Ventisette, esattamente come i gradini che portavano al mare dalla scogliera.

Qualcuno avrebbe detto che era destino, ma io credevo solo all'universo governato dal caos.

Quelle scale le aveva fatte costruire mio padre per garantirci un accesso al mare: avevo contato i passi per scenderle tantissime volte, quando ero ancora un ragazzino, finché le volte non si erano fatte sempre più rare, finché giù in spiaggia non avevo smesso di scenderci e basta.

Quella volta, io quei gradini non li contai. Li percorsi così rapidamente che mi sembrarono cinque: forse la scala si era accorciata o forse le mie gambe si erano allungate o forse ero di fretta come non lo ero mai stato.

Cinque, come i minuti che erano passati dal momento in cui avevo sentito sbattere il portone della mia casa e una tenaglia si era stretta attorno alla mia fottuta gola.

Cinque, come i minuti che mi ci erano voluti per capire che *non avrei dovuto* lasciarla andare.

Cinque, come i minuti che erano trascorsi per capire che avrei dovuto fare qualcosa e mi è testimone il demonio di quanto io nella mia vita abbia spesso peccato di mancanza di tempismo. E non sapevo ancora bene il perché mi ero ritrovato a correrle dietro quando nella mia vita non ero mai corso dietro nemmeno alla mia ombra.

Quella spiaggia era immensa ma ne conoscevo ogni anfratto, ogni singola increspatura delle onde, sapevo come la corrente le avrebbe fatte infrangere contro quell'angolo di scoglio contro cui mi ero sbucciato un ginocchio: io sapevo *tutto*, di quel luogo. Eppure Venus non era lì.

Quando arrivai lì mi accorsi di essere solo: quel luogo brulicava di mulinelli di vento e desolazione, timidi rivoli di sabbia si sollevavano dalla superficie ma per il resto era talmente deserto da sembrare senza vita, come un pianeta spopolato, lontano anni luce dal nostro. Misi le mani in tasca e osservai le nubi che gorgogliavano sopra un mare incazzato che rifletteva il mio umore.

Pensavo che l'avrei trovata lì, ma cosa avrei pensato di dirle, esattamente? Che era una stupida ragazzina e che metteva a dura prova la mia pazienza? Che mi doveva una bottiglia di vodka che avevo comprato a un'asta a Manchester e che apparteneva alla collezione privata di Ringo Starr? E lei se l'era probabilmente scolata assieme a quel pallone gonfiato di Braiden Cadogan?

Non riuscivo a togliermi dalla testa la visione di Venus con la faccia di lui affondata tra le sue gambe, quel ricordo disgustoso mi faceva ribollire il sangue nelle vene.

Mentre seguivo il volo di una piccola capinera in difficoltà, che non riusciva a reggere la tormenta e sbatteva le minuscole ali con un disperato attaccamento alla vita, qualcosa attirò la mia attenzione. Una macchia scura di un qualcosa che galleggiava nel mare.

Affilai lo sguardo mentre il vento, sempre più gelido, mi tagliava il viso. Il mio cuore si stritolò in una morsa dolorosa e mi balzò in gola. Perché non era una macchia di pece, né una di benzina, ma su di me fece lo stesso effetto che se ne avessi ingoiato un litro intero.

Erano i suoi capelli corvini, una macchia indistinta come piume di cigno nero.

Quel corpo era il corpo di una ragazza.

Quel corpo era Venus.

Vidi un'onda schiantarsi addosso alla sua sagoma inerme quando, senza nemmeno rendermene conto, mi ero già buttato in acqua. Conoscevo ogni corrente di quel mare ma la mente non ragionava. I miei calcoli non sarebbero serviti, la logica mi aveva abbandonato. L'acqua era gelida e quella corrente la trascinava sempre più lontano, e io riuscivo ad afferrarla a malapena con gli occhi intrisi di sale.

Chiesi ai miei muscoli uno sforzo sovrumano. Non lo chiesi, lo *pretesi*.

Non avrebbe vinto la tempesta.

Non l'avrei lasciata lì da sola.

Più veloce. Nuota più veloce. Devi essere il più veloce di tutti, Mavor.

Sentivo la voce di mio padre rimbombarmi nelle orecchie mentre le onde mi schiaffeggiavano senza pietà.

La corrente mi spinse nella sua direzione, non urlavo per risparmiare il fiato e quando finalmente riuscii ad arrivare al suo corpo e ad afferrarlo, rigirandomi verso la riva, mi resi conto che l'impresa impossibile sarebbe stata tornare indietro.

La voltai e le guardai il viso spento senza alcuna traccia vitale, addormentato in un sonno inquietante. Dovevo tenere a galla entrambi mentre la risacca, accanita, ci respingeva alla deriva.

Ma io conoscevo quel posto. Conoscevo quelle correnti, anche le più malevole. Non avrei nuotato verso la spiaggia, ma verso la secca attorno agli scogli.

L'ululato di quel mare crudele mi sciabordava nelle orecchie e non so dirlo cosa mi spinse ad andare avanti con il corpo di Venus tra le braccia e quel modo disperato e affannoso in cui mi ero messo a nuotare, ma riuscii a toccare il fondo con il piede e mi ci aggrappai con tutta la forza della disperazione che avevo.

Riuscii ad arrivare sulla terraferma e la sollevai tra le braccia, cercando di vedere se fosse ferita. Mi parve per un istante che il mio fisico avesse dato tutto ciò che poteva, ma le difficoltà erano appena iniziate, perché le membra di Venus non accennavano a dare segni di vita.

Era eterea, svanita, sembrava quasi trasparente nei suoi abiti grondanti d'acqua e appiccicati al corpo. La presi in braccio, pesava il doppio con i vestiti inzuppati ma mi parve ancora una volta leggera come una piuma, dopo quello sforzo sconvolgente che avevo fatto per portarla sulla terraferma tutto il resto sembrava quasi facile. La tentazione di sdraiarla sulla spiaggia per provare a rianimarla era forte, ma non avevo più fiato nemmeno per me stesso.

Il petto cercava di recuperare ossigeno come impazzito, il vento sciabolava impietoso contro i nostri corpi e qualcosa d'istintivo, una voce inafferrabile, mi disse che avrei dovuto solamente mettermi a *correre*.

Grondavamo di acqua e pioggia, strinsi quel corpo gelido contro di me e non pensai nemmeno a cosa avrei dovuto fare. Corsi con quella ragazza in braccio e per la prima volta dopo un milione di anni implorai qualcosa, o qualcuno, chiunque fosse in ascolto io lo supplicai. Io, che non credevo in niente, mi ritrovai a pregare.

Avevo lasciato il portone socchiuso per poter rientrare senza chiavi, gli assestai un calcio secco e lo spalancai per entrare.

«Nolan! Lucky!» mi misi a gridare, e a quel punto fu tutto confuso.

Scesero giù dalle scale, attirati dalle mie urla disumane. Il volto di Lucky impallidì a vedere Venus tra le mie braccia.

«Che succede?»

«Oh mio Dio, Venus!»

Mi vennero incontro entrambi, mentre io non riuscivo più a parlare dallo sforzo.

«Ma cosa... cosa è successo?»

«Porta delle coperte! Sbrigati!»

Aveva le labbra blu, le palpebre violacee, e qualcosa ricominciò a martellarmi nel petto come un'eco lontana che risaliva a galla da un abisso oscuro. Una sensazione indicibile di impotenza, una frustrazione selvaggia che mi dannava dall'eternità. Il timore orribile di fare il possibile per qualcuno e vederlo comunque spegnersi come una fiammella quando la miccia è stata accorciata troppo.

La feci stendere sul divano ricoperto con il telo, dopodiché mi allontanai dal suo corpo senza smettere di tenerle gli occhi addosso.

«Venus? Venus, mi senti?» Gli occhi di Lucky stillavano lacrime di disperazione, si riempirono di liquido denso e trasparente e qualcosa mi ribaltò lo stomaco. «Che cosa è successo?»

Me ne stavo immobile, a distanza, a osservarla impotente in quello stato senza riuscire più a muovere un dito. Rarefatta in uno spettro di straziante bellezza, mi dannai nel pensare a quanto persino la morte apparisse attraente addosso a lei.

«Non lo so. L'ho trovata in mare aperto.»

«Venus! Ti prego, svegliati!»

Ti afferra quel polso gracile, la mia mente si muove a ritroso e mi ricordo il modo in cui sei comparsa su quel palco la prima volta che ti ho vista.

Il modo in cui metti i piedi sul cruscotto della mia auto solo per farmi salire il nervoso.

E poi mi rubi le sigarette, e c'é più gusto per te se trovi l'ultima e mi finisci il pacchetto.

Il modo in cui mi guardi e mi dici «ciao, avvocato» e lo so solo io, quanto sia ingannevole la tua finta e aggraziata indifferenza.

«Il battito... il battito è debolissimo.»

Lucky aveva la voce spezzata, mentre un filo spinato stretto attorno al petto cominciava a farmi sanguinare.

«Bisogna portarla in ospedale! Non possiamo farla stare qui!»

Nolan confermò ciò che dissi afferrando le chiavi dalla giacca. «Dobbiamo andare di corsa. Mavor, guidi tu?»

Inghiottii un sorso di amaro disincanto e un cappio di spine mi stritolò la gola. «No... no. Io non vengo.»

«Che cosa? Cosa hai detto?»

«Sei impazzito? Perché non vieni?»

Non potevo. Non avrei potuto sopportarlo. Avevo dei limiti, dannazione.

«Andate, la mia macchina è più veloce. L'ambulanza ci metterebbe troppo tempo.»

La presi in braccio ancora una volta e la caricai sul sedile posteriore, Lucky la coprì con una coperta e le si mise addosso. I suoi polsi esili e pallidi erano lividi e violacei. Le sue dita candide, piccole e sottili avevano percorso il profilo delle mie labbra solo qualche ora prima e adesso erano ricurve, abbandonate a loro stesse, gracili come fili d'erba. Aveva addosso i miei vestiti di quando ero un ragazzino e mi chiesi se quella sarebbe stata l'ultima volta che l'avrei vista. La mia maglietta appiccicata come una seconda pelle, le Converse di ricambio che si era portata dietro e che conoscendola avrebbe indossato sotto quell'abito costoso, l'espressione più rilassata che io le avessi mai visto.

Mi pizzicarono gli occhi quando cominciai di nuovo a soffocare.

«Axford, sicuro di stare bene?»

Lucky Red mi guardò con una strana preoccupazione che di certo non avrei mai pensato potesse indirizzarsi a me.

«Andate», risposi.

Il tempo di chiudere lo sportello, serrare un secondo gli occhi per rendermi conto di quello che era appena accaduto, e la macchina era già scomparsa nella nebbia. Rimasi lì, un grido nella tempesta, mentre pioggia e vento non mi davano tregua, con gli occhi fissi all'orizzonte. In quel momento, maledissi il cielo di rabbia e desiderai prendere il castigo che era toccato in sorte a lei.

Il ticchettio dell'orologio.

Il sottofondo del traffico in lontananza.

I tacchi della segretaria che picchiettavano avanti e indietro nel corridoio.

Mi sarei distratto con qualunque cosa, quel giorno, al minimo elemento avrei dedicato la mia concentrazione.

«Cazzo... Miss Bennett! Venga qui, subito!»

Ruggii mordendomi la lingua per non lasciarmi sfuggire altri improperi. Mi stava scoppiando la vena nelle tempie. Il tempo era scandito solo da quelle pulsazioni dolorose e non sarei riuscito a passare ancora del tempo su quei dannati fogli nemmeno un istante di più. Mi presi la testa tra le mani e mi chiesi se non mi fossi ammalato a buttarmi in mare aperto durante un temporale in pieno inverno. Era da quando era accaduto che non mi reggevo in piedi, mi sentivo come se fossi d'improvviso invecchiato di dieci anni e anche di più.

Me ne andavo in giro come un'ombra come se da quel mare non

fossi mai uscito vivo, come se qualcosa di me fosse annegato in quelle acque scure.

Chiamai la mia segretaria al telefono, perché non mi aveva sentito. Di norma non lasciavo far controllare le parcelle a nessuno, ma quella volta, a costo di farmi pagare di meno, avrei dovuto farlo fare a qualcun altro perché non sarei mai riuscito a controllare quei conti. Wimberley Bennett entrò nel mio studio oscillando i fianchi a destra e a sinistra, sul suo solito paio di tacchi vertiginosi, e il suo profumo dolce e spiccatamente orientale mi pizzicò le narici.

«Di cosa ha bisogno, avvocato?»

Me l'ero scopata, qualche volta, e sospettavo che se la fosse scopata anche mio padre, almeno fino a quando lei non aveva deciso di sposare un armadio a due ante che aveva una palestra di boxe, e per quanto io sapessi combattere non avevo voglia di ritrovarmi su una sedia a rotelle per una scopata mediocre. Era talmente accondiscendente con me che tremavo al pensiero di quello che avrebbe potuto farsi fare da quella specie di cabina armadio vivente.

«Pensaci tu, a queste parcelle. Sono troppe e io non ho tempo.»

«Con piacere, avvocato. Ah, avvocato, è arrivato il dottor Flynn.»

«Che cosa vuole? Oggi è il suo giorno libero.»

Wimberley Bennett fece spallucce mentre si sistemava la camicetta di due taglie in meno rispetto alla sua. Era procace, perfettamente truccata e fasciata in una gonna aderente, perché mio padre le aveva sempre volute tutte così. Con un esempio paterno come quello, non avrei potuto vedere le donne in maniera diversa dal modo in cui lo avevo sempre fatto. C'è una ragione se la mela non cade mai troppo lontano dall'albero.

«Parlarle, come sempre.»

Nolan entrò nella mia stanza salutando la segretaria con un sorriso più affabile del solito. Gironzolò per lo studio, e io finsi di tornare a concentrarmi su alcune carte vecchie di anni che erano abbandonate sulla scrivania in attesa di essere distrutte, sperando che il mio amico non mi disturbasse troppo.

«Hai un sigaro da offrirmi, Mavor?»

«Lo sai. Sono da esposizione», risposi quasi ringhiando, e lui per tutta risposta come sempre se ne tagliò uno col fermacarte e se lo accese tra le labbra.

Guardava quel sigaro rigirandoselo tra le dita come se meritasse la sua più totale attenzione.

«Che poi... ci hai mai pensato che in *Scarface* Al Pacino è cubano, e per questo fuma i sigari? Come si chiamava il personaggio? Tony?...»

Lo guardai male. «Montana.»

«Tony Montana, giusto! Dobbiamo rivederlo, quel film. Che poi Cuba deve essere un posto pazzesco, ci hai mai pensato che anche il Cuba Libre...»

«Nolan!»

«Sì?»

«Che cosa vuoi?»

«Non posso fare quattro chiacchiere in pace con il mio migliore amico?»

Lo guardai di sbieco.

«Che oltretutto sta fingendo di consultare un fascicolo di un caso finito in prescrizione almeno tre anni fa.»

Chiusi di botto quel fascicolo, una copertura ormai inutile, e mi alzai in piedi. Quando faceva così era preoccupante, perciò presi un lungo sospiro e raccolsi tutta la mia scarsa pazienza.

«Nolan. Che cosa vuoi?» ripetei.

«No, Mavor. La domanda è cosa vuoi *tu*.»

«Cosa... voglio?»

«Vuoi notizie su di lei. Perciò, accomodati. Chiedi pure.»

Abbassai lo sguardo, cercando disperatamente una scusa per planarlo altrove, su qualsiasi cosa sulla mia scrivania, e non incrociare il suo. Strinsi forte i pugni in un moto di collera e disperazione conficcando le unghie nei palmi e gonfiando le vene delle mani.

Avevo pensato a lei notte e giorno, in continuazione. E avevo continuato a ripetermi che lo avevo fatto perché l'avevo soccorsa e me ne sentivo in qualche modo responsabile.

«Come sta?»

Fece cadere un po' di cenere sui suoi pantaloni, e poi prese un lungo respiro.

«Si è svegliata.»

Sgranai gli occhi, a quella notizia.

«L'ipotermia le aveva causato un blocco respiratorio, se l'è vista brutta. Ma adesso sta bene.»

Strinsi i pugni e serrai la mascella, ma le ginocchia mi stavano per cedere dalla tensione e dovetti tornare a sedermi.

Stavo smaltendo un'adrenalina che durava da due giorni.

Strizzai gli occhi più di una volta massaggiandoli con pollice e indice, l'atmosfera aveva preso a irrorarsi di pulviscoli argentati che vedevo solo io.

Volevo semplicemente stare da solo, a quel punto, ma Nolan non aveva intenzione di mollarmi e continuò a parlare.

«È sopravvissuta per un vero, cazzo di miracolo.»

«Non esistono i miracoli.»

«Ma esiste il tempismo. E tu sei arrivato *in tempo.*»

Mi guardò negli occhi, e io presi un lungo respiro mentre nella mia testa suonavano un milione di allarmi come un coro di sirene incessanti.

«Le hai salvato la vita, Mavor. Vuoi raccontarti il contrario?»

«Chiunque al posto mio avrebbe fatto la stessa cosa.»

«Spero che tu stia scherzando.»

Aggrottò le sopracciglia e mi guardò severamente.

«Mentre andavamo in ospedale ho guardato il mare. Era *spaventoso.* Solo un pazzo si sarebbe buttato. Hai rischiato di morire insieme a lei.»

Negavo l'evidenza perché era vero che l'avevo salvata, ma ancora non capivo fino in fondo le implicazioni di quel gesto. O forse semplicemente non ne volevo alcuna. Non volevo essere un eroe. Io non lo ero affatto, tutto il contrario.

«È una ragazzina che non sa fare altro che mettersi nei guai. E io so nuotare.»

«La falsa modestia non ti appartiene.»

Fece un lungo tiro, e io tornai a fingermi concentrato stavolta sul cellulare.

Avevo bisogno di una di quelle scopate da pazzo, possibilmente dopo essermi farcito il naso di polvere bianca per svuotarmi non solo le palle ma anche e soprattutto i pensieri. Mi sentivo in pena, con l'anima venduta al demonio e la coscienza corrotta più di un fiasco di vino che puzzava d'aceto.

«Quando l'hai vista lì, che affogava... quando l'hai vista in mare, quando hai visto il suo corpo in quello stato... dimmi, Mavor, che cosa hai provato?»

«Compassione.»

Mi guardò come se non mi credesse.

«Compassione?»

«Certo, pena per una ragazza così giovane che...»

«*Pena*, Mavor? Guardami negli occhi.» Avanzò verso di me con decisione e mi costrinse a incrociare il suo sguardo. «Che cosa hai provato?»

Paura.

Misi a tacere quella voce nella mia testa e risposi seguendo il mio senso del dovere.

«Non ho provato niente. E tu devi smetterla di mettermi in testa strane idee.»

«Non hai pensato di andarla a trovare? Mavor, tu l'hai salvata.»

«Non andrò. Non è il mio ruolo.»

«*Ruolo*? Ma di cosa stai parlando? Se è questo quello che ti senti di fare allora valla a trovare, cazzo!»

Mi alzai in piedi di scatto.

«Io sono l'avvocato.»

«Vaffanculo!»

Mi diede uno spintone e mi costrinse a tornare a sedermi sulla sedia, poi si piegò verso di me puntando i pugni sulla scrivania.

«Io lo so che dopo averle trovate a quella festa ho cercato di evitare che accadesse l'inevitabile, quel giorno. Ero fuori di me. Ho anche parlato con Venus, ho temuto che potesse essere tutto troppo pericoloso. Ma quando ti ho visto con lei in braccio in quelle condizioni me ne sono pentito. Forse, se io non le avessi detto certe cose... se non ti avessi spinto a raccontarle dell'associazione...»

Aveva gli occhi iniettati di sangue, e io per una volta lo invidiai. Invidiai il suo animo puro, la sua voglia di lottare per qualcosa che lui riteneva giusto. Peccato che fosse tutto totalmente sbagliato.

«Sei un sentimentale del cazzo. E io devo portare avanti questa causa.»

«Santo cielo, Mavor!» Lo vidi alzare il tono e sbottare come forse non lo avevo mai visto fare. «Tua madre è morta! E non tornerà indietro!»

Per la seconda volta la mia maschera d'indifferenza cadde davanti a lui e io sgranai ancora gli occhi talmente tanto che bruciarono.

Il mio amico respirava con affanno, perché non me la nominava mai, da anni. Ma sapevo quello che voleva dire, lo sapevo fin troppo bene.

«Niente di tutto quello che potrai fare la riporterà indietro.»

Fece una breve pausa e il suo sguardo si addolcì.

«Venus invece... Venus è *viva*.»

Mi alzai in piedi per cercare di nascondere l'agitazione che la mia gamba sotto il tavolo continuava a mostrarmi muovendosi furiosamente.

«Fino a due giorni fa cercavi di tenermi lontano da lei. E adesso... che cosa vuoi? Le bomboniere?»

«Adesso tu le hai salvato la vita! Se fosse rimasta altri cinque minuti in acqua sarebbe *morta*! Lo capisci? Le cose *cambiano*. La vita a volte... ti travolge! E anche tu dovresti cambiare con lei.»

Fece un lungo tiro di sigaro, per calmarsi.

«E se c'è anche una piccola, piccolissima parte di te che pensa a lei in un certo modo... non dovresti ignorarla.»

Nolan era sempre lo stesso stupido, vecchio sentimentalista. Non potevo negare che il sesso con lei fosse stato spaventoso. Che mi fosse entrato nelle ossa e ci sarebbe rimasto ancora per molto. Ma era solo perché era bella da far paura.

«Io non cambierò i miei piani per nessuno.»

Lo vidi sconsolato, e a quel punto forse fui io a fare compassione a lui. Ma non me ne curai affatto: avevo un motivo per svegliarmi al mattino e con l'opinione altrui non avevo mai ottenuto niente di ciò che mi ero guadagnato da solo. Avrei avuto la mia fama, casi sempre più complessi, soldi e potere, le mie bottiglie e le mie puttane. Tutto quello che avrei dovuto fare sarebbe stato continuare a tenere a mente il mio obiettivo.

«Adesso vattene. Devo preparare una citazione in giudizio.»

Nolan scosse la testa e si voltò, con il soprabito sotto il braccio. Afferrò la maniglia della porta e mi lanciò un'ultima occhiata rammaricata.

Se ne approfittava perché sapeva che non sarei mai finito a gonfiarlo di botte, ma se avesse esagerato sapeva anche che non avrei controllato me stesso. La vita mi aveva forse strappato la coscienza rendendomi disinteressato alle conseguenze morali delle mie azioni, ma in cambio mi aveva regalato anche un bel disturbo esplosivo intermittente, comunemente conosciuto per gli scatti d'ira.

Mise a dura prova il mio livello di sopportazione quando se ne uscì con un'ultima frase a effetto poco prima di sparire dal mio campo visivo.

«Certe volte mi sembra di non averti mai conosciuto.»

Le cause vinte erano aumentate ancora.

Erano passate due lunghe settimane dal giorno in cui Nolan era passato a trovarmi per dirmi che Venus si era svegliata. Lunghe, lunghissime, quasi statiche seppur caotiche. Le avevo colmate di superalcolici, ma stranamente non avevo avuto voglia di nessuna compagnia a pagamento perché l'odore delle donne in quel periodo mi infastidiva.

E anche quello degli uomini, perché le mie tendenze alla misantropia si aggravavano giorno dopo giorno e se avessi continuato così non sarei più riuscito nemmeno a fingere di essere un perfetto avvocato con un ottimo senso del rigore morale e un profondo rispetto nei confronti della legge.

Non ero mai andato a trovare Venus perché, fondamentalmente, ero un pezzo di merda.

Gli ospedali mi avevano sempre fatto uno strano effetto, e anche lei mi faceva uno strano effetto.

Era meglio evitare quella combinazione pericolosa e starmene per conto mio: certe volte mi convincevo di essere perfetto per la totale solitudine.

Il fatto che l'avessi salvata non mi faceva sentire un eroe, anzi. Più Venus Kelley si avvicinava a me e più avrei voluto farla pentire di avermi anche solo considerato un essere umano.

Non volevo che quell'episodio creasse un qualche legame tra noi due. Niente di tutto ciò sarebbe mai dovuto esistere.

Mentre infilavo la chiave magnetica nella serratura di casa, un respiro appena accennato alle mie spalle mi fece dannare per non essermi portato dietro la pistola. Mi voltai di scatto e mi trovai davanti quel rifiuto tossico di Braiden Cadogan che mi guardava come se avesse voluto disintegrarmi.

«Testa di merda», mi salutò.

Il figlio di Charles Cadogan, quello di cui lui andava meno fiero, mi osservava seduto sulle scale: il suo sguardo carico di odio non era celato nemmeno dalla semioscurità che ci avvolgeva.

«Chi non muore si rivede.»

Lo accolsi così, senza riuscire a nascondere un ghigno soddisfatto per il modo in cui lo avevo ridotto.

Erano passate due settimane, eppure sembrava ancora che qualcuno lo avesse appena gonfiato. E a dirla tutta il veleno che mi riempiva il petto all'immagine di lui tra le gambe di Venus mi fece venire voglia di picchiarlo di nuovo.

Non badò ai miei convenevoli.

«Che cosa ne hai fatto di Venus dopo la festa, pezzo di stronzo?»

«L'ho messa su una macchina e l'ho spedita a Londra. Cos'altro avrei dovuto farci?»

Sesso, tanto per cominciare. Un sacco di sesso talmente ruvido e arrabbiato che mi raschiava ancora tra la gola e il palato, che l'odore mi era rimasto addosso, mi avviluppava l'esistenza, e lui non ne poteva avere nemmeno un'idea, di come realmente potesse ossessionarti l'esistenza.

E poi la spiaggia, e il mare che l'aveva quasi portata via, le onde a frantumarsi contro un corpo indifeso che brillava di grazia funerea.

Non riuscivo a togliermi dalla testa quelle due immagini stampate, opposte e complementari.

«I cazzi tuoi, tanto per cominciare. E in secondo luogo evitare di ridurmi in questo modo.»

«Vorrei davvero poterti dire che mi dispiace, Braiden. Ma non è così.»

Tirai fuori una sigaretta e me la accesi, perché quella conversazione aveva tutta l'aria di qualcosa che sarebbe andata per le lunghe.

Lui si avvicinò a me, zoppicava leggermente mentre si teneva la parte destra del busto come se avesse ancora dolore a camminare.

«Ascoltami bene, stupido coglione.»

Osservai la sua pupilla oscura e pensai in quel momento che avrei davvero voluto togliergli la vita per il fatto che ancora osasse nominarla in mia presenza.

«Mio padre non verrà a sapere nulla di questa storia. Sa solo che qualcuno ha tentato di derubarmi dentro la villa. Due uomini mascherati che sono fuggiti.»

Sai cosa me ne frega.

«Dovrei ringraziarti? Lo stai facendo per pararti il culo.»

Vidi la sua mascella contrarsi, ma mi sarebbe bastato allungare una manata contro le sue costole rotte per vederlo piagnucolare come un bambino.

«Mio padre non avrebbe nulla in contrario se sapesse che me la porto a letto. Lo sai benissimo.»

Serrai i pugni in uno sforzo mostruoso, che fu quello di non scaraventarglieli addosso.

«Sei sicuro?»

«Pensavo che tu lo conoscessi, mio padre.»

«Allora perché non glielo dici?»

«Perché non dovrei dirgli soltanto che ci vado a letto. Perché a me quella ragazza piace *davvero*.»

Quella frase mi trafisse il cranio come un chiodo appuntito, perché poteva diventare un serio problema. E per me lo era già così.

«Cosa? Sei impazzito?»

«Non credo che a lui potrebbe far piacere la cosa.»

Non stava né in cielo né in terra che lui pensasse di avere ancora una possibilità con lei.

E comunque, la sola idea mi accapponava la pelle nemmeno avessi davanti agli occhi l'immagine più raccapricciante della mia vita.

«Anche se fosse, lei non ti guarderà mai più. Tu sei il figlio di un uomo che lei detesta.»

Mi puntò il dito contro, e io cominciai a sentire la ragione che mi abbandonava in favore di una collera violenta.

«Ascoltami bene.»

Come se tra i due quello che tardava a capire fossi io. Quello scimpanzé non capiva nemmeno la metà delle mie parole e adesso aveva la presunzione di darmi degli ordini.

«Sono qui per dirti che finché Venus Kelley vorrà continuare a frequentarmi, mio padre non verrà a sapere mai nulla del fatto che il suo avvocato ha quasi ammazzato suo figlio.»

Quella aveva tutta l'aria di essere una sorta di ricatto, e io cominciai a immaginarmi Braiden in un sacco dell'immondizia in fondo al Tamigi.

«Io non posso decidere per lei. La conosco appena.»

«So che hai delle doti abbastanza convincenti, con le donne.»

Era evidente che fosse pazzo. Venus avrebbe dovuto sospettarlo da quando le aveva comprato quel vestito che io mi ero premurato di distruggerle.

«Dovrei convincerla a venire a letto con te? Devo averti causato dei seri danni cerebrali.»

«Puoi partecipare anche tu, se vuoi.»

Impudente bastardo figlio di puttana.

Sgranai gli occhi una volta compresa quella velata proposta, e poi li sbarrai di nuovo quando mi resi conto dall'espressione di Braiden che stavo perdendo le staffe.

«Sono l'avvocato di tuo padre! Lei mi detesta!»

Lo sguardo di Braiden si affilò insospettito da quella reazione di rabbia pura, per cui decisi di contenermi.

«Ti ringrazio, ma di solito non partecipo alle ammucchiate in cui è coinvolta la vittima di un processo e il figlio dell'imputato.»

«Sto scherzando, razza di idiota. Ma è interessante vederti che ti scaldi tanto per una cosa a tre quando abbiamo fatto di molto peggio.»

Non risposi, e cercai di trattenere i miei reali pensieri.

«Riuscirò a riconquistarla con o senza il tuo aiuto. Ma non ti azzardare a mettermi mai più i bastoni tra le ruote, se non vuoi che si scateni una guerra all'interno della loggia.»

Continuavo a pensare a loro due insieme, e subito dopo ai modi in cui avrei potuto fargli male brutalmente, in maniera per nulla rapida e indolore. Non lo avrei lasciato andare con l'ultima parola e la convinzione di poter fare ciò che più gli pareva.

«Vattene via, se non vuoi che ti frantumi le ultime costole che ti rimangono sane.»

E lo convinsi, per quella notte.

Braiden se ne andò in silenzio mentre io rimuginavo sulle sue parole che mi stridevano in testa come ingranaggi arrugginiti. La sua esplicita volontà di possederla mi mandava il sangue a tapparmi il cervello.

E compresi che dovevo fare in modo che lui fosse annientato una volta per tutte.

2

All my friends think you're vicious

«Ed è quando dici che stai per morire,
che probabilmente ti stai sentendo più vivo che mai.»
E.B. Luin

Mavor

QUEL bastardo figlio d'un cane di Braiden Cadogan fu il vero motivo per cui la sera successiva decisi che non sarei rimasto a casa da solo. Dover condividere la stessa zona di residenza con quell'individuo mi urtava il sistema nervoso, avevo bisogno di restare in giro il maggior tempo possibile.

Non tornai nel mio appartamento quella sera: mi feci una doccia in studio per poi andare direttamente al *The Haller*, e ci arrivai già su di giri al punto che cominciai a dire a Nolan di invitare gente a caso. Non esisteva una persona al mondo con più amici di quell'elfo malefico, per cui mi trovai il locale pieno di gente nel giro di un'ora scarsa.

Non avevo più avuto voglia di andare a letto con Bonnie dopo che si era fatta baciare da Venus, anche se quella sera era venuta a trovarmi e sembrava più che disponibile. Era come se l'avesse macchiata, contaminata, nel senso che sarei finito per vedere lei in ogni angolo di quel corpo sottile e ossuto.

La biondina che ballava accanto a lei, invece, era tutto un altro discorso. Non avevo ben afferrato il nome ma doveva essere una sua amica, mi guardava il pacco in maniera ossessiva e per una notte forse avrebbe potuto azzittirmi i pensieri.

Ogni tanto decidevo di dare spettacolo, come quella sera, e finivo per non ricordarmi assolutamente come fosse cominciata. So solo che mi ero seduto sul bancone e avevo cominciato a versare vodka dalla bottiglia a qualsiasi ragazza si sarebbe prestata al nostro giochino.

Io e Nolan lo avevamo già fatto qualche volta, anche se forse il mio non era il genere di locale da cui i clienti si sarebbero aspettati cose del genere.

Ma a una certa ora della notte cominciavamo a essere tutti troppo alticci per ragionarci sopra: era un modo per avere alcol gratuito e tanto bastava alla clientela femminile per accalcarsi davanti al bancone. Nolan tirava i capelli alle ragazze mentre io versavo loro il liquore direttamente in bocca dalla bottiglia e il gioco consisteva nell'evitare di rovesciarsi il liquido addosso. Ovviamente era impossibile, ma arrivati al punto in cui eravamo tutti sbronzi nessuno aveva più interesse a farsi troppe domande. Le ragazze erano su di giri e io le osservavo cercando qualche particolare che non trovavo in nessuna di loro, continuavo a versare e a fare complimenti a quelle che riuscivano a bere più vodka senza rovesciarsene troppa addosso e a spronarle a fare di meglio.

Me la stavo ridendo con un mio collega per qualche battuta idiota e avevo del tutto abbandonato i miei pensieri, quando sollevando lo sguardo mi sembrò di vedere tra le luci soffuse una figura familiare.

Era Lucky Red, che con il suo colore di capelli spiccava in mezzo a una folla incontrollata e trascinava verso di me *qualcuno* che cercava di sfuggirle.

E non lo so da cosa mi accorsi che fosse proprio lei.

Forse portava con sé un'energia dirompente, o forse la sua risata era una pioggia di cristalli giù per la schiena, avevo pensato non l'avrei mai più sentita... ma il mio sguardo si fissò su di lei e il resto si spense.

«Dai, Venus! Prova anche tu!»

Sorrideva, e il mondo si fermò.

I suoi lineamenti infantili da ninfa angelica e quello sguardo affilato da figlia del demonio.

Era una dannata bellezza da cui non riuscivo a staccare gli occhi, perché me li aveva strappati come se non riuscissero a posarsi su nient'altro.

Ma poi ricordai il suo corpo pallido, senza la sua luce.

Adesso era bianco acceso e luccicava di vita come la sua madreperla, di fronte a me, fasciato in un abito sottoveste color ghiaccio che avrebbe fatto impallidire qualsiasi ragazza l'avesse vista e l'avrebbe fatta desiderare a chiunque non l'avesse invidiata.

Avanzò verso di me con un sorrisetto, e la sua pericolosa innocenza in quelle vesti provocanti mi fece deragliare un istante di troppo.

«Avanti! Fagli vedere chi sei!»

La voce di Lucky Red mi risvegliò da un torpore in cui ero finito a cullarmi. Ero sicuramente ubriaco ma lei era ancora più bella di come me la ricordassi, e accennai un sorriso di rimando a vederla così.

Rideva, continuava a ridere per nascondere quello strano imbarazzo per essere piombata nel mio locale senza nemmeno avermi salutato.

«Andiamo», le dissi infine, «vieni qui.»

Lei mi guardò, e mi stava divorando con gli occhi con un sorriso appena accennato e lo sguardo languido da cerbiatta che mi rimescolò il basso ventre. Feci fatica a restare concentrato, poi mi allungai verso di lei e ricambiai lo sguardo.

Io non volevo la redenzione.

Avrei attraversato le tenebre oscure pur di quietare il mio spirito stregato, sarei disceso a ogni passo sempre più giù verso l'inferno, pur di placare quella sete.

Venus aprì la bocca sotto di me tra una risata e un'altra, e io versai l'alcol sulla sua lingua.

Nolan la strattonò, tirandole i capelli con una presa decisa, perché quello era il gioco, ma lei resse il contraccolpo e bevve tutto quello che le avevo fatto colare in bocca.

Porca puttana.

Deglutii mentre il mio cazzo cominciava a reclamare attenzioni sempre più impellenti, ma in fondo non era colpa mia se si divertiva a sbattermi in faccia il modo in cui sapeva essere provocante.

Rimasi abbastanza sbalordito e con poco ossigeno nei polmoni, abbagliato a guardarla mentre ormai mi dava le spalle perché stava battendo il cinque alla sua amica dietro di lei.

«Aaah, grandissima!»

Lucky lanciò un urlo, poi si rivolse a me.

«Venus è la migliore in questo gioco.»

Io alzai un sopracciglio e mi rivolsi a lei, sapendo che avrei parlato a nome di tutto il locale: «Hai intenzione di farlo venire duro a tutti i presenti?»

«Può essere», mi rispose e sì, a quel punto ne ero certo, e penso che se ne fossero accorti anche tutti gli altri. Venus stava flirtando con me e lo stava facendo in maniera sfacciata, oscurando completamente la biondina dietro di lei.

Era intatta, perfetta, nemmeno un graffio a offendere la sua bellezza. L'acqua del mare l'aveva conservata esattamente come me la ricordavo.

«Prova ancora», la sfidai.

Lei aprì la bocca sotto di me e io inclinai la bottiglia per rovesciarle ancora il liquido in bocca, mentre qualcuno le tirava i capelli.

Forse era stata Bonnie e lo aveva fatto più forte del solito, ma la seconda volta il liquido le colò lungo la mandibola, giù per il collo e gocciolò sopra il seno.

E forse era proprio quello che volevo vedere, uno spettacolo che mi traghettava direttamente tra le fiamme dell'inferno senza pietà per la mia anima ormai macera.

Lei lanciò un urletto divertito che somigliava più a un miagolio e io pensai che dopo quella visuale avrei dovuto continuare a bere fino a dimenticarmi chi fossi, per dimenticarmi anche di lei.

Quando posai la bottiglia e mi rimisi al mio posto annunciando che il gioco finiva lì, gli altri si allontanarono per spostarsi a ballare verso il centro. Venus invece rimase da sola, a fissarmi con le braccia incrociate e quegli occhi acquamarina che scivolavano su di me, piccole gocce di cristallo che colmavano un vuoto strano nello stomaco.

«Ciao, avvocato.»

Sospirai.

C'era stato un momento in cui quegli occhi non si aprivano più e io avevo davvero pensato che non avrei mai più sentito pronunciare quelle parole.

«Che cosa ci fai qui?»

Con lei perdevo tutta la mia eleganza. Le mie buone maniere, la galanteria, quella falsa educazione stile vecchia Inghilterra. *Dimenticate.*

«Tu che dici?»

«Sei venuta a farmi vedere quanto sei brava?»

Ma lei non desisteva, non si era mai lasciata abbattere dai miei modi brutali e indisponenti, avrei potuto persino sospettare che le piacessero.

Si allungò sul bancone posandoci le tette sopra in maniera spudorata, come se per le mie coronarie non fosse stato abbastanza lo spettacolino a cui avevo appena assistito.

«Sono venuta a dirti grazie.»

E queste invece erano le parole che non avrei mai pensato potessero essere cinguettate da quelle labbra.

Cos'era quel maledetto sorriso che non accennava a schiodarsi dal suo viso pulito? Anche con un quintale di trucco lei avrebbe continuato a sembrare una bambola di porcellana.

«Addirittura, mi stai ringraziando? Cosa ti è successo? Hai sbattuto la testa mentre annegavi?»

«Può essere... forse contro la tua testa di cazzo.»

«Quella ti avrebbe fatto molto più male.»

«Mavor!»

Mi venne da ridere, lo mascherai abbassando lo sguardo ma penso che lei se ne accorse.

Afferrò un'oliva da Martini da dietro il bancone e se la masticò con aria soddisfatta.

«Scherzare su un incidente che avrebbe potuto costarmi la vita... è da te.»

Eravamo davvero stati sul punto di morire, e di morire insieme. E quella consapevolezza, dopo la storia di Regina, mi sembrava quasi troppo da sopportare.

Quei piccoli fari luminosi spiccavano di vispa curiosità sotto un paio di ciglia corvine, come se fremesse all'idea di dirmi qualcosa e di osservare la mia reazione.

«Ho pensato che, viste le circostanze... ci meritiamo una tregua.»

Tornai serio e quasi severo, perché l'idea mi allettava fin troppo e io non potevo permetterlo.

«*Tregua*? Tra due giorni ho l'udienza. La pausa è finita. La tregua tra noi non è mai esistita.»

Mi guardò sollevando il sopracciglio come per dirmi: «Sporco bugiardo».

Ancora avevo nelle orecchie il suono delle mie palle che sbattevano contro la parte bassa di quel culo disegnato da qualche angelo della morte. Lo vedevo ancora tra le mie mani affamate, la sentivo ancora fremere sotto il mio corpo, devastata dagli scossoni di piacere.

Forse non l'avrei potuta definire «tregua».

E lei non era un oggetto, anzi, era fin troppo senziente per essere considerata come tale ma io ero pur sempre un uomo, cazzo. E il profumo della pelle bagnata della sua schiena contratta sotto lo sforzo di contenermi, di bilanciare le mie spinte, mentre io sarei potuto morire affondandole dentro, mi era rimasto in fondo ai polmoni.

Non ci provare. Resta al tuo posto.

Parlai a quella belva assopita che si stava svegliando e accennai un colpo di tosse guardando il cavallo dei miei pantaloni che iniziava a gonfiarsi contro la mia volontà.

«D'accordo. Ma stasera potresti permetterti di offrirmi un bicchiere.»

Si sporse ancora in avanti e io mi infuocai mentre buttavo in gola un bicchiere pieno di liquore per cercare di evitare di guardarle la scollatura.

Il mio cazzo tirava doloroso come se volesse obbligarmi a superare quel bancone e a scoparla lì, davanti a tutti.

«O forse anche tre.»

Mi trattenni.

Cercai di respirare.

Era qualcosa di troppo forte, qualcosa di animalesco, un istinto brutale simile alla sopravvivenza.

«Se qualcuno ti vedesse qui...»

«Non ricominciare con la tua solita tiritera.»

«Lo sai che dopo quella festa è ancora più pericoloso.»

Mi guardò come se stesse per dire qualcosa che mi avrebbe calpestato la capacità di resisterle. E infatti lo fece.

«*Se l'esempio di colpa l'abbiamo dagli dèi, che cosa può sperare l'amore dei mortali*?»

Non era la prima volta in quella serata che Venus mi stupiva, ma stavolta mi aveva steso al tappeto.

«È Reposiano. *Marte e Venere*», dissi ad alta voce per convincermene, e dovevo avere un'espressione talmente allibita che lei mi prese in giro in maniera sfacciata.

«Impossibile, io sono solo una stripper, non leggo certe cose.»

Ovviamente negava l'evidenza, perché era appunto evidente che se lo fosse andato a leggere.

«Vado a sedermi con Lucky.»

Sparì prima che me ne rendessi conto, mentre mi accorgevo che ero di nuovo solo e che certe cose di me non sarebbero mai cambiate.

Io malfidato, cinico e ingrigito dalla vita e dal gelo.

Lei invece aveva qualcosa di diverso.

Dove erano finiti quei suoi occhi spenti, la lotta con se stessa, il bisogno di provocarmi per poi sfuggirmi? Perché mi brillavano addosso e non riuscivo a sfuggire alla sua luce?

Passarono le ore, diverse ore. E io non mi ero mai sentito così bloccato in tutta la mia vita.

Venus era rimasta a chiacchierare, aveva bevuto i tre drink, aveva ballato un pochino, aveva fumato fuori dal locale mentre io mi chiedevo se aspettasse che la raggiungessi.

Mi guardò con delusione una sola volta e io le osservai quella macchia sul vestito, mentre il sangue mi intasava le parti basse. Quello era l'ennesimo pezzo di straccio che le avrei voluto fare a pezzi.

In quell'unico sguardo che ci scambiammo io mi accorsi che un biondino con una barba ben curata era seduto tra lei e Bonnie: era probabilmente un collega di Nolan perché mi sembrava di averlo già visto in tribunale. Quel folle trovava qualsiasi scusa per abbracciarla in modo molesto non sapendo a cosa stesse andando incontro.

Erano quelli i casi in cui spegnevo l'interruttore dei ragionamenti.

Mi diressi verso il tavolo con passo spedito e chiesi se volessero ancora da bere. Qualcuno sembrò non badare a me, ma il biondo mi guardò incuriosito e io lo fulminai con uno sguardo radioattivo.

«Tu, le mani.» Le indicai con un cenno del capo e occhi a incenerirlo. «Tutte e due in vista.»

Lui piazzò i palmi sul tavolo senza farselo ripetere una seconda volta.

«Scusa, io non sapevo fosse la tua ragazza...»

«Infatti non lo è. Ma tu tieni le mani a posto se non vuoi che ti gonfi la faccia.»

Il coglione mi guardò scioccato e si voltò verso Nolan, mentre a quel tavolo era calato un gelo che non mi sfiorò neppure.

«È... è sua sorella?»

Nolan fece spallucce come se non sapesse cosa rispondere, e a quel punto accennai un sorrisetto malizioso a Venus e le porsi la mano.

«Andiamo, *sorellina*.»

Lei mise la sua mano nella mia e solo per un istante notai lo sguardo incuriosito di tutti i presenti. Si sarebbero fatti mille domande, e avrebbero parlato per i giorni a venire, ma io l'avrei portata via comunque, perché se non l'avessi fatto me ne sarei pentito per l'ennesima volta.

Sparimmo nella penombra del locale, superammo il bancone principale fino al ripostiglio degli alcolici, quello dove aveva trovato la vodka che mi aveva rubato. Socchiusi la porta e un'ombra polverosa scivolò sui nostri corpi.

Venus sollevò le braccia sopra la testa per raccogliersi i capelli sopra la nuca e mi lasciò deragliare sul modo in cui quell'abito mi faceva immaginare tutto il resto, si posava gentilmente sulle sue forme flessuose e sul corpo candido di gelsomino.

Un volto angelico sulle movenze da donna navigata, il corpo una Via Lattea di stelle e nuvole.

Ma lei non era nemmeno una donna fatta e finita. Era stata costretta a diventarlo prima del tempo e cazzo, se aveva imparato magnificamente.

Eravamo lì perché avrei voluto chiederle un sacco di cose. Cosa fosse successo, come aveva fatto a finire in quel mare. A cosa aveva pensato l'ultima volta che aveva chiuso gli occhi, se era vero che ti scorre tutta la vita davanti o se invece ti scordi di qualsiasi cosa e non riesci a non pensare al fatto che non respiri più.

Il ghiaccio come un taglio a reciderti la gola e l'ossigeno che improvvisamente diventa una chimera.

Avrei voluto chiederle cosa si prova a morire, e un miliardo di altre cose su quello che provava e su quello che non provava, ma io dovevo restare al mio posto e mantenere il nostro rapporto entro certi binari.

Pensavo di averla salvata, pensavo di essermi salvato con lei. E invece ero io quello che stava annegando. E lo stavo facendo da talmente tanto tempo da essermi abituato alla sensazione di non respirare. Mi ero tuffato in quel mare perché non avevo paura di morire, e non ne avevo perché avevo già ucciso tutto ciò che di me era salvabile.

Posai ancora lo sguardo su di lei. Venus mi venne incontro e si lasciò avvolgere i fianchi, strusciandosi contro il mio cavallo in modo impudente.

«Alla fine ce l'hai fatta a portarmi via. Mi stavo annoiando.»

Quel mix di innocenza e sensualità riusciva a farmi esplodere il caos dentro al petto.

«Non mi aspettavo che saresti venuta.»

Lei divenne seria, e un'ombra le calò sullo sguardo.

«Io non so se meritassi di essere salvata, ma ti ringrazio per averlo fatto.»

«Non avrei potuto fare altrimenti.»

«Pensi di aver fatto una cosa da poco?»

«Mi hai detto di non trattarti come una ragazzina da salvare. Sto cercando di non farlo.»

Non si staccava da me. Sentivo il suo respiro lieve contro il mio petto e il modo in cui i capelli le profumavano di zucchero filato o di qualcosa che rimandava alla mia infanzia.

Mi tornò in mente la capinera che lottava contro la tempesta.

«Comunque ti sono davvero grata, al di là di tutto il resto. Non ti ho mai ringraziato per aver salvato la vita a mia sorella. E adesso lo hai fatto anche con me.»

Possibile che non vedesse tutto quel marcio che mi sentivo addosso e che continuavo ostinatamente a mostrarle?

«Hai perso la memoria? Sicura di ricordarti tutto?»

«A cosa ti riferisci?»

«Alla notte alla villa dei Cadogan. La festa in maschera. Quello che ho fatto a Braiden e poi quello che ho fatto... a te.»

«E il fatto che tu sia uno dei vertici di una loggia massonica insieme a quel pezzo di merda?»

Mi guardai intorno temendo che anche i muri avessero orecchie.

«Anche.»

«Quello mi hai chiesto di dimenticarlo, e io l'ho dimenticato.»

Il locale sembrò deserto, vuoto, silenzioso al di fuori del suo respiro e del mio.

Non era vero che lo aveva dimenticato, ma il fatto che la facessi realmente sorridere mi sembrava talmente assurdo da farmi sentire la testa galleggiare.

Si leccò le labbra osservando le mie, e poi riprese a parlarmi.

«La verità è che sono alla ricerca delle emozioni che ho smarrito per strada. Quando mi sono risvegliata in ospedale ho pensato a questo. Ne ho perse davvero tante, e sto cercando di ritrovarle da qualche parte.»

Le misi le mani sui fianchi sotto la gonna, e poi la sollevai. Venus si stava sciogliendo al mio tocco saldo sulle sue curve flessuose e ne approfittai per infilare una gamba in mezzo alle sue cosce. Era dolcemente bollente, ed ero sicuro che se le avessi toccato le mutandine le avrei trovate umide come tutte le altre volte.

«Stai cercando di trovarle qui?» le sussurrai piano.

Lei mi rispose con due spirali di galassie negli occhi a suggellare un patto segreto, un tacito assenso a farmi cogliere quel piacere proibito. Saremmo rimasti a nutrirci dei nostri amabili rimorsi, perché i nostri peccati erano più testardi di noi, il mio pentimento era falso come una banconota da tre sterline e i miei pensieri melmosi non li avrei lavati via nemmeno con le sue lacrime, quelle che non mi aveva ancora mostrato.

Mi arrotolai le maniche della camicia attorno all'avambraccio, inspirando il suo profumo in quella piccola ed eccitante zona tra l'orecchio e il collo.

«Sei qui per quello che non hai dimenticato?» chiesi.

«Sei tu che devi dimenticare.» Io la guardai, aspettando che si spiegasse. «Non esiste nessuno, non esiste niente. Non esiste Cadogan, non esiste Braiden, né Bonnie, né mia sorella, mia cugina, l'associazione, Regina... non esiste nulla. Cosa rimane?»

Rimaniamo io. Tu. E la notte.

«Tu e io.»

«Bravo.»

«Non dirmi 'bravo' con quel tono, altrimenti poi...»

Finisco a doverti punire.

Se c'era una cosa che detestavo era perdere il controllo. Ma perderlo nella sua bocca avrebbe avuto tutto un altro sapore.

Le carezzai il profilo di quelle labbra sempre troppo gonfie con il pollice, e lei accennò un sorriso.

«Vediamo se riesci a dimenticarti anche di questo, quando saremo in aula.»

Mi slacciò la camicia lentamente e baciò la mia pelle, mentre il mio petto fremeva a quelle labbra carnose che davano ristoro alla mia siccità e il mio istinto vibrava. Non riuscivo a staccarle gli occhi di dosso, e la spinsi verso le mie gambe.

Quando la vidi scendere verso il basso e inginocchiarsi, impazzii di desiderio.

Giocherellò con l'elastico dei miei boxer solo per infliggermi una delle sue torture, perciò la schiacciai contro il mobile alle sue spalle tirando in avanti il bacino. Lei mi allentò la cintura e sganciò i pantaloni, mi accarezzò i tatuaggi che mi decoravano le anche e ne seguì i profili.

Quando abbassò anche gli slip quel mugolio di soddisfazione appena accennato mi fece vibrare: la mia erezione era talmente turgida che io stesso stentai a riconoscerla. Era così vigorosa da procurarmi un fottuto male fisico che non avrebbe accennato a scemare, finché non l'avessi soddisfatta.

Venus sembrava quasi spaventata da quel rigonfiamento, sconvolta e rapita.

«Mi stai sfidando, Kelley? Mi lascerai a bocca asciutta ancora una volta?»

Non mi schiodava gli occhi di dosso, e quando prese a massaggiarmi, un languore di piacere precipitò dallo stomaco nel basso ventre.

«Vediamo quanto mi lascerai tu, a bocca asciutta.»

Io non so cosa le prese, ma sembrava posseduta da un fuoco intrigante che mi avrebbe mandato al manicomio.

«È così che ti piace, giusto?»

Era sempre stata una fiamma costretta dentro un blocco di ghiaccio, e forse lo eravamo entrambi.

Quella tortura deliziosa che bramavo con insofferenza, e scalpitavo come un cavallo imbizzarrito, non tardò ad arrivare come se entrambi non aspettassimo altro da tutta la sera.

Le raccolsi la mandibola con una mano a coppa mentre con le dita disegnavo il profilo del labbro inferiore, e poi la guardai dall'alto baciarmi l'inguine.

Cominciò a trastullarmi fino a quando non arrivò a sfiorarmi prima la lunghezza, e poi la punta.

Le vene sembravano esplodermi e io dovetti appoggiarmi al muro davanti a me perché le gambe non avrebbero retto a quello sforzo pauroso.

«Se stavolta non arrivi fino in fondo, giuro che mi incazzo.»

Mugugnai, sopraffatto dal piacere che mi stava raggiungendo a ondate.

«Mi stai chiedendo di farlo?»

Allora la guardai, a lungo e male, perché mi stava sfidando di nuovo.

«Non sono uno che ti chiede se può scoparti la bocca. Lo faccio e basta.»

Si leccò le labbra per assaggiare il mio sapore e affilò lo sguardo di desiderio.

«Stai attento. Posso sempre morderti.»

Le afferrai la nuca da dietro e la avvicinai ancora di più.

Era una creatura pericolosa quanto me e ci cullava di dolci tormenti quel pensiero di fare il male e di farlo insieme, e di farlo bene. Di farlo l'uno con l'altra abbandonandoci a noi stessi.

«Vedrai, piccola V...»

Mi spinsi dentro di lei, o forse fu lei ad accoglierlo tutto nella morbidezza della sua bocca.

«... che per una volta ti piacerà stare zitta.»

La mia voce cavernosa non nascose la mia eccitazione furibonda mentre i miei circuiti neuronali erano del tutto fottuti. Schizzati, bruciati da quelle labbra che mi avvolgevano, la sua gola che sentivo con la punta, che spingevo fino in fondo, così lentamente da farmi salire i vuoti allo stomaco.

Il mio corpo era attraversato da scosse che divampavano da una parte all'altra. La spina dorsale si incrinava a quelle saettate di piacere. Il testosterone mi pompava nel cervello assieme a un'adrenalina da capogiro. Ero completamente azzerato, tutto il mio sangue confluì dentro di lei.

Le sue labbra carnose, morbidamente strette attorno a me, mi inglobavano e io affondavo in lei. Vederlo scomparire nella sua bocca era la cosa più vicina al paradiso che potessi provare nel mio squallido inferno.

Divenne tutto così bagnato e bollente che vidi solo nero, annebbiato, a stento riuscivo a metterla a fuoco. E mentre lo succhiava e io glielo spingevo in fondo fino alle corde vocali, avrei quasi voluto fare il gentiluomo, avrei voluto dirle che non avrebbe dovuto farlo per ringraziarmi, che non doveva sentirsi in obbligo...

E invece sì. *Doveva* farlo.

Doveva farlo perché era la cosa di cui avevo più bisogno al mondo senza nemmeno sapere quanto lo necessitassi. Doveva farlo perché era la cosa più bella che avessi mai visto, la mia erezione bagnata gonfiarsi tra le sue labbra, e lei che leccava i frutti di quell'eccitazione spaventosa che mi aveva provocato.

Quella stronzetta con gli occhi spenti che adesso erano due fari spalancati su di me.

Doveva farlo perché quel calore umido mi causava assuefazione e non avrei mai più conosciuto una droga più dolce di quella.

Doveva farlo. E basta.

Le sollevai il mento per guardarla meglio, per stamparmela in testa con l'inchiostro indelebile e non dimenticarla mai più.

«Ti eccita averlo in bocca. Te lo leggo negli occhi.»

Il sangue confluiva furiosamente, pompava gonfiandomi la punta ed era un vero strazio quel dolore insopportabile. La sua lingua mi allisciava la pelle mentre mi sentivo immerso in lei, e a quel punto quella furia che giaceva sopita dentro di me venne fuori con tutto il resto.

Non ero mai stato delicato con nessuna, ma lei mi tirava fuori una furia becera e animalesca e avrei potuto davvero mostrarle il mio peggio, l'irruenza mi accalappiava il battito e mi rendeva così famelico da perdere la testa.

Avevo davvero paura di quello che avrei potuto farle, che forse il mio peggio non l'avevo davvero mai visto nemmeno io.

Non volevo che soffocasse, lo giuro. Ma le presi la testa afferrandole i capelli, raccolti in una coda scomposta, e la spinsi in fondo, più in fondo, più veloce. Chiusi gli occhi e digrignai i denti perché quella visione mi avrebbe ucciso.

Era godimento purissimo e io avrei voluto urlare.

Mi spinsi ancora più in fondo mentre la sua lingua lambiva le parti più sensibili e assaporava la mia pelle, e poi ricominciai quegli affondi impellenti come se ne dipendesse la mia vita.

Volli guardarla ancora mentre spingevo il bacino e le leggevo negli occhi la fatica, perché più mi avvicinavo e più sentivo di essere incontenibile. Aveva lo sguardo languido, gli occhi lucidi e le labbra gonfie di un sacro vermiglio naturale.

Spinsi ancora. Una quantità di volte che non mi bastavano mai.

Avrei voluto vederla piangere. Avrei voluto sentirla chiedermi di smetterla, ma noi eravamo una sfida l'uno per l'altra e lei non si fermò affatto. I miei neurotrasmettitori si impennarono di un'assurda euforia, il muscolo cardiaco pompò così tanto da lasciarmi senza fiato e io glielo spinsi talmente in gola che lei fece fatica sul serio.

«Adesso fai piano. Rallenta. Così...» dissi, reclinando la testa all'indietro, come facevo sempre.

E poi mi resi conto che quella sarebbe stata veramente una bella cazzata e che mi sarei perso uno spettacolo per cui avrei pagato qualsiasi prezzo.

Tornai con la testa avanti e la guardai, negli occhi, e intensamente caddi nei suoi.

Lei mi rispose con quello sguardo che era tutto il suo incantesimo, quello perverso e osceno e al tempo stesso fanciullesco. Mi sbatteva in faccia quella falsa innocenza come la sua menzogna più attraente.

Facevo fatica a tenere gli occhi aperti perché bruciavano. Mi lasciai sfuggire un lamento mentre sentivo il mio liquido infiammarmi i testicoli e attraversarmi la lunghezza con prepotenza spudorata.

Non ressi a quello sguardo ed esplosi tra le sue labbra: le prime tre contrazioni mi ammazzarono, le altre mi strapparono il respiro e io mi persi in quel fiume di godimento.

Lei mi trattenne dentro di sé a irrorarle la bocca e la cosa mi mandò all'altro mondo.

Perché il nostro destino era già scritto. Ma forse noi due avremmo potuto riscrivere le stelle.

Dopo avermi regalato uno dei più potenti orgasmi della mia vita, Venus si sollevò in piedi mentre io reclinavo la testa in avanti, perché il giramento di testa mi aveva offuscato la vista. Rimanemmo l'uno contro l'altra, io accasciato sul suo corpo e lei stretta contro il mio busto.

«Adesso...» mugugnai nell'affanno senza la minima intenzione di tirarmi su i pantaloni.

Le graffiai con la voce contro la gola, poi risalii lungo il mento e le labbra per sentirle addosso il mio sapore. «Voglio scoparti. Ti voglio nuda e bagnata che mi *implori* di scoparti. E voglio che gridi così tanto che tutto il locale conosca il mio nome.»

La mia eccitazione era a livelli di follia neanche troppo lucida.

Quella piccola Venere di miele era la droga più allucinogena che conoscessi e avrei potuto distruggerla a furia di farle tutto ciò che lei non avrebbe nemmeno lontanamente immaginato, nemmeno nei suoi incubi più malati.

«Mavor...»

Sollevai lo sguardo per incontrare il suo, ma Venus teneva lo sguardo fisso e stralunato in un punto dietro di noi, come se guardasse sconvolta qualcosa o... *qualcuno*.

Percepii un respiro dietro di me, una presenza.

Ero mezzo nudo, il cazzo bagnato posato sulla sua coscia, le sue labbra che ancora scintillavano dei miei umori.

C'era qualcuno alle mie spalle e ci aveva visti.

3

The way you touch, the way you taste

«Se non guarisci ciò che ti ha ferito,
sanguinerai addosso a persone che non ti hanno tagliato.»
C. Taglia

Venus ♀

Due settimane prima

Il mio sonno era stato buio e privo di sfumature. Nessun sogno si era mosso nella foschia del nulla che ricordavo, nemmeno un accenno di immagine, un odore familiare o un volto che io potessi ricordare. Almeno finché non venni investita dall'aria nei polmoni, catapultata fuori dalla dimensione nebulosa dell'incoscienza. In quel silenzio statico, percepii solo un battito dopo l'altro in accelerazione, e poi la sensazione delle dita su una superficie soffice.

Ci misi più tempo del solito a schiudere le palpebre e ancora più tempo del solito a realizzare che tutto intorno a me assomigliava fin troppo alla mia vecchia esistenza.

«Dove mi trovo?» sussurrai senza un briciolo di forze.

Tentai di riacciuffare gli ultimi ricordi ma svolazzavano come ali di farfalle sfumate tra petali di cui non distinguevo i contorni. La gola mi bruciava, gli occhi erano coperti da una patina di nebbia liquida che mi impediva di mettere a fuoco l'ambiente circostante.

«A Cardiff. Al Saint David's Hospital. Reparto rianimazione.»

Cardiff...

Mi aggrappai a quella voce famigliare, femminile e suadente, a quel profumo costoso. Una piega perfetta su dolci boccoli ondulati color biondo dorato.

«Chris.»

Per quanto sembrasse felice di vedermi sveglia potevo percepire nel suo sguardo qualcosa di oscuro che non avrei saputo definire. Un'ombra che le marciva in fondo alle iridi, che me la fece sembrare meno bella di quanto solitamente la vedevo.

Spostai gli occhi verso la finestra, e l'espressione addolcita di Lucky Red, seduta ai piedi del letto, mi rasserenò un pochino.

L'ultima cosa che ricordavo era il rumore delle onde impazzite in lontananza, attutito dal gorgogliare delle profondità dell'acqua che mi risucchiava quasi come a volermi con sé a tutti i costi. E poi il buio che era diventato la mia nuova realtà.

Mi chiesero se mi sentissi bene e io non seppi come rispondere. Ero stata strappata alla morte da qualche circostanza fortuita e ancora non realizzavo il fatto di essere ancora viva.

Lucky si avvicinò a me con uno sguardo lucente di intima delicatezza.

«Ti ricordi, Vin? Sei finita in acqua durante una tempesta. Hai rischiato di annegare.»

Annuii leggermente. Avevo frammenti di ricordi che svolazzavano da una parte all'altra della testa.

«Come hai fatto a finire in acqua?»

Rammentai a stento quel pezzo di carta che mi era volato via dalle mani, quasi un sordido e infimo gioco del destino.

«Mi è caduta una cosa in mare.»

«Doveva essere una cosa importante.»

«Lo era.»

A quel punto ricordai anche tutto il resto. La rabbia, l'unica sensazione che conoscevo bene, che saliva verso chi mi aveva accusata di avere la colpa e aveva fatto scattare un grilletto nella mia testa che sarebbe stato sempre pronto a scattare.

Quella dannata busta da lettera mi era stata messa in mano e poi strappata via da qualche forza oscura che si era divertita a giocare con la mia vita.

«Ma... come ho fatto a... chi è stato a trovarmi?»

Ricordavo la sensazione di volerla far pagare a Charles Cadogan, a Braiden per avermi mentito, ma soprattutto in quel momento pensavo davvero a vendicarmi contro...

«Mavor Axford.»

Sentii una crepa aprirsi nel mio cuore arrugginito, ma al posto di una colata di buio lampeggiò uno spiraglio di luce.

«Cosa?»

«Ti ha trovato lui. In mare, avevi perso i sensi.»

Christabell mi confermò ciò che davvero non avrei voluto sentirmi dire.

Lucky si avvicinò a me sollevando il sopracciglio, ed ebbi come la sensazione che Christabell non la volesse lì con noi, e che il sentimento fosse reciproco.

«Non si è esattamente andato a fare una gita in canoa, Chris.»

Lucky profumava di gomma da masticare alla ciliegia, o forse era il suo solito lucidalabbra da cui non si separava mai.

«Non l'ha *trovata* in mare. Si è *buttato* in mezzo alla tempesta per salvarla», precisò scandendo quella frase che per me fu l'ennesimo colpo al cuore.

Chris conosceva il potere delle parole, ed era per questo forse che sbuffò dalle narici roteando lo sguardo. «Ti ricordo che stai parlando dell'avvocato dell'imputato. Non mi pare il caso di farla passare come una cosa eroica.»

«E questo non vuol dire che tu debba manipolare la verità.»

Pensavo che le mani di Mavor fossero incapaci di *salvare*. Pensavo che fossero in grado solo di afferrare, di strappare, di stringere a sé, di lasciare lividi. E invece le avevo scoperte capaci di un'impresa che non credevo gli appartenesse.

«Io vorrei ancora sapere cosa ci facevate lì, in quella casa, con quei due.»

Non sarebbe stato possibile metterla al corrente della verità, e la mia amica già lo sapeva.

«Te l'ho già spiegato», la freddò Lucky. «Io e Nolan Flynn ci frequentiamo, ci siamo incontrati a una festa nelle vicinanze di casa di Mavor.»

Christabell incrociò le braccia al petto e sollevò il sopracciglio. Più che confusa sembrava ammantata da un'ombra di sospetto.

«E così hai pensato bene di portare Venus a dormire a casa di Mavor Axford?»

E con quella frase ricordai anche il suo modo di togliermi il sonno per farmi sua fino alle ossa, fino al midollo, fino a quando non sentivo il sangue scorrere al ritmo dei suoi colpi mortali da bestia scannata, io piccola e deviata a chiederne ancora e lui pronto a marchiarmi col suo nome maledetto.

«Lui dov'è?» interruppi quella discussione.

«Lui chi?»

«Mavor. Mavor Axford. Dov'è?»

Mi rispose Lucky, mentre il cipiglio sospettoso di Christabell diventava sempre più evidente. «Non... non lo so. Non so se sia tornato a Londra.»

«E sinceramente non interessa a nessuno», completò la frase mia cugina.

Uno strano vortice di calore mi aggredì le viscere e l'interno della cassa toracica.

Cerca di capire, Venus.

Cerca di capire cosa stai provando.

Quelle che sentivo a livello fisico erano sensazioni che dovevano corrispondere a qualcosa, ma era come cercare di decifrare un algoritmo senza averne gli strumenti. Mi sforzavo, i neuroni impazzivano, le sinapsi sfregavano tra loro, ma io restavo una bambola senz'occhi.

«Come ti è saltato in mente di andare a casa di Mavor Axford? Me lo vuoi spiegare?»

«Adesso basta. Lasciala in pace. Non vedi che è stravolta?» intervenne Lucky.

In quella stanza si respirava un'aria di tensione che non mi faceva sentire esattamente la benvoluta, dopo aver fatto un salto all'inferno mi sembrava quasi che qualcuno voleva che ci tornassi.

«Vado a parlare con l'infermiera per dirle che stai meglio.»

Quando Lucky si allontanò io e mia cugina rimanemmo in silenzio per qualche minuto ad aspettare che una delle due parlasse.

Non potevo raccontare a Christabell della festa, di quell'associazione e di tutto quello che era successo quella notte. Era una cosa troppo grande. Ma lei sembrava fin troppo incarognita per ascoltare qualsiasi cosa avessi detto: un tarlo si era insinuato nella sua mente, potevo vederlo rosicchiarle i pensieri attraverso le iridi che erano due scudi infuocati. Un dubbio infimo e viscido che si faceva largo in quella stanza gelida che ci trovò più distanti che mai.

«La verità è che tu hai sempre voluto quello che era mio.»

Sbattei le palpebre chiedendomi se fossi davvero sveglia, mentre il mio cuore si stritolava in un rovo di spine.

«Di cosa stai parlando?»

«Di Mavor.»

Non confermai, ma non negai neppure.

«Da quando hai saputo che avevamo avuto qualcosa non hai fatto altro che fargli gli occhi da gatta morta.»

«Questo non è vero.»

«Sì che è vero. Da quando siamo piccole, Vin, tu vorresti essere me. E qualsiasi cosa sia mia tu la vorresti per te.»

Cercai di respirare. Da quelle parole emergeva tutta la potenza di qualcosa che avrebbe voluto dirmi da una vita. Ma la mia risposta non fu certamente quella che lei si aspettava.

«Lui non è mai stato tuo.»

I suoi lineamenti aggraziati si piegarono in una smorfia di sdegno e dissapori.

«E quindi pensi di potertelo prendere, eh? Hai idea di quanto ti distruggerà in tribunale? Ti starà bene. Te la sarai cercata.»

Afferrò il cappotto e lo indossò furibonda, io risposi a quello sguardo di sfida con una stizza marcata sotto le ciglia.

«Invece di essere un briciolo contenta che io sia viva... tu stai pensando a lui?»

«Sì! E dovresti farlo anche tu! È stato a tanto così dall'usare Athena contro di te, per non parlare della storia di quella notte!»

Mi puntava il dito contro come se la mia immensa colpa fosse che lui mi aveva tirata fuori non sapevo come da quel mare in tempesta.

«È stato un miracolo che quel verbale non fosse valido.»

Lo stomaco prese a contorcermisi al punto che stavo per chiamare l'infermiera, perché Lucky ci stava mettendo troppo tempo.

A quelle parole mi tornò tutto indietro, quasi come se lo stessi rivivendo in quel momento ma in modo più vivido.

La proposta indecente di Mavor e il momento in cui mi aveva dato quella chiave.

Il modo in cui si era tirato indietro e non aveva voluto toccarmi.

Il modo in cui aveva fatto sì che quel verbale non venisse utilizzato, e io per la prima volta lo avevo visto sotto una luce differente.

«Già. Un vero *miracolo*.»

E lo avevo lasciato *toccarmi*. Lo avevo lasciato avvicinarmi, tanto, troppo, sempre di più, fino al culmine di un piacere del tutto sconosciuto, fino a rimodellarmi a suo piacimento come cera sulla sua lingua che era un dardo infuocato.

La nube tossica di odio che mi offuscava il cuore si fece più rarefatta e io lasciai entrare qualcosa, senza accorgermi che la porta si fosse aperta di fronte a me.

Un'infermiera molto giovane dalla pelle costellata di lentiggini entrò nella stanza con un sorriso stanco.

«Signorina Kelley, le ho portato i suoi vestiti. Come si sente?»

«Per favore, ci lasci sole un momento.»

Christabell non mi aveva dato il tempo di risponderle, e la cosa non mi piacque affatto. L'infermiera sgattaiolò fuori dalla stanza senza ribattere.

«Non mi interessa che quella stupida della tua amica frequenti il suo detective. Non devi mai più vedere quell'avvocato al di fuori dell'aula.»

Mi allungai lentamente per prendere i vestiti con cui ero quasi annegata che per un'ironia malvagia della sorte erano proprio i vestiti di Mavor, e mia cugina sparì dalla mia percezione pur restando nella stanza. Se chiudevo gli occhi riuscivo quasi a immaginare le sue braccia attorno al mio corpo trascinarmi in salvo.

Persa col filo dei pensieri che seguivano le trame del tessuto di quella maglia in cotone, risposi: «Sai che ti dico, Chris? Hai ragione. Non lo vedrò mai più».

«Se continui così mi costringerai a lasciare il caso.»

Le parole di Mavor risuonavano così imponenti nella mia testa che non mi accorsi che Chris aveva lasciato la stanza borbottando un «Sarà meglio» chiaramente contrariato.

Ero abituata a farmi odiare da tutta la mia famiglia da quando ero una ragazzina. Era sempre stato così.

Io non avevo un posto nel mondo.

E a proposito di luoghi fisici, mi tornò in mente la stanza in cui io e Mavor avevamo avuto il nostro ultimo battibecco. Ricordai quanto lui non volesse che mi trovassi in quel posto, e il modo in cui mi guardava con un detestabile e sprezzante odio feroce mentre consumavo l'ossigeno di una camera chiusa che marciva lentamente. Per la prima volta da quando lo avevo conosciuto, avevo scorto qualcosa di umano incastrato tra i nodi del suo cuore gelido. Una sofferenza celata e profonda che io non avevo avuto il coraggio di provare e nemmeno di riconoscere.

Ed era sempre lo stesso Mavor, ma era un Mavor diverso quello che avevo visto quel giorno.

Era un Mavor con le catene ai polsi e un fardello pesante che trascinava alla caviglia.

Un Mavor con cicatrici sanguinanti e morsi dolorosi, ferite da tagliola che non si erano mai ricucite.

Un Mavor che non avevo mai conosciuto, o forse avevo cercato di non vedere mentre era sempre stato lì, davanti ai miei occhi.

Due settimane dopo aver passato la notte in ospedale, mi sentivo decisamente rinata e avevo persino voglia di tornare sul palco, ma continuai per un po' a godermi il riposo della convalescenza.

Quando entrai in camera della mia coinquilina per rubarle una Lucky Strike che teneva sul comodino, trovai Lucky che si stava infilando in un vestitino striminzito mentre reggeva il cellulare tra l'orecchio e la spalla. La sua risata leggera e aggraziata risuonava nell'aria mentre dalla finestra filtrava la timida luce di una giornata che andava a morire al di là del Tamigi. Doveva essere al telefono con Nolan, e compresi che fosse tornato il sereno dopo il loro incontro alla festa dai Cadogan. Socchiusi gli occhi in un accenno di sbadiglio mentre la guardavo volteggiare per la stanza con l'aria innamorata.

«Vai da *Annabel*?»

«Ho lavorato tutte le sere, sono stanca.» Mi squadrò dalla testa ai piedi mentre ciondolavo col mollettone in testa e un pigiama di flanella. «Nolan e Mavor stanno invitando un po' di gente al *The Haller*. Dovresti venire.»

Mi porse un vestitino molto simile al suo, con spalline sottili di un colore opalescente che mi ricordava l'interno di una conchiglia.

«E dovresti essere strafiga.»

«Io? Al *The Haller*? Ma scherzi?»
«Venus... Lo devi almeno ringraziare.»
«Basterà un messaggio.»
Volevo che quella fioca giornata restasse così, di quelle statiche e inutili che scorrono lente senza una ragione d'esistere. Eppure un tormento impudente aveva cominciato a brulicarmi sottopelle non appena era stato nominato *lui*, celato da un pronome maschile alquanto vago.
«Sono stanca. Ho anche il ciclo.»
Era una scusa un po' idiota in realtà, considerando che noi ci esibivamo senza problemi anche in quei giorni.
«Meglio. Così non puoi dargliela.»
Non osai dirle che lo stava sottovalutando.
Lei si sedette sul letto per allacciarsi un paio di sandali gioiello, poi tornò su di me come se avesse in mente qualcosa.
«Lo so che è il figlio del demonio. Ma hai mai pensato al fatto che tu potresti portarlo dalla parte giusta?»
Quello che stava dicendo era una contraddizione in termini, ma il mio spirito ribelle e selvatico adorava tutto ciò che sembrava impossibile da ottenere.
«In che senso?»
«Voi due, è evidente che non vi siete indifferenti.»
Captai immediatamente la direzione che aveva preso quella conversazione e tentai di bloccarla sul nascere.
«Non provarci. È successo solo un paio di volte. Non riaccadrà più.»
«Io *c'ero* quella mattina, quando vi stavate spolpando con gli occhi a colazione. Ero accanto a voi e, Dio santo, era imbarazzante. Se c'è una cosa che so riconoscere è l'attrazione. E penso che lo abbia notato persino tua cugina, e ora stia morendo di gelosia.»
La mia anima, per quanto irrequieta e selvaggia, meritava una tregua da tutti quegli intrighi insidiosi che le erano stati gettati addosso. Eppure, a quelle parole qualcosa in me inevitabilmente cambiò. Una spaccatura, una crepa irreversibile, mi addolcì il battito rendendomelo più silenzioso, timidamente lieto nel suo soave sentire.
Per un istante, mi concessi un piccolo bocciolo d'indulgenza, ma l'istante dopo mi riappropriai della mia inflessibilità.
«Non posso mica mandare tutto a puttane per lui.»
«No. Ma immagina se lui ti guardasse in quel modo anche in aula.»

Mi accarezzò il mento e me lo sollevò leggermente, costringendomi a guardarla in quei suoi occhioni da cerbiatta.

«Siamo stripper. Sedurre è quello che facciamo meglio.»

Mi venne da ridere per quel vaneggiamento insensato, lo sguardo di Mavor sarebbe rimasto impenetrabile come malachite di fronte a una giuria.

«È evidente che non lo conosci. È troppo professionale. Rimarrà impassibile.»

«E allora perché non è rimasto impassibile anche alla festa dei Cadogan? Perché non ha fatto finta di non conoscerti? Poteva lasciarci lì, esposte a chissà quale pericolo. Poteva fregarsene, ma non l'ha fatto.»

Ancora una volta un calore dolcissimo si propagò nel mio petto e impregnò, come gocce di miele, ogni nervo, ogni fibra muscolare, mi penetrò nelle ossa.

«Io invece penso che dovrei tenermi lontana dai guai. Questo processo prima o poi finirà, e io mi dimenticherò di lui.»

Guardai la mia amica alzarsi e piazzarsi davanti allo specchio: dal riflesso mi lanciava occhiate contrariate mentre si sfumava l'ombretto sulla palpebra.

«Ma poi tu non lo detestavi?»

«Ed è ancora così! Pensavo fosse totalmente ignobile, ma magari ha anche lui un lato umano, o un punto debole...»

Abbandonò il trucco per voltarsi ancora una volta verso me, che vacillavo tra la vergogna e la spudoratezza di quello che avrei voluto fare.

«La paura di perderti mi ha scossa. Non augurerei mai a nessuno di trovarsi al posto mio, con l'idea di non sapere se ti avrei mai rivista viva.»

«Va bene.» Sospirai amaramente mentre dentro di me uno strano sollievo mi avvolgeva di benessere. «Andrò a ringraziarlo.»

Lucky lanciò un urletto di entusiasmo e mi gettò in faccia quella specie di baby-doll che pretendeva indossassi.

«Fregatene di quello che dice tua cugina. Non so fino a che punto lui sia implicato in questa faccenda perché Nolan rimane sempre fin troppo vago, ma... lui ti vuole, Vin, dovresti essere cieca per non vederlo.»

«Mi vuole come ci vogliono tutti gli altri uomini che vengono da *Annabel* a guardarci mentre ci spogliamo», risposi in maniera totalmente asettica.

«E questa è una cosa che puoi usare a tuo vantaggio!»

Le brillavano gli occhi, e i miei si appigliarono a quella sua fiducia illimitata come se potesse trasmettermi la sua stessa energia.

Non ero affatto convinta che sarebbe cambiato qualcosa tra di noi quando ci saremmo ritrovati in aula, uno di fronte all'altra. Ma qualcosa in me aveva infiammato il braciere della voglia di rivederlo, solamente per guardarlo, per sentirmi sciogliere qualcosa di dolcemente inquietante nel petto e colmarlo dei miei peccati inconfessabili e inconfessati pensieri.

«E come la mettiamo con Christabell?»

«Penso sia arrivata l'ora che si renda conto che il mondo non gira attorno a lei.»

Mavor era piombato con la sua leonina eleganza a strapparmi l'indifferenza di dosso, come un vestito da strappare, ed era evidente che il nostro sangue scorreva all'unisono quando ci incontravamo, che la mia pelle sentiva ancora il suo richiamo anche quando era lontano da giorni.

Ed era per quel richiamo che alla fine mi ero fatta convincere ad andare al suo locale, quella sera.

E già al primo passo verso la sua direzione mi accorsi che non avrei dovuto farlo, perché Mavor mi mandava su di giri e quando l'avevo visto con la camicia mezza slacciata, la cravatta allentata arrampicato sul bancone a versare da bere alle ragazze rovesciando direttamente il liquido nella loro bocca, io mi ero scordata dei miei buoni propositi.

La sua fierezza di predatore e la sua sicurezza sfacciata lo ammantavano di un fascino oscuro che trovava nelle sue ombre e nelle sue eterne contraddizioni il suo splendore. Rideva con un suo amico tirandosi indietro i ciuffi ribelli a circondargli il viso di onde di cioccolato fuso. Qualsiasi moto di vendetta o di risentimento che provavo per lui non lo avrebbe mai reso meno attraente, e quella sera ero concentrata sul fatto che non mi era mai importato nulla della vita fin quando non ne avevo respirato un ritaglio sulla sua pelle.

Non potevo ricordare quello che lui aveva fatto per me, ma i flash di tutto quello che avevo immagazzinato da quando lo avevo conosciuto mi vennero a galla e spodestarono le mie paure, schiacciandole in un angolo. Vibravo di quel fervore irrequieto che mi obbligò a mostrarmi a lui.

«Vieni qui.» La sua voce mi arpionò come un incantesimo ipnotico.

Il graffio del suo sguardo quando mi colò della vodka sul seno si aggrappò al mio stomaco e lo trascinò giù in basso, fino al basso ventre, in mezzo alle cosce.

Dopo uno scambio di battute piuttosto rapido mi aveva ignorata per il resto della serata come se esistesse chiunque tranne me, in quel locale, mentre io continuavo a ingurgitare quantità di alcolici non indifferenti per dimenticarmi del fatto di trovarmi come un leprotto nella tana del lupo.

A metà serata, Lucky ammiccò nella mia direzione alzando il tono di voce per farsi sentire dalla parte opposta del tavolo.

«Penso che sia arrivato il momento di parlargli.»

Sapevo cosa aveva in mente, ma la parte ribelle di me si impose su quella razionale, e non riuscii a fermarla.

«Non verrà mai.»

Da quel momento, mi sentii immersa in un vortice di perdizione. Non sapevo quanto tempo fosse passato perché ne avevo perso la cognizione quando Mavor si presentò al nostro tavolo, ma notai che mi cercava con lo sguardo e io non riuscivo a non fare lo stesso.

«Andiamo, *sorellina*», mi aveva detto, porgendomi la mano dopo aver annientato un amico di Nolan che continuava a farmi apprezzamenti talmente sfacciati da farmi pensare che ci avesse prese per delle escort.

Non avrei dovuto farlo. Non avrei dovuto alzarmi e gettare in pasto a tutti i presenti il fatto che saremmo andati a ballare insieme, ma Mavor se ne era fregato in maniera così sfacciata e plateale che mi aveva regalato un brivido di libera sconvenienza a cui non ero riuscita a dire di no. La verità era che invidiavo la sua audacia, quando la sua natura sovversiva schiacciava gli obblighi morali a cui avremmo dovuto attenerci.

Sentii la presa salda della sua mano attorno alla mia, ma lui non mi portò a ballare. Mi portò nel posto dove gli ero sfuggita qualche tempo prima, mentre io mi sentivo come se tutto quello che stessi vivendo lo stessi vivendo per la prima volta.

Mavor aveva dipinta sul viso quell'aria severa di chi avrebbe voluto rimproverarmi anche per il fatto di essere quasi morta. Ma mi bastò sollevarmi i capelli sopra la testa per vedere qualcosa nel suo sguardo che mutava forma e colore. Per la prima volta nella mia intera vita, mi eccitava il fatto che io eccitassi qualcuno.

Sapevo che, se solo lui avesse voluto, avrebbe potuto portarmi oltre il limite, in qualsiasi luogo, in qualsiasi momento, in qualsiasi versione di noi stessi in cui avremmo potuto incontrarci. In qualsiasi sogno in cui saremmo potuti inciampare.

La leggerezza di quel vestito a sottoveste che si strusciava sulla mia pelle mi eccitava, solo perché lui mi stava guardando in quel modo. Il nodo alla gola si sciolse come miele e mi addolcì il petto.

Avrei potuto usare la scusa dell'alcol, ma Mavor mi aveva fottuto la testa e quando mi mostrava qualcosa di umano, quando mi rinfacciava il suo coraggio ostinato che lo aveva portato a salvarmi la vita, io avrei potuto persino piegarmi.

E infatti fu quello che feci, perché volli baciarlo nel punto che gli avrebbe fatto perdere il controllo.

Riuscirai a dimenticarti di questo, quando mi guarderai dentro quell'aula di tribunale?

E non mi importò più di niente.

Di mia cugina, di Cadogan, del caso, di Braiden, della porta che era rimasta aperta.

Avvolsi la sua erezione spropositata tra le labbra e lo sentii gemere, pulsarmi contro la lingua, vibrarmi contro il palato. Ci misi un po' ad abituarmi a quella grandezza marmorea. Il suo sapore mi colava nella bocca come il nettare più luciferino che avessi potuto immaginare. Perverso, diabolico, bollente e incantevole.

I suoi affondi mi saziarono e i suoi gemiti trattenuti ancora di più. La sua perdita di ragione mentre infliggeva stoccate precise, il modo in cui si mordeva il labbro inferiore mentre a stento riusciva a reggere il mio sguardo, l'idea che fossi io a ridurlo in quello stato mi investivano di scossoni di eccitazione, perché pensavo fosse solo lui quello capace di far perdere la testa a me.

Avrei voluto che mi toccasse perché ogni piccolo anfratto della mia pelle lo reclamava a gran voce. Lo odiavo per come mi faceva sentire, ma quello era esattamente ciò che avevo desiderato di fare da quando lo avevo visto con mia cugina.

Assaporai il peso del suo corpo su di me mentre sentivo ancora quel sapore di fiele zuccherina in bocca, la sua carne mezza nuda che ancora pulsava contro di me, e io avrei voluto implorarlo di prendermi contro il mucchio di bottiglie accatastato in quello stanzino.

E come se stessimo percorrendo in bilico nel vuoto il filo dello stesso identico pensiero, lui mi aveva graffiato la pelle con quelle parole: «Voglio che gridi così tanto che tutto il locale conosca il mio nome».

Aveva saputo farmi urlare sul serio e avevo voglia di consumarci le corde vocali l'uno con l'altra, se non fosse che avevo alzato la testa e mi ero accorta che una sagoma era nascosta nella penombra, dritta di fronte a noi.

Il mio sguardo fu catturato dal cadenzato avanzare di quel profilo famigliare, che presto mi rivelò i capelli perfettamente ondulati in piega e lo sguardo omicida incorniciato da un mascara di lusso.

«Oh mio Dio.»

Sentii i muscoli di Mavor contrarsi addosso ai miei e lo stomaco farsi un puntaspilli.

«Voi due... voi due andate a letto insieme?»

L'atmosfera mutò bruscamente, in maniera irreversibile. Quella bolla di profumi e sensazioni tattili che avevamo costruito e in cui ci eravamo rintanati si frantumò e ci cadde addosso come una pioggia di cristallo.

Mavor si tirò su i pantaloni con un gesto brusco, e poi si voltò nella sua impassibile fierezza.

«Se cercavi qualcosa da bere, il bancone lo hai superato.»

Il peso dello sguardo di mia cugina rimbalzò da lui a me e affondò nelle pieghe più intime dei miei pensieri.

«Cercavo uno di voi due. E vi ho trovati *insieme*.»

Il protagonista maschile di quello strano triangolo afferrò una lattina di birra dal frigo accanto a noi e ne buttò giù un sorso. Aveva la camicia slacciata sul petto, la cravatta finita chissà dove, e aveva l'aria di chi non si sarebbe curato di nessuna delle due cose.

«Ti hanno mai insegnato a bussare, Chris? Non sei cambiata dai tempi di Oxford.»

«Nemmeno tu, a quanto pare.»

Potevo leggere sui suoi lineamenti aggraziati un disgusto che le irrigidiva i muscoli facciali.

«Da quanto va avanti questa cosa?»

«Da quanto va avanti, vediamo...» Mavor finse di guardare il suo orologio al polso. «Da dieci minuti, circa.»

Christabell avanzò verso di lui con aria minacciosa. «Prega Dio che non ti denunci all'ordine, razza di stronzo. Dovresti essere processato per infedele patrocinio!»

Lui le rispose bevendo un'altra sorsata, con una strafottenza che mostrava gli artigli molto più delle parole affilate.

E così lei si rivolse a me, che me ne stavo zitta, di ghiaccio.

«Sei senza speranze, i miei genitori avevano ragione. Sei una spostata.»

Mavor al mio fianco rimase in silenzio, un silenzio che tuonava con tutta la potenza di parole non dette, che sbraitava per risponderle, lo percepivo dal modo in cui potevo quasi sentire i suoi denti serrarsi. Riuscivo a toccare il suo nervosismo come se fosse tangibile dal modo in cui stritolava la mandibola.

Un sorrisetto perfido le piegò le labbra coperte da un sottile velo di rossetto color corallo.

«Se questa situazione non fosse contro la legge direi che siete fatti l'uno per l'altra. Prima o poi verrò a trovarvi nello stesso centro di igiene mentale.»

«Cerca di stare calma, va bene? Non ha fatto niente di diverso da quello che hai fatto anche tu.»

«Non difenderla. E ringrazia Dio se non ti denuncio all'ordine.»

Mavor calibrò le parole, aride e studiate, e sul suo volto si dipinse una maschera esangue.

«Non mi denuncerai perché sai perfettamente che se io vado a picco, tu vieni giù con me.»

Lo sguardo di mia cugina si appesantì di piombo e cenere. Si avvicinò a me di un passo e la sua occhiata inquisitoria mi sviscerò come se avesse voluto disintegrarmi.

«È stato per questa ragione che quella stupida di Lucky Red mi ha detto di passare? Per farmi assistere a questo?»

Non risposi, rimasi in silenzio con lo sguardo di chi non aveva nulla da dire.

«Lo avete fatto apposta.»

Rabbrividii per le vibrazioni che arrivarono dal mio fianco, e un silenzio stridente mi piombò addosso come un blocco di marmo. Lo avvertii quello scossone, come uno strappo secco su una vertebra: Mavor si irrigidì accanto a me e il mio cuore si schiuse come una rosa di sangue. Incrociai il suo sguardo e assorbii una ventata di ferocia che mi fece vibrare il costato come se una tempesta mi fosse appena passata davanti.

Rividi di nuovo il suo solito, vecchio disprezzo da figlio di venti infernali, plasmato e manipolato ad arte per far vibrare le corde più intime e oscure di me. Poi lui ci superò entrambe e scomparve al di là della porta lasciandoci sole, nella penombra, una di fronte all'altra.

Sollevai il sopracciglio in direzione di mia cugina a sottolineare la sua ipocrisia. Era chiaro che con Mavor fossi precipitata in un errore che aveva i contorni della follia, ma lei era l'ultima persona che avrebbe potuto biasimarmi.

«Te lo sei scopato tra un'udienza e l'altra? Nelle pause, mentre studiavo le deposizioni? Oppure prima, o quando finivano?» sibilò come un serpente.

Non mi avrebbe fatta sentire in colpa. Non in quel luogo, non in quel momento. Non *con lui*.

«In tribunale? Te lo sei fatto in tribunale?» continuò.

«È capitato.»

«Beh, lasciati dire una cosa, cuginetta. *Fa le stesse cose con tutte quante*.»

Mantenni il mento sollevato e non smisi di guardarla negli occhi a testa alta, ma quella frase fu l'unica che riuscì a farmi sentire un leggero vuoto d'aria. Immaginai Mavor in quella sala opulenta della villa dei Cadogan, circondato dai corpi di donne mascherate su cui si sarebbe accanito con la brutale efferatezza di cui avevo avuto un'anteprima.

«Sinceramente, Chris, sei un ottimo avvocato, e forse è vero che io sono disturbata... ma su una cosa ti sbagli. Io non vorrei *mai* essere come te.»

Scosse la testa, piegata in una smorfia di frustrata indignazione.

«Io ho chiuso con te. Trovati un altro avvocato.»

A quelle parole superai la porta e la lasciai lì. Christabell mi aveva aiutata dandomi sempre l'impressione che lo stesse facendo più per se stessa che per me. Aveva passato la vita a farmi desiderare cioè che era suo per convincermi che tutto ciò che lei aveva fosse migliore.

Non sopportava il fatto che Mavor mi aveva salvato la vita in un disegno egoistico quasi perverso. Quasi avrebbe preferito fossi annegata, e la potenza di questa dolorosa consapevolezza non mi fece voltare indietro.

Appena uscita da quello stanzino, mi trovai catapultata al di là del bancone, in mezzo a un quantitativo di gente che mi sembrava quasi aumentato rispetto a prima. Cercai lui con lo sguardo, camminando avanti e indietro, facendomi spazio in quella piccola folla finché non inciampai contro un volto familiare.

«Nolan. Hai visto Mavor?»

Il detective mi rivolse uno sguardo inquisitorio come se stesse valutando la mia espressione.

«Cosa è successo? C'è qualche problema?»

«Dimmi dov'è.»

Aveva le sclere bagnate dall'alcol e le guance più rosate del solito, e forse per quel motivo si rassegnò subito all'idea che da me non avrebbe saputo nulla.

«Non saprei dirti, Vin... se n'è andato.»

4

I picked my poison and it's you

> «Ognuno ha il proprio modo di guardare la notte.
> Il mio era osservare te.»
> E.B. Luin

Venus ♀

Le porte in vetro di quel locale mi richiamarono come se avessero voce propria e, quando uscii in strada, un vento gelido mi attraversò il volto, umido di spilloni conficcati nella pelle, e l'aria fischiava come a scandire lo scoccare della notte.

Mi misi a correre sul marciapiede di quella strada che ormai conoscevo alla perfezione fin quando non riconobbi in un'ombra lontana il suo portamento forte ed elegante.

«Mavor! Mavor!»

Si voltò immediatamente e mi trovai davanti quello spettacolo impetuoso, terrificante e meraviglioso allo stesso tempo, come il maremoto che voleva uccidermi. L'oscurità di quei vicoli non lo adombrava, anzi, era lui a divorarsela e a uscirne più luminoso.

«Lo hai fatto apposta? Dimmi la verità», ringhiò furibondo, riversandomi addosso la sua pugnalata d'odio con gli occhi brillanti d'ira.

La domanda mi colpì alla sprovvista. «Io... Io...»

La sua mascella si contrasse in un nugolo di nervi e la voce vibrò un ruggito basso e rassegnato.

«Mi sembrava impossibile che avessi sbattuto la testa.»

«Io non...»

«Hai intenzione di denunciarmi? Mh?»

«No!»

Era vero. Non lo avrei mai fatto ma lui non mi avrebbe creduta, a quel punto.

«Vuoi raccontare in un'aula di tribunale di come ti sei fatta scopare nella mia doccia senza battere ciglio? O di come ti ho fatto godere nella biblioteca del tribunale?»

Il sarcasmo crudele con cui mi canzonava mi fece tremare d'orgoglio.

«Smettila! Io non avrei voluto che ci scoprisse.»

Questa era una menzogna, una piccola bugiarda assassina e irriconoscente, ecco cosa ero.

«Nessuno ti denuncerà.»

«Questo me lo dimostrerà solamente il tempo. E sarà meglio che ti dia ragione.»

«Christabell non può farlo.» Allargai le braccia sperando che mi ascoltasse. «Come hai detto tu stesso, anche lei è colpevole.»

«Che cosa vuoi, Kelley?»

Il perché fossi lì non lo sapevo neanche io, ma quando tornò ad afferrarmi il gomito con una stretta minacciosa io desiderai per l'ennesima volta che si trasformasse in una presa differente.

«Stai cercando di rovinarmi la carriera?»

«Tu stai cercando di rovinarmi la vita!»

«Ma pensa! Pensavo di avertela *salvata*, la vita!» Mi strattonò, e poi lasciò la presa costringendomi ad allontanarmi. «Me lo hai succhiato sperando che qualcuno ci beccasse? Lo sai che potrei essere processato dall'ordine per una cosa del genere? Potrei perdere il lavoro per sempre.»

Si batté il petto con un pugno, come se la sua carriera fosse l'unica cosa che avesse a cuore.

«Per non parlare del fatto che se Cadogan dovesse scoprirlo non esiterebbe un istante a spararmi a freddo.»

«Non accadrà nulla di tutto questo. È pur sempre Christabell. Non è una stupida.»

Quel sottile compiacimento mi aveva vibrato nelle ossa quando ancora me lo sentivo addosso, nudo, la sua carne contro la mia, e avevo visto gli occhi di mia cugina posarsi su di noi.

«Allora cosa? Cosa è stato? Te lo chiedo ancora una volta, Kelley, come feci tempo fa: stai cercando di corrompermi con il sesso?»

Ero pur sempre una testa calda, occhi di ghiaccio e lingua biforcuta.

«Ti stai sminuendo a pensare una cosa del genere.»

«Tu ne saresti capace. Pensi che se ti sbattessi altre cento volte potrebbe passarmi la voglia di entrare in quell'aula a disintegrare la tua testimonianza del cazzo?»

Scossi la testa come per fargli capire che fosse fuori strada.

«Questo caso sta diventando pericoloso per entrambi, ed è ora che tu te ne renda conto.»

«Che cosa? Che cosa hai... detto?»

«Abbiamo superato dei limiti. Il fatto che qualcuno ci abbia beccati è una conseguenza scontata.»

«No. Non è vero.»

«Sì, lo è.»

«Mi stai chiedendo di rinunciare al mandato? Sei completamente fuori di testa?»

Mi guardava come se improvvisamente incarnassi il male del mondo.

«Penso che tu sia troppo coinvolto con la famiglia Cadogan. Hai gonfiato di botte il figlio di Charles.»

Cercavo di farlo ragionare, ed era nel mio interesse. Ma qualcosa mi suggeriva che lo stessi facendo anche per lui e che le parole mi uscivano più sincere di quanto avessi mai creduto.

«Non importa. Ho tutto sotto controllo. Posso domare i miei istinti e...»

«Non è solo il sesso, stupido idiota!»

«E cos'altro?»

Di cose ce ne erano anche altre, ma decisi di riferirmi solo ai fatti pratici che lui avrebbe potuto comprendere.

«Io so di Regina. So della loggia... di non so quali quote. Tu sei troppo coinvolto nella vicenda. Stai rischiando troppo.»

Per la prima volta mi arrischiai in quelle sabbie mobili e decisi di metterlo in guardia, ma lui mi si avvicinò con l'aria di chi non conosceva altro modo di relazionarsi al di fuori della sfida.

«Qualsiasi cosa tu sappia su di me, se la rivelassi finiresti nei guai anche tu.»

«Più di quanto lo siamo già?»

Sbuffò come un cavallo imbizzarrito, perché quell'argomento lo innervosiva più del solito. Camminava avanti e indietro davanti a me, come una bestia nera tenuta in gabbia.

«Hai flirtato con me tutta la sera sperando che qualcuno ci scoprisse. Almeno ammettilo!»

Mi schiarii la voce per prendere tempo e scoperchiare un'ammissione amara.

«Potrei, per un attimo, aver sperato che Christabell venisse a saperlo. Ma non che ci trovasse in quel modo.»

«L'hai vista farmi esattamente la stessa cosa che mi hai fatto tu stanotte. Mi hai usato come una marionetta.»

«Non mi pare che non ti sia piaciuto.»

«È questo il modo che hai di ringraziarmi? Facendomi beccare da una collega con il cazzo nella bocca della controparte?»

Sbraitò con una tale veemenza che mi fece paura, ma cercai di contenere quella rabbia cieca con uno sguardo saldo.

«Ti sono grata per quello che hai fatto.»

Era la verità, forse l'unica che restava in piedi mentre tutto il resto mi crollava attorno. Era uno stronzo impunito per la maggior parte del tempo, ma qualcosa lo aveva spinto ad aiutarmi più di una volta e non potevo non riconoscerglielo.

«Ma questo non ti permetterà di avere un potere su di me. E se ho fatto quello che ho fatto con te è perché mi andava.»

Continuava a smaniare furibondo, in preda a un delirio di rabbia mi ascoltava a malapena e pensava ad alta voce.

«Avrei dovuto scoparti quella notte nella mia stanza d'albergo. E poi fregarmene di te, depositare il verbale per screditarti e far testimoniare tua sorella.»

«E io avrei dovuto spararti. Te lo dico e te lo ripeto.»

«Ti ho tirata fuori da un mare in tempesta.»

«Non ci sarei finita in quel mare se non fosse stato per te.»

Si bloccò, a quella frase. Mi regalò un sorrisetto sghembo mentre le ginocchia cedevano all'idea che non potessi affrontare in piedi la sua bellezza annientante.

«Adesso riconosco la mia piccola V.»

«Puoi evitare di chiamarmi in quel modo? Lo detesto.»

Amavo quel modo di chiamarmi in maniera talmente folle da odiarlo con ogni cellula. Mi faceva sentire vulnerabile.

«E potevi anche evitare di buttarti, sul serio. Potevi lasciarmi morire, avrebbero tutti apprezzato ugualmente.»

Mi schiacciò contro il muro gelido e incrostato alle mie spalle, come faceva sempre.

«E rinunciare all'idea di avere qualcuno che mi sta incasinando la vita?»

Mi annusò i capelli e poi il collo. Era qualcosa che non stava né in cielo né in terra, qualcosa di incontrollabile. Mavor assomigliava così tanto alla vita, e allo stesso tempo a qualcosa che la vita te la risucchiava via dal petto.

«Io non ti sto...»

«Più mi odi, più fai la stronza, più sei scorretta... e più mi ecciti.»

Mantieni la calma.

Provai a respirare. L'aria sapeva di lui.

«Devi rinunciare a qualcosa, Mavor. Al caso o... a me.»

«Io sono abituato a volere tutto. Voglio vincere la causa, voglio la fama, voglio il potere, voglio...» Percorse il mio corpo con un dito come a volersi prendere ciò che gli spettava di diritto. Divenne folle e pericoloso, e spaventosamente attraente nel giro di qualche secondo di troppo passato a guardarci negli occhi. «Dio, Kelley, come cazzo ti permetti di venire da me con questo vestito?»

Ci prese un delirio fin troppo reale che sentivamo vibrarci nelle ossa. Se la vita fosse stata un arido deserto come lo era sempre stata per me, se anche si fosse ridotta a quella piccola oasi, io sarei stata disposta a viverla.

Avevo visto la morte in faccia. Stavo annegando sperando di recuperare una prova per distruggerlo, tanto poco che mi interessava rimanere in vita. Stavo annegando con i suoi vestiti addosso. E poi lui mi aveva salvata.

Se lo avessi interpretato come un segno del destino, avrei dovuto capire che l'elemento in comune di tutto quello che mi era successo era proprio lui: Mavor.

«Dopodomani mi devi interrogare.»

«Penso che cercherò di immaginare che biancheria porterai sotto la gonna.»

«Magari non la porterò affatto.»

Non riuscivo proprio a evitarlo. Per quanto potessi fingere, ero dipendente da quel gioco al massacro tanto quanto lui.

«Sei veramente la regina delle stronze», soffiò contro il mio collo. «La mia carriera è a rischio per una tua vendetta da ragazzina. E adesso dovrei essere come minimo... ricompensato.»

Mi sollevò entrambe le braccia sopra la testa, poi mi voltò e mi schiacciò a faccia contro il muro.

«Non mi avrai qui, in mezzo alla strada.»

«Non sto per fare quello che stai sperando che faccia.» La sua mano raggiunse il fianco da sotto il vestito e le dita si allacciarono al bordo dei miei slip. «Non eri in cerca di emozioni? Mh?»

«Non la metterei proprio così. È un po' più complicato, e...»

Non riuscii a finire la frase che lui sollevò i miei capelli in una coda alta, scoprendo tutta la mia scollatura posteriore. Respirò contro il mio collo e poi percorse con le dita la schiena nuda dall'alto verso il basso.

Un brivido mi percorse e la mia pelle si accartocciò come carta di giornale gettata nel fuoco quando mi sollevò la gonna.

«Che cos'è, questo? Eh?»

«Pelle d'oca.»

Uno schiaffo netto mi ustionò una natica e io persi il respiro.

«Sbagliato. Correggiti.»

«Mavor!»

«Correggiti.»

«Brividi.»

«Brava. E lo sai perché li hai?»

«Perché... sono un riflesso condizionato.»

Un altro schiaffo sulla natica, più forte di prima.

«Sbagliato di nuovo.»

Strinsi i denti per il dolore, ma faticavo a ragionare.

«Perché... non lo so. Dimmelo tu.»

«Perché sei accaldata. Ed eccitata. Perché stai fremendo.»

Un piccolo morso sulla schiena, seguito dalla sua lingua vellutata e pungente, mi fece sussultare. Le sue labbra erano come corone di spine a puntellarmi la pelle per farla sanguinare.

«Perché vorresti sentire le mie spinte una dopo l'altra dentro di te. E lo sai cos'è questo?»

«Voglia di fare sesso?»

Un altro schiaffo sullo stesso identico punto, un bruciore atroce che però mi avvampava le gote di orribili crimini e amatissimi peccati.

«Si chiama desiderio.»

Rimasi in silenzio ad ascoltarlo, quel desiderio, come se fosse cucito nelle stesse trame della sua voce. Potevo sentirlo, accarezzarlo, prendermene cura, quasi toccarlo.

«Viene dal latino, *de sidera*. Quello che nessuno sa è che letteralmente vuol dire 'mancanza delle stelle'.»

Mi lasciò abbassarmi il vestito e voltarmi verso di lui, con le mani dietro la schiena che era appoggiata contro il muro. Sembrava così serio e oscuro che non riuscii a staccare gli occhi dai suoi, ma compresi dove volesse arrivare e cosa mi stesse mostrando. Quella sensazione totalmente umana di guardare il cielo e scrutare quello che non si avrà mai.

Più potente sarebbe stata la frustrazione di non poterlo ottenere, più intenso il desiderio di riuscire ad afferrarlo.

«Ci hai rimorchiato parecchie donne con questa cosa?»

«Non ho mai avuto bisogno di parlare con nessuna donna.»

Si avvicinò alle mie labbra, si accostò alla mia bocca e ci soffiò sopra un respiro inquieto, umido di tepore dolcissimo e allo stesso tempo conturbante come il suo sapore che sentivo ancora sul palato.

«La senti, piccola V? Quella voglia che io vada fino in fondo? La senti o no?»

La sentivo, forte e chiaro, tra i suoi sospiri di rugiada e i miei lamenti di zucchero di cui avrebbe voluto saziarsi.

La mancanza delle stelle e la smania di raggiungerle, quelle che gli ricamavano la bocca, che gli screziavano gli occhi di pagliuzze dorate, quelle nascoste dietro le nubi delle sue contraddizioni inquinanti. Il desiderio era un'emozione e io la conoscevo, la distinguevo, sapevo riconoscerla ed era questo che Mavor stava cercando di dirmi.

«Perché... perché mi stai chiedendo se la sento?»

«Ho letto le tue perizie psichiatriche. Quelle a cui sono riuscito ad accedere.»

Quella confessione gli scivolò via con la noncuranza di chi manca di qualsiasi empatia, come se si arrogasse il diritto di spezzarmi e di ridurmi in frantumi.

«*Difficoltà a individuare i sentimenti e a distinguerli dalle sensazioni somatiche. Sessualità perversa come scarico di tensione emotiva irrisolta*», recitò a memoria, passo dopo passo, la mia diagnosi.

Cercai di allontanarlo da me, ma non lo spostai di un centimetro.

«Come ti sei permesso?»

«Era una delle prime cose che dovevo fare: distruggi la vittima, assolvi il cliente.»

Sapeva tutto di me, molto prima che io glielo accennassi. La mia anorgasmia, la mia alessitimia secondaria.

«Non ne avevi il diritto...»

«Voglio sapere cosa successe davvero quella notte, Venus, e voglio saperlo da te. Voglio sapere perché Charles ha scelto proprio te. Se è stato un caso, oppure...»

«Perché per te è così importante saperlo? È per vincere la causa? Per farlo assolvere?»

«Ho *bisogno* di saperlo.»

Non potevo, io non... per un attimo forse mi sfiorò l'idea di confessare, ma quello dopo era già svanita, oscurata dalla ragione.

«Sai, Mavor, forse, come dici tu, ti ho voluto più di quanto mi fosse permesso. E forse stanotte ho esagerato in tutto e domani me ne sarò già pentita. Ma tu sei l'ultima persona al mondo a cui direi mai una cosa del genere.»

«Se non me lo dirai tu, lo scoprirò da solo.»

Gli afferrai il polso fasciato per bloccare la sua mano che scorreva su di me. Il mio corpo aveva preso a vibrare e io mi indebolivo a ogni suo tocco più deciso.

«Stai tremando? Hai paura di me?»

«Fa freddo.»

Mi prese in giro con un sorriso di chi disarcionava le mie bugie.

«Che fine ha fatto quella ragazzina... quella di cui ho letto nei referti? *Stile comunicativo incolore*... Io conosco un'altra Venus.»

Ciò che era stato scritto su quei referti non mi identificava. La mia diagnosi non era ciò che ero, e mai avrei voluto definire me stessa con il nome di un disturbo psicologico. Il modo in cui Mavor mi suggeriva che io non ero solo quello mi regalava qualcosa di simile alla speranza. Aveva quel modo di tenermi attaccata al muro, schiacciata contro il suo corpo, quel modo di farmi sentire in trappola tenendo i palmi piazzati ai lati della testa, come se non fossero abbastanza gli occhi che mi tenevano inchiodata, come se volesse creare uno spazio tra le sue braccia in cui esistessimo solo noi due.

«Smettila. Ti prego. Smettila.»

Non mi rispose, ma dopo essersi allontanato dal mio corpo prese una sigaretta dalla tasca dei pantaloni e se la lasciò in bocca a ciondolare.

«Torna al locale, stanotte voglio stare da solo.»

«E per solo intendi *solo*, oppure?...»

Non era affar mio, ma lui stranamente mi rispose.

«Se volessi compagnia, nonostante tutto vorrei la tua.»

Si avvicinò ancora, mi accarezzò le labbra con il pollice, e io afferrai il ricordo della sua virilità che affondava senza pietà lungo la mia gola in fiamme. E io mi lasciai sfuggire una constatazione piuttosto ovvia.

«Non combineremmo niente di buono stanotte, io e te.»

«Però ti scoperei come un condannato a morte.»

Le ginocchia cedettero e mi ressi contro il muro. Gli occhi mi brillarono della sua luce.

Ci eravamo annusati come due lupi solitari e sapevamo di essere così simili eppure così diversi, io e lui.

Io che vivevo alla giornata ed ero perennemente sfatta come il mio letto e caotica come il mio appartamento, lui sempre perfetto nella sua rigidità e nella sua vita delineata in ogni minimo aspetto. Persino i vizi su di lui sembravano simili alla perfezione. Anche la dissolutezza su di lui era impeccabile.

Gli occhi mi bruciarono all'idea di quanto i miei spigoli aguzzi divenissero curve accoglienti, di fronte a lui. Cominciavo a sentirmi come una penosa macchia sulla sua vita inamidata.

«Vattene, Mavor. Vattene via.»

Mi guardò quell'ultima volta e il vento mi penetrò le ossa quando il suo calore sfrenato si allontanò dal mio corpo. Svoltò l'angolo prima ancora che io realizzassi che per la prima volta qualcuno aveva cercato di darmi una chiave d'accesso, un codice di sblocco per decriptare le mie emozioni. Ma io continuavo a tenerlo più distante di quel mare in tempesta, perché aveva la sua stessa spaventosa natura.

«Per favore, metta tutti gli oggetti metallici sul vassoio e passi sotto il metal detector.»

La guardia all'ingresso mi guardò pigramente mentre superavo i controlli della corte penale della capitale inglese. L'Old Bailey era un vecchio gigante ingrigito dal fumo di Londra, i cui interni profumavano di cuoio misto a disinfettante ai fiori chimici. Il fumo di sigaretta di un secolo prima, che aveva impregnato di stantio i suoi banchi di legno, perdurava molto più di quanto fossero vissuti gli uomini che avevano camminato in quei corridoi.

Mi sedetti nella sala centrale tamburellando con il piede sul pavimento, in attesa di incontrare il mio nuovo avvocato poco prima dell'udienza. Me ne era stato assegnato uno d'ufficio dopo che Christabell mi aveva mollata e io avevo dichiarato di non potermene permettere uno.

«Signorina Kelley?»

Alzai lo sguardo sul ragazzo alto e castano, con l'aria un po' spaesata e i capelli perfettamente pettinati all'indietro, che mi guardò da un paio di occhi chiari color ambra.

«Piacere. Io sono l'avvocato Victor Winter.»

Scattai in piedi e allungai la mano verso di lui, spalancando la bocca. Non mi sarei aspettata qualcuno di così giovane, e soprattutto non mi sarei aspettata qualcuno di così attraente. Aveva una bellezza eterea e uno sguardo innocente del tutto illuminato di purezza.

«Signorina Kelley, temo che le dispiacerà sapere che ho avuto davvero pochissimo tempo per preparare questo caso. Ma ci lavorerò giorno e notte nei prossimi giorni.»

«Ti prego, dammi del tu», fu l'unica cosa che riuscii a dire mentre studiavo ammirata i suoi lineamenti ammalianti, praticamente perfetti, le labbra carnose, il taglio degli occhi quasi orientale, la pelle vagamente dorata.

«Non è una cosa che amo fare, prendere troppa confidenza con i clienti.»

Ed è un vero peccato.

«Ti prego. Non penso tu sia molto più grande di me.»

Levati dalla testa altri pensieri osceni, hai fatto già abbastanza danni.

Mi sembrava di avere nella testa due voci opposte e inconciliabili che litigavano tra loro.

Lui mi rispose con un lungo sospiro. «D'accordo. Mi dispiace, se ti aspettavi qualcuno con più esperienza.»

La sua umiltà delicata e il modo gentile e educato che aveva di sorridermi mi rasserenò un poco quella mattinata uggiosa. Non mi guardava come tutti gli uomini che sapevano che lavoro facessi, non era il tipo che avrei potuto incontrare nei posti che ero solita frequentare, sembrava davvero un bravo ragazzo. Di certo non lo avrei mai trovato in uno strip club.

«So che il tuo precedente avvocato è una donna molto in gamba, ma comunque si tratta di un caso della Corona contro l'imputato, quindi spero che la procura farà bene il suo lavoro.»

«Almeno tu non ti porterai a letto l'avvocato della difesa come ha fatto lei.»

Sollevò le sopracciglia, a quella mia parziale rivelazione della verità. «Ah, molto bene.»

«Hai il segreto professionale, giusto?»

«Beh, sì, tecnicamente... Sai, i tribunali sono ambienti molto più promiscui di quanto si possa credere.»

E io forse lo sapevo molto meglio di quanto lui credesse.

«Posso solo immaginare.»

Tornò a parlarmi mentre io rimuginavo sulla biblioteca che si trovava qualche piano sopra le nostre teste.

«Comunque la difesa vanta un avvocato con una fama spaventosa che lo precede. Lo conosco solo di nome, ma sei abbastanza...»

«... Nei casini. Lo so», conclusi, sospirando amaramente, perché ormai me lo ripetevano tutti da diversi mesi.

«Ci conviene andare. L'udienza è prevista alle 9.»

Salimmo la scalinata fino alla solita aula che ci attendeva, insieme a Mavor. Indossava il suo solito completo blu da cui intravedevo un gilet a tre bottoni, portava la toga sottobraccio e la ventiquattrore nella mano.

Fulminò Victor con l'aria di chi volesse disintegrarlo al suolo, mentre lui, quando lo vide, borbottò qualcosa che io non riuscii ad afferrare, ma mi sembrò decisamente ammirato dalla sua presenza.

Io e Mavor ci scambiammo un'occhiata eloquente e sapevamo entrambi cosa avrebbe voluto dire. Avevamo sviluppato un codice d'espressione che sapevamo decriptare solo io e lui. Succede, quando sei abituato a mostrare una certa faccia in pubblico mentre il vero te stesso vive nascosto nell'ombra.

Quando mi intrufolai nel bagno di quel piano sapevo che me lo sarei ritrovato davanti, e infatti, mentre ancora mi stavo lavando le mani, mi apparve nel riflesso dello specchio alle mie spalle. Dritto e imperante, con l'aria di chi stesse reclamando qualcosa che gli apparteneva per diritto di nascita.

«Hai cambiato avvocato?»

Mi voltai verso di lui. La sua presunzione arcigna aveva impregnato tutta la stanza, come se l'ambiente si piegasse sempre ai suoi cambi umorali.

«Ho cambiato avvocato. Forse con un uomo non te ne uscirai con frasi sessiste o con la voglia di scopartelo.»

«Sempre che non decida di farlo tu.»

«Almeno con lui non è espressamente vietato dal codice... come si chiama?»

«Deontologia forense.»

Tutti quei paroloni con cui si complicavano la vita per distinguere solo quello che fosse giusto e moralmente accettato da quello che non lo era.

Come noi due.

«Già. Proprio quello che tu non hai mai letto.»

Persi un battito quando si avvicinò a me mentre mi raccontavo di non volerlo attorno. Ero dipendente dal modo in cui mi si avvicinava non appena eravamo più nascosti del solito, come se non gli importasse più di tanto che qualcuno ci trovasse troppo vicini.

«Stai molto attenta, ragazzina. Non farmi incazzare.»

«Altrimenti cosa fai? Mi fai male?»

Sorrideva con gli occhi. Il riflesso di quella mattinata fresca e limpida si rifletteva sul suo volto che fissavo in estasi.

«Ti bacio.»

Desiderai di essere morta piuttosto che dover tollerare quel bruciore fecondo e totalitario che mi ribollì dall'ombelico, lungo le cosce fino alla punta dei piedi. Non sarei sopravvissuta ancora a lungo a quel genere di approcci con cui costantemente mi metteva a dura prova.

Cercai di svicolare dalla sua presenza imponente, di evitare quegli occhi di brace con cui mi sfilacciava la carne dai nervi.

«Pensi di essere onnipotente? Non pensi di avere dei limiti?»

Soffocò una risatina di scherno per tutta risposta.

«Non avere pietà per me, come io non l'avrò per te. Ti ho fatta venire... ti farò anche piangere.»

Il mio corpo smaniava tra le sue incrinature, quella cruda arroganza con cui mi condannava a scalpitare per lui strideva sui lineamenti da principe. Tuttavia gli donai ancora una volta solo il lusso di uno sguardo alienato.

«Risparmia le energie per l'udienza. L'Old Bailey sta fremendo dalla voglia di vedere il suo lupo a caccia.»

Con lo stomaco in subbuglio e le palpitazioni accelerate da quella rapida conversazione lo scostai da me e uscii in fretta da quel bagno. Ero sopraffatta.

Victor dovette trovarmi accaldata, chiaramente in difficoltà, ma aveva una dolcezza nello sguardo che mi rasserenò come un abbraccio fraterno.

«Tutto bene? Vuoi un po' d'acqua?»

Annuii, dovevo avere le guance in fiamme.

«È normale essere nervosi. Dovrai solo ripetere quello che hai detto alla polizia.»

Forse la mia strategia era quella di corrompere Mavor con il sesso. Ma la sua era molto più crudele e spietata, perché lui limava crudelmente la superficie inattaccabile dei miei sentimenti, qualcosa che non credevo di essere in grado di provare.

Lo vidi da lontano spalancare le porte dell'aula seguito dal suo cliente e dai suoi assistenti. Non si può entrare finché non ti chiamano, lo sanno anche i muri, ma in quel luogo le regole per i comuni mortali non valevano anche per Mavor Axford.

«Okay. Sono pronta.»

«Entriamo, allora.»

Il giudice Mahoney era un professionista diligente e puntiglioso, un po' pedante ma sempre cordiale. Era una delle poche persone che in quell'aula non mi metteva a disagio. Fu una sorpresa per me scorgere anche Christabell seduta nel pubblico, abbastanza distante da Lucky e Nolan.

«Avvocato Axford, la prego, esponga ai nostri giurati gli elementi probatori che mi ha mostrato nell'ultima udienza preliminare.»

La magnificenza di Mavor e la sua leonina bellezza mi presero a schiaffi al ricordo di tutto quello che avevamo fatto dall'ultima volta in cui eravamo stati in quell'aula. Prese la parola mentre si destreggiava tra gli occhi affascinati dei presenti.

«Siamo di nuovo in quest'aula per dimostrare, signori della Corte, che Charles Cadogan è innocente dei reati di cui è accusato. Per dimostrare che vi fosse consenso da parte della presunta vittima, dovremo tornare indietro nel tempo. Dovremo tornare alla notte in cui la signorina Kelley asserisce di essere stata portata via con la forza dagli uomini di fiducia del mio assistito.»

Mi lanciò un'occhiata fulminea, pungente come una pioggia di spilli, così intensa da lasciarmi scorgere il brivido adrenalinico che aveva quando sapeva di avere un asso nella manica. In quello sguardo, si raggrumò tutta la colpevolezza di due vili peccatori e io vacillai di terrore di fronte a quella nube in tempesta che incombeva di fronte a me e che aveva fattezze tanto perfette quanto arroganti come quelle di Mavor Axford.

L'aria circostante ribollì di aspettativa, in quell'istante di pausa che si prese per guardarmi.

«Per tornare a quel momento, ho depositato tra le prove del processo un video che dimostrerà esattamente il contrario.»

5

She's got demons in her eyes

«Una cosa è certa: il peggiore dei pompini sarà sempre meglio, per dire, della più profumata delle rose... del più fantastico dei tramonti. Io non credo che leggerò mai una poesia bella quanto uno di quegli orgasmi che ti mandano a fuoco. Dipingere un quadro, comporre un'opera sono tutte cose che fai per riempire il tempo tra una scopata e l'altra.»
C. Palahniuk

Mavor ♂

«L'Old Bailey sta fremendo dalla voglia di vedere il suo lupo a caccia.»

Quello che Venus non sapeva era quanto io e l'Old Bailey fossimo strettamente dipendenti l'uno dall'altro, quanto fossimo legati come due amanti, consequenziali l'uno all'altro come in un gioco di specchi in cui uno non esisteva senza l'altro.

In tutta sincerità, non c'era niente al mondo che mi facesse sentire invincibile come gli occhi ammirati dei giurati che attendevano che esponessi il caso. Nemmeno le donne, quando le scopavo, mi facevano avvertire quella botta di adrenalina, come se potessi sfiorare con le dita l'immortalità, afferrarla, avvertirne il caldo abbraccio. E più i giurati volevano ascoltarmi, più li vedevo pendere dalle mie labbra e più io mi concedevo, fin quando decidevo di farlo. Mi accorgevo subito di quando ascoltavano le mie parole come se fossero forgiate di oro colato, notavo quel sorriso mascherato da smorfia di chi si stava trattenendo dal mostrare la sua ammirazione per non rivelare la sua inclinazione. Sentivo la lama della tensione come se potessi affilarla, quando attendevano con ansia che io aprissi bocca e parlassi, che li trasportassi nel mio mondo, nel mondo del caso che erano chiamati a giudicare.

Possedevo il dono della retorica e la piegavo alla mia volontà con facilità estrema, e in cambio nessun altro paio d'occhi mi avrebbe fatto mai sentire come se avessi vinto tutto. A parte quella minima, trascurabile ed esecrabile eccezione. A parte un paio d'occhi spenti, color grigio fumo con striature d'azzurro, che mi osservavano silenzioso e che sapevo in cuor mio non avrebbero rivelato nemmeno un barlume di timore.

Ma io la avvertivo, la sua paura. Fiutavo i suoi sentimenti più di quanto lei riuscisse a distinguerli e percepivo i suoi timori come quando un predatore sente la sua preda e trova in quell'odore di terrore la sua audacia più insaziabile. Allo stesso modo, io in quel momento agognavo la sua vulnerabilità: potevo quasi vederlo quel battito cardiaco impazzito che si dimenava nel suo collo, lungo la giugulare, là dove avevo posato le mie labbra e i baci erano trasmigrati per lasciare posto ai morsi.

Il video che avevo nominato durava solo sette minuti, ma era quanto mi bastava per dimostrare la mia tesi: quella ragazzina dalle cosce pallide, sode e tornite, che mi aveva stretto attorno ai fianchi mentre affondavo in lei sfidando le nostre reciproche divergenze e strappandomi le labbra a morsi, mentiva. Nascondeva qualcosa al mondo e io venivo risucchiato da quel segreto seppellito in fondo ai suoi occhi.

Mi allacciai la giacca in segno di rispetto, come era mia consuetudine fare prima di presentarmi ai giurati.

«Signori della giuria, non siamo qui a discutere se Venus Kelley sia stata o non sia stata nel locale appartenente al mio cliente. Quello su cui siete tenuti a giudicare è il consenso della presunta vittima a recarsi in un luogo che la procura ha stabilito essere il luogo del rapimento.»

Un video di sette minuti esatti, non un secondo di più: quando ebbi finito di parlare il tribunale lo fece partire su uno schermo rivolto verso i giurati.

Riconobbi immediatamente il marciapiede di fronte all'ingresso di casa di Venus e mi ricordai del momento in cui Nolan mi aveva mostrato quelle registrazioni nel mio studio. Avevamo richiesto i video della sicurezza di una banca che si trovava di fronte casa sua, ed eravamo tornati indietro alla notte del rapimento.

Si vedeva Venus che si incamminava assieme a due uomini, stretta in una giacca corta, le gambe lunghe e definite, i capelli ad accarezzarle la schiena. Non c'erano dubbi che fosse lei, l'avrei riconosciuta ovunque.

La giuria rimase concentrata, in silenzio, puntando gli occhi su ciò che io avevo già guardato almeno un milione di volte, cercando di non perdermi nemmeno mezzo dettaglio, neanche il più infinitesimale.

Venus ha due uomini attorno a sé, a circondarla.

Un terzo è alla guida e lo riconosco, è Hugo Thompson, uno degli autisti di fiducia di Charles.

Avevo navigato nelle acque torbide di così tanti casi penali da poter dire con certezza che quello non era un rapimento, o almeno non era iniziato come tale.

Venus si stringe nella giacca, ha l'aria scontenta, l'espressione inanimata. Improvvisamente diventa nervosa, l'uomo di fiducia di Cadogan la tocca su un fianco, spronandola a entrare in macchina e lei alla fine si fa convincere e cede. Sale su quell'auto.

Non viene spinta, non viene costretta, non viene utilizzato alcun tipo di forza, ed è quello che stavo per dire davanti al mondo che ci osservava mentre io e lei scendevamo in campo recitando la nostra parte.

Lo schermo in aula si fece buio, e il giudice dovette azzittire quel lieve mormorio che aveva cominciato a serpeggiare in aula.

Mi schiarii la voce, trattenendo il desiderio di girarmi a osservare la reazione di Venus.

«Questo è un video della notte in cui la vittima asserisce di essere stata rapita. Come potete vedere, Venus Kelley sale su quella macchina senza alcuna traccia di costrizione. Totalmente d'accordo ad andare da qualsiasi parte l'avrebbero portata.»

Perché? Perché sei salita su quella macchina?

«Chiamo a deporre il teste per il controinterrogatorio.»

Quando il giudice la chiamò, Venus si incamminò verso il banco con un tailleur bianco e attillato al ginocchio, una roba da capogiro.

Dopo che il cancelliere la fece giurare, il mio rivale, Victor Winter, di cui mi ero quasi dimenticato, chiese: «Vostro Onore, permette un'interruzione?»

Il giudice Mahoney fece cenno agli avvocati di avvicinarsi e io dovetti piegarmi alla sua richiesta.

Winter parlò con un marcato accento cockney che mi fece venire voglia di insultarlo.

«Il collega della difesa parla di consenso, perciò, vi chiedo di mostrare alla Corte le prove che ha depositato la mia collega Christabell Kelley a sostegno della tesi della mia assistita.»

Le avevo viste alle udienze preliminari, quelle dannate prove. Sapevo a memoria cosa fosse contenuto in quei fascicoli, ma avevo cercato di dimenticarle, le avevo accantonate in un angolo buio della mia mente. Avevo sempre vissuto risucchiato da me stesso, ma poi avevo incontrato lei e il pensiero che qualcuno potesse farle del male mi rendeva folle.

«Lei ha qualcosa in contrario, avvocato Axford?»

Opponiti. È il momento del controinterrogatorio della difesa, questo. Opponiti.

«Nulla.»

«Va bene. Avvocato Winter, può procedere a mostrare alla giuria queste prove, allora.»

Venus mi guardò spaesata e io me ne accorsi chiaramente. Victor Winter la raggiunse per suggerirle qualcosa all'orecchio, e quando la vide piuttosto provata allungò una mano sulla sua spalla in un gesto di supporto non richiesto.

La spalla. Le sta toccando la spalla. Quel maledetto topo di biblioteca le sta toccando la spalla e io devo inchiodarmi le scarpe al pavimento per evitare di saltargli addosso.

«Vostro Onore, l'avvocato non può consultarsi con la sua assistita a interrogatorio iniziato», protestai, ringhiando di rabbia, talmente adirato che il giudice si voltò subito verso Winter.

«Ha ragione. Avvocato, torni al suo posto. Procediamo con le foto.»

Alzai lo sguardo verso il teleschermo e nel momento in cui i miei occhi incrociarono quelle immagini il mio mondo improvvisamente si bloccò come una lancetta di un orologio che scocca sempre la stessa ora.

La prima volta che avevo osservato quelle foto, il corpo di Venus era carne qualsiasi, quella di qualcuno che aveva a malapena un volto. Una vittima qualunque, una delle tante. Ma adesso quella pelle aveva preso una forma e aveva una voce, e io la conoscevo, la riconoscevo e l'avrei riconosciuta in un milione di universi paralleli in cui io e Venus non ci eravamo mai incontrati. Quei piccoli nei di cui era costellata formavano una via della seta che avevo già percorso. Il suo corpo mi aveva cercato, mi aveva chiamato a lei in un milione di modi diversi e tutto quello che io osservavo su quel manto di perla erano i segni di qualcosa che non le apparteneva, che strideva con la sua natura. La pelle logora, le ferite, gli strappi.

La mia mente vacillò di fronte a quei segni di contusione violenta, di fronte a quelle foto che scorrevano impietose davanti ai miei occhi. C'erano segni di ecchimosi ovunque, lividi violacei, blu e giallastri sul collo, sulle braccia, sulle spalle, lungo la schiena.

Rimasi assorto a trattenere il magma assordante della mia furia, divenni io il mio stesso assassino, mi condannai al patibolo mentre restavo inerme, schiacciato dal peso della mia impotenza.

«Avvocato Axford?»

Tornai in quel mondo che mi accolse freddamente, in quell'aula opprimente in cui, per la prima volta in vita mia, mi sentii fuori posto.

«Avvocato Axford? Si sente bene?»

Afferrai il bicchiere d'acqua davanti a me, la gola mi ardeva come l'inferno che mi avrebbe inghiottito. Non ero in me.

«Certamente, Vostro Onore.»

«Vuole procedere con il controinterrogatorio della difesa?»

Inghiottii un groppo di saliva amaro e mi avvicinai a lei che mi guardava estrema come un salto nel vuoto. Era perspicace, intelligente, avevo sottovalutato la sua arguta intuitività perché quando avevo a che fare con una donna sexy solitamente non notavo altro. Lei era riuscita a sedurmi in un milione di modi diversi. E ora io, di fronte ai segni sul suo corpo martoriato, arrancavo verso di lei che mi guardava, fiera delle sue certezze.

«Ha mai conosciuto l'imputato, signorina Kelley?»

«No.»

«Le ricordo che è sotto giuramento, vuole che le ripeta la domanda?»

«No, avvocato.»

Sul suo volto si dipinse uno strano sguardo di sfida che mi fece vibrare la colonna vertebrale. Potevo fiutare le bugie a distanza, e quelle in minigonna le riconoscevo ancora meglio.

Mentiva.

«Quindi non potrebbe mai asserire che questi lividi provengano dal mio assistito.»

Winter si alzò in piedi sbattendo un pugno sul tavolo.

«Obiezione, Vostro Onore, questa non è una domanda.»

«Accolta.»

Ma Venus, occhi in fiamme e lingua tagliente, aveva già risposto a quella che effettivamente era una considerazione. Si alzò in piedi con il sangue che le ribolliva nelle vene e mi guardò come se dovesse convincere me di qualcosa, e non la giuria.

«Provengono sicuramente dal rapimento, però. Che ha organizzato lui.»

Un brusio selvaggio cominciò a serpeggiare tra i giurati alle mie spalle.

«Come fa a esserne così certa? La responsabilità penale è personale, signorina Kelley», la schernii mentre il giudice le chiedeva di rimettersi a sedere.

«E qui si sta parlando di uno degli uomini più influenti e rispettabili di tutto il Regno Unito.»

Per la prima volta la giuria non aveva occhi solo per me, ma anche per lei, che mi rubava la scena, che rifulgeva di un'aura di bellezza dannata, di cui restavo abbagliato come tutti gli altri.

«Sono stata drogata. Non ricordo nulla di quei giorni, ma sicuramente sono lividi che non posso essermi procurata da sola.»

«Perché no?»

Notai con la coda dell'occhio Christabell nel pubblico che scalpitava senza riuscire a stare ferma al suo posto. Conoscevo i suoi metodi e sapevo che si sarebbe opposta, che non mi avrebbe quasi fatto parlare.

Winter, invece, restava in silenzio. E così decisi di servirgliela su un piatto d'argento, a quel poveretto.

«Avrebbe potuto farlo.»

«Obiezione! Sta insinuando!»

«Accolta.»

Buongiorno, Winter.

Ma io e Venus a malapena sentivamo qualcosa al di fuori delle nostre voci. Eravamo io contro di lei, con una voglia affamata di saltarci addosso per sbranarci oppure per soddisfare i nostri appetiti più infimi.

«Mi prende in giro, avvocato? Non farei mai una cosa del genere.»

«Mi sto solo chiedendo per quale motivo lei sia salita su quell'auto senza costrizione. Penso che debba una spiegazione a questa Corte, signorina, vista la gravità delle sue accuse.»

Diedi una rapida occhiata al giudice che mi ammonì con lo sguardo, ma lei ricominciò a parlare subito dopo.

«Mi hanno avvicinata con una scusa banale. Mi hanno ricattata. Mi hanno detto che se non fossi salita in auto, sarebbe successo qualcosa alle persone a me care.»

Non ci credevo. Non era vero, non era possibile.

Mi stava mentendo e lo stava facendo guardandomi negli occhi: nonostante il giuramento, avrei potuto scommettere che lei stesse quantomeno omettendo qualcosa. Ero un fottuto giocatore d'azzardo e avevo imparato a capire quando qualcuno stava cercando di fregarmi.

«Dopodiché cosa le è successo?»

«Ho già rilasciato questa deposizione. Sono stata addormentata, penso con del cloroformio. Mi sono svegliata distesa in un letto, non sapevo se fosse notte oppure giorno.»

I suoi occhi si spensero, la sua voce divenne lontana come se parlasse un automa al posto suo.

«Ricordo di essermi svegliata più volte, ma non riuscivo ad alzarmi in piedi. Ogni volta... ogni volta crollavo. Non riuscivo a tenere le palpebre aperte.»

Quella era stata una mossa stupida, da parte mia. Fare in modo che raccontasse della sua permanenza in quel capannone avrebbe portato la giuria a empatizzare con lei. Potevo quasi sentire lo sguardo di Charles addosso a me che mi sventrava senza pietà.

«Per quale motivo pensa di essere stata rapita?»

«Per denaro. Probabilmente varrei qualcosa, come prostituta.»

Quella fu una risposta che mi disarcionò del tutto. Rimasi disarmato con i suoi occhi a scavarmi dentro, lo stomaco mi si attorcigliò come un serpente che agonizzava nelle viscere.

«Avvocato?» Il giudice Mahoney mi spronò a proseguire.

«Ricorda qualcos'altro di quei giorni, signorina Kelley?»

«No. Nulla.»

Ci guardammo di nuovo, ma lei mi scrutò come se mi vedesse per la prima volta e l'aula si spense attorno a noi. Il riflettore era puntato su di me, e sulle sue labbra che erano due gabbie di peccato. Sentivo che il controllo mi stava sfuggendo di mano e che prima o poi avrei fatto qualcosa di tremendamente stupido davanti a tutti.

«Avvocato, può proseguire, per cortesia? Se non è in grado di sostenere il controinterrogatorio, sarò costretto a rimandare l'udienza.»

«È altamente improbabile che in un rapimento la vittima entri nell'auto di sua spontanea volontà, e oltretutto torni a casa da sola senza alcun bisogno dell'intervento delle forze dell'ordine», conclusi.

Venus avvicinò le labbra al microfono e io mi leccai le mie.

«Quale sarebbe la domanda, avvocato?»

Le cose erano due: o Winter non sapeva fare il suo lavoro, oppure adottava una strategia totalmente lontana dai miei metodi, perché restava inerme ad ascoltare il nostro battibeccare.

«Se è salita su quella macchina di sua volontà ed è tornata a casa da sola, come può dinanzi a questa Corte parlare di rapimento?»

«Non ho detto che sono tornata a casa da sola. Ho detto che non ricordo come sia accaduto.»

Un lieve borbottare ricominciò ad agitarsi tra le fila della giuria e del pubblico presente, molto ridotto visto che il processo si stava svolgendo a porte chiuse.

Non potevo più tollerare quella farsa maledetta in cui Venus stava chiaramente conducendo il gioco della mia disfatta: sarebbe stata meglio chiuderla sul teste che non ricordava.

«Ho finito, Vostro Onore.»

Per il resto del tempo rimasi distratto, non riuscivo a concentrarmi neanche sulle cose più evidenti, e cominciai a desiderare che la tortura di trovarmi in quel posto finisse il prima possibile.

A udienza terminata mi scapicollai fuori dall'aula con la furia brutale di un animale da caccia. Non volevo parlare con nessuno, e invece sospettavo che parecchie persone volessero parlare con me. A partire da una in particolare.

«Mavor. Cosa ti è preso?»

Roteai gli occhi al cielo quando sentii alle mie spalle tuonare quella voce mascolina e imperativa.

Mi voltai e mi trovai uno sguardo sprezzante altrettanto autoritario.

«Non mi è preso nulla. Fa parte del gioco della difesa mostrarsi sensibili a certe immagini.»

«E tu ti aspetti che creda a queste stronzate? Non avrei costruito il mio impero dal nulla se avessi dato retta a certe balle.»

Mi avvicinai a lui e mostrai i denti. Non mi aveva mai fatto paura e mai me ne avrebbe fatta, e in fondo non era accaduto nulla di irrecuperabile.

«Sarà meglio che tu ci creda, Charles, perché non troverai nessuno più bravo di me.»

«Ascoltami bene, ragazzino, non ho tempo per le tue manie di grandezza. Ho già abbastanza problemi per la testa per dovermi occupare di questo caso. Mi avevi detto che ne sarei uscito a testa alta, perciò spremiti le palle e vedi un po' che esce fuori.»

«E infatti sarà così.»

Mi puntellò con decisione il dito sul petto, al punto che avrei voluto staccarglielo.

«Ricordati bene quello che sto facendo per te. E oltre all'udienza di oggi, a questo proposito...»

Divenne ancora più cupo, mi guardò fisso, come se volesse che rimanessi concentrato su quella conversazione.

«Ho saputo da qualche informatore che la proprietaria del *Juniper* voleva le tue quote. È venuta a parlartene?»

Regina Storm.

Quell'argomento mi mise sull'attenti e andò a tirare sempre più le corde dei miei nervi.

«Non ne so nulla.»

«Non ne sai nulla, eh?»

Abbassai il tono della voce e cercai di convincerlo a rimandare la conversazione.

«Non mi sembra questo il luogo per parlarne. Nessuna somma sarebbe abbastanza alta da farmi cedere quelle quote a qualcuno.»

Mi guardò di sbieco, sospettando che io gli tenessi nascosto qualcosa.

«È un peccato che tu non abbia potuto conoscerla meglio, Regina Storm era una donna affascinante. Uccisa brutalmente nel bagno del suo locale con un colpo di pistola nel petto.»

Finsi un completo disinteresse per la faccenda.

«Ha l'aria di un regolamento di conti. Se hai bisogno di indagare, ho Nolan a disposizione.»

Nolan Flynn, ovvero l'unica persona sulla faccia della terra che mi avrebbe parato le spalle se avesse saputo la verità.

«Vedi, Regina era una cara amica, un'amica fidata. L'avevo mandata da Venus Kelley.»

«A quale scopo?»

«Per farle credere qualcosa che avevo bisogno di farle credere. E lei è morta così, inaspettatamente, il giorno successivo.»

Quindi Charles Cadogan aveva bisogno di far credere a Venus che Regina Storm fosse Eclipse, la ragazza che lei stava disperatamente cercando. Ero pur sempre un suo uomo di fiducia, e avevo bisogno di capire che idea si fosse fatto su quella storia.

«Mi stai suggerendo che potrebbe averla uccisa Venus Kelley?»

«Non avrebbe senso. Tecnicamente la Kelley pensava che fosse qualcuno che avrebbe potuto aiutarla. A meno che...»

«A meno che?»

«A meno che nel frattempo non sia successo qualcos'altro di cui non sono a conoscenza.»

Accigliò le sopracciglia folte e mi guardò cercando di studiare il mio sguardo, che rimase impassibile, mentre entravo nell'ascensore deciso a sfuggirgli il più rapidamente possibile. Mi fulminò quando premetti il tasto del piano terra e lo salutai con un cenno del capo.

«Fammi sapere se scopri qualcosa!»

Uscii incarognito con il mondo, mentre tuonavo come se su di me aleggiasse una nube di buio e maledizioni che avrei lanciato contro chiunque mi fosse capitato a tiro.

E infatti eccolo lì, il malcapitato di turno: il nuovo avvocato di Venus mi veniva incontro con un largo sorriso stampato in faccia e l'aria affabile di chi aveva preso il caso con la serietà di una partita a Monopoli. Se ne andava in giro con il viso giovane da sbarbatello, un abito che non era di certo stato fatto su misura e l'imprudenza di chi era capitato quasi per caso, al punto che per un istante mi chiesi come dovesse essere vivere senza il peso della responsabilità sulle spalle.

«Avvocato Axford. Ci tenevo a presentarmi. Sono il nuovo avvocato della parte civile, Victor Winter.»

Dovette arretrare la mano dopo un primo momento di imbarazzo, perché io non gli porsi la mia di rimando.

Ripensai al modo del tutto inappropriato in cui aveva toccato Venus in un'aula di tribunale e vibrai di rabbia all'idea che si prendesse certe libertà con lei.

«Lo sa che non ha alcuna possibilità di vincere questo processo, vero, avvocato Winter?» Rimase perplesso da quella mia risposta al vetriolo. «Il mio cliente verrà assolto e voi non beccherete una sterlina. Sarà più fortunato nel prossimo caso, sperando per lei che non ci sia ancora io», sibilai cogliendolo alla sprovvista.

Winter rimase saldo nello sguardo, ma aggrottò le sopracciglia. «Sono processi che si basano sulle testimonianze più che sull'elemento probatorio, avvocato. Penso che oggi al banco la signorina Kelley sia stata molto convincente.»

Non sapevo come sarei riuscito ad affrontare il sentire il suo nome pronunciato da quelle labbra per chissà quanto altro tempo a venire. E fu proprio per questa ragione che glielo dissi chiaramente.

«A tal proposito, dovrei parlarle di lei.»

«Mi dica.»

«È una ragazza che ha un certo fascino, da uomo me ne rendo conto, è una bella ragazza e può far presa sulla giuria, ma...»

Stava scuotendo la testa, interrompendomi già col linguaggio del corpo prima che finissi di parlare.

«Lei non trova sia una bella ragazza? Mh?»

Non sapevo nemmeno dove volessi arrivare, sapevo soltanto che avrei voluto studiare la sua reazione per analizzare quello che aveva in mente. E in quel momento era decisamente confuso.

«No, guardi, avvocato, penso che lei abbia capito male...»

Mi sporsi un po' in avanti verso di lui per dargli l'impressione che la conversazione fosse confidenziale.

«Cerchi di mantenere un rapporto strettamente professionale, se non vuole che arrivi una segnalazione all'ordine.»

E, ancora una volta, la sua espressione mutò. Mi guardava come se fossi impazzito e in effetti quella non era una conversazione che ero solito fare con gli avvocati di controparte.

«Io e la signorina Kelley ci siamo appena conosciuti. E non vedo come il mio rapporto tra me e lei possa riguardarla in qualche modo.»

Era scontato che rispondesse così, e io mi stavo spingendo oltre i limiti del consentito. Ma non ero certo arrivato dov'ero preoccupandomi di ciò che la gente pensava di me come uomo.

«Si è appena ritrovato coinvolto in un caso più grande di lei. Non si faccia troppe domande e segua i consigli di chi può darle una mano.»

Un sorriso di sarcasmo gli si dipinse sul volto.

«Una mano? Intende una spinta a farmi cadere, forse?»

Avanzò verso di me e riuscii a sentire il profumo da finto eroe romantico, amante di Jane Austen, che si era spruzzato sul colletto.

«Ho recepito la sua minaccia, avvocato Axford. Ma il bello del gratuito patrocinio è che, a differenza di lei, io non ho nulla da perdere.»

Non avrei mai ammesso, nemmeno in un'altra vita, che qualcosa cominciava a suonarmi in testa come un pessimo presentimento.

«Le auguro una buona giornata, Winter.»

Mi defilai fuori dal tribunale con un odio nello sguardo che temevo potesse fulminare qualcosa o qualcuno. Salii sulla mia auto che avevo lasciato nel parcheggio riservato alla magistratura londinese e mi bastò premere sull'acceleratore per un paio di isolati per trovarmela lì, alla mia destra: svettava sul marciapiede nel suo tailleur bianco a fasciarle quel culo delizioso, il suo adorabile ancheggiare sarebbe stato l'unica nota di bellezza che avrei visto sul pentagramma stonato di quella giornata storta.

Accostai al marciapiede e aprii la portiera, mentre Venus mi fissava come se avesse appena visto un fantasma. Si avvicinò con l'aria spaesata e io le parlai prima che potesse mandarmi a quel paese come sempre.

«Chiudi quella bocca prima che faccia pensieri strani. Sali, ti do un passaggio a casa.»

Mi guardò con quell'occhietto allungato di chi avrebbe preferito morire, ma allo stesso tempo soffriva della stessa identica tentazione di cui io ero vittima. E infatti quando entrò nell'abitacolo stentai a crederci anche io.

Svoltai un paio di strade in direzione Hackney con le mani che stritolavano il volante, perché la sua presenza mi innervosiva e mi inebriava allo stesso tempo. Accostai una decina di minuti dopo, dietro l'ingresso di un parco, in una di quelle stradine residenziali e ben curate di cui Londra era piena, a cui accedevano solamente i residenti.

«Non è qui che abito», mi fece immediatamente notare dopo quel lungo silenzio.

Io mi sfilai la giacca e mi allentai la cravatta mentre guardavo le sue ginocchia che strofinavano l'una contro l'altra come a scaricare la tensione.

«Ho bisogno di parlarti, e lo farò per l'ultima volta.»

A rivedere da vicino quegli occhi accesi che mi guardavano come un cerbiatto a cui stavo per sparare, il petto mi si gonfiò di propositi ignobili.

«Lo so che tu stai mentendo. A me, alla giuria, a tutti quanti.»

«E io te lo ripeto per l'ultima volta... Pensi che io sia pazza, oppure stupida? Per venirlo a dire a te dovrei essere entrambe.»

Voltai il busto verso di lei.

«Qualsiasi cosa sia successa è meglio che la venga a sapere da te, credimi.»

«Perché? Perché se scoprissi che ti mento non vorresti più vedermi? Tu sei l'avvocato della controparte.»

Me lo ricordò con fermezza e delicatezza, come se si fosse accorta che in quel momento avevo smarrito me stesso.

Di cosa stai parlando? Noi non dobbiamo vederci.

Ce l'abbiamo cucito sul telo dell'anima, quel baluardo che ci ricorda quanto sia proibito.

Eppure tu sei ancora nella mia auto e io sono ancora sul ciglio dell'ossessione che sfuma e scolora tra i contorni della tua immagine.

Eppure ero lì, in quell'auto con lei, e il demonio sa quanto mi avesse impregnato i sedili del suo profumo e cazzo, se avesse detto soltanto una parola quel tailleur sarebbe finito a brandelli.

«Anche tu hai scoperto parecchie cose su di me che avrei preferito restassero private.»

«Quindi dovrei davvero fidarmi?»

Feci cenno di no con la testa.

Qualsiasi informazione sarebbe stata pericolosa in mano mia, e io lo sapevo. Ma quel dannato controsenso, quella corrente che mi remava contro e che gorgogliava rapida verso di lei mi stava facendo impazzire. Avevo bisogno di sapere, ma non avrei saputo dire con onestà a quale scopo avrei usato certe informazioni una volta conosciute.

«Mi è stato insegnato solo il peccato. Il tradimento. La slealtà. Non puoi fidarti di me in nessun modo.»

Presi una sigaretta e la lasciai ciondolare tra le labbra mentre pronunciavo quelle parole. Avevo bisogno di coprire il suo profumo di perdizione e di scordare l'idea che, anche se quella conversazione era di nuovo finita, io non avevo intenzione di farla scendere.

«Mi offri una sigaretta?»

Aprii il pacchetto vuoto e feci cenno di no con la testa.

«Niente da fare. È l'ultima.»

Qualcosa cambiò in quell'abitacolo e potevo affermare che non fosse nulla di buono. Mi raggiunse uno sguardo che era pura malizia e un brivido rovente mi infiammò l'interno coscia.

«C'è più gusto, se è l'ultima sigaretta.»

C'è più gusto se tutte le volte in cui ti voglio la mia testa dice che dovrebbe essere l'ultima.

Fu in un istante solo che me la ritrovai a cavalcioni mentre cercava di afferrare la mia sigaretta e come unico risultato otteneva quello di pomparmi una quantità di sangue rovente da farmi sentire gonfio come il Tamigi dopo un acquazzone.

«Smettila. Voglio fumarla io.»

«Io pensavo che fossi un *gentleman*.»

«Sono tutto tranne che quello.»

Ci guardammo negli occhi e lo sapevo che avrebbe voluto essere baciata. Le si leggeva su quei lineamenti che erano in perenne lotta tra il broncio di chi mi detestava e la voglia di essere presa su qualsiasi superficie orizzontale e verticale di questo sporco pianeta.

Ma quel giorno in aula aveva vinto lei, e questo la faceva sentire un passo avanti a me.

«Sapresti darmi la definizione di déjà-vu, avvocato?»

Lo sapevo a cosa si stesse riferendo. La capivo al volo perché certe volte pensavamo le stesse cose come in uno strano incantesimo. Si riferiva a quella strana notte in cui eravamo finiti nella stessa posizione in mezzo a un parcheggio all'aperto di uno squallido locale in campagna. Mi sembrava passata una vita.

«Qualcosa che ti sembra che sia già accaduta?»

Annuì con la testa e in quel momento provai a contare in quanti Paesi mi avrebbero arrestato se me la fossi scopata lì, in mezzo alla strada, in pieno giorno. Sapevo a memoria gli anni di reclusione previsti per ogni nazione europea e non, eppure avrei pagato qualsiasi cauzione pur di affondare in quella carne delicata.

Si avvicinò al mio orecchio e mi fece vibrare alla vista delle clavicole. Indossava un profumo di fiori che copriva il suo reale odore e io avrei voluto leccarglielo via dal collo per assaporare la sua reale essenza.

«Non sei stato abbastanza cattivo in tribunale, rispetto ai tuoi standard.»

Lo sapevo che stava giocando una partita mortale in cui a forza di provocarmi mi avrebbe indebolito. E infatti continuò con un insano compiacimento.

«Stavi pensando a me piegata a novanta?»

«Se avessi pensato a quello sarei stato molto più crudele.»

«E invece a cosa hai pensato?»

«A quei lividi.»

A quei segni sul corpo che non ti ho fatto io.

La sentii irrigidirsi sopra di me, come a controllare un celato imbarazzo, i muscoli delle cosce si strinsero un poco attorno alle mie.

«Pensavo che tu li avessi già visti alle udienze preliminari.»

«Vederli adesso mi ha fatto un effetto diverso.»

«Che tipo di effetto?»

Evitai il suo sguardo e osservai la strada davanti a me.

«Fai troppe domande, sei la solita impicciona.»

Aggrappò le dita sottili al colletto della mia camicia e lo stropicciò un poco. Me la avvicinai con un palmo aperto sulla sua zona lombare e la sentii muovere il bacino sopra il mio cavallo: era come se volesse ristabilire l'ordine facendomi capire il potere che aveva su di me. Si sporse verso il mio petto quando io reclinai la testa indietro per posarla sul poggiatesta, talmente vicina da farmi sentire il suo seno da sotto la camicetta.

Ormai aveva capito che avevo un punto debole e stava giocando più sporco di quanto avrei mai creduto. E forse era proprio questa la sua natura, uguale alla mia.

«Impicciona, io? Detto da chi voleva sapere che biancheria avrei indossato...»

Guardai in basso, verso la sua gonna da educanda che le arrivava alle ginocchia e che aprendo le gambe si era sollevata a metà coscia.

«Perché ho l'impressione che tu stia per dirmi qualcosa che mi sognerò stanotte?»

«Non la indosso.»

Presi un lunghissimo respiro.

Mi sarebbe bastato slacciare i pantaloni per accedere a lei, e quest'idea mi fece deragliare dai binari.

«Peccato. Se non ce l'hai, non posso rubartela.»

Non eravamo più in aula, e il perché me lo stesse dicendo era talmente ovvio che non persi tempo a chiederglielo.

Percorsi con le mani, lentamente, le sue cosce sollevandole il bordo della gonna verso l'inguine. Sentii le autoreggenti che lasciavano spazio alla pelle nuda, la sua carne viva che fremeva sotto le mie dita e ricordai l'ultima volta che l'avevo toccata.

«Sono affamato, piccola V.»

Mi provocava in continuazione e io le confessai ciò che già sapeva. Lo faceva sia in modo sfacciato, sia quando mi resisteva e tentava di combattere quel bruciore che ci gettava sul rogo.

«Mi manca il sapore delle tue labbra.»

«Allora dovresti baciarmi», rispose lei.

La afferrai per quella vita stretta con un formicolio di desiderio che mi aveva preso fino al collo.

«Alza la gonna e allarga le gambe», le ordinai con ferocia, mentre il motivo per cui l'avevo raggiunta mi apparve per quello che era: una squallida scusa.

Il sorrisetto di chi aveva compreso cosa intendessi le incurvò dolcemente le labbra gonfie dei suoi stessi morsi.

«Siamo dietro a un parco pieno di bambini.»

«E io non vedo l'ora di traumatizzarne qualcuno.»

Mi regalò una risatina fresca che si trasformò in un gemito quando le infilai la mano sotto la gonna per verificare il fatto che davvero non indossasse le mutandine, strofinai lentamente due dita sulla sua morbidezza e scivolai dentro.

Era sciolta e caldissima come il burro fuso e qualcosa mi disse che sapeva di zucchero a velo. Rigirai il dito dentro di lei e sentii un qualcosa della grandezza di una moneta gonfiarsi un pochino, mentre mi regalava il suo miele bollente che mi colava tra le dita.

Al secondo gemito in cui ripiegò la testa sulla mia spalla uscii da lei, mi succhiai le dita perché non riuscii a resistere mentre lei mi guardava con le gote arrossate e aveva di nuovo perso quasi tutto di quell'indecenza provocante da stripper di altissimo livello.

«Mavor...» mi sussurrò all'orecchio.

E di nuovo le sue sensazioni la spaventarono e lei mi respinse: restai a guardarla mentre tornava a sedersi al suo posto.

«Scusami. Non avrei dovuto provocarti.»

«Non ti azzardare a lasciarmi così.»

Con un'erezione spropositata che sarebbe rimasta insoddisfatta.

Stavo semplicemente esplodendo e aver assaggiato ancora il suo sapore mi offuscava qualsiasi inibizione.

Una sfida continua, un duello infinito: non saremmo mai riusciti a relazionarci in altri modi, io e quella ninfetta impertinente.

«Sono sicura che hai una fila di donne molto più brave e belle di me, e anche meno incasinate.»

Cazzo.

Questo era veramente giocare sporco: la stava ponendo sul piano dell'unicità del rapporto quando noi non dovevamo averne alcuno. Al punto che non mi ero nemmeno accorto del fatto che aveva ottenuto ciò che voleva e adesso la mia sigaretta pendeva tra le sue labbra.

«E infatti non ti sbagli.»

Non le piacque quella risposta, come non sarebbe piaciuta a nessun altro.

«Allora divertiti, avvocato. Io stasera lavoro.»

Una mandria di bestie inferocite caricò in me quando scese dall'auto mostrandomi il culo in bella vista e io ripensai al fatto che non indossava le mutandine.

Misi in moto e ingranai la retromarcia mentre realizzavo per l'ennesima volta quanto eravamo stati vicini. Avevo un nodo nello stomaco dall'eccitazione e sgommai maledicendola per essere così dannatamente attraente.

Ho bisogno di scopare.

Ne ho bisogno ora, e deve essere una scopata che mi dia alla testa e allo stomaco allo stesso modo, che mi annodi il cervello in modo che smetta di pensare.

Afferrai il cellulare e composi il numero che conoscevo a memoria, obnubilato dalla collera e da quell'infamante voglia di lei che mi rendeva folle.

«Mavor, tutto bene?»

Non lo feci quasi parlare, il mio detective, altrimenti avrebbe attaccato con qualche discorso sull'udienza e io non avevo proprio voglia di affrontarlo.

«Nolan, devi indagare su di lei.»

«Su lei chi?»

«Su Venus.»

Un piccolo istante di perplessità interruppe la conversazione.

«Ma... lo stavo facendo, fino a quando...»

«Devi farlo meglio. Indaga più a fondo. Mi sta nascondendo qualcosa.»

Dio, stavo scoppiando. Se non fossi venuto quella notte sarei impazzito.

«Penso che anche Lucky lo stia facendo con me. Ma il problema di Venus non sono i suoi genitori?»

«Non lo so. C'è qualcosa di grosso che noi non sappiamo, e tu devi scoprirlo. Sei pagato per questo.»

«Non se lo merita, Mavor. Quella ragazza ha già sofferto abbastanza.»

«Fai come ti ho detto! Ti raddoppio lo stipendio.»

«Non è una questione di soldi...»

«Scava nella sua vita. Controllale tutto quello che riesci a controllarle. Voglio sapere tutto. Tutto! Non mi farà mai più fare una figura di merda del genere in tribunale.»

E non mi avrebbe lasciato per l'ennesima volta in quelle condizioni perché avrei estirpato il problema alla radice.

La frustrazione di avere ancora il suo profumo tra le dita senza potermi sfogare in alcun modo mi aveva distrutto qualsiasi centro di ragionamento del cervello.

«Mavor, tu... la vuoi distruggere per vincere la causa, o per un motivo personale?»

«Di cosa cazzo stai parlando?»

«Non sarà che questa ragazza ti piace sul serio, e stai cercando disperatamente dei motivi per allontanarti da lei?»

Un ruggito acuto manifestò il mio evidente dissenso. Nolan era la persona in grado di farmi più imbestialire in tutto il mondo, o forse la seconda.

«Devo vincere questa causa. Devo dimostrare che lei non è stata rapita. Trovami qualcosa. Trovami qualsiasi cosa!»

«E se non trovo niente?»

«Qualcosa *deve* esserci! Cerca più a fondo!»

Riagganciai e lanciai il telefono lontano da me.

Me l'ero cercata, dannazione: l'avevo fatta salire sull'auto e poi avevo avuto la brillante idea di mettermi a fare il coglione con quel corpo su cui le forze occulte della natura si erano concentrate per creare la mia perfetta condanna. E adesso mi ritrovavo il cervello vuoto in modalità encefalogramma piatto e un paio di fardelli pesanti dentro i pantaloni.

Quella notte, l'unica cosa che avrebbe potuto lenire le pene di quella giornata infinita era la stanza 101 e chiunque avrebbe potuto donarmi una compagnia artefatta. Era come con la droga, o con la bottiglia. Riempivano dei vuoti e per ogni vuoto colmato ne creavano altrettanti, sempre più ampi, sempre più inglobanti come strade senza ritorno.

Una certa Bree e la sua amica con le treccine di cui non sapevo il nome stavano lavorando sul mio uccello da venti minuti buoni, e ci si stavano mettendo d'impegno. Le avevo guardate da dietro lo specchio, poi avevo chiesto loro uno spogliarello. Avevano fatto tutto quello che avevo chiesto ma ero arrivato a un punto in cui la mia mente aveva abbandonato il mio corpo e io mi sentivo fluttuare in quella stanza come se riuscissi a guardarmi dall'esterno.

Avrei voluto prendermi a pugni. Restavo buttato sul letto a farmi fare qualsiasi cosa mentre mi chiedevo cosa esattamente stessi aspettando che accadesse.

Davvero mi aspettavo che mi sarebbe piaciuto? Forse ero strafatto, forse ero ubriaco, o forse volevo solo che un miracolo mi donasse una nottata intera, una nottata in cui avrei potuto dormire come facevo da ragazzino, quando la notte non era ancora tramata di demoni, un filo spinato tra un ricordo inquietante e uno terribile. Non riuscivo più a dormire per due ore di fila da non sapevo più quanti anni.

«Mavor, che succede? Non ti riesci a concentrare oggi?» domandò Bree, infastidendomi alquanto.

La sua amica intervenne senza essere interpellata. «A volte quando hai il cazzo così grande si fa fatica ad avercelo sempre sull'attenti.»

La guardai male, dopo quella frase. Dopo che l'avevo scopata ripetutamente fino a farla gridare si permetteva pure di fare l'esperta. Conoscevo perfettamente il mio attrezzo e sapevo di quali stimoli avesse bisogno, ma quella notte perdevo facilmente interesse.

«Non sono io il problema. Sei tu che non riesci a farmi venire.»

Avrei potuto continuarle a scopare tutta la notte ma ero arrivato al punto in cui temevo seriamente che l'unico che non avrebbe avuto alcun orgasmo sarei stato io. Riflettei sul fatto che mi era capitato solo quando ero stato talmente fatto da non ricordarmi nemmeno la mia stessa faccia.

«Mi paghi lo stesso però, vero?»

«Ti ho fatta venire e tu non hai fatto venire me. Ti sembro un tipo che fa beneficienza?»

Bree si alzò in piedi e mi guardò con odio.

«Se non mi paghi, non chiamarmi mai più.»

Mi sfilai il profilattico che mi stritolava la base e mi alzai in piedi nudo come un verme, con un senso di frustrazione che traspirava dai pori della pelle.

«Ci perdi tu.»

Ero il cliente migliore che si potesse desiderare.

Diedi loro il tempo di rivestirsi e le attesi mentre mi sciacquavo la faccia in bagno, ragionando sul fatto che mi sarei buttato sotto la doccia una volta che fossero uscite. Le sentii sbattere la porta mentre la mia testa stava già elaborando quello che avrei voluto fare.

Quello che avrei *dovuto* fare sarebbe stato dormire, per almeno una settimana.

L'alternativa era raggiungere Nolan da qualche parte, ma era probabile che avesse da fare con la rossa. Oppure potevo studiare il prossimo caso.

Sul comodino, «Treccine», come avevo soprannominato la collega di Bree, mi aveva lasciato il suo numero di telefono, scritto di fretta su un blocchetto degli appunti, perché era evidente che le sarebbe piaciuto qualche altro round. Non avevo bisogno di pagare alcune di loro, piaceva loro fin troppo per chiedermi qualcos'altro, ma preferivo comunque farlo, perché restassero al loro posto. «Maschilista di merda», mi avrebbe detto qualcuno.

Mi guardai nello specchio dopo aver gettato quel foglietto nel cestino. Ero ancora arrapato e insoddisfatto, sfatto come quel letto lurido e dovevo uscire da quella stanza il prima possibile. Aprii il soffione della doccia e per la prima volta nella mia vita mi chiesi cosa sarebbe accaduto se per una volta avessi fatto ciò che avrei voluto. Forse se avessi ascoltato il mio corpo e la mia erezione e mi fossi masturbato ferocemente avrei smesso di farmi un milione di paranoie.

L'avrei vinta comunque, quella dannata causa. Niente avrebbe potuto distogliermi dal mio obiettivo, di questo avevo la piena certezza.

Uscito dalla doccia, afferrai il telefono e cominciai a scorrere i nomi in rubrica, ma prima presi in mano la pistola che tenevo sempre nel cassetto del comodino quando avevo a che fare con delle prostitute, perché sapevo di certi colleghi che erano stati rapinati.

Guardai lo schermo illuminato carezzando l'acciaio gelido della canna di precisione, e la mia protuberanza rispose forte e chiara sotto l'accappatoio, a quel contatto.

Una pistola.

Una donna.

Cinque lettere.

Non chiamare.

6

Magnetic everything about you

«Non è più un fuoco nascosto nelle mie vene,
è Venere tutta intera che s'avvinghia alla sua preda.»
J.B. Racine

Venus ♀

Ero così distratta che il suono metallico del lucchetto dell'armadietto che scattò tra le mie dita mi fece sussultare. Ero arrivata tardi quella sera, ero stata l'ultima a prepararmi e continuavo a ciondolare con i nervi a pezzi e una stanchezza fisica che mi portavo dietro dall'udienza.

Io e Lucky, dopo aver procrastinato i pagamenti dell'affitto per diversi mesi, avevamo ricevuto lo sfratto, e questo voleva dire che avremmo dovuto trovare un'altra soluzione al più presto. E questo voleva anche dire che io, da qualche giorno, ero costretta a dormire, all'insaputa del suo amico avvocato e di chiunque altro, a casa di Nolan Flynn. E mentre lui e la mia amica costruivano il loro nido d'amore, al punto che lui le aveva fatto montare un palo come regalo di non so bene cosa, io continuavo a osservare gli altri vivere. Certo, dovevo essere grata: ero pur sempre una sopravvissuta, sfuggita alla morte più di una volta, ma in fondo quello era il prezzo da pagare per aver scelto di non soffrire.

Mi stavo sistemando il corpetto, stretto sul seno sopra una brasiliana in latex, quando mi sorprese una presenza alle mie spalle. Mi voltai e un paio di occhi mi inchiodarono sul posto: Mavor era enigmatico come la faccia nascosta della luna e i suoi lineamenti quella notte profumavano di piogge inquinate e pomeriggi fumosi di novembre.

Mavor.

Era comparso da dietro uno degli armadietti come se nulla fosse, la pelle candida come l'inverno, macchiata da ombre e luci, e io rimasi basita, cieca d'inibizione.

«Mavor? Cosa diavolo ci fai qui?»

«Avevo una serata libera. Non venivo da un po'.»

«Non intendo nel locale. Intendo dire qui. Nei camerini.»

Mi scrutò, malizioso e machiavellico, trattenendo un sorrisetto d'astuzia.

«Temo di essermi perso.»

Giocherellai con il lucchetto dell'armadietto e lo guardai. Aveva un'ombra di barba sul volto che era sempre perfettamente sbarbato e quell'aria imperfetta assumeva ai miei occhi le forme di una sensualità delirante.

«Un lupo che ha perso il suo senso dell'orientamento», lo schernii, ma la sua compagnia cominciava a sembrarmi pericolosamente malsana e seduttiva al tempo stesso.

Appoggiai il fianco al mobiletto in acciaio e continuai a guardarlo a braccia incrociate, ma il dissenso che volevo esprimere passò in secondo piano rispetto al mio seno schiacciato verso il collo. Lo sapeva anche lui che quella era una frecciata allo smarrimento che gli avevo visto negli occhi quando in aula avevano mostrato le mie foto. E avevo di nuovo compreso che qualsiasi voce avessero avuto i nostri demoni i miei e i suoi suonavano con lo stesso maledetto timbro.

«Certe volte anche a me piace perderlo, l'orientamento.»

Gli bastò allungare di poco la mano per poter giocherellare con una ciocca dei miei capelli, mentre io restavo inibita a osservarlo come spettatrice di un film muto: nessuno avrebbe mai scorto una qualsiasi traccia di umanità tra le sue parole soppesate e i suoi giochi di doppi sensi.

«E dove vorresti andare?»

Inclinò la testa di lato.

«Vuoi venire all'inferno con me?»

Quando tirò fuori la pistola dal retro dei suoi pantaloni, io feci almeno due balzi indietro mentre a lui ne bastò uno solo per raggiungermi.

«Sei impazzito? Mavor, ma cosa...»

Non ebbi paura. Non avrei potuto definirla in quel modo, ma un brivido mi elettrizzò la base del collo mentre lo guardavo maneggiare quell'arma come se tenesse in mano un giocattolo.

«Cerca di stare tranquilla. Non sarei qui se non avessi capito che tipo di persona sei.»

Mi aprì la mano e mi posò sul palmo aperto quell'arma ghiacciata.

«Che cosa... che cosa vuoi che ci faccia?»

«Niente di pericoloso per te.»

«Cosa hai in mente?»

«Il mio gioco d'azzardo preferito.»

Aggrottai le sopracciglia perché non capivo cosa volesse dirmi.

«Roulette russa.»

A quella parola tremai di un brivido che scivolò via in un piacere malato.

Mavor incrociò il mio sguardo indagatore con il suo tranquillo e immoto. Le sue labbra mi sorrisero di scherno, mentre mi sfidava col sangue freddo che gli brillava nelle iridi sfrenate.

«In questa pistola c'è un solo proiettile. Ti lascio ruotare il tamburo. Se vinci tu, io muoio. Se vinco io, beh...»

Il mio labbro inferiore tremolò di fronte a un sospetto che mi accarezzò il ventre.

«Ti scopo.»

«Devi essere impazzito. È evidente.»

I suoi occhi erano la sua arma più affilata e indubbiamente l'unica che avrebbe potuto uccidermi.

«*Eros e Thanatos*, no? Lo so che tu stai cercando proprio quello.»

Sesso e morte erano due concetti talmente lontani da essere quasi stridenti tra loro. Proprio come lui, un'inconciliabile matassa di opposti, ossimori e contraddizioni al limitare della follia che si bilanciavano in un perfetto equilibrio che aveva qualcosa di prodigioso. Proprio come me.

Non so come potesse essere l'unico tra i due a sapere ciò che io stessi cercando. Forse mentre mi salvava la vita, aveva riconosciuto in me i suoi stessi desideri impronunciabili. Forse entrambi tenevamo più ai momenti che ti strappavano via la vita dal respiro, dal sangue e dalle ossa.

«Non vedo perché dovrei farlo.»

«Perché se sopravvivo ti porto giù a fondo con me, in un posto da cui non vorrai più risalire.»

«E se mi rifiuto?»

«Non avrai niente. Te ne andrai sul palco e passerai la tua solita serata ripetitiva.»

Ero senza parole. Quel piglio di sicurezza nei suoi occhi mi avrebbe mandato all'inferno comunque.

Perché lui lo sapeva che io ero annichilita dai miei brividi, ma allo stesso tempo aveva compreso che non ero fatta della materia dei sogni. Io ero fatta della materia del mare in tempesta. Cambiavo forma, ma non smettevo di combattere.

«Io lo so che tu vuoi solo vedere dove posso portarti. Dal primo momento in cui mi hai visto.»

Strinsi le dita attorno all'impugnatura della pistola e la guardai.

Pesava meno del solito, ma aveva lo stesso odore pungente di acciaio mischiato alla polvere da sparo.

«Ti piacciono tanto gli accordi, vero?»

«Sono un avvocato.»

Mi sentivo bene, con quell'arma in mano, e compresi quella sensazione di potere di cui lui mi aveva parlato.

«Potrei ricattarti in un milione di modi diversi. Ma il modo in cui lo fai tu mi piace di più.»

Mi raggiunse un suo sorrisetto beffardo a quella mia ammissione, mentre qualcosa si dimenava nel mio stomaco.

«Prova. Vediamo chi vince stavolta.»

Girai il tamburo tre volte con le mani tremanti e pregai. Un solo proiettile avrebbe potuto traforargli il petto e Mavor avrebbe smesso di respirare davanti a me.

Una possibilità su cinque che lui morisse lì, per mano mia, davanti ai miei occhi.

L'adrenalina mi scorreva in ogni globulo rosso, in ogni minima particella di ossigeno, potevo sentirla formicolarmi di brividi in qualsiasi punto del corpo.

Puntai il mirino contro il suo petto.

«Premi il grilletto.»

«No.»

«Avanti.»

Improvvisamente gelavo e le estremità mi si bloccarono come se si fossero cristallizzate in blocchi di ghiaccio: benché non fossi mai più di tanto vestita non ero abituata a rabbrividire in quel modo.

«Dovrei farlo solo perché tu ti diverti con questi giochini?»

«Devi farlo perché mi odi. E perché lo sai che succede se non vinci tu.»

Non ci sarei riuscita. Non avrei mai trovato il coraggio e lui non stava parlando sul serio. E questo fu il motivo per cui mi trovai la sua mano sulla mia che impugnava quell'arma, e un'altra dietro la schiena a stringermi contro il suo corpo.

«N-no. Non voglio farlo.»

La pistola premeva contro il suo petto che si stringeva contro il mio. Mi stritolò con una presa brusca, scivolò con una mano dietro il mio collo mentre l'altra si allacciò alle mie dita, incastrate sul grilletto.

«Non ho intenzione di rinunciare ad averti.»

E a quel punto strinse le dita e il grilletto scattò, nel momento in cui eravamo abbracciati l'uno contro l'altra.

Nemmeno me ne accorsi, ma lanciai un urlo mentre chiudevo gli occhi terrorizzata.

Quando li riaprii, sentii ancora una volta il suo corpo aggrappato a me e lo guardai. Sentivo il suo cuore che batteva all'impazzata contro il mio, il sangue mescolarsi ai respiri affannati, per la paura, l'eccitazione, quella tensione che oscillava tra il perverso e il necessario.

«Peccato, piccola V. Hai perso la tua seconda occasione.»

A quel punto gli diedi uno spintone e lo allontanai da me, con l'adrenalina che scaricava scosse come una tempesta elettrica in ogni angolo del mio corpo.

«Tu sei completamente pazzo! Sono morta di paura!»

Mi rispose ostentando una certa tranquillità, mentre si sfilava la cravatta dal colletto della camicia: «Uno pazzo come me non l'hai mai conosciuto».

Slacciò il nodo con cura metodica, ma in quel momento non ci feci caso, troppo sconvolta da quello che mi stava dicendo e dal fatto che probabilmente quello che aveva di oscuro in lui non lo avevo ancora mai visto del tutto.

«E te lo dico con tutta sincerità: *nessuna* aveva mai avuto il coraggio di spararmi.»

Stavo tremando, non riuscivo a calmarmi. Continuavo a camminare avanti e indietro cercando di smaltire quel carico di adrenalina nei miei vasi sanguigni che mi accecava la vista a intermittenza, al punto che temetti di svenire per colpa del carico di tensione.

«Hai barato. Non ha i proiettili. Spara a salve, vero?»

Mavor mi strappò la pistola dalle mani e io sospettai fortemente che lui non l'avesse caricata e volesse evitare che io me ne accorgessi.

Poi girò il tamburo della pistola, e a quel punto senza nemmeno pensarci sparò contro un armadietto.

Il silenziatore attutì il rumore di uno sparo che partì dritto verso lo sportello, che saltò in aria e si staccò dal resto della struttura assordandoci con un tonfo secco e metallico.

«Cazzo! Vuoi smetterla? Vuoi farmi morire? Potrebbe entrare qualcuno, avresti potuto ferirlo!»

Mavor non mi ascoltava. Ciò che gli interessava era solo avermi dimostrato di aver ragione: si nutriva di disfatta e terrore come se ne fosse dipendente.

La pistola era carica, ma io avevo scelto una camera vuota che non conteneva alcun proiettile.

E lui con la vittoria si sentiva pericolosamente vicino all'onnipotenza divina.

«Non ho barato. Ho vinto io.»

Avrei dato qualunque cosa per sapere cosa gli dicesse la testa, ma Mavor era verità e menzogna mescolate assieme.

«Così impari a sfuggirmi dalla macchina dopo avermi ripetutamente provocato.»

Mi afferrò entrambe le mani in uno scatto rapido, ma poi rallentò accarezzando la mia pelle.

Indugiò sul nodo della cravatta per finire di allentarlo, lo osservai basita mentre sfilava quella striscia di tessuto dal collo e lo allacciava attorno ai miei polsi con un intreccio stretto ma non doloroso.

Un'altra vendetta, come se in quel muscolo cardiaco atrofizzato non ci fosse posto per nessun altro sentimento, e di certo io non potevo biasimarlo per questo.

Sgranai gli occhi perché dopo quella roulette russa non pensavo di poter tollerare altro.

«Mavor, cosa diavolo stai facendo adesso?»

«Quante volte devo dirtelo? *Smettila* di fare domande.»

Non so per quale motivo mi feci trascinare, ma l'ipotesi più probabile era che io fossi troppo curiosa di sapere dove davvero volesse portarmi, e quando smisi di opporgli resistenza lui mi spinse nel guardaroba, il luogo più incasinato di tutto il locale, e ci perdemmo tra file di abiti di scena più scintillanti che mai.

«Potrebbe entrare qualcuno da un momento all'altro. Le ragazze vengono a cambiarsi in continuazione», azzardai in un tentativo di fargli cambiare idea, ma era evidente che non ne avesse l'intenzione.

«Ho come l'impressione che se ti vedessero vorrebbero essere al tuo posto.»

«Sul serio. Mi licenziano.»

Prese le mani e me le portò sopra la testa. Le allacciò con un nodo stretto della cravatta a uno dei portanti più alti che reggeva una fila di vestiti, e io finii con la schiena schiacciata contro un mare di piume, lustrini e vestitini discinti da spogliarello.

«È uno strip club. Non te lo devo spiegare io come funziona.»

«Adesso cosa vuoi fare? Imbavagliarmi?»

«In certi casi non mi piace che tu stia zitta.»

Invece fu proprio quello che feci: rimasi immobile, in silenzio, con il timore che qualcuno ci sentisse e ci interrompesse, mentre ogni poro della mia pelle chiedeva la sua bocca con brutalità disperata.

«Cosa vuoi che ti dica?»

Finsi di non capire mentre Mavor si assicurava che le mie mani fossero incrociate tra loro e ben salde sulla stecca in acciaio che reggeva i vestiti.

«Quello che mi nascondi, tanto per cominciare.»

«Mi hai legata per questo?»

Si avvicinò al mio viso e lo prese tra le mani bollenti, che strappavano le inibizioni liberando le mie pulsioni, mani sovrane che prendevano tutto con estrema impellenza. Studiò la trama e le fattezze del mio volto con due spilli luminosi al posto degli occhi, e poi si leccò le labbra.

«Facciamo finta.»

Avevo le braccia incrociate sopra la testa e quello che più mi faceva impazzire era che lui potesse sfiorare me, e io non potessi farlo con lui.

«Mavor, ti prego.» Alzò le braccia e raggiunse le mie mani stringendole tra le sue. «Slegami», ordinai.

«Se vuoi davvero che ti sleghi, io lo faccio. E poi vado via.»

Nel mio petto tamburellò un'eco infernale, una sensazione ansiogena travolgente si aggrappò al mio stomaco e me lo spaccò in due, perché avevo qualcosa da dirgli e non riuscivo a tirarlo fuori. Era una confessione dolorosa, più dolorosa di qualsiasi altra cosa che lui avrebbe potuto farmi.

«Voglio... toccarti.»

Fece cenno di no con la testa. «Non puoi, hai perso. Mia la vittoria, mie le condizioni.»

Era come se stesse liberando qualcosa di se stesso, qualcosa di brutale e selvaggio che giaceva incatenato in fondo alle sue segrete che, come un ragazzino ribelle e istintivo, cercava di tenere a bada mentre viveva ossessionato dal controllo.

Afferrò qualcosa dall'interno della sua tasca ed estrasse una chiave, che ormai avrei riconosciuto ovunque.

«In realtà sono solo venuto a ridarti questa.»

«La chiave della 101?»

Si piegò sulla mia brasiliana e la abbassò sul fianco con uno strappo netto, scoprendomi una parte di inguine, mentre io mi lasciavo sfuggire un lamento strozzato.

«Non hai le tasche, mi sembra di capire.»

Si piegò sul mio ventre e quando avvertii le sue labbra sulla mia pelle, le mani aperte e il contatto di quel metallo freddo che teneva tra le dita, io mugolai di sofferenza.

«Perché vuoi che la abbia io?» chiesi.

Alzò quegli occhi di smeraldo verso di me e mi guardò con un piglio incuriosito.

«Pensavo di essere stato abbastanza chiaro. Ma evidentemente ancora non hai capito.»

La sua mano scivolò tra le mie cosce e si intrufolò sotto il tessuto umido della mia brasiliana di scena e io mi vergognai follemente di essere già madida di umori. Non potevo continuare a nascondermi in quel modo.

Lui prevedeva ogni mia mossa e mi leggeva negli occhi l'eccitazione. Spinsi quindi il bacino in avanti per accoglierlo meglio e, quando lui lo notò, con la bocca seguì il profilo delle ossa del bacino per scendere e percorrere l'inguine che nel frattempo mi aveva scoperto del tutto, abbassandomi le mutandine fino a metà coscia.

«Mavor...»

«Il profumo di quel balsamo ti è rimasto addosso.»

Avrei voluto dirgli che era il suo profumo a essermi rimasto addosso, ma la mia pelle rabbrividì al suono della sua voce graffiata, grave, profonda, che sussurrava piccoli segreti alla mia carne inquieta di accoglierli.

«Ti prego...»

Mavor arrivò con la bocca alla parte più bassa dell'inguine, attorno alle pieghe della mia pelle, e cominciò a baciarle e a stringerle tra le sue labbra. Abbassò la mia brasiliana all'altezza delle ginocchia e io avrei voluto urlare, non potermi muovere in quel modo aumentava la mia follia inconsulta. Mavor era impaziente, scalpitava con ogni brandello di muscolo, avrei voluto toccare quegli spasmi della sua schiena che intravedevo attraverso la camicia e invece nulla, le mie mani restavano bloccate.

Una punta di gelo, improvviso come uno spillo, mi fece rabbrividire, prima di accorgermi che la chiave della sua stanza stava scorrendo sulla mia pelle, tra le mie cosce. Sobbalzai, quando la sentii ricamarmi un piacere sibillino tra i drappi della mia carne più sensibile.

Lasciò scivolare quel piccolo oggetto metallico avanti e indietro intorno al mio centro pulsante, e fu un contatto dolcissimo fino a che non fu soddisfatto nel vedermi reclinare la testa all'indietro. Il tocco di quel ferro non era più gelido, ma bollente come le fiamme che sentivo scoppiettarmi nel basso ventre. Aprii le gambe, lui aumentò il ritmo e si avvicinò al mio corpo facendolo aderire al suo.

«Non oserai...»

Gemetti, grugnii, mi dimenai ma non contrastai quel supplizio.

«Lo sto già facendo. E *ti piace*.»

«Non puoi fare quello che ti pare.»

«Posso baciarti dove mi pare?»

Quando me lo chiese il mio torbido desiderio si impennò, mentre lui si abbassava tra le mie gambe nel punto in cui la chiave levigava e scolpiva il mio piacere. Soffiò un bacio sulla mia pelle senza attendere risposta e d'improvviso il mio corpo si plasmò sulle sue labbra, attraverso la sua lingua che scavava un passaggio dentro di me laddove prima era passata la chiave. Mi sentii scalfita, modellata come argilla dalla sua bocca sapiente, e mi sciolsi in quel terreno fertile di peccato.

Non riuscivo più a trattenere i gemiti e il mio mondo soffocò tra essi, inghiottita dalla sua bocca che prima accarezzava dolcemente e poi baciava quel mio piccolo centro di terminazioni nervose che palpitava per la sua imprudenza.

Mavor entrò con la lingua dentro di me, una lama di miele che scavava tra i miei dissapori e mi sciolse di dolcezza e languore, e dopo essersi preso tutti i miei fluidi risalì verso il monte di Venere, glabro.

Divenni acqua, mi sciolsi, stillando nella sua bocca come non esistesse altra parte di me che mi appartenesse se non quella dove lui aveva posato se stesso. La separazione da quelle labbra fu straziante tanto quando il supplizio di quel lungo bacio.

Mavor si alzò di nuovo dritto in piedi e mi guardò negli occhi.

«Sai di zucchero e anice stellato.»

Mi ero smarrita nei labirinti di quegli occhi perversi mentre lui continuava a leccarsi via il mio sapore dalle labbra.

«Sei la cosa più eccitante che io abbia mai visto, baciato, o toccato.»

Mi strinse a sé e mi schiacciò la sua lunghezza turgida in mezzo alle cosce.

Lo desiderai più dell'ossigeno quando stai per annegare, una follia insana, una smania assassina che mi avrebbe piegata, scossa, prostrata.

«Fai quello che vuoi fare. Per favore, Mavor, fallo immediatamente.»

Avevo la testa che sragionava, o forse l'avevo perduta del tutto. Quando gli avevo detto che non esisteva nient'altro al di fuori di me e lui, che avremmo potuto lasciare tutto all'esterno, da Cadogan al processo, non ci avevo creduto fino in fondo. Ma in quel momento, rapita da un incommensurabile desiderio, lo pensai davvero. Lo volli con tutte le mie forze.

«Non posso.»

Quelle parole mi colpirono come un pugno nello sterno.

«Che cosa? Che cosa hai detto?»

«È scaduto il tempo.»

Sgranai gli occhi presa da uno sconforto evidente.

«Le tue colleghe hanno appena finito lo spettacolo e non possono trovarmi qui.»

«Co... cosa? Mavor!»

Improvvisamente compresi che quello era l'ennesimo dei suoi giochi al massacro. Mi tirò su le mutandine e nell'elastico che batteva sul fianco incastrò la chiave con cui mi aveva torturata fino a quel momento.

«Non vorrai mica...»

«L'unica cosa che vorrei adesso non posso dirtela.»

In quei tre secondi in cui ci guardammo, la mia anima riconobbe la sua, spettro dei suoi drammi. Rimasi impigliata nelle trame della sua bellezza, mentre mi sfiorava le labbra con l'indice e si leccava le sue, luccicanti di me.

L'attimo dopo eravamo di nuovo una stupida stripper e l'avvocato disumano di Charles Cadogan.

Cominciai a dimenarmi quando lo vidi scansarsi dal mio corpo e compresi le sue intenzioni.

«Non ti azzardare a lasciarmi così, Mavor! Ti rovino! Racconterò tutti i tuoi segreti!»

«Non posso essere mica l'unico a fare figure di merda sul posto di lavoro...»

«Sei uno stronzo! Non ti azzardare a...»

«Buona serata, Kelley.»

«Mavor! Cristo santo, torna subito qui! Slegami! Farò tardi sul palco!»

Non mi ascoltò minimamente. Mentre continuavo a sbraitare a voce alta e a cercare di slacciare quel nodo ebbi il sospetto che ormai si fosse allontanato completamente.

«Io ti ammazzo! Dio, ma perché non ho beccato il proiettile!»

Fu allora che sentii una voce familiare.

«Venus?»

Ricominciai a dimenare le braccia per liberarmi e cercai di arrivare al nodo con i denti, per scioglierlo subito.

«Venus, sei qui?»

La testa rossa accesa di Lucky fece capolino nel guardaroba e nel vedermi in quello stato la sua espressione sconvolta parlò al posto suo.

«Oh mio... Dio.»

«Non parlare, per cortesia. Slegami subito.»

«Ma cosa... ma cosa cazzo...»

Lucky scoppiò in una sonora risata che mi rese solo più nervosa.

«Avanti, smettila di ridere e liberami i polsi prima che arrivino le altre!»

«Non ci posso credere, non posso...»
«Muoviti!»
Era piegata in due dal divertimento e forse, vista dall'esterno, doveva essere una visione esilarante, se non fosse che io non riuscivo più a restare con le braccia legate in quel modo.
«Qui dentro ho visto veramente di tutto, ma questo!»
«Lucky, ti prego», insistetti, continuando a tirare sperando che la seta della cravatta cedesse.
«Sono tentatissima di lasciarti lì e chiamare le altre!»
Ma con cosa le fanno queste dannate cravatte?
«Prima o poi mi libererò, e andrò a riferire a Nolan tutti i tuoi segreti più torbidi. Ti ricordi di quando a scuola hai messo all'asta la tua prima volta?»
«Avanti, non ero mica seria!»
«E quel tuo ex fidanzato a cui piacevano le piogge dorate?»
A quel punto Lucky sbiancò e si decise ad aiutarmi, pur continuando a ridermi in faccia.
«Era un pervertito, comunque», ammise.
Fece una certa fatica a slacciare il nodo, ma quando ci riuscì un sollievo mi si sciolse in gola al pensiero che era stata lei a trovarmi e non qualcun altro. Se mi avesse scoperta Juliet, mi avrebbe licenziata in tronco.
Presi a massaggiarmi i polsi, mentre lei osservava ciò che le era rimasto in mano.
«Ma questa... è una cravatta, Venus!»
«Sì, beh, suppongo di sì.»
«Supponi di sì? È una cravatta. Ed è anche costosa.»
Mi massaggiai i polsi con l'aria inconsapevole.
«Non c'è bisogno che ti dica a chi mi fa pensare, giusto?»
«E non c'è bisogno che ti dica che non ti dirò nulla, vero?»
Ricominciò a ridacchiare come se non ci fosse bisogno che le spiegassi granché.
«Mi auguro solo che stavolta non ti abbia rubato il portafogli, visto che le mutande le hai ancora.»
Le affibbiai un sorrisetto falso mentre uscivo da quel guardaroba, cercando di nascondere l'imbarazzo che avevo notato riflesso negli specchi per il trucco.

A quel punto Lucky si era guardata intorno. «Santo cielo! Ma cosa avete fatto qui dentro?»

Mi ricordai dell'anta dell'armadietto saltata, con l'acciaio incurvato dal proiettile.

«Non è niente. È solo un armadietto.»

«Qualunque cosa da malati abbiate fatto, voglio rifarla anch'io.»

Alzai gli occhi al cielo. «Non pensi che io mi debba già sopportare abbastanza le tue performance, da quando dormo a casa del tuo ragazzo?»

«Sì, ma le camere da letto sono sopravvalutate.»

Ringraziai Lucky per essere arrivata per prima, visto che cinque minuti dopo le altre ragazze invasero i camerini con il loro chiacchiericcio divertito e cominciarono a spogliarsi e a cambiarsi per i prossimi spettacoli.

Qualcosa dentro di me però ancora palpitava, il bisogno di lui in ogni angolo del mio corpo.

Quella notte senza di lui sarebbe stata semplicemente infinita.

7

Hypnotic taking over me

«Ho amato l'irraggiungibile
in tutte le mie nostalgie.»
N. Hikmet

Venus ♀

QUELLA mattina in centro si respirava un'aria mite di primavera, una carezza per il mio umore instabile. Avevo deciso di concedermi una passeggiata in zona Embankment perché il sonno era diventato una chimera: camminavo lungo il Tamigi mentre una brezza leggera che veniva da sud mi accarezzava le guance affaticate da una nottata senza fine.

Camminavo lasciandomi spezzare i pensieri dalle urla dei gabbiani quando tornai indietro al ricordo di quel silenzio, della mia mente svuotata mentre la corrente del mare del Galles mi trascinava al largo. Avrei dovuto esserne terrorizzata e invece avrei dato qualsiasi cosa per vivere ancora una volta quell'ultimo istante di vita. E poi c'era Mavor, che sfidava la sorte e mi rimetteva in testa quel ricordo, ogni volta con il suo modo di sfidare il destino, come se ne fosse il perfetto artefice.

Il motivo per cui si era presentato quella notte da *Annabel* mi restava del tutto sconosciuto, come il fatto che voleva che io avessi la chiave della sua stanza. Il tormento di lui mi aveva accompagnata per tutta la notte, e se il suo scopo era stato quello di farmi perdere la concentrazione, era riuscito in pieno a focalizzarla su di sé.

Era per questo motivo che vagavo per le zone intorno a The Strand, rigirando la chiave metallica nella tasca. Quando decisi di spalancare gli occhi verso il cielo, l'hotel Savoy mi guardava imponente con la sua facciata elegante di fine Ottocento. Quel posto mi attirava a sé come il mistero dell'uomo che lo usava per dare sfogo ai suoi vizi, e così ci entrai.

Salii al primo piano, infilai la chiave nella toppa cercando di fare il minimo rumore e appena aprii la porta della camera 101 percepii immediatamente la presenza di qualcuno, ma prima di voltarmi pregai che fosse lui e che fosse da solo.

Mavor dormiva a pancia in giù, accartocciato tra le lenzuola e con i lineamenti rilassati incorniciati dalle sue ciocche di capelli mossi e selvaggi. Il respiro era talmente sottile che non riuscii quasi a percepirlo, ma notai dal braccio tatuato su cui aveva posato il viso che non indossava nulla.

Non appena il lenzuolo gli carezzò il dorso, Mavor scattò seduto e mi guardò come se non fossi reale per il tempo necessario a farmi notare che non aveva tolto la sua fasciatura nemmeno per dormire. L'istante dopo riaffondò la faccia nel cuscino come se avesse perso i sensi.

«Mavor? Ti senti bene?» Cercai di utilizzare il tono più accondiscendente che conoscevo, anche se non se lo sarebbe affatto meritato.

«Mh.» Non mi guardava, sembrava volesse evitarmi. «Cosa ci fai qui?» mugugnò con la voce più cavernosa che gli avessi mai sentito.

«Mi hai dato la chiave.»

A quel punto mi degnò di uno sguardo storto.

«Ti ripeto la domanda: cosa ci fai qui?»

«Sono tre giorni che convivo con Lucky e Nolan. Non ne posso più. Pensavo che tu non ci fossi e... non sapevo dove andare.»

«Okay.»

Il fatto che mi rispondeva a monosillabi mi sembrò alquanto insolito. Si rigirò su se stesso un paio di volte, come se non volesse accettare che fossi lì, e in effetti non mi sembrò particolarmente entusiasta.

«Di' la verità. Quanto hai bevuto ieri sera?»

Non che fosse affare mio, ma lo vidi abbastanza distrutto.

«Qualsiasi cosa io abbia fatto, mi ha fatto dormire per ben...» Lanciò un'occhiata alla sveglia sul comodino. «... quattro ore di fila. Per me è un record.»

«Perché hai dormito qui? Di solito non torni a casa?»

«Non lo so. Forse speravo che...»

Lasciò quella frase a mezz'aria, poi ancora una volta mi concesse la visione delle sue spalle e della muscolatura della sua schiena.

«Speravo che tornassi per ridarmi la chiave. Dovevo essere parecchio ubriaco ieri notte per avertela lasciata nelle mutande.»

Ma che razza di pretese.

«Tornare a ridarti la chiave? Dopo che mi hai lasciata appesa in mezzo a un guardaroba?»

Un piccolo sorrisetto compiacente fece capolino da sotto le lenzuola.

«Ti vorrei ricordare che hai perso alla roulette russa.»

Quindi con «ridargli la chiave» intendeva dire che sarei dovuta correre da lui per tener fede a un patto che non avevo mai accettato.

«Quel giochino da pazzi non contava niente. E in queste condizioni non saresti in grado di scoparti nemmeno da solo.»

A quell'insinuazione riacquistai la sua totale attenzione.

«Mi stai sottovalutando?»

Svogliatamente fece scivolare il lenzuolo lungo il corpo: tirai un sospiro di sollievo quando mi accorsi che indossava i boxer. Comprendevo la sua fiacchezza, perciò mi presi la libertà di stendermi anche io.

«Ti senti male?»

«Ho avuto una nottata lunga e complicata», tuonò freddamente, come a suggerirmi di non impicciarmi.

Appena provavo a entrare, a scavare dietro quegli occhi gelidi, ricevevo solo un muro in faccia e la tempesta di una bestia troppo arrabbiata col mondo per fidarsi di chiunque.

«Sei andato a sparare a qualcun altro che sa di noi due?»

«Può darsi.»

Si alzò in piedi e io ringraziai il cielo per il fatto che avesse su i boxer, perché il risveglio mattutino gli aveva regalato un'erezione spaventosa su cui mi cadde l'occhio e da cui dovetti immediatamente scansare lo sguardo. Poi se ne andò in bagno senza chiudere la porta: lo vidi sciacquarsi la faccia e lavarsi i denti.

«Oggi ho udienza a mezzogiorno. Tra poco devo andare. Tu resta se vuoi.»

Supposi che quello era il massimo della gentilezza che sarei riuscita a ottenere. Chiuse la porta del bagno e io rimasi fuori a chiedermi cosa diavolo ci facessi io in quella dannata stanza.

Era una strana sensazione, trovarmi lì, e lui sembrava di nuovo tornato l'avvocato scorbutico che avevo sempre conosciuto.

Dopo circa un quarto d'ora in cui avevo dato fondo al frigobar, mi resi conto di non avere più notizie di lui da un po' e decisi di bussare alla porta del bagno.

«Mavor? Tutto okay?»

Non ricevendo alcuna risposta, aprii la porta sperando di non trovarlo nudo, e lo vidi seduto a terra con la testa tra le mani, la schiena poggiata contro la vasca da bagno.

«Senti, io vado via. Non mi sembra che tu stia bene.»

«Venus.»

Mi bloccai: quando mi chiamava per nome mi faceva uno strano effetto.

«Vieni qui.»

Batté con una mano sul pavimento accanto a lui mentre con l'altra continuava a reggersi la testa, e io mi sedetti silenziosamente al suo fianco ad ascoltare il suo respiro calibrato.

Mavor aveva lo sguardo perso e lo vidi così vulnerabile, in quel momento, che qualcosa dentro di me prese a muoversi, a strisciarmi lento tra un battito e l'altro, in modo che uno dopo l'altro io potessi sentire quelle pulsazioni, cristalline nel loro tintinnio delicato, e quel qualcosa si sciolse in me.

«Vuoi stare qui?»

«In che senso?»

«So che me ne pentirò. Ma quando non vuoi stare da Nolan, finché non trovate un nuovo appartamento, puoi venire qui. Io non ci sarò. Non farò nessuna improvvisata.»

Non seppi cosa rispondere, indecisa su cosa lo spingesse a un gesto simile.

«Non penso sia una buona idea, è troppo pericoloso.»

Mi guardò come se volesse smascherarmi di nuovo, e poi il suo sguardo scivolò verso i bottoni della mia camicia fino ad arrivare alla patta dei jeans.

«Eppure adesso sei qui.»

Non aveva tutti i torti, per quanto potessi sfuggirgli era chiaro che finissi sempre attratta da lui come un polo magnetico. Ormai la mia personalità era scissa in due riflessi differenti che dipendevano l'uno dall'altro: la Venus che lo odiava e ne percepiva il pericolo, e la Venus che era attratta dall'enigma occulto che lui portava negli occhi.

Cercai di deviare la conversazione con la prima cosa che mi venne in mente, perché un magma bollente fin troppo familiare cominciava a fluire nel mio basso ventre.

«Sai cosa dovresti fare, per riprenderti? Un bagno.»

Mi voltai sporgendomi con il braccio dietro di me e aprii il rubinetto dell'enorme vasca quadrata in marmo bianco che occupava metà di quella gigantesca e opulenta stanza da bagno.

Mavor continuava a restare seduto sul pavimento, le gambe distese, lo sguardo fisso nel vuoto, fin quando non mi raggiunse con uno sguardo di sottecchi e io temetti di essere il ragno che si stava tessendo da solo la ragnatela dove sarebbe finito imbrigliato.

«Mi dirai mai cosa è successo stanotte?»

«A parte aver rischiato di beccarmi una pallottola da te, è stata una nottata difficile.»

«Eri da solo? C'era qualcun altro?»

Avrei voluto prendermi a schiaffi, per quella domanda.

«Per qualcun altro intendi... solo una?»

Una parte di me moriva dal desiderio di conoscere quel maledetto dettaglio, l'altra mi maledisse per averlo chiesto.

«Quanto tempo fa?»

«Ti ho detto che è stata una nottata difficile.»

Cominciai a innervosirmi.

Tappati la bocca. Morditi la lingua. Non parlare.

«Cioè mi stai dicendo che hai avuto il coraggio di venire da me dopo essere stato con altre donne?»

«Ho il coraggio di fare questo e altro. E tu hai il coraggio di essere gelosa di me, eh, Kelley?»

«Sei uno stronzo.»

Fece spallucce perché già lo sapeva, con lo sguardo rivolto davanti a sé, mentre il rumore dell'acqua che scrosciava alle nostre spalle sembrava avergli donato un rilassato benessere.

«Hai avuto due occasioni per spararmi, e non ci sei riuscita.»

Feci scivolare una mano nell'acqua e mi assicurai che la temperatura fosse tiepida.

«Immagino che tu sia immortale. Come Marte», lo canzonai.

Lui strinse la mascella e notai quella linea definita che mi attraeva in modo inequivocabile.

«E tu? Come ti sei sentita quando stavi per morire?»

«Io?»

«Sì, tu. Come ti sei sentita?»

Era difficile da spiegare, e allo stesso tempo era davvero molto semplice. Dipendeva sempre dai punti di vista.

«Viva.»

«Era proprio questo quello che volevo ieri notte.»

«Non capisco dove tu voglia arrivare...»

Il suo sguardo di nuovo ardente si rovesciò su di me.

«Hai mai provato a rischiare... a rischiare sul serio?»

«Di cosa parli?»

Il modo in cui lui mi parlava, in cui mi spingeva a esprimermi, a fare domande, a restare incuriosita e imbrigliata alla sua trappola... guardavo le sue labbra e mi chiedevo cosa si provasse a essere baciata senza una ragione, per il semplice fatto che a lui andava di farlo.

«Ti svelo un segreto. Le pupille dilatate, il sangue che scorre e si aggrappa alle ossa, il respiro accelerato: è la paura, che ti dà alla testa.»

Si alzò in piedi e si sfilò i boxer, lasciandoli cadere ai suoi piedi, mentre io rimanevo seduta sul pavimento a guardarlo, la sua bellezza che accarezzava l'inferno e scherniva il paradiso. Entrò in quella vasca enorme e si immerse restando coperto dall'acqua fino alla vita.

A quel punto la tensione era talmente fitta da entrarmi negli occhi e accecarmeli.

Era evidente che lui volesse che io lo raggiungessi.

«Non provo paura per me stessa.»

«È impossibile. L'adrenalina è una reazione fisica, animalesca», disse sciacquandosi il viso.

Senza che nemmeno me ne accorgessi, me lo ritrovai che stringeva il mio braccio.

«È legata all'istinto di sopravvivenza.»

Mi alzai in piedi di scatto per liberarmi da quella presa, ma non ne ebbi il tempo perché lui per tutta risposta tirò verso di sé con maggiore forza.

Lanciai un urlo disperato e tentai di trovare un appiglio, ma non ci fu niente da fare.

Scivolai nella vasca completamente vestita mentre lui mi guardava con un sorriso beffardo e terribilmente eccitante, perché i miei gridolini non lo avrebbero fermato.

«Mavor, santo cielo! I miei vestiti!»

«Puoi anche levarteli, se sono bagnati.»

Mi sfilai immediatamente le Converse che ero riuscita a salvare in extremis tenendo il sedere sul fondo e le gambe verso l'alto.

«Sono zuppi! Ci metteranno ore ad asciugarsi! Certe volte mi sembri proprio un ragazzino!»

Mi alzai in piedi nella vasca con il nervosismo che mi infuocava le sinapsi rischiando di scivolare, e cercando di ignorare il tepore dell'acqua tiepida che mi invogliava a concedermi un momento di relax. Ero gocciolante, arrabbiata, infastidita. Ma con Mavor nella stessa vasca rilassarsi era una vera utopia.

«Sei insopportabile! Pensi di poter fare tutto quello che ti pare?»

Lo spinsi via cercando di divincolarmi dalla sua presa, al punto da graffiargli le braccia che cercavano di afferrarmi.

«Mi piaci quando sei così... *selvatica.*»

Quando mi ritrovai il suo volto a un passo dal mio, le labbra schiuse in un sorriso perverso, trattenni il respiro e i miei muscoli cedettero a quella sua illegale bellezza.

L'acqua attecchiva alla nostra pelle quando lui mi tirò di nuovo a sé. Non opposi resistenza quando mi sistemò a cavalcioni sopra di lui e cominciò a slacciarmi la camicia.

Lo sentii nudo sotto di me, i vestiti appiccicati addosso come una seconda pelle, e quando percepii la sua nudità vibrai della necessità di svestirmi anche io.

«Levati questi dannati pantaloni», mi ordinò lui.

Con l'acqua che mi arrivava alla vita, mi slacciai la patta senza che ci pensasse lui. Mavor aveva preso ad assaltarmi e a baciarmi i seni sopra il reggiseno, fin quando non tirò giù le spalline insieme a tutto il resto e a quel punto una foga che aveva mantenuto segregata fino a quel momento esplose tutta insieme.

«Dimmi che lo vuoi come mi hai detto stanotte. Ho passato una nottata orribile per colpa tua.»

Non respiravo più, annaspavo mentre le sue mani sul viso e sul seno e la sua bocca che giocava con il piercing al mio capezzolo mi rendevano cieca di tutto il resto. Alzai lo sguardo al soffitto mentre mi slacciava il reggiseno con una mano. L'acqua che mi scivolava addosso avvolgendomi di brividi bollenti mi rendeva la pelle più sensibile e immediatamente più recettiva alla sua lingua, che mi leccava via quelle piccole gocce cristalline.

«Per quale motivo non riesco a smettere di fare la cosa sbagliata?» piagnucolai.

Mi avvolse a coppa i seni con entrambe le mani e li sollevò verso il suo viso.

«In ogni cosa che farai ci sarà un lato oscuro. Ma questo non significa che non sarà quella giusta.»

Era dannatamente convincente in tutto quello che diceva e lo sarebbe stato anche stando zitto, con quei movimenti curati su di me, curati nel dettaglio con meticolosa frenesia.

Quando arrivò a succhiarmi i capezzoli, scalpitai dal desiderio di levarmi tutto ciò che avevo addosso. I miei pantaloni finirono a inzuppare il pavimento oltre la vasca e le mie mutandine fecero la stessa fine solo qualche istante dopo, sfilate dalle sue mani ingorde.

Mavor mi sollevò da sotto le natiche e si alzò in piedi sfidando la resistenza dell'acqua, mi fece distendere sul bordo della vasca e spinse il suo bacino tra le mie gambe.

«E adesso smetti di pensare e fatti scopare.»

L'acqua creava attrito tra i nostri corpi, perciò lo vidi piegarsi su di me, divaricarmi le gambe e far colare la sua saliva sopra la mia apertura. Era affamato come non l'avevo mai visto, il riflesso delle nostre incrinature e dei nostri vizi gocciolò dalle sue ciocche di capelli stillando sulle mie labbra.

Mi avvinghiai a lui con le unghie immerse nella sua carne, mentre lui mi accarezzava le labbra con il pollice e scivolava dentro di me senza lasciarmi il tempo di acciuffare un respiro. Mi concessi un urlo a metà tra il dolore e il sollievo.

Si fermò e poi si piegò verso il mio viso, mentre io anelavo un bacio con tutta la disperazione che avevo in corpo. Spingendosi piano si concesse un mugugno e una smorfia di piacere mentre mi sentiva avvolgerlo completamente.

«Pensi che saresti così bagnata se fosse sbagliato?»

«Mi piacciono le cose sbagliate.»

«Sei veramente cattiva, piccola V», mi schernì con una dolcezza che mi impregnò ancora di più i tessuti. «Ma io passerei le giornate a scoparti e non mi basterebbero per tutto quello che vorrei farti.»

Mi regalò il suo primo vero affondo e io presi a contorcermi attorno a quella scarica di ossitocina che liberava il mio corpo sfregiandosi del suo.

«Ti sembra che questo potrebbe mai essere sbagliato?»

«Penso... penso che lo sia.»

«Siamo adulti. Riusciremo a gestire le due cose insieme.»

Non ne eravamo convinti, ma la verità era che non ce ne importava.

Si sfregò ancora, più in fondo e con maggior dovizia, cominciò a scoparmi con un andirivieni indecente mentre io combattevo contro l'orgasmo e a ogni maledetto colpo chiedevo che non cessasse mai. Mi pugnalò un quantitativo di volte che mi sembrò impossibile da contenere, finché non gli strappai anche io il primo gemito affossando le unghie nelle sue natiche come a volerlo inglobare. Aumentò la profondità di quella penetrazione sollevandomi le ginocchia verso il petto con entrambe le mani e io mi sentii talmente piena da poter scoppiare.

«Sei così piccola... e stretta. Mi sembra di poterti spezzare», mi confessò in un ruggito felino contro il mio collo sottile di gazzella, mentre mi divaricava le pareti che patirono quello sforzo impensabile.

Avevo la stessa sensazione da sempre, quella di non riuscire a contenerlo, perché si gonfiava in maniera esasperante e io continuavo a sciogliermi attorno a quell'erezione cercando di non opporre resistenza. Urlai di dolore, ma ne chiesi di più e lui aumentò la forza che imprimeva a ogni singola stoccata.

Non riuscivo più a parlare perché le parole erano divorate dai miei gemiti. Il piacere mi percorreva il cervello da una parte all'altra, quando mi abbandonava percorrendomi a ritroso restavo senza respiro in attesa della staffilata successiva.

«Occhi a me», mi intimò quando strizzai le palpebre.

Mavor respirava in affanno sopra il mio seno, mi rubava il battito, mi stringeva come se potessi scomparire. E nei suoi occhi aguzzi, accesi, la pupilla dilatata nel vedermi in quello stato, il suo sesso che pulsava in me a ogni mio stimolo esterno, io vedevo l'infinito di quello che avrei potuto provare.

Con le emozioni imprigionate da una vita, io riuscivo a sentirmi libera solo in quel momento. Solo in quel modo. Sfidando le leggi del proibito, stringendolo a me e aggrappandomi ai suoi muscoli e incastrando le ossa con le sue fino a scheggiarle.

E proprio quando credevo che avessimo raggiunto il culmine dei nostri desideri impuri, lui rallentò fino a farmi disperare.

«Sei pronta per l'inferno?»

Lo guardai già sapendo che non avrei saputo decifrare il suo intento.

«Cosa?...»

Mi fece aggrappare a lui e mi trascinò verso di sé, poi lasciò che ci immergessimo in acqua, che ormai da seduti ci lambiva fino alla vita.

«Girati.»

«Mavor...»

Avevo detto di non avere paura, e infatti la mia era pura fibrillazione.

«Ho detto *girati.*»

Quando mi voltai volgendogli le spalle, lui si piegò sopra di me. Mi strusciò l'erezione pulsante tra le natiche e mi baciò la schiena negli esatti punti in cui ricordavo di aver avuto quei lividi.

«Ti ricordi quella sensazione, quel momento in cui pensavi di morire?»

Entrò ancora una volta dentro di me con prepotenza e quella nerbata secca mi fece tremare di un urlo estremo. Lo vidi nel riflesso del vetro della finestra davanti a noi, il suo sguardo accecato di godimento.

«Cosa vuoi fare?» sibilai trattenendo il respiro affannato.

«Come ti sei sentita?»

Ci pensai un istante, e quello dopo avevo già risposto.

«Te l'ho detto. Viva.»

Mi strinse i fianchi tra le mani e si spinse ancora più in profondità, facendomi inclinare la zona lombare per permettermi di sentirlo fino a quando sarei riuscita a non scordarlo mai più.

«Vuoi ritornare a quel limite, piccola V? Quando pensavi che non saresti più tornata indietro?»

Stavolta non ci pensai due volte a rispondere.

«Sì. Ma...»

«Ti devi fidare di me. So quello che faccio. Sono stato chiaro?»

Non si mosse, rimase in attesa di un mio consenso.

Il cuore mi stava esplodendo nel petto ma la mia incapacità di capire se fossi terrorizzata oppure smaniosa non mi avrebbe fermata come era sempre accaduto prima di allora.

«Qualunque cosa tu voglia fare... non fermarti.»

«Dio, Kelley.» Ricominciò a muoversi e il modo in cui gemetti di disperazione lo rese feroce, infervorato dal suo stesso godimento. «Se mi dici così mi fai scoppiare il cazzo.»

Il mio corpo si fece sempre più piccolo contro la sua grandezza sempre più invadente, lo accolsi con tutto ciò che era in mio potere fin quando non si piegò sul mio corpo e mi schiacciò con il suo peso attutito dall'acqua.

Le stoccate di Mavor erano precise e affondavano in me con tutta la forza che lui possedeva. Si mosse fin quando non mi sentì il respiro sempre più accelerato, la ragione che mi abbandonava e il sangue che correva all'impazzata tutta verso un unico punto.

Lasciati andare.

Fidati di lui.

Ero quasi al culmine. Il mio respiro era sempre più corto e le urla mi dissociavano dalla realtà.

A quel punto mi afferrò i capelli dietro la nuca e spinse il suo corpo sopra di me, mi sovrastò mentre io finii con la testa sott'acqua e lui non interruppe quell'eterno saziarmi e il continuo abbandonarmi.

Mi abbandonai a quella mancanza di ossigeno e le mie membra si rilassarono come se il respiro fosse diventato improvvisamente qualcosa di superfluo.

E mentre Mavor mi teneva la schiena piegata verso il basso e la testa fissa sott'acqua io non sentivo nient'altro che il silenzio che mi attutiva la mente e il piacere che si propagava in ogni piccolo poro della mia pelle.

Più l'ossigeno calava, più il piacere aumentava.

Qualche secondo dopo l'ossigeno cominciava a mancarmi sul serio, ma il modo in cui mi sentivo unita a lui era qualcosa che mi fece dimenticare persino l'apnea. Mi dimenai mentre sentivo il suo sesso gonfiarsi dentro di me, in un tutt'uno con lui, come se fossi diventata una sua propagazione.

Adorava avere il controllo. Di me, di se stesso, della situazione.

Vibrava per il modo il cui il mio corpo si sforzava per uscire dall'acqua.

Qualche altro istante senza respiro, e io iniziai a temere per me stessa. Che sarei svenuta prima di raggiungere l'orgasmo.

Venne alla luce dentro di me quel piccolo barlume di attaccamento alla vita che avevo provato guardando la casa di Mavor sulla scogliera che si allontanava sempre di più. Furono brevissimi piccoli istanti che si dilatarono nella mia mente sconvolta da quel piacere e dai colpi inferti dalla sua erezione taurina che continuavo a ricevere sotto le natiche.

Avrei voluto gemere, ma non potevo. Se avessi respirato, l'acqua mi sarebbe andata nel naso e poi nei polmoni.

Mavor mi stava annegando e, mentre lo faceva, mi regalava la più intensa delle estasi.

«Conosco il tuo segreto.»

Sentii la sua voce, ma non ero affatto sicura che non fosse un'allucinazione da choc. Cominciavo ad avere le vertigini per quel mix di emozioni e il mio corpo tremò di non so bene quale reazione psicofisica.

E fu quando pensai di non farcela, che mi avrebbe lasciata lì sotto e che era arrivato per me l'ultimo battito, quando il mio corpo lottava per aggrapparsi alla vita, fu in quel momento che mi sentii tirata per i capelli e rividi di nuovo la luce sopra la superficie.

Mi appigliai all'aria che mi circondava spalancando la bocca, ma in cambio dell'ossigeno di cui ero affamata io rubai il suo, perché lui afferrò le mie labbra con le sue nello stesso momento in cui mi tirò fuori dall'acqua, affondò nella mia bocca la sua e la assalì di morsi, mentre la sua lingua cesellò il mio palato e io mi inebriai di quel sapore ottenebrante.

«Sei una cazzo di droga», mi sussurrò.

In quell'istante sentii l'orgasmo esplodere in me, ed era un qualcosa di distruttivo che mi squarciava di vita e pulsava esattamente come quella. Sbocciò in me una bufera di scosse che mi diede alla testa e io, che non avevo ancora recuperato del tutto il respiro, urlai consunta da quel piacere contro le labbra dischiuse di Mavor che nel frattempo era tutto riverso contro il mio corpo.

Un colpo dopo l'altro il suo ritmo divenne forsennato e brutale, finché l'estremità della sua lunghezza si rigonfiò contro le mie pareti contratte e anche lui esplose in un gemito strozzato mentre mi mordeva la schiena, uscendo da me e stringendo l'erezione tra le natiche.

Una scarica di fiotti bollenti si riversarono sulla mia schiena mentre lui continuava a tenermi stretta a sé. Dopo un ultimo lamento di piacere quasi non mi schiacciò, costringendomi a voltarmi e abbandonandosi sopra il mio corpo avvolto dall'acqua.

Rimasi ad assaporare il profumo dei suoi capelli zuppi che mi gocciolavano sul volto, il sapore di quel godimento che mi graffiava la gola, l'acqua non avrebbe potuto cancellarlo come niente avrebbe potuto farmi scordare cosa mi aveva appena fatto. L'orgasmo più intenso della mia vita tardò ad abbandonare le mie membra sfiancate, e anche Mavor dovette concentrarsi a recuperare il fiato mentre si strizzava la punta su di me godendo di quella vista dall'alto.

Ci misi qualche minuto per tornare a respirare come sempre, e solo quando lui si alzò dal mio corpo io mi abbandonai distesa nella vasca. Mavor si sollevò in piedi e mi allungò un accappatoio.

Tenni una mano al collo ad assaporare il vapore dell'acqua che mi dava sollievo alla gola.

«Tutto bene?» mi chiese.

Accennai un assenso con la testa, ma avrei voluto saltargli al collo per dirgli quanto fosse stato fantastico, delirante, immenso, spaventoso e straordinario al tempo stesso. Ero sconvolta come chi aveva appena conosciuto la beatitudine e poi era tornata indietro.

Indossò un accappatoio anche lui, poi mi porse la mano e mi aiutò a uscire dalla vasca mentre io indugiavo ancora con i muscoli delle gambe tremanti e il resto del corpo dolorante.

Ma nonostante questo, non avrei mai voluto che se ne andasse.

Mi guardò negli occhi e il mio cuore arrancò in un doppio battito quando mi asciugò delle gocce d'acqua che mi colavano dalle ciglia.

«Dove hai imparato a fare certe cose?» gli chiesi per rompere il silenzio.

Ero fatta così, il romanticismo non mi apparteneva e avevo bisogno di tornare a una dimensione totalmente fisica di quello che era appena successo.

«Ho vissuto per un anno a Bali, appena finito il liceo.»

«Bali? E a Bali insegnano a fare...»

«A Bali impari tantissime cose.»

Mi allungò una sigaretta e se ne accese una per sé, io la accettai volentieri. Poi tornò imperioso, e mi guardò in tralice come se volesse ammonirmi.

«Non sono stronzate, non sono giochi con cui puoi scherzare. Bisogna saper controllare il battito. Non le devi fare con nessun altro. Hai capito?»

Era di nuovo severo e se ne tornò nella sua stanza, mentre io anelavo a quel Mavor che vacillava quando mi desiderava e quando traeva il suo piacere dal mio stesso piacere.

Rimasi seduta sulla tazza in accappatoio a guardare nel vuoto.

Quando uscii dal bagno, dieci minuti dopo, lui era già pronto e vestito di tutto punto.

«Se hai bisogno di stare qui, io non verrò più», sentenziò deciso. Aveva tutto tranne che l'aria di qualcuno che mi stesse facendo un favore. Sembrava piuttosto una concessione.

«Non posso restare, davvero.»

Se fossi rimasta mi sarei sentita la sua amante. Sarei finita con il passare le notti ad aspettarlo, o a sperare che arrivasse, chiedendomi dove fosse e con chi ma senza poter sapere nulla. Sarei impazzita.

E lui in cambio mi avrebbe concesso quella splendida stanza come se dovesse pagarmi per tutta quella marea di errori che stavamo cominciando a collezionare.

«D'accordo.» Strinse gli occhi e in quello sguardo notai un accenno di delusione. «Vorrà dire che chiamerò la reception per controllare che tu non ci sia.»

«Non ce n'è bisogno, io...»

La vibrazione del telefono di Mavor interruppe la conversazione.

Quando lo tirò fuori dalla tasca dei pantaloni riuscii a notare la foto di Nolan sullo schermo illuminato.

«Dimmi. Spero sia urgente, visto che ho udienza tra poco.» Mavor rispose vagamente scocciato. «Cosa?» aggiunse guardandomi, e un'ombra gli calò sullo sguardo e mi raggiunse gelida come un vento di cattivi presagi. «D'accordo. Arrivo subito.»

Mi rapì una sua occhiata incurvata sotto le folte ciglia castane chiare, e fu come se qualcosa di me lo stesse vedendo per l'ultima volta.

«Mavor», lo chiamai come se aspettassi che dicesse qualcosa. E attesi. Mi tormentai in quell'attesa che rimbombava di echi d'aspettativa.

Si avvicinò a me come se volesse sfiorarmi, mi osservò i capelli umidi e io rividi nei suoi occhi le immagini di quello che avevamo appena fatto come attraverso i teleschermi accesi su un film in bianco e nero.

Si lasciò sfuggire un sospiro mentre le sue pupille scattavano in basso verso le mie labbra, e poi aprì appena le sue.

«Devo andare.»

8

Father forgive me for all my sins

«Lui mi perseguita come un rimorso che non stinge.
La macchia di cui disfarmi per macchiarmici di nuovo.»
E.B. Luin

Venus ♀

«Mh.»

Mavor graffiò sul mio respiro e mugugnò contro il mio collo l'attimo prima di sfilarmi una sciarpa in tessuto leggero, per ricominciare la sua tortura di morsi e piccole scie di baci umidi.

«Ciao, avvocato.»

Eravamo insieme, tutto il resto sfumava al di là del vetro della finestra.

Quella mattina mi aveva chiamato la sua segretaria per dirmi che lo studio Axford voleva parlarmi con urgenza, facendomi capire che avrei dovuto presentarmi nel loro ufficio rapidamente e nel modo più discreto possibile.

Avevo quindi coinvolto Victor nella questione, che al momento stava avendo un'accesa conversazione nella stanza accanto con il padre di Mavor su un eventuale rinvio dell'udienza che avrebbe chiesto al giudice Mahoney, resosi necessario a causa del cambio di avvocato.

Io avevo trovato il tempo, il modo e il coraggio di sgattaiolare nello studio di Mavor sotto lo sguardo perplesso della segretaria che ticchettava impettita sulla tastiera con dita sottili e unghie perfettamente smaltate. Avevo indossato un paio di occhiali da sole come se potessi diventare d'improvviso irriconoscibile o invisibile e mi ero infilata nella sua stanza.

L'urgenza che gli avevo letto negli occhi quando ero entrata nel suo studio era la stessa mia.

«Dovevi parlarmi di qualcosa?»

Mi guardò con un lampo negli occhi che mi fece vibrare di impazienza.

«Sì.»

Venne addosso al mio corpo spingendomi contro la scrivania. Si intrufolò con le mani nelle mie mutandine e cominciò a strofinare tra le pieghe delle mie labbra, mentre io reclinavo la testa all'indietro e mi inumidivo di piccole gocce di desiderio.

«Li vedi quei fogli sul tavolo?»

Voltai lo sguardo per notare la solita pila di fogli ordinati su cui aveva lasciato delle annotazioni a penna.

«Mh. Sì. E io cosa c'entro?»

«Non riesco a concentrarmi perché quando ci leggo il tuo nome sopra mi viene voglia di scoparti.»

Quella sincerità mi sconcertò e una pioggia di battiti cominciò a tamburellarmi nel petto.

Rabbrividii a immaginarmi Mavor in quella stanza che profumava d'inchiostro, da solo, mentre pensava alla stessa cosa a cui pensavo io.

L'istante dopo, la sua mano sotto le mie mutandine, fui distratta dal suono di una vibrazione che tremolava contro la mia coscia.

«Mavor. Il tuo cellulare sta vibrando.»

«Lo so. È Nolan. È da ieri che vuole parlarmi.»

«E tu?»

Mi guardò con uno sguardo strano, perduto, quasi irrecuperabile in una sua dimensione. Era come se in certi momenti svanisse fino a estraniarsi, e l'attimo dopo era di nuovo lì.

«E io ho deciso che non voglio.»

E infatti l'attimo dopo dovetti soffocare un gemito. Mi strinse dalla vita e mi spinse contro di sé, invadendo lo spazio tra le mie gambe come se colmarlo in pieno fosse la missione della sua giornata.

«Sulla scrivania. Sei proprio un cliché.»

«Se non stai zitta ti scopo sul tavolo delle riunioni.» Prima che potessi ribattere mi sfrecciò contro uno sguardo illanguidito di malizia. «E c'è una riunione in corso.»

Quando mi infilò di nuovo la mano tra le cosce qualsiasi senso di colpa svanì dalla mia esistenza. Quella sensazione di leggerezza, la testa che si svuotava per colmarsi di piacere, era il motivo per cui io non riuscivo a privarmi di tutto quello.

Le sue mani percorsero il mio corpo mentre scendeva verso il basso e mi abbassava le mutandine con uno strappo netto. La frenesia accelerava a ogni attimo, le pupille dilatate e brillanti mi costrinsero a restare intrappolata senza riuscire a distogliere lo sguardo dalla sua bellezza. Mugugnai debolmente e mi spinsi verso di lui mentre il peso del suo corpo incombeva sopra di me.

«Era ora che mi portassi il pranzo.»

Ero perduta, la mia anima era schiacciata, annichilita contro il peso delle sensazioni. Si piegò verso il basso e si mise ad assaggiarmi, mi baciò il sesso pulsante tra i risvolti di pelle e carne tumida, mentre si apriva la patta dei pantaloni e io mi schiudevo a lui.

«Quante volte ci hai fatto sesso, su questa scrivania?»

«Con una come te, mai.»

Risposta corretta.

Era bravo con le parole, non c'era niente da fare. E anche con tutto il resto. Mi strappò un gridolino quando si mise a succhiare attorno al clitoride e a raccogliere con la lingua le mie lacrime di piacere.

«Una come me?»

«Una pulita fuori e sporca dentro. Di solito sono il contrario, ma è tutta apparenza. Tu invece...»

Io sono come te. Corrotta.

«Ti stai mettendo in guai grossi, avvocato.»

«Se mi beccano, mi fanno un buco in testa senza pensarci due volte.»

«E ne vale la pena?»

«Questo me lo dirai tu a breve.»

«Sei proprio un paraculo.»

«*Touché*. Sono un avvocato.»

Gli slacciai la camicia mentre mi avvinghiavo a lui stritolandolo tra gli adduttori.

Quando mi lasciai sfuggire un altro urletto tremante, Mavor impose la sua presenza con maggiore ferocia spingendo la sua erezione fino a farmi quasi male.

Mi strinse i polsi, portandomeli sopra la testa, mentre con l'altra mano mi sollevava la maglia e mi strofinava la pelle con i suoi baci affamati. Il suo sesso umido scivolò via dall'elastico dei boxer, incontrò la mia intimità e si frizionò su di essa.

Il tempo di allungare la mano su un preservativo nascosto in una scatola di sigari e io già pregavo di non arrivare al culmine con quel semplice sfregamento, perché una fiamma di sangue già divampava sotto il mio monte di Venere. Lo stava srotolando sulla sua lunghezza quando per poco non urlai di spavento: un botto alla porta ci raggiunse alle spalle di Mavor e fece sussultare entrambi.

Rimasi avvinghiata alle sue spalle mentre al secondo colpo sordo mi resi conto che qualcuno stava bussando alla porta come se avesse una certa premura.

«Mavor, apri subito.»

La voce era imperativa, il terzo colpo fu ancora più secco e deciso.

«Vattene», ringhiò lui senza staccare le labbra dal mio petto che cercava di schizzare via dal reggiseno, e sarebbe davvero andato avanti se io non mi fossi irrigidita.

«Apri immediatamente!»

Mavor sospirò, a quel secondo richiamo. Al terzo, roteò gli occhi al cielo.

«Vuoi che vada in bagno?» dissi a bassa voce perché avevo riconosciuto perfettamente il proprietario di quel tono tassativo.

«Ti cercherebbe anche lì», sentenziò con aria rassegnata mentre si nascondeva l'erezione nei boxer.

Mi tirai su le mutandine e le calze il più rapidamente possibile e cercai di sistemarmi la maglia sopra la gonna, mentre Mavor non si curò nemmeno di allacciarsi la camicia o i pantaloni.

Quando aprì la porta, Alistair Axford ci fissava con occhi di falco.

«Non è possibile... voi due?»

Entrò invadendo la stanza con un silenzio assordante e poi chiuse la porta dietro di sé.

«Ti sei per caso fottuto il cervello?»

La sua voce era il ruggito di un tuono. Teneva lo sguardo fisso su suo figlio, con un odio bestiale che gli galoppava nelle iridi tra il grigio e l'azzurro, sotto le palpebre infiacchite dall'età. Non ebbe bisogno di fare domande, la nostra espressione diceva già tutto e le mie gote arrossate parlavano al posto mio.

«Potevi scoparti il giudice, la cancelliera, la guardia giurata, l'intera giuria popolare! Ma cazzo, la vittima del processo?»

«Abbassa la voce», gli intimò Mavor con le braccia incrociate sotto il petto, segno che non volesse parlare. Non perse tempo nemmeno a cercare di negare.

«Tu davvero stai dicendo *a me* cosa devo fare?»

«Sei nel mio studio. Quindi *abbassa la voce.*»

Alistair scrollò la testa da una parte all'altra e arricciò il naso con l'aria di delusione stampata addosso.

«Riallacciati quella camicia. Ho un figlio testa di cazzo. Se lo venisse a sapere Charles perderemmo il nostro miglior cliente!»

A quel punto presi coraggio e mi avvicinai a lui. Avevo qualcosa in fondo alla gola che sognavo di dirgli da parecchio tempo.

«Alistair, non è così?»

Lui mi guardò con le ciglia aggrottate, come se tutto si aspettasse tranne che proferissi parola.

«Ci siamo già conosciuti, signorina Kelley.»

«Con tutto il rispetto, non so lei, ma suo figlio è in grado di trovare clienti migliori di quell'avvoltoio.»

Mavor restava in silenzio dietro di me, appoggiato alla scrivania, con le gambe incrociate e le braccia strette sotto il petto.

«Penso di sapere come gestire il mio studio, signorina. E soprattutto so come fare il padre. Non credo di aver bisogno dei consigli di una spogliarellista.»

Eccola lì, la frase umiliante con cui un uomo come Alistair ti rimetteva al tuo posto.

Nemmeno il tempo di realizzarla che percepii Mavor che scattava dietro di me. Lo fulminò al punto che temetti sul serio che potesse saltargli al collo.

«Lascia stare, con gli Axford è fiato sprecato. È meglio che tu vada, Venus.»

Era arrivato il momento di lasciarli da soli. Sapevo che Alistair non avrebbe mai rivelato al mondo ciò che aveva appena scoperto, ma quella cascata d'odio che stillava dalla carta da parati in damasco non prometteva niente di buono.

Suo figlio si avvicinò a me, e poi sussurrò piano al mio orecchio mentre mi porgeva il cappotto.

«Ti chiamo stasera.»

* * *

Passò un'altra settimana da quel fugace incontro nello studio Axford: la domanda di rinvio dell'udienza non era stata accolta dal giudice e Victor aveva pochissimo tempo per esaminare il caso. Questo voleva dire che il mio avvocato diventava sempre più nervoso e mi costringeva a vederci ogni giorno per studiare gli atti e istruirmi sugli interrogatori.

Non avevo più incontrato Mavor, non lo avevo più sentito. Era svanito come un sogno al mattino e tutto quello che mi lasciava ogni volta era quella sensazione che fra tutti i rimorsi fosse il più bello e doloroso a cui potessi condannarmi.

Un colpetto di tosse richiamò la mia attenzione, perduta chissà dove in una manciata di nuvole sparse.

«È possibile che l'avvocato di Cadogan mi abbia... più o meno implicitamente ammonito dal provarci con te?»

Mi strozzai con il caffè, la sua amarezza che mi ustionò il palato mi ricordò la stessa sensazione fisica che avevo provato quando avevo capito che Mavor non sarebbe tornato, che si era di nuovo disciolto in un bicchiere di speranze mai pronunciate ad alta voce.

Io e Victor eravamo in un pub che affacciava sul *The Twenty Two*, in piena city commerciale, con il tavolino stracolmo di fascicoli, la maggior parte dei quali macchiati di cerchi dei fondi di bicchiere.

«Non voglio chiederti cose personali, ma mi è sembrato un po' strano.»

«Quel tizio è tutto suonato», replicai all'istante, battendomi la tempia con l'indice. «Probabilmente vuole solo portarti fuori strada.»

Da quando l'avevo lasciata, non avevo più avuto il coraggio di entrare nella stanza di Mavor, eppure la tentazione di tenere per me la chiave era stata davvero troppo forte, soprattutto considerando che l'unica alternativa era restare da Nolan fin quando non avessi ricominciato a lavorare a pieno ritmo.

«Lo sai che se per caso tu e lui vi *conosceste*... esiste il conflitto di interessi e io potrei farlo sollevare dal caso, vero?»

Rimasi a guardarlo di stucco. Non so cosa Mavor fosse arrivato a dirgli, ma solo in pochi giorni Victor si era già insospettito di una situazione che Christabell non aveva nemmeno preso in considerazione.

«Te l'ho detto. Ha avuto una relazione con mia cugina, il mio precedente avvocato.»

«Tutto qui?»

«Tutto qui», conclusi, serafica.

I miei occhi ingannevoli avrebbero fatto il resto, e infatti Victor mi credette senza remore.

«Beh, in questo caso, andiamo avanti.»

Guardai fuori dalla vetrata mentre mi riempiva di informazioni su cui non riuscivo davvero a concentrarmi.

«È un processo indiziario, non ci sono prove concrete. Si basa tutto sulla bravura di avvocati e procuratore.»

C'era una quantità di nomi di testimoni e testimonianze rilasciate alla polizia che avrebbe fatto paura a qualunque principe del foro, figuriamoci a un avvocato alle prime armi.

«Ho studiato i precedenti processi di Axford. Ricordati che non ci sarà domanda che lui ti farà di cui non conosca già la risposta. Ognuna è calibrata in modo che lui sappia dove ti sta portando», mi spiegò.

Mavor aveva incespicato davanti alle foto dei miei lividi, ma restava il fatto che avrei dovuto spiegare sul serio come mai ero salita sull'auto degli uomini di Cadogan senza piegare ciglio. Le sue prossime domande avrebbero sicuramente insistito su quel punto, o almeno questo era ciò che per assurdo speravo.

Lo scampanellare della porta a vetri attirò il mio sguardo: Lucky entrò nel locale vestita completamente di pelle, dalla giacca biker ai pantaloni attillati, e si sedette accanto a noi dopo aver preso una Guinness al bancone.

Le avevo mandato la posizione, ma non mi aspettavo che si sarebbe presentata. Aveva un giornale tra le mani, e ce lo sventolò sotto il naso come se non vedesse l'ora di rivelarci una notizia importante.

«Avete letto il *The Sun*?»

Scrollammo la testa e lei cominciò a leggere, con il naso quasi poggiato sopra la carta patinata che profumava di pagine lucide e mai sfogliate prima.

«*Il processo a Charles Cadogan passerà alla storia inglese come il caso giudiziario con i due avvocati più sexy di tutti i tempi.*»

Mi sfuggì una risatina sotto i baffi, mentre Victor scosse la testa e rifiutò la birra che gli stava offrendo Lucky. Era persino astemio, o quantomeno lo era a colazione come la maggior parte delle persone normali.

«Fantastico, chi è questo premio Pulitzer? Come ridicolizzare un processo penale...» protestò, quindi si alzò con un certo sdegno per andare a ordinare qualcosa da mangiare e ci lasciò sole.

Lucky saltellava sulla sedia come se non vedesse l'ora di dirmi qualcosa, mentre io ero tornata alla mia solita postura rigida e alle mie scarse espressioni facciali.

«Come mai tutta questa felicità?»

Smorzarle l'entusiasmo era uno dei miei passatempi preferiti, e infatti sbuffò con l'aria adirata.

«Non sono io che sono felice, sei tu che, da quando ti ho trovata appesa nel guardaroba di *Annabel* come un pollo allo spiedo, sei distratta e depressa come se ti avessero rubato qualcosa di più importante del portafogli. E anche delle mutande.»

«Distratta e depressa? È più o meno come mi hanno descritto tutti i miei terapeuti», cercai di minimizzare.

In realtà era vero, ero più pensierosa del solito, ma non mi concentravo mai sulle tempeste emotive che battagliavano dentro di me.

«A proposito di polsi legati con le cravatte... È appena passato il tuo amico avvocato a casa. Non so se sperasse di trovarti. Resta il fatto che ho preferito levare le tende.»

«Vi siete rivisti?»

«Ci siamo solo incrociati mentre io fuggivo per venire da te.»

«Come lo hai trovato?»

Prese un lungo sorso di birra e poi sbatté il bicchiere vuoto contro il legno del tavolo.

«Bello e incazzato. Come al solito.»

«Spero non stia frugando nel cassetto della mia biancheria.»

Lucky si lasciò sfuggire una risatina.

«Comunque... ti ho trovato un lavoro. Solo per stanotte, ma la paga è altissima.»

«Avanti, spara.»

Ero praticamente stesa sul tavolino, a quel punto, con l'entusiasmo e la voglia di lavorare di qualcuno a cui avessero appena sparato.

«*Hippodrome*.»

Mi sollevai di scatto, perché non esisteva un cittadino di Londra che non conoscesse quel posto: pacchiano, sfarzoso, eccessivo, storico e un po' decadente. Tutte cose che io adoravo.

«L'*Hippodrome*?»

Lucky annuì compiaciuta mentre si sistemava sulla sedia.

«Mi hanno chiamato per uno spettacolo di una sola sera, e io ho chiesto se avevano bisogno anche di un'altra ragazza. Quando gli ho detto che eri Venus Black sono impazziti.»

Victor tornò a sedersi al tavolo con l'ennesima tazza di caffè fumante in una mano e una fetta di crostata alle ciliegie nell'altra, e ci fece intendere di aver sentito l'ultima frase di Lucky.

«A proposito di gente che continua a sfruttare la popolarità del processo.»

Lucky rimase a osservare Victor con sguardo sognante mentre lui addentava il suo dolce senza calcolarla minimamente.

«Comunque nell'articolo non hanno tutti i torti.» Lucky abbassò il tono della voce. «Il tuo nuovo avvocato è un vero figo. Ha quello charme così sensuale...»

«Lucky!»

«Cosa c'è? Non pensavo ci fosse una così alta concentrazione di uomini sexy attorno all'Old Bailey.»

Victor azzardò un altro colpetto di tosse con la bocca impastata di marmellata di ciliegie.

«Io sono seduto qui. Ti sento.»

«Non fare il finto umile.»

Lucky approcciava qualsiasi individuo come se fosse un cliente, con lo stesso ammiccamento di confidenza provocante. Se lo avesse conosciuto un pochino di più, avrebbe saputo che era veramente un tipo umile e un ragazzo di una gentilezza più unica che rara.

La mia amica spinse i palmi aperti sul tavolino per alzarsi in piedi.

«Io adesso devo andare a fare una ceretta integrale.»

«Una notizia davvero interessante da sapere a colazione», ribattei, guardando la faccia imbarazzata del mio avvocato.

«Ci vediamo stasera, *polletta*», rispose lei ammiccando sensuale, prima di allontanarsi da noi ancheggiando coi fianchi fasciati dal pantalone attillato.

«*Polletta*?»

«Lasciala stare. È già ubriaca alle 10 del mattino.»

Mentre Victor tornava sui suoi fogli, il mio cellulare vibrò, richiamando la mia attenzione. A vedere quella notifica familiare, un groppo in gola si sciolse sulle mie corde vocali come una colata di tensione vivida, teatro di memorie inquietanti.

La mia angoscia era giustificata: mi accorsi subito che era un nuovo messaggio anonimo.

Erano successe talmente tante cose dall'ultima volta che ne avevo ricevuto uno che avevo rimosso quelle frasi rinchiudendole in un piccolo scantinato dei miei pensieri.

Afferrai e lessi il contenuto del messaggio, poi lo rilessi ancora. Più volte, con lo stomaco che si serrava in una morsa e quell'aria da minaccia che sentivo appiccicata addosso come una patina di brina su un vetro appannato.

La notte è finita. È ora di svegliarsi.

9

Can't read my poker face

«Dammi più odio o più disprezzo,
la zona torrida o la zona glaciale.»
T. Carew

Venus ♀

L'HIPPODROME era il più famoso casinò di Londra: un teatro opulento e pomposo con quel gusto per lo sfarzo in pieno stile americano, che ospitava un auditorium, un ristorante, svariati bar e tre piani dedicati all'azzardo. Non restava nulla della sobria eleganza inglese di un'istituzione della Londra del secolo scorso, ma manteneva quel fascino antico pur essendosi reinventato come locale e sala da gioco che faceva anche spettacoli di strip-tease.

Io e Lucky avremmo dovuto rinunciare alle mance, quella sera, ma la paga era alta considerando che avremmo dovuto solo gironzolare per il locale vestite con un minidress in lamé con uno spacco sulla schiena che arrivava alle fossette di Venere.

La sala principale brillava di enormi sfere luminose, la moquette rossa intervallata da tavoli da roulette a perdita d'occhio cozzava con i tendaggi blu dell'enorme palco da spettacolo: quel posto era talmente dispersivo che adoravo la sensazione di sentirmi quasi invisibile.

Erano tutti talmente concentrati che non badavano a me, perciò mi rilassai e decisi di godermela. Era già un'oretta che osservavo uomini e donne di ogni età impegnati in qualsiasi tipo di gioco d'azzardo, quando un paio d'occhi puntati su di me mi costrinsero a voltarmi.

Una sagoma prese forma su una poltroncina in alcantara: aveva le gambe accavallate e l'aria attenta di chi non voleva lasciarsi sfuggire la mia reazione. I riccioli e la mandibola pronunciata erano inconfondibili: Braiden mi guardava come se si aspettasse di trovarmi in quel posto e allo stesso tempo cercava di scalfirmi con lo sguardo. Per la prima volta lo guardai senza il filtro della menzogna davanti agli occhi.

Era il figlio del mio aguzzino, sangue del sangue che scorreva nella mano che mi aveva quasi uccisa, che aveva cercato di disintegrarmi come una carta straccia da calpestare e gettare nel fuoco. Adesso, in quello sguardo sottile che mi scrutava dentro, vedevo suo padre, la sua algida e tronfia ostentazione di autorità, la superbia. La convinzione di competere con gli dèi e di poter dominare il mondo per nascita. La stessa con cui si alzò dal tavolo dopo aver sussurrato qualcosa al suo amico, un tipo un po' basso con i capelli rasati a zero, e mi venne incontro inchiodandomi all'angolo.

«Speravo che avresti messo il mio vestito. Ho scelto apposta il dress code luminoso, per le ragazze.»

Non gli avrei detto che fine aveva fatto quell'abito, ma in quel momento avrei voluto mostrarglielo.

«Cosa ci fai tu, qui?»

«Ti ho assunta. Solo che stavolta non lo sapevi.»

Quell'aria compiaciuta di qualsiasi suo gesto l'aveva ereditata dalla sua famiglia, era irritante come ortica sulla pelle già ustionata. E io lo colpii con un'occhiata di pietra lavica, tendendo i nervi e schioccando i muscoli della mandibola.

«Sei stato tu? Sei stato tu a chiamare Lucky per farci lavorare qui?»

«Dovevo in qualche modo ripagarti per il disturbo alla festa.»

Braiden era diventato un'incognita che non avrei voluto decifrare. Le sue intenzioni mi erano del tutto misteriose e il modo in cui cercava di avvicinarsi a me non era mai trasparente, ma non sembrava serbare rancore nei miei confronti.

«Questo posto è tuo?»

Fece oscillare i suoi boccoli color tabacco mentre scuoteva la testa in senso negativo.

«Di mio fratello maggiore. Si chiama Archie. Lo conoscerai, è un bel tipo.»

Mi chiesi se esistesse un posto qualsiasi a Londra al di fuori di *Annabel* che non appartenesse a quella famiglia maledetta.

«Non ci tengo affatto a conoscere un altro di voi.»

La sua espressione cambiò, a quella frase. Il fatto che lo identificassi con la sua famiglia lo rese inquieto e uno sguardo logorato mi spinse ad ascoltarlo. Mi afferrò il polso con una delicatezza che Mavor non avrebbe mai avuto.

«Venus. Immagino che tu sappia perché non te l'ho detto.»

«Avresti dovuto dirmelo.» Sospirai mentre mi liberavo il polso dalla sua stretta. «Lasciami andare, Braiden. Non ho intenzione di sentire le tue scuse. Questi stratagemmi per costringermi a restare nel tuo stesso posto mi fanno solo venire voglia di fuggire il doppio.»

«Non voglio farti del male. Non ho mai voluto fartene.»

Lui non sapeva nulla di me. Non capiva, non avrebbe mai potuto. Quando mi guardava vedeva solamente un atto di ribellione nei confronti di un padre ingombrante. Io ero questo per lui: la conquista della sua libertà e della sua emancipazione.

«E perché mi hai portato a quella festa?»

«Per lo stesso motivo per cui sei qui.»

Se era scontato nella sua testa, lo era molto meno per me.

«Perché avevi bisogno di soldi. E per mostrarti il mio mondo. Quello a cui appartengo.»

«Cosa ti fa pensare che mi interessi il tuo dannatissimo mondo?»

«Venus, ascoltami...»

«No! Mi hai portato nella fossa dei leoni, e lo sai benissimo. E adesso sei qui a dirmi che non lo hai fatto apposta?»

«Eravamo tutti mascherati. *Nessuno* avrebbe potuto scoprirti. E se lo avesse fatto, io ti avrei difeso.»

«Eppure l'avvocato di tuo padre mi ha scoperta! O sbaglio?»

Mi ero appigliata a Mavor per fuggire, ma alcune conversazioni ti risucchiano, e tu ti ci trovi inglobata e ci anneghi dentro come se prendessero vita attorno a te, come se mettessero su pareti e ti chiudessero in trappola.

«Ancora oggi mi chiedo come diavolo abbia fatto.»

Quello che avevo capito a quella festa era che esistono persone con cui ti riconosci dagli occhi. Dal bordo di un vestito, dal modo di muovere il corpo o anche da un sesto senso innato che ti dice che sì, è quella persona che ti sta scrutando tra la folla e potresti avere mille maschere a celarti il volto, che non reggerebbero di fronte alla potenza di quello sguardo.

E allo stesso modo, in quel fragile attimo sussurrato, proprio

Mavor comparve dal buio in quell'angolo della sala in cui eravamo finiti insieme.

Tutti e tre, uno di fronte all'altro.

Il mio cuore prese a sfarfallare e l'affanno mi piegò quasi in due, a vederlo lì: dovetti reggermi lo stomaco con una mano aperta sul ventre perché il respiro era inghiottito dal pozzo che si era aperto nelle mie viscere.

«Sarà meglio che torni a sederti al tavolo e continui la partita, Cadogan. I cinque minuti di pausa sono scaduti.»

Le mie gambe si tesero fino al collasso, irretite da uno sguardo che non gli avevo mai visto addosso. Aveva un'aria diversa mentre mi guardava, arcigno, come se fossi merce di scambio, qualcosa senza alcun valore se non quello economico, eppure sentivo l'ago del mio battito confluire verso di lui, come se fosse il magnete, la coordinata di tutto il mio interesse.

«Avete una vera ossessione per questa ragazza.» Si limitò a constatare l'avvocato, guardandomi come se volesse che gli scomparissi davanti agli occhi inghiottita dal pavimento.

Braiden si avvicinò con aria ferina. «Magari mi porterà fortuna.»

«*Fortuna*? Una persona che ti detesta?»

Tesero la mascella e i due si squadrarono davanti a me come se io non esistessi. Detestavo quel tipo di confronto, e mi feci largo tra loro come a rimarcare la mia presenza. «Smettetela.»

«Mi sembra di avertelo già detto. Fatti gli affari tuoi», ringhiò tra i denti Braiden e in quel momento temetti che potessero replicare in pubblico ciò che era già accaduto.

E invece no.

Mavor mantenne la calma, divenne quieto e placido mentre mi schiaffeggiava con la sua indifferenza.

«Non sono qui per farmi gli affari vostri.»

Mi lanciò una rapida occhiata per l'ultima volta e fu come se il tempo si riazzerasse: rividi il Mavor delle prime volte in cui lo avevo incontrato. Quello rude, severo, ostile come una tempesta di ghiaccio, insofferente a qualsiasi tipo di rapporto umano, un lupo avvolto da aura di freddo mistero.

«Ti aspetta l'ultima mano. O hai deciso di tirarti indietro?»

«Certo che no.»

Guardai Mavor con aria di sfida e gli sfilai davanti, mentre il mio corpo vibrò di uno strano fermento quando il suo viso si allungò in maniera impercettibile verso i miei capelli come a volermi annusare.

Quando si allontanarono e io rimasi fuori dalla loro portata visiva mi accasciai all'angolo a recuperare il respiro. Il modo in cui Mavor mi aveva guardata si era avvinghiato al mio petto come un roveto in fiamme e cominciavo a sentirmi il fumo raschiare e salirmi verso la gola.

Lucky mi trovò in quello stato e mi si affiancò: sentii il tocco fresco delle sue dita che mi sfioravano sul dorso della mano mentre io desideravo solo fuggire.

«Vieni, mi hanno detto di andare in sala poker.»

«Lucky... è stato ancora lui a volerci qui», confidai alla mia amica, sussurrando con rassegnata certezza.

«Lui chi?»

«Braiden. Braiden Cadogan.»

Sgranò gli occhi all'istante, l'attimo prima di scuotere la testa. I ciuffi rossi che le incorniciavano il volto le danzarono sulle gote mentre sospirava amaramente, con aria arrendevole, e mi stringeva la mano per trasmettermi forza.

«Non preoccuparti. Non ti lascerò un istante.»

Ci ritrovammo in una sala più piccola e più affollata, in cui spiccava un tavolo da poker circondato da curiosi che si erano fermati ad assistere. A giudicare dal pubblico, doveva essere una di quelle partite accanite fino all'ultima mano. E ovviamente era la stessa partita a cui si riferiva Mavor qualche momento prima, quella che avevano interrotto: lui e Braiden erano seduti uno di fronte all'altro assieme al dealer e ad altri due giocatori. Io mi avvicinai a loro senza nascondermi e li osservai mentre si lanciavano sguardi di fuoco.

Alle spalle di Braiden comparve un ragazzo alto, la testa piena di riccioli imbionditi dal sole, un sorriso splendente sulla pelle leggermente abbronzata. Tutto il contrario del pallore lunare che rendeva Mavor così splendidamente incorporeo come se a noi mortali concedesse soltanto un suo riflesso.

«Venus, lui è Archie», ringhiò Braiden.

«Benvenuta all'*Hippodrome*, Venus.»

Non risposi nemmeno, rimasi glaciale di fronte a quel caldo benvenuto del maggiore dei fratelli.

Mavor lanciava occhiate come a studiare ogni mia singola espressione e scalpitava per dire qualcosa.

«Ti sembra normale che tuo fratello stia facendo lavorare nel tuo locale la vittima di tuo padre?»

«Oh, Mavor, non fare il pignolo, amico mio.» Archie sembrava un tipo rilassato, e mi resi conto che, per gestire quel mastodontico casinò in piena Leicester Square, avrebbe dovuto esserlo per forza. «In fondo siamo tutti vittime di nostro padre.» Mi ammiccò con un sorrisetto convinto, poi concluse: «Che vinca il migliore, ragazzi».

Una pacca sulla spalla di suo fratello, e Archie Cadogan scomparve tra la folla così come era arrivato, mano nella mano con una sventola dalla pelle ambrata alta quasi quanto lui, con una coda più lunga del minidress tempestato di Swarovski che indossava.

«I minuti di pausa sono terminati, signori. Riprendiamo con quattro giocatori.»

All'annuncio del dealer i ragazzi tornarono concentrati sulla partita.

Era il turno di un signore di una certa stazza con lunghi baffi, che sembrava uscito da un film noir in bianco e nero e continuava a guardare le sue carte con un certo nervosismo.

All in per venticinquemila sterline: giocavano pesante, da quelle parti, e io mi chiesi se fosse legale. Mio padre mi aveva insegnato le regole del poker e qualche trucchetto, non era mai stato un giocatore, era fin troppo lontano da quel mondo, ma aveva sempre avuto una spiccata intelligenza e curiosità per tutto ciò che sembrava all'apparenza complicato.

Il secondo player, un uomo asiatico di estrema eleganza, con un paio di occhiali neri a censurargli lo sguardo, puntò cinquantamila: il piatto era salito a centomila sterline e a quella cifra cominciò a girarmi la testa. Il silenzio di quella folla accresceva la tensione.

Era il turno di Braiden: fulminava gli avversari da dietro le carte, e rilanciò con una certezza incisa in fondo agli occhi, puntando centomila sterline. Erano cifre talmente alte che non le avevo mai viste tutte insieme nemmeno sotto forma di fiches.

Quindi Mavor rilanciò di altre centomila, scommettendo senza alcun indugio.

A quel punto, Braiden brillò di un'aria di sfida, e guardando compiaciuto le sue carte scommise tutto quello che aveva. «Vedo.»

Il piatto era arrivato a mezzo milione di sterline.

«Si va allo *showdown*, signori», annunciò il dealer.

Non conoscevo bene la versione Texas Hold'em, ma avrei riconosciuto ovunque la tensione negli occhi dei player quando si dovevano mostrare le carte. Era il momento della verità, quello in cui non c'erano più filtri, e ognuno faceva i conti con la sua giocata, dopo ore di tentativi di ingannare l'avversario.

Il primo player aveva bluffato, non aveva niente che avesse valore.

Il secondo un full.

Quando toccò a Braiden mostrare le carte, lo fece beandosi dell'espressione di Mavor: «*Overfull*».

Il pubblico attorno smaniò in un applauso convinto: aveva praticamente la vittoria in mano, ma lo sguardo di Mavor rimase saldo, ancorato alle sue carte. Un'espressione corrucciata ai lati delle labbra sotto gli occhi screziati di smeraldo mi fece sospettare. La sua sicurezza, quel piglio ammaliante, quella stessa tracotanza con cui mi sfilava i vestiti.

Avevo le ginocchia che tremavano e il sangue che mi scorreva in gola, potevo sentirne il sapore ferroso. Buttai giù metà del mio bicchiere colmo di Martini on the rocks, e lui notò il mio nervosismo puntando lo sguardo su di me e sfidando quello di Braiden, l'attimo prima di girare le carte.

Un brusio serpeggiò nella sala seguito da un vero e proprio boato.

«Scala colore.»

Il dealer lo disse con tono asettico, ma il resto della sala era in visibilio e scoppiò in un applauso soddisfatto mentre Mavor restava immobile, a godersi la faccia dell'avversario.

«Il signor Axford si aggiudica tutto il piatto. È stato un piacere, signori.»

Il mazziere raccolse le fiches rapido e indolore mentre Braiden sbottò in piedi per quella sconfitta del tutto inaspettata.

«Non ci posso credere. Non ci posso credere! Maledizione!»

Mavor aveva vinto l'intera puntata, ma rimase serio con un'eleganza innata. Si avvicinò all'avversario e gli porse la mano, ma Braiden non ricambiò la stretta. L'avvocato guardò me per un istante ancora una volta, e dalla base del collo mi colò una serpentina di brividi.

«Attento a chi scegli, come portafortuna.»

«Ti sei venduto l'anima al diavolo, figlio di puttana.»

Rimasi senza respiro, perché mentre lasciava una mancia al dealer Mavor mi dedicò quello stesso sorrisetto che però si trasformò nello sguardo dell'essere più arrogante sulla faccia della Terra. Qualcosa nel suo sguardo non mi convinse e suonò come un campanello d'allarme.

Lasciai Braiden a smaniare di rabbia perché non volevo in alcun modo restare con lui. Le mie gambe scelsero la loro direzione senza prendere in considerazione la mia volontà. Seguii Mavor, nella speranza che ciò che avevo visto fosse solo il fantasma di quello che avevo conosciuto di lui in passato.

«Venus, dove vai?»

Lucky mi perse in un soffio, in quella piccola folla che cominciava a sparpagliarsi per dirigersi altrove, mentre io lo seguivo fuori da quella stanza centrale adibita a sala da poker. Mi precipitai nella sala principale per cercarlo e fu in quel momento che intravidi le sue spalle possenti che sparivano a intermittenza tra la gente che affollava il piano terra.

«Mavor...»

Lo seguii cercando di afferrarlo, mentre lui continuava a camminare senza voltarsi verso di me.

«Non avvicinarti a me.»

«Mavor!»

Il mio sesto senso aveva ragione e i miei sospetti erano fondati: era cambiato dall'ultima volta che lo avevo visto. Cercai di raggiungerlo mentre aumentava la distanza, aprendo una porta di servizio e finendo in una scala d'emergenza per il personale che probabilmente avrebbe portato ai magazzini.

«No!» tuonò producendo un'eco nella tromba delle scale.

«Lavoro qui solo per stasera. Braiden non c'entra nulla», mi giustificai con la disperazione negli occhi, pentendomi l'istante dopo.

Mi stavo davvero giustificando davanti a lui?

«Non è per quello. Puoi fare quello che vuoi con chi ti pare.»

Il mio stomaco andò in subbuglio, a quella frase: Mavor non voleva nemmeno guardarmi. Poi finalmente arrestò la corsa, tirò fuori una sigaretta dalla tasca e se l'accese tenendola stretta tra le labbra. Quindi mi si rivolse feroce come una bestia aizzata dalla fame.

«Ascoltami bene. Tutto quello che è accaduto tra noi... *tutto quello* che è successo. Te lo devi scordare per sempre, hai capito?»

Schiusi le labbra per prendere aria. Perché quel modo che aveva di distruggermi mi era sempre piaciuto, per quanto non volessi ammetterlo. Quel disdegno con cui mi guardava si impigliava ai miei occhi e li spegneva di botto, ma non potevo davvero impedirmi di chiedermi il motivo di quella collera.

«Cos'è successo? Ti sei stancato?»

«Sì. Mi sono stancato di te.»

In quello sguardo di prepotente umiliazione nei miei confronti lessi qualcos'altro, qualcosa di più profondo nella sua contraddittorietà, in quel rovo di spine che gli attanagliava la voce.

«Beh, la cosa è reciproca.»

Tentai un rilancio con un moto d'orgoglio.

«Vattene, Kelley.»

Avrei davvero voluto andarmene, ma la verità era che non avrei mai potuto. Se non avessi scorto in fondo al suo sguardo quel germe del male, avrei voltato i tacchi immediatamente. Ma qualcosa mi diceva che c'era qualcosa in più dei suoi maledetti sbalzi d'umore.

«Dimmi la verità. Che cosa è successo?» ripetei, avvicinando la mano al suo braccio, ma lui evitò il mio tocco.

Improvvisamente ero diventata qualcosa da rifuggire come un qualche orrendo delitto, mentre io sentivo quel disperato bisogno di sentirmi avvolta dalle stesse braccia che mi scacciavano.

«La verità? Proprio tu mi parli di verità? Con quale coraggio?»

Espirò il fumo della sigaretta dalle narici, sibilando, velenoso, come se avesse voluto affondarmi i denti nella carne e avvelenarmi con la sua bile.

«Non devi mai più avvicinarti a me. Sono stato chiaro?»

«Voglio sapere se...»

«Cosa pensavi, che io e te potessimo avere un futuro? Pensavi davvero che avremmo continuato a lungo?»

Quelli come noi non erano fatti per il futuro. Non bruciava in noi la speranza di una giornata migliore della precedente. Noi eravamo condannati da noi stessi: il dolore ci arrugginiva da dentro come un chiodo conficcato nell'anima.

«Mi hai detto che ogni cosa che avrei fatto avrebbe avuto un lato oscuro, ma che questo non voleva dire che fosse la cosa sbagliata.»

«Ho detto anche che siamo due adulti e che potevamo gestirla. E io adesso sto prendendo in mano la situazione. È stato solo sesso, e come è iniziata deve finire.» Gettò il mozzicone a terra e lo spense con la suola delle scarpe. «Subito!»

«Avevi detto che...»

«Dimenticati tutto quello che ti ho detto! Pensavo di avere davanti a me un'altra persona.»

A quel punto ne ebbi la conferma. Era accaduto qualcosa rispetto all'ultima volta che lo avevo visto, quando suo padre ci aveva colti in flagrante dentro lo studio.

«Ma di cosa stai parlando?»

«Sto parlando del fatto che appena abbasso le difese qualcuno prova a raggirarmi.»

«Io non ti ho mai...»

«Stai zitta! Non parlare. Non voglio ascoltarti.»

Una furia cieca gli accorciò il respiro, e mi spinse contro il muro per immobilizzarmi tra le sue braccia.

«Tu mi hai ingannato, maledizione! Con quello sguardo vuoto e l'aria di chi se ne va in giro come se fosse finita, precipitata in un mondo che non le appartiene.» Era esattamente così. Era proprio questo, dannazione! «Una capinera che vola controvento.»

«Una... cosa?»

«Lascia stare, non sei tu ciò che ho visto.»

Stringeva i denti, potevo quasi sentirlo annaspare tra i suoi ruggiti frementi, i suoi respiri accorciati di rabbia.

«E invece, sei solo...»

Gli occhi bruciavano, lo stomaco mi sciabordava contro i polmoni.

«Sono solo?... Cosa?» Abbassò lo sguardo sul mio petto affannato che si sollevava e si abbassava al ritmo dei suoi improperi. «Avanti... dillo!»

«Non dirò mai quello che vuoi che ti dica.»

«Se lo stai pensando è esattamente la stessa cosa!»

Dillo. Lo stai pensando. Stai pensando che io sia una puttana. Avanti.

Risollevò lo sguardo e sfuriò tutto il suo rancore.

«Sei solo una stronza in cerca di soldi.»

Spremetti gli occhi che mi pizzicavano di sale.

«Per quale motivo mi disprezzi in questo modo?»

Sul suo volto si dipinse una maschera oscura che mi fece paura.

«Non ti azzardare a dire una cosa del genere! Io... ti...»

Con un lungo sospiro cercò di ammansire il suo petto vibrante, e rivolse lo sguardo altrove come se non riuscisse a guardarmi in faccia. Avvicinò la bocca al mio lobo e vi soffiò sopra con quel tepore bollente e velenoso del suo respiro imbestialito.

«Io ti ho dato molto più di quanto abbia dato a qualsiasi altra persona.»

Mi aveva dato il suo silenzio, le sue nubi oscure, il suo sguardo indemoniato che però non giudicava quando chiunque altro lo avrebbe fatto. Mi aveva dato un tempo e uno spazio indimenticabili, le sue meraviglie spaventose, mi aveva dato uno spiraglio di luce in un abisso incommensurabile.

E noi eravamo lì, con le ali spezzate e sanguinolente, ma ancora lo sguardo teso uno di fronte all'altra.

«Sesso? È questo, quello che mi hai dato?» lo sfidai.

«Ho lasciato che tu mi manovrassi. Fin dall'inizio.»

«Io ti avrei manovrato?»

Ogni volta che decideva di rispondermi, lo faceva in un modo più feroce di quella precedente.

«Tu mi hai provocato. Io ti ho aiutata. Ti sei fatta scopare, e Dio solo sa se io e te avremmo mai potuto avere dei limiti.»

Rimasi immobilizzata dal modo in cui mi parlava, dal modo in cui riassumeva il nostro tempo con immagini scarne e prive di valore. Se non fosse stato lui, se non fosse stato il lupo dell'Old Bailey, se non fosse stato l'essere umano più vicino al demonio che avessi mai conosciuto, io avrei detto che sembrava ferito, deluso.

E io ne ero la causa.

«Ti ho salvato la vita. E adesso che ho capito chi sei, voglio che tu mi stia lontana per il resto dei tuoi giorni.»

Il mio stordimento fu l'equivalente di un pugno su una tempia ben assestato. Si avvicinò a me con il volto e le sue labbra quasi sfiorarono le mie, mentre era deciso a infliggermi la sua ultima coltellata.

«E non ti permetterò mai più di farmi vacillare in un'aula di tribunale o in qualsiasi altro posto.»

L'ultima volta che avevo visto quello sguardo ero finita ad annegare in mare aperto.

E lui era lì a riaprire quei tagli, a scucire quei lembi di pelle che avevo faticosamente tenuto insieme, ad affondare le sue mani nelle mie ferite per scavare, e scavare, gettare sale e trovare solo i singhiozzi che non avrei mai spurgato dagli occhi.

Stava per andarsene. Io lo sapevo. Tutto di Mavor gridava di volersene andare da me.

E rimasi inerme, perché non sapendo quale fosse l'accusa non avrei potuto difendermi.

Gli afferrai la mano e la desiderai ancora una volta sopra il mio corpo. Intensamente, come una spirale di follia malvagia che mi urlava di stringermi a lui, di stringerlo, di stringere i nostri corpi come a fonderli in uno soltanto.

«Non ti lascerò andare via.»

Mi guardò come se lo avessi appena schiaffeggiato, con quella frase. Gli occhi iniettati di siero infernale e le labbra strette e arrossate che avrei voluto schiudere.

«Voglio sapere che cosa...»

«Smettila!»

Uno stridio nelle orecchie mi costrinse a mollare la presa, mi piegò in due, mi frantumò le ali che ormai erano diventate macigni pesanti. Strattonò il braccio in modo da liberarsi di me, e quello, *quello*... io lo sentii come una morsa di spine che stringeva attorno al mio petto.

Il suo tono cupo alimentò la desolazione furibonda che sentivo nel costato: avrei potuto tendere le mani verso di lui e avrei affondato le dita nel suo livore.

«Per me sei morta, piccola V.»

E non fu tanto la frase a colpirmi, quanto il modo sprezzante con cui pronunciò quel dannato nomignolo prima di andarsene e svanire in fondo alle scale.

Fui sopraffatta, dovetti reggermi alla balaustra delle scale e poi, fragile, mi accasciai a terra e accolsi quel male come se dovessi nutrirmene.

Lo sapeva.

Lui lo sapeva, gliel'avevo letto negli occhi.

Quegli occhi mi avevano trafitta, e giuro che se fossi riuscita a toccarmi l'anima mi sarei vista sanguinare.

Quando avvertii dei passi verso di me, mi rialzai in piedi per non farmi vedere in quello stato e mi chiesi se stesse tornando indietro. Un ragazzo alto, spalle ampie, il torace definito dalla maglia attillata sotto cui indossava una camicia. Braiden stringeva le mascelle in modo compulsivo e io vacillai nel vederlo.

Quella notte non era ancora finita e io desiderai non essermi mai allontanata da Lucky.

Lui mi guardò con occhi sibillini mentre l'oscurità risuonava del crepitio del mio cuore in fiamme per chi se ne era appena andato.

«Avrei dovuto capirlo», disse soltanto, gli occhi color tabacco che brillavano di un'emozione mescolata al fumo dell'alcol.

Aveva sentito tutto. Braiden ci aveva sentiti e io chiesi disperata di riavvolgere il nastro per tornare a qualche frammento prima. Il sapore amaro e letale della sconfitta al tavolo da poker si mescolò in lui a quello di una seconda disfatta: la consapevolezza che i miei occhi quella notte vacillavano per Mavor.

«Avrei dovuto capirlo! Quando Mavor mi ha aggredito come un pazzo. Come ho fatto a essere così cieco?»

Mi chiusi in un'indifferenza austera, senza mostrare un briciolo di umanità.

«Non c'è niente da capire.»

«Niente da capire? Quel cazzone ti ha scopata», affermò con una possessività invadente di cui non aveva il diritto.

Io rimasi ferma sulla mia posizione.

«Non ti devo spiegazioni.»

Lui si batté un pugno contro il petto, mentre il volto si deformava in una smorfia schifata.

«Forse tu no, per quanto la cosa possa darmi il disgusto... ma lui sì!»

Avanzò verso di me e la sua fronte quasi non impattò contro la mia, mentre scrutava in fondo ai miei occhi sperando di trovarvi una risposta incastrata nell'iride.

«Dimmi la verità. C'è qualcosa tra voi?»

«No. È stato solo un... momento.»

«Non sembrava, da come vi ho sentiti parlare.»

Vi era sepolta in me un'angoscia che non avrei mai fatto emergere in superficie. Ma sapevo che sarei dovuta scendere a un compromesso.

«Ascoltami, Braiden, io... sono disposta a fare qualunque cosa. Qualunque cosa, perché tu non lo dica a tuo padre.»

Accennò un sorriso amaro.

«Io e mio padre ci parliamo a malapena. Ma in questo caso potrei fare un'eccezione.»

Mi lesse la disperazione in fondo agli occhi, di fronte a quella velata minaccia.

«No! No, ti prego. Penso che lui potrebbe...»

«Farvi del male? Oh, ci puoi scommettere.»

«Se mi beccano mi fanno un buco in testa senza pensarci due volte.»

Ripensai alle parole di Mavor e mi chiesi cosa fossero quel tremore alle mani, quel tamburellarmi della vena del collo, la sensazione che attanagliava lo stomaco, la morsa estenuante davanti a una possibilità concreta.

«È questo che vuoi? Che mi succeda questo?»

Abbassò lo sguardo. «No.»

Io lo guardai reclinando la testa. Non ebbi nemmeno bisogno di pensarci: sapevo ciò che avrei dovuto fare. Lo sapevamo fin dall'inizio quanto quel gioco fosse pericoloso eppure eravamo andati avanti. Sapevamo che prima o poi avremmo dovuto sacrificare qualcosa.

«Qualunque cosa, Braiden.»

«Io non ti voglio in questo modo.»

«Sei il figlio di Charles Cadogan. Non potrai mai avermi in nessun altro modo.»

Inarcò lo sguardo che vibrava di una strana eccitazione, e io seppi immediatamente che quello che voleva se lo sarebbe preso all'istante. Per quanto potesse combattere contro la sua natura, era davvero figlio di suo padre.

«Quando ti ho incrociata in quel negozio, ti ho riconosciuta subito. Sapevo chi fossi fin dal primo momento. Ho cercato di starti lontano, ma non sono riuscito a smettere di pensare a te.»

Mi avvicinai a lui piazzandogli un dito indice sulle labbra.

«Non devi dirlo a nessuno.»

La mia voce si assottigliò in una carezza sensuale e lo vidi socchiudere gli occhi.

«Hai la mia parola. Non dirò nulla. Se questo potrà convincerti che le mie intenzioni sono buone.»

Non sapevo se potessi fidarmi, ma in quel momento mi sembrò sincero. Braiden non era stato abituato a distinguere il bene dal male, perché nella sua famiglia non esisteva il concetto di giusto o sbagliato. Solo il potere.

E lui di questo aveva bisogno: di avere potere su di me.

Mi strinse a sé sollevandomi con una facilità disarmante, poi allungò le mani sulle mie natiche e fece aderire il suo corpo al mio.

«Com'è che ti ha chiamato? *Piccola V*?»

Quel nome soffiato dalle sue labbra mi fece rabbrividire: era la seconda volta quella sera che sentivo pronunciarlo con un tale sarcasmo derisorio.

Lui era sempre più vicino, e io ero diventata ciò che Mavor pensava che fossi.

«Ti eccita, quando lui ti chiama così?»

Il respiro mi abbandonò e la sensazione di soffocare non era mai stata così terrorizzante. Non proveniva dall'acqua, dalle mani di Mavor strette attorno al mio collo, ma da qualcosa di interno a me stessa.

Implacabile si fece largo tra le mie labbra con le sue, e io le schiusi per accoglierlo. Le nostre bocche collisero e si cercarono l'una con l'altra, la sua lingua accarezzò la mia fino a che non si spinse così in fondo da farmi mancare il respiro. Ero stata convincente anche in quel gesto.

Dannazione, certi baci sanno essere dei veri bugiardi. E io sapevo essere una vera bugiarda: avevo vissuto nella bugia per tutta la vita.

Le sue mani mi percorsero il costato e io vacillavo tra la voglia di scappare e una dose esplosiva di sentimenti contrastanti e indecifrabili.

C'era qualcosa in Braiden che mi avrebbe sempre attratto, un antico riflesso di qualcosa di indefinibile, un marchio familiare nei suoi occhi scuri che facevo fatica a decifrare. E quindi lo lasciai fare.

«Adesso fammi sentire quanto ti piace.»

Tremai di terrore quando si slacciò la patta dei pantaloni e mi schiacciò contro il muro mentre l'altra mano si infilava sotto il mio vestito, ma non opposi resistenza a quel tocco.

E la mente rimase sospesa tra il mio corpo e il suo a gridare il nome di chi se n'era appena andato: se avessi ripetuto quella bugia più volte sarebbe diventata la mia verità.

Non lo sto facendo per salvare te.

Non lo sto facendo per salvare te.

10

Welcome to my darkside

«Mai sanguinare davanti a un lupo.
Ha amato le sue ferite troppo a lungo
per temere quelle degli altri.»
E.B. Luin

Venus ♀

Un battito, poi un altro. Il metallo freddo della balaustra mi incrinò le ossa.

Quella doppia pulsazione mi ottenebrava le tempie e calava sulla mia vista. Un altro battito mi gravò sul diaframma.

Chiudi gli occhi e tutto finirà prestissimo.

Abbassai lo sguardo, le ciglia aggrovigliate di mascara secco, e il suo respiro mi sfiorò la palpebra socchiusa.

Se avevo sviluppato una capacità nel corso della mia vita era quella di incassare colpi fino all'ultimo respiro. Lo facevo abbastanza bene, che mantenessi o meno la dignità poco mi importava. Ma stavolta avrei dovuto abbracciare il mio lato oscuro. Avrei dovuto farmi contaminare fino all'ultimo, più piccolo tassello della mia identità.

Oh, Mavor, quanto più sbandiamo, tanto più ci avviciniamo, io e te.

E Braiden sapeva di erba bagnata, Braiden era il profumo che non volevo addosso, ma me lo sarei fatto andar bene comunque.

Non sarei soffocata tra le sue dita impetuose. Non avrei tremato sotto i suoi colpi violenti. Non avrei sussultato di vita mentre mi infuocava il ventre. Me lo sarei semplicemente fatto andare bene perché non avevo alternativa. In fondo, lo facevano in tante: per alcune era quotidianità.

«Piccola V», mormorò soffiandomi tra i capelli. Ma poi una stizza di disgusto gli incrinò i lineamenti scalpellati nel marmo. «Lurido stronzo.»

Per quanto fosse impensabile mi resi conto che in quel momento Braiden con la mente era fermo a Mavor. Nei suoi pensieri, c'era più lui di quanto ci fossi io.

Probabilmente voleva fottere più l'avvocato Axford che me.

«Sono sicura che puoi fare meglio di lui.»

Lo sfidai perché era da me godere del suo risentimento, ma non ero affatto convinta che quello che avevo detto fosse vero. Mi passai la lingua sulle labbra da un angolo della bocca all'altro, e lui le percorse con le dita che profumavano di qualche superalcolico che non riuscivo a decifrare, finché non me le fece assaggiare.

Cointreau.

La sua presa divenne sempre più vorace, mi infilò un ginocchio in mezzo alle cosce e il tessuto dei suoi pantaloni mi pizzicò la pelle, sfregandosi con voluttà disperata. Percepivo quanto lui mi volesse in ogni singolo respiro e la mia volontà si disfece in una nube in lontananza di scarso valore.

Semplicemente quello che volevo io non importava più. Non lo sapevo nemmeno più, ma sicuramente non erano le frasi che mi stava sussurrando sulla pelle tra il collo e l'orecchio.

Ma andava bene così.

Davvero.

Nessuna menzogna, nessun inganno, nessuna dissimulazione.

Mi sentii quasi leggera all'idea che qualcuno mi volesse pur sapendo quanto fossi immorale, e in quel momento uno spiraglio di luce artificiale si accese in quel piccolo anfratto dimenticato dal mondo.

«Venus! Ti ho cercata ovunque!»

Quella voce mi fece sobbalzare, sgranai gli occhi e vidi anche il corpo di Braiden guizzare di fronte al mio come preso alla sprovvista.

Lucky era in piedi di fronte a noi e ci fissava, io mi ero talmente estraniata da non aver sentito nemmeno la porta di servizio scattare.

«Scusate il disturbo. Io e Venus dovremmo lavorare.»

«Non vedi che Venus è occupata?»

Braiden mi affondò le dita nella carne del braccio con irruenza, come a ribadire una volontà di possesso. Era la prima volta che lo vedevo così scortese con la mia amica. Il suo tono stillava una ferocia pretenziosa che non aveva mai avuto e io compresi che per lui fossi una mera rivincita. Contro suo padre, ma soprattutto contro Mavor.

«Può rispondere benissimo anche da sola», cinguettò Lucky con un finto sorriso stampato sul volto.

«È tutto okay, Lucky», confermai.

Fece un broncio innervosito, come a non avere alcuna intenzione di andarsene, con le labbra specchiate del suo immancabile lucidalabbra alla ciliegia.

«Per te, forse, anche se ho i miei dubbi. Ma io ho un'emergenza ciclo e tu mi devi aiutare.»

Ancora una volta Braiden si intromise nella conversazione. Non lo avevo mai visto così burbero, ma quella doppia sconfitta contro Mavor doveva averlo scottato più di quanto sarei riuscita a immaginare.

«Alla tua età ancora non hai imparato a gestirlo?»

Lucky ricambiò quella frase con una smorfia arcigna e poco simpatica, piazzandosi le mani sui fianchi con l'aria scocciata.

«Il problema non è che ce l'ho, ma che non mi viene.»

Braiden roteò gli occhi al cielo e mi guardò, intimandomi con l'espressione di non allontanarmi da lui.

Ma lui non era capace di inchiodarmi le ginocchia l'una all'altra con la sola forza di uno sguardo abbacinante.

«Per cui se non ti dispiace avrei bisogno della mia amica.»

Lucky mi porse la mano e io la ringraziai dentro di me per avermi cercata. Sapevo di non poter sfuggire da lui, prima o poi sarebbe tornato e forse fu quello il motivo per cui mi lasciò andare, ormai conscio di avere un potere su di me.

Mentre io e la mia amica tornavamo verso la sala centrale, dove avevano abbassato le luci per l'inizio dello spettacolo, le chiesi: «Ma è vero? Non ti viene più il ciclo?»

«Ma figurati. Con tutte le pillole che ingoio, sono quasi sicura che una sia quella anticoncezionale.»

Quantomeno il pensiero di un eventuale figlio in arrivo di Lucky e Nolan non doveva aggiungersi alle mie preoccupazioni.

«Ma allora perché...»

«Il miglior modo per far passare il pensiero a un uomo arrapato è parlargli di gravidanze indesiderate.»

Accennai un sorriso, forse il primo di tutta la serata.

La mia amica, con la sua aria sbarazzina e provocatrice, infiammava gli sguardi degli uomini eppure nel profondo le brillava qualcosa di più puro e geniale di quanto chiunque si sarebbe mai aspettato.

«Grazie, Lucky.» Mi limitai a sussurrarle.

Detestavo dover ringraziare, non riuscivo a decifrare il sentimento della gratitudine perciò lo ripudiavo con tutta me stessa, continuando a ripetermi che non avessi bisogno di nessuno. Ma con lei era diverso.

Lei non chiedeva, e io non rispondevo. Eppure sapeva sempre tutto prima ancora che lo capissi io.

«In qualunque casino tu ti stia infilando, Venus Kelley, ricordati il nostro piano B. Possiamo sempre fuggire a Las Vegas. Faremmo talmente tanti soldi da non sapere più dove metterli.»

Sorrisi ancora e le strinsi la mano.

Braiden era un problema che avrei affrontato un'altra volta.

Mavor invece mi sarei limitata a non affrontarlo mai più e a fingere che non fosse mai esistito. Certe volte mi convincevo che fosse davvero tutto così semplice.

Per quella sera sapevo soltanto che a qualcuno su questo pianeta importava qualcosa di me. Qualcuno che non chiedeva nulla in cambio.

Chi mai aveva bisogno di un uomo, con un'amica accanto come Lucky Red?

Qualche giorno dopo passai una nottata in preda all'agitazione, a fumare alla finestra contro la luna e a calpestare le rovine e i cocci di quello che restava della vecchia me. Una me che non conosceva la paura perché non dava alla propria vita alcun valore, finché qualcuno non si era preso la briga di portarmela in salvo e tutto era cambiato.

L'inquietudine mi tribolava nel petto perché sapevo che il giorno dopo avrei dovuto affrontarlo di nuovo. Il grande scontro, l'ennesima battaglia. Un'aula in pietra e legno vagamente gotica, il profumo dei fogli di carta, la bellezza prevaricatrice di Mavor e un mare di occhi pronti a giudicarmi.

Il mio disagio psicologico, il mio apparente vuoto emotivo sarebbero stati il mio unico scudo.

Quando mi svegliai, indossai il look più sobrio che avrei mai immaginato di indossare, un semplice completo scuro, legai i capelli in una coda alta e mi presentai in cucina mentre ancora allacciavo il cinturino di un paio di scarpe col tacco.

Mi bastò un attimo quando uscii dalla mia stanza già vestita, quell'istante in cui incrociai lo sguardo del detective e notai che lui mi evitava.

«Nolan.»

«Sì?»

Mi guardò con quello sguardo vispo color carta da zucchero.

«Caffè alla nocciola? Ginseng?»

A quel punto ebbi la conferma che ciò che pensavo non fosse un sesto senso infondato.

Guardai Lucky che sgambettava qua e là sistemandosi le calze a rete sulla gamba e infilandosi un paio di stivali al ginocchio, mentre in bocca teneva una ciambella e con l'altra mano afferrava un ombrello appeso alla maniglia.

«Ragazzi, sbrigatevi o arriveremo in ritardo.»

Le parlai con dolcezza risoluta.

«Lucky. Tu inizia a incamminarti. Io ti raggiungo tra un po'.»

«Sei sicura? Vieni da sola?»

«Al massimo vengo con Nolan.»

Il detective scosse la testa come per escludere quell'eventualità.

«Venus, non posso, io... devo andare con Mavor. Mi viene a prendere lui.»

Io restai ferma sui miei passi.

«Lucky. Comincia ad andare.»

«Se sei convinta tu.»

Prese la porta dopo aver fatto spallucce, e io e lui rimanemmo da soli.

Il migliore amico di Mavor era un ragazzo dal volto delicato e gentile che conosceva tutti i suoi segreti.

E per quanto potessero avere condiviso il mondo, ai miei occhi non potevano apparire due pianeti più diversi e lontani.

Nolan continuava a ignorarmi, ma era evidente che stava solo cercando di mentire.

«Nolan. Che cosa è successo?»

Lo costrinsi a guardarmi negli occhi mentre lui si sarebbe appigliato con lo sguardo a qualsiasi cosa, pur di evitarmi.

«Non so a cosa ti riferisci, Venus.»

«Mavor. Ha un problema con me.»

«Ah sì?»

Mi sedetti sulla sedia del bancone della cucina e mi sporsi verso di lui, come per studiare le sue reazioni.

«Sì. E tu lo sai.»

«Ho cercato di avvertirti che sarebbero arrivati i problemi, prima o poi», disse con l'aria corrucciata, come preoccupato del fatto che quegli stessi problemi avrebbero potuto raggiungere lui e Lucky.

«Stai evitando la mia domanda.»

Si scrollò i capelli con una mano mentre tendeva la mascella come se volesse tapparsi la bocca da solo.

«Magari può essere dovuto al fatto che suo padre vi ha beccati insieme, non credi?»

Non aveva tutti i torti, e avrei potuto quasi crederci se non avessi guardato nell'abisso degli occhi di Mavor e non ci avessi visto il disprezzo nei miei confronti.

Un qualcosa di più profondo, più radicato, uno stormo di cattiveria in picchiata contro la mia persona.

«Penso ci sia qualcosa di più», annunciai, convinta, come se non potesse smuovermi dalla mia convinzione.

«Guarda, Venus, io ti assicuro che non so davvero di cosa tu stia...»

A quel punto scattai in piedi e per poco non rovesciai il caffè. Stava mentendo, si vedeva dal modo in cui non riusciva a incrociare il mio sguardo.

«Nolan! Sei più bugiardo di lui!»

Mi quietai l'attimo dopo, perché non era lui l'uomo a cui avrei dovuto destinare la mia collera.

«C'è qualcosa che pensate di sapere su di me... e io ho bisogno di sapere cosa sia. Prima che sia troppo tardi.»

Lui mi guardò, e un velo di curiosità interrogativa si dipinse sotto le sue ciglia corte e biondine, a malapena visibili.

«Qualunque cosa sia, anche nel caso la sapessi, io non posso dirtela. Tu sei la migliore amica di Lucky e sono affezionato a te, ti sto aiutando a cercare questa fantomatica Eclipse, ammesso che esista davvero, sto ancora indagando su quella Regina Storm che ha cercato di fare del male ad Athena...»

Aveva provato a mettermi in guardia. Mi aveva avvertito che Mavor non si sarebbe mai fermato, di fronte all'eventualità di perdere quella causa. Ma restava pur sempre dalla sua parte.

«Ma non posso davvero tradire Mavor.»

Quell'aria grave cominciò a spaventarmi.

«Allora ho ragione. Avete qualcosa contro di me», constatai, e Nolan quella volta non negò.

«Ho il segreto professionale. Mavor è il mio datore di lavoro, oltre che una delle persone più importanti della mia vita. Non puoi chiedermi di tradirlo così.»

Tentai il tutto per tutto, perché sapevo che Nolan aveva ancora fiducia nel genere umano. Lui non era come Mavor, e non era come me. Lui era un puro di cuore.

«Ma si tratta della mia vita, non della sua!»

«Hai mai pensato che magari le vostre vite potrebbero essere stranamente intrecciate, in qualche modo assurdo?»

Restai a riflettere su quelle parole mentre cercavo di sviscerarne il senso. Le nostre vite non si erano mai legate davvero. Avevamo intrecciato i respiri ma lasciato fuori il coinvolgimento e qualsiasi altro genere di complicazioni sentimentali.

Io e Mavor non saremmo mai stati in grado di provare qualcosa che andasse al di là del soddisfacimento di un bisogno fisico. Il sesso era potere e conquista, un modo tutto nostro per riappropriarci di noi stessi sfregando la nostra pelle contro quella dell'altro.

Eppure ero lì a dannarmi sul motivo dell'irrequieta danza di nubi che avevo visto nel suo sguardo.

«Ho bisogno di sapere perché mi odia in questo modo.»

Nolan sollevò una spalla.

«Ma voi due vi siete sempre odiati.»

«Avanti, parla! Ti prego.»

«Non posso, Venus. Mi dispiace.»

«Se mi dici così mi spaventi. Che cosa diavolo è successo?»

I miei sospetti cominciarono a concretizzarsi attorno alle sue rughe di espressione, a quel dissenso che spuntò da dietro quell'educata delicatezza con cui mi aveva sempre trattata.

«Davvero tu non lo immagini? Sei sicura? Fossi al posto tuo lo immaginerei.»

Rimasi in silenzio, a quella frase che decretò la fine di quella conversazione. Perché forse una piccolissima parte di me già lo sapeva e avrebbe voluto ignorarla, o avrebbe voluto la conferma che mi stessi sbagliando.

«E ora scusami, Venus. Devo davvero prepararmi al processo più importante dell'anno. E forse è ora che anche tu cominci a prenderlo seriamente.»

Nolan aveva ragione. Qualcosa mi divorava lo stomaco, mentre un rovo di serpi mi rigirava le viscere e io pensai a Lucky che mi diceva che ciò che mi stava arroventando la parete addominale era quello che chiunque altro avrebbe chiamato ansia. Eppure non riuscivo a ricollegarla al processo.

La testa mi girava talmente tanto che nei minuti successivi presi un taxi e arrivai all'Old Bailey senza nemmeno rendermene conto. L'aula quel giorno era gremita, dal momento che Mahoney aveva deciso di aprire di nuovo l'udienza al pubblico, probabilmente a causa di qualche pressione dei vertici del tribunale. Attorno a quel processo l'attenzione cresceva giorno dopo giorno, la folla era in fermento e quel clima di aspettativa mi si incollò addosso come una melma appiccicosa.

Mavor era lì, seduto al suo posto: evitò di guardarmi ma scrutava l'ambiente, un angelo cupo e perverso con la sua toga nera, un cattivo presagio che splendeva di una bellezza che metteva a tacere gli animi.

L'intera aula si zittì, quando il giudice gli diede la parola e lui, protagonista, si prese la scena, imperioso come aveva sempre fatto.

«Il mio assistito, il signor Cadogan, si è sempre dichiarato estraneo ai fatti. Nella sua precedente dichiarazione...» Mavor sfogliò dei fascicoli mentre si avvicinava al microfono. «Il signor Cadogan dichiara di aver solamente invitato la signorina Kelley a prendere parte a una serie di feste di rappresentanza che si sarebbero tenute nei giorni seguenti. Lei sarebbe quindi salita sull'auto di sua spontanea volontà, come hanno dimostrato i video della sicurezza e le testimonianze dell'autista e dei presenti quella sera.»

Parlava con una sicurezza che forse non gli avevo mai visto, come se declamasse un fatto certo.

«Io sono qui per dimostrarvi l'assoluta inattendibilità della testimonianza della vittima. Chiamo a deporre il signor Bouvier.»

Ero stata avvertita di un nuovo testimone della difesa che Mavor aveva presentato nelle liste sette giorni prima, come da protocollo, ma quel nome non mi diceva nulla e non avevo idea di chi fosse. Adesso che lo vedevo anche il suo aspetto mi era del tutto sconosciuto.

«Signor Bouvier, può dirci di cosa si occupa?»

«Mi occupo di trasferimenti di somme di denaro, sono impiegato alla banca svizzera Credit Suisse con sede centrale a Ginevra.»

Aveva uno spiccato accento francese, ma non lo notai in quel momento, perché la mia mente era troppo occupata a realizzare ciò che stava davvero accadendo davanti ai miei occhi.

«Riconosce queste ricevute?»

Un plico di fogli era stato consegnato alla giuria e al giudice, oltre che all'accusa e a Victor Winter, dall'assistente di Mavor.

«Certo. Certo che le riconosco.»

«Può gentilmente spiegare alla Corte che cosa sono?»

«Ricevute di transazioni di denaro. In parole povere, pagamenti.»

Si rivolse alla giuria, che teneva gli occhi inchiodati su di lui, aspettando con trepidazione il suo colpo di coda finale come se fosse un gladiatore nell'arena che avrebbe inflitto la sua stoccata mortale.

«Decine e decine di pagamenti, a nome di un solo mittente: la holding di Charles Cadogan.»

Si voltò di nuovo verso il testimone.

«Ci può leggere, per cortesia, ad alta voce il nome del destinatario di tutti questi pagamenti?»

Quella domanda fu la sua stoccata finale. Me ne resi conto, la avvertii dal tono trionfante con cui l'aveva pronunciata. Un groppo mi si impigliò nello stomaco e mi sfumò in gola quando il testimone guardò nella mia direzione con aria truce.

«Venus Kelley.»

Un boato esplose nell'aula. Mi sentii addosso una quantità di occhi e telecamere che non potevano essere quantificate eppure io vedevo solo quelle iridi iniettate di sangue guardarmi, scrutarmi e sviscerarmi mentre io abbassai lo sguardo, con il desiderio di scomparire.

«La signorina Venus Kelley.» Mavor pronunciò il mio nome serrando le labbra tra loro. «La signorina Venus Kelley, la presunta vittima e principale accusatrice, è la beneficiaria di tutti questi pagamenti?»

Il teste si avvicinò al microfono per assicurarsi di farsi sentire.

«Esattamente, sì. Proprio lei.»

«Può essere un errore? Un caso di omonimia?»

«Assolutamente no. Lo escludo del tutto. Il codice fiscale e i dati parlano chiaro.»

«I pagamenti sono stati incassati?»

«Certo. Tutti incassati e depositati su un conto a suo nome.»

Lo sguardo di condanna di Mavor mi giunse come un paio di artigli di rapace che planano sulla preda.

Si dice che i falchi uccidano in due modi. O stritolano la preda in volo, oppure la lanciano contro le rocce per poi divorarla. Mi sentivo più o meno come se fossi finita in entrambe le situazioni.

Mavor riprese la parola mentre la sua voce sfregiava l'aria caricandola di tensione drammatica.

«La signorina Venus Kelley, la stessa persona che ha testimoniato sotto giuramento di non aver mai conosciuto l'imputato, riceveva pagamenti cospicui dal mio cliente stesso. Davvero pensava di poterci nascondere decine e decine di versamenti dell'imputato?»

L'aula era in visibilio. Decine di giornalisti parlottavano tra loro mentre nella giuria serpeggiava uno scontento generale nei miei confronti che percepivo come una forza negativa.

In quel momento, Braiden e Christabell abbandonarono l'aula e io mi misi a tremare sotto lo sguardo accusatorio di Mavor. Era una fortuna che Athena non potesse accedere alle udienze penali in quanto minorenne, perché tutto ciò avrebbe aumentato il suo disprezzo nei miei confronti.

Poi l'avvocato parlò come se si rivolgesse a me direttamente.

«Abbiamo decine e decine di ricevute che confermano versamenti periodici da parte dell'imputato su un conto in banca estero a nome della vittima. I pagamenti sono iniziati esattamente tre anni fa e si sono improvvisamente interrotti poco prima della presunta sparizione di Venus Kelley.»

E poi arrivò la batosta finale, il colpo di grazia.

«La quale ha mentito di fronte a voi giurati, testimoniando sotto giuramento di non aver mai conosciuto Charles Cadogan prima della notte del rapimento.»

Mentre un altro brusio di sconcerto ricominciava a insinuarsi nel pubblico sempre più rumoroso, il giudice interruppe Mavor che si stava dilungando in una sorta di arringa contro di me.

«Avvocato Winter, la parte civile ha qualcosa da dire in merito?»

Victor si alzò e si strinse nella sua toga, ma mi sembrò anche lui piuttosto sconvolto e preso in contropiede. Il disappunto generale nei miei confronti mi gettò nello sconforto più totale.

«Chiamo a deporre ancora una volta l'imputato, signor Giudice, per conoscere la sua versione sugli ultimi fatti esposti dall'avvocato Axford.»

Si rivolse ai giurati prima di iniziare, mentre io cominciavo a sentire il mio cuore atrofizzato che pompava a velocità impressionante.

«Vorrei ricordare ai signori della Corte che l'imputato di questo processo è Charles Cadogan e non la mia assistita, che è semplicemente la vittima e la testimone oculare del caso. Tutto questo accanimento mi pare eccessivo.»

«Obiezione, Vostro Onore, irrilevante.»

«Accolta. Avvocato Winter, vada avanti.»

Victor fulminò Mavor con un'occhiataccia fin troppo sincera, per essere in un'aula di tribunale.

Charles Cadogan si diresse quindi alla sbarra, impettito nel suo doppio petto blu, i capelli perfettamente pettinati come un gentiluomo d'altri tempi. Sotto le spesse sopracciglia, però, brillava un istinto feroce e spietato che mal si confondeva con il suo aspetto galante.

«Signor Cadogan, in che rapporti eravate lei e la vittima?»

Mi guardò con uno sguardo vitreo, scheggiandomi il mio con un ghigno ostile.

«La pagavo in cambio di prestazioni sessuali.»

A quelle parole, l'aula esplose nuovamente in un borbottio selvaggio incontenibile, che si confuse con i tuoni che all'esterno dell'edificio continuavano a minacciare un temporale incombente. Scossi la testa senza accorgermene, reggendomela tra le mani tremanti, il mio stomaco si contrasse e dovetti piegarmi in avanti, mentre il giudice richiamava all'ordine.

«Silenzio!»

«E per quale motivo non ha mai detto nulla su questi pagamenti?»

«Per proteggere la mia famiglia.»

«Quindi lei avrebbe omesso della sua presunta relazione con la vittima che andrebbe avanti da anni, solo per nascondere una relazione a sua moglie? Si rende conto che non è credibile?»

«Obiezione, Vostro Onore, suggerisce la risposta.»

Mavor era furibondo, un demone predatore. Una rabbia cieca gli imbrattava lo sguardo, indomabile distruttore di sogni eccitava tumulti e battaglie come il dio della guerra di cui incarnava l'animale simbolo.

«Accolta. Avvocato Winter, riformuli.»

«L'unico motivo per cui ha nascosto la sua presunta relazione è stata la sua famiglia?»

«Mi sembra molto giovane, avvocato. Lei ha una famiglia? La famiglia è l'unica cosa che abbiamo quando tutto il resto del mondo crolla.»

«Eppure lei sta sostenendo di fronte a questa Corte di averla tradita, la sua famiglia.»

La mia testa vorticò con prepotenza mentre Cadogan annuiva che sì, aveva tradito sua moglie con me.

Le mie maledizioni non sarebbero bastate, per uno come lui.

«Ho fatto degli errori, ho fatto soffrire mia moglie. Ma questo non è un reato, avvocato Winter, e noi non siamo qui per questo. Il punto è che non ho mai fatto del male a Venus Kelley. Tutt'altro.»

A sentire quella voce gracchiare menzogne, mi passò per la testa l'idea di dire la verità, non ne sarei uscita in altro modo, ma... come avrei potuto tradire me stessa?

«Chi dei due avrebbe interrotto la relazione?»

Victor sapeva dove andare a parare, ma era stato preso talmente alla sprovvista che di certo non era del tutto preparato all'arroganza dell'imputato.

«Io. Sono stato io. E per questo motivo lei ora mi ha portato in quest'aula.»

«Si attenga alla domanda, signor Cadogan. Per quale motivo avrebbe interrotto la relazione?»

«Perché era diventata insistente. Avida di denaro. Io la mantenevo e lei voleva sempre più soldi.»

Lucky mi tenne la mano quando mi vide spegnermi. Divenni trasparente e rarefatta come il fumo di una candela appena smorzata.

«Lei sa come sono stati spesi questi soldi?»

«Non ne ho la più pallida idea.»

«È quello a cui cercheremo di dare risposta in questa sede. Ho finito, Vostro Onore.»

Non avrei potuto tollerare il controinterrogatorio della difesa senza poter dire nulla. Senza poter intervenire. Dovevo restarmene in silenzio, coi pugni stretti e le unghie conficcate nella carne, a sentire quelle falsità sul mio conto?

Mavor mi guardava, studiandomi. Quando toccò a lui, si alzò di nuovo in piedi e si avvicinò alla sbarra, con la soddisfazione che gli illuminava l'espressione severa.

«Quindi analizziamo i fatti. Lei e Venus Kelley eravate amanti da anni, in un rapporto che si può definire di prostituzione. Corretto?»

«Non eravamo amanti. Io la pagavo, in cambio di sesso.»

Un conato di vomito mi attanagliò la gola, perché Mavor non batteva ciglio. Parlava di me descrivendomi come l'amante di un uomo ripugnante, e non aveva nemmeno un istante di tentennamento o di incertezza.

Si era resettato come se fossi solo una macchia da cancellare, nella sua perfetta carriera luminosa.

«Dunque, ricostruiamo i fatti. Lei, signor Cadogan, vuole interrompere il rapporto, la invita a casa sua per l'ultima volta e poi smette di pagarla. La Kelley la ricatta, minacciandola finché non la denuncia per sequestro di persona, riduzione in schiavitù e altri capi d'imputazione gravissimi che voi conoscete. Corretto?»

Il mio corpo si svuotò da tutto ciò che conteneva. Sentivo dentro di me uno strano formicolio come se fossi diventata incorporea. Una volta avevo guardato Mavor negli occhi e gli avevo detto: «Sentiti libero di farmi del male, perché non ci riuscirai». Non si poteva dire che fosse un uomo che non ti prendeva alla lettera.

Mavor aveva appena frantumato la mia reputazione di fronte al mondo e io gli avevo più volte dato il permesso. Glielo avevo chiesto, lo avevo persino pregato, e non potevo nemmeno biasimarlo se alla fine ci era riuscito, era fatta: mi aveva sconfitta.

«Corretto, avvocato», furono le ultime due parole che riuscii a sentire.

Sapevo che avrei attirato su di me l'attenzione di tutti i presenti, ma dovevo scappare, mi sentivo messa al rogo. Corsi via stringendo i pugni senza guardarmi indietro e mi scontrai con una folla informe di giornalisti che mi aspettava al varco. Mi avrebbero sbranata per darmi in pasto ai media. Cercai un'uscita secondaria, una porta d'emergenza, e mi ritrovai in uno spazio aperto, che un tempo doveva essere il giardino privato del tribunale. Era stato ridotto a parcheggio riservato al personale, ma non aveva perso la sua bellezza di chiostro accademico decadente. Il cancello che dava sulla strada sul retro dell'edificio era chiuso e avrei potuto soltanto aprirlo con un telecomando che ovviamente non possedevo.

Decisi allora di restare lì, mi sedetti su una panchina in pietra sperando che il cielo non assecondasse quelle nubi nere che minacciavano pioggia. Afferrai il telefono e in modo istintivo aprii la conversazione con il numero anonimo, perché a volte nei momenti di panico mi venivano in mente le idee più assurde.

Le dita scorrevano su quello schermo illuminato senza che io potessi controllarle.

Chiunque tu sia vorrei che fossi qui.

Forse stavo impazzendo.

Non lo avrebbe mai letto, ma io avevo bisogno di estraniarmi e quei messaggi rappresentavano una scappatoia dalla realtà. Fantasticavo sul fatto che un giorno qualcuno sarebbe venuto a prendermi e mi avrebbe fatto provare le scintille di tutto ciò che non avevo mai provato.

Le sensazioni fisiche le sentivo forti e chiare, ma emotivamente ero svuotata, rovesciata a terra, completamente inghiottita e lasciata con le pareti scrostate in cui rimbombava l'eco del vuoto.

Non so quanto rimasi a osservare il cielo che diventava sempre più cupo, ma, in quel silenzio in cui tutto il mio corpo gridava resa, intravidi qualcuno e il fremito del mio corpo si trasformò in cieco e puro spavento.

La linea netta delle sue spalle fendeva l'aria mentre si avvicinava a me minaccioso, una coltellata in pieno petto mi abbacinò nel vedere i suoi occhi colmarsi di una vivida emozione rabbiosa.

«Tu. Con quale coraggio sei qui?» ringhiai alzandomi in piedi.

Mavor non si scompose, premette il pulsante di un telecomando nero e le quattro frecce di una macchina alle sue spalle lampeggiarono un paio di volte. Un languore assassino gli vibrava negli occhi al di sotto dei ciuffi scomposti color cioccolato.

«Sto andando via, l'udienza è finita. Mi stavi aspettando?»

Riconobbi nei suoi occhi la mia stessa ostilità inquieta, il tuono del turbamento, io che di emozioni altrui me ne nutrivo e lui che quando ne veniva sopraffatto prendeva la forma di una maestosa bestia ferina.

«Come potevo sapere che saresti arrivato? Razza di egocentrico», borbottai.

«Adesso levati di mezzo. Ti ho guardata abbastanza per il resto dei miei giorni.»

«Trovati un cane che obbedisca ai tuoi ordini.»

Si innervosì più di quanto già non fosse.

«Nessuno può entrare in questo parcheggio, è riservato! Non dovresti essere qui.»

«Sai cosa me ne frega, delle tue regole? Di te, di Cadogan, di questo maledetto tribunale!»

«Si vede che non te ne frega nulla, visto che hai mentito a tutti!»

Mi mise all'angolo, bruciata, consunta, e non ebbe un istante di pietà per me. Mi odiava come il mare detesta la riva contro cui è costretto a schiantare la sua risacca quando vorrebbe volgere lo sguardo all'orizzonte.

«Braiden ha ragione. Sei un essere orribile», lo stuzzicai, ma in realtà avrei voluto colpirlo con più ferocia.

«Quasi dimenticavo che sei anche la sua amante.»

Gli occhi mi pizzicarono come se mi ci stesse gettando il sale dentro. Eppure eravamo ancora lì, l'uno di fronte all'altra. Dopo esserci saccheggiati, feriti, squarciati, dopo essere annegati insieme. Quando il tuo carnefice è il tuo stesso salvatore, allora significa che ti trovi in guai grossi.

«Io non sono l'amante di nessuno.»

Respirava con una ferocia bestiale, il petto si alzava e si sollevava come se fosse affamato di aria.

«Tu ti facevi pagare da lui! Alla fine avevo ragione io. Te l'avevo detto, che tutti hanno un prezzo.»

Avanzai verso di lui, arrivandomi a specchiare nei suoi occhi di carbonio vivo.

«Ti sei mai chiesto per quale motivo faccio la spogliarellista, pur prendendo tutti quei soldi? Ti sei mai chiesto come mai fatico a pagare l'affitto, e sono già al terzo sfratto? Eh, signor principe del foro?»

«Non sono affari miei come spendi i tuoi soldi. Ho visto gente ricchissima finire sul lastrico per droga o per il vizio del gioco.»

Gli puntai il dito sul petto, e lui non indietreggiò. «No. Tu non ti sei mai chiesto niente perché per te è tutto o bianco o nero. Preferisci mettermi una croce sopra e segnarmi nella lista dei cattivi, non è così?»

«Allora spiegami. Spiegami tu il motivo, io non sono tenuto a doverlo scoprire.»

«Non posso. Ormai è troppo tardi. Hai rovinato tutto. La mia reputazione è distrutta, come volevi fin dall'inizio.»

«La reputazione te la sei rovinata da sola! E scommetto che non te ne sia fregato niente.»

Mi venne incontro con una curiosità morbosa che gli brillava negli occhi. Aveva un disperato bisogno di sapere perché Cadogan mi pagasse, e quella frustrazione gli risalì lungo la gola sotto forma di frasi strozzate dalla rabbia.

«Eri la sua amante! Per questo le cose sono finite male. Cosa è successo, mh? Volevi interrompere il giochino? Ti eri stancata di lui? Oppure è stato lui a dirti di smettere?»

«Come puoi pensare una cosa del genere di me?»

«Ti ho guardata negli occhi. Ti ho chiesto se lui ti avesse mai toccata, tu mi hai giurato di no. Questo mi basta.»

«E tu? Tu puoi davvero dire di essere stato sincero, con me?» Un ululato di vento ruppe quel silenzio, e il momento dopo cominciò a piovigginare sui nostri corpi indifferenti. «La verità è che siamo uno contro l'altra. Lo siamo sempre stati, Mavor.»

«Bene, allora, il mio lavoro è concluso. Ho fatto quello che dovevo fare.» Stritolò i pugni. «La tua attendibilità come teste è nulla, e anche come tutto il resto.»

Qualcosa dentro di me cercò di appigliarsi ancora una volta a una flebile speranza, o forse all'impossibilità di realizzare che dovevo chiudere gli occhi su quel piccolo spiraglio di emozioni che lui mi aveva mostrato.

Prima che si voltasse lo costrinsi a guardarmi per l'ultima volta.

«Tu pensi davvero che io sia stata la puttana di Cadogan? È questo, quello che credi?»

«Darti della puttana sarebbe un reato e non sentirai mai quel termine pronunciato da queste labbra», tuonò contro di me ancora una volta, indicandosi la bocca come se lo avessi offeso. «Ma non vedo altre spiegazioni. Sapevo che non ti aveva scelta per caso, l'ho sempre saputo, ma ho preferito ignorarlo.»

«Io non ho mai fatto sesso con quell'uomo!»

Ma Mavor non voleva credermi. Aveva un bisogno viscerale di pensare che ciò che stava facendo fosse giusto.

«Per quale altro dannato motivo uno degli uomini più ricchi dello Stato dovrebbe pagare una stripper?»

Decisi di mentire. Spudoratamente, senza ritegno. Mavor aveva bisogno di detestarmi, aveva cercato disperatamente un motivo per farlo e alla fine lo aveva trovato.

«Vuoi sentirtelo dire? Va bene, allora. È come dici tu.»

Aveva bisogno di credere ciò che mi inorridiva persino pronunciare ad alta voce.

Aveva bisogno di una ragione per odiarmi, perciò decisi di concedergliela.

Si diresse verso la sua auto e poi mi lanciò un'ultima occhiata. «Sali in macchina. Non puoi rientrare, l'uscita principale è bloccata dai giornalisti.»

«Non me ne frega nulla. Preferisco la forca pubblica piuttosto che respirare la tua stessa aria.»

Drammatica, sì, ma mai quanto lui.

«Non te lo sto chiedendo», ringhiò. «Sali in macchina.»

Mi lasciai convincere, perché il profumo di quell'abitacolo mi risvegliava vecchie sensazioni. Il rumore di una macchina che correva nel buio della notte verso il Galles, l'odore di fumo di sigaretta e il profumo di gelo e salsedine che filtrava dai finestrini appena aperti per ripulire l'aria.

Mavor aprì la cancellata con il telecomando, ingranò la marcia e svoltò in un paio di strade, per poi accostare accanto allo slargo di un marciapiede a qualche centinaio di metri dal tribunale.

Qui decretò la sua sentenza: «In nessun universo, in nessun cazzo di tempo o di luogo, io e te ci rincontreremo ancora. Ma mi chiederò sempre...» Teneva le dita strette sul volante e io le sentii attorno al mio collo. «Se esiste qualcosa in questo mondo di cui ti importi davvero qualcosa.»

Non avrei potuto rispondergli, perciò decisi di sparire sul serio.

Mi voltai in fretta e afferrai la maniglia per uscire. Cercai di aprire la portiera una, due, tre volte. Alla quarta, una nube di panico sconvolgente si impossessò di me.

«Mavor... Mavor!»

«Che cosa vuoi?» mi rispose arcigno e infastidito ma io non ci feci caso. Ormai la mia mente galoppava verso una follia cieca come un cavallo imbizzarrito.

«La... la portiera! La portiera, cazzo!»

Continuavo a provare ad aprirla, e a ogni scatto a vuoto la mia mente mi abbandonava per percorrere sentieri che non pensavo di aver conosciuto in precedenza.

«Che succede? Sta' calma!»

«È bloccata!»

Mi accanii su quella dannata maniglia con tutta la forza che avevo mentre flash di ricordi si accavallavano, vividi, di fronte ai miei occhi, intervallati dalla realtà presente.

«La portiera! Mavor!»

«È per sicurezza, si apre solo da fuori!»

La sua voce mi arrivava lontana nel tempo e nello spazio.

«Apri immediatamente questa cazzo di portiera!»

Impazzii del tutto. Completamente. La sensazione di morire con il cuore che esplodeva nel petto mi attanagliò le viscere. Cominciai a tremare e il volto mi bruciò di terrore puro, un malefico retaggio di un qualcosa di orribile che avevo vissuto. Una memoria dimenticata, una crudele maledizione che avevo interiorizzato.

Non so se Mavor si rese conto della situazione o se pensava che fossi semplicemente pazza, ma si avvicinò a me intimorito dai miei occhi impregnati di terrore.

«Venus...»

Provò a sfiorarmi il polso tremante e si accorse che io non ero lì. Ero altrove. Disperata, attonita, dissolta nel mio passato a varcare la soglia di un ricordo spettrale.

«Calmati.»

Non ci fu niente da fare, io non respiravo.

Quando se ne rese conto aprì la sua portiera e si precipitò fuori dall'abitacolo. In quei secondi credetti seriamente di morire. Le mie pupille cieche non lasciavano filtrare la luce e non distinguevo i contorni esterni. Un peso sul petto mi impediva di respirare.

Quando Mavor aprì la portiera dall'esterno, io mi sporsi in avanti afferrando con la gola l'ossigeno. Lui fece appena in tempo a piegarsi verso di me che io gli caddi tra le braccia, gettandomi con tutto il peso contro di lui fino ad accasciarci per terra sul marciapiede. Mi trattenne in mezzo alle sue cosce mentre i miei muscoli si contraevano scossi da brividi sconvolti.

Non piangevo lacrime ma singhiozzi di terrore, che mi scuotevano il petto, i miei occhi cupi erano fissi nel mio stesso panico e mi aggrappai al tessuto della sua camicia con tutta la forza.

Non mi fece domande, e io ci misi qualche istante per accorgermi che quello che mi stava bagnando il viso stava bagnando anche il suo.

La pioggia fu un sollievo sulla mia pelle contratta.

«Chiudi gli occhi. Respira. Non sei qui. Sei altrove.»

Le parole si dissolvevano sui nostri indumenti come gocce, e la sua voce fu una carezza dopo la pugnalata. Riuscii a rilassarmi e mi sforzai di chiudere gli occhi, in silenzio, per il tempo necessario a riequilibrare il respiro.

«Sei in un bosco, nel Sussex», riprese lui. «È tutto innevato. I finestrini sono appannati di condensa.»

Scivolò silenziosamente nella mia testa il suono ovattato della sua voce.

«Sei con me. Va tutto bene», gli sentii dire come un'eco in lontananza, mentre mi accarezzava i capelli.

Ero in un luogo imprecisato della mente dove non vi era buio, dove costellazioni di cielo sarebbero state la parte meno luminosa di quel paradiso.

O forse ero esattamente dove avrei voluto essere.

Tra le sue braccia.

L'oscurità ci trovava sempre così vicini, stretti da un laccio disperato: passai i polpastrelli sul tessuto sopra le sue spalle e ne assaporai la trama.

Con il passare dei minuti, mi calmai. Mi aggrappai a ogni fibra del suo essere, al suo modo placido di respirare, al suo petto massiccio che si scontrava contro le mie forme più morbide e sottili. La pioggia sgocciolava finemente sui nostri indumenti umidi mentre le sue labbra cromate dall'acqua sembravano riflettere i miei desideri silenziosi.

Quando risollevai gli occhi incrociai i suoi, imperscrutabili eppure vertiginosi, sullo sfondo di un manto di petrolio liquido al posto del cielo.

Mavor parlò ancora, con quella voce sussurrata e il tono basso e asettico.

«Guardami negli occhi. Guardami negli occhi e dimmi che non è vero.»

11

I dream of it when I lie awake

«Ora mi taglio in petto e ti do il mio sangue,
e vediamo se non mi corri addosso come un animale.
Sento pulsarti la fame nei denti,
sento la carne chiamare altra carne.»

Venus ♀

I *suoi occhi erano del colore dei lividi del cielo, quando mostra le sue chiazze violacee tra le nuvole infuocate d'arancio. La sua voce era un campo di spighe accarezzate dal vento, in estate, rinvigorite dal calore del sole e dai suoi raggi dorati. Era bella come un sogno in primavera, svanita con lo stesso rapido declino di un fiore appassito.*

«Guardami, Venus. Devi giurarmelo. Non devi dirlo a nessuno. Potrebbero succedere delle cose terribili.»

«Cose terribili? Che cosa vuol dire?»

E lacrimavano, i suoi occhi, mentre me lo diceva. Mentre mi implorava di tenerlo per me. Lacrimavano tutto ciò che io non riuscivo a piangere, piangevano anche per me come se quel manto acquoso a me non fosse concesso, e a lei sì. E quel cielo sotto le ciglia si illividiva di tutto il suo disperato terrore.

«Alle persone a cui lo dirai potrebbero succedere cose terribili.»

Sollevai lo sguardo e ritrovai il colore di quegli occhi nella tempesta imminente sopra la mia testa, poi vidi davanti a me quelli di Mavor, screziati di pioggia, che macchiavano il cielo per tingerlo del suo acciaio.

Mi chiedeva ancora di dirgli la verità.

Lo trovai lì, con lo sguardo implorante e severo, vibrante dello stesso temporale che ci coronava le teste, e mi chiesi se davvero per lui fosse importante che io dicessi quello che voleva sentirsi dire.

Ripensai alle parole del suo migliore amico, a quanto fosse importante per lui vincere quella causa, e quanto contasse per lui continuare a difendere ciò che per me era indifendibile dal primo istante.

Perciò lo avrei fatto: in fondo a recitare una parte ero sempre stata fin troppo brava. La parte della stripper senza scrupoli che utilizza il suo fascino per ammaliare gli altri mi riusciva bene proprio perché sapevo che non c'era nulla di più distante da me stessa.

Dimmi che non è vero, mi aveva supplicata.

«Mavor», mormorai mentre lui stritolava le mandibole per contenere una rabbia velenosa.

Sfiorai il polso percorrendo il suo braccio che mi teneva per la vita e raggiunsi la parte sotto il polsino della camicia.

Riuscii a percepire la benda grezza e dura sul polso sinistro che grattava sotto la carezza sottile dei miei polpastrelli.

«Cos'hai sotto quella fasciatura?» gli chiesi con una certa ingenuità, sapendo che non mi avrebbe risposto.

«Te l'ho già detto a chi lo dirò.»

Non pensavo dicesse sul serio, quando mi aveva buttato lì quella frase come se nulla fosse senza nemmeno conoscermi.

Dimmelo. Dimmelo ancora.

Per Mavor Axford persino i sentimenti erano una sfida contro se stesso e contro il mondo, qualcosa che nessuno mai sarebbe riuscito a fargli provare. Viveva di provocazioni, di frecciate all'arsenico, di competizioni tossiche. E io continuavo a vacillare in equilibrio tra ciò che di lui mi faceva paura e ciò che mi attirava, su un filo talmente sottile che la distinzione era quasi nulla.

«Adesso rispondimi.»

Quando ricordai quella frase compresi quanto Mavor avesse disperatamente bisogno di restare nella sua dimensione, in cui esistevano solo se stesso e il lavoro che era la sua ragione di vita. I sentimenti non potevamo proprio permetterceli.

Abbassai lo sguardo e realizzai che la mia esistenza da doppiogiochista non avrebbe mai avuto fine.

«È come pensi tu.»

Mi guardò inclinando la testa, come se volesse leggermi dentro e volesse scorgerci la verità.

«Non te lo chiederò una seconda volta.»

«È come pensi tu», confermai, chiedendomi se fosse bastato a convincerlo. «L'ho fatto per soldi. Puoi pensare quello che vuoi di me. Non mi interessa.»

La sua presa si fece più debole, le sue braccia si abbandonarono lungo il mio corpo come se d'improvviso non volessero avere nulla a che fare con me. Si alzò in piedi e guardò un punto indefinito nello spazio di fronte a sé, tornando a essere il solito mistero che per me era sempre stato, ammantato di buio.

Annuì con la testa senza guardare più nella mia direzione. Non mi rivolse più alcuno sguardo, mentre io, accasciata sul marciapiede, mi stringevo le ginocchia al petto.

Non so se mi avesse creduto davvero. Non avevo la più pallida idea di cosa passasse per la mente di quell'uomo, ma sapevo che qualunque cosa sarebbe successa, nulla sarebbe stato più come prima e forse sapevamo entrambi che così dovevano andare le cose.

Rimanemmo sospesi in un istante rappreso di gocce gelide e io mi accorsi di una nube di malessere che mi pervase di nuovo. Ma era troppo tardi. Era sempre stato troppo tardi. Da quella prima sera da *Annabel* in cui mi aveva chiesto il nome, era già troppo tardi per due come noi, nati coi destini già scritti.

Perché la vita è questione di tempismo, ma per quelli come noi la clessidra è girata sempre dalla parte del tempo scaduto.

Lo guardai lasciarmi all'angolo ancora una volta, mentre risaliva sull'auto scura senza più voltarsi, con la consapevolezza che non saremmo tornati sui nostri passi. Quando il rombo del motore si allontanò da me, cercai in fondo alla mia borsa una sigaretta da accendermi.

Alzai lo sguardo al cielo, chiedendomi quanto potere potessero ancora avere certi vecchi segreti, e poi mi ricordai che avevo un altro problema da risolvere con urgenza.

Avevo provato a contattare Braiden più volte, quella settimana, ma si era reso irraggiungibile. Ogni giorno mi svegliavo con lo stesso terribile pensiero: controllavo le notizie ossessivamente, con la paura che avesse rivelato al mondo di me e Mavor, facendo scoppiare uno scandalo di proporzioni epiche.

La mia vita era cambiata dopo l'ultima udienza. Il mio umore vacillava, per strada non mi sentivo al sicuro, temevo di essere seguita e osservata, e nel frattempo stavo cercando un altro appartamento, perché non potevo restare da Nolan sapendo che qualcuno avrebbe potuto trovarmi lì.

Avevo lavorato come mai prima di allora e più lavoravo più mi accorgevo di quanto la gente mi guardasse diversamente, mi trattasse in modo strano, da quando era stato diffuso l'ultimissimo risvolto del processo più seguito dell'anno.

Gli uomini erano più rudi, con me. Pretendevano cose che non avevo intenzione di dargli e cominciavo a pensare che forse avrei davvero dovuto allontanarmi per sempre e trovarmi un altro dannatissimo lavoro.

Prima che la situazione precipitasse sul serio, però, decisi che avrei fatto un ultimo tentativo.

Quella sera indossai un vestitino di jeans fasciante che avevo trovato sul fondo di una valigia troppo piccola per poter contenere tutto il mio armadio e lasciai le calze nel cassetto.

«Quando non devi lavorare e ti metti la minigonna mi fai preoccupare», mi disse Lucky, squadrandomi dalla testa ai piedi, in piedi sulla porta della camera con una tazza di tè verde in mano.

Da quando stava con Nolan stava sposando delle alternative agli alcolici decisamente più salutiste e io mi chiesi se non fosse vero che aveva saltato il ciclo, quell'ultimo mese.

«Devo andare da Braiden. E devo essere convincente.»

Non nascosi il mio obiettivo mentre mi strizzavo il seno in un push-up di due taglie più piccole della mia.

«Per quale motivo? Li hai eliminati entrambi con una botta sola, con quella storia dei soldi di Cadogan. Un colpo da maestra. Finalmente ti sei liberata sia di Mavor che di Braiden.»

La guardai e sorrisi. Lei non aveva bisogno di farmi domande, di sapere se le illazioni di Mavor in aula fossero vere o meno. Semplicemente non le interessava. Se anche fosse stata la verità, non avrebbe cambiato il valore e la percezione che aveva di me.

Ogni tanto ancora mi chiedo se io meritassi al mio fianco una persona come Lucky Red.

«Ci sono delle ragioni per cui è meglio che io continui quello che avevo iniziato con Braiden.»

«E le ragioni sono... che lui ti piace, non è così?»

«Beh, più o meno.»

Non potevo pretendere sincerità da nessuno dei due uomini che avevo più o meno frequentato ultimamente, sempre che di frequentazione si potesse parlare.

Soprattutto perché io non ero mai stata davvero sincera con nessuno al mondo: aprirmi mi rendeva vulnerabile, mi faceva sentire esposta. Persino aprirmi con me stessa.

«Venus. Sei sicura di sapere quello che stai facendo?»

Accennai un lieve sorriso rassegnato e feci spallucce mentre indossavo le scarpe da ginnastica e sistemavo le trecce alte ai lati del capo nei loro elastici trasparenti.

«Se lo sapessi non sarei io.»

Si alzò e la vidi seria, in quei rari momenti in cui tirava fuori il suo lato maturo. Si avvicinò a me e mi guardò come se volesse toccarmi il cuore con uno sguardo.

«Se Braiden vi ha scoperti, spero che Mavor lo sappia e se la gestisca lui. Lo sa?»

Considerando il suo ego gigantesco, se lo avesse saputo avrebbe fatto sicuramente qualche stupidaggine.

«Più o meno.»

«Dovresti dirglielo.»

Scossi la testa e sospettai che quello che stava bevendo non fosse tè verde ma un infuso allucinogeno.

«Dopo quello che ha fatto in tribunale? Hai visto il modo in cui mi ha trattata?»

«Andiamo.» Agitò una mano nell'aria come se stesse dicendo qualcosa di ovvio. «È Mavor Axford! Non mi sarei aspettata niente di diverso da lui.»

Avevo talmente tanta confusione in testa che niente avrebbe potuto mai darmi pace.

Mavor mi pugnalava e rigirava il dito nel mio ventre con la facilità di chi affonda nel burro, e poi l'istante dopo quel dolore a livello dello stomaco diventava un caldo e zuccheroso piacere. Il modo in cui mi aveva stretta quando il panico mi aveva stritolato la gola nel suo abitacolo non avrebbe cancellato ciò che mi aveva fatto in tribunale. Eppure i muscoli mi formicolavano al solo pensiero che ci fosse un altro lato di Mavor che teneva ben nascosto e che non mi avrebbe mai più mostrato.

«Non c'è bisogno che io ne parli con Mavor, quello che faccio e con chi non lo riguarda.»

«Mh-mh», mugugnò mentre portava il liquido alle labbra. «Non sono affatto convinta che Charles Cadogan la pensi allo stesso modo.»

Il motivo per il quale mi ero ritrovata a sgambettare a cosce nude in una delle parti più trafficate e glamour di tutta Londra era raggiungere l'edificio in cui abitava Braiden.

Mi rendevo conto di non sapere davvero nulla di lui, al di fuori di dove abitasse e del fatto che era il figlio di un pazzo criminale: non esattamente il migliore dei presupposti. Ma più cercavo di stare lontana da quella famiglia, più mi ci ritrovavo invischiata come nelle sabbie mobili. E poi c'era l'associazione segreta a cui apparteneva anche Mavor, e i suoi scopi che mi erano ancora oscuri.

Dovetti aspettare venti minuti prima che il receptionist si distraesse per una pausa sigaretta e potei intrufolarmi nella hall, di soppiatto, in testa il cappuccio della giacca, come mi aveva fatto fare Mavor la prima volta che ero sgattaiolata fuori da quel palazzo e da casa sua.

Quando arrivai di fronte alla porta dell'appartamento di Braiden fui investita da una lunga serie di dubbi che scomparvero tutti nel momento in cui fu lui ad aprire la porta, come se mi stesse aspettando.

«Che diavolo ci fai, tu, qui?» Al mio sguardo confuso reagì rispondendomi prima che potessi aprire bocca. «Ho una telecamera sul corridoio. Ho telecamere ovunque.»

Alzai il sopracciglio tenendo le mani in tasca.

«Buono a sapersi.»

Si guardò leggermente attorno, puntando gli occhi agli angoli dei soffitti come aveva fatto Mavor quando mi aveva trovata in ascensore tempo prima, cercando di capire se il circuito di sorveglianza fosse attivo e sperando che nessuno della vigilanza decidesse di indagare troppo.

Quei due vivevano controllati come due belve in cattività.

Mi afferrò il braccio sopra la manica della giacca e mi strattonò un po' per farmi entrare nel suo appartamento.

«Che cosa vuoi? Perché sei venuta?»

«Perché non rispondi al telefono.»

Strinse i pugni, poi affondò le dita nello schienale di una poltrona in pelle di fronte a sé.

«Non bastava sapere che sei andata a letto con l'avvocato di mio padre. Anche con mio padre. E venivi pagata, per di più.»

«Non è così. Non è vero. Non mi sono mai avvicinata a tuo padre.»

Rimase qualche istante a pensare alle mie parole.

«E allora... perché?»

Braiden era una scheggia impazzita, nei suoi occhi brillava un desiderio di rivalsa di cui non avrei mai potuto fidarmi. Era impulsivo, un fuoco d'istinto che stavo cercando di contenere.

«Non posso dirtelo. Ma credimi, se ti dico che non è vero.»

Doppiogiochista, bugiarda, manipolatrice: la mia verità mutava a seconda del soggetto a cui la raccontavo. Avevo imparato un bel po' di trucchi da quel subdolo avvocato. Se avessi continuato a mentire a tutti, sarei finita risucchiata nelle mie stesse bugie senza riuscire a distinguere la realtà dalla finzione.

Mi sfilai la giacca e mi avvicinai a Braiden, che restava seduto sul bracciolo del divano con il capo chino in avanti, poi sollevò un po' lo sguardo quando comprese che stavo andando verso di lui.

Mi fermai dritta davanti a Braiden e lui poggiò la testa sul mio ventre come se fosse esausto.

«Siamo stati interrotti, ma io ti devo qualcosa», sussurrai accarezzandogli i boccoli con la mano ancora gelida.

«Tu non mi devi niente, sono io ad aver pensato male di te. E l'altra sera al casinò ero anche ubriaco. Ma dopo aver saputo di te e Mavor, io...»

Era proprio ciò che volevo evitare: che si ricordasse di me e lui. Mi fissava negli occhi, ma il suo sguardo mi trapassava e la sua rabbia era indirizzata altrove.

«Perché non smetti di pensare a lui?»

Era una domanda che avrei dovuto rivolgere a me stessa, ma il mio disturbo non mi dava tregua ultimamente e io non riuscivo a mettere ordine nei pensieri.

Ma era per colpa di Mavor che io non sentii assolutamente nulla quando mi feci spazio tra le sue gambe e attesi che lui mi baciasse, sfiorandogli il viso sbarbato con il naso.

«Perché non pensi a me?»

Braiden mi guardò cercando sincerità con una speranzosa illusione.

«Lo stai facendo per il nostro patto? Perché hai paura che racconti di te e Mavor a mio padre?»

«Diciamo che apprezzerei se tu mantenessi un certo riserbo sulla faccenda.»

Mi afferrò il mento tra due dita come se dovesse baciarmi, mi guardò le labbra e rimase a fissarle.

«Non voglio che tu faccia niente che non vuoi fare. Ma vorrei che provassi a stare con me, a conoscermi senza che ti senta costretta a fare tutto il resto.»

Se era quello il patto che mi stava proponendo, ero veramente in guai seri. Un atto fisico avrebbe avuto molte meno implicazioni di quello che si stava delineando nella sua mente.

«Braiden, io...»

Non mi diede il tempo di rispondere e mi chiuse le labbra accarezzandole con il pollice, come se io avessi dato il mio assenso. Proprio quando stavo pensando che quella situazione avrebbe potuto cominciare a piacermi, lui si perse ancora una volta nei suoi pensieri malsani.

«Forse dovremmo renderlo partecipe di questo, quel cazzo di avvocato.»

Mi irrigidii, a quell'eventualità.

«No. No. Lo so cosa stai pensando. Toglitelo dalla testa.»

«E invece sì.»

«Non vorrai mica...»

Si sollevò in piedi con decisione ignorando i richiami del mio linguaggio del corpo.

«Dobbiamo farci due chiacchiere, e tu verrai con me.»

«No, Braiden. Ti prego, no!»

«Avanti.»

Si piegò verso le mie ginocchia, mi prese in braccio di peso come se fossi piuma e mi trascinò nell'ascensore, mentre a guardarci allo specchio un déjà-vu mi ricordò che quella scena era già avvenuta.

Mavor abitava in un'altra area del condominio, ma Braiden continuò per tutto il tragitto a prendersi i miei calci negli addominali senza fare una piega. Per essere uno che si era fratturato due costole si era rimesso più che bene in breve tempo.

«Braiden. Ti prego, farò tutto quello che vuoi. Ma mettimi giù!»

«Non esiste. È meglio mettere le cose in chiaro e farlo subito.»

Non avrei potuto sopportare un altro confronto tra quei due e cominciai a pregare che Mavor fosse altrove. Nel suo studio, al *The Haller*, nella stanza 101 del Savoy... da qualsiasi parte, ma non a casa sua.

E invece quando Braiden scampanellò alla sua porta, nel giro di un paio di minuti venne ad aprirci lui, col volto rilassato e leggermente arrossato. Indossava una tuta scura, infilata rapidamente al di sotto del busto completamente nudo, i capelli gocciolanti sulla fronte.

Lo sguardo di cupidigia nascosto sotto le ciglia brillanti mi fece sospettare che non fosse solo. Lo sbigottimento nel vederci l'uno accanto all'altra fu immediatamente rimpiazzato da un piglio scortese di ruvido malcontento.

«Cosa ci fate voi qui?»

Io rimasi in silenzio con gli occhi puntati sul corpo di Mavor e cercai di calibrare il respiro. Improvvisamente Braiden scomparve dalle mie percezioni, sentii a malapena una sua domanda stizzita: «Apri sempre così la porta? Senza maglietta?»

«Mi sono allenato ed ero in doccia. Problemi?»

Poi mi osservò le gambe, sfacciato, per risalire lungo il collo dove si focalizzò a controllare se vi avrebbe trovato dei segni.

«E tu, sei ancora qui? Quando la smetterai di andartene in giro in questo edificio come se non ci fossero mai conseguenze?»

«Non devi preoccuparti per lei. Non è il tuo ruolo», ribatté Braiden. Quando Mavor gli si avvicinò, lui lo oltrepassò scansandolo con una spallata per entrare nell'appartamento.

«Sai benissimo quali rischi corre lei a venire qui. Ma è chiaro che non te ne freghi un cazzo.»

Ancora una volta, Mavor mostrava un lato protettivo attraverso una severità che avevo troppo spesso scambiato per rabbioso disprezzo. Mi trattava come una stupida, ma forse quello era un suo modo distorto e arrogante di preoccuparsi per gli altri.

«Puoi stare tranquillo. Mio padre non la toccherà più, quando saprà che lei è la mia donna.»

«La tua... cosa?»

Sgranai gli occhi e lo fissai, mentre una voglia di sparire cominciava ad assalirmi dalle caviglie.

Non compresi le ombre che si affilavano come lame negli occhi di Mavor, non avrei saputo dire se avesse capito tutto. Rimasi così colpita che non riuscii a esprimermi su ciò che Braiden aveva appena detto.

«Ed è meglio che tu la smetta di farti affari che non ti riguardano.»

La mandibola di Mavor era talmente contratta che potevo sentirla scricchiolare, se avesse potuto avrebbe piantato una pallottola in testa a tutti e due.

Si aggrappò con una mano all'elastico della tuta, sotto la V dei suoi obliqui, tra i contorni dei suoi tatuaggi, scoprendo una sottile peluria sotto l'ombelico che io rimasi a fissare, finché non notai di essere stata beccata da entrambi a guardarlo.

Deglutii rumorosamente.

Avevo bisogno d'acqua. Acqua tonica. Allungata con un quantitativo esagerato di vodka da stendere un elefante.

La testa cominciò a martellarmi, mentre mi resi conto che ci eravamo incastrati in un altro di quegli sguardi affamati e, sebbene Mavor non stesse mangiando nessun frutto, io continuavo a desiderare di sentire le sue labbra sul mio corpo e di assaggiare il suo fino ai punti più sensibili, mentre Braiden ci fissava disgustato come se stesse assistendo a uno spettacolo orrendo.

«Puoi metterti una camicia, mentre ti parlo?» brontolò stizzito.

Mavor ignorò completamente la sua richiesta e tornò a fissarlo con le braccia incrociate al petto.

«Non essere ridicolo. Sei il figlio di Charles. Tuo padre ti ucciderà.»

«Direi che rischi più tu di me, o sbaglio?»

Un silenzio di gelo calò nella stanza: a quella sottile e velata minaccia, Mavor rimase immobile a osservare il vuoto.

Avanzai verso di loro camminando come se fossi su una lastra di ghiaccio che si incrinava a ogni passo.

«Braiden, io direi di non affrettare le cose...»

Mavor sbottò, furibondo. I muscoli contratti delle spalle mostravano il suo sforzo nel restare fermo, ma i suoi occhi assottigliati lanciavano dardi infuocati.

«Sei contento di stare con una stripper che se la faceva con tuo padre? Hai perfettamente ragione. Non sono affari che mi riguardano.»

A quel punto mi infervorai anche io, e lo raggiunsi con uno sguardo d'odio con cui lo perforai sul posto.

«Potreste smetterla di parlarvi come se io non esistessi?»

Mavor continuava a guardare Braiden e a non degnarmi di uno sguardo, incollerito e glaciale mi restituì un'indifferenza di sdegno.

«Che cosa siete venuti a fare, qui?»

L'altro rispose con una durezza che gli avevo visto venir fuori soltanto con Mavor.

«Non che siano affari tuoi. Ma dopo quello che hai fatto in Galles avevo bisogno di farti capire quanto fosse una cosa che vogliamo entrambi.»

A quel punto si spostò su di me e mi guardò negli occhi, mentre io faticavo a restare concentrata.

«È così?»

Non erano quelli i patti.

Avrei potuto sacrificarmi. Avrei potuto fingere, ma fino a quel punto... qualcosa mi diceva che sarebbe stato troppo.

«Noi non stiamo insieme, Braiden.»

Mavor voltò il suo sguardo verso di lui e poi avanzò nella sua direzione, con un sorrisetto insolente di chi l'avrebbe sempre avuta vinta.

«Fammi capire, Cadogan, cosa si prova a essere sempre dei perdenti?»

A quel punto la situazione prese fuoco come una miccia imbevuta di combustibile.

Il tempo di un respiro e Braiden saltò addosso a Mavor, costringendolo a sbattere la schiena sul piano in marmo della cucina a vista dietro di lui.

«Te lo faccio provare anche subito.»

Braiden afferrò un coltello da cucina a lama larga di quelli da chef e glielo avvicinò al collo, contro la carotide, mentre Mavor opponeva resistenza con le mani contro quelle del suo antagonista.

«Sei impazzito? Lascialo subito!» intervenni.

Il panico mi pulsò nelle vene, a vederli di nuovo in quello stato. Stavolta nessuno sarebbe arrivato a dividerli e io reagii d'impulso ancora una volta.

Corsi verso di loro e trattenni Braiden dalle braccia, ma ancora una volta fui respinta da entrambi senza che potessi realmente fare qualcosa. Fu lui a inveirmi contro di allontanarmi, scansandomi con una spallata ad almeno un metro da loro.

«Cosa vuoi fare, tagliarmi la gola?» urlò Mavor.

I suoi occhi erano neri come pece, le pupille sgranate e la sclera rossa di sangue, puntati su Braiden che lo schiacciava sotto di sé.

Non lo provocare.

Braiden era sull'orlo di una crisi di nervi che non gli avevo mai visto. Forse non sarei mai dovuta andare a casa sua quel giorno, o forse era il dolore che aveva ancora alle costole a farlo imbufalire, ma la vena del collo rigonfia assieme alla tempia pulsante mi fecero sul serio temere che potesse fare qualche follia.

«Braiden, ti prego, lascialo!» insistetti.

Non lo riconobbi più. O forse non lo avevo mai conosciuto. Era un cavallo placido che si imbizzarriva se provocato, e Mavor lo aveva portato oltre il limite della sopportazione.

«Se ti azzardi ad avvicinarti ancora a uno dei due, ti pianto questo coltello in gola senza pensarci due volte.»

«Pensi di farmi paura? Vuoi davvero finire come l'altra volta? Vuoi davvero incasinare la vita di tuo padre?»

A quella frase, l'orgoglio di Braiden cedette, mentre io tremavo d'indecisione con le ginocchia bloccate dalla mia stessa impotenza. Ci fu un attimo di silenzio, preceduto da una vibrazione del cellulare nella tasca posteriore dei jeans di Braiden. E fu in quel momento che lui si distrasse e Mavor colse l'occasione per spingerlo via dal suo corpo e lanciare quel coltello lontano da loro, quasi ai miei piedi.

Riafferrai un respiro senza sapere cosa fare, mentre Braiden osservava lo schermo del cellulare e Mavor lo osservava indeciso se mettergli le mani addosso o buttarlo fuori di casa.

«È il tuo capo. Vuoi parlarci tu?»

«Io non ho nessun capo. Tuo padre è un mio cliente.»

Una spintonata e lo allontanò definitivamente da sé, facendolo sbattere contro il frigo.

«Adesso basta! Smettetela, state diventando ridicoli.»

«Devo rispondere.» Poi mi guardò come se dovessi capire al volo, mentre io quasi speravo che non mi lasciasse sola con Mavor, nonostante tutto. «Penso che voi due abbiate qualcosa da dirvi.»

Quando Braiden scomparve nella stanza accanto, mi accorsi che stavo tremando: il modo in cui li avevo visti aggredirsi ancora una volta aveva avuto su di me un impatto schiacciante.

«Noi due non avremmo dovuto più rivederci. Ogni volta che ci vediamo succede qualcosa di terribile.»

Cominciai ad agitarmi camminando avanti e indietro, ripetendo quella frase più a me stessa che a lui.

Mavor raccolse il coltello da terra e ne osservò la lama piatta, poi mi guardò come se avesse voluto farmi lo scalpo.

«Dimmi la verità. Ti sei drogata?»

Mi venne incontro e mi bloccò, schiacciandomi contro il frigorifero, col suo corpo impetuoso che ribolliva sotto il mio respiro affannato.

«Braiden? Ancora? Sul serio?» sibilò velenoso.

La sua pelle era velluto, brillava di polveri sottili incastonate nel marmo, e dovetti trattenere le mani per non passare le dita sul tatuaggio che troneggiava sul suo stomaco quasi a sfidarmi di non lambirlo con le mie labbra.

«Che ne diresti... che ne diresti di indossare una camicia?»

Si inumidì le labbra, e ignorò ancora una volta quella richiesta.

«Ho caldo. Uno stronzo mi ha appena aggredito nel mio salone.»

Scrutò la mia scollatura sotto la giacca e poi si rovesciò ancora nei miei occhi.

Senza parlare respiravamo ancora una volta l'uno di fronte all'altra, in un miscuglio di sospiri che si aggrappavano e si inseguivano, avvicinavamo le labbra senza accorgercene a immaginare il nostro sapore fuso insieme.

«E con questo vestito mi immagino tutto.»

«Mi stai provocando. Con Braiden nella stanza accanto.»

«Improvvisamente dovrebbe importarmene qualcosa di Braiden?»

Sollevò il sopracciglio e mi guardò con la sua solita aria di sfida.

«Sì. Dovrebbe importartene. Lui è fuori controllo.»

Scrutò i miei occhi mentre si allungava verso di me e mi teneva ferma dalla vita, con le dita di una mano aggrappate alle ossa del mio bacino.

«Qualsiasi cosa tu ti sia messa in testa, qualunque sia il motivo per cui lo stai facendo, io lo scoprirò.»

Testardo.

Cocciuto.

Insopportabile faccia da schiaffi.

«Non c'è niente da scoprire. Diciamo che ho superato il fatto che sia il figlio di suo padre.»

Diciamo che ero stata costretta a superarlo.

Diciamo che io e Mavor eravamo stati poco attenti, e ora rabbrividivo all'idea che potesse avvertire Charles del modo in cui ci eravamo macchiati di disonore.

Lo guardai e mi resi conto che aveva capito qualcosa. Non potevo esserne certa, ma quegli occhi addosso mi dicevano che Mavor sapesse più di quanto volesse dirmi.

Era sempre stato così fin dal primo giorno.

«L'ho sempre detto che sei perversa.»

Mi mossi lentamente contro il suo corpo e accennai un sorrisetto.

«È per questo che non riesci proprio a starmi lontano, avvocato?»

Abbassò lo sguardo e poi lo risollevò, e fu l'occhiata più vicina all'inferno a cui potessi mai assistere.

Quelle iridi di fuoco incorniciate da ciglia sottili, i ciuffi un po' umidi che gli cadevano sugli occhi mentre la mia attenzione si concentrava sui muscoli tesi del trapezio... mi sentivo il cappio stretto al collo e non avrei potuto scampare al mio patibolo.

«Cercherò di essere il più sincero possibile, a differenza tua.»

Lanciò un'occhiata ancora una volta verso il basso, e poi risalì lungo i miei lineamenti.

«Non voglio che quello stronzo ti tocchi», ruggì inferocito come un leone in gabbia.

«Da quando decidi qualcosa sulla mia vita?»

«Da quando sono l'unico che ti fa godere.»

«Hai l'ego più grande e spropositato che io abbia mai visto.»

«E non solo quello, scommetto.»

Non replicai perché non sarebbe servito a niente, non potevo mentire alle mie sensazioni fisiche e non avrei potuto ignorare il modo in cui mi stavo torturando le mani per impedire che si allungassero sul suo corpo, il modo in cui mi mordevo le labbra, il modo in cui sognavo tutti i modi in cui avrebbe potuto farmi urlare.

«Sei geloso, e questa cosa è sbagliata. E tossica.»

«Tossica? Per chi? Per te?» Accennò una risatina amara. «Credimi, fa più male a me.»

Sbuffai per l'ennesima volta, perché avrei dovuto spargli per riuscire ad avere l'ultima parola. Sentii gli occhi pizzicarmi al punto che non riuscivo a tenerli aperti mentre lo stomaco si contorceva in una serie di contrazioni dolorose.

«Avevi detto che per te ero morta.»

«Infatti è quello che siamo. Come ha detto Regina? 'Due morti che camminano'.»

Per una strana ironia della sorte, Regina Storm era morta e io in quel momento mi sentivo più viva che mai, mentre lui giocava a rimpiattino con le parole come se le avesse potute ricamare sui miei battiti. Quando allungai timidamente i polpastrelli verso la sua pelle, lui contrasse l'addome e poi mi sfuggì allontanandosi in un soffio.

E fu a quel punto che mi resi conto che non aveva mai smesso di stringere tra le mani l'impugnatura di quel coltello.

Brillava, quella lama d'acciaio, dello stesso colore nocivo dei suoi occhi platino piantati nei miei.

«Cosa vuoi farci con quel coltello?»

«Se siamo due morti che camminano, tanto vale metterci a ballare.»

Quel maledetto arnese nelle sue mani mi intimoriva al punto che avrei voluto scoprire come avrebbe potuto usarlo su di me.

«Noi non siamo... Io e te non abbiamo niente in comune.»

Cercai di essere risoluta, ma il calore che veniva dal suo corpo non aiutava la mia concentrazione. E quando Mavor si spinse di nuovo contro di me e premette la sua erezione contro la mia coscia, io mi ritrovai a fantasticare nella zona più oscura della mia mente, e il cuore a tamburellare più forte di quanto avrebbe dovuto, eccitato al punto che se lo avessi spremuto avrebbe grondato adrenalina.

«Ne sei proprio sicura?»

«Certo. Ti rendi conto di cosa mi hai fatto, in tribunale?»

In realtà, sottopelle sentivo di meritarmi tutto: la sua inclemenza, la sua natura solitaria, le insidie che mi tendeva mi parvero solo il riverbero della mia pessima condotta di vita. L'eco dei miei sbagli mi mostrava tutta la sua brillante ferocia, in quell'oggetto luccicante che teneva in mano.

«In tribunale so essere molto cattivo. Ma è altrove che posso dare il peggio di me.»

Annaspai mentre un rivolo di rabbia combatteva contro quella piacevole sensazione al basso ventre, quel piccolo bisogno di sfamarsi che si faceva sempre più spazio nel mio petto mentre il suo busto nudo impattava contro il mio con maggiore prepotenza.

«Mi trattano come una prostituta.»

Proseguii a parlare, piagnucolando, accusandolo, fingendo che non avesse pronunciato una frase che mi aveva fatto vibrare ogni singolo anfratto della mia psiche.

«Non ho scelto io di fare la stripper.»

«Ma tu hai distrutto la mia reputazione.»

«E tu mi hai mentito. In faccia, guardandomi negli occhi», rispose secco e inflessibile, mi colpì nello stomaco come un sorso d'alcol buttato giù d'un fiato.

Aveva ragione e io gli avevo mentito, in faccia, guardandolo negli occhi.

Ma non lo avevo fatto in passato, quando mi aveva chiesto se Cadogan senior mi avesse mai toccata.

Lo avevo fatto su quel marciapiede, fuggita da un'udienza in una giornata già buia, prima che lui mi lasciasse addosso una dose immensa di profumi e sensazioni che non avrei saputo decifrare.

La portiera bloccata e la sensazione di terrore avevano continuato a tormentarmi nei giorni seguenti e l'unico pensiero che riusciva a scacciarle era il tepore delle sue braccia che mi avevano confortato.

«E forse hai sottovalutato il modo in cui potrei punirti, capinera.»

Ancora quella parola.

Ancora una volta quella parola che mi era rimasta a ronzare in testa e non pensavo che avrei mai più udito dalle sue labbra.

«Come... come mi hai chiamato?»

«Hai sentito benissimo.»

«Perché mi hai chiamato così?»

«Non te lo dirò mai.»

Calcò l'accento sull'ultimo avverbio, mentre portava la punta del coltello alle mie labbra e vi posava la lama sopra, come a volermi azzittire.

Mi accarezzò le trecce con una mano mentre con l'altra, che reggeva l'impugnatura, scese giù lentamente, verso la gola, osservando il tracciato del coltello sulla mia pelle e tracciando una mappa immaginaria intorno ai miei piccoli nei. Lento, divoratore di stelle come a sfamarsi d'infinito, percorse tutto il collo con estrema delicatezza fino ad arrivare in mezzo ai seni: mi graffiava leggermente, ma senza esercitare la pressione che mi avrebbe ferita. Quindi superò la scollatura e scese lungo il vestito scorrendo la lama sul tessuto ruvido, fino all'orlo.

Il mio mondo si infiammò di lapilli di desiderio e violenti sogni.

Mi alzò leggermente la gonna con il coltello e si intrufolò sotto di essa con l'altra mano, accarezzando l'interno coscia e facendo intirizzire la pelle, mentre lentamente si avvicinava alla mia intimità che aveva cominciato a chiedere di lui in maniera insistente.

«Mavor...»

Assaporai il suo nome sulle mie labbra e poi sentii quel coltello, e il mio respiro si congelò di botto.

Quello che Braiden gli aveva puntato alla gola qualche minuto prima, quell'arma affilata si insinuava tra le mie gambe come un puntello di ghiaccio. Il freddo della lama al di sopra del tessuto delle mutandine mi fece rabbrividire mentre la dolcezza del tepore delle mani di Mavor mi lasciava in balia di qualunque cosa volesse farmi. Un calore bruciante ruppe gli argini e mi divorò le viscere sotto l'ombelico, le scosse cominciarono ad attutirmi i sensi e io dimenticai la paura.

Mi allargò le cosce per avere un migliore accesso, mentre mi passavano per la mente un milione di frasi che avrei potuto dirgli d'istinto.

Cosa stai facendo?

Sei impazzito?

Avevi detto che... avevi detto che...

Avevi detto tante cose.

Ma io gliene dissi una soltanto.

«Mi sei mancato», gli sussurrai.

Avevo chiuso gli occhi mentre lo avevo detto, e così quella frase finì risucchiata da un piacere letale. Non volevo osservare la sua reazione severa, non volevo vedere la sua rabbia a udire parole che non avrei dovuto pronunciare.

Avevi detto che te ne saresti andato, allora cos'è questo fiore di ghiaccio che mi si schiude ancora una volta nel petto?

«Lo so.»

Quando scostò le mutandine su un lato dell'inguine mi accorsi che le sue dita coprivano la lama come per evitare che la parte tagliente venisse a contatto con la mia carne. Quella fredda durezza penetrò le mie ossa e io cominciai a tremare: dovetti soffocare un brivido mentre Braiden restava al telefono nell'altra stanza. Potevo sentire la sua voce severa mentre discuteva animatamente con qualcuno, ma non mi curai di afferrarne le parole.

«Sei eccitata. Stai morendo al pensiero di quello che sto per farti.»

Mavor strinse le dita premendole sulle lame mentre aveva preso a giocherellare con due falangi sulla mia apertura e con la lama in acciaio sulle mie labbra.

Vedevo *nero*. Se avessi aperto gli occhi sarei caduta a terra. Aveva ragione lui: stavo impazzendo. L'unico modo in cui avrei potuto tollerare quella stimolazione intensa era controbattere alla sua provocazione.

Riaprii gli occhi consapevole che quel momento avrebbe potuto essere interrotto. La chiazza pastello dei miei occhi si mescolò con la sua, mentre diventavo viziata e insaziabile e ne volevo sempre di più.

«Tu stai morendo al pensiero di quello che potresti farmi. E al pensiero che potrebbe farmelo qualcun altro.»

Il suo sguardo si riempì di crudele ironia, un bagliore di madreperla illuminò un sorriso accennato che scrutava le mie pulsioni nascoste.

«Nessuno potrebbe farti quello che potrei farti io.»

Mi ammutolii.

Guardai i suoi zigomi affilati, le sue labbra sporgenti e lo sguardo affaticato dal desiderio, e lui strofinò ancora la lama tra le mie cosce. Se l'avessi stretta anche solo di poco, mi sarei tagliata. Eppure in quel momento ero svuotata di qualsiasi istinto di conservazione perché la sopravvivenza non mi interessava.

«Vorrei che ti vedesse, adesso...» Sollevò un sopracciglio incurvando le labbra da un solo lato. «Però preferisco guardarti solo io.»

Dentro di me pensai che se avessimo continuato Braiden ci avrebbe scoperti sul serio, ma poco me ne importava.

Forse se lo meritava, forse se lo meritavano tutti, di vedere quanto poco ci interessasse di loro. E Mavor mi guardava sempre come se fossi il peccato da cui non voleva salvarsi, mentre io annegavo nei flutti furiosi delle sue pupille.

«La bocca dischiusa, le guance rosse, le trecce contro il frigo, gli occhi lucidi, e poi...»

Il piacere stava salendo più rapidamente di quanto avrei mai potuto immaginare. Il pensiero di avere un coltello a sfregarmi nell'intimità e il fatto che lui sapeva usare tutto con perfetta dovizia mi rendevano folle di una smania incontrollabile.

«E poi?...» Arrancai restando immobile.

«E poi sei bagnata come se ti avessi appena baciata.»

E anche se il fuoco può spegnersi, da alcune parole resterai bruciata per sempre.

Annaspavo all'idea di quel piacere che aveva preso a divorarmi e non mi abbandonava. Mi aggrappai a lui e non mi importò di nient'altro. La pelle di Mavor mi rapiva i sensi e io lo strinsi contro di me ancora una volta, ne assaporai la trama, ancorai il busto alle sue mani e lui mi tenne ferma in modo che le mie ginocchia non cedessero.

«Adesso hai qualche idea, di quello che potrei farti?» sussurrò, la voce cavernosa che graffiava sulla pelle, lo sfioramento delle labbra sull'orecchio, e quelle carezze in mezzo alle gambe che diventavano frizione sempre più intensa.

«Non farlo...»

La mia frase morì rapita da un gemito, mentre lui continuava a muoversi tra le mie gambe. Non serviva che mi ribadisse che aveva la tendenza a fare ciò che gli dicevano di non fare, e viceversa: ce l'avevamo entrambi.

Quello che mi fece arrivare al culmine fu il modo in cui mi faceva sentire desiderata.

Strinsi le cosce in maniera involontaria, la mia carne vibrò risalendo dalle ginocchia in un'ondata di forze folgoranti che s'infransero tra loro nel mio centro. La mia testa si svuotò e io mi aggrappai alle sue spalle, mentre avevo preso a gemere e a guaire al punto che dovette tapparmi la bocca.

Quando Mavor avvicinò la mano alla bocca, mi accorsi che sanguinava, si doveva essere tagliato quando avevo stretto le gambe contro quel coltello.

«E adesso...» con una certa soddisfazione succhiò via dalle sue dita i nostri fluidi mescolati. «Vediamo se riesci a scopartelo con il mio sangue sulle mutandine», mi provocò.

L'attimo dopo, gettò il coltello insanguinato nel lavandino appena in tempo, perché come il più scaltro dei cacciatori aveva intuito che Braiden stava tornando nella stanza.

Io ero sconvolta, mentre l'orgasmo stava ancora sconvolgendo i miei sensi. Restavo aggrappata nel punto in cui mi aveva portata a quel climax come se avessi paura di cadere, se mi fossi spostata da lì.

Braiden vide i miei occhi sgretolarsi come quelli di una preda che è stata appena inchiodata al muro.

Dovevo avere un aspetto orribile e il riflesso dell'acciaio dei sanitari mi mostrò un colorito bluastro cianotico che spaventò anche me.

«Venus? Ti senti bene?» mi chiese Braiden.

«Sta benissimo», grugnì Mavor mentre si sciacquava le dita nel lavandino e le portava nuovamente alla bocca per succhiarne via il sangue.

«Sa parlare, lo sai?»

«Io lo so. E tu?»

«Mavor. Lascia stare», riuscii a dire con un rimasuglio di voce che mi era rimasto in fondo alla gola.

Braiden ci guardò più volte, come se non comprendesse quella strana complicità.

«Spero che almeno voi due vi siate chiariti una volta per tutte.»

Mavor aprì bocca per lanciare l'ennesima frecciata sarcastica. «Più chiaro di così si muore.»

Mi strozzai con la mia stessa saliva e cominciai a tossire di un nervosismo che aveva preso ad attanagliarmi lo stomaco.

Braiden pretendeva che diventassi la sua ragazza mentre io mi sarei fatta fare qualunque cosa da Mavor contro il frigo della sua cucina, con il mio finto ragazzo al telefono nella stanza accanto. La situazione poteva apparire quasi comica.

«Adesso potete levarvi di torno. Ho una chiamata a cui devo rispondere», annunciò il proprietario di casa, allontanandosi.

«Andiamocene, avanti», insistette Braiden, prendendomi per un braccio.

Rifiutai la presa e me ne liberai, per avvicinarmi al lavandino della cucina per bere un goccio d'acqua. Qualche secondo più tardi, Mavor era già tornato in sala, intento a fasciarsi le dita con una benda.

«Venus», mi richiamò. «Era Nolan. È successo qualcosa a casa.»

Mi allarmai mentre mi asciugavo il mento con il dorso della mano. «Cosa? In che senso?»

Lui mi guardò ignorando totalmente Braiden.

«Dobbiamo andare. Vieni con me.»

L'altro si fece avanti, sbigottito. «Stai scherzando? Perché dovrebbe venire con te?»

«Dici di essere il suo ragazzo e non sai nemmeno dove abita?»

Mi guardò abbaiandomi contro uno sguardo infuriato. «Cosa? Tu vivi a casa di Nolan Flynn?»

«È una storia lunga», mi giustificai sospirando, i muscoli delle gambe indolenziti per le eccessive contrazioni.

«Quante altre cose assurde dovrei sapere sul tuo conto?»

«Non ne hai idea», borbottò Mavor mentre indossava rapidamente una maglietta a maniche corte e si allacciava una giacca imbottita.

«Solo finché non troverò un'altra sistemazione», mi affrettai ad aggiungere io.

«Va bene. Vengo anche io con voi.»

«Che cosa?» Mavor sembrava decisamente contrariato a quella possibilità.

«Non esiste che ti lascio andare via con lei.»

L'altro si parò tra il suo corpo e la porta di casa. «Mi hai appena puntato un coltello alla gola nel *mio* appartamento, te lo puoi scordare che sali sulla *mia* macchina.»

«Appartamento e macchina profumatamente pagati dalla *mia* famiglia», sottolineò Braiden.

«Vai a farti fottere!»

«Dio santo, smettetela di fare i ragazzini! Non vi sopporto più», intervenni allora.

Ero distrutta e senza forze, e non sapevo più se a sfiancarmi fosse stato l'orgasmo o l'angoscia di vederli battibeccare e discutere di continuo.

«Ti porto io da Flynn, Venus. Vado a prendere le chiavi della macchina», sentenziò Braiden ignorando del tutto la mia lamentela, finché Mavor non si intromise ancora una volta.

«Non puoi. Non puoi guidare. Lo sai perfettamente.»

Rimasi interdetta dal fatto che Braiden evitò il mio sguardo. Mavor lo guardava di nuovo con aria truce e perentoria, mentre lui restava fermo sulla sua posizione.

«Posso guidare, non c'è alcun problema.»

«Non ho intenzione di rischiare. Non esiste che Venus venga in macchina con te. Vuoi metterla in pericolo?»

«Quale sarebbe il problema? Perché non può guidare?» chiesi.

«Glielo dici tu, o glielo dico io?» lo incalzò Mavor mentre uscivamo dal suo appartamento.

«Nemmeno tu dovresti guidare, visto che sei un alcolista di merda», tuonò Braiden per tutta risposta con l'aria di chi avrebbe voluto evitare quella conversazione.

Mavor roteò gli occhi al cielo, e poi lo guardò con un sorrisetto di sfida.

«Non abbiamo tempo da perdere.»

«Prendo le chiavi. Aspettatemi giù», concluse infine Braiden mentre imboccava una delle scalinate.

Mavor mi afferrò per il polso e mi trascinò rapidamente lungo delle scale che si trovavano dalla parte opposta a quella da cui stava scendendo l'altro.

Dopo aver percorso tre rampe a piedi e due lunghi corridoi chiamò l'ascensore, e qualcosa in quel momento mi disse che non avremmo aspettato che Braiden ci raggiungesse.

«Ti devi sbrigare. Se ti sbrighi, lui non ci seguirà.»

«Ma... perché?»

Le porte dell'ascensore si aprirono e Mavor mi spinse dentro con una certa urgenza.

«Braiden è agorafobico, soffre gli spazi aperti. A volte riesce a nasconderlo, ma per lunghi periodi non esce nemmeno di casa. Potrebbe avere una crisi mentre guida, ne ha avute diverse. Charles dice che è il suo unico figlio difettoso.»

Mi ricordai la prima volta che lo avevo incontrato in mezzo alla strada, mi ricordai il disagio stampato nei suoi occhi, l'ansia, la fretta di andare via come se non tollerasse quella situazione. Avevo pensato che stesse scappando da me, ma stava scappando da qualcos'altro.

«È... è orribile.»

Le porte dell'ascensore si aprirono nel garage del One Hyde Park, due piani sottoterra.

Seguii le ampie falcate di Mavor che con una manciata di passi aveva raggiunto la sua auto, ferma nel solito parcheggio riservato.

«È meglio che lui resti fuori da questa storia. È comunque un Cadogan, loro potrebbero c'entrare qualcosa.»

«E tu? E tu da che parte stai?»

Entrai nella sua auto mentre lui spingeva il pulsante dell'accensione senza chiave e ingranava la marcia.

«Dalla parte di Nolan. A casa sua è pieno di polizia. Qualcuno è entrato in casa, e non penso proprio che fossero ladri.»

A quella notizia mi sentii immediatamente responsabile.

«Pensi che siano venuti a cercare qualcosa in particolare?»

«O qualcuno.»

La sua risposta mi mise in allarme, e scattai sul sedile come se fossi seduta su una poltrona di chiodi.

«Cosa? Di cosa stai parlando, Mavor, santo cielo, spiegati! Stavano cercando me?»

L'auto sfrecciò sulla strada mentre lui accendeva una sigaretta con l'accendisigari, tenendo una sola mano stretta sul volante. Sul suo sguardo calò un'ombra di mareggiata in arrivo.

«Lucky non risponde al cellulare.»

12

Baby girl was living life for the feeling

> «Troverai l'equilibrio sul ciglio di un burrone.
> E poi ti innamorerai di ciò che ti farà cadere giù.»
> E.B. Luin

Venus ♀

QUELLA era l'ennesima giornata di merda di una vita di merda in una città con il tempo di merda.

L'unico spiraglio di luce di quella settimana sarebbe rimasto un orgasmo *distruttivo* che avevo provato schiacciata contro il frigo di Mavor.

E non so quanto fosse davvero un fatto positivo, dal momento che se lo avessimo detto a qualcuno ci avrebbero rinchiuso in clinica con un trattamento sanitario obbligatorio.

Le alterazioni psichiche di quell'uomo erano più estreme delle mie, e forse era per quello che, seduta sul sedile del passeggero, gli sarei saltata sulle ginocchia anche a costo di fargli tamponare qualcuno.

Mi sarebbe bastato un semaforo rosso.

Nonostante il vetro appannato del finestrino, riuscivo a scorgere il mio riflesso: lo osservavo come se ne fossi distante anni luce.

I miei occhi erano opachi e sbiaditi come una tela bianca, due biglie scolorate in cui non mi riconoscevo.

E, subito dietro, i contorni di quel folle di Mavor e i suoi colori scuri, mentre teneva gli occhi sulla strada davanti a noi e ogni tanto mi lanciava uno sguardo di rapina in mezzo alle cosce.

E più lui mi guardava male, e più io avevo voglia di fargli un pompino. E non era nessuna sindrome da crocerossina a farmi parlare, era solo che lui era sensuale da fare schifo.

Il telefono di Lucky suonava staccato, e in quel silenzio ripensavo a tutte le volte in cui mi aveva suggerito di restare ancorata alla vita e di godermela tutta, fino in fondo, di buttarmela in gola d'un sorso come uno dei suoi shottini che ogni tanto ci portava nel camerino. Se mi avesse risposto al telefono mi avrebbe suggerito di farmi Mavor in mezzo al traffico in barba ai vigili urbani.

Peccato che non rispondeva.

E io mi persi sul filo di certe parole che avevo pronunciato ad alta voce, consapevole che fino a quel momento non le avevo mai nemmeno *pensate* nei confronti di nessuno.

Non avevo mai nemmeno *osato* pensarle.

Ero davvero in grado di farlo, di tradurre le mie emozioni e confessarle a qualcuno?

Mi sei mancato.

Quel turbamento mi era scivolato fuori dalle labbra in maniera così prorompente che non ero riuscita ad arginarlo, e chissà se era arrivato a destinazione o aveva incontrato le sue barriere da stronzo insensibile.

Braiden continuava a chiamarmi, io continuavo a non rispondere. L'ansia, la preoccupazione per Lucky, la vicinanza di Mavor mi distraevano.

«Direi che il tuo ragazzo è rimasto indietro», borbottò guardando lo schermo del cellulare mentre gettava la cicca della sigaretta accesa fuori dal finestrino dell'auto in corsa.

«Lui non è il mio ragazzo.»

Io e Braiden non ci eravamo più sfiorati, da quella notte al casinò.

«Ma ho deciso di dargli una possibilità.»

In fondo non ero in cerca di emozioni più grandi di me, ma ero una snaturata alla spasmodica ricerca di orgasmi e lacrime. E Mavor tornò roccioso e rude, con quei modi poco amabili e lo sguardo truce di chi non voleva che nessuno gli si avvicinasse.

«Perché Braiden? Tra tutti... perché proprio lui?»

Non era il momento. Non era affatto il momento. Ma discuterne in qualche modo mi distraeva e forse lui aveva bisogno della stessa cosa.

«E perché Bonnie? Mh? Perché Christabell?» ribattei.

«Perché sono due belle ragazze.»

«Idem per me.»

Cambiò la marcia con prepotenza, poi tirò fuori un'altra sigaretta dalla tasca.

«Può essere anche attraente, ma lui è il figlio del tuo...»

Interruppe la sua tiritera, e sapevo che stava per essere offensivo.

«Ah, giusto. Dimenticavo che sei stata anche con lui.»

Prevedibile.

Io e Mavor ci inseguivamo in un labirinto senza uscita in cui non sapevo dire chi inseguisse chi, ma non ci incontravamo mai: era questa la sensazione frustrante che mi lasciava addosso.

Lo guardai chiedendomi quando sarebbe esploso tutto quell'odio che covavamo l'uno per l'altra.

Era possibile che io ce l'avessi con lui perché mi aveva creduto?

Probabilmente ero da internare.

Ma lui mi aveva chiesto la verità, io gliene avevo raccontata un'altra e lui mi aveva creduto.

Qualcuno dice che, quando tutti raccontano la stessa bugia, quella bugia diventa una verità. E questa cosa non riuscivo a digerirla.

«Smettila di fingere che te ne importi qualcosa. Sei stato felice di averlo scoperto, così hai potuto usarlo in tribunale contro di me.»

Quando dici ad alta voce parole che feriscono solo te stessa, allora sei veramente fottuta.

«E poter far assolvere quello stronzo del tuo capo.»

«Non è il mio capo, è un mio cliente.»

«Non cambia nulla», risposi secca. «Com'era che dici sempre? *Distruggi la vittima, assolvi il cliente.*»

Il caso era tutto ciò che gli interessava. Lo avevo semplicemente accontentato dicendogli ciò che voleva sentirsi dire.

Se la prese col volante: la macchina svoltò di botto e le gomme emisero uno stridio sull'asfalto che mi fece rabbrividire.

«Sei la donna più folle, irritante e incomprensibile che io abbia mai conosciuto.»

Inchiodò premendo sul freno con tutta la forza che aveva nel quadricipite.

Eravamo arrivati sotto casa di Nolan e Mavor non si premurò affatto di cercare un parcheggio. Uscì dall'auto aprendo bruscamente la portiera e chiudendola con un botto così feroce da farmi sobbalzare.

Lo seguii rapidamente mentre lui camminava spedito ad ampie falcate verso il portone del palazzo, senza guardarsi indietro.

«Non rigirare le cose», grugnì. «Dovevi dirmelo quando te l'ho chiesto.»

«Non esiste. Tu sei il suo avvocato. Semmai era lui a dovertelo dire.»

«Io con lui...» Si trattenne, digrignando i denti come per cercare di trattenere qualcosa che avrebbe voluto dire. Si immobilizzò sul posto e mi parlò senza guardarmi, ma abbassò il tono di voce. «Non ho scopato lui. Ho scopato te. Sono sicuro che te lo ricordi bene.»

«Avvocato Axford.»

Un poliziotto slavato sulla quarantina ci venne incontro e in quel momento mi resi conto che fuori dal palazzo di Nolan c'era una volante accostata in sosta vietata.

E finalmente ricordai che quello non era proprio il momento di mettersi a discutere.

«Salve, agente. Che cosa è successo?»

«Qualcuno è entrato in casa in pieno giorno, il signor Flynn se n'è accorto appena rientrato. Stiamo ancora cercando di capire cosa sia stato sottratto, ma l'appartamento è un disastro.»

L'agente ci scortò in silenzio fino al piano dell'appartamento di Nolan. La porta mostrava chiari segni di effrazione, sembrava scardinata nonostante vantasse un sistema di sicurezza all'avanguardia.

Quando entrammo, per un attimo non riconobbi la casa che mi aveva ospitata nelle ultime settimane.

Il senso di colpa mi afferrò quando vidi Nolan e la sua espressione contrita, ma lui ci venne incontro con disperata premura.

«Mavor, le è successo qualcosa. Tu *devi* aiutarmi.»

La sala era talmente in disordine che sembrava il risultato di una lotta efferata più che di un tentativo di furto.

«Lo farò. Cerchiamo di restare lucidi.»

Mi guardavo intorno cercando un qualsiasi indizio, ma attorno a me trovavo solamente sedie rovesciate a terra, cassetti aperti, fogli gettati ovunque e immondizia rovesciata dappertutto.

«Manca qualcosa?»

«I documenti di Lucky. Tutti quanti, anche il suo passaporto. Hanno rubato del denaro, ma penso servisse più che altro a depistarci.»

«Venus. Controlla se manca qualcosa di tuo», mi intimò Mavor. In verità non sapevo da dove iniziare e mi tremavano le mani all'idea che Lucky avesse subito un'aggressione in quella casa.

Tornai una mezz'ora dopo dai ragazzi, sconfitta, dopo aver controllato in tutte le mie valigie.

Non mi sembrava che fosse stato toccato nulla e allo stesso tempo non sapevo dove continuare a cercare una traccia tangibile che potesse dare un senso a tutto quel marasma.

«Ho controllato da cima a fondo. Non ho trovato niente. Niente di niente.»

Io e Nolan ci guardammo con profondo sconforto, mentre Mavor restava sempre fin troppo imperscrutabile.

Quando l'agente suonò nuovamente alla porta e io andai ad aprirgli, per poco non ci rimasi secca quando vidi accanto al poliziotto l'ultima persona al mondo che avrei pensato di trovarmi lì.

«Ragazzi, scusatemi. La conoscete? Questa ragazzina vi cercava... Dice di avere qualcosa da dirvi.»

Osservai mia sorella che mi guardava con l'aria sconvolta. Pallida e smunta, sembrava in preda al panico come se già sapesse quello che era accaduto più di quanto ne sapessimo noi.

«Athena? Cosa ci fai qui?»

«Ho bisogno di parlarvi. Da sola.»

L'agente si avvicinò a noi e reclamò attenzione piazzandosi le mani sui fianchi.

«Ci segue in questura per la denuncia contro ignoti, signor Flynn?»

«Ci dia dieci minuti, agente. Il signor Flynn viene con me», intervenne Mavor.

«D'accordo, avvocato. Vi farò mandare a prendere dal mio collega per stilare il verbale.»

Mavor strinse le braccia sotto al petto, si appoggiò all'isola della cucina e guardò mia sorella come se la stesse studiando.

Sembrava l'unico al mondo che non si lasciava intimidire dalla sua giovane età, inoltre non doveva aver gradito l'ultima scenata che le aveva visto fare contro di me proprio in quella stessa stanza.

«All'agente ho detto dieci minuti. Tu ne hai cinque.»

Athena si avvicinò a Mavor con un piglio che non mancò di stupirmi: sembrava anche lei immune ai suoi occhi screziati di grandine.

«Penso di sapere qualcosa su quello che è successo oggi. Vi dirò tutto quello che so. Ma a una condizione.»

«Sentiamo.»

«Dovete portarmi con voi a cercare Lucky.»

Il fatto che l'avesse nominata mi spaventò, perché nemmeno la polizia era stata messa al corrente di una sua possibile sparizione.

«Come fai a sapere di Lucky?»

Non rispose alla mia domanda e rimase ferma sul suo punto.

«Avete bisogno di me. E io sono preoccupata per lei.»

Nolan le si avvicinò pensieroso.

«Non è detto che le sia successo qualcosa. Magari non risponde al telefono perché ha qualcos'altro da fare. Ho provato a chiamare tutti i suoi conoscenti, magari prima o poi uscirà fuori qualcosa.»

Athena sobbalzò a quella improvvisa vicinanza, poi lo guardò con uno sguardo amorevole che a me non aveva mai dedicato.

«Purtroppo non è così.»

«Di cosa stai parlando?»

Rabbrividii di fronte a quello sguardo innocente velato da un sentimento di vivo terrore, ma lei non rispose nemmeno questa volta e io cominciai a innervosirmi.

«Athena, questo non è un gioco. Se Lucky è in pericolo, devi dirci subito tutto quello che sai.»

«Dovete promettermelo. Fatemi venire con voi.»

Mia sorella era irremovibile. Quando si metteva in testa una cosa era impossibile trattare con lei, ma aveva appena incontrato qualcuno che forse poteva batterla in quanto a testardaggine.

Eppure Mavor, la persona più granitica che avessi mai conosciuto, avanzò verso di lei senza battere ciglio. Non pensavo che gliel'avrebbe mai data vinta, eppure...

«Hai la mia parola, ragazzina. Adesso parla.»

«Ero in videochiamata con Lucky, quando sono entrati degli uomini in casa.»

Quella notizia fu come un fulmine scagliato in un lago, e noi venimmo travolti dall'ondata che aveva scatenato.

«Tu... tu stavi parlando con Lucky?»

«Sì. Mi ha chiamato qualche volta, ultimamente. Voleva convincermi a riavvicinarmi a te», disse grattandosi il nasino piccolo e colmo di lentiggini, mentre un lieve imbarazzo macchiava le sue guance rosate.

Un groppo mi si formò in gola a quelle parole, perché Lucky non mi aveva mai detto nulla, e sapevo anche perché non lo aveva fatto. Perché io avrei cercato di farla desistere.

Mavor ci richiamò all'attenzione, avanzando di nuovo dritto verso di lei.

«Avanti. Dicci tutto quello a cui hai assistito.»

«Il telefono è caduto a terra, ma ho intravisto il profilo di un uomo. Non era da solo, non saprei dire con precisione se fossero in due o forse tre... La conversazione è rimasta attiva per qualche secondo, prima che qualcuno riattaccasse.»

Fece una breve pausa.

«Ma li ho sentiti parlare in russo.»

«In russo?»

Mia sorella sembrava sconvolta, eppure Mavor la incalzava come se fosse sottoposta a interrogatorio.

«Esattamente. Parlavano russo. Lo so perché una mia compagna di stanza era di San Pietroburgo e riconosco qualche parola.»

Nolan ascoltava in silenzio, lo sguardo perso nel vuoto fremente di un miscuglio d'aspettativa e terrore, mentre Mavor continuava con le sue domande pressanti.

«Ti ricordi qualche altro dettaglio? Hai capito cosa si sono detti?»

«Ho detto che ho capito che lingua fosse, non che capisco il russo!»

Io restavo in silenzio lasciando attecchire nelle ossa gli artigli di quella consapevolezza: Lucky era stata rapita.

Cercai di scartare quell'idea dalla mia mente, rifiutandola con tutte le mie forze.

«Andiamo... mica starete pensando che l'hanno portata fin là, vero?»

Mavor e Nolan si guardarono con un'aria di minaccia incombente che parlava al posto loro.

«Ma è lo Stato più grande del mondo!» piagnucolai disperata.

«L'hanno presa, è questo quello che conta», replicò Nolan, immobile e con gli occhi sgranati.

Era qualcosa che tutti noi sapevamo di doverci aspettare dopo quello strano pedinamento nel Sussex, ma quella notizia ci travolse come una frana.

«Dobbiamo avvertire subito la polizia», pigolai, cominciando ad agitarmi e a camminare avanti e indietro immaginando gli scenari peggiori.

«Assolutamente no. Non abbiamo bisogno di altra attenzione puntata addosso. Ce la sbrigheremo da soli, in qualche modo.»

Mentre ragionavo su quegli uomini fuori dalla baita, Nolan mi venne incontro e si inginocchiò ai miei piedi, notando qualcosa sotto la suola delle mie scarpe.

«E questo cos'è?»

Raccolse un pezzetto di carta strappata, all'apparenza del tutto irrilevante. Come lo avesse notato in mezzo a quel marasma, me lo sarei chiesto per molto tempo a venire.

«È tuo?»

Negai con un cenno del capo, e lui osservò quel piccolo triangolo che forse era il risultato di una qualche colluttazione.

«C'è un numero. Sembra un frammento di un biglietto, o qualcosa del genere.»

Afferrò il portatile che aveva nella ventiquattrore e digitò velocemente sulla tastiera, l'aria concentrata di chi è appena stato colpito da un lampo di genio.

«BA350. Bingo.»

«Che cosa sarebbe?»

«Athena ha ragione. È un volo settimanale dalla Russia che atterra a Londra ogni...» Controllò lo schermo facendo scorrere i dati che leggeva. «... ogni martedì. Quindi uno dei rapitori veniva da lì, ed è atterrato qui due giorni fa.»

Mavor aggrottò la fronte osservando un punto nel vuoto.

«Abbiamo una pista, ragazza di poca fede.»

Mi sembrava davvero debole, come pista, ma decisi di fidarmi dell'intuito del detective.

«Abbiamo anche una città?»

«Mosca.»

Io scattai, a quella risposta.

«Andiamoci subito, che cosa stiamo aspettando?»

Mavor prese il cellulare dalla tasca e si mise a digitare qualcosa.

«Un volo per la Russia, tanto per cominciare. E poi un visto per entrarci, in secondo luogo.»

A quel punto rimasi in silenzio, e guardai Mavor mentre avrei solo voluto vomitare il mio terrore.

Un groviglio di spine mi stritolò la gola all'idea che la mia amica stesse rivivendo ciò che conoscevo bene. Il panico mi ridusse le dita in cenere mentre ripensavo a quelle sensazioni sulla pelle di qualcuno a cui tenevo.

«Quindi andiamo davvero in Russia?» balbettò Athena.

«Non esiste. Tu resti qui», obiettai fulminandola con lo sguardo.

«Stai scherzando? Lui mi ha promesso che...»

«Athena, stiamo parlando di qualcosa di molto più pericoloso di un giro per Londra. Scordatelo.»

«Oltre al fatto che tua sorella non è il tuo tutore legale e se ti portasse via dal Paese la accuserebbero di rapimento di minore», si inserì Mavor.

«Così potresti rovinarmi ancora di più la reputazione», lo punzecchiai, ma lui mi ignorò.

Nolan avanzò verso di noi: potevo notare sul suo viso corrucciato tutta la potenza dell'ansia che lo stava divorando.

«Venus, per favore, abbiamo bisogno di lei. Abbiamo bisogno di Athena per trovare Lucky.»

Gli occhi di mia sorella si illuminarono. Colmi di un amore sincero, lo guardarono come se le si fosse appena dichiarato.

«Potrebbe identificare il rapitore. Ho dei contatti, a Mosca. Conosco delle persone che potrebbero aiutarci. Ma abbiamo bisogno che lei ci indirizzi, è l'unica che ha intravisto qualcosa.»

Incrociai le braccia al petto, per niente convinta.

«Non le accadrà niente, hai la mia parola.»

Sospirai amaramente e mi rivolsi a Mavor, che restava in silenzio ad attendere una mia risposta.

«Si può fare, questa cosa?»

«Posso fare una richiesta al giudice della sezione minorile, se abbiamo l'autorizzazione del tutore non dovrebbero esserci problemi per farla uscire dallo Stato. Ma noi dobbiamo partire subito, Nolan deve mandare una richiesta per farci avere dei visti immediati per l'ingresso nel Paese. Se il giudice non mi risponde in tempo dovrà restare qui.»

Poi la guardò negli occhi, trafiggendola con lo sguardo.

«Ma parliamoci chiaro, ragazzina.»

«Non sono una ragazzina.»

Sollevai gli occhi al soffitto.

«Lo sei, e lui chiama così anche me. Facci l'abitudine.»

Mavor riprese: «Non stiamo andando in gita scolastica. Devi stare esattamente dove noi ti diciamo di stare».

«Non mi staccherò da Nolan nemmeno dieci minuti.»

Lo aveva detto ad alta voce senza alcun imbarazzo, e io e Mavor ci guardammo con aria perplessa.

«Nolan è un uomo adulto e deve cercare Lucky, non può fare il baby-sitter. Devi cercare di essere *responsabile*», le intimai, e quell'ultima parola mi grattò la gola come se fosse impronunciabile per una come me. Cosa ne potevo sapere, io?

Non ero mai stata responsabile nemmeno di me stessa, figuriamoci di una ragazzina.

Era quello che aveva detto anche il giudice quando mi aveva negato l'affidamento.

Quasi a leggermi il filo dei pensieri, Mavor mi si avvicinò, sfiorandomi il dorso della mano, e si rivolse a me guardandomi come se fossi la causa di tutti i suoi mali.

«Tua sorella è come te. Testarda e rompicoglioni.»

Mi lasciai smuovere da un attacco d'orgoglio e gli risposi per le rime.

«E coraggiosa.»

Cominciammo l'atterraggio dopo aver sorvolato il tramonto, esattamente due giorni dopo la sparizione di Lucky e senza aver coinvolto la polizia.

Avevo sperato che Mavor desistesse dal venire e glielo avevo anche detto in faccia, ma lui per tutta risposta aveva preso un aereo privato e ci aveva costrette con i suoi modi al solito affabili ad andare con lui nonostante io volessi comprare un biglietto di linea. Non avevo avuto altra scelta perché i voli per la Russia dal Regno Unito erano davvero rari. Quindi mi aveva mandato un messaggio con l'appuntamento al gate senza darmi la possibilità di ribattere.

Per quattro ore, mentre l'aereo planava nel cielo, restammo distanti: mi limitai a osservarlo di tanto in tanto mentre lavorava, immerso nel mondo dei suoi casi, perché non volevo che Athena potesse sospettare fino a che punto arrivasse la folle mancanza di limiti della sua sorella maggiore.

Avrei davvero voluto essere il buon esempio che non ero mai stato.

«Questa cosa che te ne vai in giro con l'avvocato dell'imputato è legale?» mi chiese mia sorella mentre divorava il rimasuglio di un tubo di Pringles.

Le risposi senza sollevare lo sguardo dalla mia rivista.

«Non credo, no. Ma Lucky e Nolan stanno insieme, perciò...»

Mia sorella, indispettita dal mio commento, si voltò verso di lui per un attimo, e io osservai il gioco di sfumature biondo scuro dei suoi capelli, intrecciati alti sulla nuca.

«Sei sempre stata una spostata a cui piacciono gli psicopatici. Basti pensare a quel sociopatico del tuo ex. Almeno Axford è un gran pezzo di figo. Seriamente, quante probabilità c'erano che dalla combinazione dei geni di due persone uscisse qualcosa di così perfetto?»

«È anche un gran pezzo di perfetto stronzo.»

Mavor si accorse che stavamo confabulando su di lui e mi lanciò un'occhiataccia scortese, sollevando lo sguardo dal portatile.

Athena si sporse verso di me. Le diedi corda perché per la prima volta la vidi a suo agio nei miei confronti.

«Però ogni tanto lo becco a fissarti», mi confidò, bisbigliando.

«Ah sì? È inquietante.»

«È romantico. Amo gli amori proibiti alla Romeo e Giulietta.»

«Romeo e Giulietta muoiono entrambi tragicamente. E quell'avvocato non riuscirebbe a essere romantico nemmeno col suo riflesso davanti allo specchio.»

«*C'è più pericolo per me negli occhi tuoi che in venti loro coltelli...*» recitò mia sorella con occhi sognanti.

«È 'spade', Athena, *spade*. Non parlarmi di coltelli.»

Spostai ancora lo sguardo su di lui mentre giocherellava con un bicchiere di scotch.

Mia sorella era una piccola romantica mentre io vivevo nel disincanto, ma ogni volta che lo guardavo fuori dal contesto del bastardo che era mi tremavano le gambe a ripensare a tutto quello che mi aveva fatto. L'attrazione era magnetismo puro, una legge della fisica contro cui non potevi lottare: più avessi tentato di vincerla e più ne sarei rimasta schiacciata.

Mavor si sfiorò le labbra con il pollice guardando fuori dal finestrino, a gambe accavallate, un piede che tamburellava nel vuoto. Poi, ancora una volta il nostro sguardo si scontrò, per poi fiondarsi immediatamente altrove.

Mi alzai dal mio posto e mi defilai nel bagno della parte posteriore dell'aereo, sperando che lui non mi notasse, per trovare un sollievo a quelle occhiate sfiancanti, portando con me, dentro un bicchiere di plastica, quattro dita di vino che mi avrebbero aiutata a offuscarmi i sensi.

Mi sciacquai il viso per cercare di realizzare cosa stesse accadendo, perché era successo tutto troppo in fretta. Lo specchio era annebbiato da una strana condensa, ma forse era la mia mente a essere maggiormente appannata.

Pensai a Lucky che era stata rapita. Mi chiesi cosa stesse provando, che cosa le stessero facendo, se era incosciente come lo ero stata io. E forse, arrivati in Russia, tutto quello avrebbe acquistato un senso, quando ancora non ne aveva affatto.

Il coltello tra le cosce, il sangue di Mavor sulle mutandine, il modo in cui mi lanciava occhiate tra i sedili come se dovessimo conservare parecchi segreti che a quel punto erano diventati solo nostri. Il bagno di quel Gulfstream per il lungo raggio era decisamente meno angusto di quello dei voli commerciali. Quello, in particolare, era di un finto marmo color ghiaccio, e aveva ai lati del lavandino dei dosatori di profumo lussuoso e degli asciugamani candidi e appena lavati.

Quando sentii bussare alla porta sobbalzai, e pregai che fosse l'assistente di volo che mi annunciava l'atterraggio.

«È occupato.»

Non udii risposta e aprii lievemente la porta per incrociare da un filo di luce all'esterno un paio di occhi verde cangiante sotto un ventaglio di ciglia scure.

«Sei chiusa in bagno da mezz'ora. Stai bene?»

«Cos'è, improvvisamente ti preoccupi per me?»

«Mi preoccupo per me.»

Aprii la porta e lui poggiò la schiena allo stipite della porta con le braccia incrociate mentre io aspettavo che proseguisse.

«Quattro ore e passa chiusi in questo trabiccolo con te fissa davanti agli occhi. Mi stai distraendo. Devo lavorare.»

Il trabiccolo era un business jet extra lusso con la capienza di venti persone e poltrone in pelle beige che volendo si allungavano per diventare letti. Non esattamente un carro bestiame.

«E se ti chiudi in bagno penso che mi stai aspettando.»

Roteai gli occhi al cielo e scelsi deliberatamente di ignorare l'ultima frase di egocentrismo puro.

«Se mi fai avere un paracadute posso scendere, visto che ti do così fastidio.»

Un riverbero di trionfo gli si scolpì sul volto. Si intrufolò nel bagno e chiuse la porta dietro di sé, dietro di me invece il cielo rosseggiava attraverso gli oblò del finestrino sopra le nubi.

Il suo profumo mi rimandò nei boschi dove eravamo finiti nel Sussex, e per un attimo la sensazione di essere in calo di ossigeno mi ottenebrò i cinque sensi.

«Lo faresti solo per liberarti di me. Lo so che eri contraria che venissi anche io.»

«Lo sono», corressi quel pallone gonfiato le cui azioni non erano mai d'accordo con le intenzioni. «Adesso torno al mio posto.»

Cercai di superare la sua stazza imponente, mentre lui faceva scattare la serratura, e prima che potessi accorgermene mi trovai chiusa in bagno con lui.

«Ops.»

«Sono convinta che questo sia un sequestro di persona.»

«Fammi causa. Ormai ci hai preso gusto, no?»

Allungai lo sguardo dietro la linea dritta delle sue spalle, perché eravamo nuovamente troppo vicini.

«Mavor, ti faccio notare che oltre all'equipaggio su questo volo siamo solamente in quattro.»

«E allora?»

«E allora, si accorgeranno che sei qui.»

«Tua sorella e Nolan stanno dormendo. Solo io mi sono accorto che non tornavi dal bagno. E tu ti preoccupi di tutti tranne di quello che penso io.»

«Cosa me ne dovrebbe importare? Mi disprezzi dal primo momento perché sono una stripper.»

«No. Perché sei stata con lui, e adesso stai con suo figlio. Sbaglio?» precisò, chirurgico, andando a tagliare dove la ferita era già aperta.

«Sei geloso?» Non saprei definire in quanti millesimi di secondo tutto precipitava da un estremo all'altro. «Attento, Mavor. La gelosia è desiderio.»

«E le bugie hanno le gambe lunghe.»

«*Corte.*»

«Corte?»

«Si dice corte. Le bugie hanno le gambe *corte.*»

«No, le hanno lunghe. Gambe lunghe e calze a rete.»

Gettò un'occhiata verso il basso, poi percorse il profilo del mio corpo, io abbassai la voce come se fossimo in missione segreta forse perché il respiro cominciava ad accorciarsi.

«È per Nolan che sei venuto? Lo hai fatto per lui?»

«Mi sono fatto in quattro per ottenere i permessi per partire, incluso quello per tua sorella minorenne. Chiunque altro al posto tuo scalpiterebbe per ringraziarmi.»

Quello era il suo modo per aggirare la domanda.

«Mi chiedo come fai a ottenere sempre quello che vuoi.»

«Diciamo che ho delle conoscenze in Russia. Non saprai niente più di questo, per ora.»

«Se Charles è il responsabile di questo rapimento, allora anche tu devi saperne qualcosa.»

Puntai il dito sul suo petto cercando di risultare intimidatoria, ma l'effetto che ottenni fu solo quello di avvicinarci ancora di più.

«Il mio legame con Mosca ha radici ben più profonde di Charles Cadogan.»

Si lavò le mani nel rubinetto con tranquillità serafica.

Stavo per afferrare la porta per uscire quando Mavor la bloccò con il piede, e con lui bastava un attimo perché improvvisamente tutto cambiasse di colpo e il mondo si mettesse a girare al contrario.

«Esci con Braiden, ora, mh?»

«Attento a quello che chiedi, se non vuoi conoscere la risposta.»

«Rispondi, cazzo.»

Feci spallucce e bevvi una piccola sorsata di vino.

«Lui non sa nemmeno dove io sia. Non gli ho detto nulla di Lucky. Non sono mica stupida.»

«Proprio il tipo di relazione che piace a me.» Schioccò la lingua sul palato con aria soddisfatta. «Inesistente.»

Tornò così vicino che potei osservare i cristalli di zucchero delle sue labbra, quando l'aereo ebbe un leggero sussulto, come se avesse incontrato un piccolo dosso d'aria. Una lieve vibrazione abbastanza forte però da far finire il mio bicchiere di vino sulla sua camicia, provocando una macchia all'altezza del petto che lui guardò con aria assassina.

«Cazzo, Kelley! Stai attenta!»

«Non è stata colpa mia», mi giustificai, ma in realtà a vedere quella grossa chiazza espandersi sul suo pettorale mi sentii un po' in colpa. «Sei tu che mi stai troppo vicino!»

«Lo sai che il vino rosso non si toglie?»

Strinse le dita attorno al tessuto della camicia, allentò la cravatta, slacciò i bottoni e io mi chiesi come mai mi mancasse improvvisamente l'ossigeno.

«Scusami, io...»

Provai ad avvicinarmi a lui, ma, nel momento in cui il mio viso osservò la sua pelle diafana attraverso l'apertura della camicia, arrossii come una ragazzina. Una ventata del suo profumo investì quel piccolo abitacolo e io mi accorsi ancora una volta di quanto fossi debole davanti a lui.

A peggiorare la situazione, Mavor si sfilò la camicia e rimase a petto nudo. Io cercai di afferrarla, quantomeno per distrarmi, ma lui la trattenne a sé.

«Lascia fare a me, sul serio. Sono brava a...» insistetti.

«Sei brava a fare casini. Vai a prendermi una camicia pulita nella valigia», mi disse con una spontaneità quasi indisponente, come se d'improvviso fossi la sua segretaria.

«Cosa?»

«È il trolley di pelle, ci sono quattro bagagli a bordo. Aprilo e portami una camicia nuova.»

Non avevo risposto a tono ai suoi ordini solo perché in fondo mi sentivo un po' responsabile, se me lo ritrovavo davanti a petto nudo.

Mi aprì la serratura e io finalmente incamerai aria che non era impregnata di lui. Uscii lentamente dal bagno con un sospiro e mi accorsi che avevo lo sguardo di Nolan puntato addosso, che mi osservava come alla ricerca di tracce compromettenti. Mia sorella, invece, dormicchiava tranquilla rannicchiata su un lato del corpo.

Mi schiarii la gola e raggiunsi la zona dedicata ai bagagli, vicino alla prua dell'aereo, aprii la valigia di Mavor posandola su un sedile vuoto. Ancora una volta, il profumo dell'ammorbidente che restava tra le note di fondo sotto la sua fragranza ipnotica mi sferzò le narici e giunse direttamente al mio ventre.

Va bene. Mi serve solo una camicia. Ce la posso fare.

Mi sembravano tutte uguali, eppure ero sicura che ognuna avrebbe raccontato una trama di tessuto di qualità differente e un taglio sartoriale del tutto diverso.

Mi sentivo come una che stesse frugando: scostando solo qualche vestito e arrossendo per aver sfiorato i suoi boxer come se non avessi toccato ben altro, mi accorsi di un piccolo oggetto dall'aria familiare che spuntava sotto i suoi indumenti. Sgranai gli occhi quando non ebbi più dubbi.

Erano le mie mutandine. Quelle che mi aveva rubato nell'ascensore del tribunale, proprio quelle.

Mavor era troppo intuitivo e attento ai dettagli per non sapere che le avrei trovate esattamente in quel punto preciso, eppure ancora una volta voleva mostrarmi chiaro e tondo la sua impudenza.

Tornai di corsa verso il bagno, dopo aver afferrato la prima camicia pulita che avevo trovato ed essermi infilata in tasca il mio intimo, che gli avrei sventolato sotto il naso con un orgoglio da vittoria alle Olimpiadi.

Le sue debolezze erano ciò che amavo più scorgergli tra uno sguardo di ghiaccio e uno di biasimo, eppure anche lui metteva a dura prova le mie: Mavor non era più da solo.

Una ragazza in divisa che era sbucata da chissà dove era piegata a novanta davanti a lui e cercava con una certa solerzia di pulire la sua camicia dalla macchia con una spugnetta imbevuta di sapone, la gonna leggermente sollevata e uno spacco tattico che lasciava intravedere buona parte della coscia fasciata dalle calze color carne. Ridacchiava sussurrando qualcosa a bassa voce, mentre lui fingeva di sfiorarla per sbaglio finendo a palparla dappertutto con il benestare di lei.

Mi sentii il respiro in fiamme e le narici andare a fuoco.

«Perché ti porti le mie mutandine in valigia? Sei un maniaco?» esordii, assicurandomi che la ragazza mi sentisse.

L'assistente di volo mi fissò come se fossi pazza, ma il paio di slip femminili dondolava dalle mie dita che lo reggevano per il fiocchetto.

Mi avvicinai ai due, lei si rizzò dritta lasciando la camicia nel lavabo e Mavor mi sorrise in maniera talmente oscena che quasi mi convinsi che sperasse di venire sorpreso.

«Ti piace indossarle? Di' la verità.»

Il corpo della ragazza, ignara, faceva da scudo ai nostri sguardi battaglieri, il mio sorrisetto acuto si spense l'istante dopo.

«Mi piace pensare a quando te le ho tolte.»

L'assistente di volo con i capelli acconciati in uno chignon basso, che assisteva a quella conversazione, rimase folgorata. Sconvolta dalla nostra disinvoltura, sgattaiolò fuori dal bagno balbettando una scusa poco convinta e sgambettò nel corridoio in direzione della cabina di pilotaggio con una certa fretta.

«Te le porti dietro anche all'estero? Come un souvenir?» lo incalzai.

«E a te piace frugare nelle mie cose?»

Bloccò sul nascere qualsiasi possibilità di ribattere, balzando in avanti verso di me e azzerando la distanza.

«Se ti ho intorno e non posso averti... queste potrebbero essere il mio salvavita, piccola V.»

«Sei un pervertito.»

E qualcosa mi diceva che lui ci tenesse che lo rimarcassi, anche perché il mio tono suonò più indulgente e zuccherino di quanto sperassi.

«Quanto ti piace che io lo sia?»

Scostai lo sguardo verso lo specchio per osservarci attraverso il filtro del vetro, e presi aria. Quindi seguitai quel giochetto al massacro senza rispondergli, ben sapendo di essere l'unica preda.

«Ti lascio solo tre minuti e ti ritrovo con una ragazza piegata davanti a te. Riesci ad attirare le api al miele persino a diecimila metri di quota.»

«Sapessi cos'altro so fare, a diecimila metri di quota.»

Sono convinta che l'eccitazione me la leggesse negli occhi, che ascoltasse i miei palpiti e ci ricamasse sopra speranze fugaci.

«Potresti evitare di pensare alle ragazze, mentre cerchiamo Lucky?»

«Alle ragazze... che non siano te?»

Approfittò della mia distrazione per afferrare le mie mutandine e io mi bloccai, perché per riaverle indietro avrei dovuto scontrarmi con il suo busto nudo e non ero pronta a una sfida del genere, quindi non riuscii a opporre resistenza.

Il mio respiro si fece più intenso e io dovetti gonfiare il petto contro il suo.

«La gelosia è desiderio, capinera. Distogli lo sguardo.»

Se chiudo gli occhi sento il battito del tuo cuore.

Il sorrisetto sghembo si cancellò dal suo volto l'attimo stesso in cui io socchiusi le palpebre.

«Mi prometti che se troviamo Lucky... tornerai a casa subito?» mi chiese, improvvisamente serio e con uno sguardo intenso, la voce bassa come se volesse nascondere al mondo la sua vulnerabilità per mostrarla solo a me. «Resterai fuori da questa storia? Smetterai di indagare?»

Per un brevissimo istante quasi fui sollevata del fatto che in quel viaggio ci fosse anche lui.

«Forse.»

«Venus?»

Feci un balzo all'indietro degno di una campionessa di tuffo carpiato quando mi accorsi di una voce femminile alle mie spalle.

Mia sorella mi guardava come se mi avesse beccata colpevole con la faccia nella marmellata, dopodiché il suo sguardo si rovesciò sugli addominali dell'avvocato di controparte.

Mavor mi strappò la camicia immacolata dalle mani e un velo di imbarazzo calò sulla nostra conversazione, mentre la indossava.

«Tua sorella mi ha rovesciato il bicchiere addosso. C'è poco da guardare, ragazzina.»

Athena roteò gli occhi al cielo. Era abbastanza perspicace, ma qualcosa mi diceva che immaginare quello che stava realmente accadendo fosse troppo persino per lei.

«Sarà un viaggio infuocato, con voi due che non la smettete di detestarvi.»

I nostri sguardi si incrociarono per un altro attimo e per un millesimo di secondo planarono altrove rispetto ai nostri doveri. Era il mio ventre a essere infuocato, talmente tanto che mi chiesi se sarei finita ad avere anche il cuore in fiamme.

* * *

Atterrammo alle 6 del pomeriggio, eppure un buio pesto e gelido ci avvolse con tutta la freddezza di quell'enorme città che brillava dall'aereo come un meteorite esploso in una landa desolata. Ci attendevano due auto scure: mentre Mavor lasciava i bagagli all'autista Nolan ci spiegò il da farsi, dopo essere rimasto in silenzio a spremersi le meningi per diverse ore.

«Io sono ospite di un mio amico che mi aiuterà a cercare Lucky. Athena, tu vieni con me.»

Gli occhi di Athena, a quella notizia, si illuminarono come due piccoli laghetti colpiti dal sole.

«Porti Athena con te?»

Mia sorella si tratteneva a stento dallo zompettare di gioia.

«Sì, sì! Io vado con Nolan.»

La presi da parte afferrandola per un braccio e portandola a qualche passo di distanza.

«Santo cielo... Athena, vuoi piantarla?»

«Non capisci... Il nostro è un amore platonico, come Lolita e Humbert.»

Spalancai la bocca sperando di non aver capito bene. Mia sorella leggeva decisamente troppi romanzi.

«Il loro amore non aveva proprio niente di platonico, semmai qualcosa di malato. E non ho mai visto un uomo più innamorato di Nolan, quando si tratta di Lucky.»

«Andiamo, datevi una mossa», tuonò Mavor con fare spazientito mentre saliva a bordo dell'auto. Al suo posto Nolan continuò a parlare con perfetta calma.

«Farò portare te e Mavor al vostro hotel. Vi lascio un paio d'ore per riposarvi perché il viaggio è stato lungo, ma non possiamo perdere tempo. Dobbiamo sfruttare la notte.»

Poi mi guardò con lo sguardo di chi comprendeva la mia apprensione: «È più al sicuro con me che con te, Vin. Sarò a casa di poliziotti».

Nolan era veramente il ragazzo più buono che avessi mai conosciuto.

Poco dopo averli salutati, pregando silenziosamente di avere presto buone notizie, partimmo verso le nostre destinazioni.

Mosca ci accolse freddamente, così antica e moderna, sovietica e capitalista, enorme nei suoi tetti fumosi, con le cupole color fuoco come fiammelle accese e il suo limpido cielo di brina. Mavor sembrava essersi perfettamente adattato all'ambiente: la sua espressione era più glaciale del solito e sembrava limitarsi a *sopportarmi*, come se stesse trascinando con sé un peso morto.

Siccome non bastavano i venti gradi sotto lo zero e il mutismo selettivo che Mavor aveva assunto da quando eravamo partiti, un ulteriore brivido mi trafisse il petto quando aprì la portiera per scendere dall'auto e fui investita da un vento polare, che mi inchiodò il respiro.

Ora capivo perché erano tutti così inespressivi. Era probabile che avessero i muscoli facciali congelati.

«Penso di non aver mai avuto così tanto freddo in tutta la mia vita.»

«Quante storie che fai per qualche grado sotto lo zero.»

Si voltò verso di me e mi prese la valigia.

Mi affrettai verso l'interno dell'hotel alleggerita da quel peso e stretta in un'enorme pelliccia sintetica, un paio di leggings termici e un paio di stivaletti col tacco che erano tutto meno che adatti alla patina di ghiaccio che vedevo risplendere sulle strade.

Il Four Seasons affacciava proprio sull'imponenza della Piazza Rossa, semplicemente la piazza più immensa che avessi mai visto. Ma non potevo permettermi di perdere tempo a fare la turista, con il pensiero di Lucky a gravarmi sul petto.

Mi tastai il viso ghiacciato con i palmi aperti, sperando di scaldarmi. Ciò che davvero mi congelò le ossa guardandomi intorno fu l'idea che, se le persone che avevano preso Lucky erano le stesse che avevano rapito me, allora era lì che prima o poi ero destinata a finire. A Mosca.

Lo sfavillante brillare dei cristalli dei lampadari nella hall quasi mi accecò, mentre lo spazio arioso dei soffitti altissimi creava una sensazione di sontuosa eleganza.

Quando arrivai alla reception, il concierge di turno dell'hotel, dietro il bancone in legno massello intarsiato, stava controllando dei dati sul computer, e ci misi qualche minuto a farmi notare in mezzo a quella sala immensa.

«Signor Axford? Può avvicinarsi un secondo?» Il receptionist accennò un sorrisetto di formale educazione. Mi avvicinai con lui, anche se mi aveva ignorata come se facessi parte dell'arredamento.

«Ci dispiace per l'inconveniente, signori. Ma è rimasta solo una camera matrimoniale.»

Spalancai la bocca.

Io e Mavor non eravamo mai stati così lontani e inconciliabili come dopo l'ultima udienza, ma una notte insieme avrebbe potuto far accendere qualsiasi tipo di miccia pericolosa, e io non avevo voglia di spegnere altri incendi.

In parole povere: lo odiavo, ma quando mi girava attorno i miei ormoni erano fuori controllo.

«Cosa? Sta scherzando? Questo hotel è gigantesco.»

«Siamo pieni.»

Il concierge finalmente mi guardò, con aria di superiorità, e sfoggiò di nuovo il sorriso di circostanza.

«Se può consolarla, è una suite di centocinquanta metri quadri.»

Sospirai con un broncio evidente sul volto, mentre Mavor restava impassibile.

«È più grande del mio vecchio appartamento», mi ritrovai a borbottare.

«Nel frattempo che prepariamo la stanza potete accomodarvi al bar, vi offriremo un drink.»

«Guarda il lato positivo.» Mavor afferrò i due trolley dirigendosi verso il bar, avvolto in un cappotto di lana scuro come la notte. «Non ci incontreremo nemmeno, anche perché tu dormirai sul divano.»

Neanche il tempo di seguirlo che Mavor era già sparito in mezzo a un gruppetto di ragazze una più bella dell'altra, chiaramente piazzate tra il bancone e i tavoli del bar a disposizione dei clienti. Lo avevano circondato, impazzite come uno sciame di api su un barattolo di miele.

«Mavor, sei a Mosca! Perché non ci hai avvertite?» sentii cinguettare una di loro che si spinse ad accarezzargli il collo mentre lo abbracciava, come se avesse con lui piena confidenza.

Quella visione mi ribaltò lo stomaco già provato dall'ansia, ma non me ne curai. Era probabile che avesse donne in qualsiasi angolo del globo, e che ogni tanto ritornasse in un porto o in un altro come un marinaio in balia delle correnti.

Rimasi in silenzio e mi sedetti al bancone, in disparte, mentre ordinavo qualsiasi cosa avessero da farmi bere.

«È bello rivederti. Ma sono qui per lavoro.»

Lo sentii chiacchierare amabilmente, ma il suo volto non tradiva alcuna espressione.

Roteai gli occhi al cielo quando mi accorsi di essere squadrata dalla testa ai piedi da un paio di loro, mentre Mavor si stava sedendo accanto a me.

«Venus, loro sono Raissa, Olga, Svetlana e...»

Indugiò sull'unica ragazza di cui non ricordava il nome.

«... Galina», disse lei, ammiccando con quel taglio d'occhi a metà tra una gatta e una sirena che era tipico delle donne di quel luogo.

«Giusto.»

A nessuna di quelle pertiche interessava nulla del mio nome, e la cosa era reciproca.

La biondissima ragazza che era corsa incontro a Mavor mi guardò con un gelido sorriso plastico da automa, denti perfettamente bianchi e rossetto color corallo.

«Sei proprio una bambola, tesoro. Se fossi più alta potresti fare la modella.»

Storsi il naso, chiedendomi con cosa le avessero innaffiate, perché ero un dignitoso metro e settanta che accanto a loro si trasformava in uno dei sette nani. Le restituii lo stesso identico sorriso asettico e impersonale. In quanto a completa inespressività e glaciale indifferenza non ero seconda a nessuno.

La bionda fece oscillare i lunghi capelli sulle spalle, vaporosi come una nuvola soffice di grano maturo.

«È la tua ragazza, Mavor?»

Era ovvio che quella domanda prima o poi sarebbe arrivata, visto che continuavamo ad andarcene in giro insieme come se niente fosse. Perciò lo guardai con un sorrisetto soddisfatto sperando in una sua risposta impacciata mescolata all'imbarazzo di non sapere cosa dire.

Mavor lasciò il ghiaccio tintinnare nel bicchiere.

«*Ne dopuskayetsya.*»

«*Ty ser'yezno?*»

«*Da.*»

La ragazza ci guardò entrambi con aria confusa, il mio sguardo invece planò in picchiata su Mavor.

«Stai scherzando? Tu... tu parli russo?»

Un sorrisetto da principe del male si aprì sulle sue labbra turgide, intrise di fascino mortale.

«È una delle tante cose che so fare. Deve esserti sfuggito quando mi hai cercato su Google.»

«Io non ti ho mai...»

Touché.

Scossi la testa e mi morsi la lingua, gonfiai le guance e sbuffai rumorosamente.

Quando iniziavo a convincermi che quell'aria da uomo del mistero mi aveva davvero stancato e che non gli avrei più dato soddisfazione, ecco che ci cadevo ancora una volta con tutte le scarpe e qualcosa mi vibrava sotto le mutandine.

«E perché parli russo?»

«Perché l'ho imparato.»

Avrei voluto strangolarlo.

Lui sapeva tantissime cose di me che avrei preferito rimanessero nascoste, io non sapevo niente di lui al di là di quello che mostrava a tutti. Mi sentii una stupida. Era tutto così squilibrato, come avrei potuto condividere anche solo una notte con quel lupo solitario?

«Sai che è maleducato parlare di qualcuno in una lingua che non capisce?»

Piccatissima, mi rivolsi poi alla bionda con aria inquisitoria. Più che altro mi dava veramente fastidio non avere idea di cosa le aveva risposto.

«Posso sapere cosa ha detto?»

«Oh beh... ha detto che non sei il suo tipo.»

Mavor sollevò il sopracciglio, come stupito.

Dalla sua reazione avrei dedotto che Mavor avesse detto qualcos'altro, e attesi che lui la correggesse. Ma ovviamente ciò non accadde, quindi io sibilai la mia piccola e personale vendetta.

«Non gli piacciono le donne con carattere. È un maschilista.»

Quella tipa alta quanto il soffitto mi guardò come se non comprendesse.

«*Maschilista*?»

«Non conoscono il termine. Qui la donna deve essere bellissima, sempre curata e *disponibile* e l'uomo deve essere ricco e mantenerla», spiegò Mavor.

«Non mi spiego come mai tu non viva qui, allora. Sembra il tuo paradiso.»

Mandò giù un intero sorso di vodka fino a svuotare il bicchiere.

«Perché dovrei mantenerne una quando posso averle tutte?»

Faccia da schiaffi.

Se avessi avuto una sterlina per tutte le volte che avrei voluto prenderlo a sberle e non lo avevo fatto avrei potuto smettere di lavorare a vita.

Non mi sforzai di ribadire ciò che pensavo di lui, ma buttai giù d'un fiato altri due shottini che mi infiammarono la trachea e mi sconvolsero le sinapsi.

«Dio santo. Con questa roba ci ammazzano la gente o ci sturano i bagni?»

«Entrambe le cose.»

Non lo degnai di uno sguardo, ma mi alzai sbattendo il bicchierino sul tavolo.

«Io vado in camera.»

«*Bal'shoye spasiba.*» Mavor salutò il barman mentre si alzava anche lui dal bancone, poi mi seguì fino a sorpassarmi.

I clienti che incrociavo erano tutti così monoespressivi e Mavor sembrava perfettamente a suo agio in quel clima asettico e impersonale, del tutto gelido come le temperature impietose dall'esterno.

Più camminavo nell'opulenza oscura di quell'hotel e più mi rendevo conto di quanto stessi accusando la vodka e di quanto mi stesse salendo al cervello.

Vedevo flash di luci e ombre nel corridoio del primo piano come se qualcuno stesse giocando con l'interruttore. Osservai con attenzione il numero sulla porta della stanza che Mavor stava aprendo, cercando di decifrare ciò che non riuscivo bene a mettere a fuoco.

Uno.

Zero.

Uno.

«Stanza 101, anche qui? Mi prendi in giro?»

Mavor fece spallucce e tenne aperta la porta per farmi entrare. Mi squadrò quando gli passai davanti, e il suo profumo balsamico di colonia e dopobarba all'eucalipto mi colmò i sensi di impulsi incandescenti.

Avrei potuto toccare con mano il testosterone che emanava, e solo a varcare quella soglia mi resi conto di quanto sarebbe stato difficile ignorare il suo magnetismo ipnotico.

Poi, i suoi occhi si annerirono come il più profondo degli abissi marini.

«Hai paura, capinera?»

13

All I see is red

> «Perché ti ho giurata bella
> e ti ho pensato luminosa
> tu che sei nera come l'inferno
> e buia come la notte.»
> W. Shakespeare

Venus ♀

VENNI inglobata da un dolce tepore di colori caldi: quella stanza profumava d'autunno e di vino bollente, e feci una giravolta su me stessa per guardarmi attorno mentre fuori dalla finestra un lento fioccare mi ricordava che non sarei più voluta uscire da quella stanza.

Scostai i drappeggi in velluto pesante color vinaccia e accostai le guance al vetro delle finestre, sperando che il loro rossore svanisse al più presto.

In fondo due guance accaldate sono solo sangue che scorre.

La Piazza Rossa, sconfinata e solenne, e l'imponenza del Cremlino mi guardavano in tutta la loro maestosa grandiosità, e io ricambiavo con uno sguardo ammirato, perché quei luoghi, così deserti, lasciavano trapelare un velo di umanità.

Trafalgar Square in confronto sembrava angusta come la mia cameretta.

Il vetro si appannò del mio respiro mentre ascoltavo i passi di Mavor che affondavano sulla moquette.

Eravamo di nuovo soli nella stessa stanza, ma lui non osò avvicinarsi.

«*Krasnaya ploshchad*. In russo, la parola 'rosso' significa anche 'bello'.»

Mi sentivo travolta dalla sua possanza.

«È incantevole. Ha qualcosa di magico.»

Mavor annuì, silenzioso e glaciale come quel luogo che si delineava a perdita d'occhio al di là della finestra.

«Ma perché fa così caldo?»

Ruppi la nostra quieta contemplazione con una nota stonata e lamentosa.

Mi sfilai la pelliccia e lasciai che cadesse pigramente su una poltrona in velluto color senape, poi fui costretta a levarmi anche il maglione con una certa impellenza.

«È la vodka. Non è come la nostra. Non puoi bere tutti quegli shottini, ne basta un goccio per scaldarsi.»

Mi voltai e lo osservai, dando le spalle a quella magnifica piazza e al vetro appannato.

Forse era davvero la vodka russa, ma il modo in cui Mavor si sfilò la giacca e si allentò la cravatta mi fece sentire come se stessi cuocendo in una fornace.

«Dio. Si possono spegnere i riscaldamenti?»

Ero rimasta con addosso solo il paio di leggings e la t-shirt, che mi sfilai, restando in intimo, al grido di «si vive una volta sola».

Quando mi voltai verso di lui mi accorsi che mi teneva d'occhio.

«Nemmeno il tempo di entrare e già ti stai spogliando?»

Mi stesi sul letto cercando una pace che non avrei trovato. Stavo scoppiando di caldo, ma non riuscivo a reggermi in piedi per sostenere una doccia fredda o per sopportare una passeggiata all'addiaccio.

«Mi dispiace per te. Ma stanotte dovrai rinunciare alle varie Raissa, Olga, Gallina qualcosa...»

Perfetto, avevo già cominciato a straparlare come se lui non potesse sentirmi.

«Mh, è un vero peccato.»

Si sedette sul letto con il piglio di chi sapeva perfettamente quali corde farmi vibrare.

«Raissa ha delle gambe da supermodella, Olga ha la pelle del colore dell'ambra e Svetlana è rossa naturale, se capisci cosa intendo.»

Il mio giochetto mi si stava ritorcendo contro.

La mancanza di sobrietà non mi aiutava, e pur di non sentirlo parlare in quel modo lo avrei voluto strozzare col nodo della cravatta, vederlo soffocare e implorarmi pietà. Un'esecuzione pubblica in mezzo alla Piazza Rossa sarebbe stata un ottimo modo per vendicarmi.

«Vai da loro, allora», ribattei stizzita. «Immagino che siano sempre *disponibili* a soddisfare le tue richieste più assurde.»

«E lasciarti da sola in questa suite da centocinquanta metri quadri?

Te lo puoi *scordare*. Però se ci tieni posso farle salire e puoi restare a guardare.»

«Sei davvero gentile», ringhiai. «Collezioni le mutandine di tutte quante? Te le porti in giro per il mondo?»

«Mi pare che ci fossero solo le tue in valigia.»

Non sapevo se preferivo quando restava muto a guardarmi con l'aria severa, o quando apriva bocca per dire solo le sue scemenze. «E tu saresti abbastanza pazza da andartene in giro a cercare la tua amica in piena notte, da sola.»

«Era esattamente quello che stavo pensando di fare dopo essermi ripresa da questa vampata di calore.»

Cominciai a respirare profondamente, la stanza mi girò un po' attorno e compresi di aver bisogno di riposare un poco.

«Allora, fai l'uomo galante e dormi sul divano?»

Si avvicinò a me e piazzò le ginocchia tra le mie gambe che penzolavano giù dal materasso.

Mi porse il palmo come a volermi sollevare, ma poi disse: «Braccio di ferro».

Adorava le sfide, persino quelle totalmente impari. Il problema era che le adoravo anche io, per cui afferrai la sua mano e cominciai a spingere con tutta la forza. Mi lasciava barare senza dignità come se fossi una ragazzina, eppure non lo smuovevo di un centimetro.

Manteneva il contatto visivo e quando vidi la sua mascella contrarsi una nuova vampata traditrice si impossessò di me. Mollai la presa in modo talmente arrendevole che Mavor perse l'equilibrio e mi cadde addosso.

E poi rimase disteso su di me.

«Ho vinto io. Ci dormi tu sul divano.»

«Non mi smuoverò da questo letto nemmeno con le bombe. Se non vuoi dormire sul divano puoi accomodarti in camera di uno di quei pali della luce.»

«Ancora gelosa, ragazzina? Quanto ti durerà?»

«Levati di dosso», pigolai sull'orlo di una risata isterica di nervosismo, accentuato dal fatto che aveva preso a divorarmi con gli occhi, e le sue iridi scattanti sul mio corpo non aiutavano quell'evidente panico che cominciava a risalirmi dalle ginocchia fino all'interno coscia.

«Devo dirti una cosa.»

«Cosa c'è?»

«*Potrei*, per ipotesi, aver pagato il receptionist per fargli dire la balla sulla stanza unica.»

Sgranai gli occhi e lo vidi talmente vicino da potergli contare le ciglia.

«Stai scherzando?»

«Per niente. E tu sei proprio ingenua.»

Si sistemò indietro un ciuffo di capelli che ondeggiava sopra il mio volto.

«Secondo te un hotel del genere rimane senza stanze? Si è preso una mancia che era il doppio del suo stipendio.»

«Perché lo hai fatto? Per potermi fare da cane da guardia?»

«Dio santo, devo spiegarti tutto», sbuffò indispettito, poi percorse il mio corpo con lo sguardo e non si fermò fino a quando non mi spiegò il mio castigo. «Per vederti nuda. Perché volevo sfilarti le mutandine e scoparti tutta la notte, in almeno dieci modi diversi.»

Un cardiopalma mi afferrò la gola mentre pregavo il cielo di sprofondare nel materasso e scomparire.

C'era proprio bisogno di essere così diretti?

L'imbarazzo che mi vedeva sotto le ciglia lo eccitava, potevo leggergliielo in volto.

Sapeva che eravamo condannati alla stessa natura e sapeva anche che, mentre lui aveva scelto di abbracciarla, io tendevo ancora a ripudiarla.

«E... e adesso?»

«E adesso voglio ancora farlo.»

Persi completamente la voce, e con un paio di colpi di tosse tentai di recuperarla, assieme al mio orgoglio svanito in mezzo a quella giungla rigogliosa che aveva negli occhi.

«Io sono qui per Lucky, non per stare con te. Non ho ancora capito perché ti sei imbucato. Dovevamo venire solo io e Nolan.»

«Sono venuto perché parlo russo, perché me lo ha chiesto Nolan, e perché voi due senza di me siete perduti. E comunque non ho finito la frase.»

«A me sembrava finita.»

Ero contrariata, piccata, infastidita.

Eppure non sarei voluta uscire da quella stanza per niente al mondo.

«No. Ho detto che voglio ancora farlo. Solo che non lo faremo.»

«Certo che non lo faremo», confermai sollevando un po' il mento, fingendomi nient'affatto delusa.

L'attimo dopo il mio orgoglio chiaramente offeso parlò sopra la mia razionalità.

«E perché non lo faremo, scusami?»

«Perché eri l'amante del mio cliente.»

Mavor si lasciò sfuggire un sorrisetto, come faceva ogni volta in cui cadevo in una sua trappola. Non era del tutto serio, e se da una parte quell'aspetto era confortante dell'altra temevo dove volesse andare a parare.

«Okay, adesso dimmi la verità.»

Non mi guardò in faccia. Si allontanò da me stendendosi sul letto e guardò il soffitto.

E sapevo che avrei dovuto pensare a Lucky. Sapevo che avrei dovuto concentrarmi su tutto quello che stava succedendo. Ma Mavor mi attirava al suo giochino malato come un satellite al suo corpo celeste e io non riuscivo a distogliere lo sguardo.

«Dimmi la verità», ripetei.

Si finse irritato all'idea di doversi spiegare, perché il narcisista che era in lui pretendeva di essere capito al volo.

«Perché scoparti è bello. Credimi, *molto* bello. Ma mancarti ancora di più.»

Qual è la sottile linea che divide la magia nera dalla follia più insana?

Forse il confine erano i suoi occhi trasparenti trapiantati sull'infinito.

Il confine era la mia guarigione.

La guarigione da ciò a cui mi aveva condannato l'esistenza, oppure la fine di ciò che me l'aveva salvata.

I fiocchi di neve fuori dalla stanza inglobavano l'oscurità con il loro silenzio di perla, la sacrale ridondanza di quel luogo ci trovò ancora vicini da voler rischiare di avvicinarci ancora. E la mancanza delle stelle si fece sentire, forte, chiara, e io rimasi in balia dei miei tentativi di staccarmi a morsi quelle catene dolenti.

Non contento di quella stoccata, ne affondò un'altra mentre studiava la mia reazione.

«Vederti fremere.»

«Io non...» negai subito, ma le parole mi morirono in gola.

«È raro che io manchi a qualcuno», disse compiaciuto, come se il mio stupore fosse ciò che voleva ottenere, ma io tentai di disincagliare il discorso per portarlo altrove.

«Sono sicura che manchi a tante povere ragazze sedotte e abbandonate in giro per il mondo. Tipo Bonnie. O mia cugina. Ma non a me.»

«Tua cugina...»

Una risatina sardonica si dipinse su quel volto dipinto dagli dèi mentre poggiava la testa sull'avambraccio.

«Mia cugina è innamorata di te dai tempi del college.»

Scosse la testa con decisione.

«Christabell non è innamorata di me, è innamorata del mio arnese.»

Rotolai sopra il suo corpo e gli piazzai una mano sulla bocca.

«Smettila! Zitto!» Ridacchiai dall'imbarazzo e impedii che parlasse, ma pensai che in fondo avesse ragione.

Poi io lo sentii forte e chiaro, il modo in cui i nostri corpi si attiravano, e quello che lui stava cercando di dirmi. Lo sentii sotto il mio corpo, il suo desiderio imbizzarrito che mi cercava, e il mio tutto d'un tratto si fece un rivolo di lava e lapilli.

Alzò le mani e le portò sopra la testa per evitare di toccarmi.

«Faccio fatica a tenere ferme le mani se ti metti così. Sono all'altezza del tuo culo», mi spiegò.

«Ah sì? Allora forse dovrei legartele», bisbigliai, e l'attimo dopo mi stupii di ciò che avevo detto.

Per quanto oltre potessi spingermi, niente avrebbe spento quel mare di cherosene che prendeva fuoco quando eravamo nudi dei nostri freni inibitori.

Lo sentii vibrare e irrigidirsi, mentre i miei muscoli si illanguidivano nel sentirlo così reattivo.

«Non ci pensare.»

Mi sollevai seduta sul suo corpo, a cavalcioni, e lui non accennò a spostarmi.

Le cose precipitavano rapidamente verso l'estremo ciglio del burrone. Con lui, ogni dannatissima volta, le vertigini mi scuotevano il petto, ma era una sensazione troppo potente da ignorare.

«Allora... parli russo. Hai imparato cose strane a Bali. Io non so niente di te. Però dici a me che sono una bugiarda.»

«Non ti ho mentito. Ma ci sono tante cose che non sai su di me.»

Quando eravamo così vicini avrei voluto acciuffare il suo respiro col mio e sentirlo sfumare nella mia bocca.

Riempirla di lui.

Fondermi con qualcuno non era mai stato un bisogno ancestrale, fino a quando non avevo conosciuto Mavor Axford.

«Come devo fare per farmi rivelare tutti i tuoi segreti?»

«Potrei dirti cose che ti spaventerebbero, piccola impicciona.»

Mi resse per i fianchi, e forse fu una mia impressione ma indugiò con quella stretta nella carne più del necessario.

L'alcol mi rendeva intrepida quella notte, e raccolsi il coraggio di andare a fondo con le domande.

«Obbligo o verità?»

«Venus. Non ho intenzione di giocare...»

«Obbligo o verità? Ti consiglio di approfittarne, quella vodka mi ha dato alla testa.»

Roteò gli occhi al cielo, forse si era pentito di aver voluto condividere la stanza.

Ma ormai era troppo tardi: avevo un piano ben preciso in mente e ignorai quella vocina che mi sussurrava che sarebbe finita molto male.

«Obbligo.»

«Alza le mani sulla testa.»

Sgranò talmente gli occhi che gli scorsi pagliuzze dorate danzargli nell'iride. «Cosa? Sei impazzita?»

«Alzale, avanti.»

«So quello che vuoi fare. Te lo scordi. È una cosa che detesto.»

«Vuoi scommettere che potrebbe piacerti?»

Percorsi le sue braccia costringendolo ad alzarle verso la spalliera fino ai polsi.

Lo sentii combattere e smaniare contro quella voglia sottile di abbandono che scivolava anche nelle mie vene.

E quando arrivai a quel punto, ci trovammo ancora con le labbra a specchiarsi le une con le altre, e il cuore mi si incastrò dritto sotto le corde vocali.

Afferrai le sue bretelle che aveva fatto cadere assieme alla cravatta sulle coperte, legai i suoi polsi alla spalliera in ottone e strinsi in un nodo che non avrebbe mai potuto slegare. Oppose resistenza, ma non quella che avrei pensato di incontrare.

Forse perché mi avvicinai al suo orecchio e gli bisbigliai una dichiarazione di pessimi intenti.

Ma c'era qualcosa di più, in quel mio sussurro. Nel suo sottile moto di fiducia, nel modo in cui tesseva di nubi i miei turbamenti.

«Non ti piace non avere il controllo, mh? Non ti piace stare sotto?»

Chinai la testa da un lato, mentre testavo il nodo per assicurarmi che fosse saldo.

«Mi piace stare sotto. Ma solo quando lo decido io.»

La sua avvenenza leonina mi si mostrava in tutta la sua ferocia, quando ringhiava perché qualcosa non era di suo gradimento.

«Sei sempre tu a decidere tutto. Cosa succederebbe se non avessi il controllo?...»

«È una cosa che detesto.»

Il suo corpo tradiva tutte le sue menzogne e la sua erezione mi premeva contro l'inguine in un'urgente richiesta di attenzioni.

Ogni piccolo movimento delle mie natiche sulla sua lunghezza lo irrigidiva fino al punto in cui cominciò a pulsare marmoreo da sotto i pantaloni che lo opprimevano.

Le mie labbra si arcuarono in un leggero sorriso di fantasie impudiche.

«Sai, ogni tanto te lo dimentichi... ma io sono una stripper. E tu mi stai davvero, davvero... *davvero* sottovalutando.»

Una stella in fondo al mio sguardo brillò di un desiderio disgraziato e notai lo stesso riflesso in fondo alla sua pupilla, quella parte di lui che non avrebbe mai rinunciato al peccato.

«Venus! Non ti azzardare.»

«Altrimenti cosa succede?»

Fu costretto a parlare controvoglia, la voce gli uscì talmente cavernosa da vibrargli nel petto.

«Io non tollero quando qualcuno non mi obbedisce.»

«E invece a me sembra proprio che ti piaccia.»

Ero ancora a cavalcioni su di lui e mossi il bacino in maniera impercettibile, avanti, poi indietro, poi lo feci ondeggiare.

Marcai di più con il mio peso, mentre Mavor cominciava a sputare fuoco dalle narici.

«Smettila. Smettila subito.»

Aveva i primi due bottoni della camicia slacciati: presi a sbottonargli anche gli altri, con lentezza.

Il terzo, poi il quarto... Superai il tatuaggio sullo stomaco e scesi a quelli sotto l'ombelico.

I miei tocchi erano minimi, appena accennati. Respiravo il suo profumo lasciandogli desiderare ogni singolo attimo successivo con un'impazienza estrema.

Non sarei riuscita a tollerare ancora per molto quegli occhi cangianti ed estremi puntati sui miei, era come se potesse afferrarmi senza usare il tatto. Perciò, per non impazzire, feci leva con le braccia per voltarmi e restai girata a dargli le spalle, seduta a gambe aperte all'altezza del suo cavallo.

Tirai giù una spallina del reggiseno e lo sentii mugugnare.

«Cosa diavolo stai facendo? Fermati», si lamentò ancora, in preda a una pulsione efferata e viscerale, mentre io dovevo trattenere il bacino da quel bisogno invadente di accoglierlo.

La sua voce scendeva bollente lungo la mia spina dorsale mentre io mi divertivo a schernirlo con le mie sevizie.

«Più ti lamenti, e più io mi muovo», lo informai, mentre lasciavo cadere l'altra spallina del reggiseno.

Fece un lunghissimo respiro frammentato da un affanno che faceva fatica a trattenere.

Non voleva rassegnarsi a dover guardare senza far nulla, tendeva i muscoli irrigiditi senza rilassarsi un istante.

Con una mano, mentre sentivo Mavor dimenarsi tra le mie gambe, slacciai il gancetto del reggiseno. Lo gettai a terra e rimasi a dargli le spalle in modo che osservasse la mia schiena nuda.

Poi tirai su le braccia e me le accarezzai l'una con l'altra, gettando leggermente indietro la testa.

Mi stavo toccando con estrema dolcezza, come se la mia pelle fosse la cosa più preziosa di questa terra, e i brividi cominciarono a scuotere anche me, mentre potevo sentire il suo sguardo penetrarmi fisso.

Non sapevo quale parte del corpo mi stesse fissando perché ero voltata, e la cosa mi fece impazzire di curiosità morbosa.

Rimasi ancorata con le gambe al suo bacino mentre col busto iniziai a scendere piano, con estrema lentezza mi reclinai verso il suo torace.

Mi distesi su di lui schiena contro petto, divaricai le gambe e le tenni aperte in spaccata.

Il suo volto era affondato tra i miei capelli mentre io con le braccia mi coprivo il seno.

E poi mi mossi col bacino in modo che potesse sentire la rotondità delle mie natiche.

Il suo respiro si fece frettoloso e brusco.

«Cristo santo. Quanto puoi restarci in questa posizione?»

«Dipende da quanto forte mi puoi scopare.»

Lo sentii ansimare in affanno e gonfiarmi i capelli, mentre le braccia piegate all'indietro si irrigidivano.

«Venus, cazzo... toglimi questa roba dai polsi.»

Mi sollevai senza rispondere facendo cenno di no con il capo, ma non gli avevo mai sentito un tono così pesantemente infastidito.

Era furioso e quella vendetta era meglio dell'esecuzione in Piazza Rossa, per me.

A quel punto mi sollevai con il busto e poi mi misi in ginocchio per offrirgli la piena vista del mio sedere.

Dovevo ancora finire quello che avevo iniziato, perciò mi mossi piano, ondeggiando lentamente mentre gli offrivo la vista di ciò che non avrebbe potuto raggiungere.

Attorcigliai due dita al bordo dell'elastico dei miei slip e poi tirai verso l'esterno.

Tirai ancora, tirai al massimo scoprendo quello che c'era sotto fino a quando non mi colpii il fianco con l'elastico, che tornò al suo posto in una frustata secca.

Il rumore di un suo grugnito gutturale fu l'unica cosa che sentii oltre a quello della staffilata sulla mia pelle.

«Adesso basta!»

Mavor a quel punto cominciò a sbraitare e quasi mi spaventai ad avere il suo corpo imbizzarrito e immobilizzato sotto al mio.

Spinse con i tricipiti con tutta la forza che aveva. Fece leva talmente tanto che non cedettero le bretelle, ma si piegarono le aste a cui erano legate.

Mi alzai dal suo corpo e raccolsi il reggiseno che avevo fatto cadere a terra, me lo infilai al volo mentre lo vedevo piegarsi in quello sforzo con tutta la brutalità che aveva in corpo.

Alla fine il nodo delle bretelle cedette mentre le sbarre della testata rimasero curve verso l'esterno.

Oh, cazzo.

Presa dallo sgomento per quello che avevo provocato mi diressi velocemente verso il bagno.

Non volevo affrontare quella furia.

Non so se per me era stato un gioco, una provocazione o la voglia di stargli vicino, ma lui non sembrava aver apprezzato affatto.

«Vieni qui!» sentii gridare dietro le mie spalle, feroce come un rombo di tuono mentre io correvo in quello stanzone senza guardarmi indietro.

Chiusi la porta del bagno e lo sentii arrivare a passo spedito, furente e oltraggiato nel suo orgoglio come se lo avessi sbeffeggiato.

Afferrai un accappatoio bianco e lo indossai velocemente per non restare nuda davanti a lui, l'istante dopo Mavor spalancò la porta del bagno con un botto furibondo.

«Mavor! Ci faranno ripagare i danni della spalliera!» cercai di cambiare discorso, ma Mavor aveva lo sguardo che dardeggiava di ardore e riflessi di voluttà depravata.

«Questi sono affari miei.»

Rimase immobile sul ciglio della porta, come se volesse annientarmi.

«Tu pensi di poter fare quello che hai fatto senza subirne le conseguenze?»

Mi sentivo in difetto, sconquassata da quegli occhi maledetti.

A quel punto avanzò verso di me, mi schiacciò contro le piastrelle gelide e mi minacciò con uno sguardo di fuoco di illegale avvenenza.

Si confessò avvicinando le labbra al mio lobo.

«Non riesco a dimenticare quello che è successo tra te e Charles. Non riesco a mettere da parte l'idea che lui ti abbia toccata.»

Abbassai lo sguardo, mentre pronunciava quel nome.

«Ma il tuo corpo è il mio ossigeno.»

Oddio.

Risollevai lo sguardo sperando di aver immaginato l'ultima frase, e poi lessi negli occhi ciò che stava per farmi.

«No. Mavor, no...»

I suoi occhi vibravano di furore e io ricominciai a morire di caldo.

Mi prese in braccio con la sua tracotanza sollevandomi su una spalla e reggendomi per le cosce, io caddi ancora una volta in avanti a peso morto sul suo corpo ma non volli resistergli.

«Cosa stai...»

«Riporto questo culo al suo posto. Nel letto con me.»

Con un paio di ampie falcate mi trovai gettata sul letto con la schiena contro il materasso.

«Mavor...»

«Non ti azzardare mai più a legarmi», mi intimò, e la testa girò ancora per quella severità nella voce con cui mi prendeva a scudisciate, e più mi guardava come se avesse voluto annientarmi più io avrei voluto essere sua.

Mi mostrò quelle labbra purpuree, il calice da cui avrei voluto dissetarmi. Si avvicinò a me col volto mentre l'eccitazione mi vibrava nel petto.

Il mio sguardo si illanguidì in quel momento, incastrato tra un paio di braccia solide e tese a tenersi dritte su di me senza però toccarmi.

«Obbligo o verità?» mi sussurrò mentre dentro di me si schiudeva il bisogno di finire in un castello di lenzuola a scambiarci sussurri infranti tutta la notte.

«Verità?...»

«Che cosa vorresti più di qualsiasi altra cosa al mondo, piccola V?»

Vacillai nel verde brillante delle sue iridi mentre, tra le mie sinapsi dolcemente offuscate, assaporavo quel suo modo di chiamarmi.

Non pensavo che lo avrei sentito di nuovo, con la sua cadenza setosa e la voce arrochita che era velluto sulla mia pelle sensibile.

«Adesso?»

«Sì. Adesso.»

C'era soltanto quel momento, in quella piccola galassia formata dalle mie braccia e le sue.

Accadeva sempre quello strano incanto, e l'attimo dopo finivamo ad annegare nel mare della nostra perversa immoralità.

Era disarmante e sbagliato, come bere da un calice di sangue e assaporarlo sulle labbra, compiaciuti del proprio destino di eterni dannati in una notte irreparabile lunga quanto un sogno.

«Le tue labbra.»

Mavor accennò un sorrisetto compiaciuto, un tiranno sanguinario con la bellezza di un figlio dell'Olimpo.

Scossi la testa, come a negare le mie stesse parole, mentre quella sensazione di leggerezza mi offuscava la vista. I suoi contorni sfumavano mentre io mettevo a fuoco i lineamenti perfetti.

Era quello il momento della mia resa. Quello in cui mi accorgevo che lo volevo più di prima.

Si accasciò su di me e mi aprì la cinta dell'accappatoio con uno strattone secco, poi guardò dentro come un bambino che ha trovato le caramelle.

«Posso darti anche tutto il resto.»

Posò la fronte sul mio petto e il mio battito si fermò, come se stesse per dire qualcosa.

Qualcosa che gli rimase incastrato in gola, mentre una parte di lui bruciava senza contegno sopra di me.

Mi strappò con i denti il reggiseno con un grugnito più forte del precedente, e io cominciai a vibrare mentre mi osservava brutale e incarognito, come se stesse per divorare il suo pasto preferito.

Incominciò una frizione letale in mezzo alle mie gambe strusciando il cavallo sul mio monte di Venere e, quando le sue mani finirono ad afferrare le mie natiche schiacciate contro il materasso, stringendo la mia carne con tutta la forza che aveva nelle dita, mi scappò un lamento.

Violento e assassino, sovrano sui suoi bisogni, mi avrebbe in quel momento fatta sua come se il mondo circostante non ci riguardasse.

Affondò il viso nel mio collo e poi tornò a guardarmi, con una mano mi tenne per i capelli come a non volere che gli sfuggissi.

Lo sfregamento della sua lunghezza costretta nei pantaloni divenne talmente schiacciante da farmi male e riempirmi di piacere in ogni estremità del mio corpo, e io mi ci abbandonai con disperata voluttà.

Più di un gemito abbandonò le mie membra stremate da quell'assalto.

Si sollevò su di me in ginocchio, imperante e titanico, si sganciò il bottone dei pantaloni e la zip venne giù da sola.

«Stringi quelle tette, perché voglio scopartele.»

Mugugnai e chiusi gli occhi in attesa di un altro contatto, fremente come lui voleva vedermi, a un passo dall'impazzire mentre immaginavo il modo in cui si stava abbassando i boxer.

Bisbigliai qualcosa mentre lui si era di nuovo disteso a un passo dalle mie labbra e fu qualcosa di potente, qualcosa di vagamente simile a un «Toccami».

Fino a quando non sobbalzai per tre colpi secchi contro la porta della stanza, che ci invasero con il loro suono legnoso.

L'universo si sarebbe accartocciato su se stesso pur di continuare a ricordarci che eravamo due pianeti destinati a osservarsi a distanza, senza impattare l'uno con l'altro. Corpi celesti solitari, deserti, due scenari apocalittici. Frammenti di roccia statici su gelide e oscure metamorfosi di cielo.

«Stanno davvero bussando alla porta?» pigolai disperata.

«Non me ne frega un cazzo.»

«Mavor, potrebbe essere...»

«Chiunque sia, vada a farsi fottere.»

Una voce ben nota ci raggiunse dall'esterno, così urgente e pressante che divenne impossibile da ignorare.

«Mavor! Apri immediatamente!»

Sgusciai via da sotto il suo corpo e mi riallacciai l'accappatoio.

«È Nolan! Non possiamo non aprire. Deve aver scoperto qualcosa.»

«Venus! Dove vai? Sei mezza nuda!...»

Quando aprii senza pensarci due volte, Nolan mi fulminò squadrandomi dalla testa ai piedi con un'occhiataccia che non gli avevo mai visto.

«Bene, voi qui siete venuti a farvi una vacanza!»

«No, guarda, in realtà...»

Athena entrò nella camera seguendo il detective e mi lanciò un'occhiata stranita, fin quando Mavor non uscì dalla camera da letto annodandosi la cravatta attorno al colletto.

«Aspetta... ma tu e lui... Venus? Cosa ci fai con l'avvocato di Cadogan?»

«Non è come sembra. Ho bevuto troppa vodka e mi ha riportato in camera.»

«In camera sua?»

«Questo non è il momento!»

Nolan zittì me e mia sorella. «Sono l'unico che sta pensando a Lucky?»

Mi implorò con occhi colmi di angoscia e mi sentii in colpa, ma Mavor tirava fuori la mia parte peggiore. O forse la più vera.

«Dimmi che cosa hai scoperto.»

«Un mio collega dell'Interpol mi ha detto che Lucky è entrata nel Paese ieri, illegalmente. È stato confermato da diversi operatori di telecamere di sicurezza posizionate presso un aeroporto privato a est della città. Athena ha riconosciuto un uomo tra i volti che le hanno mostrato, e sono riusciti a risalire a dove potrebbe essere. Dobbiamo andare, subito!»

«Quindi è davvero qui a Mosca?»

«Sì.»

Andai nel panico di fronte a quella certezza. Fino a quel momento una piccola parte di me continuava a sperare di avere fatto un viaggio a vuoto.

«È stata presa da... da *lui*? È lui che l'ha rapita? Per farne cosa? Perché è qui?»

Nolan per tutta risposta guardò Mavor.

«Sono i suoi uomini, Mavor.»

«Nolan...»

«Cristo, Mavor, smettila! Quell'uomo è fuori controllo, dannazione!»

Mavor non rispose e io rimasi in silenzio, perché la tensione ansiogena era a livelli folli e se avessimo continuato a parlarne saremmo esplosi anche noi, come tutto il resto.

Parlottando tra di loro, lui e il detective rimasero in disparte per qualche minuto buono.

Io me ne tornai in camera da letto e per non restare con le mani in mano afferrai un paio di jeans che avevo in valigia sperando di non morire ibernata. Mavor poco dopo mi raggiunse, guardandomi molto male.

«Cosa ti stai mettendo?»

Lo guardai senza comprendere.

«Quello... che mi pare?»

«Non esiste. Tu adesso indossi il vestito più corto che hai, uno che ti fa sembrare una escort, e non ti schiodi da me nemmeno per un secondo. Nemmeno per un *secondo*. Sono stato chiaro?»

«Per quale motivo?»

«C'è solo un modo per sopravvivere nel posto in cui stiamo andando, se sei una donna. *Appartenere* a qualcuno.»

«E io dovrei... *appartenere* a te?»

Mavor mi mostrò la sua contrarietà a quell'idea, ma annuì con la testa e io non me la sentii di ribattere.

Mi stava dando degli ordini ma sentivo che sapeva cosa stava facendo e che, qualunque cosa fosse, lo faceva per proteggerci. Quindi non opposi resistenza.

Si rivolse poi a mia sorella, che sembrava ancora traumatizzata dall'averci trovato in camera insieme e girava per la stanza come a trovare qualche indizio che potesse confermarle i suoi sospetti.

«Cosa cavolo avete fatto alla spalliera del letto?»

Aprii la bocca per rispondere, ma Mavor non mi diede il tempo.

«Tu, Athena, rimani qui.»

«Cosa? No!»

«E invece sì. Non sono posti dove può entrare una minorenne. Resta chiusa in camera e non aprire a nessuno.»

«Mavor, io non mi fido a lasciarla da sola.»

Portarla a Mosca era stato un azzardo e speravo di non dovermene pentire, ma una sottile vocina interiore mi diceva che ero stata davvero una sconsiderata.

«Le faccio mettere una guardia del corpo fissa fuori dalla porta, la pagherò io personalmente.»

Poi la fulminò con l'ennesima occhiata di spine.

«Per tutta la notte, fino a quando non torneremo.»

Solo una ventina di minuti dopo stavamo girando in auto tra i vicoli bui di un quartiere popolare a sud-est della città.

Eravamo passati proprio davanti al teatro Bolshoi, di cui mi parlava in continuazione la mia insegnante di danza. Lo avevo riconosciuto al primo sguardo, con le sue luci calde a illuminarlo a giorno e la quadriga di Apollo a sormontare le sue colonne neoclassiche.

Poi avevamo abbandonato l'opulenza e la struggente bellezza dei quartieri più centrali per essere inghiottiti dal buio, da lunghe gallerie tutte uguali che sfociavano in viadotti deserti e silenziosi.

«Chertanovo. Ogni giorno in questa zona si registrano circa venti reati.»

Rabbrividii alle parole di Mavor, mentre l'autista accostava la vettura su cui viaggiavamo.

In realtà, quell'area non mi sembrava troppo diversa da una qualsiasi altra zona popolare di Londra, con i suoi casermoni in cemento armato simili ad alveari, il grigiore da distopia e le nebbie artificiali delle fabbriche, ma il pensiero che Lucky potesse trovarsi in quel luogo da sola mi trasformò il respiro in spilli ghiacciati.

Quando Athena aveva riconosciuto un uomo appartenente a un certo giro criminoso, il poliziotto locale aveva indicato a Nolan un edificio nel quale si nascondeva un locale per traffici non propriamente legali, che però venivano tollerati con il benestare dei poteri politici.

Le impronte delle mie scarpe nella neve duravano solo pochi attimi, immediatamente ricoperte da una coltre successiva di fiocchi che cadevano a terra incessanti.

Mosca era una natura morta, solitaria come qualcuno di mia conoscenza, e la sua notte era un deserto di frecce gelide conficcate lungo la schiena.

Mavor, l'enigma che non avrei mai decifrato, con il profilo ampio e tagliente delle sue spalle dritte mi precedeva.

Finimmo a camminare in quella zona periferica con palazzoni del periodo sovietico e fabbriche a vista d'occhio in mattoncini rossi. La nostra auto sparì alla vista lasciandoci in mezzo a un nulla industriale color grigio fumo attutito dalla coltre bianca della neve.

Il tempo sembrava immobile, cristallizzato e perenne, come una fotografia scattata decenni prima.

«È questo il posto», concluse deciso Nolan.

Eravamo solo noi tre, e con un brivido che mi scosse i nervi pregai che Mavor avesse portato un'arma con sé.

Ciò che mi trovai davanti era molto diverso da quello che mi sarei aspettata.

Non vidi niente di particolare al di fuori di quella che mi sembrò un'enoteca quasi abbandonata, semivuota, con un'insegna penzolante in legno ammuffito che temevo potesse cadere in testa a qualcuno.

Quando entrammo, mi sentii gli occhi puntati addosso da un paio di inservienti, mentre i pochissimi clienti non ci degnarono di uno sguardo. L'uomo dietro al bancone aveva la pelle coriacea, ispessita dal gelo, e puliva le stoviglie con uno straccio più sporco dei piatti stessi. Ci guardò con occhi penetranti da faina, poi tornò alle sue faccende.

Nolan si mise a parlare con un tizio dall'aria truce e una lunga barba che mascherava una cicatrice da ustione tra lo zigomo e il mento. Fu lui ad aprirci la porta di quello che sembrava una specie di scantinato.

Avanzai dietro Mavor, che si rivolse allo stesso uomo con l'aria perentoria di chi stava impartendo ordini.

«*Ona so mnoy.*»

Sembrava ancora più glaciale e tenebroso in un luogo del genere, ma l'ombra che gli vedevo dipinta addosso non avrebbe potuto competere con l'oscurità delle pareti di quello che sembrava in tutto e per tutto un rifugio antiatomico.

«Gli ho detto che sei con me», mi sussurrò a bassa voce mentre scendevamo le scale.

«Mavor, io...»

«Non farti notare. Non guardare nessuno negli occhi. Testa bassa.»

Tenni lo sguardo puntato a terra e mi lasciai guidare dalla sua mano.

Davanti a noi, Nolan scendeva la scalinata a passo felpato mentre potevo percepire tutto il suo terrore.

Percorremmo un lungo corridoio dove il ticchettare delle mie scarpe mi rimbombava nei timpani. Già mi mancava il rumore del vento esterno, persino il suo schiaffo sul viso.

La musica soffusa di una canzone russa ci guidò verso una sala un po' squallida, ampia e scarsamente illuminata, ma ciò che mi si piazzò davanti agli occhi fu una valle di occhi spenti e vuoti come i miei, ma immobili, come privati di un'anima.

Le donne che scorrevano su un palco come manichini in vetrina e gli uomini che le osservavano come merce di scambio.

Rimasi impietrita, perché quelle donne bellissime si muovevano su una specie di passerella, ballavano lentamente e controvoglia, esposte alla mercé degli occhi degli uomini che le studiavano come se dovessero piazzar loro un prezzo in fronte.

Ci trovavamo davanti a una vera e propria asta di esseri umani e io cominciai a iperventilare.

Controllai i loro volti con attenzione ossessiva, più volte, e alla fine dovetti accettare l'evidenza.

Lucky non era tra loro. E non seppi dire se quella fosse una buona o una cattiva notizia.

«Che facciamo?» mi rivolsi a Nolan.

«Non lo so. Forse la pista è quella sbagliata.»

Pensavo di aver visto qualsiasi cosa, ma mi bastò qualche minuto per comprendere che, per la prima volta nella mia vita, non avrei retto a tutto quello squallore.

«Direi che ormai siamo qui. Possiamo aspettare.»

Mavor fu il primo a sedersi con un distacco da automa, e poi mi guardò coi suoi occhi cupi e invadenti invitandomi a imitarlo.

In quello stesso istante io cominciai a sentirmi male. Fu come un tuono che mi esplose nel petto, dopodiché mi misi a tremare.

Dovetti reggermi al muro spoglio dietro di me con le unghie che si conficcarono nella sporcizia del cemento umido. Ogni volta che guardavo quelle donne vedevo quello che sarebbe potuto accadere a me, o a Lucky, e avevo passato gli ultimi mesi a scacciare la possibilità che certi pensieri potessero essere reali. E invece adesso si erano materializzati davanti ai miei occhi.

La crudeltà di quello che mi avevano fatto straripò fuori dal mio inconscio che voleva dimenticare e il malessere si tramutò in una sensazione nauseabonda e travolgente di panico puro.

I ragazzi mi raggiunsero entrambi per capire cosa mi fosse preso.

«Non riesco a stare qui. Mi sento soffocare.»

Mavor mi scostò un ciuffo di capelli dalla fronte mentre Nolan ci guardò male, ma lui lo ignorò.

Poteva fiutare il profumo della mia paura come ciò che amava di più, qualcosa di cui si era sempre nutrito, eppure un sesto senso lo rese attento alle sfumature della mia ansia feroce.

Ansimavo, con i fasci nervosi che si irrigidivano sotto la stretta delle sue mani bollenti mentre mi sorreggeva per le braccia.

«Vuoi bere qualcosa?»

«No. Non ce la faccio.»

Nolan parlò a Mavor con piglio deciso: «Portala fuori. Ci penso io a cercare Lucky».

Riuscii a sentire a malapena la fine di quella frase, perché mi ero voltata ed ero andata dritta spedita verso la scalinata che mi aveva fatto scendere in quell'inferno.

Avevo paura che non l'avrei più rivista, avevo paura di non avere mai più sue notizie, ero terrorizzata dall'idea che qualcuno le stesse facendo del male e l'impotenza di non poter fare niente per tutte quelle ragazze mi prendeva alla gola.

In loro vedevo il mio volto, il volto di Lucky, il volto di tutte le donne del mondo.

Quando fui fuori in strada avvertii i passi di Mavor dietro di me, li avrei riconosciuti tra mille, come la sua presa salda sul mio polso nell'istante in cui mi aveva raggiunta.

«Torna dentro, non dobbiamo separarci.»

Conficcai le unghie nella carne del palmo, digrignando i denti al punto da consumarli. Le ossa vibravano sotto la carne come se volessero ribellarsi a tutto quello che avevo visto.

«Era qui che sarei dovuta finire, Mavor? In questo posto?»

I miei occhi erano colmi di panico, ma Mavor restò impassibile di fronte a quella domanda pronunciata come una supplica puerile.

«Non lo so.»

«È questo quello che fa il tuo cliente?»

Mavor non rispose, sembrava una maschera di cera, le ombre che danzavano nei suoi occhi non erano mai state tanto macabre.

Quella specie di scenario postatomico reso immacolato e immobile nel tempo dalla bufera di neve sembrava fatto apposta per il lupo che mi sembrò in quel momento.

Restava dritto di fronte a me senza farsi scalfire dal vento, con i capelli scuri che gli sbiadivano il volto e le fioccate che gli colpivano i lineamenti.

I contorni sfumavano nella tempesta, ma gli occhi accesi di smeraldo sembravano due fari puntati su quel manto candido, illuminati dal suo riverbero scintillavano accesi come due bagliori notturni.

Mi accovacciai per terra sul marciapiede e strinsi le ginocchia tra le braccia, e poi lo notai.

Lui non mi guardava, Mavor era guardingo con lo sguardo puntato fisso verso la parte opposta del marciapiede: come un animale selvatico che fiuta la preda teneva d'occhio una ragazza che passeggiava da sola, un cappuccio in felpa sulla testa e un cappotto lungo, e affondava nella neve un paio di anfibi alle ginocchia, camminando con passo rapido.

«Resta qui. Non muoverti», mi ordinò.

Con uno scatto animalesco Mavor prese a correre verso quella ragazza, e io non potei fare altro che drizzarmi in piedi, sconvolta, correndo a mia volta dietro di lui come un'ossessa.

Nel momento in cui si accorse della nostra corsa furibonda la ragazza accelerò il passo e si mise a fuggire, fin quando dietro le spalle non comparve di botto un quarto individuo che aveva appena svoltato l'angolo.

Un uomo vestito di ombre, una maschera di rughe si avventò contro Mavor afferrandolo alle spalle, e una fiamma di terrore mi percorse le gambe arroventando la mia pelle gelida.

«Mavor!» urlai.

Mavor si gettò sull'uomo e gli scaricò una raffica furibonda di pugni all'altezza dello stomaco, tenendolo fermo con una mano e colpendolo con l'altra, mentre io ripresi a correre verso quella ragazza con ancora più impeto di prima.

Quando la afferrai per la giacca e la costrinsi a fermarsi, un brivido mi immobilizzò. Un ciuffo di capelli rosso fuoco precedette i suoi lineamenti, e già in quel momento un tuffo al cuore mi disse che era lei. Che l'avevamo trovata.

«Lucky! Sei tu?»

Nei suoi occhi chiari uno choc di ghiaccio mi lasciò pietrificata, perché non sembrava affatto contenta di vedermi.

«Che diavolo ci fate, voi, qui?»

Io sprofondai, mentre il suo volto mi mostrò qualcosa che andava oltre il risentimento: Lucky era scossa, nervosa, furente al punto che non la riconobbi, e il mio stomaco si torse da farmi male.

«Stai bene?»

«C'è anche Nolan?» chiese soltanto, concitata come se cercasse di allontanarsi da me il più in fretta possibile.

«Sì, lui è...»

Non mi guardò in faccia, tornò ad affondare il viso nel cappuccio, ma la sua voce tuonò attutita dalla neve.

«Dovete andarvene. Tutti quanti. Dovete andarvene subito!»

Rimasi annichilita. Bloccata, non seppi cosa rispondere.

Dovevano averla drogata come tutte le altre ragazze che avevo visto in quel seminterrato, non c'erano altre spiegazioni.

«Non dire sciocchezze. Torniamo in albergo, avanti!»

Con uno strattone si liberò dalla mia presa mentre io le indicavo l'auto che ci stava aspettando.

«No. Io non torno con voi», mi latrò addosso allontanandosi ancora, poi si voltò per l'ultima volta in un accenno disperato.

La sua voce si allontanò assieme alla sua figura sottile e incappucciata, che sfuggì via come un fantasma incorporeo.

«Dovete tornare a Londra!»

14

She's been dancing with the devil all night

«Sono gelosa anche del sudore che ti accarezza il petto:
io non voglio che la mia pioggia sulla mia terra.»

Venus ♀

NON saprei dire quando in questa storia tutto è cominciato ad andare male. Ma ricordo bene quando me ne resi conto.

Fu quando Lucky mi sfuggì dalle mani, io scivolai in mezzo alla bufera ed ebbi l'assoluta certezza che niente girava più per il verso giusto. Rimasi frastornata in mezzo alla strada mentre vedevo la mia amica che si allontanava da me e spariva tra i fiocchi di neve fitti e copiosi.

Non volevo lasciarla, ma le mie gambe cedettero al gelo, allo sconvolgimento nel vederla sfuggire e io rimasi inchiodata al terreno.

Quando riuscii a voltarmi vidi Mavor a terra dietro di me, da solo, in ginocchio e col capo reclinato in avanti. Un rivolo di sangue aveva macchiato la neve: rabbrividii quando mi resi conto che apparteneva a lui.

Gli corsi incontro, lui restò accovacciato in silenzio a fissare un punto imprecisato davanti a sé mentre si reggeva il braccio con una mano.

«Ti avevo detto di non seguirmi», ringhiò feroce con il tono basso e attutito dal gelo.

«Quello stronzo aveva un coltello, hai rischiato che aggredisse anche te.»

«Ti fa male?»

Dalla giacca slabbrata colava sangue: lui aveva la mano appena sotto la spalla, l'aria minacciosa di chi avrebbe voluto essere altrove e lo sguardo di ghiaccio che fendeva l'aria. Grugnì per tutta risposta come se la cosa fosse scontata.

«Vado a chiamare Nolan.»

«No! Non puoi entrare da sola in quel posto. E io non posso farmi vedere in queste condizioni. Attirerei troppo l'attenzione.»

Mi voltai di spalle, e mi accorsi che l'auto ci aveva mollati senza pietà in mezzo alla strada.

«La nostra macchina è sparita. E io sono mezza fradicia.»

Dovevo avere un'aria disastrosa, zuppa di neve fino alle punte dei capelli.

Lui invece anche se ferito sembrava il figlio di un dio pagano che splendeva di luce propria, con gli occhi che erano due laghetti verdeggianti in un bosco di neve e cemento.

«Probabilmente temeva che qualcuno avesse una pistola. Non sono bei posti per andarsene in giro in piena notte.»

«Quindi siamo anche a piedi?» mi lamentai mentre cercavo con una certa difficoltà di togliermi la neve incastrata nel tacco degli stivaletti.

«Dov'è finita la tua amica?»

«Lucky è scappata. Mi è sfuggita dalle mani dicendo che dovevamo tornare a Londra.»

Non si stupì troppo della cosa, ma lo vidi rimuginare sulla situazione, più pensieroso del solito.

«Penso che dovremmo ascoltarla.»

«E lasciarla qui da sola? Sei impazzito?»

«Penso che possa cavarsela anche senza di noi.»

«Ti prego, Mavor... dimmi cosa sta succedendo, o potrei impazzire.»

Il vento sollevò una folata di neve che per poco non ci investì in pieno, io mi strinsi tra le braccia e cominciai a sentire le palpebre immobilizzarsi sotto il pizzo delle ciglia ghiacciate.

«Vieni con me. Non possiamo restare all'aperto.»

Mi resi conto che a un paio di metri da noi spuntavano da sotto la neve tre scalini in pietra grigia.

Mavor si diresse verso il portone intarsiato di un edificio dai colori brillanti e con una verticalità impressionante, cupole multiple a cipolla che creavano un sorprendente contrasto con il paesaggio piatto e ripetitivo di una zona periferica, oltretutto ricoperta di neve.

Con un paio di spallate quella porta imponente si aprì cigolando contro lo strato di ghiaccio che ne impediva lo scorrimento.

«A volte le lasciano aperte per far dormire chi non ha un tetto e sta morendo di freddo.»

Mi guardai attorno, mentre entravo in quell'oscura cattedrale che sembrava abbandonata.

Era una chiesa ortodossa avvolta nel buio, ma potevo intravedere la navata unica incorniciata da pilastri in marmo ottagonali, qualche decoro in oro e i dipinti a olio che affollavano le pareti.

Faceva freddissimo anche lì, ma sicuramente era meglio rispetto alla morte per ibernazione che ci attendeva in strada.

Mavor era sofferente e si appoggiò alla parete osservando l'altare davanti a sé.

Poi mi parlò a bassa voce, come a rivelarmi un segreto che la sacralità del luogo lo aiutava a esternare.

«Lucky non era sola.»

«Certo che no. Quell'uomo la stava inseguendo!»

«No. Intendo dire che ho visto un'auto in lontananza che assisteva alla scena. Penso che fosse un'imboscata, o qualcosa del genere.»

«Stai dicendo che qualcuno la stava usando come esca?»

«Non so. Devo ancora esserne sicuro. E inoltre l'uomo che mi ha aggredito era inglese.»

Forse giungevo a conclusioni troppo affrettate ma ero sicura che in quel momento io e Mavor stavamo pensando alla stessa cosa.

«Questo vuol dire che il tuo cliente potrebbe c'entrare qualcosa con questa storia, come ti ha detto Nolan in camera.»

Mavor si incupì e divenne più oscuro di quel luogo. Quell'edificio inquietante suonava vuoto e non aveva finestre né vetrate a illuminarlo, ma i soffitti erano costruiti in modo da rivolgere lo sguardo alla gloria del cielo.

Quella che noi potevamo solo osservare dal basso.

«E se Lucky fosse un'esca Nolan lo avrebbe già capito.»

Lui scosse la testa mentre i suoi riccioli umidi si appiccicavano alla fronte, sopra uno sguardo di una stanchezza languida.

«Nolan ha delle capacità deduttive oltre la comprensione umana. Ma quando si tratta di donne non capisce più nulla. Non vedrebbe le cose più evidenti. La storia dei debiti di gioco non regge affatto: l'ho vista giocare al locale di Archie e posso dire con certezza che non è una giocatrice esperta.»

Cercò di trattenere uno spasmo di dolore che gli graffiò la gola e gli spense le ultime parole.

«Togli la fasciatura dal polso», gli suggerii mentre lo osservavo in tutto quel patimento, quel freddo tormento in cui si arrovellava in silenzio e che donava ai suoi lineamenti una patina di bellezza tenebrosa.

«Avanti, lo so che ce l'hai.»

«Cosa? Non esiste.»

«Levala dal polso. Mettila sul braccio, così bloccherai il sangue.»

In quel buio vidi solo il riflesso del dissenso nei suoi occhi di smeraldo inchiodati nei miei.

«È elastica. Non è abbastanza stretta per fermare il sangue.»

«Avanti, non fare il ragazzino! Ti serve più sul braccio che sul polso.»

Cercai di sfiorarlo, ma lui scansò il braccio con uno strattone secco e il risultato fu che il dolore si acuì. Piegò i lineamenti in una smorfia di rabbioso fastidio.

«Non esiste. Tentativo fallito, miss V.»

In quel momento mi apparve come un predatore incattivito, ferito da una tagliola. Non sembrava spaventato, ma digrignava i denti come se il mondo fosse per lui un luogo ostile.

«Va bene, spogliati. Un modo me lo invento.»

Prima tentennò leggermente guardandomi con poca fiducia, alla fine si sfilò la giacca lacerata con una certa difficoltà.

Gli slacciai la camicia e osservai la pelle rabbrividire sotto la peluria del suo petto, un fremito che gli correva tra la gola e il torace e che mi chiesi se fosse provocato dalle mie dita.

Lo aiutai a sfilarsi una sola manica, e notai uno dei suoi tatuaggi completamente sfregiato da una ferita aperta. Cercai di pulirla con un fazzoletto che avevo in borsa e lui soffrì ancora di più.

La sua pelle si tese sotto un guizzo dei muscoli e lui strinse i denti serrando la mascella.

«Probabilmente servono dei punti.»

«Non andrò in un ospedale in questo posto. Pensiamo a tornare a Londra il prima possibile.»

«Nolan non lascerà mai Lucky qui da sola.»

Mavor sbuffò a quella mia frase. «L'amore ti rende cieco.»

«Cosa vorresti dire?»

«Quello che ho detto. Che ti rende pazzo, e stolto.»

«Immagino funzioni così quando ti importa di qualcosa o di qualcuno. Che sia una donna o una causa in tribunale, che cosa cambia?»

Rimase in silenzio mentre io mi accorgevo di aver tirato in ballo un discorso troppo impervio per due come noi, quindi tornai sulla sua ferita.

Il taglio non era grave ma nemmeno troppo superficiale, e io dovevo pensare a tamponarlo in qualche modo. Mi allungai sulla coscia e afferrai il bordo rinforzato della calza autoreggente stringendolo tra i polpastrelli. La feci scendere verso il polpaccio consapevole di quanto quel gesto già di per sé potesse fargli ribollire il sangue.

«Sei impazzita? Cosa vuoi fare con quella calza?»

«Chiudi la bocca e non sbavare troppo, non è quello che stai pensando.»

Dopo averla sfilata afferrai il suo braccio e la avvolsi attorno alla ferita.

Era la seconda volta che mi ritrovavo a medicargli una ferita superficiale e quella sensazione che lui ne avesse di molto più profonde non mi abbandonava, quando lo vedevo guardarmi come se lo stessi quasi offendendo.

Lo accarezzai, poi girai la calza su se stessa più volte e strinsi in un nodo solido che speravo bloccasse il sangue.

La stretta lo fece grugnire, ma era probabile che fosse la mia vicinanza o quel gesto fin troppo intimo a metterlo a disagio.

Lo sentivo anche io, quello strano imbarazzo che scorreva tra noi ogniqualvolta ci trovavamo vicini per qualcosa che non fosse il sesso.

Osservai il suo braccio tremare mentre il sangue rallentava il suo fluire.

Indossò alla svelta la manica della camicia insanguinata e mi guardò confuso.

Forse non ero l'unica a non saper esprimere certe emozioni, e la gratitudine era un concetto che non gli apparteneva.

«Sai, anche un *grazie* sarebbe educato.»

«Non dovresti fare queste cose.»

Piuttosto che darmi soddisfazione avrebbe preferito morire dissanguato.

Lo vidi stringersi tra le braccia e abbassare lo sguardo: un brivido gli scosse la spina dorsale mentre accigliava lo sguardo come se un tarlo fisso avesse ripreso a tormentargli il cranio.

«Hai freddo?»

«No. È l'adrenalina. Quel bastardo mi ha preso alla sprovvista e io ero a mani nude.»

«Io invece sono stanca. Ho bisogno di stendermi su un letto e ragionare su quello che è accaduto stanotte.»

«Non lo useremo, quel letto. Abbiamo trovato Lucky Red, il nostro aereo sarà pronto per ripartire tra poche ore. Dobbiamo tornare a Londra.»

Storsi il naso a quel comando.

Era la stessa cosa che aveva detto Lucky, ma io non ero affatto convinta che fosse la cosa giusta da fare e l'unico motivo per cui sarei voluta tornare era assicurarmi che mia sorella, dopo averci messo sulla pista giusta, fosse finalmente a casa sua.

«Adesso basta.»

Fui perentoria, e poi sollevai lo sguardo su di lui, che rimase a osservarmi con la camicia sbottonata e la manica insanguinata.

«Mavor, ho bisogno di saperlo. Ti prego, io *devo* saperlo.»

Sospirò, perché conosceva la domanda che stavo per rivolgergli.

Era troppo tempo che avrei voluto chiederglielo, ma a quel punto avrei preteso una risposta a costo di non farlo più uscire da quella chiesa.

«Quanto ne sai di questa storia?»

«Non quanto immagini.»

«Tu sei coinvolto. Non è così?»

Tremai a quell'idea, ma lui rimase impassibile.

«No.»

«Sei un bugiardo. Stai mentendo anche adesso.»

«Inutile farmi domande se poi non credi alle mie risposte.»

Si accasciò contro il muro al mio fianco, restando a distanza da me in modo che non potessi guardarlo negli occhi.

«Ne abbiamo già parlato, ti avrei detto quando avresti potuto credermi. Non sto mentendo.»

Fidarsi faceva male.

Fidarsi di lui faceva sanguinare.

Eppure lui aveva aperto una crepa in me, nel mio cuore, da cui stillava un siero velenoso.

Io gli avevo mentito su Cadogan e nessuno poteva garantirmi che non si volesse vendicare.

La testa mi scoppiava, girava in un tormento ipnotico, e pensai che l'unica cosa che desideravo era riportare Lucky e Athena a casa, sane e salve.

«È qui che sarei dovuta finire? In questo posto, da sola? Come Lucky?»

«Non lo so.» Poi tornò ancora una volta una furia, potevo sentire la mascella contrarsi assieme ai suoi nervi tesi e sfilacciati d'odio. «*Lui* ha uomini in tantissimi Paesi. Ungheria, Croazia, Romania... persino in America Latina.»

«E io a che Paese ero destinata?»

Mavor divenne intollerante: sotto i suoi capelli mossi e gocciolanti potevo osservare un paio di occhi fissi, sclere di vetro scheggiate dal sale.

«Basta, smettila con queste domande!»

Gli andai incontro piazzandogli due pugni sul costato, mentre lui cercò di allontanarmi. Battei più volte sul suo petto, grondante di un disperato bisogno di sapere la verità.

«Perché proprio Lucky? Mavor, rispondimi! Io ho bisogno di sapere se è colpa mia! Lo capisci?»

Lo avrei schiaffeggiato se, guardandomi negli occhi, mi avesse mentito ancora una volta.

Ma mi afferrò le braccia e mi costrinse a fermarmi.

«Non lo so. Non so perché lei sia qui, posso solo immaginarlo. E non so perché ti abbia detto di andartene.»

Le ombre calarono sul suo volto e sul mio, mentre ancora una volta ci rendevamo conto di quanto fossimo fuori posto in un mondo già capovolto, insensato e balordo.

«E tu... tu difendi tutto questo schifo?»

Mavor era un inganno intessuto in una tela di cristallo. Bello di splendore immortale, in quel momento mi fece realmente paura. Il terrore affondò in me le sue radici quando lo vidi arrendevole alla sua condizione, come se non potesse sfuggirle.

«Sei finita all'inferno, piccola V.» Scandì le parole come se dovessero perforarmi la testa, proiettili lanciati a mitraglia contro il mio equilibrio fragile.

«E io sono l'avvocato del diavolo.»

In quel luogo quella parola rimbombò di un oscuro sacrilegio.

Ma se lui era in combutta col demonio perché io continuavo a voler essere infangata dal suo disonore?

«Vorrei *davvero* sapere cosa c'entri in tutto questo.»

«Per cosa? Per sentirti assolta e a posto con la coscienza?»

Si avvicinò a me inchiodandomi al muro con due pietre laviche negli occhi, quel carbonio brillante e inattaccabile divenne di nuovo colmo di tracotanza.

«O per sentirti ancora più in colpa e venire da me a cercare una punizione?»

La paura fondeva le mie emozioni metalliche.

La sua sconsiderata efferatezza mi accelerava il battito e la gola cominciò a far passare solo un filo di ossigeno.

«È troppo buio qui dentro», sussurrai. In quegli anfratti inquietanti poteva nascondersi qualsiasi cosa, ma lui restava la mia unica vera inquietudine. Tutto ciò che mi circondava si deformava in sua presenza e assumeva un aspetto che mi tormentava il cuore.

«Hai bisogno di luce, piccola V?»

Mavor si allontanò in un mulinello di profumo che mi invase le narici. Sentii i suoi passi allontanarsi nel buio e poi tornarmi accanto e io rimasi col respiro bloccato in gola per tutto quel tempo.

Tornò che aveva in mano qualcosa.

Una candela rossa, di quelle da offerta, che avvicinò all'accendino che teneva nelle tasche dei pantaloni.

Quella fiammella debole gli illuminò il volto di pagliuzze dorate e fasci sottili di luce soffusa, mentre in fondo ai suoi occhi lo vedevo già vagare altrove, molto lontano da noi due, in silenzi precipitosi che avrei voluto chiedergli di mostrarmi.

E appena ci guardammo e ci trovammo vicini, lui mi trascinò in quel posto remoto dove finivano tutti quelli che si scrutavano come noi.

«Quando hai fatto quello spogliarello... ti ricordi quella sensazione sulla pelle?»

«Sì», pronunciai poco convinta.

Me la ricordavo, ma ciò che mi aveva marchiato la pelle erano più i suoi fanali puntati su di me, e ancora mi chiedevo se quella notte erano state le mie mani a spogliarmi oppure il suo taglio d'occhi appuntiti.

«È una cosa che fai spesso?»

«Solo sul palco.»

«Quante volte lo hai fatto?»

Tentennai, poi mi arrischiai a dire la verità.

«Solo con te, credo.»

La fiammella ondeggiò, perché a Mavor sfuggì un sospiro dal sorriso coriaceo.

«Allora lo vedi, che ho ragione?»

«Su... su cosa?»

«Sul fatto che sei perversa, ma lo mostri solo a me.»

Vacillai e mi tremò il petto di fronte al suo. Eravamo entrambi scossi, sconvolti, carichi di rabbia in una città perduta, angosciati e stanchi... eppure ancora con la voglia di combattersi l'un l'altra.

«E devi davvero, davvero... smettere di attrarmi.»

Si avvicinò alla mia gamba nuda, quella da cui avevo sfilato la calza, e mi accarezzò leggermente la coscia con due polpastrelli, risalendo verso l'inguine.

«Mi sembra di aver già vissuto questa scena... in un ripostiglio di vecchi tavoli con una tempesta fuori.» Il suo sguardo si colorò di malizia e io gli celai il mio mentre si infiammava. «Eri tu?»

Il mondo che crollava fuori e noi due crollavamo dentro, in qualche posto dimenticato da Dio e in quel caso anche da chi in quel Dio ci credeva.

«No. Era qualcun'altra.»

«Hai ragione. Lei aveva gli occhi spenti.»

Abbassai lo sguardo e glielo nascosi ancor di più, per evitare che lui potesse vedere quello che mi risuonava nel petto.

«Forse le tue risposte a effetto potevano colpire una come lei. Non me.»

«Cosa ti colpisce, Kelley?»

Ragionai solo un istante prima di ribattere.

«Il fatto che la mia migliore amica non voglia tornare con noi a Londra.»

«Se la convinco io a tornare, con le buone o con le cattive... cosa mi dai in cambio?»

La penombra ci inghiottì trovandoci uno di fronte all'altra in quel luogo sacro che profumava d'incenso, e il freddo si sciolse tra le mie mani come un cubetto di ghiaccio sul fuoco. Divenne tutto ovattato, e io lo avvicinai a me mentre pregavo il soffitto a volta di quella chiesa che qualcuno mi salvasse da lui ancora una volta.

«Non c'è bisogno che io ti dia niente.»

Fu quello che forse mi rese impavida, fu l'adrenalina, come aveva detto lui, fu il futuro che era buio e incerto quanto quel pertugio, quell'angolo lugubre di una chiesa minacciosa, fu il gelo che mi si incollava al sangue rendendolo meno fluido mentre con lui riprendeva a scorrere.

«Tu ottieni sempre quello che vuoi, avvocato.»

Giocai sull'equilibrio sottile del suo insano narcisismo mentre mi arrotolavo una ciocca di capelli attorno alle dita, e infatti lui si lasciò colpire nel suo unico punto debole.

Le sfide.

Mentre pronunciavo quella frase mi ritrovai imbrigliata in una presa ardente come il fuoco che gli scorreva in vena, le sue mani mi trattennero dai fianchi e si aggrappò al mio corpo.

«Ci puoi scommettere.»

Eravamo cenere, due corpi già distrutti che cercavano di riprendersi qualcosa l'uno contro l'altra. Quello che ci era stato tolto. Quello che ci era stato negato, e quando lui mi infilò le mani tra le cosce sollevandomi il vestito io lo attirai a me e mi resi conto che vederlo a terra e vulnerabile mi aveva smosso qualcosa dentro.

La mia reputazione era rovinata e lui continuava a essere il boia della mia esecuzione, eppure Londra e tutti i suoi problemi non mi erano mai sembrati così lontani.

Con un'urgenza tangibile mi schiacciò contro un intonaco in rilievo e io disperata cercai con le mani un appiglio, per poi indirizzarle di nuovo sul suo corpo senza riuscire a trattenerle altrove. La candela vacillò e un goccio di cera mi cadde sulla mano, e a quel punto rimanemmo appesi in un silenzio vecchio di secoli.

«Si fa a piccole gocce, non come hai fatto tu. Altrimenti ti fai male», mi sibilò, e il suo pensiero trasmigrò nella mia mente come un'ombra che raccontava di luce.

«Sono rimasta bloccata da una portiera di un'auto a osservare i miei genitori morire davanti ai miei occhi», sussurrai in una confessione che scivolò dolce amara dalle mie labbra intorpidite dal desiderio.

«Il resto lo sai, perché hai letto il verbale... ho rischiato di essere incriminata per il loro omicidio. Pensi ancora di potermi fare del male?»

Mavor si bloccò come una statua di sale, ma quelle parole turbarono più me stessa che lui, perché gliele avevo rivelate senza accorgermene.

Non era il momento, e mai lo sarebbe stato, ma forse quello era in assoluto il peggiore. E io ero sempre stata fuori tempo, tutta la vita.

Rimase addosso a me senza staccarsi un secondo, a fissare qualcosa che doveva essermi rimasto attaccato all'anima. Non avevo mai pronunciato ad alta voce quelle parole né avrei mai pensato di farlo.

«È per questo... è per questo che dopo l'ultima udienza, nella mia macchina?...»

Annuii e lui, in maniera del tutto inaspettata, con la scusa di scostarmi i capelli dalle labbra indugiò sul mio viso.

Temporeggiò sulla mia pelle assaporando i miei zigomi, scese al di sotto di essi verso la mandibola e si arrestò sul mento, sollevandolo per costringermi a guardarlo.

«Perché non me lo hai detto?»

«Che cosa sarebbe cambiato?»

«Voglio sapere cosa ti turba. Voglio che tu me lo dica.»

«*Tu*. Tu mi turbi.»

Doveva esserci qualcosa nell'aria in quella chiesa che spingeva a confessarsi, o forse un siero di verità nella vodka di qualche ora prima.

«Non stavo parlando di quello.»

Accennò un sorrisetto furbo e spense la fiamma con un soffio secco, e un buio completo ci inghiottì di nuovo. Percepivo la sua vicinanza come se il tatto fosse il mio senso più acuto e mi lasciai guidare.

«Lucky...»

Invocai il suo nome come se potessi convincerla a cambiare idea.

«Ti prometto che la farò tornare a Londra. Sana e salva.»

«Non voglio che mi aiuti per compassione.»

Scrollai la testa lasciando ondeggiare i capelli sulle spalle, che mi caddero di nuovo sul viso, quasi a coprirmi gli zigomi.

«Tu non puoi farci niente», aggiunsi. «Puoi solo scoparmi fino a farmi dimenticare tutto il resto.»

Forse lo usavo, o forse lui usava me.

O forse ci stavamo solamente sfregando l'uno contro l'altra come un cerino su carta vetrata e prima o poi uno dei due si sarebbe consumato, con quella fiamma.

«La cosa più bella di non provare niente è che puoi provare tutto per la prima volta», mi sussurrò sotto i capelli.

Mavor mi accese, io rimpiansi l'oscurità ma spensi la realtà attorno a noi.

Ero il cerino. Ero *decisamente* il cerino.

«E ti assicuro che sono tutto... tranne che compassionevole.»

Il suo bacino stretto si agganciò al mio e io percepii la perfezione di quell'assurdo incastro. E la sentì anche lui perché aumentò la profondità e divorò quegli spazi vuoti tra noi, come se volesse annullarli.

«In realtà sono uno più da vizi che da virtù. I sette peccati capitali mi piacciono tutti.»

Mi parlava con un sorrisetto perverso e oscenamente bello, il tono di voce quasi sussurrato e rovente. La mia anima venne inghiottita dalle fiamme dei suoi occhi luciferini.

«Ma il mio preferito è la vanità. Sono nato sotto il segno della superbia.»

Vibravo, pendevo dalle sue labbra.

Si aggrappò alla scollatura del vestito e quando sentii uno strappo temetti che mi avesse rotto l'ennesimo indumento.

Il vestito era intatto ma dalla scollatura era uscito un seno, quello con il piercing, su cui Mavor stava ponendo le sue attenzioni.

«E la *lussuria*. Ho uno smoderato appetito carnale... e in questo momento ho fame.»

Sollevò la candela all'altezza delle mie labbra e mi chiese un consenso con gli occhi, che io non tardai a concedergli.

«Nel nome del Padre...»

Lasciò cadere qualche goccia di cera sulla mia pelle, e a quel contatto non avvertii alcun dolore.

«... del Figlio...»

Un'altra goccia stillò più in basso e colò verso il mio capezzolo; quella fu rovente e io schiusi le labbra per afferrare il respiro.

«... e dello Spirito Santo.»

Mi baciò il collo e io lasciai sfuggire un gemito.

L'effetto che mi faceva era dirompente, ma quello fu una detonazione.

Una lacrima di cera dopo l'altra gocciolava con lentezza inesorabile mentre io gonfiavo il petto aggrappandomi alla parete.

A ogni contatto il mio ventre si impregnava di appetiti inconfessabili eppure fin troppo evidenti.

Continuò a tormentarmi con quella pioggia di cera saziandosi dei miei mugolii, mentre il mio incarnato si colorava assieme ai contorni delle mie labbra, fin quando lasciò cadere la candela dalle sue mani e l'eco di quel tonfo rimbombò in tutta la chiesa.

Non riuscivo a distinguerne bene i confini, ma doveva essere molto grande e solitaria.

Sentivo il respiro dell'abbandono di quelle mura che origliavano i nostri battiti e i nostri gemiti mescolati, perché quando scese a baciarmi sul seno io mi disintegrai in un lamento doloroso.

La sua mano si aprì a coppa sui miei fianchi e poi risalì a sollevarmi il seno.

C'è sempre un qualcosa in quello che non si dice che rimane appeso tra gli occhi e il cielo.

E non c'era nulla a parte il buio a circondarci, niente soffitti né tappeti di nuvole.

Mi avvinghiai sulla patta dei suoi pantaloni, e la slacciai con una furia cieca e la mente affollata di voci che mi imploravano di fermarmi.

Ma lui si fece specchio di tutte le parole che non potevano uscire, nella sua presa sul mio polso per bloccarmi alla sua volontà e in quel modo di leccarmi la pelle che mi rendeva cieca e assuefatta.

Quando gli abbassai i boxer mi cercava già con disperata evidenza, prepotente e oltraggioso come la sua natura.

Mi scostò le mutandine afferrandole tra le dita con uno strappo secco e la nostra pelle si fuse l'una con l'altra.

Percepii un istante in cui afferrò un profondo respiro e io assaporai la sua pelle vellutata pulsarmi contro l'inguine, a contrasto con una marmorea durezza che mi reclamava.

Avevo smesso di ragionare perché tutto ciò che facevo con la testa mi aveva solo portato a fare errori. Era un errore persino essere lì insieme a lui, a cercare Lucky che per qualche ragione non voleva essere trovata.

Ero solo un fremito d'aspettativa e quando lui si posò sul mio centro, dopo aver armeggiato per un istante con un preservativo, fui divorata da un fuoco interno. Rimase lì, a farmi pregare. Voleva vedermi supplicare davanti a un fottuto altare, mentre si strusciava contro di me e io spalancavo la bocca per l'eccessiva urgenza.

«Immagina vedere una ragazzina smarrita che si spoglia con lo sguardo perso nel vuoto. E poi immagina vederla donna che gode per te. A distanza di pochi mesi.»

Parlò piano, sussurrando lento per farmi assaporare ogni parola.

Lo sentivo anche io, quel cambiamento di cui parlava.

E mi strappò un gemito di dolore quando mi strinsi a lui e lo sentii penetrarmi nella carne, con l'espressione dell'impellenza dipinta sul volto e le mani che mi reggevano da sotto le cosce.

Mi sistemò su un bassorilievo in marmo e io agganciai le caviglie dietro la sua schiena.

Con uno strattone secco entrò fino in fondo e mi disintegrò il respiro.

«Amen.»

I suoi occhi mi annebbiarono come aurore boreali.

Era oltre il sesso e oltre la morte.

Era qualcosa di totalitario, immenso, un tuono talmente forte che attutiva gli altri rumori e mi lasciava sorda, incapace di sentire il resto.

E quando pensavo che fosse arrivato in fondo lui reclamava ancora più spazio, io cercavo di accoglierlo mentre prendeva a muoversi con una bestialità istintiva, grugnendo contro il mio collo fin quando non si fuse con me risalendo la mandibola e arrivando vicino alla bocca.

Mi scopava come se solo in quel momento, e solo allora, riuscisse a tirare fuori tutti i demoni che gli battagliavano nel petto. Le sue guerre, le sue tenaglie strette nella carne, le condanne che si era autoinflitto uscivano dai suoi lombi per passare al mio ventre.

E quel sesso travolgente e brutale mutò forma quando mi afferrò il volto e si fece largo nella mia bocca. Inspirò forte come a mangiarmi il respiro, divaricò le mie labbra con le sue e mi invase con un bacio che aveva il sapore della disperazione. La sua lingua mi importunò col sapore più dolce che potessi immaginare e io lo accolsi così profondamente che divenni sua, in un qualche modo malato e lontano dalla mia visione dell'esistenza.

Mi ci sentii sul serio, sua, fino in fondo alla spina dorsale.

Chiusi gli occhi, perché le sue forme modellate dal buio erano talmente estreme di perfezione che non potevo guardarle senza perdere il senno.

Dovevo avergli bagnato i pantaloni, perché con una mano dovette tirarli più giù, alle ginocchia. Continuò le sue staffilate mentre io mi avvinghiavo alle sue spalle per averlo sempre più aderente, più stretto, a fondermi con lui, e non mi sarebbe comunque bastato.

Si sciolse da quel bacio e recuperò il respiro con difficoltà, lo guardai negli occhi bagnati di un lucido tormento e un implacabile ardore, dimenticai il resto del mondo e accolsi il piacere dell'ennesima pugnalata nel ventre.

Quando si gonfiò io temetti di non riuscire a reggerlo.

«Sei troppo...»

Mi bloccai per non rimpolpargli l'ego, senza accorgermi che l'orgasmo che sentivo crescermi dentro parlava al posto mio.

«È troppo per te?»

Annuii senza riuscire a parlare, perché mi aveva colpita con una pugnalata secca che mi aveva consunto la carne mentre ghignava di soddisfatto compiacimento.

«È colpa tua. Sei tu la causa di questo.»

Non ne ero affatto convinta. Non pensavo che potesse esistere una grandezza simile ma mi sciolsi in una colata di piacere quando rallentò in modo da farmi percepire le sue venature pulsanti attorno a quella durezza mascolina.

«Adesso ti faccio vedere come mi piace stare sotto.»

Mi scostò i capelli davanti al viso e mi baciò ancora mentre io fremevo di desiderio.

Si girò poggiando la schiena contro la parete, continuando a reggermi da sotto le natiche mentre io stringevo le ginocchia attorno alla sua vita.

E la situazione peggiorò nettamente, perché la compattezza della sua carne divenne quasi offensiva, da quella posizione.

Mi aiutai restando ancorata al suo collo con le braccia e, quando sentii il suo corpo aderente al mio, i miei seni inturgiditi che poggiavano sul suo petto, il pube che strusciava sul suo... gridai senza ritegno con tutto il riverbero dell'eco ad avvolgerci.

Prese a muovermi lui, da solo, facendomi scivolare sulla sua lunghezza con una lentezza che me la fece agognare a ogni frazione di secondo. E poi mi fece desiderare di morire perché era insostenibile.

«Così va meglio?»

Il dolore al braccio doveva essere sparito perché mi sosteneva e mi sollevava senza il minimo sforzo.

Un sorrisetto osceno lo rendeva bello come un dio, e gli risposi con un mormorio graffiato di godimento, perché in ogni istante in cui lo accoglievo mi accorgevo di non reggerlo.

Le mie pareti bruciavano a quel passaggio invadente. Ma più chiedevo pietà per quel patimento e più mi donava piacere, con lui che stimolava dei punti fin troppo profondi e io che chiedevo che quell'incastro non finisse mai.

Non si schiodò dai miei occhi nemmeno un istante, guardandomi dal basso mentre tendevo i muscoli per trattenerlo in me.

Mi sollevava con una facilità estrema e decideva il ritmo con le braccia, gestendo in pieno quell'andirivieni furibondo, e io mi abbandonai a lui come se fossi nata per quello.

La mia mente si slegò da tempo e spazio e lui continuò come una belva inferocita, una stoccata più precisa e profonda della precedente finché non sentii i testicoli indurirsi e sbattermi sulle natiche, e dal suo volto compresi che lui stesse per esplodere.

Così lo baciai ancora, afferrandogli il viso dall'alto, e... Dannazione, quello fu il climax più intenso che le sue pulsazioni mi seppero regalare.

Rimanemmo occhi negli occhi per un tempo che mi sembrò espandersi attorno a noi.

Scivolò via da me per posarmi a terra, un silenzio lunare cadde in quel luogo sconosciuto, eppure fin troppo esplorato.

Per la seconda volta lo vidi sfilarsi il profilattico e gettarlo in un cestino, con la stessa totale indifferenza della prima volta in quella biblioteca giuridica.

Poi si riallacciò la patta dei pantaloni, sistemando la camicia al suo interno, dopo averla abbottonata, con il nervosismo di chi ha un problema irrisolto con l'umanità intera, incluso se stesso.

«Dannazione. Non riesco a controllarmi.»

La nota stonata arrivava sempre dopo una melodia perfetta.

Mi sistemai le mutandine umide e abbassai il vestito con dita incerte: Mavor mi aveva mitragliato il petto con quella frase di cui non riuscii a decifrare il tono.

«Non è colpa tua. Non ti ho fermato.»

«Dovrei imparare a gestirmelo e a tenermelo nelle mutande.»

Quella frase mi offese, perché vibravo ancora dei nostri umori mescolati e il suo rimorso non era lo spettacolo a cui avrei voluto assistere in quel frangente.

«Sì, beh... potevi anche evitare di prendere la stessa camera d'albergo.»

«E tu potevi evitare di saltarmi addosso e di legarmi a un letto!»

Non sarebbe mai finita, quella lotta eterna tra noi.

Se c'era una cosa che avevo capito è che quando eravamo furibondi l'uno con l'altra senza motivo, quando diventavamo la nostra reciproca valvola di sfogo, era perché ci stavamo divorando con gli occhi.

«Ne avrai avute decine, a farti cose ben peggiori.»

«So quello che stai facendo. Non ci casco.» Mi puntò il dito contro. «Anzi, sì.»

Mi si avvicinò con la rabbia di chi mi stesse per accusare di una colpa grave.

«Tu mi fotti anche la testa. Ho appena finito e ne voglio ancora.»

Si aggrappò alla spallina del vestito e mi costrinse ad avvicinarmi a lui, ad abbagliarmi di quegli occhi intarsiati di luce pura.

Un bacio mi sarebbe bastato, o forse ne avrei desiderati altri mille.

«E non posso impedirmi di farti del male... mentre tu mi fai bene.»

Quella volta fu diverso e io rimasi in silenzio.

Quella volta quella sensazione di amara presa di coscienza mi invase qualche istante dopo che l'orgasmo mi aveva abbandonato.

In fondo durava solo una manciata di secondi, e mi chiesi cosa diavolo sarebbe rimasto di noi quando sarebbe cominciato a non bastarmi più. E forse era già cominciato.

«Andiamo, dobbiamo tornare da Nolan.»

Gli lessi il pentimento negli occhi, e per ironia della sorte eravamo proprio nel luogo adibito per eccellenza a quel genere di sentimento.

15

It's like Hell is where she wanna be

«'Qui siamo tutti matti. Io sono matto. Tu sei matta.'
'Come lo sai che sono matta?' disse Alice.
'Altrimenti non saresti venuta qui', disse il Gatto.»
L. Carroll

Venus ♀

SEGUII Mavor in strada con addosso una calza sola, mentre la tormenta sembrava aver regalato una tregua a quella città solitaria. Con le mani in tasca mi diressi verso il locale da cui ero fuggita: alzando lo sguardo notai una testolina di capelli chiari spuntare in lontananza sopra un giubbotto scuro, e mi sbracciai per farmi vedere dal suo proprietario che vagava senza sapere dove andare.

Quando si voltò verso di noi, Nolan ci corse incontro intirizzito dal freddo, con i capelli ricoperti di brina e le guance e il naso arrossati a macchie da quel gelo impietoso.

«Vi stavo cercando! Cosa cazzo ci facevate dentro una chiesa?»

«Ci stavamo scaldando.» Mavor infilò le mani in tasca, e Nolan guardò la mia gamba nuda con aria confusa.

«Cosa è successo?»

Al nostro silenzio, deformò i lineamenti in una smorfia contrita.

«Non so se voglio saperlo.»

«Mi sono ferito. Venus mi ha dato una delle sue calze per fermare il sangue.»

Mavor non dava mai a nessuno spiegazioni, per partito preso. Eppure quella volta lo fece in fretta, senza guardarlo negli occhi, continuando a coprirsi la ferita con la mano. Quelli di Nolan si riempirono di un'apprensione lampante.

«Come hai fatto a ferirti?»

Mavor non rispose, perciò intervenni e decisi di andare dritta al sodo.

«Abbiamo trovato Lucky. Ma non ci sono buone notizie.»

La sua apprensione si trasformò in uno sguardo di sconcerto.

«Come sta? Dov'è? Perché non mi avete chiamato?»

«Io ci ho provato, ma in quel bunker non eri raggiungibile.»

«La stavo aspettando dentro, sperando che arrivasse. Dov'è adesso?»

«Non lo so», ammisi rassegnata.

Mavor si intromise nella conversazione facendosi spazio. Avevamo bisogno di prendere una decisione sul da farsi e lui, come era prevedibile, lo fece per tutti noi.

«Penso che dovreste tornare a Londra questa stessa notte. A Lucky ci penso io.»

«Che cosa vuol dire che ci pensi tu?»

«Lei non vuole tornare a Londra. Mi ha detto che dobbiamo andarcene», ripresi io.

Nolan scrollò la testa come un cavallo imbizzarrito, contrariato da quella risposta come se avesse Lucky lì davanti a sé. Mi dedicò uno sguardo di pura cattiveria.

«Certo, perché è una pazza testarda e ha paura di metterci in pericolo!»

«Sì, sì, è probabilmente anche questo, ma... temo che ci sia dell'altro che non ha voluto dirmi. Era inseguita da un uomo, Mavor lo ha aggredito e nel frattempo lei mi è sfuggita.»

«State dicendo che potrebbe essere qui di sua volontà?»

Rimanemmo in un silenzio sospeso che valse come assenso, mentre Nolan cominciò a comminare avanti e indietro con un nervosismo sconvolto che gli scuoteva le mani.

«No. Non è possibile, è escluso. Athena ha detto che è stata rapita, e io...»

«A meno che non stesse recitando una parte», disse Mavor mentre cercava di accendersi una sigaretta con scarso successo, visto che il gas dell'accendino non reggeva le temperature polari.

«No. Ti sbagli.» Nolan mi guardò un istante, e poi lo fulminò con lo sguardo. «Lo dici solo perché sei dalla parte di Cadogan.»

«Ascoltami bene.»

Il suo amico avvocato lo raggiunse in un paio di passi e gli mise una mano sulla spalla, strinse talmente tanto che mi chiesi se non lo stesse stritolando.

«Tu adesso torni a Londra con Venus e sua sorella, e le porti a casa sane e salve. A Lucky ci penso io. Sono stato chiaro?»

«Non esiste. Non ho intenzione di lasciarla qui.»

«Non te lo sto chiedendo. Non è un consiglio da amico. Questo è un cazzo di ordine da un tuo superiore.»

«E quella è la mia cazzo di ragazza!»

«Ti ho detto che ormai so come trovarla. Parlo la lingua, so a chi rivolgermi, e quei tipi lì dentro hanno l'aria di essere gente che si fa comprare con trentamila rubli. Hai messo in pericolo la vita di Venus e di Athena, portandole qui. Adesso le riporti a casa. E non ci sono discussioni.»

Mavor afferrò il telefono e fece partire una chiamata alla ricerca di un taxi.

Io colsi l'occasione per rivolgermi a Nolan, che scandagliava con lo sguardo i palazzi e i portici come se potesse scorgere Lucky svoltare l'angolo da un momento all'altro.

«Tu ti fidi di lei?»

«Sì. Mi fido di lei.»

«Allora andiamo. Si torna a Londra.»

Guardai Mavor mentre parlava al telefono, bello come una tormenta inquieta. Forse tutto quello che avevamo fatto non avrebbe avuto senso per gli altri, ma per me quei momenti respiravano di un senso d'infinito che mi sarei dipinta nell'anima.

Ma la domanda è... tu ti fidi di lui?

Eravamo rimasti a Mosca solo poche ore, eppure quel freddo polare mi sarebbe rimasto inciso nelle ossa ancora per molto tempo.

Guardai fuori dalla finestra della camera mentre chiudevo la valigia e osservai il riflesso di mia sorella che giocava con il cellulare dietro di me, poggiata alla testiera del letto con le lenzuola ancora sgualcite dal nostro breve passaggio.

«Spero di non essere rimasta incinta, dormendo su questo materasso.»

«Simpatica. Divertente», pronunciai a denti stretti con evidente sarcasmo.

«Sono ancora sconvolta. Non mi riprenderò mai più. E non so se mi sconvolge di più il fatto che sia l'avvocato di Cadogan o un figo spaziale.»

Non ero affatto in vena di scherzare, quindi decisi di glissare sull'argomento.

Mia sorella non prendeva nulla sul serio e, se pensavo che fino a poco tempo prima fosse disposta a testimoniare contro di me, mi veniva voglia di ficcarle la testa nel water e tirare lo sciacquone.

Calmati. Ragiona.

Il seno mi doleva, ancora scottato dalla cera, e in mezzo alle gambe il bruciore del passaggio di Mavor mi avrebbe ricordato di quelle sensazioni per ancora parecchio tempo a venire. Non riusciva ad andarsene senza lasciare i suoi segni.

Senza che il mio corpo mi ricordasse quanto fosse sbagliato averlo accolto in quel modo.

Scesi nella hall in silenzio una ventina di minuti dopo, da sola, dal momento che mia sorella aveva già raggiunto Nolan in auto.

A differenza di lei, qualcun altro non mi stava affatto aspettando, e una piccola parte di me si gonfiava d'ansia all'idea di lasciarlo da solo.

L'atrio era deserto a eccezione di Mavor ma, quando avanzai e superai la colonna che mi copriva la vista, mi accorsi che lui non era affatto solo.

Povera ingenua.

Davvero avevo pensato che sarebbe rimasto senza compagnia?

La pertica bionda era tornata all'assalto, e i due confabulavano su due divanetti come amici di vecchia data che si ritrovavano dopo anni e avevano un sacco di cose da dirsi.

Le mie gambe avanzarono da sole, mi ritrovai davanti a loro senza nemmeno rendermene conto e mi sentii trasparente e del tutto ignorata.

«Sei ancora qui? Lo stai facendo apposta?»

Non so se mi rivolsi più a lui o più a lei, in effetti. Ma il messaggio arrivò forte e chiaro.

«Venus?»

Si era accorto di me, finalmente.

«Gli stai facendo gli appostamenti? Non esiste un altro uomo, a Mosca?» ignorai completamente Mavor e mi rivolsi a quella ragazza.

Erano le 3 di notte passate e il bar era chiuso, eppure sembrava che quei due potessero servirsi da soli al bancone come se avessero carta bianca.

«Lui non viene con te, giusto?» mi rispose la pertica, sollevando verso di me due zigomi aguzzi falciati dal vento del nord.

Il suo accento, che di solito amavo, mi innervosì. La sua espressione mi fece scattare i nervi. Quella frecciata mi fece venire voglia di farle saltare le extension – perché quella colata biondo platino era tutto tranne che i suoi capelli veri.

«No, infatti», incalzai. «Legalo al letto con le bretelle, tanto la testiera è già sfondata. Detesta stare sotto, ma gli piacerà parecchio se comanda sempre lui.»

«*Ona sumasshedshaya*?»

Ignorai il modo in cui lei mi guardò come se fossi scappata da un manicomio, mentre Mavor si alzò di scatto.

«*Net, ona prosto rasstroyena.*»

«Smettetela di parlare in russo!»

«E tu smettila di fare la ragazzina», mi rimproverò Mavor, e io scacciai lo sguardo da quelle lunghe gambe nude che sfidavano le temperature artiche.

«Ah, e gli piacciono le calze. Ha il vizio di strapparle.» Poi lo folgorai con uno sguardo di pietra. «Deve averne ancora una mia arrotolata al braccio.»

Mavor borbottò qualcosa e si gettò verso di me con l'aria incarognita, ma non mi interessava di avergli dato fastidio.

«Okay, adesso piantala.»

Mi prese per il braccio e mi trascinò lontano, fino a farmi uscire dall'ingresso dell'hotel per portarmi in strada, sul marciapiede ricoperto di ghiaccio che affacciava sulla Piazza Rossa.

«Sei impazzita a parlare a una sconosciuta in questo modo? Di *noi*?»

«Non esiste nessun *noi*, avvocato.» Lo citai e lo vidi aggrottare le ciglia.

«E sono sicura che sono tutte cose che già sapeva.»

«Non è questo il punto!»

Avevo superato il limite perché lui non ne conosceva alcuno. La decenza, uno scrupolo anche minimo... niente.

«È così che pensi di aiutare Lucky? Portandoti le tue amiche in camera?»

«Non lo fare, *Venus*. Non farlo.»

E invece lo avrei fatto. Poteva scommetterci, che lo avrei fatto.

«Cambi compagna di stanza più di quanto cambi le mutande. È disgustoso.»

«Tutto questo non va bene, Kelley.»

«Tutto questo cosa?»

«Il dubbio, il sospetto... l'ansia che ti aumenta il battito. Il sangue che ti dice di non fidarti, l'incertezza, il timore... la rabbia.»

Era tutto lì, potevo sentirlo, tutto ciò che nominava. Era come se fossi un libro scritto in codice e lui avesse trovato il modo di decifrarlo.

«Di cosa stai parlando?»

Mi teneva stretta per il braccio anche se non ce n'era affatto bisogno. Si morse il labbro per trattenere un sorrisetto infame.

«Te l'ho già detto, è gelosia, stupida. Scommetto che non senti più il freddo, hai le guance arrossate. Viene dal greco *zeo*, che vuol dire 'bollire'.»

«Per favore, risparmiami le tue lezioni di greco e latino!»

«Non te la puoi proprio permettere, la gelosia!»

«Ti devo ricordare di quello che hai fatto quando mi hai vista con la faccia di Braiden tra le cosce?»

Fremette di nuovo e tese i lineamenti, strattonandomi in modo che mi avvicinassi a lui.

«È il figlio di Charles Cadogan!»

«E quella ragazza è una escort!»

«Esatto! Il che vuol dire che può aiutarmi a rintracciare un certo giro che sto cercando.»

Respiravo a fatica. Li vedevo solamente mescolarsi i sospiri su quel letto mentre io ero a chilometri di altitudine e di distanza: i capelli biondi sul suo petto e lui che godeva su quel corpo snello ed elegante totalmente lontano dal mio.

E aveva ragione, non avevo più freddo: mi sentivo andare a fuoco.

«Penso di essere solo scossa per Lucky, e preoccupata.»

Il piglio severo gli restava inciso nell'espressione, come un bassorilievo scolpito nel marmo.

«Ti ho promesso che te la riporto a Londra.»

«Io non te l'ho mai chiesto.»

«Sarà l'ultima cosa che faccio per te, capinera.»

Non mi guardò in faccia, mentre io sentii una scure pendermi sulla testa come una condanna definitiva.

«E per Nolan», si corresse immediatamente.

«Vedi... vedi di fare attenzione.»

Glielo chiesi come una supplica, ma quando vide i miei occhi spossati si impettì di un nuovo strano guizzo di alterigia, come se dovesse tenermi a distanza.

«Non pensavo che l'avrei mai detto ad anima viva. Ma dovresti cercare qualcosa di più di quello che io posso darti.»

Il cuore fece un tonfo sordo nella mia gola e un sapore amaro di bile mi disgustò il palato.

«Non starai mica parlando di *sentimenti*?»

«Sto parlando... di uno che non ti scopa contro la parete di una chiesa, o su uno scaffale di una biblioteca pubblica. E non ti porta in quella stanza che ormai conosci bene. Io sono così, io sono questo. E sì, cambio compagna di stanza come cambio le mutande. Fiori, anniversari, cene a lume di candela, tutte quelle stronzate alla Braiden Cadogan... non sono io.»

«Non lo voglio, tutto quello.» *E nemmeno lo merito.* «Sono una stripper.»

«Andiamo, è quello che volete tutte. E io per te sono solo una minaccia.»

Un vuoto nello stomaco, e io spensi l'interruttore delle emozioni. Divenni vuota, di nuovo un involucro inutile che lui non poteva intaccare.

«Mi stai gettando tra le braccia di Braiden? Che razza di uomo sei?»

«Ho bisogno di sapere che qualcuno si sta prendendo cura di te. Penso che un giorno mi ringrazierai.»

«Lo dici soltanto perché mi hai scopata abbastanza.»

«Penso di averti fatto di peggio di quello.»

Lo allontanai con una spinta, ma lui fece resistenza.

«Non credere di sapere cosa vada bene per me, razza di presuntuoso.»

Non so se si fosse accorto di qualcosa, ma a quel punto Nolan uscì dall'auto e ci raggiunse, seguito da mia sorella che sonnecchiava.

«Ragazzi, dobbiamo andare.»

Poi si voltò verso Mavor e si piazzò davanti a lui.

«Non so cosa tu abbia in mente, non voglio nemmeno chiedertelo. Ma cerca di non fare cazzate.»

Quello sguardo corvino tra loro mi divorò di una sensazione ansiogena. Subito dopo Mavor ghignò.

«Tu vedi di farti una TAC al cervello. Quando sei innamorato sei insopportabile.»

Si abbracciarono, dandosi due pacche sulle spalle, e io rimasi a guardarli senza staccare gli occhi di dosso da Mavor.

Lui mi guardò e schiuse le labbra come per parlare, ma un'ombra calò su quel silenzio e il gelo mi pizzicò gli occhi.

«Guardatevi le spalle.»

Rimasi imbambolata a fissarlo mentre tornava dentro l'hotel, la linea imponente delle sue spalle reclinate in avanti a sopportare il freddo, chiedendomi se l'avrei rivisto.

Se avrebbe riscaldato il letto con quella giraffa o con una bottiglia di vodka, o magari con entrambe. Probabilmente non lo avrei mai saputo.

La mano bollente di Athena si avvinghiò alle mie dita, e per la prima volta la vidi prestare attenzione a me e non all'oggetto dei suoi desideri. Mi guardava con... *comprensione*?

«Ci ho provato a fingere che tu non fossi mia sorella. Ma il DNA non mente mai.»

Mi voltai e afferrai il manico della mia valigia tra le dita e sorrisi a quel paragone ridicolo tra la sua cotta adolescenziale per un amore impossibile e i miei continui tentativi di sabotare da sola la mia stessa vita.

Ero pronta a lasciarlo indietro e a tornare a casa, sempre ammettendo che ne avessi una.

«Non sai nemmeno di cosa parli.»

E nemmeno io sapevo nulla sull'amore, era un concetto che non mi sfiorava nemmeno.

Eppure se avessi potuto descriverlo avrei parlato della scintilla negli occhi di Nolan Flynn che si accendeva ogniqualvolta gli nominavo Lucky, mentre gli raccontavo del modo in cui mi aveva allontanata. Non c'era stato un momento, nemmeno un singolo istante in cui aveva dubitato di lei, e io quasi mi sentii in difetto ad averlo fatto.

Forse Mavor aveva ragione e tutta quella storia dell'amore era una trappola senza uscita per renderci solo un po' folli e decisamente molto, molto stupidi. Nolan chiuse la porta di casa sua dietro di me e controllò che avessero cambiato la serratura come da sue indicazioni.

«Non hai più detto una parola da quando siamo arrivati a Londra. Vuoi mangiare qualcosa?»

Era giorno inoltrato, quasi l'ora di pranzo.

Mia sorella era tornata alla sua casa-famiglia, io non avevo chiuso occhio durante tutto il volo e sentivo che la mia impassibilità mi stava abbandonando e che presto sarei dovuta ricorrere a qualche aiutino farmacologico per addormentarmi.

Forse avrei dovuto essere felice delle mie turbe emotive, ma non lo ero affatto.

Ero sempre più lontana dal concetto di felicità, a dirla tutta.

Ero stanca, prostrata, dolorante, con ancora l'odore di Mavor addosso che mi teneva sveglia e quella sensazione di aver fatto un viaggio indimenticabile, ma inutile.

Cercai nervosamente se mi fosse rimasta qualche sigaretta abbandonata sul fondo della borsa, mentre continuavo a rimuginare sulle parole di Mavor, analizzandole una per una in maniera ossessiva.

«Ho finito le sigarette, dannazione.»

«Vin. Lascia che te lo dica ancora una volta, una sola...»

«Non lo voglio sapere. Non mi interessa», cercai di interromperlo ma Nolan parlò ugualmente, con una crudezza che non gli apparteneva.

«Lui metterà sempre il caso davanti a tutto il resto.»

«Non ho mai voluto il contrario. Siamo due anaffettivi, Nolan.»

Mi guardò come se non credesse a una sola parola, ma quella era una convinzione con cui io ero cresciuta.

«Ho bisogno di fumare.»

«Io ho solo sigari. Ma mi pare che Lucky abbia lasciato un vecchio pacchetto nel cassetto del suo comodino. Forse ne è rimasta qualcuna, a un certo punto non le ha più fumate.»

Entrai nella loro camera da letto e andai a curiosare nel suo cassetto.

Un pacchetto di Lucky Strike nero e azzurro mi fece sorridere perché lei mi mancava più di quanto volessi ammettere, ma sorrisi un po' meno quando ne accesi una e notai che erano al mentolo.

Che schifezza immonda, ora capivo perché Lucky le aveva lasciate.

Mi rigirai tra le dita quel pacchetto consumato dal tempo, riflettendo sul fatto che l'avevamo trovata, eppure eravamo tornati a mani vuote.

A mani vuote...

Che strana espressione per parlare di un nulla di fatto.

Osservai la fiamma dell'accendino chiedendomi se il mondo avrebbe smesso presto o tardi di farmi pensare a Mavor. Guardai dentro il mio reggiseno e osservai i segni della cera bollente: quel rossore lampante mi ricordò ogni singola sensazione come se la stessi vivendo, ancora una volta, per la prima volta.

«La cosa più bella di non provare niente è che puoi provare tutto per la prima volta.»

Chiusi gli occhi e inspirai una boccata di fumo riempiendomi i polmoni. Poi li riaprii e rigirai ancora il pacchetto tra le dita.

Qualcosa aveva attirato la mia attenzione, ma non capii nell'immediato cosa fosse, presa a vacillare troppo in bilico sul filo dei miei pensieri.

I colori accesi, il blu contro il nero, la scritta a caratteri maiuscoli...

La scritta sotto l'apertura del pacchetto era chiara, mi si evidenziò agli occhi stampata bianco su nero. Era una coincidenza. Doveva essere una coincidenza, eppure per un attimo mi sembrò una chiave per decifrare la sua scomparsa.

D'altronde qualcuno mi aveva detto che le coincidenze sono solo sincronie del destino, messaggi in bottiglia sbiaditi dal mare.

Quelle sigarette, come un messaggio in codice, erano Lucky Strike *Eclipse*.

16

Baby, we tried to fight it

«È che sopravvivi alla tempesta, al maremoto, all'uragano.
E poi ti accorgi che il sereno non ti basta più.»
E.B. Luin

Venus ♀

Mi coprii la bocca spalancata con il palmo aperto, e rimasi a osservare i miei pensieri come se mi volteggiassero sopra la testa.

Avevo una sete di verità che graffiava la gola: mi si attaccò al palato come colla e rovesciò il mio stomaco al punto che dovetti trattenere un conato.

La sigaretta finì spenta a metà nel posacenere della camera da letto, assieme alle altre vecchie cicche macchiate del lucidalabbra alla ciliegia di Lucky.

Schizzai fuori da quella stanza e poco dopo Nolan mi vide attraversare la sala in fretta e furia, mentre indossavo di nuovo le sneakers che avevo abbandonato all'ingresso.

«Dove vai? Siamo appena arrivati!»

Non potevo parlarne con lui.

Non sarei riuscita a pronunciare il mio sospetto ad alta voce, a condividerlo proprio con chi ci aveva ospitate e aiutate e guardate con una fiducia che forse non meritavamo.

«Devo scappare!»

Magari faceva bene Mavor a trattarmi con disprezzo e antipatia.

Mi gettai nell'ascensore e mi precipitai in un taxi che come al solito non potevo permettermi affatto e mi catapultai in direzione Kings Place.

La redazione del *The Observer* aveva un arredamento fermo al secolo scorso, con gli stagisti ammassati tra le scrivanie delle sale centrali e pochissimi giornalisti eletti che potevano vantare uno studio proprio.

Lance Lars era uno di quelli, e sapevo che lo avrei trovato a lavorare indefesso nel suo ufficio con una barricata sollevata contro il mondo esterno.

E infatti lo vidi attraverso le veneziane, ricurvo sul suo computer come se si fosse fuso in esso, l'occhiale dalla montatura spessa calato sul naso e la sciarpa attorno al collo che ricadeva sulla tastiera.

«Signorina Kelley. Cosa ci fa qui?»

Mi riconobbe subito, mentre aprivo la porta cercando di fare meno rumore possibile.

«Penso di avere qualcosa da mostrarle. Ho bisogno di sapere se sono completamente pazza, oppure no.»

Gli gettai sulla scrivania il pacchetto di sigarette che avevo trovato nel cassetto di Lucky, senza particolari convenevoli.

Sentivo ancora in bocca il sapore al mentolo di quel tabacco che doveva essere vecchio di anni, la carta delle sigarette ingiallita, l'interno del pacchetto che sapeva di fumo stantio e il retrogusto di menta quasi svanito.

Lance Lars osservò il pacchetto rigirandoselo tra le dita.

«Lucky Strike... Eclipse? E quindi?»

«È possibile che la proprietaria di queste sigarette fosse la vera Eclipse?»

«Suppongo che dipenda da chi possiede attualmente questo pacchetto.»

Non volli dirgli niente e abbassai lo sguardo.

Lui mi squadrò come se non capisse affatto il motivo per cui mi trovassi nel suo ufficio.

«Venus... posso darti del tu? Non sono molto più grande di te, in fondo.»

«Faccia come crede.»

Prese un lungo sospiro prima di parlare, come rassegnato all'evidenza dei fatti.

«È appurato che Eclipse fosse Regina Storm. Mi ha cercato lei stessa fornendomi particolari che avrebbe potuto sapere solo lei. E Regina, purtroppo, è stata uccisa a sangue freddo poco tempo fa. Probabilmente proprio per questo motivo.»

A sangue freddo. Quell'espressione collegata a Mavor mi fece rabbrividire.

«Cioè per impedirle di testimoniare? Come fa a esserne così sicuro?»

Sapevo che Lars si sbagliava. Sapevo perché Regina era morta, sapevo per mano di chi e non riuscivo a togliermi dalla testa che il motivo fosse quello di proteggere me e mia sorella.

Le quote.

Mavor era ancora un rebus per me, un rompicapo dalle sfumature oscure, eppure si era spinto a difendermi fino a sparare a freddo a un altro essere umano senza pensarci due volte, per impedire che potesse farmi del male.

E se Lars non aveva ragione, se Regina Storm non era stata uccisa per eliminare un testimone scomodo, avrebbe potuto avere torto anche su tutto il resto.

«Io sono un giornalista, non sono un avvocato, Venus. Sono *super partes*, il mio lavoro è cercare la verità.»

«Forse per trovarla davvero non dovrebbe darla per scontata.»

«E forse tu non dovresti cercarla in uno stupido pacchetto di sigarette.»

Magari stavo peccando di troppa fantasia e la mia immaginazione aveva preso a galoppare troppo velocemente, ma davvero non riuscivo a credere che potesse essere solo una coincidenza.

Mi ripresi il pacchetto e voltai i tacchi per lasciarlo al suo lavoro.

«Ah, e... Venus?»

«Sì?» Mi girai speranzosa, illudendomi che avrebbe potuto dirmi qualcosa di più rispetto al modo sbrigativo in cui mi aveva liquidata.

«Sono un po' a disagio a chiedertelo, ma... per caso, il tuo avvocato...»

Victor Winter?

«Intendo la dottoressa Christabell Kelley.»

Sollevai il sopracciglio.

Ero finita in un covo di intellettuali megalomani, usciti dalle migliori università d'Inghilterra, che però in fondo cercavano tutti la stessa cosa.

«Ah. Certo. Mia cugina.»

«È impegnata? Che tu sappia?»

«Non dovrebbe.»

Non ne avevo idea.

Non la sentivo spesso, da quando aveva scoperto di me e Mavor ed ero stata costretta a sostituirla.

Non potevo nemmeno escludere che si fossero risentiti.

«Per caso potresti darmi il suo numero?»

Sospirai, mentre annuivo e realizzavo che per quel giornalista il caso si era praticamente chiuso nel momento in cui, durante l'ultima udienza, Mavor mi aveva fatto passare per la prostituta di Charles Cadogan davanti a tutto il mondo in ascolto.

Per tutti quelli che stavano a guardare io ero solo una in cerca di soldi e Cadogan la povera vittima con una famiglia distrutta: probabilmente anche la polizia aveva smesso di indagare e io mi sentivo più sola ogni giorno che passava.

Me ne tornai a casa con un nulla di fatto. Lance Lars aveva smesso di ricercare la verità, si era arreso alla morte di Regina e, se proprio dovevo dirla tutta, mi sembrava che anche lui non mi risparmiasse qualche sguardo di biasimo, di tanto in tanto.

La gente non mi guardava più come una vittima, ma come l'ex amante di Cadogan decisa a montare su un caso mediatico nella speranza di ottenere una liquidazione per il tempo passato con lui.

Ma io avevo smesso di curarmi di cosa pensasse la gente da quando avevo fatto il mio primo spogliarello.

Eppure ci sono alcuni occhi che, quando ti si posano addosso, cambiano la tua percezione e affossano le più solide certezze.

Passarono tre giorni da quell'incontro, tre giorni infiniti in cui cercai di non restare mai a casa.

Era difficile vivere nella stessa casa con Nolan senza rivelargli quello che sospettavo, perciò me ne andavo a zonzo passeggiando per tutto il giorno, senza un posto dove andare realmente.

Quando pensavo di essere crollata in una nuova fase della mia confortevole alessitimia, perché il mio stile comunicativo era tornato debole, sterile e incolore come ghiaccio sciolto, le mie emozioni subirono uno scossone che mi mise a dura prova.

Avevo passato la serata da *Annabel* con Juliet, per aiutarla a fare i conti, senza voler salire sul palco.

Rientrai a casa che stava quasi per albeggiare e trovai un insolito buio pesto ad avvolgere la sala.

L'acqua del bollitore elettrico gorgogliava senza sosta, come se qualcuno stesse preparando qualcosa e si fosse scordato di averlo lasciato sui fornelli.

Entrai cercando di fare piano e mi tolsi le scarpe, poi nel buio chiamai il detective per accertarmi che dormisse.

«Nolan? Tutto okay?»

La risposta mi annebbiò la vista per un istante.

«Eri da *Annabel*?»

Non era la voce che mi aspettavo, ma era talmente familiare da risultarmi spettrale. Dalla stanza da letto di Nolan spuntò una massa di capelli vaporosi color fuoco, e una vestaglia di seta a kimono dello stesso colore.

Una ragazza fin troppo reale per essere un miraggio.

Lucky Red.

Rimasi in silenzio a osservarla nella semioscurità della stanza, con gli occhi rapiti da quel suo lento incedere.

Forse dopo quello che era successo la vedevo con occhi diversi.

Ma il cuore mi si riempì dell'affetto che sapevo di provare per lei, io che non provavo mai nulla per nessuno, e del sollievo di vederla dentro casa sana e salva.

«Lucky! Sei tornata!»

Da quel poco che afferrai dalla penombra, la mia migliore amica sembrava stanca, consunta, con il trucco sbavato e con gli occhi cerchiati.

Il cuore mi si strinse in una morsa di spine a vederla così, col volto colpevole, ma bella come era sempre stata e con qualche ruga di preoccupazione in più.

Quella gioia iniziale che ebbi nel rivederla subì una brusca frenata quando mi tornò in mente quello che per me ormai da dubbio feroce si stava trasformando in certezza.

«Vin. Mi sei mancata.»

Mi abbracciò dolcemente.

La nuvola di capelli rossi era stretta in una treccia morbida che le scopriva i lineamenti e i suoi occhi cilestri e metallici brillavano sotto un lungo paio di ciglia finte, di un nero corvino che non le apparteneva.

Lucky aveva la ricrescita biondo cenere, la pelle rosata e le labbra più belle che avessi mai visto su una ragazza.

Mi ricordavo di lei al liceo, indossava lo stesso profumo... Era *Alien* di Mugler, glielo avevo regalato un paio di volte al suo compleanno perché non avevo mai avuto fantasia con i regali.

La strinsi a me perché avevo davvero temuto di non poterlo più fare.

«Vi avevo chiesto di lasciarmi stare. Ma l'avvocato a quanto pare non era d'accordo con me.»

Qualcosa in me si spezzò nel sentirlo nominare, ma lei lo fece con un dolce tono di delicatezza che non le avevo mai sentito addosso.

Lucky era pungente, divertente, sardonica.

Era sempre stata una lingua lunga, e quell'aria imbarazzata non le si addiceva, al punto che quasi faticai a riconoscerla.

«Mavor?»

Che domande, ovvio che era stato Mavor.

Non sapevo come ci fosse riuscito, ma aveva mantenuto la sua parola e aveva convinto la mia migliore amica a tornare a casa.

«Perché eri lì? Sei stata rapita oppure no?»

Lucky prese una tazza con su scritto BE MY SULTAN e ci versò dentro dell'acqua bollente.

«Ci sono tante domande che meritano di avere una risposta.»

Nolan uscì dalla camera, a quel punto. Aveva un'aria sconvolta, continuava a sistemarsi il ciuffo di capelli con le dita tremanti e i nervi a pezzi di una nottata passata insonne.

«Rispondi a questo, tanto per cominciare.»

Andai dritta al punto. Gettai sul tavolo il pacchetto di sigarette decisa a scoprire le carte in tavola, ancora una volta senza la minima voglia di girarci intorno.

«Sei tu, non è vero? Sei tu Eclipse?»

Lucky trasecolò alla vista di quel pacchetto, al punto che gli occhi le si fecero lucidi. Quasi mi sentii in colpa, a vederla vacillare in quel modo.

«Dove lo hai trovato?»

«Nel tuo cassetto. Avevo solo voglia di una dannata sigaretta.»

Mi superò, io che ero rimasta ancora all'ingresso, per andarsi a gettare sul divano che affacciava su una strada deserta di una città ancora assonnata.

«Allora?»

«No. Non sono io.» Aveva l'aria affranta.

La confusione si fece largo a bracciate e io mi persi nel labirinto indistricabile della mia testa.

«Stai mentendo. Non è possibile che non sia tu.»

«No. Non sono io. Ma forse avrei preferito essere al suo posto.»

«Che diavolo vuol dire?»

«Che io, Eclipse, la conoscevo bene.»

Deglutii, perché ne parlava al passato e la cosa mi spaventò sul serio.

La prima cosa che mi venne in mente fu noi due, io e Lucky in una strada ghiacciata dalla neve disperse nel bel mezzo del Sussex, mentre io le chiedevo di quel nome e lei fingeva di non averlo mai sentito nominare.

«Ma di cosa stai parlando?»

Afferrò il pacchetto sul tavolo e lo osservò, con uno sguardo negli occhi che sciolse qualsiasi pensiero malsano che avevo avuto nei suoi confronti.

«Questo pacchetto di sigarette è l'unica cosa che mi rimane di lei.»

Una stretta allo stomaco mi torse le viscere a vederle quello sguardo addosso.

«Che cosa... che cosa vuol dire?»

Mi rivolse un sorriso. Dolcissimo, disperato, combattuto, colmo di mancata rassegnazione.

Pregno di chi ancora stava lottando una battaglia nascosta di cui non aveva mai voluto parlare prima.

«Eclipse è stata il mio primo amore.»

Mi ressi al bracciolo dietro di me e rimasi in silenzio. Guardai Nolan che stava facendo esattamente la stessa cosa, e potevo vedergli il disagio stampato dietro le iridi azzurre.

«L'ho conosciuta che ero una commessa, quando lavoravo da *Marks & Spencer*. Lei aveva qualche anno più di me. Faceva già la stripper da *Annabel*.»

Mi dovevo sedere. Mi accasciai su un tavolino in legno di bambù poco distante da lei.

L'urgenza di sentirmi raccontare tutta quella storia strideva contro il timore di sentirmi dire qualcosa che non ero pronta ad affrontare.

«Non... non ho capito. Ricomincia da capo.»

«Fu lei che mi disse che fumava le Lucky Strike perché si chiamavano come me, e allora anche io iniziai a fumarle.»

Le rosse. Fumava le rosse.

Sorrise ancora, e portò la bevanda calda alle labbra.

«Amava quelle al mentolo, da lì aveva trovato il suo soprannome.»

«Lucky, io...» balbettai senza riuscire a credere di essere finita in una storia del genere, fitta come un roveto ingarbugliato di nodi di spine.

Perché non me lo aveva detto?

Perché, Lucky?

«Io sono stata assunta da *Annabel* dopo di lei, come rimpiazzo. Ma lei mi ha insegnato tutto quello che so.»

«'Rimpiazzo'? Cosa le è accaduto?»

Eravamo arrivate alla parte difficile del racconto. Nolan restava in piedi in un angolo in disparte, come se volesse punirsi di qualcosa, e quel qualcosa era il fatto di non sapere cosa dire o cosa fare.

«Le è accaduta la stessa cosa che è successa a te. Sparì per una sola notte, ma non mi preoccupai perché accadeva spesso a chi faceva quegli orari... Ma una mattina venne da me e mi raccontò il modo in cui era riuscita a salvarsi da un rapimento.»

Il fatto che ero stata graziata era ciò su cui Mavor aveva fondato la sua intera difesa iniziale. Ma anche Eclipse era riuscita a scappare, e questo non rendeva il racconto meno veritiero.

Non potevo permettermi nemmeno la minima emozione, all'epoca. Ricordo la paura che veniva fuori a fatica sotto forma di gocce di sangue e sudore.

Lo sgomento che si trasformava in pillole di ricordi sbiaditi, cancellati dalla mia mente che non voleva ricordare.

«Io rimasi scioccata. Lei cercò di chiedere aiuto, ma la sua denuncia venne ritirata pochi giorni dopo.»

Aveva ragione Lance Lars la prima volta che l'avevo incontrato: Eclipse avrebbe potuto davvero aiutarmi.

E avevo anche sentito bene quella sera sulla terrazza di *Annabel*, quando Cadogan aveva detto a Mavor che *ce ne erano state altre*.

Era tutto vero. Tutto tornava, sempre nello stesso puzzle a cui mancavano ancora parecchi tasselli.

«Ma quindi... quindi adesso lei dov'è?»

«Non lo so. L'ultima volta che l'ho vista aveva l'aria di chi sapeva che mi stava guardando per l'ultima volta. Si è scordata questo pacchetto di sigarette a casa mia, e poi è svanita nel nulla... nello stesso modo in cui era comparsa.»

Mi alzai in piedi e cominciai faticosamente a ragionare, ma in realtà stavo solo perdendo lucidità, dopo quel racconto.

«Quindi... quindi non era Regina Storm! Non è mai stata Regina Storm!»

«Regina... cosa? No! Il suo vero nome era Madeleine. *Maddie...*»

Guardò fuori dalla finestra come a ricordare tutte le notti che doveva aver passato a cercarla.

In quel periodo io passavo da una clinica riabilitativa a un'altra e non avrei mai potuto sapere cosa stesse facendo Lucky nel frattempo.

«Chi è Regina Storm?»

«Una persona che mi ha raccontato di essere Eclipse. Mi ha detto di non parlarne a nessuno, ma io...»

Mi voltai verso Nolan che stava avanzando verso di me, come se già sapesse che a quel punto lo avrei tirato in ballo nel discorso.

«Tu sapevi... tu lo sapevi?»

Cercava la sua scatola di sigari con le dita che tremavano.

«Mi è bastato indagare un po' per scoprire il vero nome di Eclipse, ma non volevo dirti nulla fin quando non avessi ricostruito tutto il quadro.»

Non avevo mai visto Nolan con quell'aria sconvolta.

«Sapevo che non fosse Regina e che si chiamasse Madeleine, mi è bastato chiedere a qualche cliente più affezionato.»

Poi guardò la sua ragazza.

«Mi sento un perfetto idiota a non aver ricollegato quella ragazza a te.»

«Lo sapevano in pochi», ammise Lucky.

«Ma allora Regina chi era?»

Dovevo saperlo, dovevo capire in che modo mi avessero manipolata.

«La titolare del *Juniper*. Un'amica e amante di Charles Cadogan di vecchia data, una sua *alleata*.»

Continuai a scuotere la testa senza comprendere per quale motivo fosse venuta da me, quindi Nolan si fece più preciso.

«Regina Storm è stata un diversivo mandato da Cadogan per farti credere che lei fosse Eclipse, e spingerti a smettere di indagare su di lei.»

A quel punto anche Lucky balzò in piedi.

«Perché? Perché quel bastardo voleva che Venus smettesse di cercarla?»

«Non lo so.»

Avevo bisogno di fuggire da tutto e da tutti. L'amore stroncato che leggevo negli occhi di Lucky mi distruggeva. Per me, per Nolan, per quella ragazza che non le avevo mai sentito nominare.

L'amore che io non sarei mai stata in grado di provare, lei l'aveva tenuto in qualche posto in fondo al suo cuore, nascosto persino a me.

Ma anche io potevo dire di essere stata sempre sincera con lei o, peggio, con me stessa?

«Adesso spiegami del rapimento», proseguii versandomi una tazza di qualunque cosa lei avesse preparato.

Lucky era distante e faceva fatica a parlare.

Sotto quel velo di marcato disincanto si nascondevano tutte le sue fragilità.

«Quando Maddie... *Eclipse* è scomparsa, mi sono fatta assumere da *Annabel* per cercare di capire cosa le fosse capitato.»

«Continua.»

«Quando mi sono convinta che non ci fossero strani giri in quel posto è successa la stessa cosa anche a te, e a quel punto ero davvero disperata. Non volevo che ti succedesse la stessa cosa, non me lo sarei mai perdonato. Dovevo agire.»

«E a questo punto entrano in ballo i nostri cari servizi segreti...» Nolan avanzò in una nuvola di fumo. Lui era stato il primo a riconoscerli, ma Lucky già sapeva di essere tenuta d'occhio.

«Alla fine, ho scoperto che anche l'MI6 era sulle sue tracce. Si sono messi in contatto con me quando hanno scoperto che eravamo molto vicine. Una stripper che aveva avuto una relazione con una ragazza scomparsa... ero l'esca perfetta. Quindi mi hanno chiesto di collaborare.»

«Perché non mi hai detto niente? Perché quando ti ho chiesto di Eclipse mi hai mentito?»

«Io volevo solo proteggerti, Vin. Te lo giuro. Ma se ti avessi raccontato di lei, temevo non saresti più andata avanti con la causa, mentre quel bastardo merita di finire i suoi giorni in galera.»

Si sbagliava di grosso. Io non temevo quell'uomo, non lo avevo mai fatto.

Il lato positivo di non avere istinto di sopravvivenza è che nessuno può farti paura.

Quello negativo è che probabilmente morirai giovane.

«E il rapimento? La Russia?»

«Erano mesi che collaboravo con dei clienti sospetti, me li sono lavorati per bene. E infatti avevo ragione: mi avevano puntata. Hanno organizzato la missione nei minimi dettagli, ma grazie a intercettazioni ambientali sapevo come e quando sarei stata rapita e dove mi avrebbero portata.»

«Tutto questo è folle, lo sai?» la rimproverai. Lucky aveva passato gli ultimi mesi a ricordarmi quanto fossi in gamba e coraggiosa. Ma, se io ero stata coraggiosa, lei era davvero fuori di testa a esporsi a un rischio del genere.

«Sono andata in Russia con la speranza di ritrovare Eclipse, o di capire cosa succedesse alle ragazze rapite. Non immaginavo che avrei messo in pericolo te e Nolan, Athena, e persino Mavor...»

Mavor.

A sentire quel nome il cuore mi precipitò nella giugulare e io dimenticai tutto il resto.

Forse stavo peccando di egoismo, ma il corpo rispondeva a stimoli ben precisi e fu colto da una strana frenesia ansiogena.

Avevo bisogno di sapere che lui stesse bene.

«Come sta Mavor? Dov'è ora?»

«È rimasto a Mosca.»

«Cosa vuol dire che è rimasto lì?»

«Quello che ti ho appena detto: è rimasto in Russia.»

Ecco un'altra testa calda.

Un altro perfetto idiota che si sarebbe esposto a qualsiasi pericolo convinto di essere al di sopra della mortalità di noi esseri umani.

«Perché? A fare cosa?»

«Non lo so, io... non lo so, Venus. Penso che stia indagando, ma temo sia successo qualcosa che non ha voluto dirmi.»

«È rimasto in Russia da solo?»

Nolan avanzò verso di lei.

«È una cosa pericolosissima.»

«Nolan, se tu sai qualcosa, qualunque cosa...»

«Non posso, Vin. Lo sai benissimo.»

«Cazzo!» urlai di frustrazione a quella sua risposta negativa.

«È l'avvocato di Cadogan, nel caso ve lo stiate dimenticando!»

Mi voltai verso Lucky senza nemmeno accorgermi che, ora che lei era a casa sana e salva, la mia priorità era lui.

«Ma ti ha aiutata a fuggire! E se qualcuno lo avesse visto quando quell'uomo lo ha ferito?»

«Non avrebbe dovuto farlo. Era un agguato dei servizi segreti britannici. Dovevo fuggire ma senza far perdere le mie tracce, in modo che qualcuno dei rapitori potesse inseguirmi. Se non vi foste messi in mezzo, forse sarebbero riusciti a fermare il mio inseguitore.»

«E se qualcuno lo avesse riconosciuto?» domandai più a me stessa che agli altri.

Mi aveva dato dell'irresponsabile da quando lo avevo conosciuto, ma in realtà era sempre stato lui il vero spericolato incosciente.

«Cadogan non potrebbe mai rinunciare a lui nel pieno del processo.»

«Avresti dovuto dircelo», commentai tutta quella storia con una frase fin troppo glaciale.

«Sono d'accordo con Venus. Avresti davvero dovuto dircelo. Adesso capisco tutto. I servizi segreti fuori dalla mia baita...» si inserì Nolan.

«Non mi avreste lasciata fare quello che dovevo fare. Avreste cercato di fermarmi. Siete persino venuti a cercarmi fino a Mosca!»

Nolan aveva aperto il computer, il che voleva dire che non avrebbe aspettato il sorgere del sole per ripartire con le sue indagini.

«Che cosa hai scoperto, in Russia?»

«Su Maddie poco o niente. Non riesco a trovarla. Ma penso di aver messo gli agenti sulla buona strada per individuare chi ci sia dietro quel giro assurdo. Perché lo sappiamo tutti di chi stiamo parlando. Abbiamo solo bisogno di prove schiaccianti.»

«Non voglio sentirlo dire ad alta voce», la pregò il detective.

Sapeva di essere a un bivio. Sapeva che prima o poi avrebbe dovuto scegliere tra Mavor e Lucky.

«Charles Cadogan. I suoi figli. E tutta quella loggia segreta assurda di cui tu fai parte.»

«Oh, andiamo! Gli scopi di quella associazione non erano certamente benefici, è un gioco di potere, ma non ho mai pensato che arrivassero a tanto. E mi pare evidente che io non fossi l'unico ad avere i miei segreti.»

Lucky sbuffò risentita incrociando le braccia sotto al seno.

«L'ho fatto per Madeleine e per Venus. Le amo entrambe, in maniera diversa. Riesci a capirlo?»

«Sì. Riesco a capirlo. Quello che mi chiedo è se ci sia spazio anche per me.»

Si accese un sigaro cubano e cominciò a tirare senza aspirare, rabbuiandosi al punto da ricordarmi gli occhi cinerei del suo migliore amico.

«Ed era una missione troppo pericolosa per te. Se ti avessi persa, io...»

Non finì la frase perché il fumo gli si fermò in gola.

«E per uno come Mavor? Sarebbe stata pericolosa anche per lui?» chiesi.

«No, per uno come Mavor no. Lui se la cava sempre. Tornerà, Vin... che ti piaccia o no.»

Un brivido mi percorse la spina dorsale quando gocciò in me la consapevolezza che avrei voluto essere lì con lui.

Per ricordargli quanto lo odiassi, ovviamente.

E dentro quella chiesa a pregare l'un l'altra coi corpi avvinghiati, la collisione di due supernove di cui tutti avrebbero visto la luce, ma che solo noi avremmo realmente potuto *sentire*.

17

Why can't I find no one like you?

«Tu torna
che abbiamo un bacio in sospeso.»

Venus ♀

QUEL pensiero mi tenne accesa di notte come un faro a vegliare su una tempesta lontana.

E si tramutò presto in una reale ossessione, quando l'ansia cominciò a divorarmi qualche giorno dopo.

Sapevo che di Mavor nessuno aveva più notizie, e ciò mi fu confermato dal fatto che Victor mi avvertì che avevano rimandato due udienze. Divenne un mio pensiero fisso soprattutto alla luce delle ultime cose che ci eravamo detti.

Non potevo impedirmi di odiarlo come non potevo impedirmi di pensare a lui: se gli fosse capitato qualcosa di male non me lo sarei mai perdonato.

«Guardami, Venus. Non devi dirlo a nessuno. Potrebbero succedere delle cose terribili.»

Quella notte mi sentivo sola. Così sola che, dopo aver fatto a forza un addio al celibato da *Annabel* non avvertivo stanchezza ma solo disagio.

Vedevo Mavor negli occhi degli altri uomini e poi *no*, mi rendevo conto che nessuno di loro era lui e che nessuno avrebbe mai potuto esserlo, nel bene ma soprattutto nel male.

Quando mi intrufolai al *The Haller* diluviava. Avevo raccontato a me stessa che avevo bisogno di un posto per ripararmi: non vedevo un temporale del genere a Londra da tantissimo tempo.

Non so perché volli chiamarlo dal suo locale, ma vedendolo così vuoto, con un solo barman e una signora che faceva le pulizie ai tavoli, un magone di malinconia mi afferrò la gola e decisi di provarci.

Quella sera a Londra non era uscito nessuno, le strade deserte su cui si riversava la pioggia vennero spazzate ben presto da un vento umido che trascinò le nubi verso nord.

Il cellulare di Mavor squillava a vuoto.

Rispondi.

Rispondi, maledizione.

Segreteria telefonica.

Non ci credo.

«Mavor, ho bisogno di parlarti. Ho bisogno di sapere che sei vivo.»

Rimasi a tamburellare con le dita sul bancone per un tempo che mi sembrò infinito, immaginando cosa avrebbe pensato quando avesse ascoltato quel messaggio.

Al modo in cui mi avrebbe presa in giro.

Mi avrebbe detto di stargli lontano per l'ennesima volta e poi forse si sarebbe morso il labbro mentre osservava il mio.

Guardai in mezzo alle mie gambe. Dalla mia borsa aperta sbucava fuori un libro che avevo comprato qualche settimana prima, con le pagine ingiallite e bagnate dalle gocce di pioggia.

«Signorina, stiamo per chiudere. Stasera non saremmo aperti.»

«Tod... no, Rod! Giusto? Io sono... ti ricordi di me?»

«Sì. Lei è quella che si è rubata la vodka da collezione del signor Axford. Mi voleva licenziare, per colpa sua.»

Ignorai del tutto le sue parole perché non sarebbe riuscito a farmi sentire in colpa mentre ero divorata da quella malsana agitazione nel non sapere dove fosse Mavor.

«Hai sentito il tuo principale, per caso?»

«Anche se lo avessi fatto non glielo direi, ma il locale deve chiudere a breve.»

«Andiamo, Rod. Se mi fai prendere un bicchiere di vino ti do una bella mancia.»

Sbattei ammaliante le palpebre per cercare di essere più convincente, ma Rod rimase impassibile.

«Il signor Axford non c'è. E io devo chiudere.»

Si allontanò rapidamente per evitare che insistessi, poi si diresse verso lo spogliatoio del personale sparendo nel nulla.

L’assenza di Mavor si faceva sentire come un cappio al collo, e stritolava dolorosamente a ogni rintocco d’orologio.

Avrei respirato di più se fossi stata sott’acqua, con la sua mano che mi teneva per i capelli costringendomi a restare in apnea.

Eppure avrei continuato a raccontarmi che mi sentivo semplicemente responsabile per tutto quello che stava accadendo.

Lasciai il libro che mi ero portata sul tavolo, sbattendolo con frustrazione.

Era una vecchia edizione di Reposiano che avevo trovato per caso a Portobello, quando ero andata a cercare dei vasi per le piante di marijuana che Lucky aveva portato a casa di Nolan.

L’amore di Marte e Venere.

Era sbucato lì, vecchio e abbandonato.

Non potevo lasciarlo lì quel giorno, anche se era scritto in latino e io non ci capivo assolutamente niente.

Però mi piaceva osservare quelle parole, vederle stampate e sentire il profumo dell’inchiostro. Mi piaceva sfiorarle.

È una strana sensazione quando non sei tu a trovare qualcosa, ma è quel qualcosa a trovare te.

Decisi di lasciarlo sul bancone e di andarmene via: non volevo nemmeno che apparisse come un regalo, volevo solamente che fosse un segno, qualcosa del tipo «sono passata di qui».

Probabilmente lo avrebbe trovato qualcun altro e non lui.

E allora mi venne in mente di scriverci qualcosa, così, come se stessi buttando giù un piccolo pensiero solitario che saltellava nella mia mente da una corda all’altra della mia psiche.

Afferrai dalla borsa una penna e scrissi sulla prima pagina una cosa che mi era passata per la mente pensando a quelle parole incomprensibili che però suonavano con la dolcezza di una poesia melodiosa.

Il mio cappotto cadde dalla sedia, e io mi piegai in ginocchio per raccoglierlo. Lo interpretai come un segno del destino e recuperai anche la mia borsa in modo da andarmene, perché non aveva senso che io restassi ancora in quel posto.

Bastarono solo un paio di passi verso l’uscita.

«*L’amore non finisce con Venere.*
La guerra non finisce con Marte.
Ma non vedrete mai nulla di più potente della loro unione.»

Andò a impattarmi sui lombi, quella voce atona, comparve a tradimento e io rimasi raggelata.

Aveva gli stessi flutti marini che mi avevano risucchiata e mai, mai avrei potuto confonderla.

Mi sentii sollevare da terra, e lui comparve come un'ombra sovrana da dietro il bancone.

Una lama di luce mi trafisse lo sguardo quando lo posai su Mavor.

Aveva la camicia aperta a metà, e si intravedeva la canotta bianca sotto, le maniche arrotolate sopra il gomito, la fasciatura bianca sempre al suo posto e un anello a forma di lupo sul dito medio, che notai subito visto che teneva in mano il mio libro osservandolo con sguardo attento.

Maledetto.

Sei quel punto di scontro tra istinto e ragione in cui la ragione detta le regole e l'istinto studia il modo per aggirarle.

«È bella. È tua?»

L'urlo nella mia testa non si concretizzò in un grido reale, ma feci un salto di un metro all'indietro.

Rimasi qualche istante a cercare di far connettere i tessuti cerebrali, balbettando qualcosa nella mia testa che non aveva alcun significato.

Mi venivano in mente solo insulti, però lui era così bello da lasciarmi svuotata, senza reagire, come se tutto il resto attorno a lui perdesse di senso.

Me ne restai lì, frastornata dal taglio perfetto delle sue spalle statuarie e dal sorriso malizioso a incorniciargli le labbra disegnate di magenta acceso.

«Cosa ci fai, tu, qui?»

Si guardò intorno come se la risposta fosse scontata, e il suo volto non tradì alcuna screziatura di emozione.

«Sono nel mio locale. Dovrei essere io a farti questa domanda.»

«Ma tu dovresti... dovresti essere in Russia!»

«Sorpresa. Sei contenta di rivedermi?»

Mi stampai un broncio infantile sul viso per mascherare l'imbarazzo di essere stata beccata in pieno, perché non avrei mai sognato di trovarlo lì.

«No. Per niente.»

«Però mi hai portato un regalo.»

Sventolò sotto il mio naso quel libricino sottile con aria trionfante e irritante teatralità.

«Non è per te.»

Mi affacciai oltre il bancone e cercai di strappparglielo dalle mani, ma Mavor era molto più alto di me, perciò superai il bancone del bar e gli andai incontro, più che decisa a riprendermi il libro.

Non che lo volessi indietro.

Solo che non volevo che lo avesse lui.

«Lasciamelo.»

«No. È un regalo. Non puoi riprendertelo.»

«Non era per te. Era di chi lo avesse trovato.»

Mi rispose con una risatina soffocata, e in effetti la cosa mi mise addosso un tremendo imbarazzo.

Ma per la prima volta da quando lo conoscevo mi turbava e allo stesso tempo la sua presenza mi scaldava il cuore rattrappito.

«Ma cosa vuol dire? Non ha senso!»

«Per me ne ha!»

Guardò meglio la copertina aggrottando le sopracciglia.

«Reposiano? Nel mio locale? Chi vuoi prendere in giro, a dire che non fosse per me?»

«Posso riaverlo?»

«Prendilo da sola.»

Alzò il braccio e lo tenne in alto, dritto verso il soffitto in modo che non riuscissi ad afferrarlo.

Mi allungai su di lui e sentii il mio corpo aderire al suo, mentre cercavo di allungarmi verso l'alto come meglio potevo.

Tese i muscoli e li sentii letali e pronti a scattare: Mavor era troppo alto e io quella sera avevo indossato le sneakers.

Forse sarebbe stato meglio rinunciare e lasciargli quel dannato libro da cinque sterline piuttosto che arrampicarmi su di lui, visto che la mia temperatura corporea era appena aumentata di cinque gradi.

Mavor piegò un po' la testa di lato, e io sentii il suo respiro e vidi un volto divertito che in una manciata di istanti si tramutò in serio.

Fece dondolare il libro avanti e indietro in modo che mi spingessi ancora più su, e io andai sulle punte.

Mi faceva a pezzi l'equilibrio mentale, e ora vacillava anche quello del mio corpo contro il suo.

Tesi il braccio contro il suo allungandomi sempre più verso il libro, che all'improvviso scomparve per lasciare spazio a noi due, mentre la punta gelida del mio naso sfiorò il suo mento con quell'impercettibile velo di barba.

E a quel punto io vedevo solo le sue labbra, e solo allora mi resi conto sul serio di quanto fossi stata in pena per lui.

Era il profumo a fregarmi. O forse gli occhi ingordi che mi inchiodavano.

I suoi occhi non si limitavano a vedere.

I suoi occhi *mostravano*.

Mi facevano vedere mondi che non avrei più rivisto, fantasie di scintille infuocate, piccole magie d'incantesimi talmente oscuri eppure belli come profondi abissi...

Un colpo di tosse, ripetuto.

«Signor Axford.»

Vidi Mavor sollevare le sopracciglia senza staccare gli occhi dai miei.

Tirò giù il braccio e si voltò verso il suo barista, mentre io feci un balzo all'indietro allontanandomi da lui.

«Rod! Cristo santo!»

«È che... dovremmo chiudere e...»

«È il mio locale! Potevi andartene in silenzio!»

«È che...»

«Non avrei mai dovuto assumerti.» Si voltò e fece per andare verso di lui, fulminandolo con il suo tono scortese. «Se non esci in tre secondi da questo posto ti strappo il contratto. Tre... due...»

Rod scomparve dalla mia vista in un battito di ciglia, ma anche tutto il resto si dissolse con lui.

«Riprenditi questo coso.»

Mavor mi lanciò il libro sul bancone con aria sprezzante, io lo afferrai tra le mani rimettendolo in borsa e fingendo che il momento di prima non fosse mai esistito.

Avevo ancora i battiti sconquassati, fuori tempo, accelerati da quegli occhi verde giada che scavavano nella mia psiche fino a far crollare tutto.

Si riempì un bicchiere mentre una tensione strana vibrava tra il mio corpo e il suo, come se dovessimo sopire la scintilla di furia che si era accesa nei nostri istinti.

«Vodka Martini?»

«Non voglio mai più vedere la vodka in vita mia.»

Sorrisi con una sottile vena di amarezza, perché sapevo che, quando nel suo sguardo brillava il lupo che era in lui, Mavor avrebbe voluto stare da solo.

Sapevo di dovermene andare, ma ero lì spinta da un disperato bisogno di *sapere*.

Una parte di me avrebbe sperato che ci rimanesse, in mezzo a quella landa desolata e gelida che avevo osservato dall'aereo.

Un'altra parte di me avrebbe quasi pianto, se avesse saputo farlo, nel vederlo davanti a sé in carne e ossa, sano e salvo.

Mavor.

Riuscii solo a pensare alle sillabe del suo nome mentre realizzavo sul serio che fosse lì, l'abbattimento della mia ragione, mentre la sua socialità sfioriva come una rosa nera col gambo reciso.

«Vieni con me. Ho finito le sigarette.»

Si avvolse in un cappotto blu e io lo seguii fuori dal locale, tra le pozzanghere colme d'acqua e le strade bagnate di fiumiciattoli e rivoli di pioggia che finivano nei tombini di scarico.

«Come va il braccio?» chiesi con un filo di voce.

Mi sentivo così agitata che non avevo freddo, per quanto tendevo la muscolatura.

Sentivo che qualcosa dentro di me scalpitava per venir fuori, ma non avevo la certezza che sarei mai riuscita a esternarlo perché non riuscivo a decriptare il codice per sbloccarmi.

«Ho messo una fasciatura migliore di un'autoreggente.»

Le sue labbra si piegarono in un sorriso violento e beffardo. Quel piglio severo, quell'aria solenne e inclemente... non se la scollava mai di dosso, nemmeno quando faceva sesso.

Era davvero estenuante stargli accanto.

Come era estenuante quel giochetto, che mettevamo in atto puntualmente, di fingere di non essersi mai cercati.

«Ma quando me l'hanno messa non è stato altrettanto piacevole.»

Quasi non inciampai contro di lui, e a risentire il suo profumo mi sembrò di essere finita in una sorta di torbido e accattivante inferno.

Le mie pulsioni cominciarono a farsi sentire come un tormento proibito e, se tutto quello non ci era concesso, allora avrei voluto trasgredire alle regole fino a morire di colpa.

«Allora? Non hai niente da dirmi?» riprese lui.

Avrei voluto parlarci, fin quando pensavo fosse rimasto in Russia, e invece... e invece in quel momento tutto mi andava tranne che di parlare con lui.

«Che cosa dovrei dirti, Mavor? Cosa vorresti sentirti dire? Un *grazie*?»

«'Sono contenta che tu sia vivo' andrebbe più che bene, piccola irriconoscente.»

Ero sfinita, ma ressi i suoi affondi.

«Non sono una bugiarda, a differenza tua.»

Prima che me ne rendessi conto il suo sarcasmo dissacrante mi aveva già fatto sua schiava, rimodellando a suo piacimento la mia apatia.

«È un peccato... le bugie ti stanno molto bene addosso.»

Per la prima volta nella mia vita nemmeno mentire mi riusciva bene.

«A me? Vogliamo parlare di te? *Tu* sei un bugiardo. Tu lo sapevi.»

Buttò il pacchetto di sigarette vuoto in un cestino mentre finalmente avevamo raggiunto un distributore automatico e riuscivo ad arrivare al punto della questione. Parlargli di quello che avevo appena scoperto.

«Che cosa?»

«Chi era Eclipse.»

Mavor inserì la carta nel distributore senza degnarmi di uno sguardo. Aveva i lineamenti che il vento si divertiva a modellare, come se accogliesse la sfida di renderli ancora più perfetti.

«Ti ho sempre detto di non fidarti di Regina Storm.»

«Perché sapevi che non era lei. Perché hai conosciuto Eclipse da *Annabel*.»

Stavo facendo insinuazioni, ma ero quasi certa di non sbagliarmi.

«Te l'ha detto Lucky, questo?»

«Ho trovato un pacchetto di Lucky Strike Eclipse nel suo cassetto. Quindi l'ho costretta a rivelarmi la verità.»

«Un pacchetto di sigarette. Sei diventata una piccola detective.»

Abbassò lo sguardo dopo quel piccolo momento di compiaciuta ammirazione, poi proseguì a parlare.

«Sì. Lo sapevo. L'ho riportata a casa con la promessa che non ti avrei detto nulla. Ma a quanto vedo lo hai scoperto da sola.»

«Perché non me lo hai detto? Perché?»

«Perché è una questione tra te e la tua migliore amica. E in più c'è di mezzo anche Nolan. Ho cercato di metterti in guardia quando pensavi che fosse Regina. Sapevo che non era lei. Regina era un'amante di Cadogan che lui ha mandato per depistarti.»

«E tu come facevi a saperlo?»

«Me lo ha detto il giorno stesso in cui l'hai incontrata, fuori dall'udienza. Pensava che fossi dalla sua parte, e in effetti lo sono. Ma aveva già qualche sospetto e questo l'ha portata a commettere l'errore più grande della sua vita.»

«Per sospetto intendi quello su *noi due*?»

Ogni volta che uno di noi pronunciava quelle parole, entrambi vibravamo di una strana scintilla, come una miccia accesa pronta a esplodere. Era strano ammettere che ci fosse un *noi due*.

Ma io avevo ancora i segni della sua bocca attorno al seno, della sua stretta possente attorno alle cosce, del modo che aveva di farmi sua come a illudermi che non volesse nient'altro al mondo se non respirare dentro di me.

Annuì con la testa, senza smettere di guardarmi.

«Quindi è stato Charles a mandarla da me.»

«Per assicurarsi che smettessi di indagare su Eclipse. Ma la cosa non è finita bene perché Regina ci ha visti insieme, e ha pensato di sfruttare l'occasione per ricattarmi.»

Sospirai mettendo in mostra la mia anima. «Mi dispiace per come sono andate le cose.»

«Te l'avevo detto che sarebbe finita male. Te l'ho detto dal primo giorno.»

Se c'era una cosa che Mavor amava più degli orgasmi era avere ragione. La vittoria, in qualsiasi campo, era tutto ciò per cui viveva.

Distruggere l'avversario con le parole era la sua soddisfazione più grande.

O forse dietro tutto quello si nascondeva un disagio più profondo.

Quando entrammo di nuovo nel suo bar Mavor si versò ancora del liquido ambrato nel bicchiere senza nemmeno sfilarsi il cappotto.

Io mi avvicinai e gliene rubai un sorso, solo per tornare a essere risoluta.

«Dimmi la verità. Come hai fatto a convincere Lucky a tornare?»

«Questo proprio non te lo posso dire, Kelley.»

«Ancora con questi segreti?»

«Hanno fissato la nuova udienza, lo sai? Direi che i segreti tra noi sono *necessari*.»

Mi raccolse una goccia di quello che mi sembrò Macallan dal labbro e la portò nella bocca, un gesto che fece quasi senza farci caso.

«Però posso dirti che Eclipse, o come si chiamava... Lei era una delle ragazze che partecipava a quelle feste. Una di quelle a cui ti ha portato anche Braiden.»

«Te la sei scopata?»

«Non mi sembra rilevante.»

«Lo è.»

«Non lo so. È possibile.»

«Possibile?»

«Probabile.»

Poi, non contento, aggiunse la sua frecciata all'acido muriatico.

«Magari insieme al tuo fidanzato della famiglia Cadogan. Uno dei due.»

Volevo mettermi le mani nei capelli.

E in effetti mi stampai un palmo aperto sulla fronte tendendo la mandibola, mentre iniziarono a bruciarmi gli occhi dal nervoso al pensiero di quanto quella storia fosse intricata.

«Dio, Mavor.»

«Sono stato l'unico a metterti in guardia dal primo giorno, l'unico a dirti che ti stavi infilando in un casino più grande di te.»

Rimase con la sigaretta a penzolargli dalle labbra con l'espressione della disapprovazione incisa in fondo alle sue gemme verdeggianti.

Non lo presi a insulti solo perché mi offrì una sigaretta. Me l'accesi per calmarmi e, mentre sentivo il tabacco graffiarmi la gola, lo vidi spogliarsi e levarsi il cappotto.

«Perché mi stai aiutando, Mavor?»

«È una bella domanda. Se me la facessi in aula ricorrerei al quinto emendamento.»

«Non siamo in un'aula di tribunale. Perché mi hai aiutata con Regina, con Lucky, in quella festa a casa dei Cadogan?...»

E in molte altre occasioni.

Si avvicinò a me e mi fece sedere sul bancone sollevandomi dalla vita, poi mi prese il viso con una mano. Rimasi a guardarlo con gli occhi lucidi, mentre mi sfiorava avvicinandosi come se nessuno dei due potesse combattere quel contatto.

Per quanto fosse tossico, letale, velenoso... se avessi potuto raccogliere tutto quel desiderio avrei avuto le mani piene di stelle cadenti.

«Piccola V...»

«Mh?»

«Se ti faccio una cosa... non ti innamori, vero?»

Il mio cuore si frantumò in un milione di battiti accavallati. La mia mente annegò in un mare di disperata urgenza, qualcosa in me scalpitava, eppure rimasi immobile. Impassibile. Il mio volto non tradì nemmeno la più pallida emozione.

Non mi innamoro per almeno un milione di motivi.

Non mi innamoro perché non mi è concesso, perché non sono in grado, perché non me lo merito.

Non mi innamoro perché non mi batte il cuore a mille quando mi sfiori.

Non mi innamoro perché quando mi parli non mi vibra qualcosa nel petto e poi si scioglie lungo la spina dorsale come una linfa dolcissima.

Non mi innamoro perché tu sei tu... e se non fossi tu sarebbe tutto diverso.

«Mi trovi così scontata?» fu tutto quello che riuscii a dire.

Si fece una risata scostando la mano dal mio viso, e riprese a versarsi da bere.

«Si innamorano tutte, quando hai un bel cazzo e un bel conto in banca.»

Dovevo ammettere che quando voleva aveva classe da vendere.

«Pensi di essere solo questo? Pensavo avessi più stima di te stesso.»

Abbassò lo sguardo sulle mie gambe scuotendo la testa, nascondendo una risatina divertita che mi stupì non poco. L'ombra della sua infinita discordia sembrava a volte assopirsi, quando lo spiazzavo con certe risposte.

«E tu?»

«Io? Innamorarmi?»

Suonava così sbagliato sulle sue labbra, eppure la sua voce non aveva mai avuto un suono così flautato.

Quell'errore di sistema nel nostro *reparto sentimenti* era l'unica cosa su cui eravamo d'accordo.

Eppure io mi perdevo nella voglia di lui, annaspavo col cappio alla gola per la fierezza del suo fascino fuori controllo.

«Che c'è, avvocato? Tutto quel discorso che mi hai fatto a Mosca... non avrai mica paura?»

«Okay.» Mi afferrò per la vita tirandomi dagli anelli dei jeans e mi costrinse a scendere dal bancone.

«Non penso che te la farò. È meglio così.»

«Non ti chiederò cosa volessi farmi, perché tanto non me lo diresti.»

«Certe cose non si dicono, si fanno e basta.»

Lo provocavo, ma la mia convinzione restava il fatto che lui mi avrebbe vista per sempre come una stripper.

Una che per soldi aveva venduto l'anima al suo peggior cliente, quello che fra tutti i peggiori era il demonio in persona.

Era questo che lui vedeva in me.

«Allora avresti dovuto farlo senza chiedermelo.»

«Non possiamo ricascarci di nuovo. È questo che ho cercato di dirti a Mosca.»

Fece un tiro di sigaretta più lungo del solito.

«Cosa ti sei messa in testa, Kelley? *Serva me, servabo te*?»

«Che cosa significa?»

«Salvami. E io salverò te.»

Un'ombra non poteva salvare un'altra ombra. Eravamo destinati a rimanere il riflesso oscuro di ciò che avremmo voluto essere.

Sapevo cosa stava per dire perché era la stessa cosa che pensavo io.

Quando avevo visto per la prima volta quello sguardo selvatico e l'aria arruffata e ferina non avrei mai pensato che avessimo così tanto in comune.

«Tu mi hai salvata, in Galles.»

«Non ci pensare nemmeno, capinera. Nessuno può salvarmi.»

Volevo sentirlo addosso a me, ma in un modo diverso da tutte le altre volte. Forse era questo quello di cui mi aveva parlato Christabell.

«Non posso salvare chi vuole distruggermi.»

«Sai cosa devi fare quando stai pattinando su una lastra di ghiaccio sottile?»

«No. Non lo so.»

«Devi pattinare molto più veloce, senza mai fermarti. La salvezza sta nella velocità.»

«Io e te finiremmo per annegare», risposi secca confermando la sua tesi, e lui sollevò il sopracciglio.

Ci eravamo salvati una volta dall'affogare in mare, ma questo non significava che fossimo salvi sul serio.

La riva, noi due, non l'avremmo mai raggiunta.

«Appunto. Non abbassare la guardia contro di me.»

Si tramutò in quella belva silenziosa che mi guardava ancora una volta come se stessi invadendo il suo territorio.

E ancora una volta mi trapassò con i suoi modi brutali e la sua natura distruttiva e malvagia, ma quello che disse suonò quasi come un'accorata e ringhiosa preghiera.

«E adesso vattene. Ho *bisogno* che tu te ne vada.»

Ritornai da *Annabel* entrando dalla porta sul retro, sbattendola con ferocia e scalpitando come una pazza verso i camerini, dove Lucky era intenta a truccarsi e a scambiare le solite chiacchiere con le altre ragazze.

Era tornata a lavorare negli ultimi giorni: mi aveva detto che non li avrebbe fatti vincere e che prima o poi sarebbe riuscita a incastrarli.

Quando me la trovai davanti mezza nuda mi rivolsi a lei davanti a tutti, indispettita e con lo sguardo teso frutto della mia frustrazione.

«Per quale motivo non mi hai detto che era tornato?»

Non ci fu bisogno di specificare di chi parlassi. Lucky si voltò verso di me sollevando le palpebre piene di glitter, e al posto della sua solita ironia disincantata e spiazzante le lessi negli occhi il modo in cui si sentiva in difetto.

«Perché non lo sapevo! Lui non è tornato con me. Mi aveva detto che sarebbe rimasto!»

Notai con la coda dell'occhio che Bonnie ci fissava in silenzio mentre si sistemava il reggiseno imbottito.

Anche Lucky doveva averlo notato, perché mi portò in disparte nei bagni, chiuse la porta alle sue spalle e mi parlò con il cuore in mano.

«Venus, ti giuro che non lo sapevo. Mi ha detto che sarebbe rimasto lì. Che aveva una faccenda da risolvere... qualcosa del suo passato. Si è solo assicurato che tornassi a Londra, non ha voluto dirmi altro.»

Cominciai a camminare avanti e indietro per smaltire l'agitazione di averlo rivisto. Mi chiesi se Lucky mi stesse davvero dicendo tutto e se Mavor fosse abbastanza pazzo da pensare che non lo avrei cercato, o se volesse vedere fino a che punto mi sarei spinta per lui.

Mi studiava, mi metteva alla prova.

Aveva sempre pensato che non potessi tollerare più di un certo limite e invece io lo avevo sempre stupito.

O forse era vero, non voleva più vedermi.

«Basta, non ne posso più! Tutti questi segreti, la tua ex ragazza, i servizi segreti britannici... Non vi sopporto più!»

Non mi fidavo più di nessuno.

E forse l'avevo voluto io tutto quel disastro, o forse l'aveva voluto lui, Charles Cadogan.

Mi accorsi che forse esisteva un modo per arrivare a lui. Per avvicinarlo.

E magari era arrivato il momento di tornare a fare le cose di testa mia.

«Vin... tutto quello che ho fatto... l'ho fatto per aiutarti. Devi credermi. E continuerò a fare ciò che posso.»

Aveva gli occhi gonfi di lacrime, rossi per lo sforzo di trattenerle, e le ciglia bagnate da piccole gocce di rugiada.

«Per aiutare me... o per ritrovare lei?»

«Per entrambe!»

Non ero pronta a passare sopra tutto quello, non subito almeno.

«No, Lucky. Tu *dovevi* dirmelo. Dovevi dirmi tutto. Mi hai fatto pensare che fossi stata rapita mentre in realtà stavi cercando la ragazza di cui sei stata innamorata per non so quanto tempo.»

«Non è solo quello. Tutto questo va fermato. *Annabel* è un locale coinvolto in questo traffico e io non posso far finta di niente. Tu stai facendo quello che puoi, è giusto che anche io faccia il possibile.»

«E Nolan?»

«Nolan non è d'accordo ovviamente. Ma ho i miei metodi per convincerlo.»

«Non dovresti continuare. È pericoloso.»

Osservò il cellulare per assicurarsi dell'ora mentre mi rispondeva con un sorrisetto enigmatico.

«Ho uno spettacolo tra poco. Vuoi farlo con me, come ai vecchi tempi?»

Mi squadrò dalla testa ai piedi, con gli occhi che prendevano le distanze dagli orli dei miei jeans inzuppati di pioggia e dalle sneakers bagnate.

Non sapevo ancora se sarei riuscita di nuovo a salire su quel palco, quella sera e per molte altre sere a venire.

C'era qualcosa di strano in quel luogo e forse avrei fatto meglio ad ascoltare Mavor molto tempo prima.

Mi intrufolai nel bagno osservando il mio riflesso, e mentre la disperazione si appropriava di me io osservai la mia espressione.

Non tradivo alcuna emozione, di alcun genere. Tutto ciò che sentivo dentro non usciva in superficie, come se fosse stato ancora una volta imbottigliato, e facevo fatica, una fatica enorme, a riconoscere me stessa nella mia immagine.

In quel momento il mio cellulare squillò.

Era Victor, che voleva aggiornarmi su alcune vicende che riguardavano un testimone della difesa che Mavor aveva appena aggiunto alla lista, e chiacchierò qualche minuto da solo mentre io mi limitavo ad annuire.

«Posso venire in studio da te?» trovai infine il coraggio di chiedergli, con un filo di voce. «Non so dove andare.»

Sapevo che lavorava anche di notte, lo immaginai ancora ricurvo sui fascicoli a studiare casi del passato analoghi al mio, in mezzo a un mucchio di scartoffie per me incomprensibili.

Gli spiegai rapidamente che non avevo una casa e che per varie ragioni non volevo tornare dal detective che indagava ormai da mesi affinché il suo superiore mi facesse perdere di credibilità alla sbarra.

Victor sospirò a lungo mentre ragionava sulla situazione.

«Venus, sono le 2 del mattino. Sono andato via ore fa. Ma posso fare di meglio.»

Ascoltai quello che aveva da dirmi incuriosita dal suo tono propositivo.

«Se vuoi a casa ho una stanza libera. Se puoi aiutarmi a pagare l'affitto, mi farebbe piacere. Se continuo ad accettare cause *pro bono* non potrò mantenermi a lungo.»

«Ma... tu non sei il mio avvocato? Non c'è il conflitto di interessi o come diavolo si chiama?»

«È solo con l'avvocato di controparte. Io e te potremmo essere anche marito e moglie.»

Mi raggiunse una sua fresca risata sincera, aveva la voce stanca di chi aveva tante ore di sonno arretrate e il piglio moderato che cozzava nella mia mente contro quello severo di Mavor.

«Non riesco a lavorare tanto come prima. Non posso permettermi un affitto a South Kensington», ammisi, chiedendomi quando fossi diventata così debole e arrendevole. Mi odiavo, in quel momento. Odiavo il modo in cui Cadogan mi aveva ridotta.

«Se riesci a contribuire, bene. Altrimenti puoi aiutarmi con la spesa, o con quello che vuoi.»

Non ero pronta a rivelargli tutto ciò che lui non sapeva su Lucky e su Mavor. Ma forse ero pronta nuovamente a fidarmi di qualcuno, e apprezzai quel suo gesto inaspettato.

E poi ripensai agli occhi di Mavor mentre mi chiedeva se volessi restare nella sua stanza al Savoy.

«Ti ringrazio, Victor.»

«Puoi venire da subito, se vuoi. Anche stanotte.»

Scossi la testa a quell'offerta.

Era vero, non sapevo dove andare, ma durante quella telefonata avevo capito che una persona mi stava aspettando e che io avrei dovuto raggiungerla al più presto.

«Mi dispiace. Ma mi sono ricordata che ho un impegno.»

Circa un quarto d'ora dopo ero davanti a una porta che ben conoscevo, con una buona dose di alcol nel sangue che avevo bevuto lungo la strada e una voglia spasmodica di ricredermi su quello che Mavor mi faceva provare.

Anche se avessi dovuto cercare fino in capo al mondo, avrei trovato sicuramente una persona che si incastrava in me come faceva lui. Perfettamente, in ogni angolo, come se fosse stato creato su ogni mia smussatura.

Non poteva essere il sesso migliore della mia vita. Non gli avrei permesso di lasciarmi addosso quel marchio.

«Avanti, apri. So che sei lì.»

Braiden aprì senza maglietta, stavolta, e dal modo in cui rimase interdetto pensai che stesse aspettando qualcun altro.

Ma non sarebbe stato un mio problema.

«Venus? Cosa ci fai qui?»

«È per il nostro accordo.»

«Sei sparita. Pensavo che fosse saltato.»

«Io pago sempre i miei debiti. Sempre che tu abbia rispettato i termini.»

«Per ora sì. Puoi stare tranquilla.»

Si accigliò al solo pensiero di quello che avrebbe dovuto mantenere segreto. Ma avevo la netta sensazione che lui e suo padre non fossero in rapporti idilliaci, quindi potevo sperare che non stesse mentendo.

«Come facevi a sapere che ero qui?»

«Lo sapevo e basta.»

Mi accomodai nel suo salone senza che lui me lo chiedesse. Feci cadere il cappotto sul divano e lo guardai mentre aveva preso a spogliarmi con gli occhi.

«Mavor mi ha detto della tua agorafobia.»

Sapevo che detestava gli spazi aperti e che usciva il meno possibile, ed era un peccato perché era di una bellezza che toglieva il respiro. Ma ero sicura che, per quanto apparisse come il più riservato dei Cadogan, le donne non gli mancassero, e nemmeno i soldi e il potere.

«Quel pezzo di merda non si smentisce mai.»

«Già, non si smentisce.»

Non avrebbe mai smesso di essere un carnefice, era la sua natura. Disintegrava tutto ciò che passava dalle sue mani nel momento stesso in cui smetteva di servire ai suoi bisogni.

«E io ho bisogno che tu me lo faccia dimenticare.»

In quel preciso istante guardai verso il basso lo schermo illuminato del telefono che mi era scivolato giù dalla tasca, rimbalzando un paio di volte sul divano.

L'occhio mi cadde su un particolare: ero convinta che non avrei mai più visto quel pallino verde sul cellulare. Che, dopo quella volta in quel bar assieme a Victor, io non avrei mai più letto parole scritte da quella mano anonima.

Ero convinta che fosse stato Braiden ad averli scritti, e invece lui in quel momento era tutto tranne che impegnato a mandare un messaggio.

Non ce l'avrei fatta, ad andare avanti con lui.

Vedevo quegli occhi verdi ovunque, come se Mavor mi stesse guardando, e sentivo le sue labbra sul mio corpo, come se stesse succhiando fino all'ultima goccia del mio sangue, la forza vitale, la mia impassibile e glaciale follia lucida.

«Hai qualcosa da bere?»

«Quanto forte?»

«Molto forte.»

Braiden sorrise, affilando lo sguardo sulla mia pelle.

«Ho qualcosa che potrebbe fare al caso tuo.»

Lo schermo mi illuminava il volto mentre Braiden si allontanò da me in un soffio: io rimasi bloccata a rileggere quel messaggio almeno un milione di volte.

Era una domanda a cui non avrei saputo dare risposta.

Fino a quanto sei disposta a spingerti per sapere la verità?

18

Smoking like a motherfucker

«Ho fame della tua bocca,
della tua voce,
dei tuoi capelli
e vado per le strade
senza nutrirmi, silenzioso.»
P. Neruda

Mavor

QUANDO il buio calava su Londra, fuori dal mio locale, io mi accendevo come una creatura della notte. Mi cibavo di battiti stanchi e di nuvole umide, della condensa della notte che si appiccicava sul vetro e di quel manto scuro che mi osservava alla fine di una giornata scolorita. Era un film in bianco e nero, la notte, e il lumicino della mia sigaretta era l'unico protagonista silenzioso.

Continuavo a bere come se non avessi fondo perché quel posto profumava ancora di quella brunetta indecente. Se ne andava come una stronza a lasciare in giro il suo profumo come se volesse essere braccata, come se lo facesse apposta a costringermi a cercarla in giro per la città come una bestia affamata. Mi sarei fatto legare all'albero maestro pur di riuscire a passare oltre i suoi richiami da sirena.

E, mentre la mia mente percorreva il profilo dello spazio che lei non occupava più, io pensavo che avrei dovuto chiamare Nolan. Avrei davvero dovuto farlo e mi rendevo conto di essere un amico di merda, o forse lui avrebbe dovuto chiamare me dal momento che avevo salvato il culo a quella pazza scatenata della sua ragazza.

Mi riempii il bicchiere per l'ennesima volta di qualsiasi cosa fosse già aperto sotto al bancone e me lo buttai giù in fondo alla gola.

Ci mancava solo l'intelligence britannica, in tutto questo casino.

Lo avevo sospettato fin dal primo momento, che Lucky McKee non me la stesse per niente raccontando giusta.

Non è una cosa da tutti i giorni trovarsi fuori da una baita sperduta, a Natale, i servizi segreti che cercano una rossa tutta curve che sembra la personificazione di Jessica Rabbit.

L'ex ragazza di Eclipse e l'attuale ragazza di Nolan erano la stessa persona, e per di più la situazione era aggravata dal fatto che era anche la migliore amica di Venus Kelley.

Buttai giù un altro sorso sperando che mi aiutasse a fare chiarezza nella testa, anche perché, solo a pensare il nome di chi era appena stato seduto sul mio bancone, mi veniva duro come il marmo delle colonne che avevo fatto arrivare dall'Italia per impreziosire il *The Haller*.

Quando le dicevo che si stava mettendo nei casini forse avevo sottovalutato il modo in cui ci sarei finito risucchiato anche io, dentro i suoi casini o dentro di lei.

La mia specialità era sempre stata andare dritto come un treno, senza preoccuparmi di chi avrei tirato sotto. E ancora una volta me la vedevo tra le mie braccia, a sedersi sulle mie ginocchia o a strusciarsi contro di me, crudele delizia del mio pasto agognato, forse adorandola più di quanto non la sopportassi.

In quel gioco al massacro non c'erano vinti né vincitori. Eravamo i morti che camminavano, il resto era solo questione di tempo.

Ma era inutile perdersi in pensieri da ubriacone. Avevo un'udienza da preparare e avrebbe dovuto essere quella definitiva, quella in cui avrei decretato la mia vittoria.

E proprio mentre ero deciso a tornarmene a casa, dalle mie carte, il telefono si illuminò quasi mi avessero letto nel pensiero.

Nolan: Ho saputo che sei a Londra. Stai bene?

Aveva saputo che ero tornato.

Ah, Nolan... Beveva il doppio di me e fumava il triplo, eppure ancora ogni tanto provava a farmi da surrogato materno.

In qualche modo si comportava come se fossi il figlio problematico e ribelle difficile da gestire.

Mentre quello che gestiva male i suoi problemi con la dipendenza dal sesso femminile era proprio lui.

Mavor: Come sempre.

N.: Ti ringrazio per quello che hai fatto. Ma se non mi spieghi come ci sei riuscito puoi considerarmi morto.

Potevamo avere i telefoni sotto controllo, perciò evitammo di entrare nello specifico.

Forse l'ho già detto che detesto gli uomini innamorati, e in particolar modo uno che risponde al nome di Nolan Flynn?

M.: Magari ci vediamo al funerale. Altrimenti domani in studio.

In realtà convincere Lucky a tornare a Londra era stato molto più semplice di quanto lui e Venus credessero, perché io scrutavo nei bassifondi dell'animo umano e scovavo il loro punto debole.

Tutti avevano un punto debole.

Il mio lavoro era trovare quello delle persone più disparate.

Tutti hanno un prezzo, devo solo scoprire quale sia il tuo.

Il punto debole di Lucky Red si chiamava Madeleine, anche detta «Eclipse», e io avevo scambiato il suo ritorno a Londra con il prezzo della promessa di ritrovarla o quantomeno di scoprire che fine avesse fatto. Ma il prezzo da pagare per quell'innocuo baratto era stato alto, per me. Un vecchio patto dimenticato che non pensavo avrei mai dovuto onorare era tornato a castigarmi per il mio passato.

E poi ci si era messa di mezzo quella ficcanaso con le cosce più morbide e accoglienti a cui mi fossi avvicinato in tutta la mia esistenza scandita dai battiti dell'inferno.

E a lei sicuramente non sarebbe bastato tutto quello che avrei potuto fare, perché a lei non bastava mai. *Non lo sa nessuno. Non lo scoprirà nessuno.*

Se non ci avessi pensato io si sarebbe messa a cercare Eclipse da sola, come avrebbe voluto fare con Lucky mentre eravamo a Mosca.

Rientrai a casa carico a molla, pronto per infilare il naso nelle mie scartoffie.

Ero troppo vicino all'obiettivo per perderlo di vista: mi mancava solo una sentenza di assoluzione e avrei potuto lasciarmi alle spalle tutta quella storia.

E anche Venus.

Sospirai gettando il cappotto sul divano, quando mi accorsi che il mio telefono vibrava senza sosta.

Bonnie.

Chiamata rifiutata.

Cinque minuti dopo inveii ad alta voce quando, mentre cercavo di concentrarmi su una testimonianza, ricevetti l'ennesima telefonata.

Adesso basta, lo spengo.

Ma il nome sul cellulare mi congelò qualcosa nelle budella, perché mai avrei pensato di leggere quel nome nelle chiamate in entrata.

Braiden.

Una videochiamata di Braiden Cadogan mi fece rabbrividire e io persi la concentrazione chiedendomi cosa stesse accadendo.

Ma poi perché una videochiamata?

Continuai ad arrovellarmi su quell'idea convinto che avesse sbagliato, visto che erano le 2 passate e di certo ero l'ultima persona al mondo a cui avrebbe voluto mandare la buonanotte.

Negai una volta la telefonata.

Alla seconda volta fui tentato di urlare qualcosa contro a quel deficiente, ma poi finsi di essere una persona pacata, senza problemi di gestione della rabbia, e negai ancora. Non volevo parlare con nessuno, figuriamoci con quel pallone gonfiato.

Alla terza risposi, perché mi era tornata la voglia di insultarlo.

«La finisci di chiamarmi o vuoi che giochi a bowling con la tua testa di merda?»

Praticamente urlai nell'apparecchio, ma l'unica cosa che ottenni in risposta fu un completo silenzio.

E quello che vidi davanti a me, l'immagine che comparve sullo schermo, mi fece quasi cadere il cellulare dalle mani.

Sentivo la voce di Braiden sussurrare qualcosa in lontananza e l'immagine sfocata e poco ferma di un paio di gambe femminili mi fece rabbrividire.

«Porca puttana», imprecai tra i denti e lanciai il telefono lontano da me, mentre speravo che il mio sesto senso si fosse sbagliato. Lo recuperai l'attimo dopo dal pavimento pregando di non aver visto ciò che temevo. «Braiden? Pronto?»

Braiden lanciò un'occhiata fugace in direzione del telefono, come se mi avesse sentito, ma ero quasi convinto che la mia voce fosse stata silenziata.

Al primo mugolio distratto io mi resi conto di quello a cui stavo assistendo. Braiden mi aveva chiamato apposta per mostrarmi ciò che io non avrei mai voluto vedere.

Avrei dovuto attaccare alla svelta, eppure non riuscivo a staccare gli occhi dallo schermo.

«Fermati», sentii bisbigliare, e a quel punto ebbi la conferma che fosse lei.

Gelidi ragni di panico scivolarono lungo la mia spina dorsale.

C'era Venus insieme a lui, non avevo dubbi.

Rimasi a ciondolare quando, nell'inquadratura, si spostò un po' con la testa verso il cuscino, e osservai i suoi occhi che sembravano quasi fissarmi, ma in realtà stavano guardando il telefono per evitare di concentrarsi sul resto.

Li aveva spenti e profondi come due pozzi neri, con la pupilla dilatata che mi fece sospettare che non fosse in sé.

Ma la penombra mi impediva di definire i contorni quando vidi la mano di Braiden stringerle il braccio per trascinarla verso di sé.

«Che cosa c'è?»

Aveva l'aria premurosa e gli occhi languidi, il bastardo.

«Mi gira tutto.»

E in quel momento ebbi la conferma che non potevo attaccare.

Anzi attivai la registrazione dello schermo a quelle parole, e forse mi convinsi che avrei dovuto fare qualcosa di più che restare a guardare.

«Sei venuta tu da me.»

Venus rispondeva con qualche lamento e balbettava, come se non fosse in grado di pronunciare una frase di senso compiuto.

«Non andrai da tuo padre, vero?»

«Non ci andrò.»

Per quale motivo Venus era preoccupata che quel dannato psicopatico potesse andare da suo padre?

«Non sono stata a letto con tuo padre.»

La sentii far scivolare dalle labbra quello che mi suonò come una soave confessione.

«Lo so.»

Dovevo sedermi, ma le gambe non collaboravano. Ero immobile, piantato al suolo, mentre mi chiedevo perché a me avesse detto una cosa diversa.

Io, la verità, gliel'avevo sempre letta dentro, come se toccandola potessi conoscerla sulla sua pelle.

Ma lei mi aveva mentito guardandomi in fondo agli occhi.

E se Venus non era mai stata il giocattolo sessuale di Charles, mi chiesi quale fosse il reale motivo di tutta quella marea di pagamenti.

«Non sono mai stata a letto con lui», ripeté, mentre lasciava ciondolare la testa da una parte all'altra e qualcosa nel mio petto, non avrei mai saputo definire cosa fosse, serpeggiava con invadenza.

La rabbia, però, la sentivo caricare forte e chiara dentro di me.

«Adesso basta.»

Riuscivo ad afferrare solo qualche parola. Braiden, che doveva aver posato il cellulare da qualche parte in modo da inquadrare entrambi, sembrava disinteressato al discorso e totalmente concentrato su di lei, e questo mi fece sentire in difetto.

«Vieni qui.»

Quello stronzo aveva voluto mostrarmi Venus in quelle condizioni pensando davvero di dimostrarmi qualcosa.

Che aveva vinto lui, che potevo restare a guardare.

Non potevo credere che potesse spingersi a tanto.

«Andrà tutto bene. Mi prenderò cura di te.»

Lei mugugnò ancora e io strinsi i pugni senza credere a quello che stavo guardando, chiedendomi perché quel figlio di puttana avesse deciso di mostrarmelo.

Ho bisogno di sapere che qualcuno si sta prendendo cura di te.

Un conato alcolico mi risalì in gola e mi infiammò la trachea, al pensiero che l'avessi gettata io in quella situazione.

Provai qualcosa di strano, un tipo differente di dolore... come se qualcuno mi avesse amputato un arto addormentato.

E iniziò a bruciare dopo, lentamente... Mi salì fino al cervello e me lo annebbiò, come se lo avessi gettato in mezzo ai fumogeni.

Venus non sembrava presente a se stessa mentre vedevo il busto di Braiden abbassarsi sopra di lei e schiacciarla con il suo peso in mezzo alle gambe.

Sentii le mie sinapsi saltare come un ingranaggio che d'improvviso scattava e ripartiva di nuovo.

Un déjà-vu nauseante.

La afferrò per i fianchi esattamente come avrei fatto io, come se avesse studiato i miei movimenti, poi si inerpicò sotto la sua maglietta.

Lei esalò un gemito che fu il patibolo della mia ragione, mentre Braiden le ricopriva il ventre di schifosissimi baci.

Rimasi muto, in silenzio, senza riuscire a ragionare su cosa avrei dovuto fare.

Se la stava per scopare davanti ai miei occhi increduli e io avrei voluto solamente ucciderlo.

Le immagini arrivavano sgranate, e non sapevo più se fosse per la connessione traballante o i miei neuroni che avevano smesso di mettere a fuoco.

Non distinguevo i contorni della mia stessa ragione, sfocavano tra quelli delle sue gambe e della sua pelle infuocata che avrei dovuto percorrere solo io.

E in quel triangolo in cui io ero solo lo spettatore a cui avevano gettato sale negli occhi, io avrei voluto solo smettere di osservare.

Ma rimasi a guardare con morbosa curiosità il modo in cui lei si lasciò andare a lui.

La guardai perché non riuscivo a smettere di studiarla, da quella prima volta in cui l'avevo vista sul palco di *Annabel*. Lei era un mix perverso di ingenuità e inganni e io non potevo esimermi dal rivolgerle attenzione.

«Non sono mai stata a letto con Charles», ripeté ancora una volta come una nenia mentre le sue membra si perdevano sotto il tocco di quel vile bastardo degno di suo padre.

«Lo so. A me non importa.»

Braiden fingeva di ascoltarla paziente e controllato, quando lei sembrava voler rallentare e tornava con la mente a pensieri lontani da quello che stava facendo.

Era smarrita come se si fosse perduta in un bosco, vagava senza sapere chi fosse, senza sapere dove andare.

«Non ti importerebbe se fosse accaduto?»

La mente di Venus rimaneva lì, ferma a quel concetto, come se non si capacitasse del suo disinteresse.

«No.»

«Ma è tuo padre.»

«Lo so benissimo che non è vero.»

Lui bisbigliava come per non farsi sentire, o forse il segnale era disturbato o forse io stavo perdendo la testa perché mi stava facendo sentire un imbecille.

Non sapevo più a cosa credere, ma Braiden mi aveva inconsapevolmente mostrato qualcosa di Venus che lei forse non mi avrebbe mai ammesso in faccia.

Come se il segreto che volesse custodire fosse più importante di ciò che io e il mondo avremmo potuto pensare di lei.

Non aveva dato solo due versioni differenti a me e a lui.

Quella che vedevo nello schermo non sembrava la stessa persona che conoscevo.

Con me Venus Kelley vibrava d'urgenza, mi accoglieva con disperazione mentre la sua sensualità mi lasciava a bocca dischiusa ad afferrarle i gemiti.

Non riuscivamo a non far combaciare qualsiasi lembo di pelle in ogni momento del nostro abbandono.

Con Braiden lei sembrava voler rallentare, allontanare quel momento da sé, volerlo ritardare.

«Fai piano.»

A me non lo aveva mai detto. Anzi mi aveva chiesto sempre di più con lo sguardo e con i gesti.

Girò il volto verso di me e guardò ancora la fotocamera del telefono e i suoi occhi mi provocarono un'esplosione nel petto.

Resta fermo. Non fare nulla.

Sono due persone adulte.

I suoi occhi sognanti e distanti da morfinomane parlavano diversamente.

Quando lei li chiuse e si abbandonò a lui io rividi le sue espressioni quando era con me.

Non sapevo perché avesse deciso di tornare da Braiden, ma mentre la guardavo la domanda con cui era iniziato tutto continuava a rimbombarmi nella testa.

«Non andrai da tuo padre, vero?»

Improvvisamente compresi tutto, anche quello che non avrei voluto capire.

«Sei bellissima, cazzo.»

Sentii graffiare la voce di Braiden e le mie mani si gonfiarono di vene mentre stringevo quell'apparecchio e pensavo a quello che stava accadendo dall'altra parte della videochiamata.

Venus riusciva a svuotarsi con una facilità impressionante e io non l'avevo mai vista così priva di se stessa, nemmeno sul palco.

Vedevo mani maschili su di lei e sentivo quel grugnito da maledetto porco sopra il suo corpo.

Non erano affari miei, eppure... eppure quello stronzo mi aveva chiamato per mostrarmi la chiarezza di quanto fossi stato un coglione.

E quella ragazza non era la stessa Venus che avevo visto strapparmi gli occhi e rapirli per farli suoi, mentre gemeva contro il mio collo e mi mordeva la pelle e si fondeva con me, e forse io dovevo aver lasciato la ragione tra gli incastri delle mie dita con le sue.

Qualcosa mi contrasse la spina dorsale, una sensazione viscida di sangue vischioso, quando lui le sfilò la maglietta e le tolse il reggiseno, che poi cadde a terra.

Quando sentii Venus gemere la mia ragione venne torchiata oltre il limite e strinsi i denti quasi a farmi scoppiare le tempie. La mia capinera aveva le gambe attorno al bacino nudo di lui e io mi sarei voluto strappare gli occhi.

Non capivo più nulla. Guardare, non guardare...

Sentivo, ed era la tortura peggiore a cui avrei mai potuto assistere.

Ma cosa cazzo stai facendo?

Senza nemmeno essermene reso conto, avevo aperto un cassetto della mia camera e, dopo aver preso ciò che mi serviva, mi ero precipitato nell'ala dell'edificio di One Hyde Park adiacente alla mia, quella in cui viveva quell'ignobile individuo.

Ci misi circa cinque minuti di corsa folle per comparire di fronte alla porta della casa di Braiden e cominciare a prenderla a calci.

«Apri la porta! Apri la porta subito!»

Dovevano essere passati almeno tre minuti, mentre a me sembrava di aver passato un'ora a urlare, quando cominciai a sentire trambusto al di là della porta.

Non potevo fare il nome di Venus, perciò sbraitai quello del padrone di casa. Avrei chiamato la polizia se fosse stato necessario.

«Apri questa cazzo di porta, Braiden! Muoviti!»

Il folle alla fine la aprì sul serio.

Con mia grande sorpresa notai che un sorrisetto di compiacimento gli incrinava il viso.

Era come se mi stesse aspettando, il messaggio di sfida era arrivato forte e chiaro.

«Cosa vuoi, Mavor?»

Cadenzai il respiro affannato lasciando ricadere le braccia lungo il corpo, senza sapere cosa dire.

«Non ti stavi divertendo?»

Nemmeno vidi lui o ciò che lo circondava, o il fatto che indossasse solo un paio di boxer, quando lo scaraventai contro il divano facendogli sbattere la testa contro un tavolo. Il corpo massiccio di Braiden si schiantò con un tonfo grave e io gli piantai il piede sul petto mentre era a terra.

«Cosa cazzo fai? Sei impazzito?»

«Vaffanculo, Cadogan! Mi hai provocato abbastanza!»

Si massaggiò la nuca guardandomi con odio feroce.

«Pensavo che ti piacesse guardare.»

E fu nel suo sguardo che compresi il significato della frase di Venus. *Lui sapeva di noi due*.

Lui aveva capito. Non sapevo in che modo fosse venuto a saperlo, ma quella consapevolezza per me era solo un motivo in più per farlo fuori.

E fu quando sollevai la camicia ed estrassi la pistola da sotto la cintola che Braiden rimase seduto dov'era e smise finalmente di pavoneggiarsi.

Impallidì mentre la impugnavo, e quando mi aggrappai con una mano alla sua spalla mi resi conto che eravamo entrambi sudati dalla collera accecante e che le vene delle mie braccia non erano mai state tanto sul punto di esplodere.

«Mavor. Cosa cazzo vuoi fare con quella?»

«Dov'è?»

«È nel letto. Sta bene. Stavamo solo...»

Avrebbe detto qualsiasi cosa pur di salvarsi la pelle, non mi fidavo affatto.

Non pensava che la sua provocazione da malato mentale avrebbe avuto quella reazione, era uno dei tanti che mi sottovalutavano per il mio aspetto distinto.

«Avanti, Mavor. Sono io. Lo abbiamo fatto tante volte insieme. Non ti riconosco più.»

Bugiardo.

Non lo aveva fatto per goliardia ma per vedermi sconfitto, non c'era bisogno che gli spiegassi la differenza tra *questa* e le altre volte. La sapeva perfettamente, altrimenti non mi avrebbe mai mostrato la sua conquista dopo che gli avevo fratturato il setto nasale poco tempo prima solo perché si era avvicinato a lei.

«È venuta lei da me.»

«Sei un vigliacco. Meriti di crepare.»

«È venuta lei da me!»

Forse non se ne stava rendendo conto, forse stava solo cercando di salvarsi la vita. Ma mi apparve in quel momento il più ributtante degli uomini e, fosse stato per me, lo avrei spedito dritto all'inferno con una pallottola in mezzo agli occhi.

«Mi hai chiamato per farmi guardare mentre te la scopavi. Che razza di verme schifoso sei?»

«Mavor?»

La voce di Venus mi raggiunse alle spalle.

Era apparsa sulla soglia della sala open space strizzando gli occhi come se fosse finita in un sogno a occhi aperti. Sembrava eterea, fatta di stelle spente o qualcosa di incorporeo e distante anni luce da me. Indossava solo le mutandine e si copriva il seno con gli avambracci in un gesto pudico che per me fu letale.

«Come sei entrato? Cosa ci fai qui?»

Mi avvicinai a lei, camminava come il fantasma di se stessa e si reggeva in piedi a fatica, ma mi guardava come se non fosse del tutto scontenta di vedermi.

Le misi addosso la mia giacca tenendo d'occhio Braiden che si alzava a fatica dietro di me, lamentandosi del dolore, e fu in quel momento che lei mi sfiorò il petto con le sue dita aggraziate facendomi trasalire.

«Venus. Cosa cazzo hai preso?»

Afferrai una boccetta che vidi sul tavolo senza attendere la sua risposta.

«Amobarbital.»

Barbiturici.

Mi girai verso quel bastardo appena in tempo per evitare che cercasse di aggredirmi alle spalle.

«Io ti ammazzo!»

Mi scaraventai di nuovo su Braiden che lanciò un ruggito indemoniato, e io mirai al collo, stavolta.

«Lo prendo per dormire!» latrò lui col respiro mozzato, sperando che avessi pietà del suo corpo già compromesso.

«Testa di cazzo, è un narcotico ipnotico!» gli ringhiai addosso mentre lui alternava stati d'incosciente rassegnazione a sguardi di terrore.

Poi gli puntai la pistola sul pomo d'Adamo e desiderai trapassarlo da parte a parte.

Venus era talmente imbambolata e assente che probabilmente nemmeno si sarebbe ricordata nulla.

«Mavor, ti prego. Sono io, Braiden.»

Caricai il grilletto e sentirlo scattare sotto le dita mi regalò un brivido di immenso potere.

«Non posso più tollerare certe tue porcate. Lo sanno tutti che cosa hai fatto a quella ragazza.»

Braiden cominciò ad ansimare come se stesse avendo un attacco di panico.

«Ero innamorato di lei.»

«Sta' zitto!»

«Ti prego, Mavor, non respiro.»

«Posso fare di peggio che ucciderti. Posso andare dalla polizia.»

«Ti prego, Mavor, io non c'entro niente!»

Il caricatore era pronto a scattare. Quella pistola gli avrebbe trafitto la trachea in un colpo solo, non serviva molto spargimento di sangue.

Il mio dito indice spinse sul grilletto e incontrò la sua stessa resistenza.

E quando mi ero deciso, quando l'adrenalina mi brillava negli occhi, quando il sangue pulsava di tutta la rabbia accumulata, quando il ferro scivolava sul suo sudore e io già sentivo nell'aria il profumo di polvere da sparo, lui lo disse.

«Non puoi uccidermi!»

Cercò di dimenarsi mentre io ero ormai sopra il suo corpo, ma era rallentato dalla paura e ancora una volta mi resi conto verso quale razza di idiota l'avessi spinta.

«Consideralo già fatto.»

«Non puoi. Te ne pentiresti», sussurrò, tremante come un fuscello sotto quel mucchio di muscoli in tensione.

Qualcosa mi suggerì che Braiden volesse dirmi qualcosa.

«E perché mai?»

I suoi occhi divennero cenere, spazzati via da un ricordo incostante. Non riuscì a guardarmi in faccia quando lo disse.

«Perché io so chi ha ucciso tua madre.»

E il mondo mi cadde addosso mentre lo guardavo negli occhi e mi convinse che non mentiva. Allentai la spinta della pistola contro la sua gola e rimasi impietrito, ciondolante sul ciglio del male immondo che mi aveva ridotto la vita a una marcia e corrotta cancrena.

«Non è possibile.»

I suoi occhi schizzavano da una parte all'altra come biglie impazzite.

«Ti sei mai chiesto dove fossi io, quando è accaduto?»

«No... non è vero. Stai mentendo.»

Venus restava ad ascoltarci, ma non ero sicuro che capisse granché, perché ciondolava a gambe nude stringendosi nella mia giacca.

«Sì, Mavor. Io l'ho visto.»

«Non è possibile.»

«Oh sì, lo è.»

Abbassai la pistola. In realtà quasi mi cadde dalle mani, come se improvvisamente fosse diventata un macigno intollerabile.

«Ti sei mai chiesto come mai soffra di agorafobia, stronzo?»

Scossi la testa e cominciai a tremare.

«Io ero lì. Ero solo un ragazzino. E l'ho visto in faccia.»

Mentre la mia mente si perdeva nei riflessi del passato, io mi accorsi che Venus ci stava venendo incontro.

«Chi è stato? Dimmelo, maledizione!»

«Non lo so. Ma saprei riconoscerlo.»

Cazzo.

«Mavor? Sei qui.»

Venus interruppe quel discorso buttandosi addosso al mio collo e improvvisamente la ragione della mia vita si ridusse a un frammento di un passato lontano e quasi inconsistente.

«Sì. Sono qui.»

Infilai la pistola nella cintola.

Ripresi a respirare e me la presi in braccio, lei si avvinghiò al mio collo con le braccia e al mio bacino con le gambe, e *vaffanculo* tutto il resto.

Quel discorso non sarebbe finito lì, ma volevo lasciar marcire quello stronzo dietro di me come il vigliacco che era. Che si guardasse allo specchio in quel momento, pallido e tremante, e che vedesse il modo in cui lei si stringeva a me con disperato bisogno, e non a lui.

Che schiattasse, il bastardo.

Non pensavo che quella notte sarebbe finita con lei dentro casa mia, come una strana chiusura di un cerchio, ma Venus biascicò a occhi chiusi di non sapere dove andare mentre io la portavo via in braccio, con la faccia affondata nella sua distesa di capelli al profumo di anice stellato.

Si guardava intorno, lanciando occhiate disorientate mentre sbandava nel mio corridoio, come se non capisse dove si trovasse, e io avrei voluto accecarmi pur di non vedere più quello sguardo.

«Come facevi a sapere che ero da Braiden?»

«Te lo racconterò un'altra volta. Domattina, quando starai bene.»

Le allungai una camicia per dormire e mi infilai nel bagno. Quando tornai, dopo essermi lavato la faccia e aver realizzato cosa fosse appena successo, la trovai sdraiata sul letto.

Sul mio letto.

Nessuna donna poteva toccarlo, era una regola.

Venus si muoveva lenta nella penombra, incantevole e meschina, flessuosa come un felino. Stese le braccia sopra la testa, sul materasso, e mi invitò con lo sguardo a raggiungerla.

Quando il mio corpo si accasciò sul letto mi resi conto di quanto fossi distrutto.

Dovevo combattere con i denti e con gli artigli, stritolavo le coperte pur di convincermi a non farle tutto quello che avrei voluto farle.

«Volevi che stessi bene? È per questo che sei venuto?»

Non le risposi quello che avrebbe voluto sentirsi dire, anche se non l'avrebbe ricordato. Non lo facevo mai.

«Non volevo che ti scopasse in quel modo.»

Mi guardò e piegò un po' il volto.

Era strafatta, argentata e bruna, candida e perlacea sgranava gli occhi languidi su di me e mi guardava come se fossi un cucciolo di labrador da portarsi a casa per pura tenerezza.

«Sei quasi carino.»

Risposi dandole le spalle e voltandomi su un fianco, vantando una maturità e un autocontrollo invidiabili. Poi sentii la sua voce raggiungermi da dietro, vicino al collo.

«In quale modo poteva farlo, allora?»

«Quando lo vuoi anche tu», sbuffai.

«E in quel caso ti andrebbe bene?»

Dannazione.

Quella conversazione stava prendendo una piega scomoda e lei avrebbe avuto per sempre la scusa di essere sotto effetto dei barbiturici.

«Lo sai benissimo, che puoi fare quello che ti pare con chi vuoi...»

«*... tanto lo sai che solo io ti faccio venire*», concluse la frase, con un tono di voce basso e maschile.

Mi aveva veramente fatto il verso?

Ridacchiò come una bambina rotolando tra le lenzuola e lasciando che i suoi capelli la accarezzassero con quel tocco lieve.

Poi si alzò dal materasso barcollante e mi mise il suo delizioso culo davanti alla mia faccia, tanto per peggiorare la mia acquolina in bocca. Mi sculettò davanti senza pietà mentre si incamminava verso una libreria tirata a lucido. Ogni giorno facevo rimuovere tutti i libri per togliere qualsiasi residuo di polvere.

La polvere delle cose vecchie mi faceva fare brutti pensieri.

Prese in mano una foto con mia sorella e se la rigirò tra le mani, come se non avesse capito il verso in cui andava guardata.

«Eri biondo anche tu, da piccolo?»

«Non amo guardare le foto di me da piccolo. Comunque sì, ero biondo.»

«Anche io. Come ci siamo diventati, castano scuro?»

«Penso che sia il DNA. Mio padre è castano.»

«Tuo padre...» Camminò quasi incrociando le gambe, senza reggersi in piedi. La *fatica* che facevo a non guardarle in mezzo alle mutandine.

L'avevo appena salvata da un pervertito per farla finire nella tana di un lupo arrapato e solitario.

«Ci ha quasi beccati nel tuo studio mentre ti stavi infilando il...»

La afferrai per la vita e la trascinai di nuovo sul letto. Cadde come un corpo morto e si distese illanguidita e rallentata, voltandosi verso di me.

«Adesso stai zitta. Mettiti a dormire.»

Mi chiesi come si facesse a combattere una cosa simile, una reazione così *potente* come quella che lei scatenava.

Quel broncio scontento di chi non voleva affatto mandarmi via mi faceva sentire stranamente importante.

Non che non mi ci sentissi per la maggior parte del tempo, ma era un'importanza diversa, quella che lei riusciva a darmi.

Avevo perso il cervello, mi era colato in mezzo alle sue cosce insieme agli spasmi dei suoi orgasmi.

L'avevo lasciato lì, a sciogliersi tra il bollore della sua pelle e il tepore dei suoi gemiti.

Mi guardò con quegli occhi da cerbiatta che erano sempre troppo grandi, troppo immensi per uno come me che negli occhi ci vedeva punti deboli da usare a proprio vantaggio.

Io ero terra e fuoco, lei era acqua e aria. Sfrontata, libera, un po' depravata, fece scivolare le sue dita in mezzo alle gambe come a invitarmi alla sua festa.

«Vuoi fare sesso?»

Slacciò due bottoni della camicia e io rimasi a osservarle quello che c'era sotto.

«Così poi te ne dimentichi come fai ogni volta?»

Anche nel modo di concedermisi, mi stava sfidando con ilarità superficiale, come se non le importasse mai niente di nulla.

«Io non ti dimentico *mai*.»

Si infiacchì a quella frase, spossata dalle mie stoccate. Ci cascava sempre, oppure ero io a esserci caduto in pieno.

Non ne ero ancora sicuro.

L'ho già detto, non avevo ancora capito chi vincesse tra me e lei.

«Attento, avvocato. Potresti sembrarmi quasi romantico.»

Avrei potuto replicare qualsiasi cosa perché l'indomani se la sarebbe dimenticata, ma la mia natura suonava ancora cinica e feroce per la maggior parte del tempo.

«Il fatto che mi ricordi di te non significa che tu sia nei miei pensieri.»

Incespicò a quella mia risposta glaciale, come se avesse un'ala spezzata e facesse fatica a trovare un equilibrio tra il suo orgoglio e la sua natura. E tornò imbronciata, e forse quello era il *mio* punto debole.

«È *ovvio*», sibilò scostante. «Io non sono abbastanza bella per te. Non sono abbastanza elegante. Non sono bella come Christabell, non sono sexy come Bonnie.»

Non ci cascare.

Lo fa apposta per sentirselo dire. Non puoi essere così stupido da abboccare.

Però i suoi occhi si illuminavano di uno strano bagliore e poi tornavano a essere di nuovo vuoti in una strana alternanza, un vorticare di galassie e buchi neri attorno a un centro magnetico che mi attraeva e mi allontanava allo stesso momento.

«Mi prendi in giro?»

«No.»

Sollevò le gambe nude dritte sopra il mio naso, e le fissò con uno sguardo rassegnato. La camicia si arrotolò scoprendole il ventre fino all'ombelico.

«Il mio corpo non è armonico. Ho un ginocchio frantumato dall'incidente e odio le mie gambe. È per questo che ho dovuto smettere di ballare.»

Dove lei vedeva i suoi limiti io vedevo la sua forza, dove lei vedeva lividi io vedevo coraggio.

Restava una ragazzina imprudente ma aveva un'audacia che la maggior parte dei miei colleghi si sognava la notte.

«Lo vedi?» mi disse. «Sono storte.»

«Sei una stripper.»

E le tue gambe sono perfette.

Mugugnai qualcosa di talmente banale che mi sembrò di offendere la mia stessa capacità retorica, ma stavo cercando di mantenere un dignitoso distacco per evitare di strapparle di dosso l'ennesimo indumento, questa volta una mia camicia, e trascorrere la notte in mezzo alla sua carne.

Ma non potevo. Non con lei in quelle condizioni.

«E allora? Mi spoglio non perché sia sicura del mio corpo ma perché semplicemente non me ne frega un cazzo. Possono prendersi quello che vogliono, tanto sotto la pelle non è rimasto niente.»

«Io ho sentito un sacco di cose sotto la tua pelle.»

Le avevo sentite e so che le aveva sentite anche lei. E in quel momento continuava a mentire a se stessa, come facevo anche io.

Avevo sentito tutto quello che non avremmo mai provato.

Avevo sentito tutto il futuro che non avremmo mai avuto.

Avevo sentito tutti i piani che non avremmo mai fatto, le parole che non avremmo mai pronunciato.

Avevo sentito il modo in cui ci saremmo strappati a pezzi pur di avvicinarci e il modo insano in cui non riuscivamo a stare lontani.

Sospirai per placare il respiro perché ormai cominciavo a conoscerla e sapevo che era imprevedibile. Avrebbe potuto fare qualsiasi cosa, anche saltarmi addosso e legarmi ancora una volta al letto. Non mi sarebbe dispiaciuto così tanto, comunque. Ma l'udienza si avvicinava e ogni giorno che passava mi rendevo conto della difficoltà che avevo di vederla come un avversario.

Forse gliel'aveva rovinata qualcun altro, la vita, e io non ero responsabile di tutti i suoi problemi, ma io restavo il suo nemico e davvero mi chiedevo perché mi guardasse con quegli occhi di cielo sereno e le ciglia piene di stelle, in quel momento.

E perché io continuassi a cercare di salvare quella capinera che ormai era annegata da un pezzo contro una tormenta impietosa, finita a essere mangime per pesci.

E forse aveva ragione a dire che ero annegato con lei.

«Ho paura a chiederti che cosa hai sentito.»

Era confusa e bella nella sua lucidità perduta, in quello straparlare infantile sulle labbra gonfie e sotto le ciglia umide e appiccicate, e mi chiesi se mi sarei pentito, il giorno dopo, di tutto quello che avrei potuto farle e dirle.

«Qualche battito di troppo.»

«Aritmia cardiaca? Extrasistole?»

Sorrisi leggermente.

«*Desiderio*?»

«Dovresti stare attenta a ciò che desideri, piccola V.»

E a quel punto sorrise anche lei, e stranamente si rilassò.

Qualsiasi sostanza le avesse dato quell'idiota, Venus era più accondiscendente del solito e la trovai quasi carina, senza quel broncio dipinto sul viso a ricordarmi quanto mi odiasse, mia croce e mia delizia.

Sollevò il volto verso di me e mi sfiorò la guancia con la punta gelata del suo piccolo naso all'insù.

Mi scostò le ciocche di capelli che mi cadevano sulla fronte e sugli occhi con dita sottili e aggraziate, e rimase lì a scrutare la mia espressione che non si spostava dalla mia solita e austera rigidezza.

Dio, quella stupida testolina bruna.

Quanto voleva essere baciata, glielo leggevo in ogni screziatura oltremare dei suoi occhi di lapislazzuli. In ogni crepa incolore, in ogni pennellata d'abisso io vedevo la potenza di quel desiderio.

E io magari le avrei afferrato i capelli incastrandomeli tra le dita ciocca per ciocca, affondando in lei, e poi l'avrei baciata.

Senza fermarmi più.

E poi chissà cosa cazzo sarebbe successo.

Venus era un'avventura rischiosa ed eccitante ma restava la più pericolosa di tutte. Di tutte le sfide che mi aveva presentato la vita lei sembrava la più difficile a cui resistere.

E fu per questo motivo che non la baciai.

Perché non era il momento, e non lo sarebbe mai stato.

Perché avevo paura per lei.

Perché avevo voglia di superare il limite ogni maledetta volta in cui i nostri corpi erano a contatto e sapevo che nessuno dei due si sarebbe contenuto.

Posò la testa contro la mia spalla e io la mandibola sulla sua fronte, una cosa che non avremmo mai fatto se lei fosse stata sobria.

Il suo sorriso divenne il barbaglio di una fugace adorazione, finché non tornò di colpo a quella sua espressione vacua e smarrita.

«Grazie, Mavor.»

Mentre io ragionavo su una risposta da darle prese sonno, e stavolta lo fece tra le mie braccia.

E quella volta non me la presi come avevo fatto la prima volta a Natale.

Stavolta pensai che nessuno lo avrebbe mai saputo se fossi finito per addormentarmi anche io.

Ero nel mio appartamento e una ragazza era finita nel mio letto, tra le mie lenzuola, e non le avevamo nemmeno stropicciate.

Stavo diventando un rammollito come Nolan e non avevo ancora afferrato il motivo del perché non riuscissi ad allontanarla come facevo con tutte le altre.

Era sempre stato così semplice, e mi sconvolgeva quanto semplicemente con lei accadesse il contrario.

Forse il suo verbale mi aveva sconvolto.

Avevo passato una nottata intera a ricostruire come fosse andata quella notte e poi l'avevo vista terrorizzata nella mia macchina quando la sua portiera si era bloccata.

E io avevo capito che qualcosa in noi era talmente simile da spaventarmi.

Il senso di colpa.

Osservai il modo in cui il materasso si piegava sotto le sue forme perfette, in cui il tessuto seguiva le sue curve, il corpo che lei avrebbe sempre visto come il riflesso delle sue colpe e che avrebbe continuato a maltrattare.

La guardai ancora e ne ascoltai il respiro cadenzato, i lineamenti infantili a contrasto con le labbra più sensuali che avessi mai sfiorato, le ciglia che ombravano lo zigomo e quel portamento delicato e impudente quando mi sfiorava.

«*Ty krasivaya.*»

«Hai rotto con questo russo», si lamentò come una bambina infastidita nel suo sonno, nonostante io avessi solo bisbigliato ed ero convinto che dormisse profondamente.

Non mi sarei mai addormentato in quella notte di velluto: tra la luna appesa e le piume d'oca del mio cuscino respiravamo noi, imperfetti e osceni, mutilati di sentimenti, eppure nella tenebra insieme ci stavamo fin troppo bene.

Figuriamoci se dormo.

19

Higher than a motherfucker

«La dea fra le tue gambe
fa venire l'acquolina.»
R. Kaur

Mavor ♂

Quando aprii gli occhi, fui avvolto da un calore e da un profumo zuccherino di caramello che mi ricordò qualcosa delle colazioni della mia infanzia.

Misi a fuoco la mia stanza illuminata a giorno e il modo in cui la luce giocherellava con il corpo pallido di Venus.

Dormiva a pancia in giù con la testa e parte del busto poggiate tra il mio petto e le gambe, e la visuale delle sue natiche scoperte fu come una siringa di adrenalina. Mi svegliai di botto come colpito da un fulmine.

Mi dovetti seriamente trattenere dallo svegliarla a suon di pacche sul culo, o peggio. Stavo visualizzando immagini per cui all'inferno mi avrebbero eletto cittadino onorario.

Che razza di animale.

Smettila, maledizione.

«Qualcuno si è svegliato lì sotto», mugugnò lei, ed era la seconda volta in poche ore che ero convinto che dormisse e invece mi sbagliavo.

«Mi spinge contro lo stomaco.»

Avrei voluto spingerlo in tante altre parti, e non ero convinto che lei me lo avrebbe impedito.

«Non ho nessun pulsante per controllarlo», brontolai, colto sul fatto.

Venus era bella e incostante, eppure era tornata la piccola impudente che mi restava incollata senza volersi spostare e se avesse continuato me la sarei presa senza chiederglielo.

«Quindi spostati.»

Non ebbi la forza o la voglia necessaria per farlo da solo perché i miei nervi non rispondevano mai alle mie intenzioni, quando ero con lei.

Mi rendevo conto di quanto la situazione fosse ridicola e paradossale, ma quella era la *nostra* situazione, e nessuno avrebbe mai potuto capire cosa significasse desiderare qualcuno che non si può ottenere.

Gemetti dentro di me e un po' mi sentii morire, quando cominciò a muovere la mano sul mio rigonfiamento che si faceva sempre più vigile, e una scossa di piacere si insinuò in ogni goccia del mio sangue mentre manteneva il contatto visivo.

I suoi occhi rugiadosi della notte scorsa erano spariti, adesso era vigile e accesa come la tiepida giornata di sole che stava sbocciando.

«Fermati.»

Stavo vedendo nero, con quell'erezione titanica sotto i pantaloni della notte precedente e quel bisogno pericoloso di renderla la mia piccola schiava.

Stanca di quell'ennesimo rifiuto si alzò sbuffando, per mostrarmi ancora meglio tutto quello che non avrei ottenuto.

Si piazzò davanti alla finestra in controluce, e io rimasi a osservare il profilo del suo corpo sotto la camicia bianca che era quasi trasparente.

Si guardò per capire cosa stessi cercando di sbirciare, e la cosa la fece sorridere ancora mentre si incamminava verso la porta del bagno.

«Hai visto il mio corpo nudo prima ancora di sapere come mi chiamassi.»

Se pensavo a tutti quei medici che avevano scritto del suo stile espressivo incolore... avrei voluto far ingoiare loro tutte quelle specializzazioni, a una a una.

Sul corpo di Venus era dipinta tutta la tavolozza della scala emozionale, dalla prima all'ultima più recondita sensazione.

Bisognava solo trovare il modo per decifrare i suoi silenzi, quando li aveva.

Tornò dal bagno qualche minuto dopo col mio spazzolino in bocca, come se fosse la cosa più naturale di questo mondo.

«Scusa? Il mio spazzolino?»

«Perché? Ti fa schifo?»

«Almeno chiedimelo, cafoncella.» Mi finsi offeso, e in effetti un po' sbalordito lo ero.

«Posso usare il tuo spazzolino, avvocato?»

«Dipende da cosa mi dai in cambio.»

Me la portai addosso, scivolai tra le sue gambe e le strusciai il cazzo sulle mutandine.

Così, senza alcuna pietà e soprattutto del tutto incoerente col fatto che un minuto prima l'avessi fermata.

Ma con lei era così, avevo il cervello ingolfato e la personalità scissa tra chi cercavo di essere, cioè il suo nemico, e chi avrei voluto essere, cioè il suo amante.

«Sono stato rispettoso stanotte. Ma adesso ho bisogno di scoparti talmente forte da farti uscire da questa casa che non cammini sulle tue gambe.»

Profumava di dentifricio alla menta e ne aveva un po' all'angolo della bocca: mi premurai di levarglielo passandole il dito indice sulle labbra.

«Ma non possiamo farlo.»

Lo disse come se fosse ovvio.

«E perché no?»

«Avevi detto che avremmo dovuto stare lontani. Che non avrei dovuto abbassare la guardia.»

«Allora potevi evitare di dormirmi addosso mezza nuda.»

«Non ero in me. E poi ho tenuto gli slip», si giustificò, come se fosse un'attenuante alla sua colpa.

Non aveva colpe, ovviamente.

Ero io ad averla lasciata dormire nel mio letto quando sapevo a cosa sarei andato incontro.

«E quindi?»

«Hai un problema col mio piercing. Me lo fissi come un pervertito.»

È vero, avevo decisamente un problema, che non sarebbe esistito se non fosse stato attaccato al suo capezzolo.

«Io *sono* un pervertito. E ho un problema con un sacco di altre cose in questo momento.»

Non le avrei elencate perché restavo pur sempre un uomo di classe, ma la mia mente non esitava a farmele notare in un lungo elenco, la via della seta della mia perdizione.

«Potevi andare fino in fondo, stanotte.»

«Io non mi chiamo Braiden Cadogan. E ti voglio *ora.*»

«Te lo chiedo ancora una volta. Come facevi a sapere che ero da lui?»

«Te lo dico dopo.»

Affondai tra le sue gambe cercando di farla breve e lei mi trattenne contro di sé.

«Non possiamo.»

Lo ripeteva per tormentarmi, perché quasi si divertiva a mostrarmi il contrario delle balle che mi rovesciava addosso.

Intendiamoci, era vero che non potevamo.

Ma ciò non voleva dire che ci saremmo fermati.

«Allora prendi le tue cose e rivestiti. Opponi resistenza», la sfidai sfiorandola con il pollice sul suo monte di Venere, e lei mi rispose con uno dei suoi sguardi da capinera ferita. Le era tornata la rugiada di novembre negli occhi e questo mi fece montare l'eccitazione peggio di qualsiasi spogliarello.

Poi la sentii sciogliersi, i suoi contorcimenti impazienti con cui cercava di resistermi e in realtà mi incatenava a lei erano un vano tentativo che nemmeno lei avrebbe voluto mettere in atto.

Portò i palmi aperti accanto alle orecchie in segno di resa, le sue tette di zucchero quasi schizzarono via dallo scollo della camicia quando io le sollevai il bacino da sotto le cosce e me lo tirai addosso.

Le sfuggì un uggiolio disperato mentre mi afferrava dalla maglietta.

«Dio. Fai presto.»

Nel momento in cui dimenticai il nostro perseverare nell'errore, i miei nervi saldi scattarono come una corda spezzata. Avevano suonato al citofono.

Le imprecazioni contro le più potenti divinità non sarebbero bastate per l'odio che cercai di reprimere.

«Te l'avevo detto che non potevamo.»

La guardai aggrottando le sopracciglia e mi sollevai dal suo corpo seminudo. Sembrava quasi consapevole che il citofono avrebbe suonato a breve, come se non sapesse che se fosse stato per me lo avrei ignorato ben poco educatamente.

Alzai il ricevitore sbuffando.

Venus restava lì sul letto davanti a me a fare la scema, a provocarmi e a leccarsi le labbra come se avessi dovuto sbrigarmi e liberarmi da quell'impellenza.

«Signor Axford? L'avvocato Winter vorrebbe salire. Lo mando su?»

Mi convinsi di non aver capito bene.

«Che... cosa ha detto?»

«Ho detto che l'avvocato... Come ha detto che si chiama, mi scusi? Victor Winter, sì. Vorrebbe salire da lei. Posso mandarlo su?»

Guardai Venus che si sollevava dal letto e zompettava per la mia camera con aria nient'affatto colpevole.

«Dica all'avvocato Winter che se vuole parlarmi deve prendere appuntamento in studio tramite la mia segretaria.»

Sentii il receptionist ripetere la mia frase, ma con un tono molto più cordiale rispetto al mio.

«Ecco, lui... dice che non è una questione legale.»

Mi voltai ancora una volta verso Venus.

«È Victor? L'ho chiamato io», ammise cinguettando con gli occhioni più innocenti di questo mondo, cerchiati da una sbavatura di mascara, i capelli attorcigliati attorno alle dita e un ulteriore bottone della camicetta che era stato slacciato a mia insaputa.

«Lo faccia salire.» Mi uscì un tono adirato che percepì sicuramente anche il receptionist e attaccai il ricevitore.

«Hai fatto venire qui Victor? E perché mai?»

«Gli ho chiesto di venirmi a prendere», mi confermò.

«Non potevi chiamare Lucky?»

«Non mi pareva il caso, vista la situazione.»

Invece con Victor Winter è una situazione ottimale.

Sbuffai perché era stata lei a provocarmi e sempre lei la causa indiretta dell'interruzione, e poi cos'era quest'idea folle di farsi venire a prendere dal suo avvocato a casa mia?

«Quindi adesso anche il tuo avvocato sa di questa *cosa*?»

«No, lui no!» Si fece una risata mentre io mi precipitai ad allacciarle a fatica i bottoni della camicia.

Non avevo nessuna voglia di essere denunciato all'ordine degli avvocati e il modo sempre poco serio con cui trattava la pericolosità di quella faccenda mi faceva venire voglia di sculacciarla fino a che non mi avesse chiesto perdono con le lacrime agli occhi.

«Gli ho detto solo che mi hai aiutata in una situazione difficile.»

Victor comparve alla porta con un sorriso smagliante, tre caffè d'asporto e un pacco di cibarie zuccherose non meglio identificate il cui odore nauseabondo mi intorpidì l'olfatto.

«Buongiorno, ragazzi. Vi ho portato la colazione, spero non vi dispiaccia.»

Dovevo essere finito in un universo parallelo.

Me lo squadrai mentre mi accendevo una sigaretta, poggiato al tavolo dell'ingresso e le gambe incrociate.

L'ennesimo coglione a sbavare dietro agli sculettamenti di Venus.

«Senti, Winter. Io non ti conosco nemmeno.»

«Ma come, sono l'avvocato di Venus. Penso che ti ricorderai...»

«Certo che mi ricordo!» sbraitai decisamente alterato. «Ma quello che mi chiedo è cosa tu ci stia facendo nel mio appartamento.»

«Più o meno quello che ci fai tu con la mia assistita, collega.» Mi guardò sollevando il sopracciglio, ma io mantenni il mio aplomb imperturbabile.

«Sono venuto a prenderla. Mi ha chiamato lei.»

«E dove la vorresti portare?»

«A casa mia.»

Di male in peggio.

Mi sentii uscire il fumo dalle narici mentre Venus continuava a saltellare qua e là ficcanasando in giro tra i miei dischi d'epoca e la mia collezione di codici di tutte le nazioni europee.

Forse sperava di trovare qualche traccia dimenticata di qualche mia ex inesistente, o qualche scemenza da ragazzino sentimentale che non ero mai stato.

«Venus?»

«Mh?»

Si era messa a leggere le mie cartoline.

Fu quasi delusa nel notare che erano tutte di Nolan perché nessuno al mondo le utilizzava più, a parte lui.

«Questo bamboccio che si definisce avvocato...»

«Non è cortese da parte tua, nei confronti di un collega...»

«*Questo bamboccio che si definisce avvocato*», ribadii con più convinzione parlandogli sopra, «sostiene che sia venuto a prenderti per portarti a casa sua.»

«Ah, giusto. Non te l'ho detto? Io e Victor adesso *conviviamo*.»

«Da quando?» ringhiai mentre andavo a fuoco.

Finse di pensarci su, civettuola e irresistibile, e sapevo che sarei finito a masturbarmi nel bagno su quel sorriso ammiccante non appena se ne fosse andata.

«Da ieri sera.»

Stritolai la mascella talmente tanto che penso si sentì uno schiocco preoccupante.

«Ti ringrazio davvero, collega.»

Winter mi piazzò una manata sulla spalla e io lo trafissi con lo sguardo, mentre Venus si rivestiva alle nostre spalle con i vestiti della sera prima.

«Quello che hai fatto è stato ammirevole. Quella famiglia andrebbe cancellata dalla faccia della terra.»

Quell'idiota non ne sapeva nulla, dei Cadogan, e ovviamente non poteva sapere che stavo per bucare la gola di uno dei loro rampolli con un proiettile mentre era disarmato, in ginocchio e in mutande, la notte precedente.

Victor Winter era fastidiosamente simpatico e affabile.

Detestavo le persone positive ed eccessivamente gentili, quelle che prendevano confidenza, quelle che non stavano mai al loro posto, per cui avanzai verso di lui con quell'aria poco gentile che era ormai il mio marchio di fabbrica.

«Non farò un pic-nic con te per festeggiare, Winter. Riprenditi la tua roba e sparisci dalla mia vista.»

«È sempre così odioso?» Si rivolse a Venus che adesso si era messa a cercare qualche indizio di un mio amore folle nei miei libri in latino.

Controllava tutte le prime pagine sperando di trovarci una dedica, chiaramente vittima di gelosia retroattiva.

Che ragazzina.

«Molto peggio. Stamattina è di buon umore.»

Quando Venus chiuse l'ultimo classico della mia libreria e si diresse in camera per prendere il resto dei suoi vestiti, io la seguii di corsa lasciando Winter a sorseggiare il suo caffè annacquato.

Chiusi la porta alle mie spalle fregandomene di cosa quell'idiota potesse pensare di noi, e vidi Venus che mi attendeva con le spalle contro il mio armadio.

«Te l'avevo detto che non potevamo.»

«Sei impazzita? Victor Winter? Mi hai chiesto di fare sesso la notte scorsa, dannazione.»

«No, l'ho chiesto solo a te», ammiccò, e io vidi di nuovo rosso. Perché con quella stronza non potevi smettere di essere su di giri nemmeno mezzo istante, e quando scendevi dalla montagna russa dell'eccitazione che ti provocava ti faceva salire l'attimo dopo su quella della collera cieca.

«Va bene, se stai con lui allora puoi andare.»

Mi sfiorò la punta del naso con il dito e divenni crudele nei miei pensieri imperfetti.

Nella mia mente si accavallavano immagini in cui la sottomettevo brutalmente e la scopavo come il demonio avrebbe comandato, ad altre in cui restavo immobile a osservare la sua luce senza sfiorarla.

Forse desiderai baciarla mentre ancheggiava piano contro il mio bacino, ma per me i baci significavano solo sesso selvaggio.

La mia prima volta era stata con una stripper in un sottoscala di un locale che conoscevo molto bene.

Ero molto ubriaco e molto minorenne e lei mi faceva girare la testa solamente a sentire il suo profumo. Non sapevo nemmeno il suo nome.

L'avevo fatta mia contro il muro, senza spogliarla, di spalle, e quello che mi aveva dato alla fine di quell'amplesso era stato anche il mio primo bacio.

Non mi si poteva nemmeno dare la colpa se avevo tendenze brutali e non conoscevo la delicatezza.

Ma Venus per una volta mi mostrò un baccello di pensiero che non mi aveva mai sfiorato prima d'ora.

Non volevo che se ne andasse.

Non con lui.

E nemmeno con Braiden.

Volevo che restasse con me.

Ed era così dannatamente sbagliato.

«Avanti, non essere così agitato.»

Di nuovo mi sfiorò la punta del naso con il dito, e io rimasi a osservare la sua bocca sfrontata mentre si mordicchiava il labbro inferiore.

«Sei ancora tu il mio avvocato preferito.»

Nella stanza 101 dell'Hotel Savoy non aveva mai fatto quel dannato caldo infernale, nemmeno in pieno agosto, e non eravamo ancora in primavera.

Osservai le gocce di sudore freddo come un rivolo lento e copioso sul mio busto, tra la peluria rada dei pettorali e l'inchiostro appannato sulla pelle arrossata. Il mio corpo era scosso da tremori ma avevo imparato a controllare gli effetti collaterali: non duravano più di novanta minuti ed era già passata mezz'ora.

La foga con cui mi aggrappavo a quel corpo era direttamente proporzionale a tutto il veleno che avevo in gola, quell'amaro spaventoso di fiele mi risaliva dal naso per dissiparmi il respiro.

Era il mio solito folle sfogo all'infaticabilità da cocaina, il sesso con cui mi azzittivo i pensieri.

La cruda battaglia contro qualsiasi corpo avessi trovato a disposizione.

Ma quella volta qualcosa era diverso.

Mi guardavo nello specchio davanti ai nostri corpi forsennati e vedevo solo me stesso.

Lei non esisteva, eppure eravamo in due.

«Mavor, mi fai impazzire.»

Bonnie era tornata da me non appena l'avevo chiamata, e giuro che avevo quasi fatto fatica a ricordare il suo nome perché a ogni colpo di reni la sua figura sfumava e a tratti mi sembrava di essere solo.

«Mi fai impazzire come nessun altro.»

Ero sul punto di tapparle la bocca simulando un gioco erotico.

Era davvero necessario tutto quello?

L'adulazione e tutto il resto, il fatto di rimpolparmi l'ego invece di lasciarmi focalizzare su di lei non mi eccitava per niente, ma andavo avanti come un automa e la mandai su di giri.

I miei battiti erano fuori controllo, le stavo facendo male e lo sapevamo entrambi. Bonnie era gracile e sottile e ogni colpo che le assestavo diventava più energico del precedente.

Il problema era che io non ci stavo capendo un cazzo, e la vista mi si annebbiava ogni volta che sbattevo le palpebre e facevo fatica a riaprirle.

Avevo le allucinazioni e il mio corpo fremeva di una fame chimica del tutto incontrollabile e artefatta.

Allo specchio brillavo di sudore, sul mio addome si gonfiavano vene che non avevo mai visto nemmeno in allenamento.

Forse stavo per avere un infarto.

Stavolta ero io ad avere gli occhi spenti del mondo e accesi di uno strano demone in fiamme. Era qualcosa che mi divorava l'anima.

Guardavo la porta e pensavo di non essere l'unico ad avere la chiave, perché una copia era rimasta a Venus.

Stupido, idiota incosciente che ero stato, a lasciargliela.

Probabilmente se fosse entrata da quella porta l'avrei invitata a unirsi a noi e lei mi avrebbe persino accontentato, oscena com'era in quella sua spavalda ostentazione di provocazione.

E probabilmente avrei goduto se lei ci avesse colti in flagrante, se ci avesse visto scopare come animali in quella stanza che sembrava piacerle tanto, e se avessi potuto osservare i suoi lineamenti angelici creparsi di una smorfia di gelosia, perché era questo quello che meritava, dopo gli ultimi avvenimenti.

Vedevo cose che non esistevano come ombre deformi sulle pareti e a volte mi convincevo che fossero proprio attorno a noi, che mi stringessero e mi soffocassero senza lasciarmi tregua.

Adesso non la vedevo più sul ciglio della porta: Venus si era spostata sul letto e ci si era sdraiata sopra, con quel fare da spregevole e meravigliosa ninfa, la sirena che era un mostro orrendo da cui avrei dovuto distogliere lo sguardo.

Bellissima e malevola.

Strappatemi gli occhi.

Ma era inutile accecarsi per non vedere quello che il mio cuore voleva scrutare.

E io la rividi, distesa mentre si toccava nella sua colpa, con la sua delicatezza impaziente, ben sapendo che io fossi al di là dello specchio a guardarla.

Il piacere mi arrovellò il cervello mentre continuavo a guardare quel letto attraverso lo specchio, e mi sentii bruciare nelle viscere mentre la mia erezione scoppiava di un flusso di godimento liquido.

Quando quel fischio stridulo nelle orecchie smise di tartassarmi e fu coperto dai nostri respiri affannati, mi accorsi che avevo visto solo un ricordo.

Un ricordo nello specchio.

Fu in quel momento che la mente mi abbandonò del tutto e cominciai a delirare.

Ero finito a ricordarmi di lei che si masturbava sul mio letto per poi venire dentro un'altra donna.

Quando me ne resi conto esplosi sul serio. Senza capire cosa stessi facendo, mi sollevai in piedi e impazzii contro quella dannata camera.

«Mavor? Stai... stai bene?»

Bonnie si coprì il corpo in un improvviso atto di pudore, il suo volto oscurato di un'ombra sconvolta.

Non volevo farle del male. Non volevo niente da lei. Volevo solo che sparisse dalla mia vista, ma un tarlo di rabbia sovrana e imperante, impossibile da arginare, tuonava nella mia testa.

Quegli specchi per me erano una tortura.

Mi dannavo da solo, se avessi voluto prendermi a pugnalate mi sarei fatto meno male.

«Vattene via. Subito!»

«Ma, Mavor, non posso lasciarti così!»

Scaraventai il tavolo rovesciando due poltrone a terra, una cadde contro la finestra e per poco non rischiai di frantumarne il vetro.

«Dammi retta. Non hai ancora visto niente.»

«Mavor... Io...»

Bonnie era scioccata dal mio modo minaccioso e intimidatorio.

«Vattene! Prendi le tue cose e levati di torno!»

Afferrò i suoi vestiti e indossò rapidamente gli slip e una maglietta.

«Ma cosa stai facendo? Cosa ti prende?»

Ero furioso, ma Bonnie restava lì imbambolata e io cominciavo a smettere di respirare.

«Sei strafatto, cazzo, datti una calmata!»

«Voglio stare da solo!»

«Non posso lasciarti in questo stato.»

«Ti ammazzo, se non te ne vai.»

Allo specchio vidi il riflesso del mio demone.

Gonfio, collerico, gli occhi iniettati di sangue e le labbra spaccate dai miei morsi feroci.

«Penso... penso che tu stia male!»

Non ricordo cosa successe dopo che Bonnie uscì dalla porta, ma quando ripresi i sensi e tornai in me la camera era semidistrutta: solo gli spècchi erano ancora intatti.

Dovevano essere passate diverse ore, perché la luce del giorno non filtrava più attraverso la finestra.

Mi stropicciai gli occhi ancora una volta e incrociai quelli di una bellezza immortale che rispondeva al nome di una dea romana.

Ero morto, e quello era un chiaro segnale.

I suoi occhi pungenti e misteriosi, crepuscolari e accesi, languidi e provocanti, impuri come me e lei insieme.

Blu come il metilene.

Io ero nudo, solo con la mia fasciatura, disteso per terra sulla moquette come la testa di cazzo che ero.

E Venus si avvicinò a me e mi sfiorò la guancia: in un primo momento mi convinsi che fosse la mia immaginazione, ma quando sentii quel tocco mi resi conto che lei era lì sul serio.

Era *reale*.

E aveva visto il vassoio con la cocaina. Aveva visto tutto.

«Perché sei qui?»

La mia voce era ruvida e tombale, profonda come il pugno che avrei voluto assestarmi da solo.

«Ci ha chiamati Bonnie, dicendo che stavi male. Ci ha dato quest'indirizzo, e allora ho capito.»

«Perché ha chiamato te?»

«Dovresti chiederlo a lei.»

Mi accarezzò i capelli mentre mi rendevo conto di quanto avessi toccato il fondo. Tra due giorni avrei avuto l'udienza ed ero uno straccio, il fantasma di me stesso, non sarei stato credibile di fronte a nessuna giuria.

«E perché sei venuta? Non dovresti essere con Winter?»

«*Servo me, servabo te.*»

«Veramente è '*serva*'», la corressi, e lei ridacchiò.

«È uguale.»

«Non avresti dovuto.»

«Andrà tutto bene.»

«Non andrà bene un cazzo.»

«Devi solo calmarti.»

«Non ho tempo per essere calmo. Mi calmerò quando morirò.»

«Posso ammazzarti io, se vuoi.»

Il mio respiro si placò leggermente.

«Lo so che speravi di perdere alla roulette russa.»

Sentivo le gocce di sudore scivolarmi sulle tempie e le sue dita fresche stringere le mie.

Era evidente che anni e anni di sedute con me non avessero funzionato, ero l'immagine del fallimento di tutti i miei terapeuti.

«Che cosa c'è, Mavor? Che cosa ti turba?»

«Lui l'ha visto. Lo ha visto.»

Avevo ricominciato a delirare perché oscillavo tra incubo e realtà. Qualcosa in me era rotto, spezzato, incrinato, o forse mi sarei dovuto chiedere cosa fosse rimasto intatto.

«Chi ha visto? *Chi*?»

Braiden ha visto chi ha ucciso mia madre.

Braiden sa di noi due.

Non potevo spiegare quel vuoto da sogno in cui la mia mente alterata era finita a vagabondare, non ebbi la forza di rispondere mentre Venus continuava a calmarmi tenendomi una mano sul petto.

Attorno a me solo ombre disorientate come farfalle spaurite, ali tarpate da insetticida che sbattevano contro vetri invisibili, orribili mostri e visioni di ciò che io ero a me stesso.

«Mavor... *parlami*.»

In quel momento, e solo allora, mi accorsi che nella camera Venus non era sola. Qualcuno ci venne incontro e le rispose al posto mio.

«Venus... Mavor soffre di un *jamais vu*.»

Non era sola, ma la testa mi doleva troppo per riuscire a mettere a fuoco la figura in quella penombra.

«E adesso è arrivato il momento che si faccia una bella dormita.»

Una mano dosò una siringa e mi bucò il braccio.

No. Non ora. Lasciatemi parlare con lei.

L'attimo dopo fu il buio.

20

Shut up and listen

«Un Paradiso illuminato dai bagliori dell'Inferno.»

Venus ♀

Jamais vu.

Aveva il suono meravigliosamente dolce di un passo di danza, eppure rintoccò come qualcosa di oscuro. Io, che nella vita tutto sapevo tranne il francese, mi ritrovavo a decifrare un termine così astruso, mentre Mavor chiudeva gli occhi nell'abbandono di coscienza e io restavo a guardarlo in penombra. Bello, immensamente bello, di quella bellezza che picchiava duro e faceva male, le ciglia un merletto scuro verso lo zigomo sporgente, il volto così rilassato e la pelle lattea e trasparente come quarzo bianco.

Improvvisamente quel termine assurdo mi passò di mente e sfumò sui contorni del suo corpo rilassato.

Una volta Mavor mi aveva detto che lo avrei sentito sempre in un punto preciso del mio corpo. E invece mi aveva mentito.

Io quando lo guardavo lo sentivo *ovunque*, in ogni particella infinitesimale del mio corpo, in ogni anfratto in cui avrebbe potuto acquattarsi, avido e ingordo della mia sanità mentale.

«Sta bene?» chiesi a bassa voce.

«Sicuramente meglio di quando saprà quanto dovrà pagare per i danni fatti in questa stanza.»

Alistair Axford era riuscito da solo a prenderlo e trascinarlo fino al letto, e poi lo aveva disteso sul materasso.

Non so come un uomo della sua età riuscisse a sollevarne un altro, ma lui con la sua stazza massiccia e il fisico ancora in perfetta prestanza non aveva mostrato particolare fatica.

«È successo altre volte?» gli chiesi con un filo di voce, non del tutto convinta di volerlo sapere.

«Il panico? La droga? Le donne terrorizzate? Non le conto più, le volte.»

Poi quel piglio che mi sembrava quasi di conoscere, con parecchi segni del tempo in più attorno allo sguardo, si posò sul corpo di Mavor.

«È il mio unico figlio maschio. Vorrei davvero che non avesse questo lato autodistruttivo.»

Mi guardai un po' attorno, e riconobbi in quella stanza lo stesso caos che mi albergava dentro.

Parlai aiutata dal buio, illudendomi di essere sola.

«Questo non è quello che lui *è*. Questo è quello che è diventato.»

Certe volte mi rendevo conto di parlare troppo, e rivelai me stessa nel rispondere a quell'uomo, talmente convinta di ciò che dicevo che dovetti colpirlo.

L'avvocato mi guardò dalla testa ai piedi squadrandomi come se mi vedesse per la prima volta.

«Siamo anche quello che diventiamo», decretò convinto. «Io lui lo capisco, per quanto sia sbagliato. Sul serio. Sei davvero bella, e sembri anche intelligente. Ma tu... cosa ci trovi in uno come lui?»

Quella domanda mi mise in difficoltà. Ma non perché si trattasse di un padre che non riusciva a vedere quello che vedevo io, ma perché mi venne in mente una lista infinita di momenti, che sarebbero rimasti incancellabili nella mia mente, in cui Mavor era l'unico protagonista indiscusso.

Mannaggia a me.

«Beh, in realtà...»

«Oh. A parte la sua bellezza, i soldi e il potere, ovviamente. Una proprietà da far girare la testa a qualsiasi donna, figuriamoci a una stripper.»

Aveva un'eleganza innata e una cordialità spietata, ma anche quella sottile vena offensiva che rivelava la natura di un vero squalo.

Mi piegai sulla mia borsa e mi accesi una sigaretta, certa che in quella stanza un po' di odore di fumo sarebbe stato l'ultimo dei problemi.

«Penso che lei abbia capito male. Tra me e Mavor non c'è proprio niente.»

«Avanti, conosco mio figlio. E ho avuto la vostra età circa trent'anni fa.»

Rimasi in silenzio, perché Mavor gli avrebbe risposto di farsi gli affari suoi e io sarei stata d'accordo con lui.

Ma c'era qualcosa di estremamente paterno nel suo sguardo, sotto le sopracciglia ingrigite dal tempo, che si alternava alla severità del ruolo che si era ritagliato da talmente tanto tempo da rimanerne impigliato, catturato, da non ricordare più la sua essenza.

Esattamente come suo figlio.

«Comunque non sono certo così folle da dirlo a qualcuno.»

Non avevo dubbi.

Non avrebbe mai messo a repentaglio la carriera del suo cavallo di razza, e non parliamo dell'immagine del suo intero studio.

«Prima o poi questo processo finirà, Mavor vincerà la causa del decennio, e voi potrete fare quello che vi pare. Di nascosto, ovviamente.»

Mi lanciò un'occhiata scrupolosa come se stesse valutando se poteva fidarsi o meno di me.

«I giornalisti impazzirebbero per una storia simile anche tra dieci anni.»

Mi sistemai i capelli su un lato della spalla per mascherare il mio nervosismo.

Stava veramente parlando come se noi potessimo avere un futuro?

«Le assicuro che noi non...»

«Ma fino ad allora, per l'amor di Dio, abbiate la decenza di restare lontani.»

Mi guardai intorno ragionando sul fatto che dovevo stare attenta anche a ciò che dicevo, in qualsiasi momento.

Quella stanza era la 101, e quel numero non era casuale.

Il risultato del quadrato magico sulla ceralacca della parola segreta che mi aveva dato Braiden.

101.

101.

101, all'infinito, ovunque, in qualunque direzione andassi.

Quella stanza apparteneva in qualche modo alla loggia di cui Mavor era uno dei vertici. E suo padre c'era dentro tanto quanto lui.

«Ci siamo trovati vicini qualche volta, è vero. Ma non capiterà più. Se vincesse Cadogan, se lui dovesse essere assolto, penso che troverebbe il modo di uccidermi.»

Scosse la testa come a negare quella possibilità.

«Ormai sei troppo conosciuta. Charles non è stupido. Non penso che voglia rischiare un altro processo, magari per omicidio. Anche se quell'uomo è completamente pazzo, e lo so perché siamo amici da una vita.»

«Signor Axford, tra me e suo figlio non c'è assolutamente nulla.»

Ribadii il concetto quasi a cercare di convincermene io, e a troncare una conversazione che cominciava a mandarmi in blocco i polmoni.

«Ah sì? E dimmi, come mai tu sei qui? A meno che tu non stia cercando di fregarlo.»

Erano avvocati, non c'era niente da fare. Qualsiasi cosa avessi detto sarebbe stata usata contro di me per tutti i miei giorni a venire.

«Diciamo che mi ha chiamata la ragazza con cui si trovava.»

La domanda che seguì fu praticamente ovvia.

«E per quale motivo questa ragazza avrebbe chiamato proprio te?»

«Bisognerebbe chiederlo a lei.»

In realtà il motivo lo sapevo benissimo.

Bonnie aveva chiamato Nolan e io ero a casa sua quando aveva ricevuto la telefonata.

Nolan non era a conoscenza di quella camera d'albergo, ma mi aveva riferito che Mavor aveva fatto il mio nome, e io gli avevo chiesto se potessi andare al posto suo.

«Lei come mai è qui?»

Avevo incontrato Alistair mentre salivo in ascensore, e non era stato un incontro troppo piacevole. In realtà, avrei voluto seppellirmi, perché lui continuava a sorridermi come se mi avesse colta sul fatto.

«Mi ha chiamato l'hotel. Il receptionist ha sentito dei rumori forti e si è insospettito quando nessuno ha risposto al telefono.»

«Sapeva di questa stanza?»

«Purtroppo sì.» Uno sguardo indecifrabile gli piegò i lineamenti in una smorfia. «Mavor ci passa un sacco di tempo. Mi chiedo come mai lo sapessi anche tu, ma penso di poterlo immaginare.»

Se stava per caso insinuando che avessimo fatto sesso in quella stanza, beh, di certo non avrei speso tempo a negarlo.

Sentivo ancora i calli sulle falangi di Mavor spingersi in fondo alla mia carne, marchiarmi di lividi e sangue e lacrime e sudore.

Bastardo per diritto di nascita, ecco cos'era quel corpo gloriosamente perfetto vinto da un bel mix di morfina e qualcos'altro.

Afferrai la borsa a quel ricordo e feci per andarmene prima che lui si risvegliasse.

«Non penso che sarà felice di trovarmi qui. Forse è meglio che vada.»

Alistair mi afferrò il braccio con lo stesso fare imperativo che aveva suo figlio.

«È difficile avere a che fare con lui. Ha quel carattere, quell'indole burrascosa... È come sua madre.»

Catturò la mia attenzione, perché nessuno mi aveva mai parlato di lei.

«Com'era, sua madre?»

Non ero una tipa romantica, ma per qualche strana devianza del mio cervello adoravo le storie d'amore, e qualcosa nei suoi occhi mi diceva che stavo per ascoltarne una.

«Era la donna più bella che avessi mai visto. Aveva gli occhi che erano due finestre sul cielo.»

Mi immaginai se qualcuno avrebbe mai potuto parlare di me in quei termini, e mi rinchiusi ancora una volta nella mia fortezza confortevole di insicurezze e via di fuga sbagliate.

Per gli uomini di quel tipo saremmo sempre rimaste dei bei manichini da esibire.

«Discendente dell'ultima zarina di Russia. La donna più bella di tutto il mondo.»

La cosa non mi stupì affatto, avendo avuto a che fare con Mavor e avendo potuto tastare la quintessenza della sua stronzaggine racchiusa nella perfezione della sua immagine.

«Era russa?»

Annuì con la testa.

«Una dea. Mavor le somiglia così tanto, in tutto e per tutto. Vedo lei in ogni parte di lui.»

Potevo quasi immaginarla, quell'insana bellezza che aveva fatto perdere la testa ad Alistair Axford, il rampollo di una famiglia di avvocati che aveva persino assistito i reali inglesi.

Doveva essere stato tutto come una favola, per un po' di tempo.

Ma poi come in tutte le favole qualcosa doveva aver infranto quell'incantesimo.

«È per questo che Mavor parla il russo», dissi più che altro tra me e me.

«Di solito non si fa sentire, se non ne ha necessità.»

Poi continuò, perché io mi liberai della sua presa e lui cercò di trattenermi con quel racconto.

«Da quando sua madre è...»

Un avvocato della sua stazza che si inceppava per pronunciare una semplice parola, eppure si bloccò.

«Lui ripudia l'amore in tutte le sue forme. La razza umana lo repelle, i sentimenti lo disgustano. Ma chi può biasimarlo? L'amore ti logora, ti distrugge.»

Sfiorò il suo stesso riflesso nello specchio e io gli vidi uno sguardo infiacchito e stanco che ricordava con nostalgia un antico passato.

Prese il cappotto che aveva accuratamente appeso a un appendiabiti e lo indossò.

I suoi gesti eleganti mi lasciarono estasiata nel riuscire a ricalcargli sopra quelli di Mavor, più giovanili, più scattanti, ma pieni di quel vigore e di quella tempra d'altri tempi.

«Avvocato?»

«Mh?»

«Cos'è un *jamais vu*?»

Mi scrutò con occhi sottili e guardinghi, perché di me non si fidava affatto, eppure mi rispose, nonostante tutto.

«È una cosa molto semplice. È il contrario di 'dejá-vù', alcuni particolari di un momento traumatico che non riescono a essere ricordati. Ma sa, signorina Kelley, non entrerò nello specifico. Alcuni fatti dovrebbero restare *privati*.»

Soprattutto con me, sembrava dirmi con lo sguardo da alligatore che si era affilato di una luce intimidatoria.

Rimasi in disparte e mi aggirai per la camera: non volevo mancare di rispetto alla loro famiglia.

Alistair aveva gli occhi gocciolanti di uno strano dolore e tutto in quella stanza grondava e tuonava di parole non dette. Traumi seppelliti, nascosti sotto il tappeto come cenere scomoda e sporcizia inutile.

Doveva essere accaduto qualcosa, quella stanza aveva le pareti che vibravano l'urgenza di raccontare una storia.

«Mavor dormirà ancora per un po', ma si sveglierà come nuovo.»

Mi limitai ad annuire e poi aggiunsi che me ne sarei andata non appena fuori avesse smesso di piovere.

«E, se vuoi un consiglio, non perdere tempo con lui. È un'ironia del destino: l'unico caso perso della sua vita è proprio se stesso.»

Sentii la porta cigolare e chiudersi mentre io non riuscivo a staccargli gli occhi di dosso, adesso che potevo restare a guardarlo in pace.

Mi sembrava tutto tranne che un caso perso, appariva bellissimo e vincente persino così, sconfitto dai calmanti, dalle sostanze chimiche che avevano preso a strozzargli le vene, coi nervi a pezzi e addormentati a forza.

Mi sembrava tutto ciò su cui avrei voluto posare gli occhi fin quando non avessero più avuto la forza di restare aperti.

Quell'inverno non sarebbe mai finito e dentro di me aveva ripreso a gelare, quando Nolan aveva parlato al telefono con Bonnie e io avevo capito che l'aveva portata qui.

Non che mi fossi messa in testa che fosse un nido d'amore, tutt'altro, ma certe volte mi sentivo una stupida a non aver accettato la sua offerta quando qualsiasi altra ragazza scalpitava per restargli accanto.

La camera era un disastro, quasi irriconoscibile. Solo gli specchi erano rimasti intatti.

Gironzolai per la stanza cercando di recuperare il recuperabile, ma sembrava la gabbia da cui una belva in cattività aveva tentato di fuggire. Cosa avesse scatenato tutto quello, lo sapeva solo lui.

Mi sedetti sul letto e rimasi a guardarlo mentre pensavo che io, nel caos che avrebbe spaventato chiunque altro, ci stavo benissimo.

Accanto a ciò che era rimasto di qualche sostanza stupefacente notai un libro con le pagine un po' consumate.

Il rosso e il nero di Stendhal.

Sfogliai qualche pagina fino ad arrivare a una parte sottolineata, e lessi con attenzione.

«*Un romanzo è uno specchio che passa per una via maestra e ora riflette al vostro occhio l'azzurro dei cieli ora il fango dei pantani. E l'uomo che porta lo specchio nella sua gerla sarà da voi accusato di essere immorale! Lo specchio mostra il fango e voi accusate lo specchio!*»

Dovevo essermi immersa nella lettura per più tempo del dovuto, quando mi misi a osservare gli specchi attorno a me che restituivano il mio sguardo confuso, perché vidi Mavor muoversi leggermente.

Chiusi il libro di scatto e mi resi conto che si stava svegliando perché stava inspirando a pieni polmoni.

«*Anice stellato.*»

Quasi bisbigliò, ancora a occhi chiusi.

«Che cosa hai detto?»

«Ti riconosco al volo, Kelley.»

Quando aprì gli occhi ci mise un po' per mettermi a fuoco, sbatteva le palpebre come piccole ali a sventagliare i suoi occhi lacrimosi, del verde più puro che avessi mai visto.

Pagliuzze dorate brillavano in quella distesa di malachite dell'iride, e per qualche istante rimase fermo, quasi innocuo, con gli occhi vacui e le ciglia fuligginose.

«Sei ancora qui?»

«Sì. Sono qui.»

Si sollevò di scatto. Era nudo ed era coperto solo con un lenzuolo appena posato sotto l'addominale obliquo, con quei giochi del tessuto a incorniciarlo tra un riflesso della seta e un fruscio lieve sulla pelle.

Rimase fermo a osservare un punto fisso come se aspettasse che gli passasse il giramento di testa e poi afferrò una bottiglia d'acqua dal comodino.

Ne bevve quasi la metà a grandi sorsate, e io rimasi intimidita a guardare il suo pomo d'Adamo sollevarsi e abbassarsi sul collo, elettrizzata dalla sua presenza nel senso più inquietante ed eccitante del termine.

«Non eri da sola. Chi c'era con te?»

«Tuo padre. L'ho incontrato mentre venivo qui. È stato chiamato dall'hotel.»

«Si facessero gli affari loro, con quello che vengono pagati.»

Si controllò il braccio dove gli erano state iniettate le benzodiazepine e poi mi guardò dalla testa ai piedi.

Indossavo un minidress in lanetta, calze abbastanza pesanti e scarpe da ginnastica, ma mi sentivo nuda e per niente a mio agio, quando mi guardava come se volesse che sparissi.

«Cosa ci fai in questo posto?»

I suoi occhi avevano perso quella patina opaca e la pupilla era tornata a dimensioni normali.

«Eri più simpatico quando eri strafatto.»

Le mie dita reclamavano la sua pelle in un gioco al massacro che solo io avrei potuto infliggermi. Mavor era il carcere a vita che mi sarei voluta meritare.

«Potresti evitare di ficcanasare nella mia vita?»

Inclinai la testa e i miei capelli scivolarono tutti su un lato del petto.

«Stai davvero parlando tu, che sei venuto a interrompere a casa di Braiden?»

«Ti aveva drogata.»

«Non basta per averti spinto a fare quello che hai fatto. Ritenta, avvocato.»

«Vuoi davvero sapere perché sono venuto a portarti via?»

Annuii con la testa: sembrava talmente serio che per un istante pensai che non avrei voluto saperlo sul serio.

«Quello stronzo mi ha chiamato per mostrarmi quello che stavate facendo. La vostra scopata», pronunciò tutto d'un fiato.

«Cosa ha fatto?» mugolai cercando di ricordare quello che avevo visto o sentito dopo aver preso da bere.

«Ti stava riprendendo con il telefono. Cosa avrei dovuto fare?»

Ricordi ovattati si confondevano nella mia mente, sogni e realtà si mescolavano come nubi in tempesta.

In ogni momento, in ogni singolo istante, Mavor ci stava guardando?

Indossò i suoi boxer con tranquillità e poi rimase a fissarmi.

Io ciondolavo sconvolta all'idea che l'ossessione di Braiden per Mavor arrivasse al mostrargli un momento privato tra me e lui.

E ancora una volta avrei voluto prendermi a schiaffi perché avrei dovuto essergli riconoscente. Quasi preferivo quando potevo odiarlo: mi rendeva il compito molto più facile.

«Come ci sei finita in quel letto?»

«Sono andata da lui.»

«Perché ci sei andata?»

«Serve davvero che te lo dica?»

A quel punto si imbizzarrì e io vidi di nuovo gli occhi di brace e lapilli infuocati con cui mi stava guardando scavarmi nelle ossa e spaccarmele a picconate.

«Dimmelo.»

«Perché a lui piace stare sotto», lo presi in giro e lui non gradì.

Forse non ero la persona adatta che avrebbe dovuto trovare al suo risveglio, perché, anziché calmarsi, tornò a sfuriarmi contro come un demone.

«Bugiarda. Non fai altro che riempirmi di cazzate!»

Si era svegliato lucido e attento, e mi fece quasi paura il modo in cui mi scattò contro: se quello era l'effetto che gli aveva fatto il calmante mi chiesi sul serio in che condizioni si trovasse prima di assumerlo.

«Sei andata da Braiden perché avevi paura che lui parlasse con suo padre. Ti ho sentita mentre glielo dicevi. Voglio sapere riguardo *cosa*.»

Per tenerlo lontano gli dicevo menzogne e lui mi schiaffeggiava con la verità. Qualcosa mi diceva che cercava ancora una volta una conferma di ciò che lui già aveva capito, perciò mi chiesi fino a quando avesse sentito e fino a quanto io avessi parlato.

Avevo solo flash di quella serata.

Rammentavo Mavor e il modo in cui era piombato in salone, ma non riuscivo ad afferrare le frasi che aveva rivolto a Braiden. Rammentavo il suo corpo caldo e accogliente attorno al quale mi ero aggrappata, e arrossii visibilmente al ricordo del modo in cui mi ero stretta a lui.

«Braiden ha saputo di noi due.»

Non parve affatto stupito di quella rivelazione. Corrucciò la fronte e strinse le labbra in un moto di stizza furiosa.

«Fantastico. E tu hai barattato il suo silenzio in cambio di sesso.»

«Una frequentazione, in realtà. Non mi chiamo mica Mavor Axford.»

«Geniale. Davvero. Gliel'hai detto tu?» Quindi mugugnò qualcosa che non riuscii ad afferrare, mentre io continuavo a scagliare frecciate neanche fossi a una gara di tiro con l'arco.

«Che domanda del cazzo, avvocato.» Mi sentii offesa per quell'insinuazione. «Ci ha sentiti parlare all'*Hippodrome*.»

«All'*Hippodrome*!» Mi si rovesciò addosso come una furia indemoniata. «Quando ero convinto che tu fossi stata l'amante di Charles. E tu mi hai lasciato credere una cosa del genere.»

La verità era che Mavor quando si incazzava sprigionava un'energia che lo rendeva irresistibile.

E il fatto che lui fosse perennemente incazzato non aiutava affatto.

«Bugiarda alla seconda.»

Sollevò la mia gonna e infilò la mano sotto le mie calze, si aggrappò a una natica e strinse con tutta la sua forza.

«Potrei sculacciarti per tutte queste bugie. Così forte che potrai sederti solo sulle mie ginocchia per chiedermi scusa.»

Tremavo dappertutto, ma mantenni lo sguardo fisso e impassibile.

«Non mi toccare. Hai ancora l'odore di Bonnie sulle mani.»

«E tu quello di Braiden.»

Mi spinse via dopo avermi stretta a sé, perché in lui il bestiale e il bello si mescolavano fino a confondersi, e il suo volto rendeva l'angelico e il profano accattivanti nella stessa misura.

«Ormai è solo questione di tempo, di giorni probabilmente, perché lo venga a sapere anche Charles.»

«Non ho paura di lui. Non ne ho mai avuta», risposi.

«Dovresti!» mi rimproverò.

«Mi stai dicendo che hai paura di lui? Che preferisci giocare secondo le sue regole? Che preferisci starmi lontano?»

«Non chiedermi di scegliere.» Mi sollevò il mento e, quando il mio stomaco si riempì di strani movimenti, lui me lo trapassò da parte a parte con una pugnalata.

«Tu per me non sei niente. *Niente.*»

«Quante volte ancora devi ripeterlo per convincerti?»

Lo sfidai.

Eccome se lo feci, perché quella strana amarezza che sentivo scivolarmi in gola aveva voglia di essere rivendicata. Gli avevo permesso di vedermi accondiscendente solo dopo avermi salvato la vita.

«Tutte le volte di cui ce ne sarà bisogno.»

Averlo lì mezzo nudo con il suo corpo che si imprimeva sul mio, con la pelle macchiata di un'altra ragazza, mi rovesciava le viscere.

Tenevo le mani dietro la schiena per evitare di toccarlo, e mentre lui mi ingabbiava tra le sue braccia io avrei voluto semplicemente smettere di sentire, spegnermi come una fiammella al vento.

«Quello che hai appena fatto dimostra il contrario.»

Il suo respiro era lieve ma accelerato.

«Che cosa intendi?»

Mi avvicinai alle sue labbra e le sfiorai con le mie, ma lui le ritrasse, perciò io le feci schioccare pregustandomi la mia personale vendetta.

«Hai detto il mio nome mentre ti facevi un'altra, avvocato?»

Fece un passo indietro, come colto sul fatto, ma non negò e si limitò a distogliere lo sguardo.

«Non so perché ho chiamato il tuo nome.»

Ormai riconoscevo quell'espressione di zucchero e veleno che mi faceva ingoiare a cucchiaiate quando stava per dire qualcosa di pessimo, di crudele, quando i suoi occhi si screziavano di sale e le labbra si increspavano in un sorrisetto malsano.

«Vi avrò confuse. Da dietro vi somigliate un po' tutte.»

Testa di cazzo patentata.

Cercai di allontanarlo con uno spintone ma ovviamente non lo spostai di un centimetro.

«Bonnie ha *maldita* e *loca* tatuati a caratteri cubitali sotto il culo!»

«Dettagli.»

Una lunghissima sequela di insulti irripetibili mi si dipanò nella testa come una lista della spesa, la gelosia mi arroventò lo stomaco.

Lo spinsi contro il letto e notai una leggera espressione di sorpresa fare capolino sotto le ciglia ancora incollate: a quel punto non oppose resistenza.

«O forse perché preferisci toccarti su di me piuttosto che portarti a letto chiunque altro.»

La sua bocca mi svelò denti bianchissimi e il sorriso arcuato su un lato mi rivelò che forse ci avevo preso in pieno.

«Mi piace quando mi parli così.»

E improvvisamente avevamo ricominciato a giocare al gatto e al topo con quel sottile piacere del brivido che ci percorreva la schiena.

«Ti piace nel senso che ti eccita?»

Non per presunzione, ma era ovvio che avessi colto nel segno, e divenne palese quando tentò di mascherare un sorrisetto divertito.

«Sei una grandissima stronza.»

«Ma a te piacciono, le stronze.»

Se c'era una cosa che gli gonfiava l'ego era sentirmi citare le sue stesse frasi.

I lineamenti gli si ammorbidivano e gli occhi cominciavano a luccicare di un narcisismo malato che riversava su di me.

Rimase seduto sul letto restando a osservarmi, così, come se aspettasse che facessi una qualche mossa. E in effetti la feci.

Divaricai le gambe e mi sedetti sulle sue ginocchia, poi lasciai scivolare un palmo sulla levigatezza della sua pelle d'avorio, e mi colmai l'altro della sua spalla massiccia per reggermi a lui.

Restai a osservare il respiro che gli sollevava il petto mentre il calore tiepido dei raggi del sole gli modellava un contorno perfetto.

I suoi muscoli scalpitavano involontari, ma lui restava immobile mentre gli scostavo dagli occhi un ricciolo color cioccolato. Gli afferrai il polso sinistro, lo strinsi tra le dita e lo guardai. Poi presi un lembo della benda e cominciai a srotolarla, lentamente.

Fu l'ennesima sfida di una serie infinita.

Mavor guardava i miei occhi per vedere fin dove mi sarei spinta e, quando rimase una sola striscia di benda a coprirgli la pelle, io mi bloccai.

Attesi un suo invito a proseguire, ma il suo sguardo divenne vacuo per un attimo e poi si focalizzò su di me.

«Non sei pronta a vedere cosa c'è qui sotto, piccola V.»

Se quello era ciò che serviva ad allontanarmi per sempre, allora perché non voleva mostrarmelo?

«Oppure sei tu che non sei pronto a farmi vedere i tuoi demoni.»

Si avvicinò ai miei capelli e respirò, ci soffiò sopra, socchiuse gli occhi.

«I miei demoni sono i miei fratelli.»

Gli scostai un ciuffo dalla fronte aggrottata e divenni seria.

Sembrava stanco come se non dormisse da diverse notti, tenebroso come se non vedesse la luce da giorni, eppure sentii di nuovo contorcersi in me il desiderio di lui.

«Hai solo ventisette anni e sembra che tu abbia vissuto dieci vite. Forse dovresti essere meno severo con te stesso.»

«Detto da una che fa la stripper per autopunirsi.»

Ritirò il polso e si sistemò le bende arrotolandole di nuovo e legandole in una stretta più forte di prima, come se fosse stato infastidito dalla mia frase.

«Potresti essere più gentile, per una volta?»

E ancora una volta mi allontanò brutale, mentre quel tumulto che mi aveva acceso dentro non era stato lenito. Ma io sentivo la stessa natura nei suoi palpiti, quella oscena e struggente.

«Se cerchi uno che ti porti la colazione hai sbagliato indirizzo. Devi andare da Winter.»

Sentivo gli occhi tremarmi di una scarica di rabbiosa frustrazione.

«Lo stai facendo di nuovo, Mavor? Mi stai *di nuovo* cercando di sistemare con qualcun altro?»

«Non capisco perché tu sia venuta.»

A quel punto mi alzai in piedi e desiderai decisamente di andarmene.

«Sono qui per te, razza di idiota! Perché stavi male, e mi sono preoccupata per te.»

Lo ammisi guardandolo negli occhi. Se solo tutto ciò avesse potuto toccarlo, se solo qualcosa avesse potuto scalfirlo...

Niente.

Aveva ragione suo padre.

Mavor era un caso perso, un portatore infernale di sesso e morte, un muro maestro eretto su un crudele sarcasmo, e qualsiasi tentativo di demolizione ti tornava indietro come una lama. E ti demoliva con il doppio della forza.

«Non ti ringrazierò. Non saresti dovuta venire.»

«Tu avresti fatto lo stesso per me.»

Non si prese la briga di contraddirmi, ma entrambi a quella frase ci rendemmo conto che ci spingevamo oltre il limite giorno dopo giorno, sempre un po' più in là.

«Non devi più entrare in questa stanza.»

Se sperava di vedermi piangere si sbagliava di grosso. I suoi tentativi di avvicinarmi alle lacrime sfociavano più in quegli sprazzi di gioia inconsistenti e totalizzanti che sfumavano via dopo gli orgasmi.

Bestemmiai il cielo sottovoce mentre decidevo che lo avrei abbandonato al suo destino, a se stesso, a tutto lo schifo in cui era abituato a sguazzare.

E poi ebbi un lampo di rivelazione quando lo vidi studiare la mia espressione dal riflesso nello specchio.

«Il *jamais vu.*»

«Cosa? Che cosa hai detto?»

«Adesso ho capito. Gli specchi ti aiutano a ricordare.»

Mi schernì con aria canzonatoria, come se non conoscessi quello di cui parlavo.

«Gli specchi mi aiutano a *godere*.»

Scossi la testa, e gli misi una mano sul petto con sguardo risoluto.

«Tu stai cercando di *ricordare*, non è così?»

«A volte dimentichiamo quello che non vorremmo ricordare.»

Evitava la domanda come suo padre, due farabutti della stessa razza.

«Allora, visto che sei così bravo, puoi dimenticarmi.»

Mi afferrò per il polso, sfiorò le mie guance con le labbra, poi mi scansò i capelli dalle orecchie e mi sussurrò per farmi morire lentamente una confessione che mi suonò come una dolcissima minaccia.

«Se ti dicessi cosa ho visto in questo specchio quando ho detto il tuo nome, poi sarei costretto a farti restare qui.»

E mi indebolii al profumo delle sue labbra così vicine. Mi indebolii all'eco che faceva la sua voce nel mio ventre.

Sciocca, stupida e perduta.

Eravamo due fantasmi, eppure tutto quello a cui non riuscivo a smettere di pensare era l'idea che mi strappasse i vestiti e che potesse godere di me e io di lui.

«Non avrei nessuna ragione, fuori, per cui vorrei uscire.»

Lo scansai dopo averlo guardato con intensità severa, poi lasciai la chiave della stanza sul comodino.

E oltre alla chiave tirai fuori dalla borsa il libro che mi portavo dietro da giorni e lo poggiai delicatamente sulla superficie: l'incontro di Marte e Venere nei versi di quel poeta latino con il nome impronunciabile.

Sarebbe stato stupido da parte mia prendersi in giro e raccontarsi che non lo avessi comprato pensando a lui.

Mentre accennavo quel gesto il suo telefono cominciò a vibrare. Lessi il nome di Charles Cadogan sul display, quindi scattai in avanti per raggiungere la porta.

Mavor non mi guardava, o forse mi guardava senza vedermi. Era dritto, imperativo e massiccio, con le gambe leggermente divaricate e le braccia incrociate. Si portava dietro la combattività che mostrava in aula come uno stendardo nella vita, ne aveva fatto una ragion d'essere, si ergeva come imperturbabile e svelare la sua fragilità era per lui una vera sconfitta.

Eppure lui si era arreso. E questo significava che io non dovevo contare davvero nulla.

E per un attimo, uno sprazzo di istanti, lo vidi ribellarsi alla sua ragione, per poi tornare a quietarsi e a modulare il respiro.

«Ora sei tu che stai dimenticando una cosa.»

Gli occhi mi pizzicarono e lo guardai come l'oggetto della galassia più irraggiungibile quando lo vidi fissarmi sull'uscio attraverso lo specchio.

Feroce, brutale, assassino, eppure penetrante nella sua sfrenata passionalità.

«Sono uno di loro, V. Quelli che ti hanno fatto del male.»

21

Can you save my bastard soul?

> «Poi il mio tesoro lasciava che mi cibassi della sua bocca dischiusa, mentre con una generosità pronta a offrirle tutto, il mio cuore, la mia gola, le mie viscere, le facevo tenere nel pugno maldestro lo scettro della mia passione.»
>
> V. Nabokov

Venus ♀

Il fatto che per un essere di sesso maschile contassi meno di zero non mi avrebbe di certo rovinato le giornate, anche se si trattava di una sorta di semidio che avrebbe potuto rapire l'innocenza alla più pudica delle fanciulle con la concessione di un semplice sguardo.

O almeno questo era quello di cui mi convincevo quando eravamo a distanza di sicurezza e non eravamo costretti a saltarci addosso per lenire un furioso bisogno di sfogare l'uno sull'altra i nostri sensi di colpa.

In fondo c'erano stati ragazzi con cui mi ero rotolata nelle lenzuola molte più volte di quante ne fossero successe con lui. Ma la cosa strana è che di quella palestra vagamente piacevole non ricordavo quasi niente. A malapena le loro facce, figuriamoci il resto.

La mia faccia si piegò in una smorfia stranita del tutto involontaria quando, facendo i conti a casa di Juliet, pensai che io e Mavor non avevamo mai fatto nulla in un normalissimo letto.

«A cosa stai pensando, *ma petite*?»

Juliet continuava a chiamarmi e io continuavo ad andarla a trovare a casa sua, nei piani superiori del palazzo dell'*Annabel*, per aiutarla con i conti.

Non passava giorno in cui non mi chiedesse di tornare su quel palco e non passava giorno in cui io non avrei voluto tornare a ballare.

In fondo era l'unico sfogo che conoscessi, ma il pensiero che in quel posto tutti, nessuno escluso, mi avesse mentito su Eclipse non aumentava la mia voglia di tornare a lavorare.

«Secondo te è normale che uno non faccia mai sesso con te su un letto?»

Dicevano che lei fosse un'esperta di relazioni più o meno amorose, eppure su quella domanda a bruciapelo ci ragionò un po' su.

«Direi che è positivo. Vuol dire che ti vuole ovunque.»

«Sì, ma...»

«È sposato?»

«No.»

«Fidanzato?»

«No.»

«Libero come una *colombe*?»

Storsi il naso ancora una volta.

Juliet aveva vissuto tre mesi in Provenza ed erano circa vent'anni che non aveva mai smesso di parlare per metà in francese, perché soffriva di nostalgia.

Se per *libero* intendeva dire che aveva un'allergia alle relazioni con probabili reazioni epidermiche tipo pustole diffuse in tutto il corpo e choc anafilattici, allora sì, Mavor era molto libero.

«Più o meno.»

Mi guardò come se fossi pazza.

«E perché sei qui a contare soldi per gli altri invece di stare a farti sbattere su una lavatrice?»

Roteai gli occhi al cielo al ricordo di quanti bucati al giorno facessero Lucky e Nolan, e mi sentii vagamente una sciocca.

«È complicato.»

«La centrifuga a milleottocento giri è il programma migliore. Ringraziami dopo che lo avrai provato.»

Sospirai amaramente mentre pensieri malsani avevano ripreso a taccheggiarmi il cervello e Juliet se ne andava nell'altra stanza a dare da mangiare ai suoi gatti.

Tutto l'universo era contro di me.

Ma a quel punto restava solamente qualche giorno di testimonianze e poi avrei potuto lasciarmi tutto alle spalle, anche se non l'avevo ancora realizzato.

Io volevo davvero che Charles Cadogan venisse fermato, rabbrividivo all'idea che qualche altra giovane donna potesse finire nella sua rete, ma allo stesso tempo non avevo messo in conto che in quel cammino sarei inciampata in quella sfilza di assurde e contraddittorie sensazioni che ancora facevo fatica a decodificare.

A parte qualche pomeriggio da Juliet, avevo passato le giornate dentro casa a osservare speranzosa il trascorrere di quegli ultimi sprazzi invernali prima che sbocciasse la primavera.

Stare da Victor era rilassante, ma mi mancavano la mia Lucky e il modo in cui rallegrava le giornate con la sua energia vitale. Il modo in cui me le incasinava, il modo in cui si impicciava, persino il modo in cui mi infastidiva.

Victor era tutto l'opposto di me e questo mi aiutava a riuscire a vivere in maniera dignitosa: silenzioso come un felino, ordinato, metodico, preciso, attento a ogni particolare. Raccattava persino i vestiti che disseminavo in giro senza proferire parola, come se fosse un fratello maggiore.

Era comprensivo, empatico, paziente: semplicemente adorabile. Parlava quasi sempre del caso Cadogan e, nonostante ogni tanto mi divertissi a provocarlo con qualche strano completo da notte che lasciava intravedere ben più di quello che avrei mostrato con un normale pigiama, lui si era sempre mostrato più che rispettoso e non aveva mai provato ad alzare un dito su di me. Mai una domanda scomoda, una frase fuori posto, un momento di debolezza accennato anche solo da uno sguardo di troppo.

Mi chiesi se un tipo così serafico sarebbe riuscito ad arginare l'uragano Mavor Axford, almeno in aula. Perché fuori dall'aula, beh... Victor era incredibilmente attraente, con un sorriso che avrebbe potuto stendere chiunque a centinaia di metri di distanza, eppure io non riuscivo a intravedere, tra le sue lentiggini appena accennate e la barba chiara, quella carica erotica e ribelle di Mavor che mi lasciava agonizzante e senza respiro.

Aveva sempre gli occhioni pieni di lacrime quando guardavamo i film la sera e io ogni tanto coglievo l'occasione per avvicinarmi a lui, poggiando la testa sulla sua spalla. Mi lasciava fare in silenzio, non lo sentivo nemmeno a disagio.

Ma, ogni volta che facevo un passo verso di lui, la mente mi tornava prepotente su quel viso sfacciato, su quella bellezza leonina, sul fascino distaccato e crudele di un avvocato per cui ero poco più che una ragazzina sensuale.

Ogni tanto mi chiedevo cosa stesse facendo o cosa stesse pensando. Era grave?

Avevamo appena finito di vedere un *legal* in TV e io provai ad ancorarmi a quel film proprio per fargli qualche domanda, mentre Victor sistemava le tazze di caffè accumulate nel lavandino all'interno della lavastoviglie.

«Che cosa succederebbe se, *per assurdo*, l'avvocato dell'imputato avesse una qualche relazione con la vittima di un processo in corso?»

Victor si tirò indietro un ciuffo dalla fronte.

Lui e Mavor erano così belli e impeccabili, con i loro abiti perfettamente inamidati, ma dentro casa, con le magliette consumate dal tempo, assumevano un aspetto fin troppo intimo.

«Dovrebbe dimettersi immediatamente. Se venisse scoperto, il processo verrebbe annullato e tutto il lavoro fatto in precedenza risulterebbe vano.»

Questo voleva dire che Charles Cadogan sarebbe rimasto libero ancora per molto tempo.

«Ma intendo a lui, all'avvocato. Cosa succederebbe?»

«È una cosa molto grave, Vin. Come ti è venuta in mente?»

Mi riempii la bocca di popcorn al caramello per temporeggiare e per trovare una risposta credibile.

«Ho visto... un film. Tempo fa.»

Mentii spudoratamente. Il fatto che Victor non si fosse fatto mezza domanda dopo averci trovati sfatti insieme nella stessa casa, io con solo una camicia sbottonata addosso, la diceva lunga sulla sua buona fede.

«È complicato. In Inghilterra abbiamo la Law Society, che si assicura che un avvocato abilitato osservi le regole professionali. Esiste una 'guida alla condotta professionale', una specie di codice di norme che regolano l'attività legale.»

Cercò di tagliare corto andandosene nella sua stanza, ma io insistetti seguendolo come un cucciolo fiducioso.

«E se quelle norme venissero infrante?»

Victor si grattò la testa, perplesso su dove volessi arrivare.

«In quel caso c'è uno speciale istituto all'interno della Law Society che si chiama 'Bureau dei reclami sull'operato degli avvocati'. Indaga sui reclami proposti per cattiva condotta professionale. Se il Bureau ritiene si tratti di un caso serio, l'avvocato può essere convocato davanti a un tribunale speciale, il tribunale disciplinare.»

Il tribunale disciplinare.

Suonava come una cosa seria.

Forse un po' se lo sarebbe meritato, visto che pensava di poter punire gli altri a suo piacimento.

«Quindi in concreto che rischi correrebbe?»

«Beh, se l'avvocato non ottempera alle regole di condotta può essere passibile di una serie di punizioni, dall'ammonizione formale fino alla *radiazione dall'albo*. Il che significa che non può più esercitare la professione.»

Il che per Mavor avrebbe significato perdere tutto. Tutto quello che nella sua vita aveva davvero significato qualcosa.

Victor mi guardò, e non so se comprese qualcosa, ma quell'occhiata fu la prima in cui forse riuscì a oltrepassare la linea di buio con cui rendevo i miei occhi impenetrabili. Tornai impassibile e presente a me stessa.

«Farsela con la vittima è *decisamente* contrario alle regole di condotta.»

Mi sistemai le tette nel reggiseno sperando di sbirciargli un'occhiata furtiva.

«Dovresti fare il professore. Io non credo di aver conosciuto un avvocato così attento alle regole.»

«Forse perché hai conosciuto solo Mavor Axford, e tua cugina.»

Beccata.

Il gusto del proibito ci accendeva di luce e fiamme, ma il padre di Mavor mi aveva fatto ragionare su qualcosa a cui non avevo mai pensato.

Quando tutto questo fosse finito, che cosa sarebbe rimasto?

Era con quella domanda che mi diressi in tribunale quella mattina insieme a Victor, sottobraccio mentre lui reggeva un largo ombrello, per assistere a una delle ultime udienze prima del verdetto.

Arrivammo quasi due ore prima, perché io ero stranamente nervosa anche se non avrei dovuto testimoniare e Victor cominciava a sentire la tensione del caso, visto che i giornali continuavano a fare il suo nome.

Mentre attendevo al semaforo rosso e restavo a osservarmi la punta delle scarpe, sentii Victor mugugnare qualcosa al mio fianco con tono lamentoso.

«È già arrivato, quel simpaticone.»

Quando mi voltai, Mavor era dalla parte opposta del marciapiede. Stava parlando con un uomo più maturo che aveva l'aria di essere un collega o un giudice, ma si voltò di botto una volta resosi conto che stavamo per incrociarlo sulla nostra strada. I suoi occhi mi raggiunsero e noi restammo così, a guardarci per qualche istante in cui scomparvero il resto di Londra e tutti i suoi abitanti.

Un malsano bisogno si impossessò di me nel momento in cui la ragione smise di funzionare come un orologio bloccato da un fulmine.

Costrinsi Victor a guardarmi negli occhi facendolo girare verso di me.

«Victor. Sto per chiederti una cosa folle.»

«Non dirmi che hai dimenticato i documenti a casa.»

Santo cielo. Cominciava a sembrarmi un surrogato paterno.

«Baciami.»

«Cosa? Sei impazzita?»

Mavor mi spingeva a comportarmi come una ragazzina e Victor era la persona giusta per porre un freno ai miei ormoni deliranti. Non mi interessava cosa avrebbe pensato di me, l'importante era che Mavor mi considerasse non più disponibile.

«Ti prego. *Ti prego*» piagnucolai. «Raddoppierò la tua parcella.»

«Sono un avvocato d'ufficio, tu non mi paghi un centesimo!»

«Farò tutto quello che vuoi. Pulirò tutta casa e laverò i piatti tutti i giorni. Ti prego!»

«Ma sei completamente fuori di testa? Io non ti bacio. Sono il tuo avvocato, Cristo!»

«Ti prego, ti prego. Un bacio piccolo. Qui, vicino alle labbra.»

«Scordatelo.»

Il mio sguardo supplicante non funzionò, perciò decisi di usare le maniere forti. Stava per girarsi verso la strada, quando io lo afferrai per la giacca e me lo trascinai addosso, gli gettai le braccia attorno al collo per poi stampargli un bacio sulle labbra.

Aveva un profumo dolcissimo, di sapone di Marsiglia, la pelle rosea morbida come un petalo e, a dirla tutta, mi sarebbe anche potuto piacere più di un bacio forzato.

Ma forse proiettavo su di lui una fame di baci che aveva un solo responsabile.

Lo strinsi ancora in quel caldo abbraccio e tenni le labbra serrate, ma affondai nelle sue mentre mi costringevo a tenere gli occhi chiusi.

Quando li riaprii, Victor mi guardava sconvolto.

Ebbi quasi paura a spostare lo sguardo oltre le spalle di Victor: Mavor fremeva dalla parte opposta della strada, con una sola occhiata accecante, come a voler uccidere entrambi.

Incrociai i suoi occhi solo per un istante prima che salutasse il suo collega per tornare all'interno dell'edificio.

Victor si sistemò il colletto che gli avevo stropicciato, ma aveva già perso la sua aria di biasimo ed era tornato alla sua solita invidiabile disinvoltura e alla sua aria serafica.

«Venus, santo cielo. Sei completamente pazza. Cosa diranno di me?»

«Avanti, non ci ha visti nessuno», bisbigliai in preda a un folle autocompiacimento che mi diceva che sì, gli stava proprio bene avermi vista fare con qualcun altro quello che lui non aveva mai voluto fare con me.

Victor si guardò un po' intorno e incrociò Mavor che passava il metal detector in tribunale, lanciandoci occhiate furiose.

«Perché hai voluto baciarmi davanti a lui?»

Avrei dovuto arrendermi e ammettere quello che lui stava sospettando, perché era impossibile spiegargli altrimenti il motivo per cui lo avevo forzato a quel bacio.

«Per fargli capire che sono *off limits*.»

«Ma tu *sei off limits* per lui, come lui lo è per te!»

«È sempre meglio ribadirli, certi concetti.»

«Io... io non voglio sapere quello che stai combinando. Meglio che torni a concentrarmi sull'udienza, devo andare a mettermi la toga.»

Victor si era piuttosto innervosito, quindi voltò i tacchi e si allontanò. Io mi presi un caffè in un piccolo bar poco frequentato accanto all'Old Bailey, poi entrai di nuovo e mi incamminai tra i suoi antichi e imponenti corridoi.

Era talmente presto quella mattina che il tribunale era semideserto, al di fuori di qualche guardia assonnata. Quando mi voltai per cercare un cestino della spazzatura, Mavor era di nuovo davanti a me e grondava gocce di pioggia dai capelli sul cappotto scuro doppio petto.

Mi venne incontro senza staccarmi gli occhi di dosso nemmeno per un istante, dietro di lui solamente le porte d'ingresso di un tribunale spoglio e il corridoio che stava percorrendo a passo di carica, e poi mi superò.

Così, senza battere ciglio, senza rivolgermi la parola, imboccò le scale dopo avermi lasciata sanguinante dopo quel colpo letale. La scalinata era deserta, talmente silenziosa che l'eco dei suoi tacchi rimbombava da una parete a un'altra facendo vibrare i vetri leggeri di quelle finestre d'epoca. Era lì che era cominciato tutto, in quello stesso palazzo, e lì che sarebbe dovuto finire.

Proprio perché era quello il mio intento lo seguii al piano di sopra, nella stanza dove gli avvocati erano soliti indossare la toga e prepararsi prima dell'udienza. Ovviamente non c'era nessuno a controllare l'ingresso e io mi intrufolai con una faccia di bronzo che non sapevo di possedere.

Mavor aveva aperto il suo armadietto e si stava sciogliendo il nodo della cravatta come se volesse cambiarsi.

Mi guardai intorno camminando tra le panche: eravamo soli.

Victor doveva essersi già vestito e probabilmente era in qualche aula vuota a preparare le domande al testimone.

«Non avevo idea che ci fossero delle stanze per gli avvocati.»

«È dove ci veniamo a nascondere dai clienti, o dalle ficcanaso come te. È qui che iniziamo a dibattere, in realtà.» Il suo tono fu uno schiaffo di vento gelido.

Mi guardai attorno sedendomi sulla panca in legno più distante da Mavor, senza chiedermi se avrei dato fastidio a qualcuno.

Quella stanza trasudava secoli di storia e infiniti processi, mostrava le ombre di ciò che era stato, ma in quel momento l'unico protagonista era Mavor che tirava fuori la toga dal suo armadietto, lasciandola appesa a un gancio, e lo richiudeva con uno scatto fragoroso e metallico.

«Capisco. Se vuoi me ne vado e ti lascio a dibattere con i fantasmi dei tuoi avi», lo punzecchiai.

«Te la fai con lui adesso?»

Non si voltò nemmeno a guardarmi, ma dai suoi gesti scattosi dedussi tutto il suo nervosismo.

Si abbassò le bretelle e si sfilò dai pantaloni la camicia fradicia che gli si era appiccicata addosso, non proprio uno spettacolo irrilevante.

«Puoi biasimarmi?»

A quel punto si girò verso di me, e un brivido caldo mi risalì dalle ginocchia verso l'interno coscia.

«Per niente.»

Inarcai le labbra in un sorrisetto affabile e presi a elencare le qualità del mio difensore.

«Victor è bello, intelligente, colto, elegante. Sensibile. Non è nemmeno il figlio di Charles Cadogan.»

Respiravo a pieni polmoni con una sete di aria da panico puro mentre parlavo come una macchinetta.

Il petto mi esplodeva dalla voglia di incamerare ossigeno, eppure tutti i respiri che facevo non erano mai abbastanza.

«Lui ti piace?»

Fece tre passi verso di me.

«È praticamente perfetto.»

Assottigliai lo sguardo perché vederlo così vicino mi distruggeva.

Mavor mi carezzò il collo e poi scese lentamente con l'indice sul petto gonfiato dalla mia mancanza di respiro, e poi si leccò le labbra.

Avrei voluto vederlo struggersi per me, e invece ero io a devastarmi l'anima quando lui non c'era. Quando mi era vicino qualcosa in me sbocciava, per poi seccare quando ero di nuovo sola.

«Questa è una risposta da avvocato, Kelley. In aula ti direi che hai evitato la domanda.»

«Sto imparando da te.»

«Non stai imparando. Tu *sei* come me.»

Si tolse la camicia e io osservai la sua pelle umida che brillava di pioggia sopra i suoi tatuaggi.

«Vuoi quello che gli altri ti dicono che non puoi avere. Vuoi fare quello che gli altri ti dicono che non puoi fare. Questa è *libertà*.»

«O follia.»

Afferrò una camicia asciutta che era appesa su un pomello e la indossò tornando verso di me, che mi alzai cercando di sfuggirgli.

«Quel brivido di fare qualcosa quando sai che lo stai facendo con una pistola puntata sulla tempia, l'orologio che ticchetta e che ti dice che è solo questione di tempo...»

«*Due morti che camminano*», confermai mentre un brivido cominciava a farmi annaspare.

Mi fece indietreggiare, passo dopo passo, ed ebbi la sensazione che sapeva perfettamente dove avrebbe voluto portarmi.

«È un peccato per te, sai?»

«Che cosa?»

«Che solo io so dominarti.»

Cazzo, cazzo.

Mi piacque quella frase.

No, non è vero, dire che mi piacque sarebbe un eufemismo.

Quella frase urtò dentro di me come una bomba di ossitocina, un meteorite acceso a infiammarmi la scorza dura del mio sonno emotivo. La sentii direttamente nel basso ventre e la verità andò a impattare contro le mie pareti, scivolando sillaba dopo sillaba, aderendo alle mie più perverse inclinazioni.

«*Dimostramelo.*»

Passò il pollice sul mio labbro inferiore e io mi sentii perduta, come se non ci fosse più niente da fare per me.

«Ho pensato a te in questi giorni. Alle tue labbra.»

Anche io.

Parecchio.

«Sono così sporche... e bugiarde.»

«È per quello che non mi baci?»

Mi mantenne la mascella tra le dita e mi guardò vacillare.

«Tutt'altro. Vorresti essere baciata nello spogliatoio degli avvocati, Kelley?»

La risposta sarebbe stata affermativa ma di certo non gli avrei dato questa soddisfazione.

«Me ne è bastato uno per oggi, di bacio e di avvocato.»

Scrollò la testa ridendo con aria beffarda.

Poi mi afferrò per la vita e mi spinse in una zona oltre gli armadietti, che era l'unica delimitata da porte.

«Non ho mai visto un bacio più brutto di quello. Non ti ha nemmeno sfiorata. Aveva la passione di un palo della luce.»

Rimasi in silenzio perché si era aggrappato a me. La mia schiena impattò contro una delle porte che si aprì alle mie spalle e ci lasciò entrare in un piccolo anfratto di spogliatoio singolo.

«E adesso... tocca a me colmare le sue mancanze.»

Mi abbassò le calze con uno strappo netto talmente violento che temetti di restare senza l'ennesimo paio.

«Lasciami stare.»

Si intrufolò nelle mie mutandine e mi penetrò con un dito carezzandomi tra le labbra e raccogliendo i miei umori con una prepotenza che era talmente precisa da farmi morire di un battito accelerato.

Finsi una resistenza che era più una disperata consapevolezza che non avrei saputo resistergli.

«Non so più quante volte mi hai detto di starti lontano.»

«Venus, te lo giuro, ti giuro che se non ti tappi la bocca te la tappo io.»

Cominciò a strofinare sulla mia intimità e io annaspai ancora di più alla ricerca di aria.

Si strusciò con le dita alla ricerca di un punto perfetto che ormai conosceva bene, poi prese a massaggiarmi beandosi dei miei gemiti soffocati e sorridendo del mio abbandono.

Non parlo più.

Non parlo più, se continui.

Continuò mentre io cercavo appigli a cui reggermi, e non trovai nulla di meglio delle sue spalle. Aumentò il ritmo e io mi disciolsi sulla sua mano mentre continuava a sfregare e a impregnarmi di lui alla stessa maniera.

Mi morse tra la spalla e il collo ed entrò più in profondità, come a volermi sentire, e io strozzai un urletto depravato provocato da quel piacere.

La mano che non era impegnata tra le mie gambe mi tappò di colpo la bocca.

Sentimmo dei passi avvicinarsi nel silenzio e io mi bloccai, Mavor rallentò il suo strofinare solo per ascoltare meglio.

«Venus? Sei qui? Ti ho vista entrare.»

Riconobbi la sua voce e il suo accento cockney immediatamente.

«Victor!»

Cercai di abbassarmi la gonna e di sollevarmi le calze, se non fosse che incontrai la resistenza di Mavor, e se avessi forzato la mano mi sarei ritrovata con la gonna strappata.

«Che diavolo ci fai nello spogliatoio degli avvocati?»

«Pensavo fosse un bagno! Devo asciugarmi la camicetta.»

Un sussulto di Mavor mi fece capire che stava ridacchiando contro la mia scollatura.

«Ti ho cercata ovunque! Dobbiamo entrare in aula.»

Quando Mavor realizzò chi fosse, non perse tempo e continuò più forte di prima.

Lo guardai con occhi sgranati e lui mi penetrò ancora, con un altro dito, riprendendo a carezzarmi tra le labbra sotto le mie mutandine fradice.

«Sono... quasi pronta.»

Tirai un pugno contro la porta mentre mi sviscerava da dentro. Il fuoco che divampava in me si sarebbe scatenato con l'ira e la furia che ben conoscevo.

«Ti senti bene?»

«Non molto.»

«Dobbiamo andare, sono le 9 passate!»

«È quasi asciutta.»

Mavor mi baciò sul collo e notai i suoi denti perfetti sotto un sorriso accennato che mi sussurrava sulla pelle incastonata di brividi: «Kelley, mi dispiace dirtelo, ma sei tutto tranne che asciutta».

Victor gli parlò quasi sopra, visto che non poteva sentirlo.

«Venus, te l'ho già detto. Non sei stata onesta con i tuoi legali e ci hai taciuto quella storia dei pagamenti di Cadogan. Sia a me sia a tua cugina. L'ultima udienza è stato un colpo duro per la difesa e per te, in questa è molto importante non fare passi falsi.»

«Ha fatto i compiti, il ragazzo», Mavor mi bisbigliò nell'orecchio e poi cominciò a mordicchiarlo. Si sciolse con la lingua sul lobo e prese a succhiarlo e io trattenni un ansimo con non so quale forza.

«Sì. Sì. Sto arrivando.»

Avrei voluto urlare e quindi alzai il tono di voce: mi uscì un timbro strano che dovette stranirlo. Cominciai a dimenarmi per liberarmi da lui, ma quello che mi faceva provare mi immobilizzava.

«*Stai venendo.*»

Mavor era affamato, qualcosa lo corrodeva da dentro lasciandolo in preda a una tremenda ingordigia.

Teneva la testa bassa e poggiava il mento contro il mio petto, mentre con le dita spingeva con sempre più prepotenza.

«Ascolta, per quella faccenda del bacio...»

«No, no, Victor, ne parliamo un'altra volta.»

Mavor aumentò il ritmo e la forza da infliggere non appena Victor nominò l'accaduto, e di me non rimase più niente.

«Non vorrei che ti fossi fatta delle idee sbagliate.»

«Victor!»

Gridai il suo nome e il tono che mi uscì non fu affatto quello di rimprovero, e Mavor soffocò un'altra risatina scoprendomi il seno con la bocca.

Il piacere mi stava salendo come una colata di lava sulla pelle già bruciata. Era doloroso, eppure necessario.

«Non è il momento!»

Ancora un urlo, quando mi aggrappai alla schiena di Mavor che rimase silenzioso in maniera che fece quasi paura. Parlava con le mani, con il suo tocco, col suo respiro, cristallizzava brividi e ricamava desideri sulla mia pelle, e io avrei anelato a molto più di quel contatto.

Battei un altro pugno contro la porta in maniera involontaria. Il piacere si stava impossessando di ogni angolo del mio corpo e io stavo per cadere a terra.

«*Dovresti dirglielo, quanto ti piace essere toccata*», sussurrò ancora.

«Victor!»

Un lamento disperato venne via dalle mie labbra, un gemito di dolore, un languido fremito di tormento.

Le sue parole erano l'arma peggiore di tutte. Mi guardava negli occhi, stavolta, il mio un tiepido sguardo impaurito di fronte al suo, selvaggio e impunito, che riduceva a brandelli la mia condotta e la incoronava di splendida immoralità.

Mavor godeva del modo in cui mi asservivo a lui, eppure mi provocava un piacere spaventoso senza chiedere nulla in cambio. Adorava vedermi perduta e senza speranza, macchiata della sua stessa disperata impellenza.

«Venus, sei sicura di sentirti bene?»

«Va' via!»

In quel momento Victor rimase in silenzio. Non potevo vederlo, ma mi accorsi che era rimasto immobile, quasi come se si fosse accorto di qualcosa.

Sentimmo dei passi decisi e la porta sbattere: io almeno la percepii in lontananza perché era di nuovo tutto ovattato, e in quel momento il mondo poteva anche precipitare perché non me ne sarei curata.

Mi voltai verso di lui e lo strinsi contro di me. Le dita di Mavor continuavano a infliggermi quel supplizio mentre il palmo mi afferrava tutta, e lo vidi così crudele in quel violento piacere, lo vidi bello come un demone, e poi schiuse le labbra, si avvicinò al mio orecchio e morse ancora il lobo fino a farmi quasi sanguinare.

«Non posso rinunciare a questo posto. Il tribunale è la mia casa. Ma ti voglio più di quanto sia stato concesso a un mortale.»

Gli spasmi divennero crampi insopportabili e io rimasi a labbra spalancate a mangiare la poca aria contaminata dal profumo che Mavor mi concedeva.

Eravamo stretti, allacciati, in un mondo che ci avrebbe rifiutati insieme, e lui in quel momento avrebbe potuto fare di me qualsiasi cosa.

Mi fissava, mentre venivo sotto le spinte furiose del suo braccio, con le labbra schiuse e il viso concentrato sulle mie espressioni, lo sguardo abissale e la fronte un po' aggrottata, come se da quella fonte potesse dissetarsi anche lui solo guardando me.

Cercammo di placare il respiro mentre lui affondava il suo corpo ancora una volta contro il mio, stremato, il suo dolce amaro rimpianto di quello che avevamo appena fatto contro il desiderio di averci ancora di più.

Ed è per quello che mi arrischiai oltre il dovuto, con il cervello spento e il cuore stranamente aperto verso di lui.

«La prossima settimana è il compleanno di Lucky. Vuoi venirci con me?» lo bisbigliai ancora in affanno, quasi temendo per me stessa. Almeno in futuro avrei potuto dare la colpa a quell'orgasmo per quella domanda fuori luogo.

«Mi stai chiedendo un appuntamento, Kelley? Sei impazzita?»

«Non è un appuntamento. Ma...» Mi morsi la lingua a quella frase che mi scivolò via dalle labbra. «Dimmi che... Dimmi che non lo sento solo io.»

«Che cosa?»

Il mio cuore mi tradì, perché batteva talmente forte che lui lo avrebbe sentito forte e chiaro.

«Non lo so. Non lo capisco. Ma lo sento.»

«Mi dispiace, piccola V.»

Per la prima volta sembrava davvero costernato.

Mi prese il volto tra le mani, indugiò sulla mia pelle con le dieci dita, io socchiusi gli occhi come per farlo durare ancora perché non avrei mai voluto uscire da quel nascondiglio.

«Sei come una bambina che chiede a un cieco il colore della luce.»

Qualche minuto dopo ero seduta nella solita aula, giacca abbottonata, le calze sistemate, i capelli un po' spettinati e la mente ancora chiusa in quello spogliatoio. A guardare l'avvocato della difesa che mi aveva fatto quasi piangere di gioia.

«Il mio collega, l'avvocato Axford, non ha mai dimostrato alcuna correlazione tra i pagamenti ricevuti dalla mia assistita e i favori di natura sessuale che ha dichiarato il signor Cadogan. È la parola dell'imputato contro quella della mia assistita, che afferma di non averlo mai conosciuto.» Victor Winter stava parlando alla giuria per introdurre un testimone reticente, un certo Braiden Cadogan.

Lucky era accanto a me, mi teneva la mano e profumava del suo lucidalabbra alla ciliegia. La sua dolcezza nei miei confronti era sempre il mio unico conforto, vedere la sua nuvola di capelli rossi in mezzo a quegli sconosciuti che mi giudicavano a ogni sguardo mi trasmetteva la sua forza da uragano.

«Siete riusciti a stare lontani, voi due?» chiese lei senza specificare il riferimento.

«Certo. Non siamo mica due ragazzini.»

«Mavor ha l'aria più furiosa del solito. Ha il fascino dello stronzo che ti scopa senza pietà.»

«Lucky!» Farmici pensare in quel momento era una mossa becera, eppure aveva proprio ragione.

I pugni di Mavor contro il suo tavolo mi fecero sobbalzare.

«Tutto questo è ridicolo, Vostro Onore. L'onere della prova spetta all'accusa e alla querelante, Venus Kelley. Siamo pronti ad aprire un processo per falsa testimonianza e diffamazione contro la signorina Kelley se tornerà a negare di aver conosciuto il mio assistito.»

«Avvocato Axford, lasci che l'avvocato della parte civile controinterroghi Braiden Cadogan.»

Braiden si avvicinò alla sbarra, vestito con il suo miglior completo blu, non appena il giudice Mahoney pronunciò laconico il suo nome e cognome.

I capelli ricciolini e l'occhio a mandorla color tabacco, la mascella squadrata perfettamente sbarbata. Mi apparve come quando l'avevo visto la prima volta, quando di lui non sapevo ancora tante cose.

«Lei è il figlio dell'imputato, non è così, signor Cadogan?»

«Sono il secondogenito.»

«Di cosa si occupa?»

«Posseggo le quote di alcune imprese edili di mio padre.»

«Che ruolo svolge all'interno di queste società?»

«Mi occupo soprattutto di marketing e organizzazione di eventi.»

«*Eventi*. Al chiuso o all'aperto?»

«Obiezione. Non capisco come questa domanda possa essere rilevante.»

Mavor non gli avrebbe dato vita facile. Probabilmente con quel bacio lo avevo aizzato contro Victor e questo non sarebbe certo tornato a mio vantaggio.

«Respinta. Signor Cadogan, può rispondere.»

Braiden vacillò leggermente, perché non si aspettava quella domanda.

«Al... chiuso, per la maggior parte dei casi.»

«E come mai?»

«Viviamo in Inghilterra, avvocato. Gli eventi all'aperto possono essere fatti per non più di una trentina di giorni l'anno.»

Victor si lasciò sfuggire un sorrisetto di sarcasmo.

«E io che pensavo che vivessimo nella nazione del calcio.»

Notai Mavor che vibrava di una rabbia impercettibile di fronte a un lieve brusio del pubblico.

«Lei soffre di una rara forma di agorafobia, non è così, signor Cadogan?»

«Obiezione, Vostro Onore! Questa è una supposizione e non ha alcuna rilevanza con l'argomento in esame.»

«Respinta, avvocato. Ho qui un intero referto di una brillante psichiatra da cui il signor Cadogan è stato in cura per molti anni.»

Braiden proseguì a parlare, evitando lo sguardo inquisitorio di suo padre.

«Soffro di agorafobia. Nello specifico, ho paura degli spazi aperti. Strade, parchi, spiagge, qualsiasi posto che sia all'aperto, soprattutto quelli senza punti di riferimento.»

«E suo padre lo ha pubblicamente deriso più volte per questo, non è vero?»

«Obiezione! Sono dicerie, Vostro Onore! Non c'è uno straccio di prova a sostegno di questa tesi.»

L'aula di tribunale era l'unico vero luogo in cui Mavor mi faceva realmente paura. Lo osservai trattenendo il respiro.

«Avvocato, mantenga la calma o la faccio sostituire!»

Braiden e Mavor si guardarono un istante di troppo in cui io cercai di ricordarmi qualcosa a cui avevo già assistito, e l'odio che scorreva tra i loro sguardi colmò l'aria di una nube tossica.

«È vero. Mio padre non ha mai tollerato alcuni aspetti della mia vita.»

A quella risposta, Mavor si sedette e stritolò i braccioli in legno della sua sedia. Sembrava furibondo, ma non tanto con Victor, quando con Braiden per il modo in cui si stava lasciando andare.

«Come per esempio il fatto di aver frequentato una stripper. Suo padre ha un problema, con questa categoria?»

«Non che io sappia, no.»

A quel punto gli occhi di Victor brillarono, come se stesse per scagliare il suo dardo infuocato.

«Lei conosce la signorina Madeleine Collins? Si faceva chiamare 'Eclipse' e lavorava nello stesso locale di Venus Kelley, qualche anno fa.»

«Obiezione, Vostro Onore! Chiedo di avvicinarmi.»

All'assenso del giudice Mavor si avvicinò, cercando di contenere una rabbia feroce che riuscivo a vedere dai palpiti della sua pelle, all'altezza del collo.

«Signor giudice, l'avvocato doveva presentare la questione nella fase preliminare. Non si è fatto cenno di questa ragazza.»

Victor restò calmo e fedele alla sua natura, nonostante Mavor non lo lasciasse controinterrogare.

«Vostro Onore, ho scoperto di questa vicenda solo ultimamente e le ricordo che sono il sostituto di un avvocato che ha rinunciato al mandato. Ho avuto accesso agli atti da poco.»

Mahoney cominciava a essere infastidito, scrutava entrambi palleggiando lo sguardo con chiaro nervosismo. Era evidente che quel caso mettesse a dura prova i suoi livelli di sopportazione.

«Respinta. Il teste può rispondere.»

«La conosce?»

«Sì. La conosco.»

Lucky sedeva accanto a me, nel pubblico, e le strinsi la mano con tutta la forza che avevo.

«In che rapporti eravate?»

«Obiezione. Deve contestualizzare il periodo.»

«Accolta.»

Victor si lasciò sfuggire un sospiro.

«In che rapporti eravate, circa... due anni fa?»

«Ero innamorato di lei. Sono sempre stato innamorato di Madeleine.»

Cominciò a serpeggiare in aula un acuto senso di disperata curiosità, lo sentivo scorrere da una voce che bisbigliava a quella successiva meno discreta.

Mi accorsi che le mani di Lucky avevano cominciato a tremare mentre Mavor aveva preso a consultare un suo assistente.

«E lei contraccambiava il suo sentimento?»

Braiden guardò Mavor con disperato terrore.

Non sapeva mentire: non era bravo quanto lui.

Le menzogne gli si leggevano in faccia, proprio come aveva avuto difficoltà a nascondermi la sua reale identità prima che scoprissi che era figlio di suo padre.

«Certamente.»

«Quindi, era innamorato di lei. Ha più avuto notizie di questa ragazza?»

«Obiezione, non vedo come questa faccenda possa essere rilevante.»

Victor tradì un'ombra sottile di evidente fastidio sui suoi lineamenti delicati.

«Respinta, avvocato. Vediamo dove vuole portarci l'avvocato Winter.»

Mavor era una bestia selvaggia dietro le sbarre, e forzava la gabbia con furia assassina.

«No. Non ho più sue notizie da un po' di tempo, ormai.»

«Sa che è scomparsa dopo aver ritirato una denuncia di rapimento contro suo padre?»

A quella frase di Victor, Mavor scattò in piedi con una ferocia bestiale e incontenibile e con un paio di ampie falcate si diresse verso il giudice.

«Obiezione! Domanda capziosa! Sta insinuando! Avvocato Winter, questo è *del tutto* scorretto!»

Mavor si avvicinò rapidamente verso il giudice.

«Vostro Onore, è oltraggioso! Siamo qui perché il mio assistito è accusato di reati precisi, questo caso di sparizione è stato già archiviato dalla polizia e non c'entra assolutamente *niente* con il signor Cadogan!»

Braiden cominciò a vacillare. Lo sguardo di suo padre lo rendeva nervoso, il pubblico cominciava a borbottare e lui si stava rendendo conto di aver gestito male le sue risposte.

«Mio padre non c'entra niente con tutto questo!»

Mahoney rimase incrollabile, saldo come una roccia valutò un documento e poi sollevò lo sguardo verso Mavor.

«Avvocato Axford, devo darle piena ragione. Questo è un caso a parte che non può essere discusso in questa sede.»

Il giudice a quel punto si rivolse ai giurati con severa fermezza.

«Signori della Corte, vi chiedo di avere pazienza e di comportarvi e di giudicare come se il nome di questa ragazza non fosse mai stato pronunciato in quest'aula.»

Mentre notavo lo sguardo vittorioso di Mavor non mi accorsi che Lucky aveva cominciato a tremare in maniera convulsa, finché non si alzò in piedi con l'aria sconvolta attirando l'attenzione su di sé. Quando uscì dall'aula con il volto paonazzo e le palpebre sbarrate io la seguii in silenzio ma in fretta, appena in tempo per sentire Mahoney che pronunciava una frase che ben conoscevo.

«Avvocati, mi vedo costretto a darvi il tempo per rielaborare le vostre tesi dopo questo increscioso incidente. La Corte si aggiorna.»

L'eco del martelletto mi giunse alle orecchie quando riuscii a raggiungere Lucky: la trovai tremolante come una foglia autunnale che sta per staccarsi dal ramo. Seduta su una panca in disparte, guardava per terra sconsolata e rassegnata come non l'avevo mai vista.

Mi avvicinai e mi accorsi che era scossa da singhiozzi che faceva fatica a trattenere.

«Braiden era innamorato di Eclipse. È stato lui, Venus! Deve averle fatto del male. La polizia ha archiviato il caso come un allontanamento volontario.»

Le carezzai la schiena nel tentativo di calmarla.

«Lucky, prima di giungere a conclusioni...»

«Gli sei sempre piaciuta anche tu! Non può essere un caso! Forse ha visto lei in te, oppure...»

«Non l'ho mai visto prima di quella volta in cui mi ha comprato quell'abito!» Cercai di farla ragionare, perché era fuori di sé. Si muoveva a scatti e poi rilassava la muscolatura in un senso di debole abbandono.

«Hai detto che hai ricevuto dei messaggi anonimi! Deve essere lui. È un pazzo stalker con un padre potentissimo che passa la vita chiuso in casa a organizzare orge inquietanti!»

E io sapevo che a quelle feste aveva partecipato anche Eclipse. Me lo aveva detto Mavor.

In effetti, la tesi di Lucky poteva avere senso e la cosa mi spaventò non poco.

In quel momento la porta dell'aula si spalancò con un boato che ci fece sussultare entrambe, e proprio Mavor uscì ancora in toga con gli occhi furenti di spaventosa alterigia e si rivolse a Victor con un odio che rasentava la follia omicida.

«Winter. Razza di bastardo. Tirare in mezzo un'altra ragazza senza darmi il tempo di prepararmi è stata veramente una scorrettezza.»

Christabell si intromise cercando di fermarlo.

Non avevo nemmeno notato che fosse nel pubblico, tanto ero presa dai miei pensieri impronunciabili.

«Mavor, smettila. Questo non è un comportamento professionale.»

«Niente che non avresti fatto anche tu, *collega*.»

«Non sei degno di chiamarmi *collega*.»

Victor squadrò Mavor, poi spostò lo sguardo su di me senza alcuna espressione facciale e in quell'istante mi accorsi di avere tutti gli occhi addosso.

«E tu sei degno di chiamarti *avvocato*?»

In quel silenzio assordante Mavor rivendicò la sua posizione, spostando l'attenzione su di sé.

«Come hai potuto tirare in ballo un altro caso? Un'altra ragazza?»

«Ho fatto le mie ricerche.»

Vidi anche Nolan avvicinarsi a noi, e a quel punto eravamo davvero tutti riuniti sotto lo stesso tetto.

La cosa mi fece quasi spavento, il modo in cui gli schieramenti erano chiari ed evidenti all'apparenza mentre, a ben guardare, i confini tra il bene e il male sfumavano come i colori del marmo metamorfico alle nostre spalle.

Io, Lucky, Christabell, Mavor, Victor, Nolan e Braiden, tutti legati da un sottile filo rosso che portava in un modo o nell'altro a un unico cognome: l'uomo che ci guardava in lontananza e che forse era la vera chiave di tutti quei misteri. La leva che c'era sotto qualsiasi azione, quel germoglio di malvagio che ci aveva colpiti tutti, in un modo o nell'altro.

Cadogan.

In quel trambusto Nolan si fece avanti e parlò con le mani nelle tasche dell'impermeabile, ancora zuppo di pioggia, e gli occhi colmi di una bile fitta come una nebbia densa.

«Non è vero, Winter. Non hai fatto nessuna ricerca su Eclipse. Stai mentendo.»

22

You hate that you want me

> «Lei era completa: amava il sesso e la poesia nella stessa misura
> e quella esibizione di baci e selvaggia natura, orizzonti a portata di mano,
> sogni e grattacieli di marmo, mi illudevo di possederla,
> ma fui solo uno dei tanti che non era riuscito ad averla.»

Venus

QUANDO le cose iniziano a precipitare non puoi interromperne il flusso, perché andranno sempre più veloci, come una sfera su un piano inclinato. Acquisteranno sempre maggiore massa e maggiore velocità, fino a quando non travolgeranno te e tutto ciò che può impedire di proseguire la loro corsa.

In quel tribunale umido che si ergeva con eleganza gotica sulle nostre teste, ciò che mi fece rendere conto del fatto che tutto nelle nostre vite stava per essere di nuovo stravolto fu lo sguardo contundente di Lucky che avanzò tra noi, aspettando che Nolan proseguisse a parlare.

«Avresti dovuto essere più sincero, Winter.»

Lucky aggrottò la fronte e impallidì vistosamente.

«Nolan, che cosa vuoi dire?»

Victor restava immobile, e per un attimo colsi un suo sguardo diretto a me.

«È suo fratello, Lucky. Il fratello di Eclipse.»

La mia amica rimase attonita, indietreggiò senza voltarsi e mantenne gli occhi sbarrati su Victor, che a quel punto aveva smarrito lo sguardo da qualche parte oltre le mura.

«È bastato fare qualche ricerca per sapere che è scappata di casa a diciassette anni e ha cambiato cognome. Il suo vero cognome era Winter.»

A quel punto fu il gelo, la mia mente si sgretolò mentre il detective tirava fuori dalla borsa un documento e lo schiacciava sul petto di Victor, con sguardo ferente d'acciaio.

«E tu hai richiesto espressamente di farti assegnare il caso Cadogan. Ho qui una copia della domanda inoltrata al tribunale. Vuoi i documenti dell'anagrafe? Ho anche quelli.»

Victor rimase impassibile, ma una luce diversa che non gli avevo mai visto addosso aveva preso a illuminarlo.

«Qualunque avvocato avrebbe voluto farsi assegnare questo caso.»

«Ma nessuno oltre a te avrebbe tirato fuori quella storia.»

Nolan parlò con un tono di ghiaccio: in quel momento fu chiarissimo da che parte stava.

Io feci il gravissimo errore di non fare caso alla reazione di Mavor a quella notizia. E infatti Mavor per poco non lo travolse con la presenza sontuosa, elegante, ma non per questo meno affilata e tagliente.

«Quindi sei suo fratello e adesso vuoi vendicarti sui Cadogan per qualcosa che pensi le abbiano fatto? È così che stanno le cose?»

Victor perse tutto il suo contegno britannico, ed era la prima volta in assoluto che gli vedevo gli occhi accesi di un interesse vivido, un fuoco che lo smuoveva, lontano dal suo solito temperamento diplomatico.

Si rivolse a Mavor come se a fatica riuscisse a tirare fuori un macigno incastrato in gola.

«A quel criminale del tuo cliente... Al posto tuo gli farei saltare la testa. Ma forse tu sei anche peggio di lui.»

Mavor strinse i pugni e incassò, forse preso alla sprovvista.

Io avevo le gambe atrofizzate, ma l'unica cosa che sapevo era che a quel punto del processo non potevo permettermi di cambiare di nuovo avvocato.

«Perché non ci hai detto niente?» sibilai a un volume che permise a Victor di fingere di non sentirmi.

Mavor strappò i documenti dalla mano di Nolan e li studiò con attenzione: per assurdo era tornato più calmo di quanto mi sarei aspettata, accarezzando una strana pacatezza a quella notizia.

Forse era quella strana quiete di quando ti trovi nel bel mezzo del ciclone.

«Viste le circostanze, il giudice dovrebbe esaminare se sei compatibile o no con questo caso.»

«Sei stato tu a escludere il caso di mia sorella dal processo, e adesso vuoi farmi cacciare per questo?»

Mavor era incontenibile anche quando sembrava contenuto.

Non aveva scrupoli, ma forse un punto debole lo aveva. Piccolo, minuscolo, infinitesimale come un atomo che vibrava su un pulviscolo.

Forse nutrivo una fragilissima speranza che potessi essere io.

«Hai intenzione di togliermi un altro avvocato?» Avanzai verso di lui e lo puntai dritto negli occhi.

Mavor non mi rispose e mi lanciò uno sguardo che gridava «stanne fuori», poi si rivolse ancora al mio avvocato.

«Hai preso questo caso come tua personale vendetta. Questo è assolutamente contrario a qualsiasi codice di comportamento.»

Victor lo spinse in avanti per non farsi sentire dal resto del gruppo, ma io e Lucky che eravamo appena alle loro spalle lo udimmo forte e chiaro.

«Dovresti pensare al tuo, di comportamento, Axford. O vorresti dirmi che non eri con *la vittima* nello spogliatoio degli avvocati, cinque minuti prima dell'udienza?» Calcò quel *cinque minuti* come a volerli far pesare a uno a uno, ogni singolo istante gocciolato sui nostri corpi dentro quel camerino.

Ed eccolo lì, il nodo, la matassa che veniva al pettine e ogni volta si ingigantiva sempre di più.

Mavor ringhiò con fierezza leonina. «Levati di torno, se non vuoi che ti levi io.» Tenne Victor a distanza con una mano e lo spinse via da sé. «E non sono un tipo delicato.»

Una mano sottile attirò la mia attenzione sfiorandomi le dita: Lucky mi implorava con lo sguardo chiedendomi di andarcene. Per lei stava diventando tutto troppo, quel giorno, e io compresi che aveva bisogno di una pausa. Tutto quello che aveva vissuto anche in Russia la stava spegnendo giorno dopo giorno. «Andiamo via. Per oggi ho visto e sentito abbastanza.»

La trascinai fuori dal tribunale cercando di evitare la folla di giornalisti che come sempre ci attendeva al termine dell'udienza.

Dovevo metabolizzare a quel punto che la sorella del mio avvocato aveva subito la mia stessa tortura, forse inflitta dalla stessa mano. E forse non era stata altrettanto fortunata da poterlo raccontare, e in quel momento mi chiedevo più che mai che fine avesse fatto.

«Lucky!» Una voce alle nostre spalle ci costrinse a fermarci.

Nolan ci raggiunse a passo svelto sotto la pioggia leggera, e ansimava così forte, gonfio e rosso in volto, che mi diede l'impressione che avesse un macigno sul petto da tirare fuori.

«Ho bisogno di sapere. Ho bisogno di sapere se vuoi andare avanti con me, o se vuoi restare indietro con lei.»

Fui travolta dall'imbarazzo ad aver ascoltato quella frase. «Mi dispiace, ragazzi, me ne vado subito.»

«No!» mi gridò Nolan. «No! Tu resti qui. Tiene troppo a te per permettersi di dire qualche cazzata in tua presenza.»

Lucky abbandonò la mia mano, poi si avvicinò a lui come se stesse chiedendo perdono di ciò che stava per dire.

«Non smetterò di indagare su di lei. Non posso. Lo faccio anche per Venus!»

Nolan allargò le braccia sotto quell'impermeabile che aveva ricominciato a inzupparsi. Sapevo che lo odiava e che lo indossava solo per lei.

«E io non posso vivere col terrore che la mia ragazza venga coinvolta in qualche missione dei servizi segreti senza che io lo sappia.» Poi aggiunse il suo secondo timore: «Se tu dovessi... se tu dovessi ritrovarla, che fine farei io?»

Il dubbio di Nolan era umano e reale.

Il fatto che Victor fosse suo fratello ci faceva sentire tutti ancora più vicini a quella ragazza, come se la sua presenza aleggiasse sulle nostre teste, come se non se ne fosse mai andata, e Nolan cominciava a sembrare sempre più inquieto, scisso tra il sentimento per la mia amica, la lealtà verso Mavor e lo studio e la paura di perdere tutto insieme, in uno schiocco di dita.

Rimasi a guardarli desiderando diventare invisibile. Lucky si strinse a lui, lasciandosi inglobare dalle sue braccia in un gesto che mi fece sentire *davvero* di troppo.

«E io ho bisogno di sapere... Ho bisogno di sapere da che parte stai. Se da quella di Cadogan, o da quella di Venus.»

Nolan non rispose, come non aveva risposto Lucky.

La mia amica cominciò a singhiozzargli sul petto, potevo sentire le sue lacrime colare su quell'impermeabile anni Ottanta che a lui stava anche un po' lungo ma che gli donava un certo fascino, sotto il suo sguardo fisso come quella situazione senza via d'uscita.

Rimasi a guardarli chiedendomi quanto il sentimento che mi era stato negato potesse davvero non avere barriere come dicevano, e avrei voluto scuoterli e gridare loro che presto tutto sarebbe finito, che il processo avrebbe avuto un vincitore e che magari Eclipse sarebbe tornata a casa.

Poi sollevai gli occhi e notai Mavor che usciva dal tribunale cercando di schivare i giornalisti, e dimenticai tutto quanto, trepidante di tutti quei brividi che mi aveva puntellato addosso solo qualche ora prima.

Ricapitolando: Victor era il fratello di Eclipse.

Aveva lo stesso sangue di una ragazza che avevo cercato in lungo e in largo sperando che potesse testimoniare a mio favore. Ciò lo rendeva l'ennesimo tentativo che non era andato a buon fine, perciò mi ero chiusa per diversi giorni nella mia stanza senza volerlo affrontare.

Ero stata afferrata da uno sconforto palpabile. Non avevo fatto in tempo a sistemare tutti quei vestiti accumulati su qualsiasi superficie che già avrei voluto spostarmi altrove.

Quella sera ne stavo indossando uno che non riuscivo ad allacciare: era una meraviglia di bustier nero in seta mikado con uno strato di tulle sopra il tessuto georgette. Me l'aveva prestato Juliet una volta che non aveva contanti per pagarmi, e pensai che quella fosse l'occasione giusta per indossarlo: il primo compleanno di Lucky da quando ci eravamo separate.

Eravamo più unite che mai, in realtà, ma ancora non mi ero abituata a non trovarmela più seduta sulla vasca o sul water mentre si metteva lo smalto sui piedi quando uscivo dalla doccia. Lei era l'unico lumicino acceso in un lunghissimo e complicato inverno.

Il mio coinquilino si affacciò nel bagno dove stavo cercando di raccogliermi i capelli su un lato della testa, e in quel momento il suo animo da mediatore fece capolino dopo diversi giorni di mutismo selettivo in cui avevamo cercato di ignorarci.

«Va bene. Non vuoi parlarmi. Ma posso almeno dirti che anche tu avresti dovuto essere un po' più sincera?»

Mi chiusi un orecchino pendente su un lobo. Avevo le spalle

scoperte, il bustier aperto mi calava sul seno ma Victor non sembrò interessarsene.

«Sono arrabbiata con te. Non puoi rigirarti la frittata incolpandomi di quello che è successo con Mavor.»

«Avanti.» Incrociò le braccia appoggiandosi allo stipite con aria affabile. «Raccontami cosa è successo tra voi.»

«Ci siamo conosciuti prima del rapimento. Una sera venne da *Annabel*, io non sapevo nemmeno chi fosse.» Lo dissi quasi a giustificarmi, ma rivelando quell'informazione realizzai quanto ne fossi già attratta fin dalla prima volta.

«Ti si è avvicinato?»

«Sì.»

Quella notte mi aveva colpito in tutti i modi in cui qualcuno avrebbe potuto colpirmi, ma realizzarlo era stato un'impresa.

Victor sospirò sconsolato ed entrò in bagno guardandomi attraverso lo specchio.

«Hai bisogno d'aiuto con il vestito?»

«No. Chiamerò la fata madrina e mi aiuterà lei», bofonchiai, senza nascondere un evidente fastidio.

«È inutile che fai l'offesa. Sei stata tu a farti beccare.»

«Non so di cosa tu stia parlando.»

Mi sollevai le tette strizzandomele nel balconcino del vestito, e ancora una volta non ottenni reazioni. Mavor al posto suo non mi avrebbe permesso di allacciarmi quell'abito, ma lui si avvicinò a quei lacci e prese a stringere per farmi un nodo così stretto che quasi mi strappò il respiro.

«Vi ho visti nello spogliatoio degli avvocati. Non avevi proprio nessuna camicia bagnata, eri chiusa insieme a lui.»

«Che ne sai che fosse lui?»

«Ho visto i suoi vestiti e indovina un po'? Su ogni toga c'è scritto il nome dell'avvocato.»

«Stavamo solamente *parlando*.»

In quanto a bugie miglioravo giorno dopo giorno, stavo diventando campionessa olimpica.

Un sorrisetto mi scappò tra le linee del rossetto scuro con cui stavo disegnando le mie labbra.

«Siete due pazzi. Se vi avessero beccati...»

L'espressione da finto bigotto mi fece intravedere una piccola parte di lui che non doveva essere così impostata e inamidata come quella che avevo conosciuto.

«Sarebbe stato divertente. Tanto agli occhi di tutto il Paese sono già una prostituta.»

Studiò per qualche minuto i miei movimenti, le mie espressioni facciali mentre mi truccavo.

«Per fare una cosa del genere non riuscite proprio a starvi lontani. E tu che mi avevi detto che se la faceva con tua cugina.»

«E infatti è così.»

Mavor mi aggrediva nei posti più impensabili, io non riuscivo a resistergli e venivo a patti con la mia debolezza ogni santo giorno. Eravamo le due facce dello stesso peccato.

«La prima o la seconda affermazione?»

«La seconda, ovviamente.»

Roteò gli occhi al cielo. «È sicuramente molto immerso nel caso, il collega.»

Per poco non mi strozzai con la saliva quando lui tornò a guardarmi con quella dolce premura negli occhi che causava assuefazione.

«Non posso dire di conoscerti bene. Ma non mi sembri una di quelle che si lascia sedurre in una sorta di camerino dove potrebbe entrare chiunque.»

Brontolai uscendo dal bagno, scalza e con i capelli mezzi raccolti che mi nascondevano il rossore sul viso. «Mi pare evidente che tu ti stia sbagliando», ripetei quel disco rotto e, ogni volta che lo facevo, incontravo sempre lo stesso sguardo di rimprovero.

Victor mi studiava con un certo interesse mentre io camminavo a vuoto nel suo salotto e mi maledicevo, perché, se nutrivo qualche speranza di essere notata da lui, dopo tutto ciò che era successo non avevo neanche una pallida e remota chance. Affondai nel divano in uno sbuffo vellutato della mia gonna di tulle, morbida e stropicciata, che mi avvolse come un bozzolo di seta.

«Parlami di lei. Di Eclipse.» Ebbi il coraggio di chiederlo, ma non quello di pronunciare il suo vero nome ad alta voce.

«Non c'è molto da dire. Era un cavallo pazzo, ma era mia sorella. Non la vedevo da diversi anni e io ero appena diventato avvocato quando è venuta a chiedermi aiuto per denunciare Cadogan.»

Victor cercò qualcosa in un cassetto dell'angolo cottura fino a tirarne fuori un pacchetto di sigarette stropicciato come quello che mi aveva portato a lei.

«Sai, un po' mi ricordi lei.»

Non la presi esattamente come una notizia positiva.

«Ti ha spiegato cosa le è successo?»

«Certo. Per filo e per segno. Era ovvio che fosse finita in un giro orrendo. E il fatto di piacere a Braiden Cadogan è stato il colpo di grazia definitivo.»

Rabbrividii.

Forse le mani che ci erano state messe addosso erano state le stesse, e mi chiesi chi delle due fosse stata la più fortunata.

«Magari lui l'ha liberata.» Esalai un sospiro di timida speranza che non ritrovai negli occhi di Victor. Braiden Cadogan era un tipo perverso come suo padre, ma non brillava della sua stessa sadica cattiveria.

«Ti ha detto come mai ha ritirato la denuncia?»

«No. Mai. Ma dopo averlo fatto è sparita.»

Mi ero incamminata in un territorio ostile, quindi mi sollevai da quel divano in velluto e cercai di tornare concentrata sull'obiettivo della serata.

Andare alla festa di Lucky sfoggiando il mio futuro ragazzo.

«Adesso vatti a vestire, o faremo tardi», gli ricordai.

«Cosa?» Victor scosse la testa e mi guardò come se fossi impazzita. «Io non vengo!»

«Tu *devi* accompagnarmici. Me lo devi, dopo lo scherzetto che mi hai fatto.»

«Non lo farò. Ho come l'impressione di essere detestato da tutti i tuoi amici», sibilò tra i denti con un sarcasmo ben marcato.

Feci cadere la cenere della sigaretta che Victor nel frattempo mi aveva offerto in un bicchiere abbandonato sul tavolino da caffè con due dita d'acqua dentro. Sapevo che era una cosa che lui detestava.

«Sei il fratello di Eclipse e non hai detto niente. Penso che la cosa sia comprensibile.»

«Senti, ti chiamo un'auto col conducente. Oppure un taxi», tagliò corto.

«Davvero non vuoi venire?»

I miei occhi languidi che sapevano promettere senza mantenere non funzionavano su Victor. Restava pur sempre un insopportabile e impassibile fascinoso giurista britannico.

«Sono il tuo avvocato. Non trovo appropriato presentarci insieme.»

«Sei stato invitato anche tu, andiamo solo nella stessa macchina. Non è mica un appuntamento!» Allargai le braccia perché nessuno sembrava voler uscire con me. Mi sentivo come se avessi in testa un cartello a neon con scritto RICERCATA, BE AWARE o qualcosa di simile.

«Sei Venus Black. Troverai sicuramente un cavaliere.»

«Da *Annabel*? Scherzi, vero?» Sbuffai mentre avevo ripreso a sistemarmi i capelli allo specchio dell'ingresso, puntando con accuratezza alcune ciocche con le forcine. «Al massimo qualche altro vecchio porco da aggiungere alla lista.»

«Cerca di evitare di metterti ancora nei guai. Anche se mi sembra quasi che ti piacciano.»

Non mi stava simpatico quando parlava come Mavor Axford.

Proseguii fingendo di ascoltarlo mentre mettevo l'eyeliner al grande specchio anticato dell'ingresso che dominava gran parte del loft che Victor aveva preso in affitto. Era un gigantesco appartamento senza muri divisori e ciò voleva dire che aveva tutto nella stessa stanza: ingresso, salone, cucina e il suo studio, tutto a vista.

Zampettai verso di lui cercando di non calpestare l'abito che mi finiva sotto i piedi in continuazione. «Renditi utile, almeno. Finisci di allacciarmi il vestito.» Gli lasciai contemplare la mia schiena nuda da cui si intravedeva il mio intimo come se fosse un privilegiato, ma Victor non vi indugiò affatto. Tirò su la zip della gonna mentre io cercavo di sistemarmi in modo che riuscissi a respirare, e l'istante dopo era già girato di nuovo verso i suoi libri.

Me ne andai sbuffando e reggendomi in maniera molto poco aggraziata un abito che, per quanto potesse starmi bene, mi sentivo addosso come qualcosa che non mi apparteneva.

Io ero quella con le autoreggenti in latex, non riuscivo a vedermi con un abito sartoriale così finemente intessuto e prezioso.

«Venus, te lo giuro. Sei pazzesca.»

Una piccola parte di me si sciolse a sentire quelle parole, ma l'altra tornò ostica e orgogliosa come quel tratto paterno che mi portavo dentro da una vita.

«Risparmiati i complimenti. Lo so che non mi hai guardata nemmeno un secondo.»

Provavo sensazioni discordanti nei confronti di Victor e, se per me era difficile comprendere quelle basilari, decifrare quelle più complesse era del tutto impossibile.

«Credimi, stai benissimo.»

Stai benissimo.

Più o meno quello che ti dice l'amica falsissima quando lei è venuta bene nella foto e tu sembri appena uscita dalla terapia intensiva.

«Grazie», pronunciai a denti stretti.

Mi barcamenai verso l'uscita rifiutando qualsiasi altro tipo di aiuto da parte sua.

Ti accompagno giù?

Hai bisogno dei soldi per il taxi?

Che rimanesse a casa immerso nei suoi libri.

Non avevo bisogno di nessuno.

Rischiai la vita almeno tre volte perché l'ascensore era fuori uso e ci misi dieci minuti buoni solo a scendere le tre rampe di ripidissime scale, con l'equilibrio precario su dei sandali a spillo. Ero abituata ai tacchi alti, ma non a quella combinazione di vestito lungo con strascico sulle scale scivolose dei palazzetti inglesi di fine Ottocento.

L'aria di primavera cominciava a farsi sentire, ma quando aprii il portone mi maledissi per non aver portato una giacca. Rivolsi il naso verso il marciapiede, cercando l'auto scura del taxi e sperando che arrivasse in fretta, visto quanto ci avevo messo a scendere da casa.

Un pessimo presentimento mi raggelò il sangue nelle vene.

Mi sentii osservata, braccata come una preda in una notte con la luna che oscillava lenta tra una nube e l'altra.

Mi ipnotizzai ad ascoltare quello strano sesto senso, mi guardai intorno per capire se fossi impazzita o caduta in un sogno di latta che si accartocciava e faceva troppo rumore.

L'unica auto scura che vidi fu una Maserati Ghibli nera opaca ferma in doppia fila a motore spento e fari accesi, vetri oscurati da criminale di professione.

Attraversai la strada e le passai davanti sentendo quei fari colpirmi come saette contro un animale inerme della notte. La portiera si aprì alle mie spalle e io non ebbi il coraggio di voltarmi subito, perché a quel punto della mia vita potevo anche trovarmi una pistola puntata contro la testa.

E invece l'unica cosa che vidi puntata contro di me furono due gemme regali setose come la giada.

«Kelley.»

Lo vidi lì. Appoggiato allo sportello, con le labbra sporgenti e leggermente schiuse, che si carezzava il mento sbarbato con una certa lentezza.

Gli occhi brillanti e trasparenti e quell'aria da principe del male a impreziosirgli i lineamenti.

Camicia nera, abito nero e piglio da impunito, non aveva un singolo anfratto di pelle che fosse innocente e per questo meno attraente.

«Mavor?»

Mi guardò e rimanemmo immersi in un attimo che fu la fine del mondo. Quantomeno del mio.

«Qualcuno è rimasto a piedi, mi pare di capire.»

Mi squadrava in maniera indecorosa, come solo lui sapeva fare. Potevo leggergli quasi i pensieri, eppure avrei voluto che me li gridasse addosso.

Mi avvicinai reggendomi il vestito sopra i tacchi alti, cercai di decifrare il suo sguardo contorto e aggrottato, quasi sofferente.

«Sto aspettando il mio taxi. Cosa ci fai qui?»

«Mi hanno mandato la posizione. Ho sospettato che dovessi raggiungerti.»

«Chi è stato?»

«Il topo di biblioteca.»

«Victor?»

Mi fece un cenno affermativo con la testa.

«Victor ti ha?...» Non aveva alcun senso, stava mentendo senza dubbio. «Stai scherzando?»

Mavor si appoggiò sulla sua auto incrociando le braccia e le lunghe gambe assieme. Continuava a studiarmi ogni singolo centimetro di pelle mentre io fingevo un totale distacco.

«Mi hai chiesto di accompagnarti alla festa di Lucky, no? Unica occasione. Prendere o lasciare.»

«Vuoi davvero venire da *Annabel*?»

Si mise le mani in tasca e fece schioccare le labbra, tumide e invitanti come ciliegie appena colte.

«Vorrei andare dappertutto ma non da *Annabel*. Ma ho visto Nolan in crisi, perciò...» Si portò un braccio dietro la testa, e rimase a guardarmi fisso.

«Intendevo dire se vuoi davvero venire *con me*.»

Era un evasore professionista di domande scomode, continuava a mettere in mezzo Nolan persino dopo essersi presentato sotto casa mia. O meglio, sotto casa di Victor.

«Troppe domande, ragazzina» mi rispose affabile, con quel sorriso seduttivo che mi stendeva peggio di un tranquillante. «Fai troppe domande.»

Un brivido infimo mi brillò negli occhi, lo sentii annacquarmeli e quella notte era troppo stellata per poter dare la colpa al clima di Londra.

Lui interpretò quel mio restare immobile come un'aspettativa, quindi avanzò verso di me. Mi tese la mano, e io avevo voglia di fargli un milione di domande a cui lui avrebbe risposto dicendomi che ne facevo davvero troppe e che ero impertinente e impicciona, ma quando la strinsi con una certa titubanza lui mi tirò verso di sé e incastrò le dita con le mie.

«Sali in macchina prima che cambi idea e ti porti altrove.»

Portami dove vuoi.

Portami in un posto in cui noi non siamo noi.

Dov'erano finite tutte le sue preoccupazioni su quel desiderio abietto che ci ticchettava nel petto, quell'abbandono voluttuoso che nessuno poteva immaginare a parte noi, dov'erano finiti quei silenziosi rimproveri contro se stesso e contro di me?

«Non mi fido di te.»

«Me lo hai chiesto tu di accompagnarti, ti ricordi?»

Era evidente che non fossi in me in quel momento. Tutto quello che avevo detto in quel frangente era frutto di una follia temporanea.

«Sì, ma mi hai risposto che dovevo essere impazzita.»

«Una notte soltanto, Kelley, avanti.»

Quella frase si adagiò sui nostri corpi come echi di nebulose lontane.

Restammo in silenzio ad ascoltare quel pizzicore sottopelle che mi mise in mente il modo in cui mi aveva chiesto una notte insieme, molto tempo prima, salvo poi portarmi nella sua stanza per dirmi che no, non mi avrebbe voluta in quel modo.

«Mavor...»

«Te la posso concedere.»

Solo il demonio sapeva che effetto mi faceva quando strizzava l'occhio in quel modo e infatti lui non perse occasione, per cui mi aprii la portiera da sola e iniziai a parlare senza sosta per placare il nervosismo mentre anche lui saliva a bordo.

«Sarei stata disposta a fingere di stare con Braiden pur di evitare che rivelasse di noi a suo padre, e adesso ci presentiamo così?»

La verità delle mie intenzioni cominciava a sferragliare dentro di me e a fare un trambusto assurdo.

Ci pensavo in continuazione.

Non avevo paura di morire.

Non avevo mai avuto paura per la mia vita e qualsiasi fine mi fosse stata destinata l'avrei accolta come un sollievo, fino a quel momento, come qualcosa che mi meritavo fin dalla notte dei tempi.

Charles Cadogan mi aveva piegata, aveva spezzato la mia fiducia nel prossimo ma non mi aveva mai realmente intimorita perché nessuno poteva farlo.

Eppure ero andata da Braiden disposta a piegarmi ai suoi ricatti.

E non l'avevo fatto per me.

L'avevo fatto per *lui*.

Per Mavor.

Qualcosa doveva pur significare.

Lui scalò la marcia con prepotenza e aumentò la velocità, la mia schiena aderì al sedile.

Alla pronuncia del nome di Braiden, la sua attenzione ricadde solo sull'individuo a cui apparteneva. «Si deve solo azzardare ad avvicinarsi a te ancora una volta.»

Mi stritolai il ginocchio nudo tra le mani, perché il modo in cui parlava mi iniettava un veleno dolcissimo del tutto contrario alle leggi di sopravvivenza.

Evitai di dirgli che Braiden aveva preso a tampinarmi di telefonate. Solo in tribunale aveva avuto la decenza di tenersi a distanza da me, ma penso che lo avesse fatto più per suo padre che per altro.

«Penso che abbia detto quelle cose in aula per sabotarmi. Sarebbe disposto ad andare contro suo padre pur di vedermi sconfitto.»

Guardai il suo riflesso nel vetro del parabrezza, che si illuminava a scatti ogni volta che un lampione passava sulle nostre teste. Mavor emanava la luce di un passato perduto, qualcosa che avrebbe potuto essere e che invece non era diventato.

Un essere umano a metà, un po' come me.

«È per l'associazione?»

Piantò gli occhi nei miei, come due paletti nel petto, e scosse la testa in segno negativo.

«O forse è vero che era innamorato di lei.»

«O forse è innamorato di te.» Si lasciò una sigaretta penzolante tra le labbra, mentre ricaricava l'accendino dell'auto. «Ma non ha mai sopportato che io fossi ai vertici, e lui invece no. Suo padre lo ha sempre considerato uno su cui non avrebbe potuto contare.»

«È per via della sua agorafobia?»

Stritolò il volante tra le mani. Mi accorsi del fatto che non voleva affrontare l'argomento perché aveva schiacciato il piede sul motore come se non avesse pietà per l'acceleratore.

E improvvisamente era tornato il cinico e crudele demonio travestito da avvocato la cui bellezza leonina mi assoggettava come un sospiro di calore in mezzo a uno squallido gelo novembrino.

A quella mia stessa domanda, qualcosa mi avanzò nella mente annebbiata come uno spettro che fatica a emergere, e poi scomparve di nuovo.

Forse Mavor non era l'unico in quell'abitacolo ad avere problemi di memoria.

«Kelley, ti accompagno alla festa della tua amica. Ma questo non vuol dire che adesso tu sia diventata la mia confidente.»

Feci spallucce mentre mi sistemavo il seno nel corpetto, senza capire come potesse riguardarlo la fobia di Braiden per gli spazi aperti. «Vorrà dire che lo chiederò a lui.»

Mavor mi folgorò con lo sguardo. «Se non vuoi che questa storia finisca male, se non vuoi essere responsabile di qualche *disgrazia*... chiudi con lui una volta per tutte.»

Una velata minaccia, neanche troppo sottile, e il modo in cui si leccò le labbra carnose mentre osservava il mio respiro sulla scollatura mi agghiacciò di terrore.

«Non avevi detto che potevo andare con chi mi pareva?»

«Questo era *prima*, capinera.»

Pronunciò quel nomignolo come se fosse sarcastico.

«Prima di cosa?»

Prima di esserci stretti tra le dita per sentirci attraverso la pelle.

La tua, candida e nivea e glaciale come il Paese di tua madre.

Coriacea come quella di lupo cresciuto selvatico in una terra ostica e desolata.

Qualcosa devi pur avere amato, nella tua intera esistenza, a parte la guerra e le vittorie.

Come me che vivevo col profumo del mare e nascevo in mezzo alla spuma delle onde e, Dio, a un tratto ci è stato tolto tutto.

Siamo i colpevoli, i ripudiati, i condannati alla miseria morale.

Ma abbiamo ancora la nostra notte.

Ed era la notte a cullare quel dolce scorrere dell'auto sulle strade, con il traffico che si diradava a ogni minuto.

«Prima che lui mi chiamasse per farmi vedere quello che stavate per fare.»

No, non era questo quello che voleva dire e io glielo lessi nei bagliori degli occhi che erano un cielo di promesse notturne, con le stelle puntellate e accese su un manto eterno, e io che vorticavo verso di esse come in assenza di gravità.

Arrivammo insieme, ma ci separammo all'ingresso intimoriti dalla quantità di sguardi puntati addosso.

Mi rimase a distanza mentre con gli occhi lo cercavo nel buio di facce conosciute a cui non avrei dovuto niente se non qualche stinto sorriso di circostanza.

Quella sera *Annabel* profumava di una strana atmosfera. Era come se tutti fossimo sospesi in quel momento che precede qualcosa che sta per accadere.

Guardavo le sagome ammantate di un gioco di luci e ombre come se fosse un film al rallentatore, abbracciai Lucky da dietro e lei rispose con la sua solita gioia carezzevole.

«Torna a vivere con me. *Mi manchi*», mi sussurrò.

«Buon compleanno.»

Passai la serata con la mia migliore amica, mi forzai a non cercare Mavor con lo sguardo, eppure ogni volta che mi voltavo lo vedevo circondato da persone adoranti di qualsiasi genere, a ronzargli intorno come api al miele. Colleghi, amici, ragazze discinte pendevano dalle sue labbra e lo guardavano come se fosse un dio. Era seduto, impensierito e stanco, con l'aria spersa nell'alcol e l'espressione opaca puntata sulla sala di un locale a luci soffuse.

E poi... e poi non era solo.

C'era qualcuno di troppo che gli sculettava in faccia, le cui cosce nude mi oscuravano la vista completa della sua figura.

Bonnie era davanti a lui e si stava spogliando, piazzata in piedi con le gambe di Mavor in mezzo, e io presi a stritolare il bicchiere prima di ricordarmi che non era di carta.

Lui la guardava senza mai schiodare le labbra dal bordo del bicchiere, con quegli occhi che facevano un rumore assordante che sovrastava la musica.

«Che cosa ci fai lei qui?» Lo chiesi a Lucky, che non aveva mai smesso di ballare come una pazza mentre il suo vestito striminzito non reggeva la dinamica del suo seno abbondante quando si muoveva troppo.

«È il locale dove lavora. Non posso buttarla fuori, purtroppo.»

Approfittai del fatto che Nolan era un po' in disparte, seduto lì accanto, per cui lo raggiunsi e lo salutai, lui mi strinse e mi schioccò un bacio sulla guancia. Poi si scostò indietro svelandomi la vista, e a quel punto dovetti assistere a uno scenario che mi raggelò il respiro. La brunetta si era seduta, poi aveva preso a strusciarsi sul cavallo di Mavor con la faccia di chi se la stava spassando con quello che aveva sotto i pantaloni, e lui la lasciava fare del tutto indifferente.

Nolan mi accennò un sorriso e bisbigliò al mio orecchio: «Perché la stai guardando come se volessi vederla morta?»

«Lei lo sa benissimo, il perché.»

Ci raggiunse Lucky e mi carezzò i capelli sistemandomeli sul lato della spalla dove li avevo fissati.

«Vin, lui è venuto con te. Ricordatelo.»

«Cambia qualcosa?» Dal momento che avrei dovuto assistere a certe scene, non cambiava proprio un bel niente.

Lucky mi afferrò il volto tra le mani e mi regalò un largo sorriso arioso. «Cazzo, guardami in faccia. I tuoi occhi cambiano colore quando lo guardi.»

Roteai gli occhi al cielo, infastidita. «Lucky, tu sei una sognatrice. Las Vegas, la fama, il successo, l'amore della tua vita. Sono i *tuoi* sogni, non i miei.»

«Guardami in faccia, Vin.» Fece scontrare la sua fronte con la mia. «Questo posto è come un *limbo*. *Annabel* è un limbo. Siamo finite qui perché siamo bloccate, la nostra vita è interrotta. *Io* sono bloccata qui. Ma tu, Vin... In questi mesi ti ho vista esplodere. Sbocciare di tutta la tua forza.»

«Lucky, smettila. Perché parli così?» Gli occhi mi pizzicarono, a quelle parole.

«È un avvocato. Un *avvocato*! Sta facendo il suo dannato lavoro. Anche io lo detesto per come ti ha descritta in aula. Lo suonerei come un tamburo. Ma, quando tutto questo finirà e lui passerà a qualche altro cliente, tu comincerai a *rimpiangerlo*.»

Quella parola mi scosse qualcosa dentro, mi violentò il cranio al punto che dovetti reggermi le tempie tra le mani.

Non mi ero mai guardata indietro in tutta la mia vita, nemmeno una sola volta, nemmeno quando il verbale trovato da Mavor mi aveva costretto a farlo, nemmeno nei giorni successivi al mio rapimento, perché il passato mi faceva paura.

E il ragionamento di Lucky non faceva una piega.

In realtà era spiegazzato come un lenzuolo appena uscito da una centrifuga, ma io quella settimana avevo sentito parlare abbastanza di centrifughe per il resto della mia vita e l'alcol non mi aveva aiutata a togliermi certe immagini dalla testa.

Mi sedetti sconsolata su un divanetto un pochino più in là, quando notai che il cellulare lampeggiava di un messaggio.

Victor: Ti ha già fatta a pezzi e buttata nel Tamigi?

V.: Mi ha solo dato un passaggio.

Victor: Sempre meglio che chiuderti in uno spogliatoio.

Sollevai gli occhi verso i lampadari luccicanti di cristallo che incorniciavano la sala principale.

V.: Perché lo hai chiamato? Sei diventato matto?

Victor: Se è lui che vuoi, ti basta allungare la mano e prendertelo.

Quella notte mi sembravano tutti impazziti, ma la mano l'avrei allungata volentieri sulla faccia di Bonnie, a pochi metri da me. Era tutta dedicata a Mavor, con quell'aria da bambolina fatale e le gambe lunghe e tornite che non davano tregua agli sguardi dei suoi amici, e io sentivo ribollire in me un'insana follia selvaggia. Sembrava assatanata, con le natiche si strusciava languida sulle dune a scacchi degli addominali di Mavor, davanti ai miei occhi vitrei da silenziosa spettatrice quale mi ero ridotta a essere.

Se si fossero messi a fare sesso sotto gli occhi di tutti non mi sarei stupita, visto il modo in cui lei gli concedeva le spalle e anche tutto il resto.

E lui se lo prendeva.

Non la sfiorava, ma la lasciava strofinarsi su di lui senza scostarla di un centimetro, tronfio e fiero di essere l'unico destinatario di quello show depravato e senza pudore.

Vidi un suo amico portargli ancora da bere, mentre Bonnie si era voltata a cavalcioni verso di lui e sembrava divertirsi un mondo a strusciarsi in maniera indecente, con indosso un perizoma minimale.

E in quel momento il mio sguardo incrociò quello di lui.

Mi alzai per piazzarmi davanti a loro e richiamai l'attenzione di quella squallida scenetta erotica da film amatoriale.

«Bonnie. Hai scambiato la sala per un privé?»

Mavor rimase in silenzio a osservarmi con sguardo cupo da dietro la testa corvina di Bonnie, con i suoi riflessi blu sempre più sfumati.

Lei inclinò vagamente la testa con poco interesse. «Che cosa vuoi? Mi sto esibendo.»

«Ti stai esibendo per un solo spettatore.»

Bonnie comprese l'antifona e mi fulminò con lo sguardo.

Era in perizoma con una tuta in latex, che era in realtà solo un incrocio di elastici e che mostrava tutto ciò che era possibile mostrare.

Mi venne incontro puntandomi il dito contro con l'aria minacciosa di chi era appena stata interrotta sul più bello. «Stai marcando il territorio?»

«Sei tu quella che sta per fargli pipì su una gamba.»

«Che cosa vuoi, Venus?»

«Voglio che te ne vai a fare questo spettacolo da qualche altra parte.»

Mi guardò sollevando le sopracciglia, con il volto illuminato da fasci di luce a intermittenza.

«Da quando hai qualche problema, se io e Mavor...»

A quel punto fui io ad avanzare verso di lei, puntandole il dito contro.

Avevo qualcosa da dirle che non potevo trattenere oltre.

«Mavor ha fatto il mio nome quando stava male. E tu non mi hai detto niente.» Sputai quel veleno sperando di colpirla: non penso che immaginasse che qualcuno me l'avrebbe rivelato.

Non penso che immaginasse nemmeno che qualche minuto dopo ero lì, con lui, nella stessa stanza, mentre chiudeva gli occhi stroncato da una dose di benzo da far addormentare un cavallo.

«Era strafatto. Avrebbe potuto fare il nome di qualsiasi ragazza sulla faccia della terra.»

Le intimai di indietreggiare col linguaggio del corpo. «Eppure ha fatto il mio.»

«Stai molto attenta, Venus. Potrei decidere di smettere di reggervi questo squallido gioco e andare da Charles. E a quel punto tu...» Mi puntò due dita alla fronte mimando una pistola, premette il suo grilletto immaginario e fece il verso di uno sparo con la bocca. «Non avresti più voglia di fare la puttana in giro.»

Per un attimo pensai che avrei voluto saltarle al collo. Tirarle i capelli e sbatterle la testa al muro fin quando non le fosse passata la voglia di fare la stronza.

«Sai cosa si dice in giro? Che qui non lavori più perché eri l'amante di Charles Cadogan. E io penso che tu abbia sedotto Mavor sperando che lasciasse il caso per te.»

Era offensiva, sarcastica, e colpirmi era tutto ciò che voleva.

«Non sto lavorando perché sono io a non voler lavorare.»

«E dicono anche che sei una pazza che ha ucciso i suoi genitori.»

«I miei genitori sono...» Rimasi bloccata senza più riuscire a parlare.

Mavor mi aveva promesso che non sarebbe stato usato in aula

contro di me, ma non poteva evitare che certe informazioni trapelassero ovunque.

Era ovvio che durante il processo avrebbero osservato la mia vita e il mio passato a raggi infrarossi.

Rimasi in silenzio, attonita, chiedendomi quante persone mi guardassero realmente in quel modo.

Una puttana.

Un'assassina.

«Bonnie. Hai parlato abbastanza per stasera.»

Mavor era dritto in piedi alle mie spalle, e io non lo avevo nemmeno notato perché i miei occhi si erano spenti come se qualcuno avesse staccato la corrente.

Le porse un bicchiere, e lei rimase a fissarlo come se avesse impattato contro una superficie rocciosa.

L'istante dopo quegli occhi carbone divennero mordaci, aguzzi come frecce sotto un trucco che le allungava gli angoli estremizzandone lo sguardo penetrante.

«Mavor, tu stai difendendo l'uomo che lei ha portato in tribunale», gli ricordò.

Lui fece dondolare sotto al suo naso il suo bicchiere che profumava di quello che sembrava triple sec. «Bevici su. Magari ti schiarisci le idee.»

«Mi stai scaricando? *Benissimo.*» Piazzò le mani sui fianchi e ci venne incontro con aria disgustata. «Non ho nulla da spartire con una puttana e un tossico del cazzo. Vi siete trovati.»

«Sai, sono proprio curioso: cosa ti sei comprata con tutti i soldi che ti sei presa dopo che mi hai *implorato* di scoparti più volte?»

Mi accorsi che avevamo tutti gli occhi del locale addosso, e io sperai di diventare invisibile.

«Mavor, non ce n'è bisogno...»

L'attimo dopo Bonnie aveva afferrato il bicchiere di Mavor, ma solo per rovesciargli in faccia tutto il liquido contenuto in esso, e io avevo portato entrambe le mani a coprirmi la bocca.

Qualche curioso indugiò su di noi, solo perché chi aveva ricevuto quello sgarro era un personaggio che nell'ambiente godeva di una certa fama come cliente prestigioso.

In uno sbuffo di istanti tutto tornò come sempre, perché scene del genere erano all'ordine del giorno in un locale di quel tipo.

Eppure, non per me.

Non per lui.

Non per Lucky che spuntò emergendo dal gruppo dei colleghi di Mavor e Nolan.

«Adesso basta, Bonnie.»

Affondò le dita nella carne del suo braccio con l'aria di chi non le avrebbe dato modo di ribattere.

Nello stesso momento Mavor afferrò il mio polso mentre io continuavo a tenere lo sguardo puntato su Bonnie, perché se avessi guardato Mavor non sarei sopravvissuta.

Mi sentii trascinata via, i capelli svolazzanti, il vestito che frusciava tra la pelle delle mie gambe.

Rimase dietro di me, mi spinse nel corridoio che collegava la sala principale a una sala secondaria, quella con le altalene sul palco. Deviò a destra in un secondo corridoio e io allargai le braccia per reggermi alla parete.

Con una mano mi tenni lo stomaco che stava facendo i salti mortali.

Potevo sentire il respiro leggero di Mavor anche attraverso la musica, perché avevo la schiena incollata al suo petto e lo sentivo respirare cauto dietro di me.

«Che cosa hai detto a Bonnie per farla incazzare in quel modo?»

Lo sentii gocciolarmi sulla spalla, il viso bagnato ad asciugarsi sulla mia pelle e i capelli un po' zuppi.

«Che non può fare uno spettacolo per un solo cliente.»

«È una stripper. È il suo lavoro attirare gli sguardi.»

Roteai gli occhi al soffitto, complici il buio e la posizione non mi avrebbe vista. E lui continuò a parlare.

«Anche se stasera non avrà il mio.»

Gonfiai il petto, provai ancora, eppure mi sembrò di non riuscire a colmarlo.

«Hai troppi pensieri?»

«Sei tu che sei troppo.»

Percorse la mia schiena con una sola falange, dal basso verso l'alto, e poi tornò indietro.

«E non riesco a schiodarlo da te.»

Non guardarlo in faccia mi aiutava a parlarci come se fosse una mia fantasia. Solo l'ombra che non osavo sfiorare di tutto quello che non avrei osato fare, o dire, e nemmeno pensare.

«Allora non farlo.»

Mi afferrò da dietro nel buio e mi strinse contro di lui. Lo sentii soffiarmi sul collo e affondarmi tra i capelli, e respirare, e respirarmi a lungo.

«Vuoi venire con me? Andiamo via da qui.»

«È il compleanno di Lucky», bisbigliai.

«Ti perdonerà.»

Sì, sapevo che lo avrebbe fatto. Mi avrebbe perdonata e il giorno dopo mi avrebbe chiesto ogni minimo dettaglio, che io ovviamente non le avrei raccontato.

Ed ero io che non mi sarei perdonata ancora una volta, ma forse mi resi conto che il perdono era sopravvaluto e che esistono notti che ti assolvono come chiese sconsacrate, nonostante tutto, qualunque cosa tu faccia.

23

Baby I would die for you

«Ho amato l'irraggiungibile
in tutte le mie nostalgie.»
N. Hikmet

Venus ♀

«DEVO farti vedere una cosa.»

Quando Mavor accese le luci del suo locale, rimasi esterrefatta al pensiero di quanto il *The Haller* fosse più grande di quello che sembrava a luci soffuse.

Anche di giorno, lo avevo sempre visto immerso nelle luci calde a illuminare quell'ambiente anni Venti, che giocava col marmo chiaro e con il legno d'ebano, con i chiaroscuri e gli angoli nascosti esattamente come quelli del suo proprietario.

Lo seguii nel suo ufficio, lui aprì un cassetto della sua scrivania che era chiuso con la chiave e rimase a osservarne il contenuto.

«Ti dirò una cosa che non ho mai detto a nessuno.»

Annegavamo tra i nostri *avremmo potuto* e gli *avremmo dovuto*, soffocati dai nostri *non posso*, i nostri *non devo*, che forse più che nostri erano quelli che gli altri ci avevano pitturato addosso.

Avevamo imparato tocco dopo tocco ad allontanarci da noi stessi, a non appartenerci, a vederci due estranei da guardare in uno specchio come in un gioco morboso di seduttiva bellezza.

Tirò fuori da quel cassetto quello che stava guardando con insistenza. Le maschere della festa nella villa dei Cadogan, di quel pallore mortale, l'inespressività inquietante, gli occhi ciechi.

Solo a vederle qualcosa in me brillò come una catarsi, uno spegnersi di qualcosa per l'accendersi in qualcos'altro.

«Cosa ci fai con queste?»

Se le rigirò tra le mani guardandole con attenzione in quegli occhi cavi come due pozzi senza fondo.

«Certe volte vorrei davvero mandare tutto all'aria. Ma non posso.»

Sembrava davvero affaticato da quella frase, e si accese una sigaretta l'istante dopo.

«Ho bisogno di bere qualcosa», esplosi, di botto, e presi il corridoio che portava alla sala principale.

Nel locale l'eco dei miei tacchi era l'unico rumore che percorreva lo spazio avanti e indietro.

Lo aspettai al bancone e lui mi raggiunse poco dopo, prese a versarci il suo solito liquore mentre io rimasi a riflettere sulle sue stesse parole.

Lui era uno di loro e questo lo avevo sempre saputo, ma non avrei voluto capire fino a che punto sarebbe rimasto dalla loro parte.

Certe volte vorrei davvero mandare tutto all'aria.

Non potevo chiedergli di farlo: conoscevo fin troppo bene i nostri limiti e i nostri desideri, e tutta la ragnatela in cui eravamo invischiati. Quei tetri scenari erano dietro l'angolo ad attenderci, li sentivo seguirci a ogni passo silenziosi come ragni e rubarci l'aria ancor prima che la respirassimo.

«Quando balli sei talmente bella da farmi male.»

«Tu... sei tu, tu sei quello che mi farà del male fino alla fine. Fino alle lacrime», gli ordinai soltanto, socchiudendo le palpebre.

Io mi dissolvevo mentre lui mi reggeva per la vita, come a volermi trattenere, e più sparivo tra le sue mani più lui diventava reale.

«Per tutta la notte?»

«Per tutta la notte.»

Mi voltò verso di lui mentre rimodellava la mia confusione di una nuova luce, un cupo splendore accecante che era quello che lui emanava.

«Vieni qui. E copriti la coscienza di stelle.»

Mi sollevò con le sue mani mascoline, mi fece sedere sul bancone e mi guardò dal basso, e io cominciai a spogliarlo con gli occhi.

E a quel punto mi resi conto che avremmo ricominciato lì dove avevamo interrotto.

«Sono lento, Venus. Ho i miei tempi. Ad alcune cose non ci arriverò mai.» Un tiro di sigaretta a rilassargli il diaframma. «Ma tu sei la prima cosa pulita che io abbia visto nella vita.»

Rimasi talmente senza parole che non riuscii a dirgli che solo lui avrebbe potuto trovare qualcosa di pulito in uno strip club.

Ma mi fermai in silenzio, perché il volume dei miei battiti avrebbe sovrastato qualsiasi cosa avessi risposto.

«E non voglio macchiarti con tutto ciò che sono.»

Una nuvola di fumo mi offuscò la vista e i pensieri, si attenuarono attorno alla sua figura mentre i miei occhi bruciavano per lui, quei disgraziati.

«Potresti provare.»

A quella risposta mi avvolse con le braccia invitandomi a dargli le spalle, mi aiutò con il vestito a scavalcare il bancone con le gambe, poi spense il mozzicone nel bicchiere per avere le mani libere da far scivolare sopra il mio corpetto.

«Resta seduta. Così. Dammi le spalle.»

Il mio vestito che Victor aveva faticosamente allacciato si slacciò con una semplicità disarmante.

La mia schiena rimase nuda mentre il frusciare del tulle mi scivolava lungo la pelle graffiandola di piccole venature rigate.

Mi toccò da dietro e percorse il mio corpo dal collo fino al basso ventre, le sue mani un laboratorio di brividi e stelle ghiacciate, le infilò poi sotto le mutandine mentre mi lasciava un cauto bacio nell'incavo tra il collo e la spalla.

«Cosa vuoi fare?»

Lasciò che mi stendessi sul bancone e mi spogliò in maniera meno delicata. Si piegò su di me e percorse il mio seno con le labbra, mentre con le dita continuava ad arrampicarsi sulla mia carne.

Cominciai ad annaspare.

«Volevi bere. Quanti modi conosci di bere la tequila?»

In quel momento me ne vennero in mente tantissimi, e nessuno di questi comprendeva un bicchiere. Mavor fece scivolare un palmo aperto sul mio petto fino all'ombelico, e a quel punto io mi immobilizzai.

«Adesso io ti dirò quello che devi fare e tu lo farai, intesi?»

«In... intesi», balbettai e un fuoco di curiosa eccitazione avvampò nelle mie viscere.

«Sdraiati. Sul bancone, così.»

Parlava lentamente, con voce graffiata e decisa.

«E adesso toccati come hai fatto davanti a me, sul letto della mia camera.»

Io ero sotto ipnosi. La sua voce mi guidava come se mi prendesse per mano e io scendevo insieme a lui nei più infimi sottoboschi della mia lussuria.

Timidamente le mie mani arrivarono in basso, sotto le mie mutandine.

Presi a strofinarmi per accontentarlo, ma il piacere mi investì al pensiero che lo stessi facendo davanti a lui.

Quando i miei occhi divennero troppo languidi Mavor si slacciò la camicia e mi tirò le braccia verso l'alto. Si sporse in avanti e versò della tequila nel mio ombelico, colmando la piccola conca che si era formata nel mio ventre.

L'attimo dopo l'aveva bevuta succhiandola con le labbra.

Dal pugno che teneva chiuso lasciò cadere una striscia di sale sulla mia pelle che finiva fino al bordo delle mie mutandine.

Leccò anche quello, e lo fece così piano che fui convinta di morire mentre stritolavo le dita su quel ripiano gelido.

I brividi al contatto con le sue labbra divennero tanti piccoli cristalli di roccia, li avrei potuti far vibrare di melodie colorate.

Bevve ancora dal mio ventre lasciandomi con la testa all'ingiù e si piegò su di me, mi baciò l'interno coscia, e poi lentamente i suoi baci si spostarono verso il mio centro.

Strinsi le cosce contro la sua testa quando arrivò a scostarmi le mutandine e a leccare con labbra umide quello che c'era sotto, io lanciai un urlo mentre con le mani mi costringeva a divaricare le gambe.

Si sollevò indietreggiando sopra il mio corpo, verso il mio viso.

«Apri la bocca.»

Mi versò tre o quattro gocce di limone in bocca, e poi le colse direttamente dalla mia lingua con la sua, assaporando la mia saliva come un frutto aspro appena colto.

Un mugugno di piacere uscì dalle sue labbra e la sua espressione e gli occhi annacquati mi provocarono un salto nel petto.

Se esisteva un altro modo per bere la tequila, io non volevo più saperne nulla.

Mantenni il contatto visivo mentre mi illanguidivo, risposi con un lamento disperato in cui lui comprese che non volevo che finisse la serata con quell'unico shot.

Scivolò con le labbra sul seno, leccò le mie punte stringendo con le mani con tanta forza da farmi male.

Fece scendere ancora del liquido sul mio ombelico e ripeté la stessa cosa anche con il sale. Leccò velocemente per evitare che mi scivolasse lungo i fianchi, poi mangiò il sale all'inizio del monte di Venere.

Le mutandine quasi cedettero, per il modo brusco in cui le tirò da un lato.

«Quel momento in cui mi stringi la testa tra le cosce e perdi il controllo...»

Si stese con il suo busto sul mio, e cominciò a scavare dentro di me con una precisione che mi mandò in delirio. Il mio corpo era percosso da scosse che mi trapassavano la mente rendendomi schiava di quelle sensazioni.

Lo odiavo per come mi faceva sentire, ma avevo fame di tutto ciò che avrebbe potuto farmi.

Delineò la mia apertura con baci indecenti scavando tra le mie pieghe madide di umori, e tutto mi sembrò tranne che il dio della guerra, il pianeta dell'aggressività, l'animale selvatico che avevo visto in aula.

Ma divenne bestiale l'istante dopo: riuscii a realizzare cosa stava facendo al mio corpo e mi resi conto che la sua protuberanza spingeva contro di me ed era all'altezza del mio viso.

«Non fare la timida. Lo so cosa vuoi fare.» Mi suggerì la stessa cosa che stavo pensando.

Non avevo mai potuto nascondergli mezza sensazione. Se non le esprimevo con il volto, scoppiettavano nei miei occhi o lungo il mio corpo.

Gli sganciai la patta dei pantaloni e a quel punto fu lui a mugugnare, e quando la sua virilità venne fuori decisa, nerboruta, richiese la mia attenzione con una prepotenza che mi trovò sua prigioniera, in balia della sua lingua che mi lambiva tra le pieghe della mia pelle impudica.

«Non penso di riuscire a... da questa posizione.»

Si abbassò il boxer come per aiutarmi, prese a massaggiarsi la sua lunghezza eretta e poi la sua mano scivolò a pugno chiuso su di essa, a pompare con più veemenza.

«Piccola, ingenua V.»

Lo disse con quell'avvenenza che evidenziava il suo tirannico bisogno di comandare, quel fascino selvaggio di tutto ciò che su di lui appariva perverso e che senza di lui sarebbe stato insensato.

Gli notai le labbra bagnate di me, serrate in una linea severa, carne contro carne che tornarono l'attimo dopo a lambirmi attorno al clitoride mentre io mi imbambolavo sui suoi addominali tesi, la peluria rada del pube e le venature nervose che ne gonfiavano quella durezza esplicita.

Afferrai la sua mano stretta sull'erezione marmorea e lasciai che facesse quello che realmente voleva fare.

Divaricai le labbra in modo che si facesse spazio in me, leccai la sua punta fin quando non affondò nella mia bocca e io soffocai un urlo di piacere troppo immondo per questa terra, una voce diretta dall'inferno.

Si spinse più in profondità nella mia bocca mentre io percepivo le vene pulsanti e il sapore dei suoi primi umori. Ero a testa in giù, le gambe poggiate sul bancone e le spalle verso il pavimento, eppure il mondo non poteva sembrarmi meno sottosopra.

Con il pollice mi scostò il perizoma e mi scoprì ancora una volta, l'attimo dopo lo strattonò fino alle ginocchia costringendomi ad aprire di più le gambe.

La sua bocca sotto le cosce bruciava, fiammeggiava di alcolici e sale, gemiti sopiti sulla mia pelle, indegni lamenti di dolore a ogni affondo che con prepotenza incalzava su di me.

Avevo cercato quel sapore su qualcun altro, ma non lo avrei mai trovato.

Si spinse dentro la mia bocca con maggiore veemenza, al punto da arrivare a bruciarmi la gola, e continuò a muoversi mentre io cercavo di contenerlo e allo stesso tempo infuriavo di quello che lui stava facendo su di me.

Grugnì ansimi di piacere contro il mio sesso e continuò a spingere nella mia bocca.

Non mi chiese niente.

Non mi chiese il permesso, fu brutale e dolcissimo al tempo stesso.

I suoi colpi divennero più forti, quasi non respiravo, ma non lo fermai.

Non volevo che lui facesse altrettanto. Stavo impazzendo, se si fosse fermato mi sarei incenerita di tutto ciò che stavo bruciando.

A ogni curvatura di muscolo, a ogni pulsazione di vena, a ogni tesatura di nervo lui diventava più impellente e godeva di me con maggiore ferocia.

Esplose nella mia bocca come un fiume in piena, due, tre, quattro volte, dopodiché smisi di contarle, fin quando non prese a colarmi ai lati della bocca.

Indietreggiò solamente quando una folgorazione tra le cosce mi fece vedere la sfera celeste su un soffitto in pietra anni Venti.

Io ero sconquassata, ansimante e distrutta, senza più un briciolo di forze.

Le mie orecchie avevano preso a sibilare da farmi male mentre lui si pompava con la mano destra guardandomi come se avesse appena cominciato.

«Hai detto 'tutta la notte', giusto?»

Ero talmente indolenzita e la testa mi girava così velocemente che non capivo come lui potesse essere così reattivo, ma la sua bellezza era per me distruttiva.

Era la cosa più deleteria che avessi mai provato, e di cose tossiche ne avevo provate tante.

Mi corrodeva dall'interno, mi contaminava, si prendeva ciò che voleva e poi mi lasciava vuota e vuota di lui.

Mi sollevai perché non sopportavo il modo in cui restava a guardarmi mantenendo il contatto visivo, stancamente, senza più mezzo muscolo che rispondesse ai miei impulsi. Era tutto in corto circuito.

«Questo bancone lo hai usato spesso per bere in questo modo?»

Mi piazzò le mani sulle cosce e mi respirò sui capelli. «Ho chiuso il locale per te, ragazzina. Accontentati.»

Afferrai la maschera rimasta a osservarci sul bancone, la rigirai tra le dita, e poi la indossai.

Ci eravamo guardati e riconosciuti, a quella festa, senza sapere l'uno dell'altra. E forse ci saremmo guardati e riconosciuti in qualsiasi notte.

A quel punto indossavo solo quella e la cosa lo eccitò di prepotenza, perciò presi anche l'altra e a quel punto fui io a farla indossare a lui.

Era così dannatamente bello anche quando su un volto bianco di gesso intravedevo solo quegli occhi amazzonici che avrei riconosciuto ovunque. Lo odiavo così tanto, percorrevo i suoi muscoli con le dita e ricordavo quando quella notte lui mi aveva scovata in mezzo a una folla di persone con lo stesso volto.

«Era già chiuso quando siamo arrivati.»

«Forse era un caso. O forse no.»

Si fece largo tra le mie gambe.

Nudo, i pantaloni stropicciati a terra, la camicia ridotta a una macchia nera sul pavimento. E di nuovo ricominciò a strusciarsi su di me, contro di me.

«Mavor, ti prego, non farmi male», mugugnai allo stremo delle forze mentre il desiderio si faceva di nuovo largo a ondate.

La patina di oscurità che ci avvolgeva si scioglieva attorno allo stillare dei miei sospiri.

«Me lo hai chiesto tu.»

Il mio sesso era ancora umido e tremolante, si aprì sotto la spinta del suo come una ferita ancora aperta.

«Devo farti una confessione, e tu me ne farai un'altra.»

Ora che indossavamo quelle maschere, avremmo potuto essere chiunque. Eravamo chiunque ed eravamo noi stessi.

Se solo tu non fossi tu.

Lo sentii quasi sussurrare, ma era uno scherzo della mia immaginazione sovraeccitata.

Scivolò lento dentro di me, languido e spossato ma senza concedermi pietà, sfruttò la mia umidità per entrare fino in fondo e io gli piantai le unghie nella carne delle braccia.

«Ti ho pensata da quella notte.»

Faticavo a parlare, a rispondere, a restare concentrata. Socchiusi gli occhi mentre lui restava vigile e attento a ogni mia reazione.

«Quale notte?»

«La prima, da *Annabel*.» Lo disse come se fosse la cosa più scontata del mondo, mentre io alla seconda spinta già cominciavo a vedere nero. «Le tue labbra gridavano *scopami*, i tuoi occhi *levati di mezzo*.»

I miei muscoli contratti si abbandonarono a lui e stridettero di un dolore sordo come unghie sulla lavagna, che poi scemò e lasciò spazio a tutto il resto.

Per tutto il resto intendo dire che i nostri corpi non erano mai stati intrecciati in quel modo.

Intendo dire che il modo in cui si sfogò e si sfregò su di me e contro di me mi riempì di un qualcosa che attendevo da tutta la vita.

«Poi sei venuta nel mio studio.»

Con un palmo della mano mi carezzò i capelli tirandomi la testa all'indietro, si sfregò il naso sul mio collo e mi regalò un colpo che mi fece tremare.

«E a quel punto volevi scoparmi anche con gli occhi.»

Una stoccata più forte delle altre mi fece gridare.

«Cazzo, ho immaginato di sbatterti in dei modi che se te li dicessi mi faresti arrestare.»

«Tipo questo?»

«Più forte.»

Cazzo, Mavor.

Non so se lo pensai, lo gridai, lo sussurrai, quando spinse con tutta la sua forza contro il mio corpo e si aggrappò a me.

«Così.»

Il suo bacino cominciò a torturarmi.

Il mio corpo sussultò, e poi venne travolto dal suo quando mi stese di nuovo sul bancone.

«È perché mi odi», balbettai senza ragionare.

«Tantissimo.»

Mi ansimò sul petto e poi proseguì a pugnalare e si prese tutto, una sciabolata dopo l'altra.

Tutto quello che poteva prendersi, lui lo fece suo come se avessi firmato col sangue un patto col diavolo. E forse l'anima se la sarebbe anche presa, ma in quel momento la sentivo tutta e la sentivo in fiamme.

«Guardami così. Come mi hai vista quella notte.» Un sorrisetto gli incrinò lo sguardo. «Chi vedi sotto la maschera, piccola V?»

«Tu. Il tuo viso. Il tuo», confessai tra le scariche elettriche, tra il suo modo di godermi e quello di mordermi razziava con la sua durezza imponente una spinta dopo l'altra, mi abbandonava, poi di nuovo coglieva la mia polpa e me ne lasciava priva.

«Allora dillo. Voglio sentirtelo dire.»

Il suo nome. Se si fosse chiamato in un altro modo forse qualcosa sarebbe stato diverso.

Forse non ci saremmo mai incontrati.

«Mavor. Mavor...»

Mi sciolsi sotto un velo di emozioni liquide che si incastrarono tra le palpebre, battenti sull'iride come pioggia di prima mattina.

Nel punto in cui i nostri corpi si fondevano io bruciai di un nettare bollente che colava sul suo pube, e più lui ne vedeva, più ne voleva vedere.

Il suo ritmo divenne forsennato e io lo accolsi incastrando le gambe sui suoi lombi, graffiandogli la schiena, cercando il suo viso.

Quel sesso brutale aveva qualcosa di diverso dal solito, perché con quelle maschere addosso noi per assurdo e per la prima volta eravamo noi stessi sul serio.

La maschera mi celava le sue espressioni e io mi concentrai sui tremori dei suoi muscoli.

Mavor era una droga che prendeva dritta al cervello.

Il formicolio sulle gambe che ormai ben conoscevo mi fece gridare, mi aggrappai a lui, alle sue cosce granitiche, e arrivai al piacere con la sua punta che si gonfiava da non sopportarlo.

Il mio essere si slabbrò in un abbraccio, nella stretta delle sue braccia e sul profilo delle sue spalle traboccò un sentimento feroce.

Quell'orgasmo fu l'arrossarsi del sole che schiocca l'ultimo riflesso prima di svanire sott'acqua.

Contai i miei respiri, uno che rincorreva l'altro, e mi accorsi che non ne ero in grado.

Mavor uscì da me con urgenza e mi strappò la maschera dal viso.

Mi fece inginocchiare sotto al bancone afferrandomi dalle natiche, allargai le labbra attorno alla sua lunghezza, lo inglobai e lui mi colmò del suo liquido, venne ancora tra la mia lingua e il palato in una quantità di schizzi bollenti, fino alla gola, tenendomi per i capelli attorcigliati tra le sue dita.

L'inespressività del suo volto di gesso cozzava con i suoi rantoli di godimento, con i suoi muscoli frementi, con la sua punta rigonfia che si tendeva a intermittenza nella mia bocca.

Quando finì e si sfilò la maschera per recuperare il respiro mi ritrovai quasi a stupirmi di quanto fosse ancora più bello di come l'avevo immaginato pochi istanti prima.

Mi porse le mani e mi aiutò a rialzarmi, poi si accasciò contro il mio corpo.

Infiacchita, mi abbandonai anche io alla stessa apatia.

«Allora?»

«Cosa?»

«La tua confessione», mi ricordò, recuperando il respiro.

Rimasi ad ascoltare le sensazioni cercando di mettere ordine in un nugolo esplosivo e contraddittorio.

«Mi piace essere macchiata da te.»

Un sorriso soddisfatto si dipinse sul viso affaticato, mentre i capelli umidi gli ricadevano sul viso in piccoli ciuffi color cioccolato.

Una strana dolcezza fiorì dentro di me al pensiero che, in qualche universo parallelo e molto distante, io avrei voluto appartenergli.

Recuperai il mio abito e presi a rivestirmi, perché Mavor aveva indossato i boxer e si stava mettendo i pantaloni.

«Posso usare il tuo bagno?»

Si frugò in una tasca e tirò fuori le chiavi della zona riservata al personale, facendomele tintinnare sotto il naso senza parlare.

Quando finii di sciacquarmi mi osservai allo specchio e vidi qualcosa di diverso. Il mio viso da bambola di pezza era cambiato, qualcosa di nuovo stava nascendo oltre i confini del bene e del male.

Quando tornai in sala Mavor mi prestò la sua giacca, perché su Londra era calata di nuovo quella penosa umidità che mi si stava già appiccicando addosso. La misi sulle spalle mentre pensavo al bianco e al nero che era il filtro della mia esistenza.

E Mavor era il colore della notte e quella dei prati in primavera. Quello degli abissi e quello delle sorgenti di montagna. Una lunga serie di caratteri speculari e opposti che mi facevano girare la testa come a perdersi in un labirinto di specchi.

Ma non parlava più, e non parlavo nemmeno io, sconquassata da quel diluvio di emozioni che mi schiacciavano e mi opprimevano, perché quando finiva tutto la potenza di quello che era stato mi spaventava.

E forse spaventava anche lui.

Mi sentii smarrita, avevo bisogno di un volto amico. Buttai giù il resto del bicchiere che avevo abbandonato sul bancone e decretai la fine di quella notte.

Mavor mi aiutò a riallacciarmi il vestito sotto la giacca, e lo fece in maniera così diversa da Victor. Mi soffocò, stringendomi con urgenza. Strinse ancora, strinse fin quando non gli chiesi di fermarsi.

E a quel punto mi strinse tra le braccia, mi avvolse la vita tra le sue mani e nascose il volto sulla mia spalla.

Carezzai la sua fasciatura con le dita sottili, sotto il polsino aperto della camicia, sul polso che mi cingeva la vita e che poggiava stancamente sul mio bacino.

«Se ti facessi vedere cosa c'è sotto...»

«Non devi, se non vuoi.»

«Se te lo mostrassi», ribadì con più convinzione, come a impedirmi di ribattere, «vorrebbe dire che mi sono innamorato di te.»

Mi voltò senza attendere che rispondessi, mi scrutò in fondo all'iride con un sorriso oscuro, blasfemo e tracotante, che rideva in faccia alla nostra dannazione come se avesse potuto vincere la morte.

«Dopodiché dovrei ucciderti.»

Dovevo dare il mio regalo a Lucky perciò tornammo da *Annabel*, ma notai fin dall'ingresso che qualcosa quella notte non stava proseguendo per il verso giusto. Di solito verso quell'ora la clientela tendeva a sfoltirsi, ma stavolta quando entrai percepii subito un vociare furioso che non era comune e che serpeggiava con la sua eco fino alla porta.

La folla era accalcata tutta in una delle sale principali, quella con più palchi, come se ci fosse qualcosa da vedere che attirava la sua attenzione.

Vidi le ballerine ferme in lontananza che osservavano qualcosa sotto di loro, quindi mi precipitai immediatamente in quella direzione.

Non so se Mavor mi aveva seguita quando mi resi conto che Lucky stava inveendo contro qualcuno, e che quel *qualcuno* era un ragazzo che io conoscevo molto bene. Osservai il profilo ampio e mascolino delle spalle sotto un giubbotto di pelle che mi apparve subito familiare, la testa riccioluta piena di boccoli scuri, la pelle del collo rosea.

Quando Lucky notò il mio ritorno mi lanciò uno sguardo, e anche Braiden si voltò verso di me.

L'uomo della sicurezza che la teneva per un braccio era più o meno largo tre volte lei, eppure faceva fatica a trattenere quella furia indiavolata.

«Lucky! Cosa cazzo sta succedendo?»

La mia amica aveva gli occhi iniettati di sangue. «Digli di non farsi mai più vedere qui dentro!»

Anche Braiden mi abbaiò contro, non appena io lo raggiunsi e mi misi in mezzo a loro. «Portati via questa pazza della tua amica!»

«È stato lui, è colpa sua se Eclipse è stata rapita!»

Lo scenario era fuori controllo, io ero ancora indolenzita e i miei tessuti cerebrali lavoravano molto lentamente.

Rimasi sopraffatta dal trovarmi in mezzo a una zuffa tra due persone che non avrei mai pensato potessero avere così tanto in comune, ma d'istinto mi gettai verso la mia amica.

«Adesso calmati. Lucky, hai preso qualcosa?»

Tremava come una foglia, la pupilla era sgranata, gli occhi erano talmente sbarrati da farmi quasi paura.

Se Lucky aveva agito tutto questo tempo lavorando con i servizi segreti, uscire allo scoperto in quel modo non era certo la cosa migliore da fare.

«Dille di drogarsi di meno.»

La voce di Mavor ci raggiunse l'attimo dopo, tuonando e facendo vibrare le mie corde già snervate. «Cadogan. Cosa ci fai, tu, qui?»

Braiden si voltò verso di me e Mavor seguì la direzione del suo sguardo. Scosse la testa, come a non voler credere al suo stesso pensiero. Braiden era venuto da *Annabel* a cercare me, ma quando vide Mavor notai una scintilla di strana paura.

«Ti sei ridotto a cercarla per tutta la città?»

Con un cenno della testa e un sorrisetto perverso mi indicò, mentre attorno a noi la gente tendeva a diradarsi e a tornare al suo divertimento principale.

«Fatti i cazzi tuoi, Axford.»

«Questi *sono* cazzi miei.»

«Stai molto attento. Un giorno potrei essere io quello che ti punta la pistola alla gola.»

Quella frase mi ricordava una qualche scena a cui avevo assistito, ma in quel momento non riuscii ad afferrare cosa potesse avermi rimesso in mente.

«Basta, Braiden, Mavor, smettetela!»

«Devi sparire, fattene una ragione. E non devi farti più vedere, mi sono spiegato?» Mavor lo puntava con lo sguardo come un falco che non vede l'ora di infilare gli artigli nella carne che ha scelto come preda.

Braiden mi lanciò un'occhiata in cui vidi suo padre. Un suo amico se lo trascinò via a forza, e lo vidi cambiare sala con lo sguardo più avvelenato che gli avessi mai visto.

Lucky era furibonda, provai a calmarla chiedendomi dove fosse finito Nolan, la sua parte razionale, il ragazzo che compensava quel carattere indomito con la sua calma serafica.

«Quel figlio di un cane! Ancora ti ronza attorno?»

Non so se fu Lucky a influenzarmi, ma per la prima volta ebbi paura di Braiden. Mi era sempre sembrato innocuo, vittima di una famiglia ingombrante e pericolosa, ma il modo in cui l'aveva guardata mi aveva fatto tremare.

«Per favore, Lucky...»

«È tutta colpa sua, Vin. Ne sono sicura!»

Continuava a urlare assicurandosi che potesse sentirla più gente possibile, ma ormai nessuno faceva più caso ai suoi deliri, perché eravamo arrivati a quel punto di ogni festa in cui erano tutti strafatti e fuori controllo.

Sentii un palmo aperto ben noto aprirsi sulla mia schiena e spingermi in avanti.

«Andiamo, venite con me.»

Mavor trascinò me e la mia amica in un posto appartato, vicino ai guardaroba, poi si rivolse a lei e si assicurò che io fossi testimone. La inchiodò contro il muro e posò una mano sul muro, al lato della sua testa. I suoi occhi divennero due corvi scuri nel buio, la brillantezza perduta, le labbra tese, i suoi colori invernali la bloccarono come in ipnosi.

Quello che disse sarebbe rimbombato nella mia testa per molto altro tempo ancora, solo che in quel momento ancora non potevo saperlo.

«Ascoltami bene. Non devi mai più cercare Eclipse. Mai più.»

Gli occhi di Lucky erano del colore trasparente dell'acquamarina, ma quando brillavano di qualcosa che accendeva il suo interesse la trasparenza diventava colore pieno, azzurro come lo strato superficiale del mare.

Persino nella penombra dei corridoi di *Annabel*.

«Mi hai promesso che l'avresti ritrovata, Mavor. Mi hai giurato che mi avresti dato notizie di Eclipse. È questo il motivo per cui sono andata via da Mosca e sono tornata a Londra.» Lucky puntò la sua unghia perfettamente smaltata di rosso sulla camicia sbottonata di Mavor. «Io e te abbiamo un patto. Vedi di rispettarlo.»

Era questo il modo con il quale Mavor aveva convinto Lucky a lasciare la Russia per tornare a Londra: la chiave del suo dietrofront non era stato Nolan, ma la possibilità di rivedere Eclipse.

Mavor sollevò lo sguardo verso il muro, poi tornò a incrociare quello di Lucky mordendosi il labbro inferiore. E qualcosa di sfuggente negli occhi mi riportò indietro nel tempo, a quando lui era solo un estraneo pericoloso.

Non puoi fidarti di me.

«Io e Nolan stiamo facendo il possibile.» Si allontanò dal suo corpo e tuonò serio, imponente, persino a bassa voce il suo tono grondava minacce: «Ma tu devi stare lontana da tutto questo».

24

You just know my name

«Bloccherò l'attimo che anticipa le tue lacrime
e poi ne avrò sete per tutta la vita.»
E.B. Luin

Venus ♀

Piccoli fiori di rugiada si arrampicavano lungo la finestra dell'appartamento di Nolan, nella sua camera da letto.

L'odore pungente del fumo di Lucky si spargeva sulle coperte e sulle federe dei cuscini: al suo ritorno lui le avrebbe fatto la sua solita paternale, e lei gli avrebbe fatto il dito medio, e poi gli sarebbe saltata al collo dicendo che si sarebbe fatta perdonare e che il piumone a loro non serviva affatto nemmeno nei mesi più freddi.

Lucky Red e Nolan Flynn erano quel tipo di coppia che profumava di pioggia sull'impermeabile, lucidalabbra alla ciliegia e sigari spenti.

La loro casa invece sapeva di caffè sempre nel bollitore e di oli essenziali lasciati in giro a deodorare l'ambiente.

La mia amica stiracchiò le sue lunghe braccia tatuate verso l'alto. Aveva il corpo longilineo e il seno prosperoso, ma quel giorno nascondeva il tutto sotto un accappatoio che usava come vestaglia.

«Sono felice che tu sia tornata in questa casa.»

«Non sono tornata. Resto perché Nolan è andato a trovare i suoi genitori in Irlanda.»

«Forse si tratterrà un po'. Suo padre non sta molto bene.»

«Appena rientrerà, tornerò a stare da Victor.»

Lucky rispose con uno strano lamento gutturale, poi si stese a braccia allargate sul letto e guardò il soffitto.

«È un tipo a posto? Ti ci trovi bene?»

Cominciavo a sentire la testa leggera: finalmente, dopo un'accurata ricerca per tutta Londra, era riuscita a trovare qualcuno che le vendesse dell'erba decente.

«Victor ha qualcosa dei modi di Maddie. Avrei dovuto capirlo subito.»

«Lucky, non ci pensare nemmeno, a Victor.»

«Non ci sto pensando, infatti. Per quanto possa sembrarti assurdo, credo di aver trovato il mio porto sicuro.»

Mi sollevai, seduta sul letto, e la guardai dal basso verso l'alto. La pancia mi faceva male, la nascosi sotto un palmo aperto.

«Che cosa vuoi dire?»

«Madeleine... Eclipse. Lei era il motivo per cui mi svegliavo al mattino. Capire cosa le fosse successo mi ha tenuta in vita, capisci? Ma Nolan... Nolan mi ha ridato uno scopo.»

Mavor le aveva detto di smettere di cercarla.

No, non le aveva detto di farlo. Glielo aveva *ordinato*. Tassativo e senza mezzi termini come era sempre stato.

Ma, nonostante i suoi modi brutali, ero sicura che lo avesse detto per il suo bene.

«Sono felice per te.»

In realtà volevo capire perché Mavor le avesse intimato di stare alla larga da quella storia.

«A proposito, dove siete spariti tu e Mavor per tutto quel tempo, al mio compleanno?»

«Al suo locale», ridacchiai con aria misteriosa. «Doveva farmi vedere una cosa.»

«Che cosa?»

«Una cosa che voleva farmi.»

«La cosa si sta facendo interessante.»

Mi stropicciai il felpone beige che mi copriva a malapena il fondoschiena e guardai dal basso verso l'alto i miei calzettoni a metà polpaccio. Lì dove mi sferrò un calcio leggero proprio per spronarmi a parlare.

«Parla! Chissà per quanto tempo non posso scopare.»

«Abbiamo giocato a *body shots*.»

«Che sporcaccioni.»

Non riuscii a trattenere un sorriso divertito, ma l'attimo dopo il suo sguardo un po' illanguidito dal fumo si oscurò un poco.

«Come va tra voi?»
«Non c'è nessun 'noi'.»
Sbuffò fuori dalle labbra del fumo denso e dall'odore acre. «Quanto sei pesante. Allora, come va tra te e Mavor?»
«Quando ci scordiamo di doverci odiare, riusciamo quasi a divertirci.» La mia voce tradì una menzogna più grande di me, di Lucky e di tutto l'edificio che ci circondava. «Ma il giorno dopo sfuma tutto come un sogno. Ogni volta come se non fosse mai accaduto.»
«Perché lui sparisce?»
«Lo facciamo entrambi. Penso sia un patto tacito.»
Il fumo mi grattò in gola lasciandomi una tremenda amarezza.
«Spero davvero che non ti faccia del male, perché altrimenti dovrà vedersela con me.»
In realtà una parte di me se lo stava augurando. Avevo ventitré anni e mi sentivo come una bottiglia vuota che qualcuno ha distrattamente lasciato a gocciolare nel lavandino fino a svuotarsi.
Goccia dopo goccia.
«Lo sai, Lucky, sei l'unica persona di cui mi importi qualcosa su questa terra, oltre ad Athena. Voglio solo che tu sia felice.»
«Lo stesso vale per me.»
«Ma tu non capisci che non potrò mai essere felice. Per lo stesso motivo per cui lui non può farmi del male.»
Non rispose, perché Lucky evitava sempre quell'argomento. Le uniche volte in cui lo avevamo affrontato eravamo finite a litigare: non accettava il mio disturbo e arrivava a dire che i miei terapeuti non capivano nulla, di me.
«Ti senti bene? Sei così pallida.»
«Penso che mi stia per venire il ciclo.» Mi gettai sul letto in uno sbuffo del piumone, con i capelli che si arruffarono di elettricità. «Mi sento sexy come un ippopotamo.»
«Invece sei sexy anche col ciclo.»
Mi sentivo brutta, gonfia e dolorante.
Sapevo che sarebbe arrivato entro uno o due giorni, lo tenevo sotto controllo perché per una stripper quel momento restava sempre una sorta di tragedia, visto che avrei dovuto lavorare lo stesso fin dal primo giorno. Ma quella volta mi sarei potuta godere il divano, un quantitativo scandaloso di schifezze e un pigiama antisesso.

«Non sono riuscita a darti il regalo, l'altra sera.»

Allungai un braccio nella mia borsa ai piedi del letto e ne tirai fuori una scatolina in velluto. Quando gliela porsi, Lucky era eccitata come una bimbetta che scarta i regali a Natale.

«Oddio, Venus. Ma è una conchiglia di madreperla come la tua.»

Era poco più grande della mia, aveva una forma differente e ci avevo fatto incidere dentro una L in oro. Me la ricordava tanto, non ero riuscita a lasciarla in negozio.

«Non è identica. Ma è quella più simile alla mia che sia riuscita a trovare.»

Mi abbracciò, e poi se la fece allacciare al collo spostando quella nuvola vaporosa di capelli rossi. Quando la vidi con quel largo sorriso sulle labbra carnose sperai che quel momento potesse cristallizzarsi per sempre.

«Mi prometti che starai lontana dai guai? Mi prometti che smetterai di indagare?»

«È perché lo ha detto Mavor? Perché Mavor mi ha minacciata?»

Tentennai un pochino, a quella domanda.

«Sì. Cioè... Io penso... penso che quella non fosse una minaccia. Ma un avvertimento. Penso che forse stia cercando di proteggerti, con i suoi soliti modi.»

«Mavor Axford? Proteggere *me*?»

«Lo so che può sembrare assurdo. Ma sei pur sempre la ragazza di Nolan.»

E la mia migliore amica.

Lucky mise su uno strano broncio che non era preparata ad affrontare. «O forse sei tu che lo stai difendendo. Perché ti piace più di quanto tu ammetta.»

La guardai di sguincio come se stesse dicendo un'eresia. «Mavor mi ha rovinato la reputazione. E voleva far testimoniare mia sorella contro di me.» Lo dissi d'un fiato scansando da me la possibilità che quello che aveva detto Lucky fosse vero.

«Ma Athena non ha mai testimoniato.»

«No. Lei non lo ha fatto», confermai e non aggiunsi altro, poi mi sollevai dal letto reggendomi il ventre coi crampi alla pancia.

Quella conversazione sarebbe finita in quel momento, perché non volevo pensare a tutto ciò che era successo dopo.

Era stato in quel momento che tutto aveva cominciato a precipitare, o forse a volare in alto. Quando io e Mavor eravamo stati costretti a guardare in faccia i nostri desideri.

Chi vive a Londra li conosce bene, quei pomeriggi che sembrano notti e che sfumano all'alba.

Quando la condensa delle nubi viene a bussare alle finestre e tutto il mondo fuori si oscura, ammantato di uno strato umido che ha l'odore di un rimasuglio invernale.

La stagione calda era alle porte eppure il tempo non accennava a migliorare, e dovevo decidere cosa fare della mia vita dopo che quella fase di standby fosse finita.

Stavo vivendo in un bozzolo di tempo sospeso, ma, una volta finito il processo, cosa ne sarebbe stato di me?

Un tonfo mi ridestò da quelle assurde elucubrazioni, una botta dolorosa mi costrinse ad aprire gli occhi di colpo. Dovevo essermi addormentata per qualche minuto, perché ero caduta dal divano e avevo impattato contro il tappeto persiano che Victor raccontava con fierezza di aver comprato a Istanbul.

E proprio Victor comparve in accappatoio e pantofole l'attimo dopo. Si gettò sullo stesso divano sghignazzando e guardandomi dall'alto verso il basso, mentre io avevo preso a massaggiarmi la testa lamentandomi con qualche mugolio confuso e assonnato.

«Magari rinsavisci.»

«Devo avere il sonno agitato», borbottai senza pensarci troppo, arrampicandomi sul divano come se stessi scalando la vetta più alta che un essere umano avesse mai raggiunto.

La cosa assurda era che, se *Annabel* non mi avesse odiata, se tutti non mi avessero guardato come se fossi lo spettro di una società in decadenza, se *Annabel* fosse tornato a volermi bene come un tempo, io sarei tornata a lavorare in quel luogo.

Era magico, incantato e perverso, di quell'oscura morbosità fascinosa di una pellicola inceppata sullo stesso fotogramma inquietante.

Nella casa di Victor Winter io cercavo di diventare invisibile e di confondermi con il colore dei libri nella biblioteca.

Mi aveva chiesto una pausa per fare la doccia, ma avevamo lavorato sugli atti tutto il tempo al punto che cominciavo a chiedermi se avrei potuto chiedergli uno stipendio. Afferrai il cellulare che avevo quasi schiacciato con il peso del corpo e mi misi a guardarlo con uno strano brivido d'aspettativa.

«Stai aspettando un messaggio di qualcuno?»

«Sì, di Lucky. Le ho chiesto se stasera voleva vedere un film insieme.»

In quegli ultimi giorni la mia amica era tornata misteriosa. Da quando Nolan era partito spariva spesso e io non sapevo dove andasse. Le mie domande diventavano sempre più insistenti e le sue risposte sempre più evasive.

«Mh, di Lucky. E di nessun altro?»

«Non so di cosa tu stia parlando.» Finsi un forte interesse per i quadri appesi nel suo salone, ed era la prima volta che li vedevo, in realtà.

«Ti ho mandato quello psicopatico antisociale di Mavor Axford sotto casa e sono stato in pensiero per tutta la sera. Ho il diritto di sapere se ho fatto o no la cosa giusta.»

Mi alzai dal divano con l'intenzione di non parlare mai più di lui per il resto della mia vita.

«Non siamo sicuramente quel tipo di persone che si mettono a chiamarsi il giorno dopo.»

«Avanguardisti.» Mi sbeffeggiò con aria sarcastica. «Negare un'attrazione evidente è la cosa più *old-fashioned* dell'universo.»

«E tu? Sei attratto da qualcuno, Victor?»

Mi ero talmente rassegnata di non piacergli che avevo smesso di cercare di sedurlo. Niente più pigiamini in seta vedo-non-vedo e gonne inguinali che svelavano le mie autoreggenti. Mi ero infilata in una confortevole tuta ed ero entrata in modalità «coinquilina single che sarebbe rimasta tale».

E proprio quando non mi sentivo più stupida e illusa Victor fece un passo verso di me, reclinando la testa di lato come se volesse studiarmi.

«In un'altra vita sarei stato attratto da te. Al primo impatto sembri delicata e glaciale, candida e fredda come una stella alpina. Ma in verità sei un fiore di roccia. Dentro hai un mondo variegato di colori.» E poi mi guardò con uno strano sguardo, affilando gli occhi come per mettermi più a fuoco. «E spero che li veda anche lui.»

Vacillai all'idea che lui potesse vedere quel pensiero rarefatto che aleggiava dentro di me. Si stava riferendo alla stessa persona a cui stavo pensando io?

«E... e in questa vita, invece?»

«In questa vita io sono il tuo avvocato, e tu sei la mia cliente. E devo restare concentrato per poterti aiutare.»

Che palle, Victor.

Parlò come se si stesse rivolgendo a una giuria. Era una deformazione professionale che riscontravo spesso anche in Mavor, quel taglio perentorio che davano alle affermazioni.

Sgattaiolò lontano da me per arrampicarsi su una scala che aveva fatto montare sulla libreria per raggiungere gli scaffali più alti.

Nulla di nuovo sotto il sole, anzi sotto quella coltre di umido che filtrava dalle finestre, visto che di sole primaverile non ce n'era nemmeno mezzo raggio.

Mi sentivo svuotata e un po' stanca di non aver fatto nulla se non parlare ore e ore con Victor della prossima udienza. L'apatia emotiva era una bestia tremenda perché si trascinava con sé anche quella fisica, eppure ci convivevo da una vita.

Il mio coinquilino tornò da me dopo aver scartabellato un po' in un mucchio di cartacce inutilizzabili. «Hai un'aria orribile. Senza offesa.»

«Non puoi proprio risparmiarti di ricordarmi che ho solo ventitré anni e la mia vita è al capolinea?»

«Non sei così tanto al capolinea, avanti.»

«Che cosa vuoi dire?»

«Hai tutto quello che serve al posto giusto. Sei intelligente, sei sveglia. E, beh, Mavor Axford. È piuttosto ambito.»

Alzai gli occhi al soffitto: se avesse smesso di ricordarmelo gliene sarei stata molto grata.

«Giusto, me ne ero dimenticata. Sto scavando nel fondo del barile per vedere se c'è un livello più basso che potrei raggiungere.»

Victor mi rise liberamente in faccia mentre si frizionava i capelli con l'asciugamano. Evitai di dirgli che dopo i venticinque anni quel gesto andava evitato, se voleva tenersi in testa i capelli.

«Fai la drammatica, ma conosco benissimo le voci che girano sul suo conto.»

La mia attenzione si ridestò come con una dose di caffeina.

«In che senso? Quali voci?»

Che è un bastardo senza redenzione?

«Che è superdotato.»

Spalancai la bocca e lui mi guardò sollevando le sopracciglia per studiare la mia reazione.

«Una cosa enorme.»

«Non... Non...»

Stavamo davvero parlando di quello?

Penso che mi si fosse incespicata la lingua, il mio coinquilino non riusciva a trattenere i muscoli facciali e a non ridacchiare sotto i baffi.

«Non avrai nemmeno una parola da me su questo argomento, Victor. Nemmeno mezza.»

«Avanti. Dovrò pure raccontare qualcosa al prossimo raduno dell'ordine.»

Persino il contegno regale e educato di Victor era crollato di fronte a quella montagna di testosterone che vagava incontrastata tra i corridoi dell'Old Bailey.

«Vedi di raccontare di come avrai fatto a sbattere in galera Charles Cadogan.»

Mi ammiccò un sorrisetto gentile, poi sventolò sotto il mio naso un mazzetto di biglietti in cartoncino avorio che aveva tenuto nascosto dietro la schiena. Quella sera Victor era stranamente di ottimo umore mentre io fluttuavo come un'anima in pena da una parte all'altra dell'open space.

«Ho la soluzione per questo muso lungo e questa simpatia disarmante. Ti va di uscire stasera?»

«Di uscire? Con te?»

Ah. Vidi sfumare davanti ai miei occhi i miei propositi di passare la serata a rilassarmi in pace sul divano di Nolan.

Ma l'alternativa poteva essere allettante.

«Ti porto in un posto incredibile. Sono sicuro che non ci sei mai stata.»

Victor si sfilò l'accappatoio davanti a me e io tirai un sospiro di sollievo quando mi accorsi che sotto aveva già indossato i boxer.

«Sei mai stata a un balletto? Tchaikovsky? *Il lago dei cigni*?»

Spalancai gli occhi e rimasi a guardarlo mentre le gambe cominciavano a vibrarmi di una strana adrenalina.

Un balletto. Parlava sul serio?

«Beh, io... io... ero...» Un rantolo scivolò sulla mia lingua. Ero una persona che a giorni alterni mostrava una sicurezza altera di sé che andava a braccetto con la sua indifferenza. Ma c'erano quei giorni in cui il castello di sabbia crollava su se stesso sbriciolandosi in granelli sottilissimi.

«Cosa?»

«Nulla. Non ci sono mai stata.»

Victor indossò una camicia pulita da smoking e prese ad allacciarla davanti ai miei occhi.

Prendevo la pillola e non avrei dovuto soffrire di sbalzi ormonali, ma qualcuno doveva avermi fatto nascere una non del tutto superficiale ossessione per gli avvocati, soprattutto per quelli che andavano in palestra.

«Sei una selvaggia. Mettiti un vestito bello come quello dell'altra sera ed esci con me, ti porto in un posto dove non si entra facilmente.»

Rimasi qualche secondo con le labbra scucite a balbettare qualcosa senza sapere cosa dire. Lo avevo desiderato davvero, che Victor volesse passare del tempo con me senza assillarmi di lavoro. Avevo fantasticato sull'idea di quanto lui potesse essere simile a un principe delle favole, eppure a quel punto non mi interessò più di tanto. O forse era l'idea di assistere a un balletto classico dopo tutti quegli anni, che mi fece salire il panico.

«È un appuntamento romantico?»

«No. È un appuntamento tra amici.» Si affrettò a rimarcarlo aggrottando la fronte con uno strano gesto nevrotico della mano.

«Se ti va possiamo dirlo a tua cugina, non ho avuto il piacere di parlarci molto se non del tuo processo.» Mi guardò mentre aveva preso ad allacciarsi il papillon.

Notai ancora una volta quanto Victor fosse diverso da Mavor, con la pelle rosea pulita da qualsiasi traccia di inchiostro, la peluria sul corpo più folta che tendeva al biondo dorato, e penso che le mie guance sfumarono verso il rosa acceso quando si sollevò un ciuffo che gli ricadeva sulla fronte e mi osservò di nuovo.

«Allora?»

Feci spallucce senza mostrare un briciolo d'entusiasmo. «Va bene, ma dopo devo tornare da Lucky per qualche altro giorno, fino a che Nolan non torna a casa.»

A meno che la serata non fosse finita diversamente, e Lucky mi avrebbe senza dubbio perdonato se non fosse che l'avvocato per cui aveva sempre tifato si era rivelato essere il fratello di uno dei suoi più grandi amori del passato.

Del passato, almeno si sperava.

Che mal di testa.

Tanto stava per venirmi il ciclo, pensai, non c'era alcun rischio che finissi in un letto sbagliato.

Comunque, l'unico abito lungo che possedevo era un abito di scena a sirena. E questo voleva dire che avrei fatto la figura di una escort che era andata all'opera per scovare qualche cliente facoltoso in platea. Ma in fondo, se i benpensanti avessero voluto parlare, era meglio che fornissi loro qualche motivo per farlo.

Indossai quel guanto metallizzato che vestiva come una seconda pelle, con una lunghissima scollatura sulla schiena fino al sedere.

Era così leggero e trasparente da vestirmi di sogni, con dei ricami di piccole gemme a impreziosirlo dalla scollatura fino a tutta la lunghezza, perciò indossai un reggiseno gioiello sotto e osservai nello specchio il risultato nel complesso.

«Oh, porca miseria.»

Sulla parte posteriore non lasciava spazio alla fantasia, il profilo del mio sedere era persino accentuato dai dettagli brillanti, ma il complesso era vagamente eccitante e mi mise addosso uno strano brivido che provavo quando sapevo che stavo per fare qualcosa di sbagliato.

Cercai un metodo per camuffare con uno scialle quello che per tutti sarebbe stato evidente.

Quando mi voltavo e vedevo la mia schiena nuda e la mia postura impettita, le sagome rotonde delle mie natiche mi ricordavano a quale parte del mondo appartenessi, ma forse era arrivato il momento di smettere di nascondermi.

Decisi di fare la prova del nove e di camminare con vaghezza nella sala per osservare la reazione di Victor, che non tardò ad arrivare.

«Vieni conciata così?» Aveva in bocca una brioche senza glutine e *low-carb* all'albicocca, perché Victor mangiava roba proteica a qualsiasi ora del giorno. Avevo ancora nel naso l'odore dei suoi pancake all'avena e albumi con cui ero costretta a svegliarmi tutte le mattine.

Comunque, la brioche gli cadde dalle mani.

«Temo di non avere più vestiti eleganti. Non ho vestiti che non siano...»

«Come? Sexy da paura?»

«Da stripper.» Arrossii ancora allargando le braccia, e tentai di giustificarmi. «Se me lo avessi detto prima avrei provato a comprare qualcosa!»

Con un cenno della mano mi invitò a lasciar perdere. «Non ti azzardare a toglierlo. Va bene qualsiasi cosa, purché quella specie di casalinga disperata esca da questo corpicino stupendo. Speriamo solo che non guardino più te che il palcoscenico.»

La Royal Opera House era uno dei miei palazzi preferiti nel cuore della città, in piena Covent Garden. L'imponenza e la maestosità delle colonne in marmo bianco con la modernità del vetro inglobato nella stessa struttura mi lasciavano sempre senza fiato.

All'interno la sua sfarzosità ottocentesca e la ricca opulenza dei bassorilievi, gli intarsi nel marmo e gli stucchi importanti tra il bianco e l'oro mi misero quasi a disagio. Quel luccichio imperiale aveva qualcosa delle case nel Galles degli Axford e dei Cadogan.

Quando entrammo nella scalinata centrale mi resi conto che l'ambiente era di altissimo livello.

Christabell si presentò in un abito in seta color ghiaccio sottobraccio a Lance Lars, e la cosa mi lasciò piacevolmente stupita perché sapevo di aver fatto da Cupido tra i due.

Erano una coppia un po' strana, lui eclettico in foulard e lei classica con la 2.55 di Chanel a tracolla, ma tutto sommato, considerate le relazioni fallimentari di mia cugina, avrei potuto fare il tifo per loro.

Mia cugina non sembrava del tutto felice di avermi attorno, come al solito, ma il suo accompagnatore aveva preso a chiacchierare con Victor e non aveva più smesso fin dalla prima stretta di mano.

Fu mentre guardavo gli stucchi sopra il mio naso che lei parlò stizzita, facendo ondulare i capelli sulle spalle.

«Figuriamoci se lui poteva mancare.»

Socchiusi gli occhi, perché già immaginavo a chi si riferisse Christabell, lo compresi dal tono di lei.

Se la mia paura era quella di rubare la scena al balletto, adesso non dovevo più preoccuparmi perché divenni una macchia confusa sullo sfondo di un pubblico calamitato da un solo uomo. Mavor attirava l'attenzione di tutti i presenti e con quello smoking addosso lo splendore di quel luogo quasi sfumava, ridicolizzato e misero, di fronte al fascino irriverente con cui seduceva qualsiasi interlocutore.

Victor era poggiato sulla balconata, chiacchierava amabilmente con Lance Lars, quando Mavor gli passò accanto e il mio avvocato non si fece sfuggire l'occasione.

«Collega. Anche tu qui.»

A quel punto ebbi la conferma che Victor glielo avesse detto apposta, e infatti ottenne come reazione quella di vederlo sbuffare.

Lance salutò Mavor con un cenno del capo e si allontanò con Christabell sottobraccio, per cui fui costretta ad avvicinarmi a loro.

«Ti vado a prendere un prosecco, Venus. Ne vuoi uno anche tu, collega? Magari ti sciogli un po'.»

Mavor era il solito solitario, con un piglio di disgusto per la gente più accentuato del solito.

«Mi servirebbe ben altro che un prosecco per digerire la serata, *collega*.» Contrasse la mascella e uno sguardo indecente mi percorse dalla testa ai piedi, al punto che Victor dovette quasi spaventarsi, perché sgattaiolò via quasi come se tra noi si sentisse di troppo.

L'atmosfera era cambiata, io non avevo spiccicato parola, la gente che ci osservava svanì attorno ai suoi occhi.

Verdi.

Verdissimi.

La luce sul pontile di Gatsby avrebbe brillato di meno, e io avrei per sempre collegato a lui quella sfumatura incomparabile.

«Dio santo, Kelley. Cosa ti sei messa addosso?»

Le ginocchia mi si sciolsero in una colata di cera, incrociai i piedi in un gesto d'ansia e mi ressi alla balconata.

Non guardarmi così. Ti prego.

«L'unico vestito decente che avevo me lo hai strappato con le tue mani.»

Volevo *sparire*.

«Sono disposto a strappartene altri dieci se questa è l'alternativa.»

Poi si guardò intorno con le mani infilate nelle tasche, di sguincio, come se volesse evitare di concentrarsi su di me. La tensione che si era creata con due scambi di battute non era sostenibile per nessuno dei due.

«Il topo di biblioteca ti ha portato all'opera. Sono stupito.»

«Vuole trasformarmi in una ragazza di classe.»

Si sporse verso di me, parlò sopra i miei capelli dietro le orecchie. «Non sarai mai una ragazza noiosa, *tranquilla*.»

Era strano vederlo senza le sue bretelle e la fidata cravatta scura, ma con quell'abito Mavor mi accelerava i battiti, mentre mi puntellava lo sguardo addosso senza curarsi della mia agitazione.

«Non pensavo che la situazione fosse così affollata, stasera.»

«Non è un caso che siamo tutti qui. È l'ordine degli avvocati ad aver organizzato tutto.»

«Victor non me lo ha detto.»

Maledetto.

Non poteva avvertirmi che ci sarebbe stata un'alta possibilità di incontrare anche Mavor?

«Che gesto galante, un appuntamento dopo averti buttata tra le mie braccia.»

Mi arrischiai a guardarlo ancora negli occhi, e iniziai a gelare perché Mavor negli occhi aveva la steppa russa, infinita e glaciale.

«Diciamo che per ora abbiamo deciso di restare amici.»

«*Abbiamo*?»

Lo aveva deciso Victor, da solo, e in fondo andava bene così.

Fino a qualche tempo prima, pur di dimenticare Mavor, mi sarei gettata tra le braccia di chiunque. Ma ormai cominciavo a pensare che lui fosse insostituibile, come mi aveva predetto mia cugina.

Feci un passo verso di lui e gli raddrizzai il papillon, lasciando che si avvicinasse a me, e lo sentii irrigidirsi.

«Di comune accordo.» Sollevai un angolo delle labbra, che si increspparono di nuovo quando mi accorsi che Christabell avanzava verso di me con aria nevrastenica.

«Venus, per cortesia, puoi venire a riprenderti il tuo Victor? Non mi lascia un secondo da sola con Lance.»

«Christabell. Non pensavo che saresti venuta.» Mavor le rivolse un sorriso ammaliatore.

Non poteva proprio evitare di flirtare con qualsiasi essere vivente, inclusi i giurati durante l'udienza.

«È per beneficenza. Non posso mancare a un'occasione così generosa.»

«In realtà siamo tutti qui per un solo motivo. I clienti. La parte ricca e annoiata di Londra si trova tutta qui, stasera», mi informò Mavor abbassando il tono di voce e incrociando le braccia, mentre osservava Christabell lasciarci per scalpitare verso il suo accompagnatore.

«Da quando esce insieme a Lance Lars?»

«Da quando lui mi ha chiesto il suo numero. Tante cose stanno cambiando, solo io e te siamo sempre gli stessi.»

«Questo è quello che credi», mi rispose con un sussurro. «Ma dovresti sapere che più in alto scali la montagna e più letale sarà cadere giù.»

Victor mi chiamava a gran voce da un pezzo in mezzo a un brusio di sottofondo piuttosto intenso, ma io sentii solo gli ultimi echi. Si stava sbracciando per incitarmi a entrare in sala per l'inizio dello spettacolo.

Quando mi voltai di nuovo, Mavor non c'era più.

Il teatro era immenso, con sedili in velluto rosso a perdita d'occhio.

Cercando con lo sguardo nel pubblico mi resi conto di quanto io e lui fossimo lontani anche quella volta.

Io ero in platea e lui aveva i posti riservati ai miliardari, quelli in balconata, tra cui notai qualche suo collega che avevo visto con lui da *Annabel*. Non potevo vederlo se non avessi sbirciato verso l'alto, per cui evitai di chiedermi se mi avrebbe mai gettato lo sguardo addosso.

E poi calò il sipario.

E a ogni nota, a ogni aggraziato passo di danza il mio cuore perdeva un battito, e tornava l'inverno tra le foglie secche della mia vita perduta.

Lo spettacolo era iniziato da nemmeno un quarto d'ora, e io già stavo vivendo il mio incubo personale a osservare quei passi leggiadri che ricordavo quasi a memoria. E che non avrei potuto più replicare.

Mi alzai sconsolata e arresa perché non potevo sopportarlo, il mio sguardo cadeva più volte sul mio ginocchio coperto dal palmo della mia mano che penosamente si affrettava a nascondermelo.

Stavo *soffocando*.

Nel buio una piccola sagoma risalì in quell'enorme sala tra i sedili di velluto e i decori barocchi: ero io che fuggivo da me stessa e dal mio passato. Io che quel palco lo avevo sognato con tutta me stessa.

Non so se dissi a Victor che stavo andando in bagno, ma lui non notò il mio volto ispessito di panico puro. Quando uscii sulla scalinata reggendomi il petto, respirai di nuovo, almeno fin quando una voce familiare non mi chiamò per nome.

«Venus?»

Mavor restava a fissarmi da sopra le scale, io mi voltai con le labbra che incameravano aria senza mai esserne sazie.

«Non mi sento bene.»

«Che succede?»

«Non lo so. Mi viene da vomitare. Mi gira la testa.»

«Vieni qui. Ti porto fuori. So dov'è il terrazzo del ristorante.»

Raggiungemmo un piano che non conoscevo, lo seguii con lo sguardo basso e, quando ci fecero uscire in un terrazzo desolato per via delle temperature ancora troppo rigide, Mavor mi afferrò per un braccio e mi fece sedere su una panchina in marmo.

La sua sagoma e la linea opulenta delle spalle si confondevano con il profilo della città dietro il suo volto etereo. Osservare ogni suo piccolo dettaglio da quella distanza mi aiutò a distrarmi.

«Stai meglio?»

«Questi tacchi mi stavano uccidendo.»

«Eri seduta e con quei tacchi ti ci arrampichi sul palo, trova una scusa migliore. Cosa ti è preso?»

Mi agitai sulla panca. Non volevo la sua pietà, non volevo essere la classica ragazza triste e patetica, raddrizzai la schiena cercando di essere più sincera possibile.

«Forse è stato... il balletto. Mi ricorda cose che vorrei dimenticare.»

Mavor mi offrì una sigaretta, io osservai l'interno del pacchetto e mi accorsi che ne era rimasta solo una.

«È l'ultima.»

«La dividiamo.»

Solo io e te siamo sempre gli stessi, o forse no.

«Grazie.»

Mi scrutò lo sguardo mentre io sfilavo la sigaretta dal pacchetto e la accendevo illuminandomi il volto.

«Hai gli occhi più tristi che abbia mai visto, eppure non piangono mai.» Mavor non mi concedeva la sua compassione, piuttosto suonò ancora una volta come un rimprovero, e forse era per questo che con lui riuscivo ad aprirmi.

«Penso di essere rotta», sospirai.

Me lo avevano detto persino i terapeuti, anche se lo avevano fatto con paroloni scientifici: non potevo guarire. Non appena qualcosa mi regalava uno spiraglio di luce, le tenebre erano pronte a inglobarmi di nuovo.

«Sono davvero così brutti?»

«Che cosa?»

«I miei occhi. Me lo dici da sempre.»

«Non lo ammetterò mai neanche sotto tortura. Ma li adoro.»

Presi un profondo sospiro. Le sue parole mi rasserenarono qualcosa dentro, come una corrente tiepida che acquietava un turbolento maremoto in corso.

«Cosa sei venuto a fare, stasera?» Cercai di spostare l'argomento su di lui, e Mavor seppe stare al mio gioco.

«Io amo il balletto.»

«*Tu* ami il balletto?»

«Amo le ballerine. Siete così elastiche.»

Mi strappò un sorrisetto trattenuto. «Sei squallido. Diventerai un vecchio porco circondato da ballerine vestite da conigliette.»

Guardò in basso verso il pavimento, in mezzo alle sue gambe, mentre lasciava che il fumo gli uscisse dalle narici. «E se ne volessi solo una, di ballerina?»

E io non lo ressi, il suo sguardo successivo. E quel profumo, e il profilo dritto e il naso disegnato, le labbra gonfie di vento e morsi.

«In questo caso, la tua fortuna è che io non sono più una ballerina.»

Si guardò intorno con aria curiosa.

«Forse dovrei andare a cercare la mia, almeno per stasera.»

«Perché averne una soltanto, quando puoi averle tutte?» Lo citai per prenderlo in giro mentre gli passavo di nuovo la sigaretta.

In realtà gli avevo risposto in fretta perché non volevo che tornasse a vedere lo spettacolo.

«Piccola egoista», mi avrebbe detto se lo avesse saputo.

Lasciò cadere la cenere ai suoi piedi.

Aveva un'aria decadente quando le ciocche di capelli si tuffavano in avanti, e quel sorriso a mezza luna brillava un tantino di più del satellite vero e proprio.

«Lo sai, Kelley. Sedurre una ragazza è un gioco da ragazzi. Un puro *divertissement*. La sfida vera è trovare qualcuno che valga la pena sedurre.» Aspirò l'ultimo tiro della mia sigaretta e poi la lanciò davanti a sé. «Comunque il balletto me lo sarei risparmiato volentieri. Sono le feste che seguono a questo genere di eventi che mi interessano.»

«*Feste*? Quelle in cui fate sesso di gruppo con una maschera sul viso?»

Annuì con la testa mentre una risata gli scivolò via tra le labbra increspate.

«No, ragazzina. Ricevimenti in cui trovi i clienti migliori.»

«Che noia mortale.»

Non me ne accorsi nemmeno, del fatto che mi ero rilassata e che non stavo pensando più al motivo per cui eravamo in quel luogo. Londra scorreva sotto di noi come un fiume in piena, lo sfondo perfetto per due anime senza speranza.

«Arriverà il momento in cui ti sbottonerai?»

«Credimi, in questo momento vorrei sbottonarmi più di qualsiasi altra cosa.»

Ridacchiai, per la seconda volta quella sera. Non doveva essere abituato a vedermi così perché ogni volta che lo avevo fatto mi aveva guardata come se fossi impazzita.

«È stato doloroso?» mi chiese tra un silenzio e quello successivo.

Risposi con un cenno affermativo della testa, prima di rendermi conto del fatto che Mavor non mi aveva mai fatto domande prima di allora.

«Resti comunque una ballerina.» Lo disse come se l'idea non gli piacesse affatto, fronte aggrottata e cipiglio solenne e severo.

«La pole dance non è un'alternativa valida.»

«Intendevo dire che, se ti ci senti ancora, vuol dire che lo sei.»

L'attimo dopo mi arrischiai in un territorio che franava e si sgretolava sopra un dirupo. «Immagina se ti togliessero il lavoro.»

«Il mio lavoro è a rischio per colpa tua, capinera.»

Allungò una mano sulla mia gamba, mi sollevò il vestito sopra il ginocchio. Lo fece lentamente, come se si aspettasse che avrei provato a fermarlo.

«Non guardarla.»

«L'avrò vista cento volte.»

«Sì, ma non guardarla in quel modo.» Cercai di coprirmi, lui restò fermo sul mio vestito e sollevò di nuovo il tessuto fino a scoprirmi il ginocchio.

«Mi sono operata al legamento crociato e al menisco. Ho qualche chiodo sparso qua e là.»

Quel piccolo segno mi ricordava che non avrei dovuto più credere, che non avrei dovuto più sperare.

Le sue mani corrotte trovarono il sentiero per raggiungerlo senza che io lo volessi.

«Ti prego. Non... non toccarmi.»

«È questa?» Ci passò un polpastrello sopra. Era piccola, grazie al cielo talmente tanto che potevo evitare di vederla.

«Per... per favore.»

Un magone mi stritolò la gola, quando aprì il palmo e fece passare l'intera mano lì sopra.

Vibrai di tutto ciò che cercavo di trattenere. Se lo avessi liberato forse avrei pianto, ma qualcuno doveva spiegarmi come si faceva perché non me lo ricordavo più.

«È orrenda. Quando mi esibisco cerco di nasconderla.»

«È la cosa più bella che tu abbia.»

«È il mio senso di colpa. Quell'incidente l'ho causato io», sbottai, con voce tremante, e l'attimo dopo mi sentii meglio.

«Direi che ti sei punita abbastanza, stupida. Fanculo, voglio un'altra sigaretta.»

Mavor detestava quando mi piangevo addosso, reagiva male come se si sentisse impotente e fuori luogo. Si agitò su quella panchina e poi si tastò il petto come se cercasse qualcosa che aveva addosso.

«E a questo proposito ho una cosa per te. È da un po' che devo dartela, in realtà.» Sfilò dalla tasca il portafogli in pelle e sganciò la parte del portamonete, mentre io spalancavo le labbra come se non credessi alle mie orecchie.

«Tu? Hai una cosa per me?»

Mugugnò qualcosa mentre teneva la sigaretta quasi spenta in bocca.

«Hai intenzione di pagarmi come fai con le altre?» Cercai di buttarla sul sarcasmo, perché la tensione mi stava divorando lo stomaco.

«Un'altra parola e ti scopo sul parapetto. E non ti do un centesimo.»

«Tre parole. Ho. Il. Ciclo.» Era una mezza verità e stavo cercando di sdrammatizzare il momento, ma lui mi guardò di sguincio con il sopracciglio sollevato e l'aria di chi non stava affatto scherzando.

«E la cosa dovrebbe fermarmi?»

Per un attimo ci guardammo, circondati da uno strano silenzio che suonava di qualcosa di impalpabile, quasi come se un pensiero avesse incontrato l'altro.

«Volevo avvertirti nel caso in cui l'ultima volta avessi pensato di mettermi incinta.»

«Lo so che prendi la pillola. Se con te non ho usato nessuna precauzione c'è un motivo.»

«Sarebbe?»

Roteò gli occhi al cielo come se stesse per insultarmi. «Puoi evitare di interrompermi parlando di sesso?»

Tirò fuori qualcosa di luccicante e me lo lasciò a tintinnare davanti agli occhi. Era la mia collana, e qualcosa nel mio sguardo si destò come un'aurora sull'orizzonte. Risorsi, mi librai nell'aria, respirai la mia stessa energia.

La sua, la nostra.

«La mia... la mia madreperla.»

Non pensavo che l'avrei più rivista, ma non riuscii a dire ad alta voce che pensavo che non mi sarebbe più stata restituita.

Me l'aveva regalata mia madre quando ero così piccola da non riuscire nemmeno a ricordarlo.

Era finita in quel tugurio in cui ero stata tenuta prigioniera, eppure in qualche modo era restata l'unica speranza a cui aggrapparmi, come se fosse rimasto un piccolo brandello di me a dimostrare al mondo che non fossi pazza.

«L'ho intercettata perché il tribunale se ne stava liberando. Hanno provato a recapitartela, ma non abiti più al tuo vecchio indirizzo e non hai ancora cambiato la residenza.»

«Io... io pensavo che ancora servisse. Che fosse un elemento di prova.»

Scosse la testa. «Ormai è stata periziata, è certificata in una relazione della pubblica accusa e dei periti di parte. Non ha bisogno di essere riesaminata, non serve più.»

Non capivo una parola di quello che stava dicendo, sapevo solo che quel ciondolo era tornato da me e che io avrei potuto sentirmi di nuovo un po' me stessa con quel piccolo oggetto al collo.

La strinsi tra le dita come se stessi assistendo a una sorta di piccolo e fugace miracolo.

«Mavor... La mia collana!» Gli saltai al collo in un gesto d'istinto, mi rimpicciolii tra le sue braccia e lo sentii irrigidirsi a quella stretta.

Lo abbracciai nel gesto più sincero che il mio corpo fosse mai riuscito a esternare, più dei gemiti, più degli orgasmi, più dei brividi.

«Non ho fatto niente che di che. Non l'ho fatto per farti piacere. È tua.»

«No invece. Hai fatto tantissimo.»

Poi, tra un bisbiglio del vento e un indelicato brillio di luna, o forse era un lampione ma poco importava, lo sentii rilassarsi. Lo sentii sciogliersi e i suoi demoni assopirsi sotto una lieve flemma di stelle inespressive e spente.

«No, Venus, non ho fatto niente.»

«No, io... Ascoltami. Te ne sono grata.»

«No, ascoltami tu. *Non ho fatto niente*», ribadì il concetto spaventato dal mio entusiasmo.

Il mio sguardo si arricchì di una sfumatura dolcissima. Ero talmente commossa dallo stringere il mio ciondolo di nuovo tra le dita che mi arrischiai.

Decisi che avrei corso il rischio.

«Smettila di allontanarmi.»

«Lo sai, piccola V. Il peggio non l'hai ancora visto.»

«Magari non mi interessa.»

«Non puoi dire che non ti importa fin quando non lo vedrai davvero.»

«Vorrei vedere tutte le altre cose che potresti farmi.»

A quel punto si alzò, e la sua agitazione si riversò sulle pupille dilatate e scattanti.

«Oh, no. No, Kelley. Tu non sai di cosa stai parlando.»

Anche io mi alzai in piedi, e cercai la sua vicinanza.

«Hai detto che certe volte vorresti mollare tutto.»

«Per una scopata come quella sarei in grado di dire qualsiasi cazzata.»

«Perché devi sporcare tutto quello che fai in questo modo?»

«Non ti piaceva, essere sporcata?»

«Vaffanculo, Mavor. Adesso sei tu che ti metti a parlare di sesso.»

Qualsiasi espressione si fosse mai dipinta sul mio volto era stata finzione, artefatto, come se fossi stata plasmata con addosso quella maschera bianca.

Fino a quando non avevo incontrato lui.

E avevo vissuto.

Avevo vissuto *lui*, anche solo per un piccolo incantesimo di secondo, anche se di lì a qualche anno sarebbe stato solo un lontano ricordo, o un crudele rimorso.

«Hai mai pensato di farlo davvero? Di mollare tutto, sul serio?»

«Stai scherzando?» Le sue parole vibravano sul mio corpo, ogni singolo pulviscolo di movimento mi suscitava qualcosa, tanto le sue labbra mi erano vicine e allo stesso tempo mi apparivano lontane.

«No. Per niente.»

«Mi stai chiedendo di lasciare il caso? Sei fuori di testa?» Mi guardò beffardo con l'odio che gli caricava nell'iride.

Provò a dire qualcosa, accennò una frase che gli morì in gola, dopodiché girò i tacchi e lo vidi andarsene, sparire al di là della vetrata, senza che io provassi a fermarlo.

Rimasi per un po' a osservare la città che scorreva sotto di me. Quella conversazione si era consumata bruciando come la cicca di sigaretta che avevamo fumato insieme.

Quando rientrai, dopo aver realizzato quello che era accaduto, mi resi conto che era già finito il primo atto.

Christabell mi stava venendo incontro indispettita, con un broncio adirato che mi mise sull'attenti.

«Hai visto quei due, per caso?»

«Quei due chi?»

«Lance e Victor. Si sono alzati per fumare, ma non li trovo più!»

Decisi di evitare di dirle che Victor era un salutista e non fumava affatto, perciò la cosa mi sembrò un po' sospetta.

«Saranno qui, da qualche parte.»

Lo sguardo di Christabell si accese quando notò Mavor che usciva dalla sala assieme a un paio di suoi colleghi.

«Mavor! Hai visto Winter? O Lance Lars?»

Lui la guardò confuso, poi notò me e finse di ignorarmi.

«No. Perché dovrei aver visto quei due sfigati?»

A quel punto desiderai ardentemente di sprofondare, perché una scintilla si accese nella mia testa.

In un'altra vita sarei stato attratto da te.

«Perché sono spariti. Tutti e due!»

Mavor sollevò le sopracciglia e mi fissò assottigliando lo sguardo, e ci capimmo al volo.

Ci fulminò la stessa idea, me ne accorsi senza che ci fosse bisogno di parlare.

Mi lanciai con le mani nella mia pochette e afferrai il cellulare pregando che non fosse accaduto quello che stavo pensando, ma il mio telefono riportava a chiare lettere un messaggio di una decina di minuti prima.

Victor: Io e Lance siamo andati a vedere una mostra notturna di Hockney a Piccadilly di cui non conoscevo l'esistenza. Non ti arrabbiare. Potrebbe essere l'uomo della mia vita.

Per un attimo persi l'uso della parola. Per più di un attimo rimasi inebetita a fissare lo schermo.

Non è vero.

«I-Io... credo di dover tornare a casa, da Lucky», biascicai.

«Venus! Non mi mollerai da sola anche tu?»

«C'è Mavor, no?»

«Mavor è in balconata! E abbiamo ancora un intero atto da guardare!»

Agitai i palmi aperti cercando di non farla agitare. «Torneranno... credo.»

«Non ti vedo convinta.» Mavor aveva capito tutto, e si stava prendendo gioco di me.

Continuavo a fare segnali a Mavor cercando di fargli capire che avrebbe dovuto smetterla. Mia cugina era agitatissima, e lui le porse il braccio.

«Vieni con me, Chris, ti trovo un posto senza problemi. Questo succede a uscire con i giornalisti.»

«Victor è un dannato avvocato, e dovrei guardarmi anche da voi.» Mia cugina recitava con difficoltà la parte in cui mal sopportava la presenza di Mavor. Ovviamente, pendeva dalle sue labbra come tutti gli altri, e il fatto che lui le avesse offerto il braccio e la sua vicinanza la quietò.

«Ed è anche un bugiardo.» Mavor accennò al fatto che ci avesse taciuto di sua sorella e Christabell si ammutolì, e lui si rivolse a me. «O forse sei tu la bugiarda, mh?»

Quel bastardo aveva capito in tre secondi netti quello che era sotto al mio naso da mesi e che non ero riuscita a comprendere in tutto questo tempo di convivenza con Victor.

Si allungò verso di me e bisbigliò serafico, con un sorrisetto compiaciuto che gli piegava le labbra: «Quel bacio era *finto* come il cognome di sua sorella».

Sospirai per calmarmi ed evitai di dar corda alle sue provocazioni, perché era arrivato il momento di tornare da Lucky. Recitai a mente il numero dei taxi e decisi di fuggire da quella serata disastrosa.

Sapevo che non sarebbe stata una buona idea andare a vedere il balletto, ma cercai di guardare il lato positivo. Mi carezzai il ciondolo con la madreperla, la conchiglia della nascita di Venere, e trovai la forza di mollare quella nave che imbarcava acqua da tutte le parti.

«Devo *davvero* andare. Passate una buona serata.»

Dopo quella tragedia di serata avevo trascorso un'oretta e forse di più seduta al bar di *Annabel*, vestita di tutto punto e con l'abito più trasparente che si potesse immaginare.

Ero andata lì per cercare Lucky perché pensavo che fosse ancora al lavoro, ma quella sera aveva staccato qualche ora prima.

Mi ero fatta offrire un paio di giri di drink e avevo raccontato al mio barista di fiducia, Lucas, il modo in cui il mio avvocato gay mi aveva mollata a un appuntamento *tra amici,* in cui io speravo di limonarlo, per fuggire con un giornalista bisessuale che era uscito con mia cugina.

Lo stesso giornalista che poco tempo prima mi aveva avvertito dell'esistenza della sorella del suddetto avvocato, una tipa dal passato misterioso e dal presente ancora più oscuro.

«Ma io non sapevo che fosse gay, e nemmeno che fosse suo fratello!» mi lagnai animando le braccia con aria spasmodica, prima di ricominciare a elencare tutte le sue qualità di uomo perfetto.

Inutile dire che vidi Lucas piuttosto confuso dal mio racconto intricatissimo. «Forse è meglio che te ne vai a casa e smetti di bere.»

Decisi di seguire il suo consiglio: quando arrivai al condominio di Nolan ero ancora abbastanza sconvolta, ma almeno avevo mantenuto una certa lucidità.

Quando inserii la chiave nella toppa, il mio cellulare prese a vibrare con una foga notevole. Erano successe troppe cose quella sera per ignorarlo, quindi decisi di non sfidare la sorte e di controllare chi fosse, sperando che Victor fosse rinsavito e fosse tornato sui suoi passi, perché tra tutti gli uomini di Londra puntare proprio a quello di mia cugina voleva dire che avremmo dovuto affrontare le sue ire.

Quello che mi immobilizzò all'istante non fu rendermi conto che fosse un messaggio anonimo.

Quello che mi colpì fu che non si trattava di un messaggio criptico, incomprensibile, di una persona che si celava dietro frasi enigmatiche.

Quella volta fu un messaggio chiaro, diretto, che bruciò sul volto come uno schiaffo a mano aperta. Un tono d'urgenza, un appello disperato.

Non farti trovare in quella casa.
Scappa, vattene subito!

25

Baby you chose the pain

«Ci sono notti
che non accadono mai
e tu le cerchi
muovendo le labbra.»
A. Merini

Venus ♀

QUEL messaggio mi raggelò, bloccandomi le dita come un incubo lucido.

Non so cosa mi accadde, ma con la chiave infilata nel portone di casa le mie gambe si incollarono al pavimento. Potevo quasi vedermi, annientata come una preda messa all'angolo.

Provai a suonare, una, due, tre volte, solo per assicurarmi che non ci fosse nessuno. Lucky mi aveva avvertita che quella sera sarebbe tornata tardi, anche se mi aveva mentito sul fatto che sarebbe rimasta da *Annabel*.

Quel messaggio rimbombava nella mia testa come se avesse acquisito una voce propria, ed era spaventosa e terribile.

Scappa.

Scappa.

Era uno scherzo, *doveva* essere uno scherzo di pessimo gusto. Ma il ricordo di quella notte in cui mi avevano portata via si disvelò in tutta la sua potenza, e il terrore mi stritolò il cuore così forte che mi stupii di non sanguinare.

O forse sanguinavo, perforata dei miei traumi, chiedendomi perché fossero venuti a galla di colpo quando non mi era mai importato nulla di morire.

Cominciai a sentirmi un topo in trappola. Il panico si impossessò di me e i miei polmoni collassarono.

Recuperai la chiave e mi misi a correre, più veloce che potevo, giù per le scale.

«Taxi! Taxi!»

Corsi sotto una pioggia sottile e quasi impercettibile per almeno tre o quattro isolati, prima che un buon samaritano di tassista a cui feci compassione si fermasse per farmi salire a bordo.

Quella lunghissima notte non era ancora finita e, senza la chiave della stanza del Savoy, mi restava un solo posto dove nessuno mi avrebbe trovata.

«Al One Hyde Park. Veloce.»

Non sapevo perché avevo pronunciato quell'indirizzo, forse sarei andata da Braiden, forse lui non mi avrebbe fatto del male.

O forse sì, forse avrebbe fatto quello che aveva fatto con Eclipse, come pensava Lucky, in fondo era stato capace di riprendermi con lui per mostrarmi a Mavor.

Mavor...

Il telefono mi abbandonò con la batteria a terra, come in una sorta di gioco ironico del destino, e io non riuscii ad avvertire nessuno di dove stessi andando.

Ma la verità era che io non volevo nessun altro.

La mia corsa folle verso di lui era chiara e lampante ed era inutile che continuassi a prendermi in giro.

E quando mi trovai davanti alla sua porta pensai che la mia salute mentale fosse ormai ridotta a mangime per uccelli, con la dignità sotto i tacchi e i muscoli atrofizzati dal freddo e dalla paura.

Nella mia mente c'era un ingorgo di pensieri da farmi paura.

Strinsi e rigirai tra le dita la mia collana e solo poi mi decisi a suonare.

Lui aprì la porta e la sua reazione mi lasciò sconvolta.

Va bene che era psicopatico, ma dopo essersi allontanato da me pieno di rancore e sdegno tutto mi aspettavo tranne che mi accogliesse in quel modo. Mavor rimase sciocccato come se non mi vedesse da vent'anni.

Pietrificato lui, vulnerabile io.

«Venus. Cristo santo.»

Ero scossa, appesantita dalla pioggia, fremevo di brividi e arrossii fino ai capelli, eppure avrei voluto solo abbracciarlo ancora una misera volta.

«Non ho nessun motivo valido per essere qui», confessai.

I suoi occhi crudeli stemperarono come acquarelli bagnati e si arricchirono di una sfumatura indulgente.

«Vieni dentro.»

Aveva lo stereo acceso. Una melodia di pianoforte iconica e incantevole risuonava nel suo salone e assorbì le mie energie negative.

«Questa musica la conosco.»

«È Chopin. *Notturno numero due in mi bemolle maggiore*.»

Azzerò la distanza e mi strinse. Lo fece sul serio, con urgenza.

Mi stritolò tra le braccia nude, perché smesso lo smoking indossava solo una maglietta e un paio di pantaloncini da calcio. Si avventò da dietro come un rapace, ancora incredulo di avermi di nuovo davanti agli occhi, mi cinse dai fianchi e mi trascinò contro il suo corpo.

Sgranai gli occhi, risvegliata da quell'improvviso assalto mi bloccai e cercai di fingere indifferenza.

«Ti piace?»

«Cosa? Chopin o il tuo culo?»

Si fece sfuggire un sospiro quando io soffocai un risolino accennato.

«Mi rilassa.»

Mi stritolò la carne sollevandomi il vestito.

Un dolore acuto mi segnò in quel momento, e il modo in cui cominciò a lambire le spalle con le labbra mi asservì alle sue sevizie.

La sua erezione granitica in mezzo alle natiche mi impalò sul posto.

«Lo vedo.»

«L'andamento sognante mi svuota la testa. Se chiudi gli occhi sembra di vedere il mare di notte.»

Stava davvero parlando di Chopin mentre mi strizzava il sedere?

Comunque, li chiusi per un attimo trascinandomi su quella melodia e cercai di vederle anche io, le note che danzavano sulle onde scandendone il ritmo misterioso.

Le sue dita percorsero le mie braccia che tenevo lungo il corpo e poi le strinsero con decisione. Mi fece voltare di scatto, si intromise nei miei occhi sollevandomi il mento.

«Venus, cosa ci fai nella tana del lupo?»

Decisi di evitare di dirgli del messaggio, perché avrebbe fatto il pazzo e non potevo permetterlo.

«Non sapevo dove altro andare. Non pensavo ti avrei trovato, credevo fossi al ricevimento.»

«Non avevo voglia di vedere nessuno.»

«Me ne vado, se vuoi stare da solo.»

«Non ti azzardare.»

Cercai di afferrare un respiro, ma il suo che mi bruciava la pelle era troppo intrigante. Cominciavo a mugugnare, perché Mavor mi aveva costretta contro il divano e mi stava facendo assaggiare le nuove barriere della sua perversione tenendomi le mani nelle sue.

«Sei qui per me? Mh?»

Mi afferrò per il collo da dietro e mi spinse verso l'isola della sua cucina, piegandomi il busto sul ripiano di marmo gelido. Il modo in cui mi stava toccando mi fece maledire di essere lì, e se una maledizione dolcissima avesse avuto un nome avrebbe avuto il suo.

«Sono qui e basta.»

«Sei qui perché sono la tua punizione, per essere una ragazza che si mette sempre nei casini.»

Le sue mani si affilarono sui miei fianchi incrociandosi al di sotto del mio ombelico.

«Non ho commesso nessun reato, a differenza di te.»

Ferivano e carezzavano, ammaliavano e mi addoloravano il ventre di uno spasmo caldo di lussuria che non aveva nulla a che fare con il calore delle sue mani.

Mi incendiava e alimentava il fuoco, soffio dopo soffio, brutale e bastardo mi irretiva con il suo corpo e io mi scordavo in che parte del labirinto mi fossi persa.

«Sei tu il reato, piccola V. Sei un reato in persona. Ma stasera eri talmente bella che mi prenderei dieci ergastoli solo per rivederti ancora.»

Mi fece voltare e poi ancora mi girò a suo piacimento, mi strofinò il suo sesso in mezzo alle natiche e poi comprese che mi aveva sedotta quando passò le dita a sfiorarmi le labbra, che io baciai con disperata voluttà.

Lasciai che mi calasse il vestito fino alla vita e cominciasse a baciarmi dovunque avrebbe potuto farlo, tranne sulle mie labbra che restavano orfane delle sue.

«Mavor...» provai a interromperlo mentre la foga in lui continuava a salire.

Il vestito mi tradì con un rumore preoccupante di tessuto tirato, ma non si strappò: la stoffa tenne contro le sue mani che lo spostarono e a quel punto la mia pelle riconobbe la sua, che mi percorreva errante dovunque trovasse una mia reazione.

«Resta qui. Con me.» Lo sospirò sulle mie labbra in maniera così impercettibile che quasi mi sembrò di averlo sognato. «Non posso lasciare il caso. Ma, qualunque cosa accada, voglio che tu rimanga.»

«Non posso farlo. Non posso provare nulla per te.»

«Dimostrami quanto sei indifferente. Quanto resti impassibile quando siamo nella stessa stanza. Quanto non vibri mentre ti...»

«Smettila di parlare!»

«Vuoi parlare tu, allora? *Parlami.* Parlami del modo in cui urli quando ti faccio venire.»

«Mavor. Ti prego.»

Abbi pietà della mia anima.

Me la stai riducendo a brandelli.

«Sei già mia, Venus. Lo sai tu, lo so io.»

E quando me lo disse realizzai quanto fosse vero. Quanto fossi lì solo per sentirmi sua, anche se solo per qualche battito accelerato, per qualche scoccare di lancette sull'orologio passato sul suo corpo, nascosti al nostro stesso severo giudizio, alle nostre negazioni, tutto per qualche misera emozione stropicciata.

Fu tutto così possente che non ebbi il tempo di respirare.

«Non posso», ripetei in un tentativo disperato di respingere quello che avevo già accettato.

«Bugiarda.»

Si fermò per un istante solo per vedere se avrei opposto resistenza, ma a quella frase mi sciolsi come un cerino in fiamme.

Il mio corpo era ancora tutto intero, ma non mi apparteneva più. Era disgregato in tante piccole finestre di luce, spalancate per accogliere lui.

«Dimmelo, che lo vuoi.» Mi sollevò il mento per ascoltare le mie labbra, piegato sul mio corpo, a stritolarmi la carne tra le dita e poi a lasciarla andare come se quella fosse la tortura maggiore.

«Ogni volta di più», mi arresi in un sussurro affaticato, confessai e lui sorrise contro i miei brividi perché già lo sapeva.

Non fece in tempo ad arrivare in camera, perché la foga che ci investì non ce lo permise.

Afferrò un preservativo dalla tasca del suo smoking abbandonato su una sedia, lo scartò tra i denti per non schiodare una mano da me.

«Ormai lo sai come funziona. Farà molto male.» Sollevò il mio abito e due sculacciate di rovescio mi fecero urlare.

Mi scostò la brasiliana quel tanto che bastava.

«Ma poi non vorrai andartene più.»

Non ero a disagio, tra le sue mani.

Ero nuda, esposta, feribile in qualsiasi modo potessi esserlo, ma mi piaceva e mi eccitava allo stesso modo.

Sapevo che ogni suo tocco era perfettamente calibrato per darmi più piacere. E, quando Mavor diceva che non gli importava, voleva dire che non gli interessava davvero.

«Cristo... Il tuo culo.»

«Cos'ha che non va?» balbettai mentre mi faceva scorrere un palmo aperto dal fondoschiena verso la spina dorsale.

«Non so quante volte mi ci sono segato sopra. E tu ti presenti a casa mia con questo vestito.»

«Non ho avuto altra scelta.» Per un istante quasi decisi di parlargli del messaggio, ma poi lui mi strinse ancora una volta con un'urgenza che quella sera divenne la mia priorità, e dimenticai di cosa fossimo fatti.

«Smettila di mentire, dannazione.»

Di sangue coagulato e lacrime mai scese.

Di notti infinite che finivano troppo presto, di comete erranti da un cielo scuro a uno in tempesta.

Di questo sapeva la sua pelle quando si arrampicò sulla mia, le sue dita mi afferrarono i fianchi e poi il mento mentre gli sentivo abbassarsi i boxer dietro di me.

«Ho bisogno di sentire che sei davvero qui. E che non te ne andrai.»

Non so se avesse fatto uso di sostanze stupefacenti, ma la disperazione di Mavor mi avvolse e mi sconvolse.

La feci mia, il modo in cui mi prese fu talmente inglobante che ne venni stravolta.

Annegai nel suo odore, nei suoi spasimi, nelle sue labbra che cingevano il mio corpo.

«Il tuo piacere mi appartiene. I tuoi orgasmi sono miei.»

Mi parlava come se fossi colpevole.

Ma io vedevo in lui chi mi aveva rapito la ragione, quel germoglio del male che aveva piantato in me e che cresceva a ogni spinta contro il mio corpo. Lo desideravo come un pazzo che anela alla luna.

Forse aveva ragione e avevamo firmato la nostra condanna a morte. Sarebbe bastato fermarci, combattere i nostri impulsi. Ma noi eravamo tutto quello, il sesso sporco e il *dirty talking*, gli schiaffi sul culo e il sangue dappertutto, gli occhi sgranati, gli orgasmi arrabbiati e il petto in fiamme, e le nostre azioni erano solo il risultato degli errori che eravamo.

Mi afferrò più forte, mi colpì ancora di rovescio, una, due, tre volte, e io urlai con le corde vocali strozzate.

Indossò il preservativo dopo avermi sfilato il vestito e poi scivolò dentro di me di solo qualche centimetro mentre si slacciava la camicia che frusciò ai suoi piedi assieme ai pantaloni.

Mi sembrò di stare per spezzarmi e quasi piansi dal dolore, perché era entrato dietro e la sua grandezza era spaventosa.

Rimasi nuda con la mutandina slabbrata, Mavor cominciò a baciarmi, a gemere di rantoli in fondo alla gola, e le sue labbra erano il bagno caldo dopo una notte all'addiaccio.

Cominciai a tremare.

Il mio corpo imbarcò tutte le sensazioni che mi regalava la mia sensibilità aumentata, e quello che lui mi donava, e ogni singolo spessore della sua virilità entrò dentro di me con qualche spinta che non fu affatto delicata.

Urlai con tutta la forza che avevo in corpo.

Mi sentii lacerata; umettata dalla sua saliva io mi aprii per sentirlo deliziarsi di me.

Le mie gambe sconquassate cominciarono a contrarsi, quando lui mi abbandonò con languore ed entrò ancora con più forza di prima. Ogni volta che colpiva mi sembrava più invadente, quella sensazione. Più spazio. Più spazio chiedeva e più spazio gli concedevo.

Si spinse tra le mie natiche, fino in fondo, e io lo odiavo perché ogni stoccata di dolore si trasformava in delirio di piacere l'istante dopo.

Mi abbandonai ai miei gemiti, alla mia droga, a tutta la frenesia che aveva elettrizzato il mio corpo.

«Sei uno stronzo. Uno psicopatico, un pervertito, un bastardo.»

Mi fai andare fuori di testa.

«È colpa tua, stronza.»

Mi girai e lo vidi nudo con le fiamme negli occhi, l'addome contratto, le braccia tese in una presa disperata mentre con i lombi mi regalava stoccate feroci e precise.

«Sei tu che me lo fai venire così. Sei tu che...»

Richiesi le sue labbra con foga disperata, e lui non me le concesse, e alle urla di piacere si aggiunse la mia frustrazione.

«Mi fai dubitare di chi sono.»

Dio, se in quel momento mi avessero chiesto se lo amavo... Il mio cuore esplodeva per lui. Di un bisogno ancestrale di fondermi con tutti i suoi liquidi. Lo accolsi e ne chiesi dell'altro, ma quel sadico si negava tanto quanto aveva deciso di darsi.

Mi ressi al tavolo e lui si resse a me.

Una spinta e le ginocchia divennero burro, cominciai a vibrare dalla spina dorsale e, giuro, quanto avrei voluto odiarlo per il dolore che mi infliggeva.

Invece l'odio spariva a ogni stoccata, a ogni colpo di frusta, a ogni rimbombo di sofferenza la rabbia per lui lasciava spazio a un'eterna venerazione per quello che diventava piacere e si mescolava, si confondeva, come il nero macchiava il bianco e viceversa avrei scelto colpo dopo colpo la mia scala di grigi.

Quando il sangue coagulava tutto nel punto in cui eravamo uniti la sua punta si gonfiava e le venature in rilievo mi stroncavano, pulsanti di ferocia.

Scopava come avrebbe fatto la guerra, sadico in battaglia e crudele in aula fremeva per infliggermi un tormento dopo l'altro.

L'amore era il suo più grande nemico e ciò che temeva più della morte.

«Sei un assassino.»

Prese i miei capelli e mi tirò indietro la testa. Mi leccò le labbra e poi mi succhiò la lingua. Mugugnai per averne di più, mi lamentai senza dignità, e lui mi lasciò ancora una volta assetata.

Mi spezzava le ali e me ne donava di nuove.

«Sono l'assassino che ti scopa meglio sulla faccia della terra.»

Lo cercai, mi spinsi contro di lui perché i nostri corpi aderissero.

Scrisse sul mio corpo la nostra colpa, dipinse sulla mia schiena con baci ora leggeri ora ruvidi.

Le mie emozioni avevano il colore del sangue e del petrolio, la pece che colava dalle pareti era quella che mi scorreva nelle vene, davanti agli occhi allucinati avevo il sentimento che da quella notte non ne sarei uscita viva.

«Mavor...» Il piacere mi avvolse le ossa strisciando fino al midollo, mi strinse la gola quasi a strozzarmi.

Quando il mio respiro si intensificò lui grugnì sul mio collo, mi afferrò i capelli tirandoli verso di sé, e poi la sua erezione scoppiò in un climax che afferrò tutti e due.

Puoi prenderti tutto.

La mia luce, per quanto fioca.

Puoi ricamarmi menzogne tra le ciglia e respirarmi sui capelli promesse che non manterrai.

Puoi stringermi la mano fingendo di aiutarmi per poi trascinarmi a fondo.

Puoi colmarmi il cuore del tuo gelo, del tuo male di vivere, basta che sia colmo di te.

Uscì da me con l'ansimo inquieto, accasciato sulla mia schiena.

Mi fece voltare, mi prese in braccio e io mi aggrappai a lui come facevo sempre, i vestiti abbandonati sparsi sul pavimento in ardesia, dove sarebbero rimasti.

Aveva il sesso che ancora pulsava e il profilattico che lo stritolava non si sarebbe sfilato facilmente.

Lasciò che cadessi sul suo letto, mi accasciai sul suo materasso in un soffio di lenzuola candide di bucato e profumate di ammorbidente al muschio bianco.

Avevamo superato ogni limite imposto. Avevamo infranto tutte le regole, bruciato tutti i confini.

Eppure...

«Sei una stronza. Ma, cazzo, quanto sei bella.»

Rimasi così, sotto di lui, a mescolarci il sudore della fronte e tutte le parole che si sarebbero seccate al sole e non sarebbero state pronunciate.

Il tuo profumo dopo il sesso mi ricorda la salsedine.

Mi ricorda gli abeti e la neve fresca, il legno aromatico che bruciava nel camino del Sussex.

«Io non voglio smettere, Mavor», confessai mentre lui si incastrava tra le ossa del mio bacino, schiacciandomi con il suo peso e poi facendo leva sui gomiti per lasciarmi libero il petto. Poi si sollevò e si stese al mio fianco, con un braccio a sostenergli la testa.

«Arriverà la mia morte, arriverà Vulcano, e spero che mi trovino mentre ti sto scopando.»

Mi accorsi allora che Mavor sembrava confuso, pensieroso, quasi delirante, con gli occhi sbarrati puntati sul soffitto. Nell'iride veleggiava un'ombra cupa come un veliero fantasma, il modo in cui mi stringeva da farmi male, la sua follia lucida che era anche la mia ma più tenebrosa mi scaricò un brivido lungo la schiena.

«Chi è Vulcano?» Il dio Vulcano, tradito e adirato contro Marte e Venere quando li trova intrecciati nel suo letto in un amplesso fedifrago. Avevo letto di lui nel libro che mi aveva fatto conoscere proprio il ragazzo che in quel momento mi aveva trascinato nel suo letto.

«Charles Cadogan.»

Quell'ombra aleggiava sopra le nostre teste come una scure fin dal primissimo sfioramento, dal bocciolo di condanna innaffiato dalla nostra riprovevole condotta. Ma Mavor rimase al mio fianco, e nei suoi occhi non lessi neanche un briciolo di rimorso.

Era stato dietro di me tutto il tempo e non poterlo guardare nelle sue emozioni caleidoscopiche mi era mancato.

«Che si fotta, Charles Cadogan», annunciai, mentre cercavo di rilassarmi a grandi boccate d'aria.

«L'importante è che non fotta te.» Parlò a denti stretti mentre ansimava e piccole perle di sudore gli impreziosivano la fronte; io mi girai a pancia sotto verso di lui.

«Ti importerebbe se l'avesse fatto?»

«Sarebbe l'unico motivo al mondo per cui potrei ucciderlo.»

Gli carezzai il viso e le pupille cieche mi guardarono come se fossi trasparente, come se mi guardassero attraverso, fisse sui miei seni e sulla mia conchiglia che cadeva tra di essi.

Cercai di tranquillizzarlo, ma vidi solo un rimasuglio della sua, di anima rotta.

In quell'attimo sapevo che sarebbe andato fino in fondo. Sapevo che avrebbe continuato a lottare per qualcosa di cui non conoscevo la natura, come avrei fatto anche io.

Nemici lo eravamo sempre stati, fin dall'inizio di questa storia.

Ma quello che non sapevo era che ci saremmo tenuti i nostri segreti, mentre i nostri corpi avrebbero gridato verità che non avevamo il coraggio di rivelarci.

Aprii gli occhi con le ciglia leggermente umide che mi appannavano la vista.

Tutto intorno a me, la stanza immacolata di Mavor, brillava ancora di quell'aura del caldo ristoro che mi aveva donato per la seconda volta, con la foto in cui era ancora un biondo bimbetto col sorriso sulle labbra, i suoi libri, i dischi in vinile e le cicche sparse ovunque.

Mi sollevai mentre il piumino frusciava attorno alle mie gambe, rinfrescandomi la pelle.

Quel letto era macchiato di noi, delle nostre sagome, delle nostre notti, e portava il peso di tutto quello che non riuscivamo più a trattenere.

Quella spirale ci aveva annientati, risucchiati in noi stessi e nei nostri corpi fusi assieme.

Mi persi sul corpo di Mavor al mio fianco: dormiva a pancia in giù con la schiena definita e modellata dal gioco di chiaroscuri.

Respirava piano, la testa coperta dalle onde di capelli scuri e le braccia ricoperte di tatuaggi attorno al cuscino, il volto rivolto verso la finestra. Il silenzio del leone a riposo.

Aveva *davvero* lasciato che dormissimo insieme, nudi nel suo letto, dopo aver fatto sesso.

Quel fascino da predatore a riposo era un dono per i miei occhi stanchi: rincorsero quella scanalatura di muscoli e pelle di velluto, le colline dei suoi deltoidi erano scalpellate nel granito di qualche altro pianeta.

Statuario e ieratico, mi persi a chiedermi quanta devozione avrebbe potuto meritare la sua bellezza se non fosse appartenuta a un pezzo di bastardo sfacciato.

Nulla mi avrebbe mai accartocciato il cuore come un foglio di giornale sul fuoco, al di fuori di lui.

Si mosse un pochino, e io sospirai quando mi svegliai da quel piccolo sogno a occhi aperti che assumeva i contorni del suo corpo assopito.

Temevo che mi fosse venuto il ciclo durante la notte, quindi controllai di non aver fatto qualche disastro sulle lenzuola. Avanzai poi a tentoni nel buio di un corridoio che ricordavo a malapena. Zampettai nel bagno padronale dove lo avevo visto nudo la prima volta sotto la doccia, e mi misi a frugare nei mobiletti alla ricerca di una qualsiasi traccia femminile, piazzandomi come scusa l'idea che stessi cercando dei Tampax o qualsiasi cosa che avesse potuto fungere da sostituto.

Cercavo sempre qualche traccia femminile in casa sua, ma non avevo mai trovato nulla che non fosse appartenente al massimo a sua sorella.

Scartabellai tra le sue cose e il profumo del suo dopobarba mi inebriò le narici quando aprii il suo armadietto.

No, niente Tampax.

Lo specchio mi svelò il risultato di quella notte movimentata mentre mi allungavo in alto per raggiungere un pochino di ovatta per struccarmi.

Mi massaggiai le natiche rosse dagli schiaffi: la mattina dopo la mia carne ancora contusa ne avrebbe chiesto degli altri, se avesse potuto. E poi ricordai il messaggio che mi aveva portato in quella casa, da lui, quel messaggio che mi aveva confusa, impaurita, l'idea che non avrei potuto più rivederlo.

Afferrai tra le mani il cellulare che finalmente si accese: l'anonimo non aveva più scritto nulla dopo quell'avvertimento, ma mi accorsi di un nuovo messaggio in segreteria telefonica della notte prima che non avevo notato.

Richiamai immediatamente sperando che stavolta avesse magari deciso di farmi sentire la sua voce, di rivelarsi con una traccia sonora.

Il messaggio registrato mi arrivò forte e chiaro, imponente come un rombo di tuono, mentre mi guardavo allo specchio mezza nuda dalla parte opposta del ricevitore, ancora coi segni e coi lividi delle mani di Mavor su di me.

«Venus, richiamami subito.»

La voce di Lucky mi raggiunse irrequieta, sconquassata, e mi colmò di un senso di angosciosa paura che mi fece vibrare. La sua agitazione mi si incollò addosso vischiosa come una melma di veleno.

«Ho scoperto una cosa importante su Mavor. È una cosa grossa, Vin. Devi chiamarmi immediatamente. Subito!»

26

Bad things happen to the people you love

«E se ti dicessi che sono incapace di tollerare il mio stesso cuore?»
V. Woolf

Venus ♀

ERA stata la sua bellezza ad avermi ingannata.

Era stato il modo in cui aveva aperto in me tutte quelle piccole finestrelle, una dopo l'altra, lasciando che entrassero in me i raggi del sole: me le aveva descritte, quelle sensazioni, mi aveva insegnato a riconoscerle e assaporarle goccia dopo goccia come il succo del limone che aveva raccolto dalle mie labbra.

Non giungere a conclusioni affrettate. Non sai nemmeno di cosa si tratti.

La mia testa vagava lontano mentre il cellulare di Lucky squillava a vuoto e il sibilo del messaggio in segreteria mi rimbombava nel timpano lasciando solo un più acuto silenzio.

Nessuna risposta.

Il mio cervello cercava di mantenere una razionalità che mi sfuggiva dalle mani, e mentre il telefono continuava a suonare io osservavo imbambolata il mio riflesso nello specchio.

Io ero quella piccola cosa inutile che nessuno si prendeva mai la briga di osservare.

Ma lui mi aveva guardata, sul serio. Quando scendevo dal palco, quando era al mio fianco, quando era dentro di me, persino alla sbarra lui mi *guardava* come nessuno aveva mai fatto.

«Ciao, impicciona.»

Feci un balzo all'indietro e lanciai un grido, andando a sbattere la schiena contro l'armadietto e causando la caduta di alcuni flaconi non meglio identificati.

Un disastro.

Lo ero io, lo eravamo noi due.

«Cosa diavolo ti prende?»

«Ecco... io...»

Mi venne quasi da piangere, perché la mattina appena sveglio Mavor era ammantato da una bellezza meno ostile, più intima e nascosta, e mi sembrò di assistere a uno spettacolo unico come quando guardi l'aurora al Polo Nord.

«Cosa stai cercando?»

Era totalmente nudo, quel suo esibizionismo lo rendeva narciso e al tempo stesso sfacciato nel modo in cui non se ne curava. Però attraverso lo specchio teneva lo sguardo puntato sul mio riflesso e non sul suo.

«Niente.»

Mi sorrise e la mia gola si annodò su se stessa.

«Tracce femminili di qualsiasi genere, scommetto.»

Ero combattuta.

La voce di Lucky continuava a risuonarmi nella testa e io avevo un disperato e impellente bisogno di sapere cosa fosse successo.

Guardai Mavor e notai negli occhi quell'ombra che avevo visto fin dal primo momento, fin dalla prima volta che il suo respiro aveva sfiorato il mio nel bagno di *Annabel*, il bacino incastrato sui miei fianchi.

Tutti hanno un prezzo.

Un brivido mi si scaricò lungo la spina dorsale. Non riuscivo a guardarlo e non riuscivo a staccargli gli occhi di dosso. Il terrore non sminuiva l'attrazione con cui mi calamitava a sé, ma io ero spaventata non di quello che avrebbe potuto farmi in superficie, bensì di quello che avrebbe potuto spezzarmi dentro.

A quel punto mi voltai per evitare di fissarlo e mi affaccendai per rimettere al proprio posto tutto quello che avevo fatto cadere.

Azzerò la distanza mentre ero di spalle, nel suo bagno in marmo nero con quelle striature tra il marrone e il dorato, e le sue mani scivolarono così silenziose e delicate sul mio corpo, forti e solide, poi mi abbracciò da dietro tirandomi verso di sé e i nostri bacini ancora una volta collisero.

Mavor sapeva di incoscienza, dei nostri profumi che bagnavano le lenzuola, ma adesso sotto le palpebre ancora socchiuse brillava un diamante nero di minaccia e pericolo.

«Magari ritrovi le mutandine che ti ho rubato.»

Rimasi immobilizzata, a vacillare tra il precipizio di quel fatale magnetismo e il terrore di non sapere che cosa si nascondesse sotto quella pelle di velluto.

«Mavor, io devo andare via, subito.» Mi liberai dalla sua presa e sgusciai via dalle sue mani come se fossero fiamme. Ero stata ferma, severa, lo allontanai da me e superai la soglia del bagno per tornare di filato nel suo salone e recuperare l'abito della notte precedente che era rimasto abbandonato sul pavimento della cucina.

Mavor uscì dalla camera da letto pochi minuti dopo con i boxer e una maglietta pulita, poggiato allo stipite con le braccia incrociate. «Dove stai andando?»

«Senti, ci siamo addormentati. Adesso però devo andare.»

Mavor avanzò verso di me e mi strinse il polso senza farmi male. «Non ci siamo addormentati. Tu sei venuta da me. Io ti ho chiesto di restare. Adesso inizierai a farfugliare qualcosa sul fatto che sia stato un errore. Cos'è successo?»

Il fatto che se ne interessasse era già di per sé qualcosa a cui non ero abituata. Di solito tutto finiva con la stessa rapidità con cui era iniziato.

E a quel punto non riuscii più a nasconderlo: feci un balzo indietro per evitare quel contatto e il suo volto si adombrò.

Forse avevo perso la testa. Lui prendeva a schiaffi la mia indifferenza, gettava il sale sulle ferite del mio dolore per farmelo sentire fino in fondo alla carne.

Lo avevo chiesto io.

Lo avevo voluto io.

E lui non aveva più voglia di scherzare.

«Venus. Perché ti faccio paura?»

«Devo andare da Lucky. Subito.»

«Che cosa succede?»

«Vuoi davvero sapere che cosa succede?» Ero agitata. Tremavo dappertutto. Mavor mi ipnotizzava e forse per la prima volta mi fece davvero, davvero paura.

«Sì, voglio davvero saperlo.»

D'accordo, allora.

Lo avrei accontentato.

Afferrai il cellulare, aprii il messaggio registrato di Lucky e la sua voce agitata rimbombò ancora una volta tra una tempia e l'altra, poi osservai la sua reazione decisa a scoprire le mie carte in tavola.

Peccato che non fossi pronta a vedere le sue.

«Ho scoperto una cosa importante su Mavor. È una cosa grossa, Vin. Devi chiamarmi immediatamente. Subito!»

Il volto di Mavor si oscurò ad ascoltare quelle parole e le sue braccia ricaddero lungo i fianchi in una posa interdetta.

Forse a quel punto mi avrebbe uccisa.

In fondo mi aveva anche avvertito che lo avrebbe fatto, ma non mi interessava.

Uccidimi, ma non spezzarmi il cuore.

Un sorrisetto malsano si increspò tra le pieghe delle sue labbra, nel suo sguardo avanzò una nube tossica che non prometteva nulla di buono. «Le avevo detto di smetterla di cercare.»

Mi raggiunse con un paio di falcate decise, sembrava reclamare con prepotenza il mio sguardo e la proprietà che esercitava su esso, nient'affatto colpito da quelle accuse indirette.

«Dovete finirla di mettere il naso dove non dovreste!»

Cercai di restare salda, ma la mia natura era oscillatoria soprattutto davanti a lui.

«Che cosa ha scoperto, Mavor? Dimmelo tu, prima che me lo dica lei.»

«Te l'ho detto, molto tempo fa. Non ti ho mai nascosto di avere parecchi segreti. Sei venuta a letto con me lo stesso, mi pare. E non so a cosa lei si riferisca.»

La rabbia tra tutte le mie emozioni era forse l'unica che avevo sempre riconosciuto al volo.

Ma quella fu diversa, quasi dolorosa, perché il tono stravolto della mia amica mi faceva immaginare solo scenari inquietanti.

«Tu mi hai accusato di essere una bugiarda per i pagamenti di Charles!»

«Lo sei!» Mi polverizzò con occhi color petrolio. «Te lo ha detto anche Victor. Avresti dovuto dirmelo. E stai tranquilla che scoprirò il motivo per cui ti pagava, e anche quello per cui ha smesso di farlo.»

La migliore difesa restava sempre l'accusa, era stato lui a insegnarmelo così bene.

«Mavor, qui stiamo parlando di te.» Gli puntai il dito sul petto. «Hai qualcosa da dirmi?»

«Ho parlato fin troppo.»

Mi sembrava di impazzire perché non riuscivo a cavare un ragno dal buco, e lui era di nuovo chiuso in se stesso.

Non si fidava di me, io non mi fidavo di lui e questo ci portava a essere meno di zero, se non del puro e selvaggio sesso maledetto.

«Devo andare da lei. Subito!»

«Venus.»

«No!»

Mi liberai dalla presa sul mio polso quando con la mano lo aveva stretto per un istante. Sul suo, la fasciatura rimaneva salda e incontrastata. Era talmente stretta che quasi gli tagliava la pelle, tra il polso e la mano.

Quel nodo divenne lo stesso che sentivo in fondo alla gola.

«Devo... devo andare.»

«Non farlo. Sei troppo sconvolta.»

La voce tremante e i piedi che sfuggivano al mio comando, io che volevo fuggire e qualcosa che mi diceva di non andare. Di crogiolarmi ancora un po' in quella bolla di inconsapevolezza e bugie, mentre lui mi tuonava impetuoso di restare.

Eravamo due schegge fuori controllo in direzioni opposte, strade divergenti che si erano incontrate per un po'.

E lui si rabbuiò, ammantato dalle ombre, tornò a incupirsi di tutte le pareti oscure con cui era stato forgiato.

Non riuscii a balbettare altro e afferrai la mia borsa: ora che mi ero liberata da quello sguardo di rimprovero nulla avrebbe potuto impedirmi di scoprire la verità, nulla avrebbe potuto frapporsi tra me e la tempesta.

Scappai da lui come una fuggiasca, senza guardarmi indietro, a lasciarlo inghiottire i suoi demoni dopo averli fatti miei per un po'. Le membra si torsero, la nausea mi attanagliava quando scesi nell'androne del One Hyde Park che ormai conoscevo alla perfezione e mi fiondai giù in strada.

Sapevo di aver fatto un gigantesco errore.

Solo che col passare del tempo quell'errore era diventato sempre più bello, sempre più enorme, sempre più reale. Perseverare è l'attività preferita del diavolo, e noi l'avevamo resa nostra a ogni colpo inferto l'uno contro l'altra.

Sarebbe arrivato quel momento in cui la realtà mi avrebbe presa a schiaffi mostrandomi quanto quello sbaglio mi sarebbe costato. Eppure non avrei mai osato immaginare quanto presto avrebbe cominciato a presentarmi il conto.

Arrivai a casa di Lucky tra gli eleganti palazzetti anni Venti di Baker Street dopo quasi mezz'ora di taxi, visto che c'era un blocco del traffico su Marylebone Road.

Quando aprii la portiera e il mio tacco dodici impattò contro il cemento dell'asfalto, qualcosa in me cambiò per sempre. Ci sono dei momenti nella vita di una persona che sono spartiacque, che segnano un prima e un dopo, un punto di non ritorno che ti cambierà per sempre.

Il mio cuore si bloccò in un impatto mortale.

Mille frammenti di terrore esplosero dietro ai miei occhi, una detonazione che mi avrebbe uccisa, mentre le immagini cristallizzate dei miei ricordi mi invasero tutte in un disperato accordo stonato.

No, non di nuovo.

La polizia, un viavai di persone.

«Non può entrare, signorina.»

Che cosa succede?

Che cosa succede?

Cazzo, ditemi che cosa succede.

Le voci si accavallano nella mia testa e io non so più cosa fare.

«Io abito qui. Che cosa è successo?»

Nessuno mi rispondeva, al massimo mi chiedevano di stare indietro per non intralciare i soccorsi.

Quali soccorsi?

Mi gettai a capofitto sugli scalini divorandone uno dopo l'altro, con i tacchi che sbattevano contro il pavimento. Uno sguardo mi si piantonò dentro gli occhi, due occhi lividi e bui di terrore, ma quasi non mi resi conto di chi ne fosse il proprietario.

Poi sentii un corpo che mi venne addosso, mi travolse di peso scaricando tutta la sua forza per allontanarmi da lì.

E me lo trovai di fronte, proprio lui, proprio lui che mi aveva ingannata.

«Mavor...»

«Resta lì. Non entrare.» Impartì i suoi ordini mentre io ancora ero scombussolata dall'impatto con il suo busto.

«Cosa succede? Fammi entrare! Cosa ci fai tu qui?»

Mi prese di forza, spingendo contro la mia volontà mi trascinò nel pianerottolo lontano da quella porta aperta, sbarrata.

La porta di casa di Nolan.

«Sono arrivato due minuti prima di te. Resta lontano da qui!»

«Perché sei venuto? Cosa sta succedendo?»

«Mi ha chiamato Nolan.»

«Che cosa succede? Cazzo, Mavor, non sono una ragazzina!» Cercai di scrollarmelo di dosso ma lui me lo impedì con tutta la sua forza.

Aveva indossato solo una felpa e i pantaloncini sportivi, era ancora vestito come se fosse a casa e forse avremmo avuto entrambi bisogno di una doccia.

Ma perché vedevo solo lui?

Chiamai la mia amica a gran voce, e la mia paura si materializzò davanti ai miei occhi pezzo dopo pezzo, una sillaba per volta.

Lucky.

Lucky.

«Lucky!»

Quel dejá-vù mi attanagliò il respiro quando capii che qualcosa di grave stava accadendo oltre quella soglia. Scivolai con la schiena contro il muro sulle mie stesse ginocchia e mi accasciai a terra. Gli occhi erano un fuoco di lacrime intrappolate, il panico non riuscì a evadere dalla prigione del mio corpo e rimase dentro di me.

Fui sopraffatta, avvelenata, annientata, mentre Mavor era lì a impedirmi di cadere, di avanzare, di muovermi in qualsiasi direzione.

«Ti prego, resta in piedi.»

«Lasciami! Lasciami andare!»

Mi teneva stretta tanto da farmi quasi male, io mi dimenavo come se da quello fosse dipesa la mia vita.

«Ascoltami. Guardami. Andrà bene. Fidati di me. Andrà tutto bene.»

I minuti successivi furono così nebulosi e astratti che non abitai il mio stesso corpo.

La testa aveva preso a pulsare e a girarmi attorno al punto che non distinguevo nulla, al di fuori del tessuto della felpa scura di Mavor. Non compresi appieno quello che stava succedendo, la mia mente si dissociò nel momento in cui Nolan uscì dalla porta con gli occhi colmi di lacrime e non riuscì nemmeno a guardarmi in faccia.

Ebbi la conferma dei miei sospetti.

A seguire, Lucky completamente priva di coscienza veniva trasportata via con un'urgenza che mi tagliuzzò il respiro.

Pensavo che l'avrei trovata in preda al panico, e invece era placida e inerme, il volto serafico sotto le lunghe ciglia. Aveva il trucco che usava quando doveva andare in scena, i capelli rossi macchiati di sangue, le labbra cianotiche, ed era bella di un'inquietante aura occulta di pacifico mistero.

Provai a chiamarla, provai di nuovo, ma la mia voce si spezzava a ogni sibilo.

«Lu... Lucky...»

«È stata aggredita. Un colpo alla testa. L'hanno quasi ammazzata.»

Mavor tuonò quelle parole col suo vibrato secco e gelido, come un criminologo che non tradiva alcuna emozione e stesse operando quella che loro chiamavano *spersonalizzazione* della vittima. Ma quando lo guardai negli occhi sospinta da un vento brusco e sconvolgente, vidi qualcosa di troppo vicino alla preoccupazione nell'osservare la mia reazione.

O forse era tutto frutto della mia immaginazione? Avrei voluto non svegliarmi mai, quella mattina. Magari era solo un sogno lucido e io avrei potuto cambiare le cose.

Pensava che stessi per crollare.

E aveva ragione.

Crollai.

Caddi a terra, le mie ginocchia impattarono sul pavimento.

Non.

Respiro.

«Coraggio, dobbiamo andare in ospedale.»

Nolan mi afferrò per un braccio tirandomi in piedi, scuotendomi con voce disperata, mentre i paramedici schizzavano dentro l'ascensore, mentre Mavor rimaneva immobile.

«Io resto qui. Voi andate.»

«Mavor, Cristo santo, aiutami!»

Io rimanevo pietrificata dal terrore, non in grado di proferire parola.

«No! Devo prendere i nastri prima che arrivi la polizia. Voi andate!»

«I nastri? Quali nastri?» domandai in preda all'isteria, e Mavor si spinse contro di me fino a tapparmi la bocca. Lo avevo addosso, tutto il suo sapore, tutta la sua discutibile lealtà, la sua mancata empatia, quella misantropia palesata in ogni sua sillaba, ma ero troppo fuori di me per accorgermene.

«Shhh. Sta' zitta», mi intimò a bassa voce graffiando nella gola un ordine che era quasi una preghiera. Doveva pensare che fossi in me, per parlarmi così. Ma i miei occhi bruciavano e le lacrime mi grattavano la trachea, stavo per vomitare davanti a tutti e Mavor mi tenne la mandibola alta fra le dita.

Lucky era stata aggredita e mi chiesi per la seconda volta nella mia esistenza se non avrei dovuto esserci io al posto di chi soffriva.

«Cerca di respirare.»

Ero vicina allo svenimento, non incameravo aria e il dolore mi aveva trafitta al punto che sentivo in bocca il sapore del sangue.

«Cercavano me? Mavor, pensi che cercassero me?» Ero nel panico. Il petto scosso da singulti, l'attimo dopo cadevo in uno stato di trance.

«Penso che adesso tu debba andare in ospedale e pensare a lei.»

Stavo pensando a lei anche troppo, da farmi scoppiare il cranio.

Ma le idee erano sconnesse, confuse, e il desiderio di essere al suo posto avvampò in me senza che potessi fare nulla per impedirlo.

Prima che avessi tempo di cadere ancora a terra, Nolan si aggrappò di nuovo al mio braccio e mi trascinò via.

Una forza autodistruttiva aveva preso a combattermi da dentro qualsiasi istinto di sopravvivenza.

Il tempo non cancellava un bel niente, nascondeva tutto sotto uno strato di polvere. Bastava un soffio di troppo per ridare a tutto la sua forza del passato.

Mi rividi qualche anno prima nei corridoi di un altro ospedale, il momento in cui la mia anima si era fratturata e aveva deciso che da quel giorno avrei ringraziato solo chi mi avesse aiutata a liberarmi di me stessa.

Mi odiavo per quello che accadeva alle altre persone.

Mi odiavo per quello che era accaduto ai miei genitori.

Mi detestavo per quello che era appena accaduto a Lucky.

Ci avevano detto che aveva poche speranze di restare in vita, e lo avevano fatto come se per loro fosse una cosa da tutti i giorni. E in effetti, per chi aveva così tanta familiarità con la morte, un coma farmacologico lo era.

Ci avevano detto che la TAC aveva rivelato una brutta ferita alla testa, che non si sapeva quali danni avrebbe potuto lasciarle.

Con un trauma cranico di quelle proporzioni sarebbe stato un miracolo se si fosse risvegliata.

Nolan era un uomo finito. In preda alla disperazione ma sempre saldo nel suo modo dignitoso di gestire il dolore, restò seduto con gli occhi fissi sul pavimento e le braccia incrociate in un gesto di rifiuto.

Per ore.

Quel ragazzo aveva bisogno di Mavor tanto quanto io avevo bisogno di Lucky, e si dannava tirandosi i capelli, fumava tutto ciò che riusciva a trovare nelle tasche e poi tornava a fissare il vuoto.

Dopo tante ore di buio avevamo bisogno di respirare aria vera, perciò ci sedemmo sulle scale d'emergenza dell'ospedale sperando che ci si attenuasse quel colorito grigiastro del volto.

Io ero ancora fuori di testa, ma vedere Nolan così saldo mi dava la forza di affrontare quel posto senza che la mia mente crollasse su se stessa. Si mangiava le pellicine delle unghie, si stirava i pantaloni con le mani in maniera compulsiva. Ma, per il resto, il tono di voce era calmo e pacato.

«Perché Mavor è rimasto a casa?» Lo chiesi con un filo di voce, come se non fosse importante.

«Ha preso i nastri delle telecamere di sicurezza che ho fatto installare dopo che Lucky è stata rapita e portata in Russia. Nessuno doveva sottrarli, in quel trambusto c'è il rischio di infiltrati, servizi segreti deviati... Se c'è di mezzo chi penso io, tu non hai idea di quanto possa essere contaminata la scena del crimine.»

Voleva indagare da solo su chi fosse il responsabile.

Lo disse in una sola boccata di fumo, una nube densa si formò al mio fianco perché nonostante l'aria frizzante fuori dall'ospedale non tirava un alito di vento.

«Lucky sapeva che c'erano delle telecamere?»

«No. Non lo sapeva. Le ho fatte installare a sua insaputa.» Parlava come un automa. Non mi guardava in faccia, scandiva le parole quasi come se recitasse un copione.

Io sbottai, forse perché prendermela con qualcuno in quel momento mi aiutava a distrarmi, ma pensavo ogni singola parola di ciò che avrei detto.

«Tu e Mavor avete sempre questo modo di fare del cazzo.»

Lasciò cadere la cenere della sigaretta accanto alle mie scarpe gioiello, con quel tacco vertiginoso che avevo indossato la sera prima pensando che sarei tornata a casa nell'arco di qualche ora.

«Come mai sei vestita in questo modo?»

Indossavo quei tacchi da talmente tante ore che non sentivo più le ossa dei piedi, ma non risposi perché sapevamo entrambi quanto la domanda fosse retorica.

E anche io gli avrei dovuto chiedere dove si trovasse in realtà, se fosse stato davvero in Irlanda come aveva detto alla mia amica, ed ero sicura che per l'ennesima volta non avrei ottenuto risposta.

«Che cosa ci faceva lui, a casa tua?»

«Parli di Mavor?»

«Sì.»

«L'ho chiamato io, subito dopo aver chiamato l'ambulanza.»

Dio, l'aveva trovata Nolan.

Mi aveva accennato la cosa una sola volta e non ero riuscita nemmeno ad ascoltare.

Non era giusto che certe persone dovessero vivere certi traumi. Non uno come lui.

«Ti fidi di lui? Sei sicuro che quei nastri siano in buone mani?»

Fu la prima volta da quella mattina che Nolan mi guardò come se stessi dicendo un'eresia.

«Stai scherzando, vero? Lui non è perfetto, ma mi fido di Mavor più che di me stesso.»

A quel punto posai la testa sulla sua spalla e cercai conforto in quell'impermeabile color sabbia che ormai era diventato la sua seconda pelle. Ero una maledetta egoista, ma avevo bisogno di svuotarmi di un peso.

«Prima che qualcuno la aggredisse, Lucky ha voluto farmi sapere di aver scoperto qualcosa di grosso su Mavor.»

«Mavor ha tantissimi segreti, ma non sarò io a rivelarteli.»

Nolan scosse la testa sconsolato, quando feci partire il messaggio in segreteria per la terza volta, quel giorno. Al pensiero che quella avrebbe potuto essere l'ultima volta che avrei sentito la sua voce il cuore mi si rinsecchì come una foglia morta.

«Ha continuato a indagare, mi sembra di capire.»

«Su cosa? Che cosa ha scoperto, Nolan? Tu lo sai?»

Quel bisogno viscerale di sapere cosa avesse trovato su Mavor non mi avrebbe abbandonata. Se qualcosa fosse andato male, lei se ne sarebbe andata con quel segreto sulle labbra.

«Niente che dovrebbe essere di vostro interesse.» Era più fedele a Mavor che a qualsiasi altra persona. In qualsiasi direzione provassi ad andare, Nolan mi bloccava l'accesso.

«Pensi che quello che Lucky ha scoperto su Mavor e quello che le è accaduto possano essere in qualche modo... collegati?»

«Venus.» Mi guardò sconvolto, severo, inclemente. «Stai veramente pensando che Mavor c'entri qualcosa?»

Il mio silenzio lo fece imbestialire. Si drizzò su quei gradini come se non gradisse avermi attorno, ma in fondo io non lo avrei biasimato.

Mi odiavo con tutta me stessa anche da sola, mi chiesi come facessero le persone anche solo a restare nella mia stessa stanza se non per guardarmi sfilare il reggiseno.

«Cristo. Sei completamente impazzita? Mavor non farebbe mai del male a Lucky.»

«Il tempismo è sospetto.» La mia insinuazione lo offese come se fosse stata rivolta contro di lui.

«Non metterti a parlare come un detective. Sono io il detective. Non tu.»

E Mavor è l'avvocato del diavolo.

Nolan mi aveva parlato risoluto e tagliente come una lama affilata, come forse non aveva mai fatto, e a quel punto mi alzai in piedi.

«E allora spiegami, detective! Spiegami tutto questo.»

Nolan prese un lungo sospiro e abbassò il tono di voce come se qualcuno potesse sentirci.

«Lucky ha minacciato apertamente un membro della famiglia

Cadogan accusandolo di aver fatto del male a Eclipse, e lo ha fatto dentro *Annabel* davanti a tutti. E poi potrebbe aver scoperto che fine ha fatto proprio Eclipse.»

Annaspai tremante mentre una domanda si era incastrata tra le mie corde vocali: «Perché? Che fine ha fatto quella ragazza?»

Mi guardò, e compresi ancora che non avrebbe mai risposto. Quella bugia sui pagamenti di Cadogan mi stava costando più cara di quanto avessi pensato, nessuno si fidava di me. Nessuno tranne la mia migliore amica.

E Mavor Axford sembrava essere una sorta di dogma per un sacco di gente, soprattutto per lui. Persino Victor lo aveva sempre guardato ammaliato.

In quel momento un'infermiera sulla cinquantina dall'aria gentile si affacciò alla porta d'emergenza per informarci che Lucky avrebbe potuto ricevere visite, una persona per volta.

Scattammo in piedi per tornare dentro e una volta in reparto io mi feci da parte, perché Nolan sembrava contrario a voler continuare quella conversazione. Evitai ancora i suoi occhi cerulei, ma Nolan in quel momento grondava dalla fronte solo la paura di perderla, l'incomprensibilità del momento, il desiderio di rivederla sempre libera e incosciente, spericolata, persino un po' pazza ma col sorriso contagioso di chi se ne frega di cosa pensa il resto del mondo.

«Ho bisogno di vederla. Di sentire il suo cuore battere.»

Lo feci entrare per primo e attesi, attesi, attesi per ore infinite senza che il pensiero di andarmene mi sfiorasse mai.

Victor mi raggiunse in sala d'aspetto in piena notte, diverse ore dopo, trafelato e con il cappotto sotto al braccio, la barba del giorno prima e l'aria di chi non aveva dormito affatto.

Era stata una giornata infinita, e per qualcuno doveva essere stata ancora più lunga.

«Sono venuto appena ho potuto, Vin.»

«Victor.» Mi aggrappai a lui. Lo feci davvero, nel senso letterale, strinsi i pugni contro la sua camicia e sbattei la fronte sul suo petto.

«Andrà tutto bene, vedrai.»

Me lo aveva detto anche Mavor, e mi resi conto di quanto suonassero diversamente le stesse affermazioni fatte da due persone così diverse.

Quella di Victor era consolatoria, ma vuota. Affettuosa, ma piatta.

Qualsiasi espressione di Mavor invece portava con sé un impeto che mi sconvolgeva con la sua potenza come se stesse sfidando la sorte, riuscendo persino a convincermi.

«Ti ho portato dei vestiti puliti. Vai a cambiarti, sei sotto choc.» Mi lanciò un'occhiata che fino al giorno prima mi avrebbe fatto ben sperare. «A proposito, come mai indossi gli stessi vestiti di ieri sera?»

«È stata una lunga, lunghissima notte, Victor.»

Quasi osai ricordarla, mentre ormai la luna in lutto era scesa a prendersi gioco dei comuni mortali di cui illuminava le notti insonni come la nostra.

«Ma noi abbiamo molto tempo. E io adesso sono qui.»

27

I know she knows

«Dallo sciàcallo, che cosa pretendete?
Che muti pelo?»
H.M. Enzensberger

Venus ♀

Mi ero aperta completamente, avevo raccontato a Victor tutto quello che aveva bisogno di sapere su quella notte.

Da quello che era successo con Mavor, al messaggio anonimo, alla ricerca disperata di Eclipse in cui Lucky era stata impegnata per mesi, ai suoi tentativi di volermi aiutare, al coinvolgimento dei servizi segreti.

Victor mi ascoltava, sempre più sconvolto a ogni passaggio.

Lucky era stata innamorata di sua sorella, avevamo tutti un nemico comune e questo rese il mio avvocato particolarmente sensibile alla vicenda della mia amica. Il punto su cui ci eravamo focalizzati era uno e uno solo: non era stato un raptus del momento, ma un agguato ben organizzato in modo da eliminare qualcuno che diventava ogni giorno più scomodo.

A una settimana dall'aggressione la mia vita e quella di Nolan scorrevano scandite dagli orari di visita dell'ospedale: ci alternavamo tra un silenzio e quello successivo.

Ero io a passare più tempo con lei, visto che ero l'unica che non lavorava.

Qualche volta era venuta a trovarla persino Athena: in cuor mio, se ci fossi stata io al posto di Lucky, non sapevo quanto si sarebbe spesa ad attraversare la città.

Ogni giorno le mettevo il suo gloss alla ciliegia e le pettinavo i capelli, perché chi l'avrebbe sentita se si fosse risvegliata con i capelli attorcigliati in quei nodi spaventosi e le labbra non idratate? Non me l'avrebbe mai perdonato se l'avessi lasciata sfatta e trasandata in una squallida stanza d'ospedale, grigia e impersonale, senza le sue amate candele profumate con cui aveva rischiato di dare fuoco a casa almeno tre volte nell'ultimo anno. Lei avrebbe fatto lo stesso con me, e magari mi avrebbe fatta vestire con uno dei suoi pigiami sconci e pieni di doppi sensi.

Le mettevo su la musica, lei adorava i Cigarettes After Sex, passavo ore a leggerle qualcosa. Qualsiasi cosa. Le avevo persino letto qualche passaggio dei libri che mi nominava Mavor, dalle seghe mentali del suo alter ego letterario Harry Haller fino ad arrossire alle scene degli amplessi latini tra Marte e Venere.

Certe volte pensavo che più avessi trovato un libro noioso, più si sarebbe svegliata per darmi un calcio nel sedere ordinandomi di leggerle *The Stripper Diaries* del suo mito Trisha Paytas.

Osservavo fuori dalla finestra lo scorrere dei miei pensieri e mi dicevo che no, la mia Lucky non era la stessa ragazza distesa sul letto.

Lucky aveva talmente tanta vita dentro che ne aveva donata un po' anche a me, mi aveva raccolta quando non avevo niente al di fuori di un'esistenza allo sbando, mi aveva presa per mano e mi aveva detto: «Non sei sola, siamo in tante, e va bene anche così».

Sembravo sua sorella minore, eppure avevo diversi mesi più di lei. Era nata in primavera e quella stessa primavera tardava a sbocciare, assopita come lei.

Ma più passava il tempo e meno speranze avevamo che si svegliasse.

Chiusi il libro di Stendhal che avevo visto nella stanza 101, sconvolta dal finale, mi sedetti al suo fianco e poggiai la testa sulla sua gamba.

«Tra le due sei tu quella che ha sempre parlato troppo, e io quella che ti diceva di stare un po' zitta. Ora però mi hai preso troppo in parola, Lucky. Così non va bene. Avrei davvero, *davvero* bisogno di sentirmi dire cosa dovrei fare.»

Magari mi avrebbe detto di tornare sul palco. Di andare a Las Vegas a fare fortuna. Di scappare con Mavor, di darmi alle truffe ai tavoli da poker e di finire con lui come Bonnie e Clyde. Era così poco realista che sorrisi al pensiero delle parole che mi avrebbe rivolto.

«C'è sempre una *scelta*.»

Sollevai lo sguardo di fronte a me. Una voce nell'ombra, forse un'allucinazione spettrale, un ologramma sinistro che avanzò controluce mi fece trattenere il respiro.

La voce femminile non mi era affatto familiare, eppure aveva parlato come se avessi dovuto sapere chi era.

«Tu chi sei? Ci conosciamo?»

Era una ragazza giovane, il capo nascosto sotto una cappa di lana che aveva l'aria di essere incredibilmente costosa, un filo di pelliccia di volpe a impreziosirle il bordo del cappuccio calato sul volto. Gli occhi bassi sotto cui notai un sorriso bianco splendente e un rossetto rosso, che celava un amaro rimpianto che venne fuori con le sue parole.

«Io sono la colpa di tutto questo. O almeno il fattore scatenante.»

Avevo un sospetto, ma non potevo esserne certa. Solo l'idea mi sconvolse e divenni una statua di sale.

«Chi ti ha fatto entrare?»

«L'infermiera del piano.»

A quel punto Nolan entrò di prepotenza spalancando la porta, con un botto che risvegliò i miei sensi intorpiditi. «Io so chi sei. E non sei la benvenuta.»

La ragazza rimase impassibile, come se si aspettasse quell'intrusione. «Non per dire, *boy*. Ma in questo quadretto l'intruso sei tu.»

Nolan invase la stanza con la sua aria trafelata, i suoi occhi di zucchero erano cristalli di ghiaccio e cercava lo sguardo di quella ragazza come per capire se stesse sognando.

«Se davvero una volta hai tenuto a lei anche un decimo di quanto ci tenga io, porta rispetto a Lucky e vattene», le intimò, e io avanzai verso quella ragazza senza sapere cosa aspettarmi.

Era eterea, sembrava distante e intoccabile, bella come la prima stella del vespro. I suoi lunghi capelli biondi raccolti in una treccia laterale, il cappuccio della mantella ancora sul capo, calato in modo tale che quasi non riuscivo a vederle gli occhi allungati da gatta, ma solo due labbra gonfie dipinte di un rossetto rosso carminio come una rosa di sangue.

«Oh mio Dio. Tu sei... tu sei Eclipse?»

«Madeleine. Eclipse appartiene al passato. Venus Kelley, ho davvero sentito *tanto* parlare di te.»

Non ci potevo credere. Eclipse era davvero nella stessa stanza di Lucky, che giaceva inerme senza coscienza come per un incantesimo, quasi fosse in una teca di cristallo. Cominciavo a pensare che fosse una figura mitologica e invece era insieme a me, ammantata dalla sua aura di mito che la mia mente aveva forgiato di lei.

Oh mio Dio.

Piegò leggermente il capo verso la spalla e studiò i miei lineamenti.

«Sei così perfetta: sembri un quadro.»

Mi sentii a disagio persino a ringraziarla di quel complimento, ma Nolan parlò prima che potessi aprire bocca.

«Possiamo saltare i convenevoli? Voglio sapere cosa ci fai qui.»

«Mi pare evidente.»

Mi superò e poi si sedette accanto a Lucky. Le carezzò la testa, mentre io e Nolan restavamo inebetiti a fissarla senza riuscire a distrarci.

«Dove sei stata tutto questo tempo?» Avanzai una domanda, lei non sembrava restia a rispondere.

«A Mosca.»

«Allora Lucky aveva ragione. Tu eri lì!»

Per un attimo un barbaglio di speranza si accese in fondo ai miei occhi. Eclipse era viva, stava bene, e questo voleva dire che avrebbe potuto testimoniare a mio favore, avrebbe potuto confermare tutto quello che Cadogan ci aveva fatto. Aveva deciso di uscire allo scoperto e noi due insieme avevamo più di una speranza di mandarlo in galera. Forse era la svolta di cui avevamo bisogno, forse avrei potuto dare un senso a quel dramma assurdo.

«Tu lo sapevi?» mi rivolsi a Nolan.

«No. L'ho saputo *dopo*.»

«Perché eri lì? Ti tenevano prigioniera?»

Eclipse accennò una risata amara.

«Possono rapirmi una volta sola. La seconda devono uccidermi.»

Qualcosa, nei modi di fare e di gesticolare di Eclipse, mi ricordava la mia amica. Aveva assunto indubbiamente qualche sua posa, la sua spavalderia inconsulta, il modo di parlare, magari in maniera inconscia, magari incontrandola nei sogni o afferrandola in qualche ricordo.

«E allora? Cosa ti è successo? Cosa ci fai a Mosca?»

«Ho ritirato la denuncia contro Cadogan quando lui mi ha promesso in cambio un lavoro.»

«Un lavoro?»

Il rumore dei suoi tacchi teneva il ritmo della sua voce melliflua, bassa e calibrata.

«Mi hanno proposto una nuova vita, se avessi ritirato la denuncia. Insomma, non avevo altra scelta. Non era una proposta rifiutabile. Anche se questo avrebbe voluto dire rinunciare a...»

«C'è sempre un'alternativa, rispetto al diventare un'adescatrice di giovani donne.» Nolan era furibondo. Se non fosse stata una ragazza e non avesse avuto quell'aspetto aggraziato, probabilmente l'avrebbe scaraventata fuori con la forza.

E a quel punto mi fu chiaro di che tipo di nuova vita stesse parlando: Eclipse era diventata una di loro.

La mia mandibola si contrasse al punto da spaccarmi quasi i denti, assieme alle mie speranze.

«Lavori per lui?»

Bella scelta di merda.

Spalancai gli occhi per metterla a fuoco, quasi le avrei voluto strappare quel cappuccio di volpe per farglielo ingoiare. Questo la rendeva una mia nemica giurata, quindi affilai le unghie e mi misi sulla difensiva.

«Possibile che non ti sia mai saltato in mente di dirglielo? Di metterti in contatto con lei?»

«Non ho avuto il coraggio.» Non ci degnava più di uno sguardo perché sapeva che la stavamo giudicando. «Insomma, Lucky nei servizi segreti, io che lavoro per gente molto potente. Non volevo metterla in pericolo.»

«Ci sei riuscita comunque alla perfezione.» Nolan cercava di ferirla come meglio poteva, ma Eclipse lo ignorò, troppo concentrata su me e Lucky.

«Apparteniamo a due mondi diversi e nemici, come potremmo continuare a stare insieme?»

Ne sapevo qualcosa di una situazione del genere, ma questo non mi rendeva solidale o compassionevole. Mi condannavo già abbastanza da sola per le mie azioni.

«Avresti dovuto dirglielo. Farle mettere l'anima in pace.»

«Non mi perdonerò mai abbastanza per non averlo fatto, ma non volevo che intaccasse il ricordo che aveva di me.»

Un'altra egocentrica del cazzo.

Strinsi i pugni e feci un rapido calcolo di quanti mesi avrei preso se l'avessi picchiata in un reparto ospedaliero. Magari risparmiare sull'ambulanza mi avrebbe garantito uno sconto di pena.

«Ci sono troppo punti che non mi tornano.» Cominciai a vagare per la stanza e poi mi fermai al fianco di Nolan. «Ho bisogno di sapere tutto.»

«È molto semplice, Vin.» Il detective mi rispose con la sua santa pazienza, ma a dirla tutta era davvero arrivato il momento. «L'intelligence britannica indagava su un giro di ragazze rapite, inclusa la qui presente. Ha una soffiata su Mosca, e Lucky si convince che Madeleine sia lì, e che venga trattenuta contro la sua volontà. Ovviamente ha ragione ma solo al cinquanta per cento.» Lanciò un'occhiata piena di sdegno alla ragazza bionda alle mie spalle. «Lucky lavora per mesi per attirare l'attenzione di certi personaggi ed essere rapita, esattamente come te ed Eclipse. Per farsi portare nella tana del lupo.»

Quell'espressione mi fece rabbrividire.

«Ma a Mosca qualcosa va storto. Noi riusciamo a trovarla e Mavor la costringe a tornare a Londra aiutandola a fuggire, perché per poco non si fa ammazzare dagli uomini di Cadogan in un agguato studiato dall'intelligence. A quel punto penso che avessero scoperto che lavorasse per i servizi segreti, visto che lo sa anche la qui presente miss Winter.»

«Avevo quasi dimenticato quel vecchio cognome.»

Eppure suo fratello non si era dimenticato di lei.

Guardai Eclipse e quel taglio d'occhi allungati a mandorla talmente chiari da sembrare opalescenti. C'era ancora un tassello di quella storia che mi mancava.

«Mavor ha promesso a Lucky che ti avrebbe cercata, e l'ha convinta a tornare a Londra. Ma poi ti ha trovata?»

«Certo che mi ha trovata. Mavor Axford ottiene sempre tutto quello che vuole.»

Quella frase mi fece tremare, perché Eclipse mi squadrò dalla testa ai piedi e io doccia dopo doccia ancora sentivo la pelle impregnata del profumo di lui.

Più Nolan proseguiva a parlare, più mi chiedevo quanto altro avrei dovuto indagare prima di avere chiara tutta la verità.

«Mavor ha scoperto il suo nuovo ruolo all'interno di quel racket.

Quando ha compreso il pericolo ha chiesto a Lucky di smettere di cercarla.»

Era forse questo che Lucky aveva scoperto su di lui, o c'era dell'altro?

«Avrebbe dovuto dirle la verità.»

Verità, per Mavor, era una parola così difficile.

«Così avrebbe smesso di indagare.»

«Se lo avesse fatto, Lucky avrebbe trovato il modo di tornare a Mosca per cercarmi. Per convincermi a tornare con lei.»

Adesso quella ragazza si era messa persino a difenderlo.

Nolan si sedette su una poltrona con aria sconsolata e io lo guardai di sottecchi.

C'era qualcosa che Eclipse non aveva tenuto in considerazione, e che era accaduto davanti ai miei occhi giorno dopo giorno facendomi vivere di emozioni riflesse.

«No, ti sbagli», parlai. «Lucky ti era molto legata. Non si metteva l'anima in pace per il modo in cui sei sparita, si sentiva responsabile come se fosse l'ultima rimasta sulla faccia della terra che ancora ti stesse cercando. Ma io so che in ogni fibra del suo corpo, della sua anima, il suo cuore appartiene a Nolan.»

Non avrei mai pensato di poterle dire certe cose guardandola negli occhi, e sicuramente avrei voluto farlo in altre circostanze, ma ero convinta di ogni singola parola, e lo sguardo di gratitudine di Nolan mi ripagò di tutto lo sforzo fatto.

«E, quando si risveglierà, sarà lei stessa a dirtelo.»

Gli occhi freddi di Eclipse si illanguidirono in una sincera commozione mista al rammarico. Si sentiva in colpa e non provava rancore: riconobbi fin troppo bene quello sguardo.

Quella piccola vicinanza con lei mi fece arrischiare in una domanda pericolosa.

«Ti sei mai chiesta perché proprio tu? Perché Cadogan ha scelto te?»

«Direi che l'occhio vuole sempre la sua parte.»

Era ironica ai limiti del *dark humor* esattamente come la mia migliore amica.

«Ma, a parte questo, penso che il suo secondogenito si fosse preso una cotta per me. Niente di ricambiato, ma Charles non poteva tollerarlo. Lo ha sempre considerato il figlio di serie B, la pecora nera, quello che veniva dopo tutti gli altri, ma un membro della sua famiglia con una stripper, apriti cielo! Non poteva accettarlo.»

«Non siamo alla loro altezza», constatai, stupendomi per il nostro destino comune.

«Tesoro, non essere ingenua. Lavoravamo da *Annabel*, tutta Londra avrebbe voluto un pezzo di noi. Penso che abbia un problema personale con le spogliarelliste, non ho mai compreso il motivo.»

«E io ho un problema personale con gli assassini.»

Già.

E Mavor aveva sparato a Regina Storm per salvarmi, e io cominciavo a perdere di credibilità tanto quanto lui ed Eclipse messi insieme.

«Sai, c'è di peggio al mondo.»

«Tipo chi sfrutta le donne», bofonchiò Nolan.

«Riguardo Regina Storm? Cosa mi sai dire di lei?» Ormai ero in ballo, tanto valeva ballare. «La donna che è venuta da me fingendo di essere te.»

«Non l'ho mai conosciuta, ma era solo un diversivo per farti smettere di cercarmi. Quello che Charles non ha mai saputo era il mio particolare rapporto con la tua migliore amica. Se tu le avessi parlato di lei sarebbe saltata la copertura e probabilmente Charles vi avrebbe fatte fuori entrambe. Non è accaduto, e invece è morta lei. Strano il destino certe volte, non è così?» Me la sentii alle spalle, strisciò silenziosa come una vipera, mi sibilò all'orecchio respirando sulla mia pelle del collo. «Sai, detto tra noi... Certe relazioni è meglio tenerle segrete. Possono essere molto, molto pericolose.»

Tutti quelli che lo sapranno saranno in grave pericolo.

«Certe relazioni sarebbe meglio non pensarle nemmeno», confermai.

Eppure sono lì che ti tendono la mano e tu ti aggrappi perché moriresti senza, anche se sai che morirai lo stesso.

Eppure te le inietti in vena e pensi che sarebbe molto più facile se il tuo sangue non fosse così corruttibile, ma si lascia scambiare col veleno con tanta facilità che in fondo se il cuore smettesse di battere non sarebbe poi così doloroso.

«Sei sveglia, ragazza. Mi piaci.»

Non posso dire di ricambiare.

Eclipse si sfilò il foulard, svelando sotto la mantella un collier di diamanti che mi avrebbe pagato l'affitto per un decennio.

«L'ho sempre saputo, che eri la persona sbagliata a cui fare quello che hanno fatto a me. Ho sempre saputo che saresti caduta in piedi.»

Era seria, eppure mi sentivo presa in giro. Se ero caduta in piedi cos'erano quei graffi sul volto, quelle mani sanguinanti, quei lividi che ancora mi portavo dentro?

«Quella che è caduta in piedi tra me e te sei soltanto tu.»

«Ma io ho dovuto rinunciare al mio amore. Perciò, ne sei proprio sicura?»

Il mio amore.

L'amore non era un sentimento, l'amore era una dipendenza, non troppo diversa dalle altre droghe. L'amore era endorfine e dopamina, come un orgasmo più lungo del solito.

Evitai di dirle che chi cadeva davvero era chi si innamorava. Che, se amavi qualcuno, eri già inesorabilmente caduto.

Eclipse indossò di nuovo il cappuccio della mantella mentre manteneva lo sguardo affilato su di me, e io afferrai un lungo respiro.

Poi si avvicinò a Lucky, le carezzò i capelli, e un singhiozzo le strozzò il respiro.

E forse un po' ne vidi, di quel rimasuglio di amore bistrattato, tradito, masticato e buttato per terra come una cicca insapore, calpestato assieme a un pantano di foglie secche.

Ne vidi in quella lacrima discreta che le rigò il volto, che ricacciò indietro come se dovesse screditarla.

«Potete lasciarmi sola con lei? *Vi prego.*»

Per la prima volta mostrò il suo lato sofferente.

Qualcuno che conoscevo bene le avrebbe intimato di andarsene e di non farsi più rivedere. Ma Nolan era troppo buono, e la disperata tristezza che si era dipinta sul suo volto era immensa tanto quanto la sua gentilezza.

Forse eravamo tutti sulla stessa barca, chi sulla poppa e chi sulla prua, ma accomunati da un destino congruente.

Mi posò un palmo aperto sulla schiena e mi accompagnò alla porta. «Vin, andiamo, non hai mangiato nulla. Ti offro un cappuccino.»

Ero sconvolta.

Guardavo quella brodaglia scura ormai fredda ascoltando il tintinnio del cucchiaino che girava nella tazza. L'idea che in quel momento Lucky si trovasse nella dimensione dell'inconscio mentre Eclipse era accanto a lei mi corrodeva il fegato e me lo irrorava di bile.

Nolan mi allungò un muffin ai mirtilli che per poco non mi provocò un vomito istantaneo.

«Non ho fame. Grazie.»

«Dovresti mangiare qualcosa. Mi sembri dimagrita.»

Un caffè americano sarebbe bastato a tenermi in piedi, tutto il resto lo avrei trasformato in acidi nocivi per il mio organismo.

«Tu lo sapevi? Mavor lo sapeva? Che Eclipse lavorava per Cadogan, intendo?»

L'unica sete che mi arroventava la gola era quella di *sapere*.

Sapere se fosse quello ciò che Lucky aveva scoperto su Mavor.

Sapere se fosse quello il motivo per cui si trovava in quel letto a lottare per una vita che l'aveva punita solo perché quella ragazza amava troppo, donava troppo, si fidava troppo.

Nolan scosse il capo in un cenno positivo.

«Lo sapevamo entrambi. Mavor l'ha scoperto in Russia, dopo che noi due e tua sorella siamo ritornati a Londra. Quando è tornato lo ha detto anche a me: Eclipse è viva, sta bene, ma *non deve* essere cercata.»

«Perché è una di loro, immagino. Questo la rende una loro *protetta.*»

Annuì ancora una volta, ma questa volta arricciò il naso in segno di disgusto.

«Gestiscono un giro internazionale, non mi stupisce che una come lei sia passata al lato oscuro.»

Non mi interessavano le sue considerazioni personali.

«Siete due bugiardi. Dovevate dirglielo!»

Mi alzai in piedi e cominciai a camminare furiosamente avanti e indietro, tenendomi la fronte. La mia impassibilità era solo un vecchio ricordo, e anzi tornavano in me di prepotenza onde lontane di un maremoto vecchio di secoli.

«Venus, per ottenere cosa? Che lei tornasse in Russia a cercarla? Che si mettesse ancora più nei casini? Lo vedi come l'ha ridotta indagare più di quanto avrebbe dovuto?»

Mentre Nolan cercava di farmi ragionare il mio sguardo fuggì al di là della vetrata dell'ospedale, e poi si bloccò quasi per caso.

Continuava a parlarmi, ma non ascoltavo più. Qualcosa aveva

rapito del tutto la mia attenzione, qualcosa come un motore rombante e una marmitta fumante all'interno di un parcheggio quasi deserto.

«Nolan. Quella è la sua auto.»

«Cosa?»

«La sua auto. La Ghibli.»

Mi diressi verso l'uscita, perché lui non capiva e io dovevo spiegarmi.

«Nolan...»

«Di cosa stai parlando?»

Mi seguì fino a un parcheggio annebbiato, il cemento umido creava spesse condense sui vetri dei finestrini delle poche auto rimaste.

Quell'auto però li aveva oscurati, avrei potuto scommetterci senza nemmeno vederli.

E infatti i suoi occhi mi raggiunsero dal vetro del parabrezza.

Mavor.

Mi sembrava di non vederlo da una vita intera, come se fosse diventato un estraneo.

Mavor spense il motore e uscì dalla macchina l'istante dopo, chiudendo la portiera e poggiandovi la schiena. Indossava un abito, come se fosse tornato dal lavoro, ma il piglio funesto mi suggeriva che fosse lì per altre ragioni.

Non usai mezzi termini, con lui.

«Sei stato tu. Sei stato tu a portarla qui?»

«Sì. Era giusto così.»

Nolan spalancò la bocca. «Cazzo, Mavor! Sei impazzito? Se lo avessi fatto io con l'ex di Venus mi avresti come minimo gonfiato di botte!»

Arrossii leggermente a quel parallelismo e al modo in cui Nolan mi aveva messa sullo stesso piano di Lucky, per Mavor, poi parlai di nuovo furibonda.

«Una settimana, Mavor. Una settimana che Lucky è ricoverata e tu non ti sei mai presentato. E adesso vieni qui per portarle Eclipse, che è una di loro?»

«Sono stato con Nolan in ogni momento in cui non era in ospedale.»

Non mi riferivo a Nolan, dannazione.

«E lei mi ha pregato di poterla incontrare. Di poter incontrare anche *voi*.»

«Devi avere del tempo da perdere per fare da *chauffeur* a una criminale!»

«Cosa sei, gelosa? Se fosse stato un vecchio bavoso avresti reagito così?»

«Dovrei? Te la fai anche con Eclipse?»

Dio, la situazione stava precipitando e tutto ciò stava avvenendo davanti a un Nolan ammutolito e sconvolto.

«Quello che dovresti chiederti è se una come te possa essere gelosa di qualcuno.»

Rimasi scioccata da quello scambio di battute e dal modo in cui era riuscito ancora una volta a mettermi in faccia le mie contraddizioni.

Cosa vuoi dire, Mavor?

«*Come me*?»

«Come te. Come te che nascondi le tue emozioni fino a che non ti avvelenano.»

Maledizione.

La gelosia è un'emozione ancestrale, me lo aveva insegnato lui.

Mavor mi teneva a sé fino a farmi scomparire. Frantumata in un bicchiere di stelle e inghiottita d'un sorso da un buco nero.

«Quando la finirai di giocare a essere Dio? A manovrare le vite delle persone?»

«Dimmi, ti crea problemi?»

E ne avevo così tanti di problemi da schiacciarmi, ma quando sei in caduta libera il peso non lo senti più e tanto vale rischiare fino allo schianto.

«Magari c'era qualcun altro ad aver bisogno di te.»

«Chiunque fosse, doveva essere pazzo.»

Il suo volto di pietra scolpita, sangue e terra dura sulle labbra illividite, mi respinse come il mare e come la notte mi adombrò di sé.

«Pazzo e incantevole.»

Nolan alzò le mani, a quel punto. «Okay, io devo decisamente andare da Lucky. Io e te facciamo i conti dopo.»

Io feci per voltarmi e seguirlo, ma incrociai i suoi occhi aguzzi. «Addio, Mavor. Non è stato per niente un piacere.»

«No! Tu adesso parli con me.»

«Lasciala stare, Mavor.»

«Nolan. Tu sei mio fratello. Ma adesso devi *davvero* farti da parte.»

Nolan abbassò lo sguardo, poi mi guardò come se cercasse in me una conferma.

«È tutto okay, Nolan.»

«Voi due siete da manicomio», sentenziò prima di allontanarsi.

Non era «tutto okay», non un singolo tassello.

Il mio sangue pompava talmente veloce da farmi girare la testa e Mavor aveva il respiro strozzato. Vederlo così sconvolto, lui imperturbabile in qualsiasi affanno, tremante dei suoi stessi spettri, mi urtò con uno scossone di distruzione.

«Sono stato io a dirti di starmi lontana, e adesso mi odi per qualcosa di cui non sai nemmeno la natura.» Si batté il petto con un pugno chiuso.

Il tono era un rimprovero, come se mi stesse urlando addosso, ma la sua voce era quasi un sussurro arrochito.

«E non mi sembra che sia stato un problema farti scopare.»

«Nemmeno per te.» Gli rovesciai addosso quella stessa verità che teneva tanto a ribadirmi. «Quella minaccia, Mavor: hai minacciato Lucky qualche giorno prima che l'aggredissero, davanti ai miei occhi. Come può essere un caso?»

Si accese una sigaretta, smise di puntarmi gli occhi addosso. Fece due tiri, restando in silenzio come se dovesse calmarsi.

«Ho fatto delle ricerche a Mosca, sono rimasto diversi giorni e alla fine l'ho trovata. È stata Eclipse ad avvertirmi che Lucky era in serio pericolo. Era nel mirino da tempo.»

Un altro tiro, il suo fumo che mi carezzò la pelle di una brezza più tiepida del solito.

«Adesso lavora per loro, mi ha pregato di farla smettere di indagare. Stava diventando un personaggio scomodo, penso che avessero capito che lavora per l'intelligence.»

Gettò la cicca lontano da noi, la scintilla illuminò il selciato per un frammento di secondo.

«E lo sai per cosa ho fatto tutto questo, mh? Lo sai per chi l'ho fatto? Per chi mi sono esposto come un *coglione*?»

Mi sentii stupida, perché era così che a volte mi faceva sentire, quando mi guardava con quel rancore come se fosse l'ennesima persona a cui avevo rovinato la vita.

«Per la stessa stronza che non mi ha mai ringraziato di un cazzo.»

Non mi guardava, ma io gli puntellavo gli occhi addosso come se potesse sfuggirmi.

«Qualsiasi cosa tu abbia fatto, Lucky è in fin di vita.» Lo pronunciai ad alta voce come per realizzarlo davanti a lui.

«Quello era solo un avvertimento. È un miracolo che non abbiano deciso di farla fuori.»

«Santo cielo, Mavor! Non dirlo nemmeno per scherzo!»

«Pensi che chiunque sia stato fosse inesperto? È ovvio che lo scopo non era ucciderla. Non è stato interrotto. Non è un lavoro lasciato a metà.»

«Chi è stato? Hai controllato le telecamere, o hai preferito far sparire le registrazioni?»

Ero fuori di me, straparlavo, lo riempivo di domande, non riuscivo a ringraziarlo perché se lo avessi fatto mi sarei buttata tra le sue braccia. Era una strategia difensiva, la mia, una trincea di guerra. Eravamo a un passo dall'ennesima udienza e mi chiesi se sarei stata in grado di sopportarla ancora una volta.

Mavor era spazientito, eppure mi rispose fondendomi l'iride con le pupille color carbone.

«C'è un singolo fotogramma molto breve in cui Lucky riesce a scoprirgli il volto. Dobbiamo basarci su un singolo fotogramma. Non è facile. È un uomo, ma quel volto non compare in nessun database.»

Non mi sarei arresa, avrei cercato la verità come aveva fatto Lucky.

«Voglio sapere che cosa nascondi. E, se non sarai tu a dirmelo, vorrà dire che lo scoprirò da sola.»

«Cristo, vuoi finire come Lucky? Io sono il loro cazzo di avvocato. Lo sai cos'è il segreto professionale, mh?»

Adesso si era messo anche a prendermi per stupida.

«C'è *qualcosa* che riguarda te, non il caso.» Mi avvicinai a lui, gli sfiorai la zona del braccio sotto la spalla. «Eravamo a Mosca. In quella chiesa il tuo braccio sanguinava. E tu mi hai detto di non essere coinvolto.»

«Già, il mio braccio sanguinava per aver aiutato la tua amica a fuggire.»

«Mi hai giurato che non c'entravi niente!»

«Non nel senso che stai pensando.»

«E allora in quale senso, Mavor? In quale senso? Sei stato tu a farle del male?»

«Cristo santo, no! Ero con te, a casa mia! Le mie mani erano su di te!»

A quel punto si allontanò dal mio corpo e si mise a camminare nella direzione opposta, cercando di sfogare il nervoso con un movimento scattoso dei muscoli.

«Chi mi dice che non sia tu il mandante?»

La frustrazione gli fece scattare i nervi.

Era talmente furibondo da serrare i denti come una belva indemoniata, quando qualche tempo prima si sarebbe preso gioco di me godendo nel farmi paura.

«Dio, non hai proprio capito un cazzo.»

«Cosa? Come potrei capire, se non mi dici cosa devo sapere?»

Sei fatto di occasioni perse e pensieri all'ingiù, come un mondo al rovescio, come cadere nella tana del Bianconiglio, come quando sei sempre fuori misura per un mondo di pazzi, e sei sempre troppo piccola per quei tavoli troppo alti.

Cominciò ad annaspare, e a quel punto il lupo non era più in gabbia, non era più a caccia. Era ferito, a terra, in quel parcheggio vedevo le sue orme imbrattate di sangue sulla neve fresca.

«Dimmi solo una cosa, capinera. Una cosa sola. Dopodiché non mi vedrai più.»

Il mio cuore cominciò a tamburellare come un pazzo ingabbiato con la camicia di forza.

«Tu stai davvero pensando che io potrei farti del male?»

Mi prese alla sprovvista, perché voleva che fossi sincera e io non ero pronta a esserlo nemmeno con me stessa.

«I... Io...»

In un gesto nevrotico, Mavor si sollevò le maniche della giacca, poi per poco non si strappò il polsino della camicia. Mi mostrò il suo polso sinistro con la fasciatura in garza, come se volesse sbattermi in faccia tutta la potenza delle mie contraddizioni.

«Se lo stai pensando, allora toglimi questa benda.»

Mi lasciò a tracannare un delirio febbrile che sfuriava nei suoi occhi, e scandì quelle parole che impattarono sul mio cuore.

«Toglimi questa cazzo di benda!»

28

I want someone with secrets

«Io sentii che la mia anima e la sua erano state 'un'anima sola in due corpi',
perciò la vita mi faceva orrore,
giacché non volevo vivere a metà,
e perciò forse temevo di morire,
per non far morire del tutto
chi avevo molto amato.»
sant'Agostino

Venus ♀

«Sono solo i vent'anni.»

Ogni tanto te lo sentirai ripetere.

«Sono solo i quindici, i sedici, e poi i diciassette.»

«È l'adolescenza, tranquilla, sono gli ormoni, è una fase, *passerà*.»

Fino a quando non succede qualcosa, uno spartiacque tra la tua vecchia vita e quella successiva, e tu capisci che sei fatta in un modo e che alla gente non andrai mai bene.

A me lo dicevano quando scappavo di casa, con un fagotto di vestiti per dormire dove mi capitava, a volte dal mio ragazzo dell'epoca, quando non volevo più stare dentro casa, quando saltavo la scuola e restavo giorni interi a sbronzarmi su quel binario abbandonato vicino a dove abitavo.

Me lo dicevano fin quando non ho iniziato a lavorare come stripper.

I miei genitori non avrebbero visto lo scempio a cui avrei costretto il mio corpo, e forse quella era stata la loro fortuna.

Ma è quell'idea che tu sei sbagliata solo perché sei diversa, che si insinua goccia dopo goccia fino a creare una stalagmite, quello che mi ha portata a diventare fredda nei confronti del mondo.

Mi ha portata a non avvicinarmi più a nessuno.

È che forse troppi terapeuti, troppe medicine, troppe persone attorno a te possono convincerti che tu sei stata davvero il male e che puoi esserlo per qualcun altro.

Ripiombai in quegli occhi verde scuro come il fogliame stropicciato in un pantano.

Toglimi la benda.

Potevano essere i vent'anni, poteva essere che ero semplicemente una testa di cazzo, ma io mi sentivo così piccola davanti a Mavor, da scomparire.

A volte mi intimidiva tanto da farmi sentire ingrata e irriconoscente persino a respirare la sua stessa aria.

La volontà, tutto quello in cui credevo, la mia indifferenza: lui me li annullava. Spazzati via come il mulinello di foglie secche che danzava senza musica a qualche metro da noi.

«Avanti! Sei quella coraggiosa, no?»

Cercai di riempire i polmoni ma quello che riuscii a ottenere fu un respiro tagliuzzato.

Poi vidi una luce nei suoi occhi.

Voleva scoprire le carte in tavola, ma per la prima volta nei suoi occhi io vidi dolore puro, stridente e assordante come un rumore di ingranaggi arrugginiti.

Forse non riuscivo a capire il mio ma lo riconoscevo al volo, quello degli altri.

La mia mano si allungò in una carezza sul suo viso, perché era quello di chi aveva sofferto troppo.

Come me.

Avevamo sofferto *troppo*.

Mi afferrò il polso, me lo bloccò e mi costrinse ad abbassare la mano. «Toccami solo per levarmi la fasciatura.»

Me lo ordinò con sgarbo, ma io ci lessi uno sdegno glaciale e, se qualcosa riusciva a toccarmi, erano proprio i sensi di colpa. Mi sentii ingiusta, come se stessi invadendo un qualcosa che era più grande di lui e che non mi riguardava.

Possibile che dovessi pensare alla mia morale davanti all'uomo più immorale di questa terra?

«Non credo sia giusto, così...» pigolai incerta, tremante come un pulcino.

Forse avrei davvero potuto in qualche modo sperare che l'avrebbe tolta per fiducia in me? O addirittura per...

Amore.

Quella parola mi terrorizzava solo a sentirla pronunciata nella mia mente.

Ma era lui che l'aveva messa in mezzo, a canzonarmi come se fossi la donzella da salvare mentre io passavo la vita a fregarmene della mia intera esistenza.

Non volevo giustizia per me stessa, ma per chi sarebbe venuto dopo di me e per chi in quell'inferno c'era già passato.

«Sei convinta che io possa fare del male a una tua amica perché credeva di aver scoperto qualcosa su di me. Quindi fallo.»

«Non sei al di sopra di qualsiasi accusa, Mavor!» I miei occhi tremavano di disperazione, scorsi il mio riflesso sul vetro del finestrino. «Hai preso come sfida personale quella di farmi piangere, giusto?»

«I miei mezzi sono scorretti. Ma non fino a questo punto», decretò tonante.

Mi aveva fatto del male solo quando glielo avevo chiesto io.

Ed erano lividi e morsi, e sudore e sangue, ma tutto quello che potevo fare era ringraziarlo per avermi scatenato quello che anni di analisi non erano riusciti a disincagliare.

«Hai portato qui Eclipse.»

«Se ho portato qui Eclipse è stato perché *tu volevi sapere*. O sbaglio?»

La frustrazione mi faceva sragionare, con Lucky in quel letto di ospedale e Mavor che non avrei mai potuto avere.

Ero arrivata a pensare che sotto quella benda potesse esserci chi lui realmente *fosse*.

Ma mi importava davvero chi lui fosse a quel punto?

Le mie dita tremarono quando i polpastrelli sfiorarono quella fascia.

«Mi hai detto che mi dovresti uccidere, se io vedessi...»

«Non lo farò. Ma non mi vedrai mai più. Non potremo più vederci.»

Non era pronto a rivelarmi tutto quello che nascondeva. Per lui era qualcosa di immensamente doloroso e io non ne afferravo la ragione.

Il suo sguardo non era più fermo ma vagava scattoso tra me e il selciato, tra il mio corpo e le macchine che ogni tanto ci passavano accanto.

«Me lo hai detto anche quando eri *solo* l'avvocato di Cadogan. Eppure...»

Un soffio di sogno si levò dalle sue labbra quando mi afferrò per le braccia per costringermi a guardarlo negli occhi. «Guardami in faccia, piccola V. Sono quel mostro, no? Quello su cui la tua migliore amica ha detto di aver scoperto qualcosa di terribile. La stessa migliore amica che adesso è più morta che viva in un letto di ospedale. Guardami: sono proprio io. Sei sicura di volermi ancora?»

Cominciai a battere nervosamente i denti contro la mia volontà.

La mia incoerenza, lui me la rovesciava addosso e ustionava come una dannazione.

«Se dover conoscere il tuo segreto significa non vederti più, io...»

«*Tu*?»

I suoi boccoli erano definiti dall'umidità, il vento cambiò direzione e sollevò i miei capelli facendo loro carezzare le sue spalle ampie.

Volevo davvero sapere chi lui fosse o volevo che rimanesse, semplicemente, Mavor?

Forse esisteva una mia versione di lui che non era reale, e quella versione indossava una benda che non levava mai.

E quello era il *mio* Mavor.

«Io aspetterò il momento in cui vorrai spogliarti di tutto. Anche di quella benda.»

«Quel momento potrebbe non arrivare mai.»

«Correrò il rischio.» In fondo si trattava solo di una dannata verità, quella che avevo rincorso nella speranza disperata di allontanarlo da me.

Ero un controsenso, come una macchina che aveva perso il controllo della strada, le ruote che slittavano, il volante che non rispondeva ai comandi.

Ma ormai era troppo tardi, c'ero dentro fino al collo.

Non ero pronta a sapere qualcosa che lo avrebbe portato via. Non lo era lui, non lo ero io.

Il suo sguardo gridava: «*Vigliacca*», eppure mi ci sarei sentita solo se quella benda l'avessi svelata davvero. *Non ero pronta a rinunciare a lui.* Non ero pronta a sapere quello che avrei dovuto sapere.

Mavor si avvicinò a me in un soffio, un piccolo battito controvento si arrampicò sul mio petto.

Il suo profumo mi colmava di luce gli anfratti più bui della mia anima, anche quando stava per dirmi qualcosa di terribilmente crudele e, al tempo stesso, terribilmente vero.

«Sai qual è il tuo problema, piccola V?» Chinò la testa verso il basso, sospirando con le labbra carnose appena sopra la mia fronte. «Che tu vuoi le stelle ma hai paura della notte.»

La sua ombra mi abbandonò, lui aprì la portiera e salì in macchina.

C'era qualcosa nell'aria quando Mavor ti camminava accanto, ti superava, anche nel modo in cui andava via e si allontanava da te. Lasciava un vuoto che sapevi avrebbe potuto colmare solo lui.

Mentre scaldava il motore con un'accelerata a vuoto mi lanciò un'ultima occhiata al veleno.

«Dì all'amica di Lucky di chiamarsi un taxi per l'aeroporto. Non sono lo *chauffeur* di nessuno.»

Ovviamente non chiamai nessun taxi, ma attesi nel parcheggio senza voler tornare dentro l'ospedale. Non era lo stesso ospedale di quella notte di cinque anni fa, ma l'odore era quello del disinfettante alcolico e non riuscivo a tollerarlo per troppe ore di seguito. Mi faceva fare incubi notturni da cui temevo di non svegliarmi più.

Per la prima volta nella mia vita avevo bisogno di un abbraccio, di calore umano, ed era stato esattamente quello il motivo per cui la notte dell'aggressione a Lucky ero sgattaiolata a casa di Mavor invece di tappezzare la città alla ricerca della mia amica, una ricerca che non sarebbe andata a buon fine e che sarebbe terminata con lo stesso tragico finale. Lui mi era entrato in circolo e avevo bisogno della mia dose e il fatto che lui non mostrasse la stessa spaventosa urgenza mi terrorizzava.

Forse aveva sempre avuto ragione lui: ero solo una ragazzina indifesa che non aveva considerato i possibili risvolti inquietanti. Ero stata un bersaglio facile per tutti, incluso lui. Il frutto proibito che aveva bramato più per sfida e che si era voluto togliere il capriccio di assaggiare.

Victor arrivò circa una mezz'ora dopo che lo avevo chiamato e che Mavor se n'era andato.

«Preparati, ho una sorpresa per te», gli avevo detto al telefono pregustandomi la sua reazione finalmente sconvolta quando avrebbe rivisto Eclipse sana e salva.

Quella sventola di sua sorella ci raggiunse nel parcheggio e trovò suo fratello ad aspettarla a braccia aperte.

«A braccia aperte» per quei due voleva dire che rimasero gelidi l'uno con l'altra e si scambiarono un bacetto sulla guancia solo perché io li stavo osservando aspettando che facessero qualcosa. Lucky me l'aveva descritta come una donna passionale che sapeva amare fino in fondo, eppure con suo fratello rimase glaciale. Ma forse Eclipse aveva previsto che l'avrei chiamato: avevo l'impressione che quella ragazza vivesse a migliaia di chilometri da noi, eppure sapesse tutto delle nostre vite come se non se ne fosse mai andata.

«Maddie, sono felice che tu stia bene. Ero sicuro che nessuno sarebbe riuscito a farti del male.»

Si abbracciarono come se fossero costretti dai miei sguardi insistenti.

«Victor, sei sbattuto come se non dormissi da giorni. Come stanno mamma e papà?»

«Direi bene. Sopravvivono.»

«Oh beh, non è forse quello che facciamo tutti?»

Mi ero quasi chiesta se flirtasse con Nolan e con me, nella stanza dell'ospedale di Lucky, ma ora che la vedevo muoversi allo stesso modo con suo fratello compresi che ce l'aveva nel sangue, quel modo di fare incantevole e ammaliante.

«Vorrei che sopravvivessero ancora per un po'. Quindi non dirò loro che adesso vivi in Russia.»

«È una cosa così immorale?»

«Non se ti fossi guadagnata onestamente il permesso di soggiorno.»

Eclipse mi regalò un altro dei suoi sorrisi di zucchero, e mi chiesi come fosse possibile che qualsiasi persona nel raggio di venti metri si sentisse attratta da lei, inclusa la sottoscritta.

L'unica persona che sapeva esercitare lo stesso influsso sugli altri se ne era appena andata sgommando sull'asfalto.

«Tu hai fratelli, Venus?»

«Una sorella», risposi a mezza bocca, tornando ai miei pensieri.

«Sai come si dice, no? '*Male si dicono e bene si vogliono*'.» Aveva gli occhi languidi e perversi, ma gli stessi modi aggraziati e educati di Victor. Sembrava una persona amabile, ma l'attimo dopo le scorgevo negli occhi un lato oscuro.

Eclipse nascose ancora una volta i suoi lineamenti sotto il cappuccio, stringendosi nella sua mantella. Il clima era mite per chi era abituato a quello di Mosca, ma qualcosa in quel parcheggio doveva farla sentire troppo esposta.

«È troppo chiedere al proprio adorato fratello un passaggio all'aeroporto?»

«Pensavo volessi aspettare che Lucky si risvegliasse.»

Ancora una volta gli occhi di melassa, ma stavolta sembravano sinceri.

«Perché, Venus, tu credi che si risveglierà?»

«Non parti stasera. Resti qui.» La voce di Nolan ci interruppe. Era stato talmente silenzioso o forse ero talmente assorta io che non lo avevo nemmeno sentito arrivare.

«Da quando ho cambiato capo?»

Nolan la raggiunse con due larghe falcate, le mani in tasca, il cipiglio nevrotico e l'ennesimo sigaro penzolante a mezza bocca.

«Non vado alla polizia solo perché Lucky si sveglierebbe per uccidermi.»

«Per cortesia. Non vai alla polizia perché non hai prove contro di me. Sono solo una pedina, nulla di più.»

Lo sguardo di Nolan celato dal fumo era vagamente inquietante, perché brillava di un blu notte che tendeva al nero.

«Ci vediamo stasera. Dobbiamo guardare i nastri delle registrazioni dell'aggressione, e dobbiamo farlo in un luogo sicuro.» Puntò il dito dritto contro Eclipse. «E se tu riconoscerai qualcuno e non dirai la verità io vado dritto a segnalarti all'intelligence.»

«Puoi contare su di me, detective.» Victor rispose al posto di sua sorella. Era intervenuto con la massima disponibilità e aveva ricevuto in cambio uno sguardo di biasimo: Nolan non si fidava affatto del mio avvocato, ma io ero convinta che facesse del suo meglio per tutti noi.

Qualche minuto dopo eravamo tutti e tre in macchina diretti a casa di Victor, perché io avevo bisogno di una pausa dall'ospedale e da tutto il resto. In sottofondo, sopra i rumori della radio, i due fratelli continuarono una conversazione impostata con toni controllati.

«Allora, raccontami qualcosa. Esci con qualcuno?»

«Con un giornalista.»

Victor era rilassato, io tesa come una corda di violino.

«Sicuramente quel mezzo attivista che voleva occuparsi del caso Cadogan per il *The Observer*.»

Avevo ragione, ci aveva studiati tutti da lontano.

«Quello che pensava fossi Regina Storm. Mi hanno raccontato di avergli mandato una soffiata, che una sera sarei stata al locale di Axford. E infatti si è presentata lei al posto mio, e lo ha agganciato. Incredibile come sia facile manovrare i personaggi assetati di verità.»

Quell'aria da *femme fatale* poteva essere affascinante, ma alla lunga diventava quasi sfiancante, quindi mi assentai con la testa e restai sospesa tra il finestrino e la strada a cercare di togliermi gli occhi di Mavor dalla testa.

A quell'ora avrei potuto sapere cosa nascondeva a me o al mondo, cosa c'era sotto quella maledetta fasciatura. Eppure qualcosa nella mia testa continuava a dirmi di non volerlo sapere.

Volevo lui e basta, con la benda e i demoni e il tono di rimprovero, le bretelle penzolanti, i suoi vizi portati all'estremo, il suo sapore di liquore all'arancia e tutto il resto.

Maledizione. Mi sono persa il filo del discorso dietro al filo delle labbra di Mavor.

Se Victor si era risentito non lo dava a vedere, ma lui non lo faceva mai. Manteneva la stessa espressione salda sulla strada, ma io ero convinta che la vena sulla tempia pulsasse più del solito.

«Lance ha fatto inchieste importanti persino sulla guerra in Iraq. Il mondo non gira esattamente attorno a te, sorellina.»

Eclipse scosse la testa e sghignazzò sotto i baffi, per nulla offesa da quella affermazione.

«Mi sei mancato, Vic.»

«Dobbiamo... Dobbiamo veramente entrare in questo posto?»

Qualche ora dopo, Victor allungava la mano sulla mia schiena in un gesto di supporto che non bastava a tranquillizzarmi. Rabbrividii da sotto la giacca di pelle mentre forzavo le mie gambe a procedere oltre il primo gradino.

«È lo studio degli Axford. Cosa c'è di male?»

«Che è buio, tanto per cominciare. È notte.»

Eclipse oscillò la testa e la treccia rimase al suo posto, ma un paio di *chandelier* di diamante dondolò sotto i suoi lobi.

«Sono solo le 10 di sera. Sei sicura di essere una stripper?»

Roteai gli occhi al cielo, perché a meno che non ci aiutasse a risvegliare Lucky cominciavo a sperare che se ne tornasse in Russia il prima possibile.

Quando ci aprì la porta, la segretaria che ben conoscevo mi lanciò un'occhiata da sotto un paio di occhiali a montatura squadrata. Chissà se si stava chiedendo perché mi trovassi in quel luogo o se lo sapesse perfettamente.

«Accomodatevi. L'avvocato sta arrivando.»

Fu l'ultima cosa che ci disse prima di raccattare la sua borsa e i suoi oggetti personali e dileguarsi oltre il portone in legno massello. Era decisamente oltre il suo orario di lavoro, e mentre se ne andava le guardai il collo in cerca di un qualsiasi segno di Mavor.

Le stavo davvero controllando il collo in cerca di un qualsiasi segno di Mavor?

Lui comparve con i pantaloni dell'abito e una maglietta nera e io cominciai a dover giocare con i miei anelli per tenere a freno le mani: camminava con passo lento e sicuro in quel lungo corridoio in marmo e colonne di travertino e come al solito dominava tutto lo spazio che lo circondava.

Quello studio era il ritratto della magnificenza inglese di fine Ottocento, e lui sembrava essere immerso nella sua materia per diritto di nascita, come discendente di una famiglia di tradizione legale secolare.

Ci passò oltre senza degnarci di una parola, dopodiché pronunciò un annoiatissimo: «Seguitemi».

Non era mai stato il massimo dell'ospitalità ma, *Dio*, ero veramente illusa ai massimi livelli se pensavo che potesse corrermi incontro e prendermi al volo per farmi volteggiare nell'aria.

Nemmeno Athena avrebbe guardato Nolan con quell'aria adorante.

«È stata un'idea del mio detective quella di mostrarvi qui i nastri di registrazione di quello che è accaduto a Lucky.»

«Per fare cosa?» osai chiedere senza pensare, mentre lui mi teneva la porta e io entravo in un'elegante stanza ovale sui toni del bordeaux, con un grande tavolo al centro.

«Per risalire al colpevole.»

Non so se fu solo una mia impressione, ma Mavor ed Eclipse si scambiarono uno sguardo furtivo, poi Nolan richiese la mia attenzione.

«Penso che sia nel nostro interesse sapere chi sia stato, giusto?»

«Perché, c'è davvero bisogno dei nastri?»

Mavor mi azzittì con un ringhio e poi si voltò dandomi le spalle, mentre nella sala riunioni dello studio Axford calava il gelo. Victor era contro Cadogan. Nolan era innamorato di Lucky ed Eclipse le era molto legata, ma su lei e Mavor non avrei potuto mettere la mano sul fuoco.

Mentre dondolavo il piede in aria con le ginocchia accavallate mi accorsi di un suo sguardo, l'istante dopo lo aveva voltato verso lo schermo di quella stanza gelida in cui lui era tranquillo in maniche corte.

«Qualcosa non va, Venus?»

«*Niente*.» Mi sistemai sulla sedia. «Trovo semplicemente un controsenso che in questa stanza ci siano l'avvocato del principale sospettato, il suo detective e una tizia che non conosciamo che lavora per lui.» Piazzai le mani sul tavolo e mi sporsi in avanti, guardandoli negli occhi a uno a uno. «Voi lavorate tutti per l'aggressore di Lucky.»

«Lucky mi vorrebbe qui.» Eclipse si limitò a rispondere con il mento sollevato, ma Mavor mi violentò con lo sguardo. Affilò le labbra e parlò a denti stretti, mentre gli occhi si infiammavano di lava e dissapore.

«È il mio studio. Ti do fastidio? Dovrei uscire?» Mi odiava come forse non aveva mai fatto da quando aveva saputo dei pagamenti di Charles. Detestava essere messo in discussione, era una cosa che lo mandava ai pazzi e chissà se mai me l'avrebbe perdonata.

Comunque, Victor per qualche assurdo motivo voleva accanto sua sorella, e lo stesso valeva per Nolan con Mavor. Ero l'unica lì in mezzo a non essere d'accordo con il resto del gruppo.

«C'è solo una persona che può aiutarci a riconoscere un uomo di Cadogan, uno di quelli che gli fa il lavoro sporco.» Quel giorno stavo parlando senza filtri, ma in quel momento Lucky aveva la priorità su qualsiasi altra cosa. «E si chiama Braiden Cadogan.»

Eclipse si sporse in avanti verso di me. «Sei pazza? Non vi aiuterà mai.»

«Forse sì, se glielo chiedi tu. Sempre che a te importi qualcosa di metterti contro il tuo capo.»

Mi rispose con un sorrisetto sarcastico. «Così, se Charles scoprisse che abbiamo dei nastri, saremmo tutti fottuti.»

Io e Mavor ci guardammo per un istante, uno schiaffo di secondo in cui io ne chiesi un altro.

Ma lui aveva già spostato il suo sguardo verso lo schermo.

«Queste immagini sono state visionate da un collega di Nolan che ha lavorato per me negli ultimi giorni. Stiamo ancora cercando di risalire all'identità dell'aggressore.»

«Mi pare assurdo che non sia schedato alla polizia», bofonchiò Nolan.

Mavor si muoveva avanti e indietro in quello studio con l'aria di un leader, afferrò il telecomando e lo schermo si illuminò al suo ordine.

Non era più grande di una qualsiasi lavagna, pensai che lo usassero per le slide di presentazione per casi particolarmente complicati.

Dovetti stritolarmi le cosce tra le dita quando il video partì e mi ritrovai ad assistere a quell'aggressione. Lucky era stata presa alla sprovvista, ma aveva lottato. Era stata strangolata e aveva cercato di ribellarsi, poi era caduta a terra colpita da una lampada in argento.

Un conato di vomito mi afferrò la gola mentre Mavor tornava indietro e rallentava nel momento in cui Lucky riusciva a togliere all'aggressore un passamontagna che gli copriva il volto.

Lei lo aveva guardato negli occhi.

Mavor rallentava sempre più, per non farci sfuggire nemmeno un singolo fotogramma di quel massacro. Nolan dovette abbassare gli occhi, io rimasi a fissare quel filmato in bianco e nero.

Chiusi gli occhi un istante.

C'ero io al posto di Lucky, non lei.

Mi sentii al suo posto, con le mani al collo, il respiro strozzato, la gola in fiamme.

Il colpo che le era stato quasi fatale.

«Scusatemi.»

Spalancai gli occhi che divennero schegge di vetro, quando quella voce infranse la mia visione. Non ero stata io a pronunciare quella parola, ma Mavor.

Prima che potessi rendermene conto aveva afferrato la maniglia ed era uscito rapidamente dalla porta, il botto di quando la chiuse mi fece sussultare sulla sedia.

Mi sembrava tutto tranne che un tipo sensibile a questo genere di cose. Era un avvocato penalista e doveva aver visto talmente tante foto di scene del crimine da non ricordarle più. Eppure si era alzato ed era uscito dalla stanza, lasciandoci in silenzio su quel fotogramma bloccato.

Mi alzai di botto e lo seguii senza pensarci, sotto lo sguardo perplesso di Eclipse e quello rassegnato di Nolan e Victor che erano ancora concentrati su quella registrazione.

«Mavor!» Lo chiamai nel corridoio poco prima che sparisse nel suo studio.

Quando entrai, la nebbia densa del fumo mi investì le narici. Sembrava che non avesse aperto la finestra da tutto il giorno e avesse fumato senza interruzione.

Lo trovai nel bagno del suo studio, lo stesso in cui mi aveva chiusa tempo prima per farmi toccare con mano le sue abitudini perverse. Sicuramente mi sbagliavo, ma qualcosa mi suonava nella testa come un grido d'aiuto dal modo in cui aveva piegato il capo verso il basso.

Mavor non piegava mai il capo verso il basso.

«Che cosa vuoi?» Mavor si osservò il volto scavato e gli occhi iniettati di sangue nello specchio. Quello stesso specchio che avevo scrutato mentre ero bloccata lì. A volte odiavo i ricordi. Li detestavo per la maggior parte del tempo.

«Ti senti bene?» Gli sfiorai l'avambraccio, che lui ritirò rapidamente come se le mie dita fossero fiamma ardente.

«Non toccarmi.»

«Che cos'hai? Puoi dirmelo, senza fare il ragazzino?» Non sapevo cosa pensare, ma le sue ciglia umide facevano da corolla a uno sguardo spento in cui rividi il mio.

«Non riesco più a guardarti, capinera.»

Quella volta non stava mentendo. Quella volta aveva negli occhi un risentimento che gli svolazzava nello sguardo come un animale notturno.

«Non sono io il motivo per cui sei scappato. O sbaglio?»

«Io non sono scappato!» Mi rivolse un ghigno feroce come se volesse schernirmi. «E il mondo non gira attorno a te, soprattutto il mio.»

«Sto solo cercando di aiutarti!»

«Sei la persona meno adatta su questa dannata terra per farlo. Per avvicinarti a me. Quindi adesso torna al tuo posto.»

Non lo ascoltai.

Mi gridava addosso e io volevo rispondergli nascondendomi tra le sue braccia. O nascondendo lui tra le mie, se non fosse stato il doppio di me. Mi aveva detto talmente tante volte di andarmene che ormai avrebbe dovuto inventarsi un comando differente.

Il suo petto ansante si sollevava come se una rabbia sovrana lo avesse agguantato.

«Non me ne vado. Tu sai chi è l'uomo che ha aggredito Lucky? È per questo che sei fuggito?»

Continuava a guardare il suo riflesso nello specchio come se volesse scorgerci qualcosa, come se potesse leggersi dietro l'iride qualcosa di cui non era a conoscenza.

Stava cercando una risposta nel suo riflesso?

«No. Non l'ho mai visto prima.»

«Sai chi lo ha mandato, almeno?»

«Non con certezza. Ma, a prescindere dai miei sospetti, quel video è una cazzo di prova.»

Aprì il rubinetto e si rinfrescò il volto a grandi manate piene di acqua. Stanco e provato, era persino più bello di quanto non ricordassi.

«Tu sai chi è stato, non è così?» lo incalzai. Non volevo la verità sul suo conto, ci avevo rinunciato e lo avevo fatto per lui. Ma almeno quella su Lucky lei se la meritava.

«Possiamo immaginarlo tutti, ma senza la prova concreta non si può andare da nessuna parte.»

«*Dio*, il tuo modo di evitare le domande è così odioso.»

«Ascoltami bene, ragazzina. Hai visto cos'è accaduto a Lucky Red quando ha continuato a indagare su Eclipse. Se ci fossi stata anche tu non si sarebbero fatti problemi a ridurti nello stesso stato.»

«E cosa dovrei fare? Restare con le mani in mano?»

«Mi pare evidente che questa gente non scherzi affatto con chi cerca di metterle i bastoni tra le ruote. Tutta questa pagliacciata è un'idea di Nolan, e posso capirlo. È il suo lavoro e quella è la ragazza che ama. Ma tu...»

Non ascoltai l'ultima frase, perché ero ferma su quella che l'aveva preceduta.

«L'amore è un concetto che stride su chi conosce soltanto la guerra. Perciò come puoi capirlo?» La guerra ce l'aveva dipinta negli occhi.

Ce l'aveva scolpita tra le linee delle sue impronte digitali, nel modo in cui mi toccava la pelle e nel modo in cui si prendeva tutto di me lasciandomi vuota.

Nel modo in cui serrava le labbra come per rimproverarmi anche di esistere.

«E tu, che sei gelida, con quegli occhi vuoti e le emozioni in standby? Tu cosa vorresti saperne?»

Avanzai verso di lui, mi avvicinai mentre lui indietreggiava.

«Ti prego, Mavor, aiutami», mi rivolsi a lui implorante, perché ero disposta a non ribattere e a dirgli tutto ciò che voleva pur di farlo ragionare. «Devi fermare tutta questa follia. Io lo so che tu non sei come loro. Ti prego. Dimmi chi è stato. Chi è quell'uomo?»

Abbassò lo sguardo fuggente, scattoso, sperduto come quello di un falco senza il senso d'orientamento che sbatteva sempre contro la stessa parete rocciosa.

«Io... io non lo so.»

Lo vidi affondare le dita tra i suoi capelli, stritolarsi le tempie, strofinarsi il viso come se stesse impazzendo di disperazione.

«Cazzo. Non lo so.»

Mi arresi e smisi di insistere.

La mia disabilità emotiva mi lasciava sempre sul ciglio di un precipizio senza mai darmi gli strumenti per mettermi in salvo, né per buttarmi giù.

Sentii il suo respiro che invadeva la stanza come un rumore bianco, potente, smanioso, affannato. Quando tornai a guardarlo vidi una goccia di sangue cadere nel lavandino. E poi un'altra.

«Mavor! Mavor, stai sanguinando.»

Era fuori di sé, lo sguardo perso nel vuoto e il volto ingrigito, e mi terrorizzò. Il sangue gli colava dal naso fino alle labbra schiuse e lui non sembrava curarsene affatto.

«Mettiti seduto.»

Perché perdeva sangue dal naso?

«Lasciami in pace.» Si pulì il sangue con il dorso della mano.

Qualcosa in lui mi si rivelava a sprazzi come quando guardi una tempesta al di là della montagna, e i fulmini ti accecano, ma è lontana e non potrai mai raggiungerla a meno che lei non decida di avvicinarsi.

Mi aggrappai alla sua maglietta e lo costrinsi così a sedersi sul bordo di una vasca antica che sembrava non essere mai stata utilizzata.

Presi un pezzo di carta igienica e lo bagnai. Asciugai il suo sangue tastando sulla pelle, lo pulii, lui restò inerme a guardare nel vuoto. Mavor stava male, qualcosa nella sua testa lo condannava a un'esistenza infernale, potevo sentirlo in ogni aspetto del suo essere, dietro quelle ali nere piumate di pece con cui si celava.

Indossavo uno stupido cardigan che avevo rubato a Victor e mi stava due volte e una maglietta a fiori di quando andavo alle medie che invece mi stava piccola e mi scopriva quasi le costole. Lui si incagliò con le dita su quel tessuto, mi trascinò verso di lui e mi avvinghiò la vita con le braccia.

Io lo strinsi di rimando mentre posava la testa sul mio seno.

Esistono abbracci in cui resti quieto, e abbracci che stritolano, in cui combatti l'uno contro l'altra. E convivemmo in quell'abbraccio per un tempo silenzioso e inerme che ci osservava come se non riuscisse più a sbloccarci.

Il suo cuore batteva nel mio stomaco, noi immobili di sangue forsennato, poi riuscii a sfiorare i suoi capelli con le labbra quando reclinai il capo verso il basso.

«Proprio quando stavo cercando di far quadrare le cose nella mia vita arrivi tu che ti metti in mezzo.»

Le mie pupille incrociarono due pozzi neri che mi inglobavano, mi risucchiavano con quel rimprovero che era anche un disperato appello o un brutale addio.

Avevo un solo modo per trattenerlo con me. Dirgli la verità.

«Io... devo dirti una cosa.»

Si ritrasse dal mio corpo e io precipitai a fondo. *Non mi allontanare.*

Stavo combattendo contro tutti i miei mostri a uno a uno solo per aprire bocca e far uscire la voce dalla gola.

E lui...

Lui mi scansò e sciolse quell'abbraccio.

«E io non ho intenzione di ascoltarti.» Fu duro e bruciante come un artiglio sotto la pelle.

«Mavor, ti prego. Lasciami parlare, perché non so se avrò mai il coraggio di farlo di nuovo.»

«Dillo a qualcuno a cui importa qualcosa.»

Ed eccola lì, la sua personalissima vendetta, e la sua uscita di scena fu scenografica come se stesse recitando su un palco il dramma della sua esistenza. In un sospiro d'aria mi scivolò accanto e mi sorpassò, poi ne andò sbattendo la porta.

Chissà per quanto altro tempo avrebbe cercato di farmela pagare.

Anche lui mi aveva messa in dubbio, più di una volta. Ma l'idea che io avessi osato farlo con lui lo aveva mandato fuori di testa. Era questo il suo delirio di onnipotenza, la sua vanità di cui aveva fatto una malattia.

Osservai le gocce di sangue con cui aveva macchiato quel bagno immacolato che profumava di talco mentolato e quel connubio mi suggerì cosa fare.

Le mie emozioni erano state in coma troppo a lungo.

L'anestesia emotiva mi stritolava l'esistenza come un serpente che uccideva per soffocamento.

Tornai nel suo studio, afferrai un foglio sulla sua scrivania e scrissi rapidamente un biglietto. I pensieri si celavano, si dimenticavano, si perdevano tra un ricordo solitario e un nulla inesorabile, ma quello che avrei scritto non avrei più potuto negarlo. Era una preghiera silenziosa che scritta nero su bianco assumeva le forme di una macchia d'inchiostro indelebile.

Quasi non riuscivo a tenere la penna in mano, e tremavo, con quella Montblanc stilografica con sopra incise le sue iniziali in madreperla. Era questa, *questa*, la potenza delle sensazioni che lui mi creava.

Mi carezzai la collana, strinsi tra le mani il mio ciondolo, e infine scrissi.

Portami nella tua notte, Mavor.

29

I got secrets that nobody knows

«Coloro che sognano di giorno sanno molte cose
che sfuggono a chi sogna soltanto di notte.»
E.A. Poe

Venus ♀

AVETE mai confuso la vita con un sogno?

Varcare le porte di *Annabel* era come mettere piede in un sogno dipinto. Le porte del Paese delle Meraviglie erano le sue, e affacciavano su una delle strade principali di Shoreditch. Era come entrare in un paradiso oscuro, un giardino dell'Eden di fuochi fatui.

La prima volta che ci inciampai dentro pensai che niente sulla terra potesse essere così meravigliosamente sinistro, fino a che non avevo conosciuto Mavor Axford. E mi ero subito accorta di quanto *Annabel* fosse la seconda casa della mia migliore amica. Era la sua unica famiglia, lei che non ne aveva mai avuta una e che era cresciuta con i nonni fin quando erano riusciti a stare dietro a una ragazza che era una vera bomba a orologeria.

Io ero una persona scostante e avevo avuto difficoltà a stringere amicizia dopo tutto quello che mi era accaduto, ma Lucky mi aveva presa con sé e mi aveva fatta sentire parte di un qualcosa. Pensavamo che il nostro treno si muovesse e invece era fermo, ma ci andava bene così, perché lì dentro, in mezzo a quel circo eccentrico e stravagante, non eravamo noi i pazzi, i folli, i diversi.

Lucky diceva sempre che quella pazza era la vita, l'unica a potersi permettere il lusso dell'ironia.

«Ti è mai piaciuto dire una bugia, Vin?» Mi sorrideva con quello sguardo imprudente, ammantato dal brivido del pericolo che ci illuminava gli occhi assieme alle luci abbaglianti del palco. «Se ti è piaciuto, se hai mai provato quel sottile brivido di piacere, allora sei come noi.»

Forse il paradiso oscuro era in ognuno di noi.

La trasgressione lì dentro era il *leitmotiv* a cui nessuno avrebbe mai rinunciato. E, senza il mio personalissimo inferno dagli occhi verdi, quel brivido ogni tanto mancava anche a me.

Era per questo motivo che avevo deciso di tornare a esibirmi, perché era esattamente questo quello che Lucky silenziosamente tra un battito coraggioso e uno più debole mi suggeriva di fare.

E compresi anche il modo in cui si era sentita più vicina al suo primo amore attraverso le pareti di quel locale. Quel luogo aveva talmente tanta personalità da sembrare a volte quasi una persona vivente, i disegni eccentrici alle sue pareti, la magnificenza degli allestimenti e il genere fantasioso lo rendevano un posto a cui era facile affezionarsi. E ti dicevano che forse potevi essere speciale per qualcuno anche se eri diverso. Anche se eri emarginato. Anche se avevi gli occhi spenti.

Scacciai con un cenno della testa quei pensieri, come moscerini che mi ronzavano attorno.

Ero speciale per qualcuno quando mi sfilavo l'intimo, potevo *sentirlo*, quel serpeggiare frenetico di aspettativa nel pubblico poco prima che mi spogliassi di un indumento.

La stravaganza di cui quel luogo era impregnato regalava a tutti noi l'illusione che fossimo realmente liberi, ma in realtà eravamo imbrigliati ognuno nel suo ruolo. Solo che le facce cieche di quegli uomini erano buie come le maschere della festa dai Cadogan, volti tutti uguali con occhi espressivi e accesi come un'insegna al neon. Io levavo il reggiseno, loro applaudivano. Io mostravo il sedere, loro mi allungavano le mance.

Una cosa sola mi regalava lo stesso perverso e sottile piacere che non avrei mai, *mai* confessato ad alta voce: stare con Mavor, spogliarmi per lui. Spogliarlo, farmi guardare, sentirlo gemere.

Lo spettacolo era appena finito, le luci si spensero sul mio palcoscenico.

Nel momento in cui entrai nel camerino dopo uno dei tanti show che si susseguivano nella notte, Juliet mi attendeva con un sorriso a trentadue denti e un top scintillante tra le mani. La voce che fossi tornata a esibirmi aveva cominciato a girare per Londra e in poco tempo ero tornata a essere la maggiore attrazione di quel luogo. Il sorriso compiaciuto di Juliet, come se fosse fiera del suo cavallo di razza, mi ricordava qualcosa. Il sorriso di Alistair Axford che guardava Mavor mezzo morto sul letto di una stanza d'albergo pensando alla sua prossima vittoria in aula.

«Venus, hai un privé. Uno contro uno.»

«Adesso?»

«Adesso. In realtà me lo stanno richiedendo in tantissimi, con te. Devo selezionare le richieste.» Mi fece l'occhiolino. «Te l'avevo detto che eri sprecata a contare i soldi degli altri. Tu sei quella che deve *farli*.»

Indossai una piccola vestaglia di seta color magenta e strinsi la cinta in vita.

«Vogliono vedermi perché sono quella che ha accusato Cadogan, non per altro. Probabilmente gli uomini provano una soddisfazione sottile nel vedermi spogliata e prostrata davanti a loro.»

«Hai ragione. Gli uomini detestano le donne forti. Adorano averci sottomesse. Ma in realtà sono loro che perdono la testa quando ti levi il reggiseno di glitter.» E poi avanzò verso di me. Mi fece sfilare la vestaglia per farmi indossare ciò che teneva in mano. «Tu hai il potere.»

Evitai di risponderle che di quel tipo di potere ne avrei fatto volentieri a meno. Mi limitai a esalare un sospiro mentre Juliet mi stritolava con un corpetto striminzito che mi avrebbe fatto da reggiseno. Non sapevo come me lo sarei tolto, fin quando non notai una zip sul davanti. Era completamente tempestato di gemme, sentii il mio seno strizzato appena sotto la gola.

Poi mi sistemò una cintura in vita, splendente e ricoperta di brillanti con delle frange che scendevano verso il basso e coprivano quel *poco* che avrebbero dovuto coprire.

«Ah, bellezza mia. Farai la felicità di qualcuno, prima o poi.»

La verità era che i privé non mi erano affatto mancati, ma mi stampai sul viso un sorriso di circostanza e tirai il sedere in fuori.

«Se fossi un uomo etero scalpiterei per metterti le mani addosso.»

Poi afferrò un piccolo nastro dal camerino, e a quel punto mi insospettii all'idea che mi stesse vestendo lei in persona. Non lo faceva mai con nessuna ragazza. Era una scena che avrebbe fatto impallidire

Cenerentola e la fata madrina, soprattutto quando tirò fuori una benda di seta nera.

«Ah, dimenticavo. È una richiesta *particolare*.»

Mi posò delicatamente la benda sugli occhi e la annodò dietro i miei capelli. Misi le mani avanti tastando l'aria con i palmi, per avere la percezione tattile di ciò che mi circondava. Indossavo i tacchi a spillo e avevo il terrore che le mie gambe non reggessero una perdita d'equilibrio.

«Sei impazzita? Come mi muovo sul palco, bendata?»

«Conosci quel palco meglio di casa tua.»

Non era troppo difficile, visto che negli ultimi mesi avevo cambiato più case che smalto alle unghie. Ma il fatto di non vedere niente mi preoccupò non poco.

Chiunque fosse a volermi bendata doveva essere un sadico, perché se fossi inciampata sarei volata giù dal palco. Decisi che mi sarei mossa il minimo indispensabile, e che lui non avrebbe visto niente finché non avessi visto qualcosa anch'io.

Scostai la tenda di velluto e percorsi lentamente il palco, passo dopo passo, assicurandomi di posare i miei sandali gioiello saldi sul terreno. Quando riuscii ad aggrapparmi al palo centrale tirai un respiro di sollievo.

Mi sentivo sola. Mi sentivo al buio.

E non soltanto perché fossi bendata, ma anche perché le luci della sala mi sembravano stranamente spente.

Rimasi ferma ad attendere con il cuore che mi tamburellava in gola e in sottofondo una musica perversa che suonava alle mie orecchie come una lunga serie di gemiti di piacere mista ad assoli di sassofono. Quella era la stessa sala dove mi ero esibita per Mavor e Nolan, in un tempo che mi sembrava così lontano da sembrare quasi mai esistito.

A un tratto sentii che qualcuno si alzava in piedi e smuoveva l'aria. Qualcuno mi stava fissando, due fiamme rosse nella notte, mi sentii i suoi occhi appiccicati addosso come gocce di resina e la mia pelle si fece corteccia. La musica attutiva il rumore, ma non sovrastava il suono dei passi di una scarpa da uomo che mi confermò di non essere più sola in quella stanza. Mi sembrò che salisse le scale del palco, finché non avvertii la sua presenza al mio fianco.

«Non puoi salire sul palco», mi affrettai a informare chiunque mi trovassi davanti. «Non puoi toccarmi.» Se si fosse avvicinato troppo, non avrei retto a quel gioco sadico e avrei levato la benda. Ma, nel momento in cui mi reggevo al palo con entrambe le mani, lui mi piazzò un paio di manette ai polsi, le chiuse in uno scatto metallico e mi costrinse a restare bendata.

«Sei impazzito? Non puoi farlo. Slegami subito.»

«Conosco le regole.»

A quel punto cominciai a tremare sul serio, la mia mente vacillò in quel cieco tentativo di collegare i ricordi e gli elementi. La voce cavernosa di chi aveva passato la vita a fumare, il ringhio pacato di un mastino inquietante. Un demone in carne e ossa, e non uno qualsiasi, ma il più potente di tutti.

«Io... io ti conosco, giusto?»

«Le nostre strade si sono incrociate, qualche volta.»

Quell'ironia mi ricoprì di terrore.

A quel punto ne fui certa, non poteva essere un'allucinazione, quella voce l'avevo sentita declamare talmente tante menzogne da poterci colmare una voragine.

E io quella voragine rimasi a fissarla come se fosse un cratere, con gli occhi impregnati di buio.

Vulcano.

Charles Cadogan.

«Cosa ci fai qui? Chiamo la sicurezza. Liberami subito!»

«Stai tranquilla, ho pagato regolarmente per questo spettacolo. Non ti toccherò, non ti farò nulla. Ho solamente bisogno che non scappi.»

«Farò portare il filmato di stasera al giudice domattina, vecchio pazzo.»

«Telecamere spente. Una gentilezza che mi hanno concesso solo perché sono io.» Una risatina gli spezzò il respiro, mentre io continuavo a scalpitare e a tirare le braccia per cercare di liberarmi. «*Vecchio pazzo*. Nessuno mi aveva mai chiamato così.»

Si avvicinò a me senza sfiorarmi, ma percepii il suo respiro sul collo e un senso di disgusto mi attanagliò la gola.

«Il 'vecchio pazzo' è qui per concederti la gentilezza di una proposta. E tu sai quanto io possa essere generoso. E anche l'esatto opposto.»

Un patto col diavolo era proprio quello che mi mancava.

«Cosa vuoi da me?»

«Andrò dritto al punto. Avrei bisogno di donne come te nella mia squadra. Sei tenace, sei bellissima, hai fame di vendetta. Sei persino persuasiva.»

Nella tasca dei suoi pantaloni potevo sentirlo giocherellare con la chiave delle mie manette. Se si fosse avvicinato ancora gli sarebbe arrivato il mio tacco a spillo in mezzo alle gambe, a costo di bucargli le palle.

«Se fossi interessata, potremmo chiudere questo fallimentare e noiosissimo discorso del processo e arrivare al tavolo delle trattative. Dopodiché ti spiegherei meglio di cosa si tratta.»

Cercai di non farmi intimidire dalla mia posizione.

«Il tuo avvocato non era quello che non patteggiava?»

«Il mio avvocato fa quello che gli dico io.»

Forse la sete di vittoria di Mavor la conoscevo bene solo io, quel desiderio di rivalsa su un mondo che ti ha troppo spesso calpestato.

E io la mia vittoria l'avrei ottenuta solo col mio personalissimo finale.

Non con quello di Mavor, non con quello di Cadogan, né tantomeno con quello di Eclipse.

Con il mio.

«Devi ammazzarmi per farmi entrare nella tua attività criminosa. E nemmeno da morta ci verrei.»

«Credi di essere meglio di noi perché siedi al banco delle vittime?»

Il bianco e il nero si mescolavano, il bene e il male si fondevano assieme in tutta quella storia fin dall'inizio. Io rimanevo una particella di colore neutro e non sapevo più bene da che parte mi trovassi.

Il rosso, il nero, la passione e il proibito.

Il bianco dell'innocenza di quella madreperla al mio collo.

Se fondevi il tutto, usciva fuori un quadro astratto.

«Con quel visino innocente, la pelle da bambola, gli occhioni blu oltremare potresti ingannare qualche sprovveduto. Ma tu sai di essere un'assassina. Non sei meglio di me. Io e te siamo della stessa pasta, dolcezza.»

Un sorriso amaro mi sollevò le gote. Era questo lo strumento con cui irretiva la gente? Il senso di colpa?

«Puoi dirmi o farmi qualunque cosa, la mia risposta rimarrà sempre che preferisco morire.»

«Ah, i giovani e l'idealismo. Prima o poi ti passerà e ti pentirai di aver passato i tuoi anni migliori in questa topaia.»

«Preferisco esserti rivale in questa topaia che essere al tuo fianco in qualsiasi altro posto.»

«*Rivale*?» Una risata fragorosa si sollevò verso il soffitto e mi fece vibrare lo sterno.

«Pensi di essere all'altezza di poterti considerare una mia rivale? Tu, una piccola spogliarellista orfana?»

Poteva umiliarmi e denigrarmi quanto voleva. Non ero forte, ma ero rinchiusa nella mia fortezza di gelo emotivo.

«Scommetto che, per esserti scomodato a venire qui per propormi tutto questo, un po' di paura deve fartela, la spogliarellista orfana.»

Cadogan cominciava a spazientirsi.

«Non preoccuparti, vincerò il processo. Fosse l'ultima cosa che faccio.»

«Sarà meglio per te, visto che sono mesi che lo ripeti.»

«D'accordo. La mia proposta te l'ho fatta. Che non si dica che non sono magnanimo.»

«Tranquillo, lo faremo scrivere sulla tua lapide.»

Si avvicinò a me, mi sfiorò una ciocca di capelli e poi ritrasse la mano come se si stesse ustionando.

«Ho un'ultima domanda da farti. Dov'è finita la tua amica? Quella con i capelli rossi.»

Maledetto figlio di puttana.

«Lo sai benissimo dov'è finita.»

Mi afferrò i capelli ancora una volta, stavolta per costringermi a tirare indietro la testa verso la sua e si avvicinò con le labbra al mio orecchio. «Beh, qualsiasi cosa le sia successa, deve essere colpa tua.»

«Adesso basta, Charles.»

Mi mossi attirata in direzione di quella voce, perché non avevo dubbi che fosse lui.

Mavor.

Sgranai gli occhi sotto la benda, non lo avevo nemmeno sentito entrare, ma sentii distintamente la porta richiudersi. Il mio cuore fremette a sentire il suo tono.

Cercai di strattonare quelle manette per liberarmi da quella morsa e andare verso di lui, o forse per fargli notare che non potevo muovermi. Charles mi faceva meno paura, al buio. Ma questo non voleva dire che avrei voluto restare con lui un minuto di più.

«Ma guarda. Parli del diavolo...»

«Qualcuno potrebbe vederti. La tua auto ti sta aspettando all'ingresso. Questo posto pullula di agenti in borghese.»

La sua voce frantumò il buio della mia mente, perché mi camminava dentro e lo faceva senza preoccuparsi di calpestare.

Il mio cuore sarebbe scoppiato.

«*Il mio salvatore*. Il mio avvocato. Vi siete mai conosciuti voi due, fuori dal processo? Quando lei è più vestita, intendo.»

Anche quando sono molto meno vestita di così.

«Come no. Adoro passare del tempo con gli avvocati dei criminali.» Un sorrisetto mi piegò l'angolo nelle labbra, finché sentii uno scampanellare metallico delle chiavi alle mie spalle.

«Magari questa è una buona occasione.»

Charles aveva lanciato le chiavi a Mavor, potevo scommetterci.

«La ragazzina è testarda. È tutta tua. Falla ragionare come solo tu sai fare.»

Come solo tu sai fare.

La porta imbottita di materiale per l'isolamento acustico si richiuse con un altro botto fragoroso, e io compresi che eravamo di nuovo soli. Ci avrei messo più di qualche giorno per realizzare che Charles si fosse spinto ad avvicinarsi a me fino a quel punto.

Mavor rimase in silenzio, e avrei potuto scommettere che non mi stava schiodando gli occhi di dosso, perciò iniziai a parlare.

«Cosa ci fai qui anche tu?»

«Ho riconosciuto la sua auto. Un uccellino irlandese mi ha detto che eri tornata in questo posto di merda.»

Aveva il tono raggelante dell'ultima volta che lo avevo visto nel bagno del suo studio.

«Non era un posto di merda fin quando non mi sono trovata ammanettata a un palo da quello stronzo.» Glielo feci notare anche a voce sperando che si sbrigasse a liberarmi. «Hai sentito cosa mi ha detto su Lucky? È stato lui, non ci sono dubbi.»

«Ci vogliono le prove, ragazzina. Stiamo ancora cercando quell'uomo.»

Abbassai lo sguardo. Aveva ancora il tono di chi era inferocito col mondo, e ora restava in silenzio come se aspettasse che io gli dicessi qualcosa.

«Perché sei venuto?»

Lo sentii avvicinarsi al palco, forse per non essere sentito.

«Sapevo che Charles ti avrebbe cercata. Era un'idea che mi suggeriva da un po', un confronto diretto con te. A cui io mi sono sempre opposto, perché conosco la sua idea di 'confronto diretto'.»

«Io mezza nuda, legata a un palo e bendata al buio, e lui che fa quello che vuole.» Un confronto totalmente alla pari, mi pareva ovvio. «A proposito, slegami subito.»

Lo sentii salire le scale, la musica ormai era un lontano ricordo perché i miei sensi erano tutti rapiti da lui.

«Sono i suoi modi di fare. Ti è andata anche bene.»

Un passo, poi il secondo e io avvertii il suo calore. Un altro passo e il suo corpo avrebbe impattato con il mio.

L'ho già detto, che c'era qualcosa nell'aria quando lui passava: il profumo del mare d'inverno all'alba, in lontananza, dal terrazzo della mia casa d'infanzia. Qualcosa di nostalgico e al tempo stesso doloroso.

«E pensavo di doverti dire di non permettergli di farti piangere, e invece...» Un terzo passo ed era già dietro di me, il suo respiro assaporò i miei capelli. «Il modo in cui ti rivolgi a lui mi fa indurire il cazzo.»

Me ne ero accorta da sola, ma restai immobile senza provocarlo.

«Hai intenzione di togliermi le manette o vuoi continuare ad avere un confronto con me in stile Cadogan?»

Mi girò attorno. Sentivo i suoi occhi spolparmi e un calore vivido mi irretì nel basso ventre al punto che dovetti quasi piegarmi.

«Penso proprio che mi divertirò un altro po'.»

Emisi un lungo sospiro, ma lui fece di nuovo impattare il suo corpo contro il mio.

«Ho letto il tuo biglietto.»

Certo che lo aveva letto.

Ma quel traditore del mio cuore cominciò a tamburellare tra l'acciaio del palo e quello del suo petto.

«Come fai a sapere che era mio?»

«Conosco la tua grafia, capinera. Pensi che me ne vada in giro a fare metafore sulla notte a tutte le ragazze che voglio portarmi a letto?»

«È probabile.»

Percepii la sua risata accennata.

Se non ci scontravamo per poi incontrarci non eravamo noi due.

Ma con lui mi sentivo al sicuro, persino bendata e legata in un luogo che era il meno raccomandabile sulla faccia della terra.

«Voglio toccarti», mi confessò all'orecchio e io mi resi conto che stavamo per concederci una nuova tregua.

«No. Voglio farlo io. Ma devi liberarmi.» Provai con lo strumento della persuasione, in fondo erano pochi gli uomini che avrebbero potuto rifiutare.

«Posso farlo. Ma giurami che non ti levi la benda.»

«Levami le manette.»

Un tintinnare metallico di un piccolo schianto ai miei piedi mi fece temere che Mavor non avesse alcuna intenzione di liberarmi.

Oppure mi stava rendendo il gioco molto più complicato.

«Scusami, piccola V. Deve essermi caduta la chiave ai tuoi piedi.»

Bastardo senza pentimento.

«Mavor...»

«Ti dispiacerebbe... raccoglierle?»

«Ho le mani legate, nel caso non l'avessi notato.»

Mi avvolse il suo braccio attorno al collo e posò il pollice sul mio labbro inferiore. I miei sensi erano accelerati, iperstimolati e ipersensibili.

Sentivo incresparsi il tessuto della sua camicia impregnato del suo profumo e la morbidezza vellutata della pelle del suo polpastrello sulle labbra.

«Io lo so che con queste puoi fare grandi cose.»

Sospirai e poi mi leccai il labbro per afferrare il suo sapore.

«Lo sai che pagherai questo privé a prezzo pieno?»

«Fino all'ultimo centesimo.»

«E sei sicuro che siamo soli?»

«Potrei strappare gli occhi a chiunque veda questo spettacolo a parte me.»

Feci scivolare lentamente le mani sul palo, fino a che non riuscii a mettermi in ginocchio. Mi piegai completamente con il viso verso il palco tenendomi con le mani aggrappate al palo. Le chiavi erano davvero ai miei piedi, le raccolsi con i denti e quel sapore metallico di ferro mi arrugginì la bocca. Intravidi da sotto la benda le dita di Mavor che le afferravano senza lasciarmi il tempo di sollevarmi da sola.

Quando mi rialzai in piedi le sue mani bollenti sfiorarono le mie, le sue dita percorsero le mie braccia fino ad arrivare ai miei polsi e poi fecero scorrere la chiave nella serratura delle manette.

Ma non la fecero scattare.

«Vuoi essere scopata, vero?»

Nonostante tutto, nonostante l'incoerenza, il terrore, lo spavento e nonostante il fatto che Lucky mi avrebbe presa a calci se avesse potuto, io avevo un disperato bisogno di lui. Di scrollarmi di dosso tutto il suo odio. Di dimenticare quei giorni passati in ospedale.

Ed ero ingiusta, ero ingiusta davvero perché la mia amica stava ancora male.

Ma io non avevo più raziocinio e Mavor mi mandava in corto circuito da farmi impazzire.

«Cosa te lo fa pensare?»

«Non ti metteresti mai a quattro zampe a raccogliere un mazzo di chiavi con la bocca, altrimenti.»

«Non ho bisogno di elemosinarti una scopata.»

«Hai ragione. Non ne hai bisogno.»

La presenza di Cadogan mi aveva messo addosso un brivido di adrenalina, mi aveva fatta sentire invincibile. E poi era arrivato Mavor che mi desiderava ancora nonostante tutto.

E quell'energia elettrica che avevo accumulato aveva bisogno di essere scaricata.

«Ma questo per noi è il posto più pericoloso di tutta Londra», mi fece notare vagamente divertito, con il tono arrochito dall'eccitazione.

«Hai paura?»

«No.» Rise ancora, senza un briciolo di pentimento. «Ma non ti libero.»

«Avevamo un patto.»

«Ah, i patti: sai quanto mi piace farli.»

E ancora di più non rispettarli.

Restai voltata verso il palo con il viso, ancora la fronte sull'acciaio, Mavor dietro di me.

Lo sentivo così lontano e così vicino al tempo stesso, mentre la forma del suo corpo assumeva i contorni del mio desiderio.

Poi mi parlò di nuovo, sussurrandomi tra il collo e la spalla. La sua barba appena accennata mi regalò un brivido lungo la schiena.

«Non ti libero finché non mi dici a cosa si riferiva Cadogan quando ti ha chiamata 'assassina'.»

Dunque erano queste, le sue condizioni, e avrei potuto persino pensare che quello fosse il momento perfetto per rivelargli tutto. Il fatto che non avrei visto le espressioni di Mavor mi tranquillizzava.

«Ho provato a dirtelo, l'ultima volta. Nel bagno del tuo studio.»

Ma non hai voluto ascoltarmi.

«Ma adesso sono qui.»

Quando sentii le sue dita sfiorarmi le estremità in raso della benda per sfilarmela, io mi allontanai da lui con uno scatto.

«No. Lasciami la benda. Se ti guardassi in faccia non penso che ce la farei.»

«Come vuoi.»

Mavor mi attese, per lunghi, infiniti e interminabili minuti. Riuscivo a sentire persino il rumore della sigaretta che si era appena acceso consumarsi tra le sue labbra.

E io infine, tremante come una foglia, decisi di sbloccarmi le corde vocali.

«Sai di cosa si tratta. Hai letto quel verbale, hai parlato con mia sorella. Ho causato io l'incidente in cui i miei genitori hanno perso la vita.»

Scivolai con le mani lungo il palo e mi sedetti a terra come se non potessi sopportare quel peso in piedi. Ogni parola diventava più soffocante della precedente, ma Mavor rispose con la massima calma.

«Lo sai che non è vero. Sono i tuoi sensi di colpa a parlare.»

«È la verità. Quello che dice mia sorella è tutto vero.»

La voce mi restava incagliata in gola a quell'ammissione dolorosa. Una tenaglia che mi stringeva il cuore, mi sanguinava nel ventre, mi avvelenava le viscere.

«Ho letto il verbale. Non è andata così.»

«Avresti dovuto leggere anche tutto il resto.»

«So che c'è stato un incidente, cinque anni fa. So che tu...»

La mia condanna incombeva sulla mia testa con una scure ormai da qualche anno fa, e aprirmi con Mavor sarebbe stato molto più pericoloso che andarci a letto. Avrebbe potuto usare tutto contro di me, e forse era davvero arrivato il momento che io pagassi per ciò che avevo fatto. Ma ormai avevo cominciato a parlare e sarei arrivata fino in fondo.

«I miei genitori erano venuti a prendermi, quella notte. Una delle tante in cui non tornavo a casa.»

Una delle tante in cui volevo fuggire dalla mia vita.

«Io ero a una festa, mancavo da casa da tre giorni. Abbiamo cominciato a litigare, fuori diluviava come solo vicino al Mare del Nord può fare. Era un vero uragano.»

Deglutii. Mi sentivo ancora addosso tutto il fango di quella pioggia che aveva accumulato sabbia.

Una pioggia gelida, tagliente come una lama di rasoio, pesante come un cumulo di macerie.

«Abbiamo sbandato. Siamo andati fuori strada. L'auto deve aver impattato il guardrail, siamo volati per diversi metri. Siamo finiti sopra una scogliera. Quando mi sono svegliata, io...»

Sentii Mavor che mi aiutava a rialzarmi, sfiorandomi la spalla nuda. Tremavo dentro e fuori. Il mio mondo si sbriciolava attorno a me, come se quella scogliera volesse distruggersi per schiacciarmi.

«Io ero viva, ma a testa in giù. Il ginocchio distrutto, un dolore lancinante. Poi, la portiera bloccata. Quella maledetta portiera...»

La sensazione di non respirare fu placata dalle mani di Mavor e dal calore che mi trasmisero.

La benda sugli occhi mi aiutava a estraniarmi da dove fossimo e dal fatto che quel luogo era lo stesso in cui mi avevano osservata centinaia di uomini prima di lui, col sorriso plastico, le movenze studiate davanti allo specchio, imitate da giovani donne che amavo osservare.

«Continua.»

Mi lasciava il mio tempo, le mie pause, lo spazio di respirare anche se l'ossigeno entrava a fatica.

«Dopo che l'ho presa a spallate, si è aperta. Le portiere erano tutte bloccate. Mia madre e mio padre, loro...»

«Vai avanti. Conosco questi dettagli.»

Lo ringraziai mentalmente per avermi evitato certe descrizioni.

«Ho chiamato i soccorsi, ma non ero in me. Non ricordo nulla, la mia memoria ha dei vuoti. Quando ho cominciato a sentire puzza di gas, un fumo nero che saliva da sotto il cofano, sono fuggita.»

A quel punto era il vuoto.

E anche del racconto che avevo fatto a Mavor in realtà la mia mente riusciva ad afferrare solo qualche flash, qualche spezzone di una pellicola bruciata.

«Sul verbale c'è scritto che ti hanno trovata in stato di choc.»

«Talmente in choc che inizialmente ho mentito alla polizia. Mi hanno trovata sul ciglio di una strada nelle vicinanze. Per non essere coinvolta ho detto che ero alla festa, ma non mi hanno creduta. Poi mi hanno fatto delle domande, parecchie domande.»

Una marea di domande a tamburo battente.

«Hai rischiato un'incriminazione per omissione di soccorso e intralcio alle indagini, lo sai?»

Il suo modo di rimproverarmi mi tranquillizzava, anziché agitarmi.

Non aveva senso perché solo lui ci riusciva, ma davvero doveva averne?

«Mi hanno portata in ospedale. Non ne sono uscita per mesi. Non realizzavo. Non parlavo, mi alimentavo con le flebo.»

«Non è colpa tua», sentenziò duro e roccioso abbandonando il mio corpo.

La sua voce non era carezzevole come quella degli psicologi, degli insegnanti, dei famigliari. Lui non mi compativa. Lui era arrabbiato, col mondo, con se stesso, e anche con me. Aveva trovato sfogo nella rabbia per tutto ciò che per lui era ingiusto.

«Ho letto quel verbale più volte. La ruota era bucata, l'auto ha slittato sul cemento bagnato.»

«No, Mavor, tu... C'è una cosa che non sai.»

Abbassai la fronte e la poggiai contro l'acciaio gelido del palo. Dovevo scottare. Quando la benda nera sarebbe calata io avrei realizzato davvero di essere davanti a Mavor, davanti al suo giudizio implacabile, davanti al mio nemico giurato, davanti all'uomo che mi faceva esplodere il cuore.

«È da allora che pensi di non meritarti più di questo squallore?»

«Non è per questo.»

«E *per cosa?»* Mi strinse le braccia, scrollandomi come a farmi ragionare. «Cosa può esserci di più terribile? Più di aver perso i propri genitori in questo modo?»

Sussurrai con un filo di voce, ma lui era talmente vicino che mi avrebbe sentito anche se lo avessi solo pensato: «Quella notte stavamo litigando. Le ultime cose che ho detto loro, che li odiavo, che erano dei bugiardi, e poi il freddo, la pioggia, il loro sangue...»

Il mio discorso era un flusso rumoroso senza capo né coda, eppure lui rimase ad ascoltarmi.

«Non è stata colpa tua. Non è...»

Ero di nuovo lì, allo stesso chilometro di quella statale, ed ero lì con Mavor.

Seduta sul ciglio del guardrail, tremante, incrostata di sangue, con una coperta addosso e le mie ultime lacrime a sgorgarmi sul viso.

Le sue braccia attorno alle mie spalle.

Forse mi sarebbe costato caro fidarmi di lui, forse lo avrei rimpianto per tutta la vita, forse non avevo il coraggio di confessarlo neanche a me stessa. Ma quella notte la benda sugli occhi mi aiutò a srotolare la mia, di fasciatura.

«Mavor...»

Quella che avvolgeva la mia coscienza.

«*Guidavo io*.»

30

Lust for life

«Beatrice non la si sceglie.
Giulietta non la si sceglie.
Tu non scegli la pioggia che ti inzupperà le ossa all'uscita di un concerto.»
J. Cortázar

Venus ♀

Guidavo io.

Lo avevo detto, alla fine.

Lo avevo pronunciato ad alta voce davanti a lui, che adesso mi guardava confuso come se d'improvviso i miei occhi si fossero stinti.

Sbattei le palpebre più volte e misi a fuoco il pavimento del palco che stavo osservando.

Il pavimento.

Perché la benda di seta era caduta ai miei piedi, forse l'aveva sfilata Mavor e io ora lo vedevo a un palmo da me, con il profilo imponente delle sue spalle, lo sguardo di rimprovero, una profondità che non gli avevo mai visto, come se stesse scavando trincee sotto le ciglia.

Strinsi gli occhi come a voler trattenere delle lacrime che non sarebbero mai più scese. I miei occhi erano aridi, sempre più spenti e nebbiosi come una giornata novembrina.

Mavor.

Sentivo battermi il cuore fino alle mie estremità.

Di' qualcosa.

Non disse una parola, fregandosene delle mie suppliche mute. Non mi guardava come se fossi uno straccio sporco inutilizzabile, e gliene fui grata. Ma un silenzio di pietra ci avvolse scalfito dai miei respiri appannati, insistenti, in affanno.

«Guidavo... io. Ho perso il controllo, io...»

Crollai di nuovo sulle ginocchia, scivolai ai suoi piedi liberandomi del peso della sua vicinanza.

Mavor infilò la chiave nelle manette e fece scattare la serratura, forse stanco di quel giochino a cui avevo voluto sottopormi in sua presenza.

«Solo tu potresti dirmi una cosa del genere ammanettata a un palo da lap dance.»

Quando Mavor usava l'ironia voleva dire che c'era da preoccuparsi, perché significava che aveva perso le parole.

Rimanemmo chiusi a guardare le pareti che si stringevano attorno a noi, schiacciati da tutti i nostri errori, fermi nel tempo e nello spazio ad aspettare che un altro giorno difettoso ci venisse a cercare, con le lancette bloccate su un evento che ci aveva segnati.

Il mondo ci lasciò il tempo di respirare e noi restammo l'uno a fianco all'altra.

«Quella notte la mia vita è andata a rotoli.»

Mavor tirò fuori un pacchetto di sigarette dai pantaloni, me ne offrì una che io rifiutai.

«Come mai guidavi tu?»

Un singulto mi strozzò la gola e pensai che forse avrei dovuto accettare la sigaretta.

«Stavamo correndo in ospedale.»

«In ospedale? Non eri a una festa?»

«Sì, una dannata festa come tante altre. Era un periodo difficile: io scappavo di casa, me ne andavo per giorni, stavo con un ragazzo che si faceva di qualsiasi cosa. I miei sono venuti a cercarmi, sono scesi dall'auto, abbiamo litigato perché io non volevo andarmene.»

Mi guardò negli occhi e poi li chiuse, come a pensare: «*Non dirmelo*».

«Mavor, avevo diciotto anni...» Davvero stavo cercando compassione nel suo sguardo, dove non l'avrei mai trovato nemmeno se fossi scoppiata in un pianto ininterrotto?

No, io adoravo quel suo piglio feroce, gli occhi sempre due bracieri ardenti, quel modo in cui mi avrebbe avvolta con la sua coperta di maledizioni anziché cercare di redimermi.

Lui era il mio boia, il mio esecutore.

Mi sarei fatta fare qualsiasi cosa da lui.

«In quel periodo frequentavo un ragazzo. Si chiamava Zachary, lui... non era un tipo molto a posto.»

Zachary Jones era l'unico che mi aveva quasi illuso di tenere a me in un periodo in cui avevo scoperto che la mia famiglia era solamente una facciata. In realtà l'egocentrismo e la disillusione di quel ragazzo oscuro mi avevano schiacciata. Non era mai riuscito ad andare oltre se stesso e i suoi demoni e aveva finito per risucchiarmi nel suo torbido mondo.

Proprio quello da cui Mavor mi aveva messo in guardia da quando lo avevo conosciuto.

«Non c'è bisogno che mi parli di lui», mi rispose scontroso, perché forse aveva già capito lo scenario. C'era un legame tra Zachary e Mavor nella mia testa, qualcosa dell'uno che mi ricordava l'altro.

«Era un po' fuori quella sera.»

Come tutte le altre sere, e *«un po' fuori»* era sicuramente un eufemismo.

«Quando ho cominciato a discutere con loro perché non volevo tornare a casa, Zachary ha colpito mio padre in piena faccia.»

Rividi ancora gli occhi di quel ragazzo fuori controllo che colpiva il volto di mio padre, scuri come la pece, con le sclere iniettate di sangue.

Mavor non disse una parola e buttò fuori il fumo. Rimase ad ascoltarmi e a prendersi spazio tra un silenzio e l'altro, con lo sguardo fisso sulle mie gambe nude.

«Mia madre mi ha urlato di andare in ospedale. Io conoscevo bene la strada in quel luogo perciò mi è venuto spontaneo, mettermi alla guida. Mio padre aveva il volto gonfio e mia madre cercava di medicarlo.»

«Devo ammettere che non è facile stupirmi, capinera. Ma tu riesci sempre a farlo.» Lo disse con una nota di amarezza, un magone mi strinse lo stomaco che mi precipitò in gola.

Forse adesso che sapeva quanto fossi davvero sbagliata, anche lui avrebbe trovato un appiglio per sparire sul serio.

Per annientarmi completamente.

«Hanno cominciato a dire, *lei* ha cominciato a dire che era tutta colpa mia. Che ero fuori controllo.»

Guarda che cosa hai fatto.

Guarda.

«Lo eri?»

«Lo ero. Quella notte è stata la conclusione, è stata il finale a cui l'ho portata io.»

«Tuo padre stava molto male?»

Non ero abituata alle domande di Mavor, quelle in cui appariva sinceramente interessato. Non me ne faceva quasi nessuna fuori dall'aula.

Non so fino a quanto fossi disposta a spingermi per rivelargli il mio segreto, e non so perché scelsi lui per scaricarmi la coscienza. Forse perché lo vedevo sanguinare come me. Forse perché l'odore del sangue lo riconosci, e le persone spezzate ne cercano sempre altre in frantumi per ritrovarsi i pezzi a vicenda.

«Era sofferente, forse aveva il naso rotto. Lì sono iniziati i miei sensi di colpa, il mio panico. Mia madre ha cominciato a gridare e io... È possibile che...»

«Che la ruota fosse bucata e fuori diluviasse?»

Il mio corpo venne scosso da singhiozzi di panico, singulti di fame d'aria che mi scuotevano la trachea.

«È possibile che mi sia distratta.»

Mavor rimase fermo e deciso sulla sua posizione mentre gettava fuori il fumo dalle narici.

«Spettava alla polizia e agli inquirenti dimostrare una tua responsabilità alla guida. Non a te.»

«Ma non lo hanno fatto.»

I miei polmoni erano a fuoco, sentivo ancora la puzza di benzina bruciata e di gas di quella notte angosciante.

Respira, Venus.

«Non mi hanno incriminata non perché non avessi colpe, ma perché non hanno indagato. Nessuno ha accertato la mia responsabilità.»

«Com'è possibile?» Stavolta Mavor tornò a guardarmi negli occhi. «Come mai non hanno indagato? Perché nel verbale risulta che tu fossi sul sedile posteriore, mentre tuo padre era alla guida?»

La mia voce si bloccò nel momento in cui il tono di Mavor divenne indagatorio.

Percepivo il nemico, in quella voce calda e melliflua leggevo tra le righe una strana insinuazione.

«Io non... lo so?» provai a mentire, ma mi venne talmente male che lui si irrigidì.

«Non è possibile. Non ho letto gli atti successivi, ma ho letto il verbale secretato. E c'erano scritte cose diverse da quelle che mi stai raccontando.» Ripeté il concetto, e lui non era solito ripetersi.

«Mavor, non penserai che ti stia mentendo?»

«Come è possibile falsificare un verbale in quel modo?»

Forse pensava che lo stessi prendendo in giro, ed evitai di fargli notare che non era l'unico al mondo a usare metodi più che illegali. Ma si stava estraniando dalla conversazione come se non volesse che parlassi ancora, quindi presi coraggio e mi gettai in quel loculo fangoso, la verità nascosta che mi tormentava notte e giorno.

«È successo in quella notte. Quella notte ho conosciuto *una persona.*»

Lo sguardo di Mavor planò su di me e, proprio quando mi accorsi che mi stava fissando le labbra schiuse, la mia voce rallentò. E in quell'esatto momento, in quell'istante lo vidi scattare in piedi, perché qualcuno era entrato sul palco dietro le mie spalle. Juliet si affacciò personalmente nella sala, lanciandoci una strana occhiata da dietro i suoi occhiali con la montatura colorata, e soprattutto squadrando Mavor dalla testa ai piedi come se non comprendesse il senso della sua presenza.

«È finito il tempo, Venus.»

Precipitai di nuovo dal sogno alla realtà, come risucchiata da un vortice al contrario.

E sentii di nuovo la musica, le luci basse che si muovevano sul palco, e tutto il resto che era svanito fin dal momento in cui Charles era comparso sul mio palco.

Avrei voluto passare tutta la notte a cullarmi nella mia bolla e nel calore del corpo di Mavor, che fino a quel momento mi aveva sfiorata a malapena. Invece ci guardammo, e qualcosa brillò nei suoi occhi.

«È la verità, Mavor. Ti ho detto la verità.»

«Non tutta.»

La musica si spense davvero, il mio sguardo lo fece con lei. Il tempo non era infinito e il nostro aveva sempre avuto una data di scadenza.

E a quel punto sapevo che Mavor avrebbe proseguito altrove le sue domande, sapevo che avrebbe usato contro di me tutto quel racconto, mi ero preparata da cinque anni ad affrontare le conseguenze delle mie azioni.

Non aveva prove di ciò che gli avevo detto, ma quella era semplicemente la verità.

Eppure lui rimase pensieroso e tentennante, le dita a tormentarsi il labbro inferiore e lo sguardo perso da qualche parte nella sua mente.

«A che ora stacchi?» mi chiese.

«Tra un paio d'ore, più o meno.»

«Facciamo che invece te le pago io queste due ore, e tu vieni con me.»

Mi venne in mente il nostro primo incontro: il locale eclissato di fronte al suo sguardo, un cielo di giada e aurora boreale su di me, solo su di me.

«Non devi pagarmi proprio niente.»

«Ma al locale sì. Non saranno felici se ti porto via senza pagarli.»

«Tutti hanno un prezzo, non è così?»

«A dirla tutta, Kelley, dopo tutti questi mesi non ho ancora capito quale sia il tuo.»

Mi massaggiai i polsi, strofinai le mani su quel sottile tessuto a frange che mi copriva a tratti le cosce nude, poi mi graffiai una gamba adunghiandola forte.

«Vuoi portarmi nella stanza del Savoy?»

«Non metterai più piede in quella camera, per la tua incolumità.»

«La mia *incolumità*? Ti sembro una tipa da sesso vaniglia?» Ero leggermente delusa, e lui se ne accorse.

Forse volevo solo che non se ne andasse così, quella notte.

«Non mi ci sei mai sembrata. Ma io non sono un coglioncello arrapato. Sono un pervertito vero.»

Mi colmai i polmoni d'aria, come ogni volta che lui mi dava attenzioni. Era un bastardo manipolatore doppiogiochista e mi avrebbe distrutta in tribunale, eppure il modo in cui mi guardava e in cui imbizzarriva le mie emozioni mi rendeva assuefatta.

«Allora a casa tua?»

Scosse la testa. Era scontato che volesse da me quello che volevano tutti, ma era l'unico da cui lo avrei voluto anche io.

«Sei abituata a uomini così banali.»

«Era dove volevi portarmi quando mi hai vista la prima volta», feci spallucce e mi giustificai.

«Non ti conoscevo.»

«Adesso mi conosci?»

Mavor si sfilò la giacca mostrandomi la farfalla sullo stomaco, al di là del tessuto candido della camicia.

«Hai ricominciato con le tue domande da terzo grado. Vieni con me senza chiedermi nulla.»

«Ma, Mavor, stai scherzando? Adesso? È notte fonda!»

«Non te lo sto chiedendo.»

Pensavo che dopo le mie confessioni gli facessi ribrezzo. Che non riuscisse a guardarmi in faccia.

Invece tutto quello che fece fu recuperare la benda ai miei piedi e io sgranai gli occhi sperando di non aver capito bene.

«*Carpe noctem.*»

I suoi occhi tersi angelicavano a torto il lato oscuro che emergeva dietro un sorrisetto da fiaba di pura malizia.

«Mi stai dicendo che devo venire bendata?»

«Esatto. E fidarti di me.»

«Ma scherzi? Non posso uscire così. Sono mezza nuda.»

Mi porse il blazer come se fosse la cosa più naturale al mondo.

«Metti la mia giacca. A me non serve.»

Poi prese tra le dita la benda lasciandola penzolare nel vuoto, e mi osservò come un lupo famelico.

«Stai scherzando.»

«Mi hai sentito.»

«No, Mavor, scordatelo. Non rimetterò la benda.»

«Vuoi scommettere che lo farai?»

«Perché?»

«Perché non sai dove ti porterò. E tu a questo non puoi resistere.»

«Non posso resistere? A cosa? A te?»

Gonfiò le guance e sbuffò, privo di pazienza. «Ancora domande.»

Mi si avvicinò ancora una volta, con gli occhi iniettati di una strana sostanza nociva e fumosa che gli rendeva lo sguardo irresistibile.

«Al mistero. E al proibito.»

Era un connubio che mi inondò di un brivido. Io, che avevo ancora addosso le macerie di tutto ciò che era crollato sulle mie spalle nel ricordo di quella notte, sprofondai insieme a esse.

«È... è... proibito?»

«*Molto* proibito.»

Lo conosceva, quel tremolio agitato che mi correva lungo la schiena e mi scuoteva le gambe, lo conosceva perché lo provava anche lui.

«È illegale?»

«*Decisamente* illegale.»

Sospirai e accennai un sorriso rassegnato, ma in realtà nascosi tra le linee delle labbra una strana effervescenza euforica.

«Ho l'auto qui fuori. E non te lo sto chiedendo.»

«Non posso credere che te lo stia lasciando fare.»

«Mi hai lasciato fare cose peggiori, capinera.»

Non potevo ribattere, perché aveva ragione. Juliet si affacciò sul palco ancora una volta per ricordarmi che avrei dovuto lasciare la sala.

Io mi lasciai investire dal profumo di Mavor quando mi sistemò quella benda attorno gli occhi. I suoi occhi sfavillanti scomparvero sotto la freschezza setosa del nastro nero: l'ultimo sguardo che gli vidi era compiaciuto, avrei potuto dire persino che accennasse a un sorriso.

Le sue dita roventi si incastrarono tra i miei capelli, mi sfiorarono il collo, mi resero schiava. Poi mi afferrò un polso e io feci in modo di scivolare con la mano nella sua.

Il mio cuore cominciò a straripare come un fiume in piena di qualcosa che non sapevo definire, ma profumava come il respiro del vento di primavera che ci colpì in pieno volto quando uscimmo sul marciapiede di Shoreditch.

L'aria era stranamente placida e silenziosa, o forse ero io a essere concentrata su ogni tocco che Mavor imprimeva sulla mia pelle per guidarmi nel buio.

Mi aprì la portiera, mi fece salire sull'auto.

Stavo scoppiando di vibrazioni sconosciute, ed ero davvero convinta che quello si trattasse di uno dei suoi numerosi giochini sessuali. Seduta sul sedile continuai a muovere le gambe strusciandole una contro l'altra, ben sapendo di non indossare una gonna che potesse essere definita tale. Ma quel silenzio dell'abitacolo, il rumore della strada sotto le ruote, la pelle dei sedili a cui mi aggrappavo... Ero incredibilmente tesa e non riuscivo a costringermi a fermarmi.

«Venus, per l'amor del cielo, chiudi quelle cosce.»

Eravamo fermi a quello che pensai fosse un semaforo, poi lo sentii ingranare la marcia per ripartire.

«Mi sto seriamente concentrando per evitare di accostare per strada e gettarci la faccia in mezzo.»

L'istante dopo il motore rombò e un vuoto allo stomaco mi fece sobbalzare sul sedile. Avrei desiderato che quello scenario diventasse realtà, ma obbedii ai suoi ordini.

Il fatto di essere bendata in un'auto con lui mi eccitava e mi inquietava, non era una cosa che riuscivo a controllare. Volevo saltargli addosso e cercai di placare il respiro per evitarmi figuracce, ma tutto quello che continuavo a immaginare sotto quella benda era irripetibile ad alta voce.

Immaginai la linea delle sue labbra nel buio dei miei occhi sbarrati. La perfezione dei suoi zigomi e la sua mascella e il collo che scendeva verso un torace di granito e velluto.

Forse era stata la tensione a cui mi ero sottoposta. Sì, probabilmente era quello. Ma volevo essere presa da lui in quel momento e in ogni momento, per strada, davanti a tutti, con la benda sugli occhi a celarmi tutta l'insensatezza di quelle pulsioni irrefrenabili. Ma Mavor aveva un obiettivo e in quel momento me lo rese chiaro e limpido.

La nostra destinazione mi restò celata da quel bendaggio in seta, quando l'auto accostò e si fermò. La mia mente aveva cominciato a vaneggiare quando mi resi conto che Mavor non cercava il contatto fisico. Temetti che mi stesse portando da Cadogan per rapirmi e farmi fuori una volta per tutte. O alla polizia a denunciarmi. O da mia sorella Athena a confermarle che sì, aveva ragione riguardo a quello che lei aveva sempre pensato: che era stata tutta colpa mia dal primo all'ultimo momento, che se non fossi mai esistita i suoi genitori sarebbero stati ancora vivi e lei non sarebbe finita in un istituto per giovani ragazzi orfani.

Il rumore della portiera scattò e il vento fresco mi rasserenò le gote e le idee. Ero in fiamme, tra un delirio onirico di erotismo e uno strano istinto di sopravvivenza che non mi apparteneva.

«Sei stata brava.»

Fu soprattutto il tono bollente di Mavor a spronarmi a cercare la sua mano nell'aria e ad aggrapparmi a essa con tutte le mie speranze.

«Lo so già che me ne pentirò.» Ma le mie lamentele non valevano nulla visto che ovunque fossi finita c'ero già dentro fino al collo.

Mi tirò talmente forte verso di sé che persi quasi l'equilibrio in avanti, mi aggrappai alle sue spalle salde e lo sentii sussurrarmi tra l'orecchio e la mandibola: «A volte devi spegnere la luce per riuscire a *vedere*».

Non eravamo nel suo garage: era un luogo all'aperto.

Il rumore di una fontana in lontananza, il vociare di poche persone attorno a noi che chissà cosa avrebbero pensato di due pazzi in piena notte, di cui una bendata e mezza nuda, e qualche macchina che sfrecciava in lontananza. Dal verso dei gabbiani compresi che non dovevamo essere troppo lontani dal fiume, e qualche ombra sfocata mi suggerì che la notte indossava un abito argenteo pieno di luna.

Io affondavo nel blazer di Mavor che mi faceva da vestito e mi aggrappai al suo braccio chiedendomi a ogni passo se non fossi impazzita a fidarmi di lui.

Ero impacciata, insicura, ben lontana dalla sicurezza che ostentavo sul palco e che apparteneva alla mia maschera e non alla vera me.

«Dove diavolo siamo?»

Vedevo solo qualche pallida ombra danzante e non avevo idea di dove fossimo. La benda sugli occhi mi teneva fermi i capelli, che mi ondeggiavano sulla schiena ma che presero a sparpagliarsi guidati da una soffice brezza che mi colmò il petto. Stava arrivando la primavera e il mio pensiero andò a Lucky e al suo sonno senza sogni.

Mavor mi prese per mano e mi incitò a salire un gradino.

«Sono scale, queste? Devi essere impazzito.»

«Avanti. Sono quattro gradini. Non vorrai che ti prenda in braccio?»

«Decisamente troppo teatrale.»

«Non per uno come me.»

«No. No, ti prego. No!» gridai ancora scalpitando per sfuggire alla sua presa, fin quando non mi ritrovai sulla sua spalla.

«Smettila di urlare. Ti stanno guardando tutti.»

«Forse perché hai una mano piazzata sul mio culo.»

«Magari per non far vedere a tutti quello che voglio vedere solo io.»

Non so quanta gente avessimo intorno e quante persone stessero ammirando il modo in cui mi stava chiaramente palpando senza ritegno.

«Mavor, ti prego, mettimi giù.»

«Non ti agitare, con queste cosce. Ti ho già detto che sto facendo fatica. Ho il cazzo duro da quando ti ho vista con Cadogan.»

Gonfiai le guance. Cosa c'entrava in quel momento la sua reazione fisica col fatto che stavo chiaramente per cadere su delle scale che sembravano di marmo, mezza nuda e bendata e con un equilibrio del tutto inesistente? Era un borioso narcisista che pensava solo ai suoi problemi, eppure saperlo eccitato mi rendeva impaziente.

«Non facevamo prima a scopare in macchina come tutti i comuni mortali?»

«Dio, sei proprio una ragazzina. La benda dovevo mettertela sulla bocca.»

«Quando arriva la battuta sul fatto che mi azzittirai con qualcos'altro?»

A quel punto fu lui a sbuffare.

Come era bravo a farmi credere che non mi volesse attorno, mi aveva quasi convinta per un bel po' di tempo. Ma il modo in cui mi stava palpeggiando le cosce e il sedere con la scusa di reggermi non mi avrebbe infinocchiata di nuovo.

«C'è una sola regola da rispettare da qui, fino a quando non te lo dirò io. Devi restare zitta. In silenzio. Non dire una parola. Ci siamo capiti?»

«Sei tu il capo», lo canzonai. La vicinanza del suo corpo mi rilassava, mi ossigenava. Cercavo di intravedere qualcosa attraverso la benda mentre sentivo il diaframma e il seno schiacciato contro la sua spalla, quasi a non farmi respirare.

«Ora zitta.»

Mavor mi fece scendere dalla sua spalla alla fine degli scalini e io mi aggrappai a lui, al suo busto, terrorizzata all'idea di perdere l'equilibrio. Una porta scricchiolò come se non fosse stata aperta da un po', e poi ancora scale nel buio pesto.

«Hai aperto senza chiave?»

«È una scheda magnetica.»

«Mi hai portata bendata e coi tacchi a spillo in un posto pieno di scale», sussurrai lamentosa. «Cosa potevo aspettarmi da un sadico?»

«Adesso silenzio. Non respirare», mi sussurrò all'orecchio e io a quel punto mi lasciai guidare nel buio, in quello strano spazio interstellare fatto di silenziosi buchi neri.

Pianeti, eravamo.

Pianeti dispersi in una galassia distorta e meschina, eppure la nostra orbita era già segnata.

La mia, almeno, era obbligata a seguire la sua nell'oscurità di quel luogo che profumava di qualcosa di antico e solenne.

Mi strinsi al suo braccio più forte, e non avevo mai sentito Mavor così vicino. Era realmente lui, eppure al buio ancora stentavo a crederlo.

Lo spazio attorno a noi si fece d'improvviso più arioso e più fresco. Avrei riconosciuto ovunque la moquette della stanza 101, i pavimenti a mosaico dell'hotel, anche il parquet della casa di Mavor. Ma io sotto al tacco dei sandali sentivo un pavimento liscio e lucido, qualcosa che davvero non mi suonava familiare. Forse era marmo?

«Siamo a casa tua?»

«Non proprio.»

«Quasi tipo '*acqua*' o quasi tipo '*fuochino*'?»

«Direi '*acqua*'.»

«Devo indovinare?»

«Non ce n'è bisogno.»

Cercai di calcolare la distanza in auto che avevamo percorso, ma ero stata talmente rapita dai miei desideri che non avevo realmente fatto caso alla strada. Saremmo potuti restare in silenzio per un'ora o due come per cinque minuti, e non avrei colto la differenza.

Mi afferrò per le spalle e mi spostò a suo piacimento, come a sistemarmi in un punto preciso di quello spazio o di qualsiasi cosa fosse quel luogo.

«Ecco, mettiti qui.»

Poi attese che il mio respiro trovasse un minimo di pace.

«Sei pronta, piccola V?»

Non sarò mai pronta a uno come te.

Mugugnai poco convinta. Il silenzio tombale ci inghiottiva, uno di quei silenzi profondi e senza scampo dove rimbombava solo l'eco dei miei tacchi e della nostra voce. Era un luogo ampio, come una sala immensa, sentivo il suo respiro delicato alle mie spalle e cominciai a tremare perché percepivo nel suo corpo delle vibrazioni di emozione.

Un fruscio leggero di piuma e la benda scivolò lungo il mio corpo, sul mio seno, poi planò sulle mie mani e cadde a terra. I miei occhi si schiusero e lasciarono filtrare dalla pupilla intimidita quel poco di luce, con le ciglia intrecciate a schermarmi, sbattei le palpebre una, due, tre volte.

Mi sentii catapultata in uno spazio immenso: il silenzio non mi aveva dato la dimensione di quella grandezza. Attorno a me la sconfinatezza di quel luogo colmò i miei vuoti: emergeva come un'antica rovina solitaria dal fondale sabbioso di un sogno.

E davanti a me due *volti*, immobili, statici ma vivi, occhi vivaci come i miei che correvano su quei colori delicati, le labbra di lei, la sua veste bianca, le gambe massicce di lui, i suoi boccoli.

Le pennellate erano quanto di più prezioso e perfetto avessi visto in vita mia.

Quei personaggi presero vita davanti ai miei occhi.

«Oh mio Dio.»

Venere e Marte.

Non ero preparata al fatto che davanti a me potesse spiccare imponente e solitario il quadro *Venere e Marte*. L'unico suono che mi attutiva il timpano era il martellare furibondo del mio battito.

Attorno a noi una sala color verde salvia della National Gallery ci circondava silenziosa e deserta osservandoci in tutta la sua maestosa grandezza. Eravamo davvero lì, o mi ero addormentata in auto e stavo calpestando i confini di un sogno?

Solenne, imponente, magnifica, per chi viveva a Londra la National Gallery era una presenza sempre costante. E noi eravamo davvero lì dentro, in punta di piedi, nascosti dai silenzi dell'arte, in mezzo a una lunga notte che si divertiva a sconvolgermi.

Mi avvicinai di solo un passo sperando che non svanisse tutto da un momento all'altro.

Botticelli e le sue opere ci circondavano a trecentosessanta gradi e io rimasi immersa nel quadro che Mavor aveva scelto *per me*. Lo sguardo malinconico di Venere, Marte avvolto in un sonno onirico e irrequieto da cui sembra impossibile risvegliarsi. La vittoria della dea dell'amore sul dio della guerra.

«Sono... sono... sono chi penso io?»

Mavor mi sorrise leggermente mentre io mi guardavo attorno sperduta.

Solo qualche ora prima mi trovavo nel frastuono sfarzoso ed estatico di *Annabel*, nella sua stravaganza estrema, e adesso ero finita in quel silenzio di eccellenze e pennellate sublimi di colore che prendeva il nome del museo più importante della città.

E l'unica costante in quel bruciante danzare di opposti era lui, solo lui.

Mavor.

«*Non vedrete mai nulla di più potente*... Com'era?» Accennò le mie parole, quelle che avevo scarabocchiato per caso su quel libricino vecchio e ingiallito ispirata da quell'amore passionale ed estremo.

«*... della loro unione*», dissi, poi mi avvicinai alla targhetta di qualche passo.

«Non avvicinarti troppo. Potrebbe suonare l'allarme.»

Quando mi voltai, dovevo sembrare sconvolta. Forse avevo il mascara colato ed ero arrossita come una ragazzina, ma cosa mi importava?

Mavor era poco dietro di me, a braccia conserte, con quella strana aria di chi non sapeva bene come comportarsi. Non lo avevo mai visto tentennare, mai una volta era stato insicuro su come reagire.

L'istante dopo tornò sicuro e inscalfibile come una montagna.

«Si dice che fosse destinato a adornare una spalliera nuziale. L'amore più immorale e adultero di cui si sia scritto tra i Romani. Botticelli aveva il mio stesso senso dell'umorismo.»

Rimasi a osservarlo imbambolata, perché aveva davvero usato *quel* termine.

Amore.

Mi terrorizzava, ma su di lui suonava bene come un temporale in estate.

Allora io sorrisi, uno di quei sorrisi che sul mio volto facevo fatica a riconoscere, e poi feci la domanda più scontata di tutte.

«Come diavolo hai fatto a entrare qui dentro alle 2 di notte?»

«Shhh. *Abbassa quella voce*. Ci sentiranno.» Mavor mi venne incontro e aveva uno strano sorrisetto luciferino dipinto sul viso. Uno di chi sapeva benissimo ciò che stava facendo. «Altrimenti dovrò azzittirti in un altro modo.»

Sembrava quasi blasfemo alludere al sesso orale davanti a un quadro del genere, eppure era così tanto da lui che non ci feci caso. Io gli avevo rivelato il mio tormento e lui mi aveva portata davanti a uno dei quadri più potenti che io avessi mai visto.

«Come faccio a stare zitta? Guarda dove siamo!» Parlavo a bassa voce, ma il mio tono era euforico e dagli occhi stillavo emozione pura.

Rimasi a osservare quel quadro a lungo in tutte le sue sfaccettature, e scrutai la sala adornata di tante opere d'arte tutte dello stesso autore. Mi sembrava di essere in presenza di personalità estremamente importanti, mi sentii piccola e insignificante di fronte a quel trionfo di storia gloriosa.

«Come hai fatto a farci entrare? Avanti, dimmelo», ripetei a bassa voce.

«Diciamo che la mia famiglia finanzia questo luogo da parecchi anni. Circa un secolo. Ma non potrei essere qui.»

«Certo che no! Ci possono arrestare, se ci trovano?»

«Non ci troveranno, se starai zitta. Ci sono venuto tante volte.»

«Ci hai portato tante ragazze?»

Rimase a braccia conserte a osservare quel quadro, reclinando la testa di lato come a volerne decifrare il contenuto.

«Tutte quelle che si chiamano 'Venus'.»

Gli lanciai un'occhiataccia che non so se colse, poi mi sedetti su una panca che guardava dritta verso quel quadro e permetteva di restare a osservarlo. Tutto l'orrore del racconto di quella notte venne lavato via, spazzato da quella calma di perfezione e quiete di bellezza.

«I colori sono pazzeschi. È così pieno di vita, così...»

Mavor sghignazzò sotto i baffi, con le braccia conserte.

«Guarda la faccia di lui. È a pezzi. Mi pare evidente che la dea fosse insaziabile.»

«Non è quello che mi avrebbe fatto notare la mia professoressa di arte.»

Erano dèi, ed erano imperfetti.

Come avremmo potuto mai sperare di essere meglio di loro, noi miseri esseri umani?

La magnificenza di quel quadro mi investì e si impossessò di me, con la sua atmosfera statica e tranquilla all'apparenza, che in realtà celava elementi che mi turbavano.

Era la scena di un amore proibito.

Venere era conscia di aver fatto qualcosa di sbagliato, si leggeva la sua consapevolezza rassegnata nel modo in cui le mani si abbandonavano sulla veste. E neanche a lei interessava di morire. Guardava il suo amante immortale vinta dalla brama di lui.

Mi alzai e feci un breve giro a osservare tutti i quadri che ci circondavano.

Mavor mi tenne gli occhi puntati come a controllare che non facessi qualcosa di stupido, poi si avvicinò a me incombendo sul mio corpo come un'ombra pericolosa.

Avevo dimenticato che io ero la sua preda, e che il lupo era sempre affamato.

«Siamo in una sala con Botticelli, piena di opere d'arte.» Mi voltai verso di lui che mi aveva attirato a sé stringendomi dalla vita. «E l'unica cosa che riesco a guardare è il tuo culo.»

Quella frase mi arrivò dritta come una freccia nel basso ventre, la sua bellezza si scolpì nelle mie iridi al punto che non fu semplice distogliere lo sguardo.

«Il mio?...»

«Penso che batta tutti questi quadri. Botticelli sarebbe stato d'accordo con me.»

Mi illanguidii di fronte a quelle due gemme di amazzonite. I suoi occhi in penombra erano opachi e setosi e possedevano su di me strane proprietà calmanti, rasserenanti. Aveva lenito il mio spirito turbato e poi se ne era preso cura.

«Mi stai *desiderando*, avvocato?»

Mi carezzò il volto, posando il pollice sul labbro, e lo fece scorrere sull'umidità della mia polpa.

«Se fossi qui per quello ti starei già scopando.»

Quella frase era stata buttata lì a caso, ma io volli notarci un senso nascosto.

«Non siamo qui per quello?»

«No. Siamo qui per Marte e Venere.»

«È *Venere e Marte*», lo corressi.

«Cosa?»

«Il titolo. *Venere e Marte*, non il contrario. Botticelli sapeva già chi avrebbe vinto su chi.»

L'amore sulla guerra. La sconfitta di Marte era palese al primo sguardo.

E Mavor era contesa e distruzione.

Non sapevo quanto io potessi essere amore e armonia, ma ero erotismo e seduzione, e riconoscevo una luce simile alla mia nello sguardo adorante della dea che guardava il suo dio.

Seguitò a parlare senza schiodare gli occhi dai miei.

«Ti ho portata qui per una ragione. È a questo che tu appartieni. All'arte.»

«Che cosa vuoi dire?»

«Sto parlando di quello che è accaduto stanotte.» Mi impedì di liberarmi dalla sua presa. «Su una cosa Charles ha ragione. Devi smetterla di pensare di non meritarti nulla al di fuori di *Annabel*.»

Accennai un sorriso tristemente dolce amaro. Apprezzai il tentativo di Mavor ma, per quanto lui potesse sviscerarmi emozioni incontrollabili, non avrebbe mai, *mai* potuto cambiare il destino che era stato scritto per me.

«Sono brava, sul palco. È l'unica cosa che so fare... come te.»

Mavor scosse la testa e mi guardò, rigido e intransigente.

«Chiudi con quel posto, con quegli uomini, con quello schifo. Una volta per tutte. Lasciati tutto e tutti alle spalle.»

«Anche tu dovresti farlo, Mavor. Sul serio. Sei molto più di quello che rappresenti.»

«Non rigirare la questione. Tu non sai nulla di me.»

«Va bene, allora. Io ti ho confessato una cosa importante. Adesso dovresti dirmene una tu.»

Scosse la testa, virò lo sguardo altrove.

«Non sono disposto a scendere a patti.»

«Avanti, non farla lunga.»

Mavor incrociò le braccia un po' infastidito.

«Puoi farmi una domanda. Una sola, e non so se ti risponderò.»

Avrei potuto fargli un milione di domande, innumerevoli quesiti che mi tormentavano da quando lo avevo conosciuto.

Cosa c'è sotto la fasciatura?

Cosa c'è tra te ed Eclipse?

Cosa nasconde Charles Cadogan? Perché lo difendi? Perché vuoi andare fino in fondo con questo processo a tutti i costi? Quanto potere ha quella famiglia su di te?

Fino a che punto... Fino a che punto sei uno di loro?

E invece la mia mente vagò lontano, forse andò indietro nel tempo a quello che avrebbe fatto una qualsiasi ragazzina alla prima cotta. Forse aveva ragione Mavor quando diceva che ero così bambina da sembrare sciocca e infantile.

Avrei voluto prendere a capocciate il muro, eppure quella fu l'unica domanda che scivolò via dalle mie labbra.

«Perché quella notte non hai usato il preservativo?»

Rimase stupito quanto me, da quella domanda.

«Quando?»

«Al tuo locale», sussurrai abbassando lo sguardo, lievemente intimidita dal suo sguardo aguzzo.

«Ah.»

Prese a giocherellare con il pacchetto di sigarette nella tasca dei pantaloni, come se non riuscisse a tenere ferme le mani. Non era pronto quanto me a quella risposta.

«Perché volevo sentirti.»

«E mi hai sentita?»

«Ti ho sentita anche troppo.»

Come mettersi in situazioni scomode. Una guida dettagliata di Venus Kelley.

«Tro... troppo? Che tipo di troppo?» Una domanda sola, mi aveva detto, e io ero arrivata alla terza.

«Quel tipo di troppo di quando non riesci più a farne a meno.»

Le mie corde vocali si spezzarono.

Non riuscii più a proferire parola quando lui mi travolse in un abbraccio in cui parve inglobarmi contro il suo corpo, in un disegno astratto e fin troppo concreto in cui a ogni spigolo del suo corpo aderiva un mio angolo.

«Cosa... Cosa stai...» Posai il palmo aperto sul suo petto e sentii il respiro attraversargli il diaframma, il battito cauto in aspettativa contro il mio che galoppava selvaggio.

«Sta' zitta. Per la prima volta nella mia vita io non ho idea di cosa cazzo stia facendo.»

Non lo sapevo nemmeno io, e non avrei quasi voluto saperlo mai.

Il terrore prese a sbracciare nel mio stomaco, che cadde dilaniato prima in gola e poi lungo le mie gambe. Eravamo due impacciati in un territorio a noi sconosciuto, ma Mavor mi rapì e mi fece sua con quello sguardo. Quello perduto quasi quanto il mio, eppure saldo e deciso, temerario a sfidare gli dèi e a peccare di tracotanza, a ricevere la sua punizione perché *questo* era quello che ci meritavamo.

«Ed è meglio che lo faccia prima che sia troppo tardi.»

Di' qualcosa. Anche qualcosa di stupido.

Riempi il silenzio con il vuoto pneumatico che hai in testa.

«'Troppo tardi' per cosa?»

Non rispose, ovviamente. Non come avrebbe fatto chiunque altro, almeno.

«Se aspetti troppo a lungo, certe cose non saranno mai più le stesse.»

Il mio cuore impazzito tamburellava nei polsi, nelle tempie, tra le gambe, nella gola. Lo sentivo ovunque, mi aveva invasa e io in quel momento ero tutto cuore.

«Mavor, non vorrai...»

«No. Non voglio.»

Forse una piccola parte di me si rilassò, quella che per un attimo aveva scordato il modo che aveva lui di prendermi in giro.

E quando fu vicino, così vicino da parlarmi a fior di labbra, a sfiorarle dolcemente di un profumo estasiante, Mavor accarezzò le mie ciglia con le sue, sfiorò la punta del mio naso e le mie gambe cedettero.

Mi venne quasi un capogiro, mi aggrappai a lui e al firmamento che gli passò nello sguardo. Con gli occhi accesi di barbagli, spicchi di stelle comete, piccole lucciole in un bosco notturno che danzavano lente e ammalianti.

«*No ty... ne ostanavlivayesh' menya.*»

Lo scontro brutale di due paia d'occhi e il suo piglio severo che si addolcì nel mio sguardo smarrito.

«Cosa hai...»

Quando diventa immenso il mare e infinito l'orizzonte tu non puoi più far niente e devi solo lasciarti investire. Chiusi gli occhi dalla disperata agonia che non tolleravo più, quando Mavor mi fece indietreggiare contro la parete a fianco a quel quadro, afferrò il mio volto e spinse le sue labbra contro le mie.

Nascosti in un angolo di buio ma alla luce dei colori pastello io sbarrai gli occhi e lui mi baciò. Le mie labbra si schiusero mentre gli occhi conobbero la sorte opposta: lo lasciai entrare e niente fu più luminoso di quella tempesta, le finestre spalancate e i vetri infranti, la sua lingua che carezzava la mia mi travolse ma erano le sue labbra il vero miracolo, le sue labbra ad avvolgermi e a mangiarmi, a punirmi di tutti i miei sbagli, a ripulirmi dei miei sensi di colpa e a infiammarmi l'anima.

Un suo gemito fu vitale e annichilente al tempo stesso. Mi assaporò ancora in un bacio che sapeva di voler restare. I baci che ci eravamo scambiati durante il sesso erano eccitanti come bicchieri di champagne, ma questo era un frammento di universo che girava al rallentatore solo per osservarci.

Con i pianeti spenti e le stelle appese a guardare.

Esisteva ancora il mondo, fuori?

E Mavor mi scivolò dentro come un calice di vino, bollente e inebriante, al sapore d'autunno, di frutti di bosco, scese lungo la mia gola con quel calore dolcissimo e poi risalì in alto a farmi vorticare la testa.

Bello come un'illusione, io e lui ci staccammo per un istante a guardarci.

Collidemmo come due supernove.

Respirammo quel tanto che bastò per riempirci dell'aria dell'altro, e solo per il bisogno di *realizzare*.

Dove mi stai portando, Mavor?

Percorse con il pollice la linea del mio zigomo, e poi scese verso le labbra per raccogliere quella rugiada umida che le bagnava.

«Non voglio baciarti...» mi sussurrò ancora una volta. «Voglio baciarti... e baciarti... e baciarti.» E l'attimo dopo affondò di nuovo nelle mie labbra e io nelle sue.

Le. Sue. *Labbra*.

Sue, di nessun altro.

Divine, indomite, carezzevoli e spietate.

Non ebbi in testa che lui, lui ovunque, lui tra le mani, sulla pelle, lui nei condotti lacrimali, lui il sapore delle mie lacrime, lui il vibrato dei miei gemiti, lui che mi rapiva il sonno e mi tormentava la veglia.

Quel bacio divenne più profondo e più urgente, impellente, sfinente.

Lo attirai a me e lui mi strinse, mi schiacciò a sé talmente forte da farmi scivolare verso l'alto contro il muro. E io volevo *divorare* ogni singola scintilla di quell'attimo, nutrirmene, saziarmene, rinascerne.

Allora è così che ti senti quando il diavolo ti accarezza.

Quando fai l'amore con lui.

Quando un demonio dalla faccia d'angelo ti porta con sé nella sua notte perché in fondo il mondo delle ombre gli appartiene e lui appartiene a esso, in una concatenazione senza fine.

In fiamme, avvolta fino all'ultimo flebile respiro, fino alla più misera cellula.

Ci avvinghiammo, io lo strinsi come a volermi fondere e le emozioni rintoccarono talmente forti da stordirmi le sinapsi. La sua lingua mi rendeva drogata di lui, mi arrivava in luoghi che non conoscevo.

Si accorse di quel disperato bisogno mentre con le dita scendeva lungo i fianchi, trattenendo tutto al suo passaggio, lasciando segni e mostrandomi l'inferno sulla pelle.

E la strada per l'inferno era lastricata dei suoi baci.

Spalancò la bocca contro la mia, tuffò ancora una volta la lingua dentro di me, mi leccò le labbra e ci incontrammo ancora, ancora, ancora in un ritmo infinito.

Era come inciampare in un sogno inquietante, il più bello di tutti.

Il sublime e l'abietto si annidavano nella mia mente e nella mia anima, se qualcosa ancora ne era rimasto, e io avrei voluto sciacquarla in quei laghi profondi dei suoi occhi. Perché ogni tanto io aprivo i miei e lui apriva i suoi, e con Venere e Marte a spiarci sopra la testa avremmo potuto duettare con l'infinito.

Una manciata di passi ben distinti ci arrivò in lontananza. Erano lenti, calibrati, direi quasi stanchi.

«Mavor...» gli parlai sulle labbra, lui parlò sulle mie con urgenza. «È il custode.»

«Il custode? C'è il custode, qui dentro?»

«C'è sempre. Siamo alla National Gallery.»

Mi indicò le scarpe con lo sguardo, io mi sfilai rapidamente i sandali slacciandomi il laccetto alla caviglia.

«Non devi nemmeno respirare.»

Non avevo bisogno di ossigeno se avessi potuto respirare il suo.

Avrebbe potuto fare di me ciò che voleva, avrebbe potuto farmi sua sotto quel quadro.

Ma lui sapeva che non sarei stata più sua di così nemmeno se mi avesse presa con la sua solita brama brutale.

Le sue labbra umide si spinsero di nuovo sulle mie mentre con la lingua cercava la mia, la carezzava, leccava l'interno della mia bocca e ne succhiava la polpa.

Succhiai la sua lingua, e lui gemette di nuovo.

Il modo in cui muoveva la bocca contro la mia mi ricordava quello con cui mi baciava sotto la gonna, con le mie gambe tremanti a stringergli la testa.

S'indurì spingendo contro di me e io non mi sarei mai sciolta da quell'abbraccio.

Era lì che io volevo esistere, e solo lì con lui, in quella sbornia di sensi che sembrava irreale. Con le braccia avvolte a quel pianeta solido, col suo petto massiccio, il respiro adorante, e tutta la sua luce e il suo calore a rendermi ancora viva e vitale, e lui che scavava nella mia bocca tenendomi il viso, scivolando con le mani sul collo, sulle costole, sulla vita.

Esistono baci che non finiscono e rimangono lì a galleggiare nel ricordo per sempre.

C'è sempre un bacio che non scorderai mai, che ti perseguiterà per tutta la vita.

Le labbra di Mavor non erano giuste per me, erano tutte sbagliate. Ma erano perfette. Perfette all'unisono con le mie, meravigliose più del sesso, più della danza, più della musica, più dell'arte.

Il modo in cui approfondiva quel bacio mi fece perdere il senno, mi stritolava tra le dita la carne nuda sotto la sua giacca, e poi iniziò un lento, lentissimo strofinarsi.

O forse ero io che non riuscivo a non aumentare quella stretta.

Le mie mani scivolarono sotto la sua camicia e la sua passione divenne struggente, tonante, e io ero una nuvola in tutta la sua tempesta, sballottata di qua e di là dai suoi venti tormentosi.

Digrignai i denti perché il calore crebbe, si espanse, e più quel tornado si dilatava, più io morivo. A un certo punto pensai che fossi brace, e sarei finita presto cenere, ma ardevo, ancora di più tra le sue mani che non mi lasciavano tregua, contro il suo corpo, e mi dissi che no, non era possibile.

Non potevo desiderarlo in quel modo.

Non volevo fare sesso, giuro, non volevo. Volevo solo baciarlo.

Assaporare ogni singolo attimo di quel lunghissimo bacio.

Abbandonarmi sulle sue labbra, nella sua bocca, carezzare il suo sapore, solo quello.

Ma il tessuto del suo pantalone che sfregava contro di me mi stava facendo arrossire. Sentivo distintamente il suo quadricipite teso strusciarsi sul mio inguine e la sua durezza pigiare prepotente nel basso ventre.

E il sangue prese a confluire vorace nel petto a volermi dilaniare, a scorrermi nelle vene e a oscurarmi l'intelletto.

E lui proseguì tra il cosciente e l'inconsapevole, e il corpo si protrasse tutto verso quel punto in cui la mia pelle sfregava sul suo pantalone.

La mia pulsione si imbizzarrì, lo baciai come se avessi in bocca il suo sesso e il mio respiro si fece affannato e fremente.

E l'attimo dopo dovetti sciogliermi da quel bacio, perché ero in un paradiso inghiottito dalle fiamme con una scarica elettrica che stava per attraversarmi il cervello.

Lui mi fissò con aria interrogativa mentre io sperimentavo tra le sue braccia la potenza di quelle sensazioni.

«Mavor...»

Il suo nome mi scivolò via dalle labbra in maniera talmente impudica da farmi quasi vergognare, fin quando non incontrai il suo sorriso.

E l'indecenza nascosta tra le mie labbra era quasi innocente in confronto al suo sorriso sbalordito.

Lui mi scherniva, bello e maledetto mi faceva soffrire con un semplice curvatura delle labbra, un po' serrate in avanti come a farmi notare tutta l'evidenza delle mie pulsioni.

«Cosa c'è?»

Cercai di riacquistare lucidità scansandomi qualche ciuffo di capelli corvini dalla fronte.

L'imbarazzo mi travolse, mentre calibravo il respiro, dal modo in cui Mavor aveva ripreso a studiarmi con quello sguardo malizioso.

«I-io...»

Sto sentendo troppo.

Dappertutto.

Ero eccitata e sconvolta, cercavo di dare un nome a quell'emozione e tutto ciò che mi veniva in mente era soltanto il suo volto.

Mi interruppe con un dito sulle labbra.

«Non c'è bisogno di dirmi niente.»

Mi arresi e abbassai lo sguardo nascondendo un timido sorriso imbarazzato all'idea di quello che stavo per dire.

Dov'era finito il mio appiattimento emotivo? Dov'era il mio controllo glaciale delle emozioni?

Lui mi rendeva instabile, e insicura, e accecata, e sofferente persino della mia stessa felicità.

«Scusami.»

Quel bacio era nato come un impatto, uno scontro a fuoco, ed era diventato qualcosa di più, lo aveva sentito anche lui.

Era andato oltre il sesso e due labbra unite, oltre due corpi aderenti, oltre noi due, quel bacio si era preso tutto e mi chiesi cosa avrebbe lasciato.

Ma lui divenne serafico, soddisfatto di vedermi in quello stato di choc nascose il suo fascino assassino come un felino che ritirava le unghie.

«Ti stai *davvero* scusando?» Si lasciò sfuggire un sorrisetto e in quel momento mi apparve come il più meraviglioso dei demoni. «Hai un sacco di cose di cui scusarti. E un sacco di cose per cui dovrei punirti. Mi devi ancora una bottiglia di vodka da collezione.»

Mi morse il labbro inferiore, poi lo succhiò lambendolo con la lingua.

«Ma non provare *mai più* a scusarti di provare qualcosa.» Me lo ordinò con intransigenza.

Il bello del vuoto è che lo puoi sempre colmare, e lui ci stava riuscendo perfettamente.

E lo colmò ancora una volta quando mi tirò a sé stringendomi tra le sue braccia, e la mia mente era un palcoscenico per danzare, una sala da ballo decorata da pennellate sottili, e noi fluttuavamo lenti tra quei colori, nel pulviscolo sottile e immortale di quei quadri, silenti spettatori di un meraviglioso prodigio.

Non mi facevo più domande.

Non atrofizzavo il mio cervello con un milione di parole.

Mi *ascoltavo* attraverso i suoi respiri.

Cercavo davvero di *sentirci*, e come un dio solo Mavor riusciva davvero a renderlo possibile, addirittura facile.

Era un miracolo.

Prima o poi avrei scontato tutto quanto, ma in quel momento io restai solo a farmi travolgere.

E a oggi posso dirlo: lui mi tenne in vita. E quella vita faceva male, feriva, tagliava, sminuzzava, bruciava, sanguinava, ma era *vita.*

Incrociò le dita tra le mie, mi inchiodò le mani ai lati delle tempie. Si insinuò ancora tra le mie labbra, le leccò ancora, scoprì quella sensazione di un bacio che non era il preludio di un qualcosa, non un preliminare ma il culmine, la fine e l'inizio, era totalità, era infinito, era *tutto quanto.*

Quando si allontanò di poco dal mio viso mi guardò col respiro corto, come se non realizzasse.

«Mi piace quando accendi gli occhi e spegni tutto il resto.»

Reclinai la testa di lato, a bearmi un po' della sua bellezza.

«È questa... È questa la tua notte?» Se fosse stata quella, ero convinta che avrei voluto restarci per sempre.

«No. La mia notte è molto, molto più buia. Niente colori, niente opere d'arte.»

La nostra notte invece restava a guardarci come una signora un po' furba e un po' impunita, attraverso tutti quegli occhi curiosi nei quadri, centinaia di pupille puntate su di noi, e noi a macchiarci di ombre e di noi stessi, a desiderare il sacro e soprattutto il profano.

«Qualunque cosa tu abbia fatto nella tua vita ti ha reso quello che sei.»

E io impazzisco, smanio per quello che sei.

E lo pensavo, lo pensavo sul serio, fino a ogni fibra del mio essere.

La vita ci aveva cambiati, ma qualsiasi cosa ci fosse successo ci potevamo illudere che esistesse solo l'ora e l'adesso.

«Già. Dovresti dirlo anche a te stessa.»

«Non è facile.»

«Ma ha reso te bella e coraggiosa, me rabbioso e incattivito. Tu sei radiosa anche con gli occhi spenti, io ho solo il rancore e la vendetta.»

I suoi occhi affilati in acciaio come due spade pronte a tranciare erano la quintessenza della guerra che aveva nel cuore. Le sue cause erano vere e proprie battaglie.

Ma io in quegli occhi avevo visto la cosa più importante: il riflesso delle mie emozioni.

«Io nella tua rabbia vedo qualcosa di magnetico. E indimenticabile.»

Per la prima volta di fronte alle mie parole io vidi davvero il suo stupore. Non quello sarcastico, ma una pura e lineare espressione di sorpresa per ciò che aveva ascoltato.

O forse era il modo in cui l'avevo detto, guardato, baciato ancora, a fior di labbra come la foglia che lambisce il tronco cadendo dal ramo.

«Non mi dimenticherai, piccola V? Se dovessi sparire? Se dovessi morire stanotte?»

Mavor Axford. Mavor Axford che aveva paura di essere dimenticato, *sul serio*?

Era per questo che la sua battaglia diventava ogni giorno più feroce?

Forse quello era il suo modo di restare immortale, di sconfiggere la morte.

La sua vanità, il suo narcisismo, i suoi sempre più frequenti deliri di onnipotenza. Se avesse rinunciato a un singolo frammento di ego avrebbe perduto se stesso.

«Credi di essere così facilmente dimenticabile?» Lo citai con una sua frase, uno dei primi dardi con cui mi aveva colpita.

«Non si risponde a una domanda con un'altra domanda.»

«No, Mavor, non ti dimenticherò. Neanche se dovessi sparire stanotte.»

Un'acuta fitta di dolore mi trafisse al solo pensiero, eppure quel mio nuovo modo di essere diretta con lui mi faceva stare bene. Ma il suo umore precipitò ancora una volta verso l'abisso.

«A volte un bacio è solamente un bellissimo addio.»

Gli occhi mi pizzicarono, a quella frase.

«Perché stai dicendo questo?»

Posò la fronte sul mio petto, in mezzo ai miei seni, mi strinse attorno alla vita e il suo respiro si fece strozzato.

Mavor.

«Dimmi chi è stato, capinera. Dimmi chi è stato a ridurti così. A farti diventare anorgasmica, a cancellarti anni di emozioni quando tu di emozioni ne provi fin troppe. Dimmi chi è stato, è stato quel Zachary? Ti ha fatto del male? Posso cercarlo per tutta l'Inghilterra, calargli quelle braghe del cazzo e incularlo fino a fargli vomitare il sangue.»

Un pugno contro il muro, e io mi preoccupai. Il mio cuore vibrò come una farfalla dall'ala spezzata. Mi avvicinai al suo volto con le dita per cercare di sfiorarlo, ma lui lo ritrasse.

«Non c'ero io a difenderti, non c'ero, Cristo. Lo capisci? Io non c'ero. Non ho potuto *proteggerti.*»

Il suo senso di colpa era del tutto irrazionale, illogico quanto disperato, ma i suoi occhi tremavano con le pupille che colavano rabbia.

«Mavor, non mi conoscevi, l'incidente mi ha ridotta così.»

«Qualcosa ti ha spinta verso quell'incidente. Qualcosa ha fatto precipitare tutto.»

Una fitta mi colpì le costole. Potevamo fingere di aver seppellito i resti dei nostri sbagli con altri centomila baci, ma quelli sarebbero tornati alla luce altre centomila e uno volte.

«Zachary è stato solo uno dei tanti errori.»

«Un po' come me. Un errore, fin quando la situazione non precipiterà del tutto.»

I miei occhi si svuotarono ancora lungo i contorni della sua eterna dannazione. Forse avevo sperato che un mio bacio potesse salvarlo come in una stupida favola.

E invece lui era ancora lì, a odiarsi e a odiare tutti coloro che non lo disprezzavano.

«Tu non sei un...»

Non sei un errore.

Non sei un mostro.

Sei uno spettro in un limbo, bloccato in bilico tra il regno dei vivi e quello dei morti.

«Andiamo via», mi interruppe decretando quella sentenza.

Io lanciai un'ultima occhiata a quel quadro e forse mi scoprii a pregare di nascosto gli dèi.

Poi seguii Mavor nel silenzio di quelle sale vuote in cui sentivo quasi il vociare degli echi dei visitatori, dei turisti, dei curiosi. Quanti altri occhi avrebbero incrociato la loro bellezza intaccabile, quella di Marte e di Venere. Ma quello che non avrebbero saputo era che due pazzi senza intelletto si erano baciati sotto i loro sguardi furtivi, ed era stato un bacio senza ritegno e senza freni, perché un bacio vero così doveva essere, e che quei due pazzi non erano dèi, ma ogni tanto giocavano a fingere di esserlo, e a fissare vertigini tra l'eterno e l'immortale.

* * *

«Mavor!»

Si voltò e si fermò per attendermi, visto che avevo dovuto indossare i miei sandali prima di scendere dalla scalinata. Lui camminava con le mani in tasca, la sigaretta in bocca e il cipiglio di chi se ne stava a passeggiare tra un pensiero e un altro.

L'aria di Trafalgar Square accumulava tutto lo smog di una giornata in cui cominciava a sentirsi il profumo della bella stagione.

«Mavor. Ho bisogno di parlarti.»

«Non lo abbiamo già fatto abbastanza per stanotte?»

Mi immobilizzai di nuovo e rimasi a guardarlo mentre si allontanava.

Contai fino a tre, e alla fine si voltò come per spronarmi a camminare.

Era enigmatico, non riuscivo a decifrare quella sua aria zoppicante, quasi dolorante, come un lupo ferito alla zampa da una tagliola.

«Sali in macchina, ti riporto a casa.»

A casa.

Quale casa?

Da quando Lucky era stata aggredita, non avevo trovato un posto che potesse essere migliore dell'appartamento di Victor.

«Che cosa ho fatto di sbagliato? È per quello che ti ho detto sui miei genitori?»

Accennò un sorrisetto amaro.

«*Stupida.* Se per me fosse un problema non ti avrei portata qui.»

«Ti stai pentendo? Di avermi portata qui?»

«Io non sono un tipo da rimorsi.»

Avrei preferito decisamente un'altra risposta, e lui me lo lesse negli occhi.

«Ma, se non metto un punto a questa notte, finisco per non volerti lasciare più.»

E allora non farlo.

Ma perché le parole mi morivano in gola, quando mi spiazzava con certe uscite illegali?

Lo raggiunsi, nonostante la sua aria scontrosa decisi di lottare ancora per lui.

«Devo finire il racconto, Mavor. Devo dirti tutto.»

«Non sono affari che mi riguardano. Ma ancora non capisco come sia possibile che la tua versione dell'incidente sia così distante da quella che ho letto nel verbale.»

Avrei preferito un altro bacio, e dieci, e mille, e diecimila. Esistono baci che ti rendono l'anima anche se l'hai promessa al demonio, e per un altro bacio di Mavor avrei giurato di marcire all'inferno.

Ma dovevo dirglielo. Ora. In quel momento.

Dove mi ero interrotta?

Ah già.

Quella notte fu la prima volta in cui conobbi una persona, o il suo tramite.

«Quel verbale è stato modificato illegalmente. Il caso è stato trasferito ad altri agenti di polizia. È stato tutto insabbiato.» Lo dissi scivolando sul buio della mia innocenza perduta, come una confessione che bruciava le corde vocali.

Cercai le sue pupille, mi infransi nei suoi occhi intimidatori.

Mavor era un lupo guardingo che divorava la notte come se ne fosse il sovrano, e per qualche istante attese che parlassi, ma ben presto mi resi conto che non stava più guardando me.

Mi voltai in direzione del suo sguardo e vidi una figura nera che ci osservava.

Venne fuori dalle sue stesse ombre e ci raggiunse in mezzo alla piazza: riconobbi un uomo sulla quarantina che non mi sembrava di aver mai visto prima, un lungo cappotto nero troppo caldo per la stagione, l'aria solitaria e circospetta, anche lui le mani in tasca.

Mavor gli fece un cenno col volto e lui si avvicinò.

Cominciai a tremare, in maniera inconscia mi avvicinai a lui facendomi scudo con il suo corpo. I lineamenti che apparvero ai nostri occhi mi erano del tutto sconosciuti, quegli occhi scuri e sottili ci squadrarono dalla testa ai piedi.

«Mavor Axford. Venus Kelley. Un colpo di fortuna trovarvi insieme.»

Mavor rimase in silenzio a guardare quell'uomo negli occhi come a cercare una verità sconosciuta, e io risposi al posto suo.

«Ci conosciamo? Come fa a sapere i nostri nomi?»

Quell'avvoltoio mi guardò con un sorriso di scherno vagamente inquietante, le labbra increspate adombrate da un naso pronunciato, la mascella squadrata e ingombrante e i capelli brizzolati ai lati delle tempie che qualcuno avrebbe definito fascinosi.

«Facciamo che le domande le faccio io a voi.»

Mavor fece un passo verso di lui e gli scrutò i lineamenti come se volesse imprimerli nella sua mente.

«Chi è lei? Che cosa vuole?» ringhiò digrignando i denti.

«Vorrei che saliste sulla mia auto. Vi spiegherò strada facendo.»

Mavor mi si parò davanti.

«Non esiste. Non saliamo su nessuna auto. E adesso sparisca, prima che le faccia passare la voglia di infastidire la gente alle 3 di notte.»

«Ehi, ehi, avvocato, non si scaldi. Non ho cattive intenzioni. Salite in macchina, per favore, e non vi accadrà nulla.»

«Questa per me è già una minaccia, testa di cazzo. Non un gran modo per convincermi.»

Lo agguantò per il collo del cappotto e a quel punto temetti il peggio.

«Non saliremo sulla sua macchina per nessuna ragione al mondo.»

«Avvocato, non ha altra scelta. E adesso mi levi le mani di dosso.»

Io e Mavor lanciammo un'occhiata verso l'auto nera parcheggiata sulle strisce pedonali della piazza, in direzione del Big Ben. Due uomini probabilmente armati ci scrutavano e ci attendevano, e di certo non ci avrebbero lasciati andare via senza torcerci un capello.

«Vengo io con voi. Lei lasciatela fuori.» Mavor mi passò le chiavi della sua auto che teneva in tasca e io le afferrai.

«Molto eroico, avvocato, sono davvero impressionato. Ma purtroppo mi servite entrambi.»

Trattenne in risposta una rabbia cieca e io temetti il peggio. Osservava la giugulare di quell'uomo come se avesse voluto staccargliela a morsi.

Con le labbra che ancora sapevano di lui, quel sapore di lampone e sigaretta, aranciato di Cointreau e l'eucalipto balsamico di cui profumava il suo dopobarba, con quel sapore dolcissimo in bocca da assaporare io mi accorsi che la situazione era appena precipitata.

E che noi eravamo nei guai.

«Perché? Che cosa volete da noi?»

«Vede, avvocato, è un po' che vi teniamo d'occhio.»

L'uomo restava impassibile. Le mani in tasca, il tono calmo e quasi rilassato di chi è forte del fatto che non avremmo potuto esimerci o rifiutare. Saremmo dovuti salire su quell'auto, saremmo dovuti andare con loro.

«Voi avete qualcosa che noi vogliamo disperatamente.»

31

Always fucking with my head

«Tutt'a un tratto ci innamorammo, pazzamente, goffamente, spudoratamente, tormentosamente; e senza speranza, dovrei aggiungere, perché l'unico modo di placare quella mutua frenesia di possesso sarebbe stato assorbire, assimilare sino all'ultima particella lo spirito e la carne dell'altro.»

V. Nabokov

Venus ♀

ESISTONO persone che quando decidono di darti qualcosa di loro stesse ti fanno sentire al centro del mondo, come se esistessi solo tu. Piantano in te il seme della follia, placano le loro voglie con le tue urgenze ansimanti, e tu rimani sempre sul ciglio di una crisi di astinenza.

Mavor Axford faceva parte di questa categoria di persone.

La sua bellezza tentatrice irretiva persino i suoi nemici, gli antagonisti, quelli che se la sarebbero dovuta prendere con lui.

Quei due tizi che ci avevano prelevati continuavano a tenerlo d'occhio come se potesse fare una mossa inaspettata da un momento all'altro, guardandolo con uno strano ma ammirato timore.

E io ero lì a sbriciolarmi le dita attorno al tessuto della sua giacca, a candeggiarmi le nocche stritolandomi le ginocchia, a cogliere le piccole particelle del suo profumo in quell'abitacolo maleodorante, seduta sul sedile posteriore di un'auto che puzzava di cicche di sigarette vecchie di mesi.

Non ero ubriaca, non avevo bevuto nulla. Ma quel bacio alla National Gallery mi aveva spazzato via tutte le certezze, come quando prendi una sbornia talmente potente che cominci a dubitare di qualsiasi cosa.

Le sue labbra mi avevano marchiato a fuoco, mi erano rimaste dentro e il sangue infetto di lui me lo sentivo ribollire da un'estremità all'altra del corpo.

Adoravo essere contaminata da lui.

Sentivo la sua energia vibrarmi ancora sotto la pelle.

Ma Mavor non mi guardava: rimaneva in silenzio in una nube oscura di pensieri criptici, l'espressione sfingea che teneva d'occhio la strada, e io sapevo che in quel silenzio c'era solo una coltre fitta di rabbia, così coriacea da poterla tagliare con un coltello.

Aveva avuto un pensiero omicida su ciascuno di quegli uomini.

A uno a uno aveva studiato il nodo della loro cravatta per capire fino a quanto avrebbe potuto stringerglielo attorno al collo.

E lo sapevo, perché quando guardava il cielo fuori dal finestrino si tingeva di rosso attraverso i suoi occhi.

«Dove stiamo andando?»

«Si calmi, avvocato. Non ci allontaneremo troppo dal centro.»

Se lo avessero trovato da solo sicuramente Mavor sarebbe stato armato. E probabilmente in quel momento stava pensando a quanto io lo rendessi vulnerabile, come se fossi il suo nervo scoperto.

Io intanto mi sentivo scaraventata nella parte più immorale della mia esistenza. Continuavo a mordermi le labbra per afferrare il suo sapore e il fatto che qualcuno per l'ennesima volta stesse tentando di privarmi della mia libertà non mi tangeva affatto. Perché ero con lui, e Dio mi era testimone di quanto mi odiassi per essere diventata di colpo una ragazzina stupida e quasi sentimentale. E quei pensieri da cotta adolescenziale di bambina inesperta, quella matassa di pensieri era ancora talmente imbrigliata da farmi dimenticare che non sapevo dove fossimo diretti.

Alla fine vidi svettare la nostra meta, illuminata dai grattacieli circostanti che restavano accesi anche di notte.

La mia mente vagò a un paesaggio innevato, una versione di Lucky che non conoscevo e delle coordinate.

51°29'14" N di latitudine e 0°07'27" O di longitudine.

SIS Building, Embankment, Londra.

La sensazione delle dita di Mavor dentro di me per la prima volta e i vetri umidi e appannati dell'auto su cui le mie mani scivolavano senza trovare appiglio. Era qualcosa di lontano e vicino nel tempo, e forse l'auto che vedemmo insieme era la stessa su cui stavamo viaggiando in quel momento.

Erano agenti dei servizi segreti britannici.

La sede del Secret Intelligence Service era un enorme palazzone in vetro e cemento che affacciava sul Tamigi e ne rifletteva i flutti sulle finestre, e sembrava uscito da un romanzo distopico postatomico. Non avrei mai pensato che sarei entrata in quel palazzo a Vauxhall Cross, e che l'avrei fatto praticamente seminuda con una gonnellina e un bustino di strass sotto un blazer da uomo che profumava di una fragranza legnosa e calda come lui.

Ci avevano fatto consegnare i cellulari.

Almeno non erano uomini di Cadogan, continuavo a ripetermi, ma ero convinta che non avessero buone intenzioni.

«Questa storia è ridicola», tuonò Mavor non appena la porta di un ufficio ammuffito al quinto piano si chiuse alle nostre spalle.

Era tutto così diverso dall'eleganza un po' pretenziosa ma confortevole del suo studio, sembrava tutto così sordido e bloccato alla fine del secolo scorso.

«Prelevare in questo modo le persone in piena notte come se fossimo criminali. Ci avete seguiti, immagino.»

I due agenti si guardarono come a saperla lunga, nient'affatto stupiti dal fatto che Mavor aveva già cominciato il suo interrogatorio invertendo del tutto i ruoli tra le parti.

«È bastato seguire uno dei due. Quasi ogni volta ci avete portato irrimediabilmente all'altro.»

Touché.

La scena aveva qualcosa di surreale, la penombra che filtrava dalle veneziane ci dipingeva tutti di bianco e di nero. Le sopracciglia sollevate e gli occhi ferini che ci scrutavano, noi in piedi a braccia conserte, i due agenti poggiati alla scrivania.

«Stasera eravamo da *Annabel*, a controllare la signorina. E non avevamo torto.»

«Non avevate altro materiale su cui masturbarvi?»

«Signor Axford.»

L'agente lo guardò male per l'ennesima volta. Non ci avevano detto nomi né altro ed erano molto simili, solo che uno dei due era più basso e tarchiato e l'altro aveva rughe polverose sulla fronte, come se fosse perennemente incarognito.

«Fingerò che questo fatto non abbia alcuna rilevanza per l'ordine degli avvocati e per la sua professione. Qui siamo più interessati alle questioni con l'estero che alle vicende interne.»

Mavor tirò fuori una sigaretta dal suo pacchetto tascabile e se ne accese una.

«Non vedo altri motivi per portarla qui se non per farvi venire un'erezione.»

«Non può fumare qui.»

Mavor rispose buttando fuori una boccata di fumo dalle narici.

Quando il tipo più basso dei due digrignava i denti aveva le sembianze di un bulldog, ma gli occhi acquosi e piccoli da roditore gli davano un aspetto molto più infimo.

«Sappiamo che siete venuti in contatto con una persona che stiamo cercando», continuò il tipo più slanciato, che forse a ben guardare doveva avere qualche anno in più del suo collega.

«Una ragazza che lavorava in passato da *Annabel*. Una persona abbastanza pericolosa, che potrebbe esserci molto utile e che stiamo cercando da molto tempo.»

Il tizio rugoso gettò sulla scrivania una pila di fogli che tenevano in una busta da lettera dentro una valigetta. Erano foto, come era prevedibile, scattate fuori dell'ospedale in cui Lucky era ricoverata: foto a cui Mavor gettò un rapido sguardo disinteressato.

«Non siamo più negli anni Novanta, agente. Stampare le foto mi sembra un gigantesco spreco di carta, una scelta poco ecologica.»

«Un po' come i suoi atti di difesa a favore di Charles Cadogan.»

Mavor ringhiò, a quella provocazione, e la cosa lo spazientì prima del tempo.

«Avanti. Diteci cosa volete e riportateci a casa.»

«Non lo immagina?»

«Mi illumini.»

«Cercheremo di arrivare dritti al punto.» L'agente si alzò in piedi, circumnavigò la scrivania e si sedette sulla sedia. «Vogliamo una cosa molto importante, e ne abbiamo bisogno immediatamente. Vogliamo Madeleine Winter.»

Eclipse.

Che in quei giorni era rimasta nascosta sotto il suo cappuccio di pelliccia e si muoveva tra l'appartamento di Victor e il reparto neurologico dell'ospedale dove Lucky era ricoverata.

L'agente puntò dritto il suo sguardo nei miei occhi.

«Non ci è ancora chiaro il modo in cui siete riusciti a entrare in contatto con la ragazza, ma suppongo che le sue amicizie in Russia o i suoi famigliari potrebbero averla aiutata, signor Axford.» Il poliziotto si accese una sigaretta davanti a noi, fregandosene dell'ammonimento del suo collega. «E, considerando che lei è l'avvocato di uno degli uomini su cui stiamo cercando di mettere le mani, la cosa non ci stupisce più di tanto.»

Mavor si avvicinò a entrambi e studiò le loro reazioni, come a voler annusare la loro paura.

«Mi ha promesso un punto. Io ancora non lo vedo.»

«Sappiamo che Eclipse si trova qui a Londra. Dovete solo portarla da noi. Penseremo noi al resto.»

«Non ho intenzione di portare qui una persona contro la sua volontà. Questi sono i vostri metodi, non i miei», parlai a carte scoperte senza negare nulla.

«Allora la convinca», grugnì l'agente più tarchiato che restava seduto sulla scrivania.

«Signorina Kelley, penso che la cosa potrebbe andare solamente a suo favore. Ritrovare la ragazza e convincerla a testimoniare potrebbe garantirle la vittoria al processo. L'avvocato Axford lo sa perfettamente.»

Io e Mavor ci guardammo per un istante come se d'improvviso ci fossimo ricordati di quanto i nostri obiettivi fossero divergenti.

«Finirebbe in carcere.»

E io in carcere volevo far finire solo una persona.

Una sola.

Non che giustificassi Eclipse per le sue malefatte, ma quella era la mia priorità.

«Sarebbe una collaboratrice di giustizia e otterrebbe uno sconto di pena.»

«Troverebbero il modo di farla sparire di nuovo. E stavolta in modo definitivo», sentenziò Mavor.

«Beneficerebbe del sistema di protezione testimoni fornito dal Governo.»

Eppure Mavor aveva corso un rischio con lei. L'aveva aiutata ad arrivare a Londra nonostante sapesse che se qualcuno fosse riuscito a farla testimoniare sarebbe stato quasi impossibile far assolvere Charles.

«Se per trovare una spogliarellista dovete rapirne un'altra dovete essere messi proprio male.»

Mavor era fastidioso, ai limiti del molesto, molto lontano dall'idea di un collaboratore.

«Non abbiamo rapito proprio nessuno. Ma se dice ancora una parola...»

«Non facevate prima a comprarvi i giurati? Siete pur sempre agenti dello Stato.» Sorrise con i suoi denti perlati e il tono derisorio, le labbra piegate in un ghigno, e l'agente scaraventò un pugno sul tavolo facendomi sobbalzare.

Avevo sempre trovato la sua strafottenza odiosa, insopportabile, presuntuosa. Almeno fino a quella notte.

Poi avevo compreso che per lui era un'arma di difesa come i miei occhi spenti e avevo cominciato persino a considerarla uno dei tuoi tratti più affascinanti.

«Questi forse sono i metodi dell'imputato. Vogliamo che questo processo sia vinto onestamente. Vogliamo mostrare al mondo chi è Charles Cadogan e il suo rapporto con il mondo politico del Paese.»

«Ma pensa un po'. Quindi voi sareste i *buoni*?»

Ancora quello scherno, quella superbia istintiva.

In quella storia i contorni tra il bene e il male sfumavano come la luce del tramonto tra le onde increspate del mare. Eppure ai miei occhi restava un connubio delizioso, quasi conturbante.

«Signorina Kelley, cosa può dirci di Madeleine Winter? È anche la sorella del suo avvocato, sicuramente la conosce molto bene.»

Rimasi interdetta senza sapere cosa rispondere. Non ero preparata a questo genere di domande trabocchetto, quello era il territorio di chi accanto a me guardava fisso verso il pavimento.

Cercai di prendere tempo.

«Penso che sappiate che è sparita da tempo.» Avevano usato Lucky come esca proprio per ritrovarla, perché sapevano già dove fosse.

E io non sapevo come muovermi, cosa dire, cosa rispondere. Mi sembrava di camminare su un terreno fragile e se avessi messo il piede in fallo sarebbe crollato tutto.

«È stata lei ad aiutarla a rientrare a Londra? Suo fratello?»

«Sono stato io a far entrare la Winter nel Regno Unito. Problemi?» Mavor si affrettò a confessarlo guardandolo negli occhi con aria di sfida.

Cominciavo ad accusare la stanchezza, offuscata da quella notte infinita cominciavo a perdere l'attenzione sulle cose, che sfumava tra gli oggetti attorno a me, ma avevo la netta sensazione che Mavor mi volesse fuori da quella stanza e da quel palazzo al più presto. E non sapevo se avesse quest'urgenza per me o per se stesso.

«E già per questo potremmo trattenerla e incriminarla. Ma non è quello che ci interessa.»

Mavor proseguì come se non li avesse nemmeno ascoltati.

«Venus Kelley non c'entra niente. Potete anche lasciarla andare. È solo una ragazzina.»

«A quanto ne so io dovrebbe essere maggiorenne da diversi anni. E ha citato in giudizio il suo cliente, perciò...»

Cercai di aprire il diaframma.

Se i servizi segreti avessero indagato su di me avrebbero scoperto ciò che avevo appena rivelato a Mavor sull'incidente dei miei genitori? Magari ci avevano ascoltati, qualche ora prima dentro al locale? La mia era stata una confessione in piena regola. Tutto quello che avevo detto a Mavor bastava per farmi finire al banco degli imputati con almeno due o tre capi di imputazione.

Ma *qualcuno* mi aveva garantito che avrebbe mantenuto il segreto per sempre, finché quella storia non sarebbe stata dimenticata.

Eppure...

«Lei, avvocato, è un personaggio ambiguo. Misterioso. Da che parte sta?»

«Che domande. Dalla mia, naturalmente.»

Mavor aveva fatto un patto con Lucky, cioè che avrebbe ritrovato Eclipse, e quel patto gli si era ritorto contro quando quella bionda tutta curve lo aveva contattato da Mosca per chiedergli di tornare. Forse pensava che si sarebbe trattato solo di qualche ora, ci avrebbe detto la verità su ciò che era stata la sua sorte e poi sarebbe sparita.

E invece adesso era diventata per lui una seria minaccia.

«Tutto quello che faccio lo faccio secondo il mio criterio morale.»

«Già.» L'agente ci guardò con occhi da faina, stretti nel buio, piccoli e luccicanti. «Lo vedo.»

Mavor sollevò le sopracciglia.

«Bene. Se è tutto qui, noi avremmo da fare.»

«Avvocato, vorremmo anche qualcos'altro, da lei.»

«Ci sono molte persone che vogliono molte cose da me, agente.»

Indisponente.

Non era certamente il tipo che otteneva le cose con la gentilezza.

«Quello che vogliamo da lei potrebbe fruttare a entrambi parecchio potere.»

«Che cosa volete?»

«Forse lei ha ragione. È arrivato il momento che la *ragazzina* se ne vada a farsi un giro altrove.»

«Oh certo, dovete parlare tra veri uomini, mh? Quanto testosterone», dissi scrollando le spalle. Mavor mi guardò con aria severa. Se avesse potuto mi avrebbe azzittita coi suoi metodi.

«Io non me ne vado. Voglio restare.»

L'agente mi raggiunse con un sorrisetto insinuante.

«Avrei talmente tante domande da fare a quest'uomo che potrei trattenerlo per una settimana.»

«Avanti. Lo faccia», lo sfidò, mentre io notavo qualcosa che attirò la mia attenzione.

«Cos'è questo?»

Riconobbi immediatamente quella risma di fogli, o meglio il marchio al di sopra di una lunga lista di nomi.

Il marchio del quadrato magico, quello sulla busta per cui avevo rischiato di annegare.

«È quello che stavo per chiedere all'avvocato. Cosa sarebbe questa roba? Una loggia massonica?»

Mavor sollevò lo sguardo al soffitto.

«Non ne so assolutamente nulla.»

«Axford. Non mi dica cazzate. Le carte sono incomplete ma tra gli affiliati ci sono i nomi più potenti della nazione. E guarda caso c'è anche il suo. Tutta la sua famiglia a partire da suo nonno, in realtà.»

Quella festa in maschera non l'avrei più dimenticata, perché restava una delle scene più abiette e spaventosamente intriganti a cui avessi mai assistito. Da quanto tempo la famiglia Axford era legata al nome dei Cadogan? E fino a che punto?

«Un'associazione di gentiluomini perfettamente legale che opera a fini di beneficenza e nell'interesse della nazione.»

«Non credo proprio.»

Mavor mi guardò, poggiato alla scrivania con le braccia incrociate.

Anche in un ufficio dell'MI6 si comportava sempre come se fosse a casa sua, come se fosse sempre lui a mettere sotto torchio gli altri.

«Faccia uscire Venus Kelley, agente. Non la voglio qui. Lei è la mia controparte in un processo importante. Sta ledendo un mio diritto.»

Non sapevo perché Mavor continuasse a focalizzarsi su di me, come se l'unica cosa che gli importasse fosse vedermi fuori da quella stanza.

«Lei che mi parla di diritti. Questo è il colmo.»

Si sollevò e si avvicinò a quell'uomo. Fino a quel momento non lo avrei detto, ma se Mavor guardava negli occhi il più basso dei due lo superava di una spanna, e la scena era abbastanza assurda.

Avrebbe intimidito chiunque, eppure l'uomo non si lasciò scalfire.

«I metodi di indagine suoi e del suo detective sono completamente illegali. Negli ultimi anni ha infranto la legge talmente tante volte che potrei farla radiare dall'albo seduta stante.»

«E perché non ci prova, allora? Si accomodi.»

«Perché lei mi serve.»

Mavor roteò gli occhi al cielo, poi direzionò verso di me un sorrisetto divertito, come a dirmi: «Guarda come lo faccio incazzare».

«Se continua con questa sbruffonaggine, io e lei non andremo da nessuna parte.»

«Io e lei non dobbiamo andare da nessuna parte, agente.»

«È lei che non andrà da nessuna parte. Almeno non per stanotte.»

«Ha intenzione di farci restare qui dentro?» chiesi con una punta di fastidio sbalordito di chi stava subendo l'ennesima ingiustizia.

«Posso farlo. Perché negarmi questo piacere?»

Una coltre fumosa gli calò sotto le palpebre, e per la prima volta da quando eravamo lì Mavor parlò seriamente.

«Se vuole che la aiuti, Venus Kelley deve essere fuori di qui. Subito.»

«Mi sta dicendo che, se la portiamo a casa, lei collaborerà?»

Gli agenti si guardarono tra loro e compresi che quello era uno sguardo d'intesa. Ero sacrificabile in confronto al pesce grosso che avevano catturato nella rete, ma Mavor non si sbilanciò più di tanto e non rispose in senso positivo.

«Una cosa alla volta, agente. Prima mi accontentate, poi si vedrà. Ma lei non vi serve.»

32

'Cause you always fucking lie

«Che tu sia per me
il coltello.»
D. Grossman

Venus ♀

Mavor aveva avuto la meglio ancora una volta.

E poteva averla avuta su quei due energumeni dall'aria poco simpatica, ma di certo non l'aveva avuta su di me.

L'agente che mi riportò a casa, quello basso e tarchiato, non aveva l'aria di essere un tipo incredibilmente sveglio.

Aveva il volto butterato dall'acne giovanile e i capelli ingellati con la riga a destra come se fossimo usciti da un film degli anni Cinquanta.

Mi feci lasciare a un paio di isolati da una casa che avrebbe dovuto riconoscere bene, eppure non commentò affatto quando gli riferii l'indirizzo, piuttosto si lasciò guidare come se fosse stato un autista di taxi.

«Mi lasci qui. Qui va bene.»

«Ne è sicura? È buio pesto. Una bella ragazza come lei...»

Mi guardava insistentemente le cosce, con lo sguardo intenso di chi avrebbe volentieri allungato le mani.

«Qui andrà benissimo, grazie.»

Dopo essere scesa dall'auto mi limitai a seguire semplicemente il mio istinto.

Cominciai a correre a perdifiato con addosso solo la giacca di Mavor e i tacchi altissimi di cui ormai avevo consumato tutte le suole.

Avrei avuto bisogno di sette shottini di qualcosa di davvero forte per dimenticarmi quanto quei trampoli mi facessero male, oppure di un altro bacio di quelli che ti facevano sentire una creatura incorporea.

Ma il pensiero che Mavor fosse rimasto solo in quel palazzo fatiscente del dopoguerra mi mantenne focalizzata sull'obiettivo.

Quando arrivai al portone suonai varie volte, senza ottenere risposta. Mi attaccai al citofono senza staccare il dito dal pulsante, perché la fretta di attivarmi prima che potesse fare giorno mi rendeva nevrotica.

Una voce stropicciata e impastata mi domandò chi fossi da un altoparlante gracchiante.

«Nolan, aprimi subito.»

«Venus? Ma che razza di ore sono? Sei impazzita?»

«Non ho tempo per spiegare, dobbiamo sbrigarci.»

Salii le scale a perdifiato e spiegai tutta la situazione a Nolan, mentre lanciavo quelle dannate scarpe sul pavimento e maledicevo l'inventore dei sandali con i tacchi a spillo.

«Penso che abbiano intenzione di trattenerlo.»

Nolan mi guardò come se fossi fuggita da un reparto psichiatrico.

«Non starai mica pensando di...»

Annuii fieramente con un cenno del capo.

«Vuoi... vuoi entrare lì dentro? Nella sede centrale del SIS?»

«E tu vuoi lasciarlo lì?»

«Mavor se la sa cavare, credimi.»

«Nolan... Lui ti avrebbe lasciato lì dentro da solo?»

Nolan sbuffò, con una vestaglia di seta nera addosso, grattandosi la testa.

Il fatto che temporeggiasse in quel modo mi rendeva nervosa, perché avevamo i secondi contati e lui era lento come un bradipo in letargo.

«E va bene. Ma come facciamo a entrare?»

In quel momento pregai che azionasse il suo intuito fenomenale. Sapevo che ce l'aveva, lo avevo visto all'opera.

Dovevo solo attendere il momento in cui sarebbe arrivata l'illuminazione.

«Non saprei... Mavor potrebbe essere la nostra chiave di accesso a quel palazzo.»

I suoi occhi si accesero tutto d'un tratto di un azzurro limpido, come investiti da un lampo di genio.

«Mavor? Forse vuoi dire... Lucky.»

Nolan si diresse nella loro camera da letto e io lo seguii, afferrando da una scatola accanto al letto un paio di Converse rosse della mia amica. Avevo bisogno di scarpe comode.

Io portavo il 37 e lei il 39, ma me le feci andare bene con un paio di calzini un po' spessi, e il sollievo a indossarle fu sconvolgente.

«Ho messo questo appartamento sottosopra prima che lo facesse la polizia. Ho rivoltato le cose di Lucky cercando qualsiasi indizio potessi trovare sul suo aggressore. E ho trovato un pass che non era affatto come quelli che mi è capitato di vedere in carriera.»

«Un pass?»

Nolan aprì una cassaforte piazzata dietro un quadro sopra il letto e cominciò a frugarci dentro.

«Pensi che serva per accedere a quel palazzo?»

«Possiamo provare. Se Lucky è stata addestrata da loro per andare in Russia, è evidente che sia andata piuttosto spesso in quel luogo.»

Mentre Nolan si vestiva rapidamente ripensai a quante volte si fosse assentata per giorni interi dormendo solo per qualche ora, a quante volte sparisse senza mai dirmi dove stava andando.

«Eviterò di chiedermi come ci siete finiti, voi due insieme, nel palazzo per lo spionaggio estero», sbottò mentre si infilava una t-shirt nera e tirava fuori il suo fidatissimo impermeabile.

«Ci hanno seguiti da *Annabel*.»

«Mavor è venuto da *Annabel*? Santo cielo, quante volte gli avrò detto...»

Lo bloccai nell'immediato dopo aver bevuto un lungo sorso d'acqua da una bottiglia.

«Nolan, hai ragione a non farti domande. È stata una notte davvero lunga.»

Nolan osservò il pass. Non aveva alcuna scritta al di fuori di un appunto a penna e solo un piccolo chip in argento, era opalescente alla luce artificiale come la madreperla che portavo al collo.

«Immagino. Hai il rossetto completamente sbavato.»

La macchina di Nolan attraversò il ponte in un'ora notturna in cui nemmeno i più temerari nottambuli avrebbero gironzolato.

Arrivati sul retro dell'edificio Nolan, dopo aver occultato la targa, provò a entrare con l'auto nei garage sotterranei per evitare i custodi delle zone centrali.

Incredibilmente una luce verde ci avvertì che il pass aveva funzionato, e se Nolan non mi avesse fulminato con lo sguardo avrei lanciato un urlo che ci avrebbe fatti scoprire.

«Io so dove dobbiamo andare. Conosco la strada.»

Avevo un ottimo senso dell'orientamento, mio padre diceva sempre che era una mia peculiarità molto spiccata.

Entrammo dalla stessa porta di servizio da cui mi avevano fatto uscire, ma dovemmo provare più volte perché il pass di Lucky era quasi del tutto smagnetizzato.

Quell'edificio era mastodontico, aveva scale e porte a perdita d'occhio, ma ricordavo con esattezza che ci avevano portato al quinto piano.

Anche per l'ascensore serviva il pass, e a quel punto lo schermo richiedeva anche un codice pin che ovviamente nessuno di noi possedeva, ma che Lucky aveva scritto con un tratto sottile sulla stessa carta magnetica.

«Qui. A destra.»

L'edificio era immenso, la hall quasi confortevole con divani in pelle del tutto inutilizzati, piante sempreverdi e un gigantesco orologio che spaccava il secondo. Ma quella era solo la facciata della quantità di cemento grigio presente al di là di quella sala centrale.

Nolan mi fece cenno di fare silenzio, perché qualche custode notturno o gli stessi agenti che avevo conosciuto sarebbero potuti sbucare fuori in qualsiasi momento.

Quel palazzo era un reticolato labirintico di centinaia e centinaia di corridoi.

«Io vado a cercare le chiavi. Devono esserci dei passe-partout per le pulizie degli uffici comuni. Ci sono sempre.»

Vagammo per decine di minuti in quel luogo, con Nolan che studiava la posizione delle telecamere che riusciva a scovare.

«Era il mio sogno lavorare qui dentro, un giorno. Poi ho capito che la libera professione si addiceva di più al mio...» Accennò un colpo di tosse come a schiarirsi la voce. «... stile di vita.»

Non fu facile trovare nello scantinato la zona degli addetti alle pulizie, e mi sembrò un miracolo arrivare in quel luogo.

In un attimo Nolan sparì al di là di una porta che puzzava di candeggina e disinfettanti andati a male.

Quando ricomparve fuori da essa, sembrava un bambino che teneva in mano il mazzo di chiavi per il paese dei balocchi.

«Tu trova Mavor e fallo uscire da lì. Io vado a cercare la zona degli archivi.»

Non ero convinta che fosse una scelta giusta, ma gli spiegai come raggiungere la stanza di Mavor al quinto piano.

Poi cominciai a vagare da sola in un piano che sembrava enorme, deserto e pieno di uffici.

Trovai la porta dove ci avevano condotti dopo averne aperte almeno tre, ed era l'unica chiusa a chiave di tutto il piano.

Mentre armeggiavo con la serratura, mi chiesi cosa avrei trovato in quella stanza, se lui fosse ancora dentro, se fosse solo.

Aprii la porta.

Mavor era seduto su una sedia, con lo zigomo posato su un pugno chiuso, quello della fasciatura.

Era a torso nudo: si era tolto la camicia perché la coltre di umidità era insopportabile, un gomito poggiato sul bracciolo della sedia.

Quando mi vide si sollevò in piedi, e un paio di occhi brillanti squarciarono il buio come acque silenziose.

«Cazzo, Venus.»

Era davvero convinto che avrebbe rivisto quei due agenti.

«Ma come... come diavolo hai fatto a tornare qui?»

Gli mostrai la chiave che mi aveva permesso di essere in quel luogo.

«L'edificio è impenetrabile senza dei pass. E non so se Lucky ne avesse avuto uno per il lavoro che svolgeva per loro o se lo avesse rubato... ma siamo riusciti a trovarlo e siamo entrati dai sotterranei.»

Gli lanciai la chiave della stanza che afferrò al volo.

«E questo è il passe-partout delle pulizie.»

Mi sorpassò per chiuderci dentro, poi la mise in tasca senza pensarci due volte.

«Il passe-partout. Questa deve essere opera di Nolan. Sono sbalordito.»

«'Ragazzina', eh?»

«Stavo solo cercando di proteggerti.»

Incrociò le braccia e cominciò a camminare avanti e indietro.

«Non saresti dovuta venire. Non sappiamo niente di loro. Potrebbero essere dei servizi deviati, e in questo momento magari mi stanno spiando.»

«Quante volte te l'ho detto che non ho bisogno di essere protetta?»

Mavor rimase in silenzio, sembrava contrariato.

«Perché sei venuta qui? Torna a casa, santo cielo.»

Ignorai la sua domanda e anche il suo ordine.

«Nolan sta cercando l'archivio, mi ha detto che alcune informazioni potrebbero aiutarci.»

«Non riuscirà mai a trovare qualcosa. Potrebbero volerci settimane.»

Non sembrava affatto fiducioso, a differenza mia che forse fingevo di ignorare il fatto che io e lui non fossimo dalla stessa parte.

«Dovresti davvero tornare a casa con lui.»

«Perché mi stai allontanando?»

Lo avevo trovato di nuovo schivo, chiuso in se stesso e malfidato.

Mavor si tirò indietro i capelli ed evitò il mio sguardo mentre si copriva metà volto con la mano. Era combattuto, un uomo in crisi con la sua stessa coscienza, sempre ammesso che ne avesse una.

«Perché sto cominciando a sapere troppe cose su di te.»

«E quindi?»

Mi si avvicinò lentamente e giocherellò con un bottone della sua giacca in cui entravo quasi due volte.

Con le Converse di Lucky ero bassina in confronto a lui, e dovette piegarsi leggermente per sfiorarmi una spalla con le labbra.

«Io sono un pericolo, per te.»

Non era certo una novità, anzi: era un concetto a cui avevo fatto l'abitudine.

«Cosa vuoi dire?»

«Ho fatto un milione di indagini sul tuo conto. Non te l'ho mai nascosto. Ho passato in rassegna la tua vita e ho trovato cose che non avrei voluto trovare. Ho un file su di te che hai visto stampato a casa mia, ed è una risma di carta alta dieci centimetri.»

«Puoi aver scavato quanto ti pare. Ma non sapevi tutto.»

«E non lo so tutt'ora. Non so come sei uscita da quella situazione assurda che mi hai raccontato. Ma quello che so è che io devo vincere questo processo. Perdere è fuori discussione. Nonostante tutto... io e te siamo ancora uno contro l'altra», mi ricordò, spietato e crudele, come aveva sempre fatto.

I suoi occhi aguzzi si ammorbidirono per un istante, quando pronunciò quel «nonostante tutto», e l'attimo dopo tornò austero e rigido a rimproverarmi senza la minima indulgenza.

«E se tu continuassi a parlare... se riuscissero a far testimoniare anche Eclipse... potrei essere costretto a usare quello che mi hai detto contro di te.»

Non ne sarebbe stato in grado. Non ci avrei creduto fino a quando non l'avessi visto con i miei occhi.

Non lo faresti mai, Mavor...

«Non riusciresti... non riusciresti mai a dimostrarlo. Non hai prove.»

«Penso che tu non abbia capito per davvero che cosa sono in grado di fare certe persone.»

«Vuoi usare quello che ti ho detto contro di me? Lo hai già detto agli agenti?»

«Non ne ho fatto parola con loro e non ho intenzione di parlarne al giudice o ai media. Fino a quando tutto ciò non dovesse rivelarsi necessario.»

«È un nuovo ricatto, questo?»

«È un avvertimento.»

Pensai a Lucky, al suo volto smunto.

Ai suoi capelli rossi fuoco che avevano perso colore, al modo in cui l'avevano ridotta e ai miei occhi che si erano rinsecchiti come due rami in autunno, senza bagnarsi neppure di fronte a quello scempio.

Tutto quello che le era successo poteva non essere valso a nulla.

«Non avevo niente da perdere, Mavor. Non avevo soldi, una famiglia, una casa... Per questo ho deciso di imbarcarmi in questo processo. Pensavo davvero di poter fare del bene a qualcuno, ma...»

Non immaginavo che Lucky potesse finire in pericolo.

Avevo aperto un vaso di Pandora, anzi, lo avevo fatto esplodere con la dinamite.

Mavor si avvicinò ancora, e il mio cuore cominciò a combattere la sua quotidiana battaglia per uscire dal mio petto. Sfiorò il mio braccio, lo ritirai l'attimo dopo.

«Te l'ho detto fin dal primo momento che ti stavi andando a imbarcare in qualcosa di molto più grande di quanto pensassi.»

Eravamo quasi arrivati al traguardo, e qualcuno tra noi avrebbe tagliato il nastro dell'arrivo.

Sentivamo addosso la tensione di quel finale, e di tutto ciò che sarebbe successo dopo.

Avevamo entrambi i nostri motivi per vincere, e Mavor mi stava solo ribadendo che sarebbe stato disposto a tutto.

Sfuggii al suo corpo e percorsi con un dito il vetro appannato della finestra che affacciava sul Tamigi. Quel luogo era un casermone che conteneva file, documenti, un archivio mostruoso e inaccessibile con centinaia di informazioni segrete, forse anche sulle nostre vite.

Avrebbero potuto manovrarci come burattini e poi far calare il sipario.

«Penso che consegnare Eclipse possa essere giusto. Ma Lucky non me lo perdonerebbe mai. Dovrei provare a convincerla.»

«La giustizia è un concetto troppo arbitrario per quelle labbra, V.»

Mi voltai e lo vidi lì, che mi guardava serafico.

«Tu vorresti che io non la consegnassi?»

«Vorrei che tu evitassi qualsiasi altro pericolo. Ti sei già messa abbastanza contro Charles.»

«Oppure stai cercando di convincermi per favorire te stesso.»

«Ti ricordi cosa ti ho detto? Sono un morto che cammina. Le mie impronte perdono sangue. Sto solo cercando di restare a galla finché non morirò dissanguato.»

Lo guardai con un inspiegabile struggimento che quasi mi strozzò.

Mavor era davvero convinto che la sua vita non sarebbe durata, o tutta quella era solo una metafora increspata della nostra esistenza?

Stavolta fui io ad avvicinarmi a lui, quella sensazione orribile che mi afferrava la gola.

«Ma tu salvati, piccola V.»

Mi sviscerò con occhi che erano due colate di assenzio puro, dello stesso colore irreale.

«Mavor, dobbiamo uscire di qui. Non appena Nolan avrà finito...»

«Qui dentro saprò cavarmela. Ma tu non devi portargli Eclipse. *Non devi.*»

Ancora una volta lo respinsi come se non volessi ordini, presi le distanze perché stava cercando di imporsi come al suo solito.

«Non toccarmi. Dio, Mavor, sono solo una pedina per te.»

«Una *pedina*?»

Accorciò lo spazio tra noi, ripetendo quella parola come stupito dal fatto che l'avessi pronunciata.

«Può essere, ma...»

Mi strinse le spalle e io non riuscii a liberarmi da quella presa, perché aveva un sorrisetto derisorio che avrebbe incantato anche un essere inanimato.

«... possono farmi quello che più pare a loro. Possono torturarmi per ore. Possono non farmi più uscire da qui. Ma se potessi chiedere un ultimo desiderio, io...»

Ci aveva messo poco a riavvicinarsi a me, perché forse non avevamo ancora preso le distanze da quel bacio e anzi ci eravamo ancora dentro fino al collo, e lui fu fin troppo convincente.

«... io chiederei te.»

Avvolse la mia mandibola con la sua mano bollente e carezzò il mio labbro inferiore con il pollice.

Ce lo ricordavamo entrambi, il nostro sapore. Il suo brillava ancora tra le mie labbra, incastrato tra un lembo di carne e un altro.

«E per quanto possa volerti... devo continuare a guardarti a distanza.»

Lo fissai con uno sguardo che diceva un milione di parole, gli rovesciai addosso tutti i miei desideri e accolsi i suoi come se fossi nata per soddisfarli.

D'altronde noi eravamo fatti così, no?

«Non è detto.»

«È detto, è scritto, scolpito... lo hanno persino *dipinto*.»

Percorse la mia pelle con lentezza, mi slacciò un bottone della giacca dopo l'altro e io cominciai a fremere.

Poi graffiò contro la mia pelle una ferita sanguinolenta di brividi che mi colarono verso il basso e assottigliò uno sguardo malizioso che mi invitava al suo personale banchetto.

«Nolan avrà un bel da fare, con quell'archivio», constatò ad alta voce.

«Tu... tu sai cosa sta cercando?»

Incastrò le dita tra i bottoni e io osservai il loro movimento lento e preciso che me le fece desiderare.

«Probabilmente qualcosa su Lucky.»

Gli occhi si tesero, e incrociarono i miei. Il suo profumo mi obnubilava.

«Sei venuta a esaudire l'ultimo desiderio di un condannato, capinera?»

Avrei chiesto una promessa e un altro bacio, se mi fossi sentita nella posizione di reclamare qualcosa.

Ma Mavor con il sesso non prometteva niente, non lo aveva mai fatto.

Lo utilizzava come arma per raggiungere i suoi scopi, come mezzo coercitivo per assuefarti a lui e costringerti a sentirti totalmente sua.

«Potrebbe sentirci qualcuno.»

«Sarà meglio che ti faccia urlare sul serio, allora.»

Ed eccola lì, la scintilla dalla quale non tornavamo mai indietro. Gli sguardi fugaci che diventavano fissi e il delirio che si faceva spazio prendendo a pugni la ragione.

«Non voglio urlare. Voglio...»

Voglio che mi chiudi la bocca con un bacio.

Qualcosa mi disse che avrei urlato lo stesso, quando mi carezzò in mezzo alle cosce sopra le mutandine.

Poi in preda a una sorta di ebrezza urgente guardò la scrivania alle nostre spalle e mi spinse verso di essa.

«Questa scrivania fa schifo. Non sarà mai comoda come la mia in legno massello.»

Mi venne da ridere per come aveva stemperato quella tensione prendendosela con il mobilio.

«Già, e il tuo studio è insonorizzato.» Avevo evitato di chiedermi il motivo. «E hai anche pacchi interi di profilattici nelle scatole per i timbri.»

Mi guardò offeso come se stessi facendo un'insinuazione velata.

«Almeno io non le drogo, le donne. Nella maggior parte dei casi mi saltano addosso.»

Mavor era sempre lo stesso.

Stronzo e pervertito.

«E io?»

«Tu... non c'è bisogno che te lo dica.»

Mi scostò i capelli su un lato, poi affondò nel mio collo con le labbra e lo percorse facendomi vibrare la pelle fino alle ossa della spina dorsale. «Sei un sogno erotico a occhi aperti.»

Sussurrava quando mi parlava e sussurrava anche con le dita quando mi sfiorava il mento e lo sollevava per farsi guardare.

«Ho dovuto combattere contro me stesso.»

«E chi ha vinto?»

«Hai vinto tu.»

Un incendio che era una dichiarazione di intenti divampò nel suo sguardo.

Da lontano, l'alba stava per affacciarsi sul fiume, da cui saliva, lungo l'edificio, una strana e appiccicosa umidità.

Mavor si voltò verso la scrivania in un gesto d'impeto e con le braccia spinse giù per terra tutto quello che c'era sopra.

Telefoni fissi, penne, documenti, tagliacarte e accendini... Tutto cadde a terra in un frastuono rimbombante in mezzo a un silenzio d'acciaio.

«Cosa stai facendo?»

«Li aiuto a fare un po' di pulizia.»

Poi tornò con l'attenzione su di me, e mi fissò come chi osserva per la prima volta un tramonto in fiamme.

«Sarà ancora notte per poco, capinera.»

Quanto mi sarei presa in giro se mi fossi raccontata che non era tutto quello che desideravo?

Mi lasciai sopraffare e richiesi la sua vicinanza gettandogli le braccia al collo e trascinandomelo addosso.

Scucimmo le nostre solitudini sui nostri corpi e le ricucimmo tra loro, talmente vicini da fonderci assieme.

Quando si stese sopra di me mi scostò il reggiseno e mi afferrò un seno aprendo la mano a coppa, poi mi strinse il capezzolo turgido tra pollice e indice. Io reclinai la testa all'indietro perché la vista delle sue mani su di me era frastornante.

Avevo già il respiro frammentato mentre lui mi costellava la pelle di baci umidi.

«Mi ucciderai», sentenziai consapevole del mio destino, e lo pensavo sul serio mentre con la schiena incontravo la fòrmica gelida di quel tavolo.

Mavor sorrise sulla mia pelle, incurvando le labbra in un languido bacio sulla punta del mio seno.

«A Bali sono stato addestrato a torturare una persona. Conosco tutti i metodi per infliggerle dolore lentamente... senza ucciderla.»

Le avevo conosciute, le sue torture, e se me le avessero garantite in paradiso avrei smesso di peccare per tutta la vita pur di passarci il resto dell'eternità.

Il dolore fisico era l'ultima cosa che mi spaventava.

Quello che mi terrorizzava era quello dell'anima, e lui aveva aperto uno squarcio in me e si era insinuato nel mio sistema perfetto di apatia emotiva che pensavo non avesse falle.

Le radici che aveva piantato in me stavano dando i loro frutti, e quello che ci travolse fu impossibile da descrivere.

«Dimmi solo... se posso...» ringhiò mentre mi spostava il reggiseno con le labbra e si serviva della mia pelle come per inebriarsi di me.

«Lo sai.»

Sollevò il viso e mi guardò serio, perché non tollerava risposte a casaccio.

«Voglio sentirtelo dire. Hai ancora una chance per salvarti. Ho sempre fatto scegliere a te.»

Cosa avrei mai scelto, io, con lui?

Di quale morte dovevo morire?

«Dio, Venus, salvati. Da me, da tutto questo schifo.»

Emisi un breve sospiro che si trasformò in un gemito quando il suo corpo mi travolse con la sua pelle nuda e i muscoli tesi verso di me.

Passava da un attimo di mente annebbiata in cui si muoveva come un lupo inferocito a quello dopo in cui cercava di trattenersi, senza riuscirci.

«Io sono già salva.»

Afferrai il suo volto tra le mani e lo baciai come se fosse l'ultima volta, e ci ritrovammo ancora una volta affogati nel respiro l'uno dell'altra.

Quando trovammo una breve pace gli risposi a fior di labbra.

«Come mi hai fatta sentire viva tu... nessuno mai.»

I suoi occhi scattarono sul mio corpo e io divenni una pasta da modellare tra le sue dita.

«Lo prendo come un sì.»

33

I know temptation is the devil in disguise

«L'essenziale non lo si coglie quando i conti tornano, ma solo quando il sipario cala all'improvviso e non resta che una platea vuota. E ci si sente immensamente soli.»
P. Crepet

Venus ♀

QUANDO uno come Mavor ti dava attenzioni il mondo diventava estate: il calore mi accendeva di vita e la mia pelle si ricopriva di spighe dorate.

Lui che mi raccontava la sua oscurità e io che tessevo solo dolcezza sulle sue labbra.

I nostri respiri ansanti colmavano il silenzio nell'ora più buia del pianeta, i nostri corpi si cercavano in una danza degenerata.

Mi afferrò per la vita, mi spinse indietro fin quando le mie gambe non incontrarono la scrivania a cui dovetti aggrapparmi per non perdere l'equilibrio.

Qualche parte di noi era ancora in quel museo, anche se tutto attorno a noi raccontava di un contesto più squallido.

Quella stanza era misera, disadorna e un po' lugubre, ed era perfettamente imperfetta, come me e lui.

Ero uscita di casa quella notte pensando che fosse una serata come tante altre. Ero finita a fare un privé con Charles Cadogan, ero entrata di nascosto in un museo chiuso al pubblico e poi ero stata riportata a casa da un agente tracagnotto dei servizi segreti inglesi.

E adesso ero distesa sulla scrivania di uno di loro, con Mavor che mi abbassava le mutandine, così convincente che non avrei opposto resistenza, così travolgente da rendermi un relitto alla deriva, e non avrei potuto remare contro la sua corrente.

La pancia mi faceva male per il sonno mancato e per tutte quelle emozioni strabordanti che mi avevano sorpresa e schiacciata all'angolo.

Il mio mondo era sottosopra e non era mai stato più bello di così, tutto storto.

«Mi hai scambiata per delle informazioni? Dimmi la verità.»

Io e Mavor avevamo collezionato una serie di notti infinite, e l'ultima era stata solo una delle tante. Una delle più intense.

Il mio cuore barcollava e si tuffava nello stomaco al solo ricordo, mentre lui si arrampicava sul mio corpo e tornava a guardarmi negli occhi.

«Potrei averlo fatto.»

Aveva fatto quello scambio per una libertà che non gli avevo mai chiesto.

Farmi tornare a casa in cambio di una confessione.

«Ma se avessi parlato non sarei qui ora... mi avrebbero fatto uscire. Suppongo che non siano ancora soddisfatti.»

Mi lanciò un occhiolino mentre era chino sul mio busto.

Abbassò lo sguardo verso il mio corpo seminudo, e io mi azzardai a toccargli le labbra con due dita.

«Forse non tutto il male viene per nuocere.»

«E forse l'unica che voglio soddisfare sei proprio tu.»

Mi strinse a sé, il tempo di sbattere le palpebre e le sue mani naufragarono sui miei fianchi.

«Non farai nulla di stupido, vero, Venus?»

«Ti riferisci a Eclipse? Stai tentando di corrompermi con il sesso?»

«Mh. Corrompere con il sesso è la mia specialità.»

Sorrisi, e per un secondo lo vidi illuminarsi mentre mi stringeva le mani sui fianchi al di sotto della giacca, scendeva sul mio sedere e mi guardava facendo sfrigolare i suoi occhi contro i miei.

«Stai perdendo peso, l'ho notato anche prima. Stai mangiando?»

Il mio cuore subì un piccolo arresto a quella frase inaspettata.

«Più o meno.»

«Più oppure *meno*?»

Era stato un periodo talmente intenso e spigoloso che buttare giù un boccone mi sembrava a volte una chimera, una fatica indicibile, qualcosa che mi costringevo a fare solo per continuare a restare in piedi.

«Non ti preoccupare per me.»

Mavor aggrottò le sopracciglia, a quella risposta.

«Non farlo, V. Sei talmente bella... Non privarmi di nemmeno un centimetro del tuo corpo.»

Parlava serio, e poi mi afferrò il polso vagando ramingo con l'indice sul mio avambraccio, prendendosi il suo tempo, come se avessimo i secoli davanti a noi.

«C'è un posto a sud del Galles, a metà strada tra Londra e casa mia.»

Lo guardai piena di ammirata curiosità, perché era più unico che raro che mi raccontasse qualcosa di sé.

«Da una scogliera si vede il mare in un piccolo golfo, una rientranza tra gli scogli. E nei giorni in cui le stelle riescono a specchiarsi il riflesso dell'acqua è quasi argentato. La gente del posto lo chiama 'Specchio di Venere'.»

«Lo *Specchio di Venere*?»

«Già. È una coincidenza strana.»

Le sue dita scivolarono nell'incavo in mezzo ai miei seni, sullo sterno, e vi disegnò un cerchio sopra, o forse era uno zero?

Poi una stanghetta verso il basso, e poi un'altra stanghetta a incrociare la prima come una croce.

I O I.

♀

Il simbolo di Venere.

«Questo simbolo è lo specchio della dea.»

Era compiaciuto da quell'idea, perché una delle prime cose che avevo imparato su di lui era la sua ossessione per gli specchi. E quando Mavor parlava di specchi io non potevo non vagare con la mente verso la stanza 101 dell'Hotel Savoy.

Non avevo messo più piede nella sua camera, eppure per un attimo chiusi gli occhi e mi trovai scaraventata lì dentro, in quel sogno osceno tra i suoi flutti e i suoi abissi.

Quella camera ti risucchiava dentro di sé come il suo proprietario, e tutto ciò che avresti visto nella tua vita a loro confronto ti sarebbe sembrato insulso e insapore.

Mavor baciò il simbolo che aveva disegnato con il dito, e poi ne leccò i contorni inesistenti tenendo gli occhi puntati nei miei.

Con l'altra mano afferrò i lembi delle mutandine sotto la gonna e io cominciai a pulsare.

«E per me adesso l'unica immagine sarà la tua in mezzo a quella stanza, sul letto, da sola, davanti allo specchio, che ti tocchi mentre mi pensi. È stata la cosa più oscena che io abbia mai visto. E di cose oscene ne ho viste parecchie.»

Smettila, Mavor.

Questa è una tortura.

Quando mi sfiorò tra le gambe lanciai un urlo, e poi cominciò a carezzarmi senza staccarmi gli occhi di dosso.

«Pensavi a questo, mentre pensavi di essere sola? A me? A quello che avresti voluto che ti facessi?»

«Sapevo di non essere sola. E pensavo a te che eri dietro lo specchio.»

Lo ammisi con disperata rassegnazione, ma poi lo sfidai mentre mi accorgevo di averlo sempre più addosso.

«E tu? Sotto la doccia. Ti ho visto.»

«Mi hai *guardato*», mi corresse ancora, ma io attesi che mi rispondesse.

«Pensavo a una sola cosa. *Tvoya kiska.*»

Rigirò un dito dentro di me mentre ne aggiungeva un altro, piegato sul mio corpo nudo. Mi parlava mentre era vicino alle labbra e non esisteva niente di più eccitante di quei movimenti in collisione.

«Devo tradurre?»

Ero accaldata e sul mio viso bruciava una fornace, ma rimasi in silenzio. Avrei voluto che piovesse nell'edificio solo per trovare un po' di sollievo alle mie pene.

«Questa cosa qui.»

Biascicai qualcosa in risposta, in balia del piacere.

«L'hai fatto apposta, a spogliarti del tutto quando sono venuto da *Annabel*. Sapevi quello che avresti creato. Mi hai mandato il cervello in trip.»

Spalancai le labbra per non soffocare ma non emisi alcun suono. Aveva il pieno controllo del mio corpo.

«Stai arrossendo?»

«No, è... il tuo... profumo...» riuscii solo a balbettare, e lui mi sorrise, con una tenerezza consapevole del mio imbarazzo.

«È Yves Saint Laurent. *La nuit de l'homme.*»

Un nome azzeccato per uno come lui.

«Una di quelle boccette che mi hai fatto cadere mentre rovistavi tra le mie cose, in bagno.»

Forse ridacchiava di me e di quanto ero diventata gelosa, condannata a non poterlo pensare con altre persone. Afferrai un respiro da non so dove in fondo ai polmoni e parlai tutto d'un fiato.

«Lo fai con qualcun altro, quello che stai facendo con me?»

«Ah-ah. Queste non sono domande da farsi.»

Aiuto.

La gola era rovente, non riuscivo a emettere suoni.

Un poeta brasiliano diceva che l'ora più buia era quella che precede il sorgere del sole, e noi ci eravamo appena finiti dentro, in ogni senso.

«Ti basti sapere che sei la sola che ha dormito nel mio letto.»

Mi strinsi alle sue spalle e affondai le unghie nella sua carne, mentre lui scavava grotte di piacere dentro di me.

Eravamo due chiavi destinate ad aprire una porta sola e non conoscevamo la natura del labirinto in cui quella ci avrebbe condotto. Urlai quando sentii qualcosa spingermi contro le pareti mentre le sue dita strofinavano con precisione chirurgica.

«La senti l'adrenalina, V? La senti qua sotto, tra le cosce, lungo la spina dorsale?»

Non era adrenalina, era piacere nella sua forma più pura e proibita.

Tutto il mio corpo parlava per me.

Mi piegavo e mi contraevo come se fossi in preda a una crisi, cercavo appigli a cui aggrapparmi, ma la mia testa era solo un continuo pulsare di battiti.

«Dio, ti sei sciolta come la cera.»

Soffiava quando parlava e rendeva tutto così intimo, ma le sue dita erano le mie carnefici in quel momento. E lui il boia piegato sulla mia esecuzione.

Poi scese col viso lungo il mio ventre, sul mio ombelico e arrivò alla pelle delle mie cosce come un lupo che si piegava sulla sua preda per divorarla.

Mi divaricò le gambe e mi baciò a lungo lì in mezzo, tra le mie labbra e dentro la mia apertura, e quel bacio fu talmente profondo che per un secondo mi imbarazzai quasi ad averlo così in fondo.

Iniziò il mio martirio, mentre la sua lingua mi esplorava in posti che ogni volta scordavo di possedere.

La sua morbidezza carnosa e la sua bocca vellutata erano corroboranti, le sue labbra un tonico per l'anima. Rimase a leccare via tutta la mia inibizione, il mio pentimento, il mio infinito rimorso.

Mi sfilò le scarpe una dopo l'altra mentre io emettevo un gridolino dopo l'altro.

Si leccò le labbra quando sollevò il volto e mi guardò con voluttuosa tribolazione.

«Ti voglio nuda. Subito.»

Aveva slacciato la mia gonna che era già finita a terra.

Mi abbracciò per slacciarmi il reggiseno, e io rimasi nuda con solo la sua giacca e i calzini bianchi su quella scrivania gelida.

«Lasciatela addosso», mi ordinò, e poi i suoi occhi adombrati dalle ciglia luccicarono di tutte le sfumature della lussuria e della perversione.

Sollevai la mia gamba e il mio piede si posò sul suo petto.

Mavor mi guardò il ginocchio operato e mi venne quasi voglia di nasconderlo, quel maledetto sfregio, ma lui lo strinse tra le mani, a immobilizzarlo.

Quando rilassò la presa scesi lentamente sotto al cavallo e massaggiai col piede la netta protuberanza che vedevo attraverso i pantaloni.

Sapevo che non mi avrebbe lasciata a lungo in quella posizione, a divertirmi sul suo corpo, ma mi incantai a quella visione e alla sua smorfia di godimento.

«Cazzo, Kelley...»

Il suo volto sofferente mi faceva venire voglia di baciarlo.

Mi sollevai seduta di fronte a lui, avvolgendomi la giacca attorno al corpo nudo e notando la sua espressione contrariata, che si sciolse non appena liberai la sua erezione vibrante dalla stretta dei pantaloni.

Mi domandai se avessimo tempo, quanto ne avessimo, se qualcuno ci avrebbe interrotti.

Ma la notte toglieva la ragione e Mavor me la annullava, quindi cominciai ad accarezzarlo e a pomparlo con la mano umida dei suoi stessi umori.

E una cosa era certa: il tempo assieme a Mavor si dissolveva e assumeva un concetto soggettivo perché non era mai abbastanza.

Lui reclinò la testa all'indietro emettendo un gemito arrochito. Poi scese ancora sul mio volto e mi fece distendere, scostando la sua giacca dal mio corpo per bearsi della vista mentre i suoi pantaloni erano calati fino al ginocchio.

I nostri corpi si allacciarono in un doloroso incastro di carne e sangue e ossa e respiri ansanti, e tutta la vita perduta che ci era stata negata ci tornò indietro con una potenza che mi stordì.

«Ti ricordi quando hai detto che non avevi niente da perdere?»

Annuii con la testa e mugugnai qualcosa, con la mente rapita da lui.

La punta del suo sesso aveva preso a strofinarsi contro di me e io tutto avrei pregato tranne che di essere salvata da quella concupiscenza che mi aveva agguantata dall'interno.

Cominciai a mugugnare per quel supplizio, le sue vene pulsavano contro il mio stesso sangue che fluiva feroce e disperato attorno al mio punto più sensibile.

«Adesso ce l'hai.»

Non mi avrebbe mai detto a cosa si riferiva.

Era fatto così, voleva che certe cose io le comprendessi e basta.

Mi posò entrambi i palmi aperti sul ventre per assicurarsi che restassi ferma, e poi si spinse in me con una botta secca da farmi sentire lo squarcio.

Mi dimenai lamentandomi e l'attimo dopo ero già su un altro pianeta.

Poi venne avanti sempre più in fondo, con lentezza, mentre io assaporavo ogni istante di quella devastazione.

Mi trovò disarmata, mi schiusi contro di lui che si faceva spazio e lo attirai verso di me.

Richiesi maggiore contatto e mentre gli stringevo le scapole tra le mani lui mi abbandonò un paio di volte, senza arrivare in fondo, e quando affondò di nuovo emise un profondo sospiro che diventò un ringhio verso la fine.

«Cosa devo fare con te, Mavor?»

Era una preghiera, un'implorazione più che una domanda. Chiedevo un'assoluzione che non meritavo.

I miei fianchi cercavano le sue mani e quello era solo ciò che volevamo entrambi dopo esserci sentiti così vicini.

«Devi farti scopare. Se tu mi privassi di questo, io...»

Un'altra stoccata, un altro ringhio, stavolta più feroce. Faceva sempre così.

Mi abbandonava beandosi della mia disperata agonia, poi entrava con un colpo secco a farmi vibrare le corde vocali dalle grida, e bruciava come alcol puro in fondo alla gola.

«... verrei a cercarti.»

Afferrai un respiro per cercare di rispondergli, ma ogni angolo della mia pelle e delle mie pareti si apriva per farmi colmare da lui. Ogni anfratto, ogni singolo poro si dilatava per sentire lui.

«Suona come una minaccia.»

«Non ho mai cercato nessuna donna, piccola V. *Nessuna.*»

Un rantolo mi sfuggì dalle labbra e lui ne bevve il suono afferrandolo dalla mia bocca, stringendola tra i denti.

La sua carne mi riempì pulsandomi fino all'osso pubico: il tempo di uccidermi con un altro affondo di quella lama e sarei morta lì su quella scrivania, in quell'ufficio squallido con le pareti ricoperte di muffa e polvere.

«Dovrei sentirmi... *speciale*?»

«Fortunata.»

«Ti odio, Mavor Axford.»

«Ti odio anch'io. Moltissimo.»

Un calore bruciante traboccò dal mio ventre e si sciolse sul suo inguine, sulla peluria chiara sotto i suoi tatuaggi.

Mi afferrò le labbra e ne colmò le rientranze con le sue, perché quando pensavo che dentro di me non ci fosse più spazio lui se ne prendeva ancora di più.

Guardai il modo in cui i nostri corpi si univano come se fosse un'alchimia perfetta, il modo in cui mi afferrò da sotto le natiche stritolandole e lasciando segni al suo passaggio e poi spingendosi più forte in me.

La scrivania vacillò e cominciò a spostarsi in avanti.

Annodai le caviglie attorno alla sua zona lombare e un piacere impronunciabile mi attanagliò la gola.

I suoi addominali bassi sfregavano contro il mio ventre e, nel punto in cui combaciavamo, era lì che mi colpiva sempre con più prepotenza.

Era lì che faceva *male*.

Il dolore fisico era sopravvalutato per due come noi.

La frustrazione di non potersi mai avere quanto avrebbe potuto qualsiasi altro era ciò che ci lacerava.

Maledetti spettri di una vita che non avremmo mai avuto.

Gridai perché il piacere mi colmò le viscere, una diga bollente straripò dentro di me e tra i miei morsi e i miei graffi Mavor voleva soltanto ottenere di più. Portarmi oltre il limite ogni singola volta.

Scivolai fuori anche dalle maniche troppo ampie della sua giacca e lui si aggrappò con forza al lato opposto della scrivania, quello dietro la mia testa, per evitare che finissimo contro il muro.

Ma ci finimmo lo stesso perché le pugnalate che mi inflisse furono feroci e senza pietà, mentre il mio corpo implorava col suo linguaggio di non fermarsi.

E poi il suo corpo ricoperto di scosse si contrasse, il mio in preda a un piacere che non lasciava spazio ai pensieri. Eppure c'era qualcosa, nel modo in cui respirava, nel modo in cui contraeva i muscoli.

Evitava di guardarmi in faccia.

Preferiva affondare tra i miei seni, leccarmi i capezzoli inturgiditi, giocherellare con il mio piercing e poi affondare dietro al mio collo a respirarmi i capelli.

Ma Mavor, lui...

Lui era uno che ti scopava guardandoti negli occhi.

«Ehi. Mavor. Guardami. Guardami in faccia.»

Rallentò mentre cercavo di afferrargli il volto, e sollevò lo sguardo incorniciato da ciglia imperlate di sforzo e sudore e ciuffi di boccoli ribelli.

Mi guardò come se dovesse realizzare cosa stesse accadendo.

Rimanemmo per un istante fermi, totalmente nudi, i miei capelli sparsi su una scrivania impolverata, il suo sudore mescolato al mio, le mie dita che percorrevano i suoi deltoidi fino a scendere lentamente lungo i dorsali, come pellegrini assetati in un'oasi del deserto.

Poi la carnosità delle sue labbra e della sua lingua affondò di nuovo in me, e sentii il culmine avvicinarsi e gonfiarsi in un punto preciso dentro al mio sesso, come se dovessi liberarmi di un peso impellente.

«Resterò qui, stanotte. Non so quando tornerò.»

Strinsi gli occhi perché non mi aspettavo quella frase, e lui rallentò il ritmo mentre io rispondevo d'istinto con l'unica frase che mi venne in mente.

«Se anche dovessi sparire stanotte io non ti dimenticherò.»

Abbassò lo sguardo, infervorandosi.

Ora scopava con frustrazione, come se non riuscisse a ottenere tutto ciò che voleva, anche se a ogni scarica elettrica io e lui restavamo sconvolti da quel piacere. La soddisfazione carnale, quella c'era tutta.

Ma sarebbe sempre mancato qualcos'altro, perché fare sesso sul ciglio di un burrone può essere eccitante ma a volte l'ansia di cadere giù può ucciderti più della caduta.

Poi bastava un mio tocco sulle sue labbra, la mia lingua sul collo, i piccoli morsi attorno all'orecchio, per farlo ricominciare con più furia di prima.

Lo baciai a lungo, e lui baciò me senza smettere di spingere il suo bacino contro il mio.

Poi uscì da me e tornò in mezzo alle mie cosce, bevve i miei umori e io mi aggrappai ai suoi capelli.

L'eccitazione che gli leggevo negli occhi era da delirio, era contagiosa ed epidemica.

Si sollevò in piedi, mi fece posare le caviglie sulle sue spalle e le trattenne con le mani, poi penetrò ancora una volta dentro di me.

Le mie pareti si dilatarono per accoglierlo con tutto lo sforzo di cui ero capace.

«Sei così piccola e perfetta. Sembri dipinta.»

Se fosse entrato qualcuno da quella porta non me ne sarebbe importato nulla, era questo il delirio onirico nel quale mi trascinava.

«Oddio. Mavor...»

Ogni volta che pensavo di abituarmi a lui un dolore atroce mi ricordava con chi avevo a che fare. La penetrazione era talmente profonda e intensa che feci fatica a respirare e ad andare avanti, ma lui si piegò in avanti su di me facendo leva sulle mie gambe che si piegarono.

A quel punto, con l'interno delle mie ginocchia su entrambe le sue spalle, cominciò a scoparmi con una forza che forse non mi aveva mai riservato prima.

Pensai che mi avrebbe spezzata in due, non c'era alcun dubbio.

Gridai, urlai, e pregai che quelle mura si tappassero occhi e orecchie.

Dopo che un orgasmo spaventoso mi ridusse al fantasma di me stessa io rimasi a osservare le sue braccia, percorsi le linee dei suoi tatuaggi, con gli occhi spenti come dopo un corto circuito.

Non ragionavo più, l'udito era azzerato, le orecchie fischiavano e il cuore andava talmente forte che avrebbe deragliato a breve.

Eppure lo sentii piano, ovattato, il suo tono di voce arrochito dal sesso.

«Voglio morire dentro di te, piccola V. Voglio venirti dentro.»

Non lo avevo mai permesso a nessuno.

Avevo quasi le lacrime dallo sforzo, quando mi spinse il suo sesso fino in fondo e si gonfiò di sangue pompato.

«Piccola V.»

Disse il mio nome, mentre veniva, come liberato da una zavorra opprimente.

Disse «*Venus*», lo disse più volte, nella maniera più sensuale e oscena possibile, suggellò la mia discesa negli inferi chiamandomi ancora mentre mi inondava di tutto il fiume caldo del suo piacere.

Qualcosa in più del sesso era scivolato in quella stanza, gocciolando dai tubi di scarico del sistema di riscaldamento, insinuandosi tra le macchie di umido. Io non avrei saputo definirlo, ma doveva avere il sapore meraviglioso della sua bocca.

Quando mi sollevai era distrutto, eppure mi poggiai a lui che mi resse la testa infilandomi la mano tra i capelli.

Poco dopo aprii gli occhi e vidi una devastazione che non mi ero resa conto di aver creato.

«E adesso come sistemiamo questo casino?»

«Mi divertirò a guardare le loro facce mentre puliscono.»

«Non voglio lasciarti qui.»

Avevo ammesso fin troppe debolezze per non rivelargli anche quella.

«Non ti libererai di me così facilmente.»

La mano che mi aveva incastrata dietro la nuca scivolò via da me insieme al suo corpo nudo.

E l'attimo dopo, divisi, era tutto insensato.

Mi rivestii come meglio potevo, chiedendogli se potevo tenere addosso la sua giacca di Kiton.

«Ci mancherebbe che ti mando in giro nuda.»

«Saranno almeno cinquemila sterline di giacca», mi lamentai notando che era stropicciata e consunta e che necessitava di un bel giro in tintoria.

«Adesso vai a cercare Nolan. Digli che dovete andarvene.»

Indossò i pantaloni che erano rimasti a diversi metri da noi.

«E promettimi che lascerai Eclipse fuori da questa storia. Non fare cazzate che potrebbero costarti la vita.»

«Più di venire a letto con te?»

«Non sto scherzando, Venus...»

«Ragazzi, siete qui?»

Nolan sbucò nella stanza mentre io mi stavo ancora riallacciando le Converse rosse di Lucky: colti in flagrante, ma quantomeno in condizioni decenti.

«Andiamo a casa, facciamo in fretta.»

Notai immediatamente che Nolan aveva qualcosa di strano e che parlava come se fosse su di giri, ma non in senso buono.

Non diede affatto peso al nostro comportamento e ci guardò a malapena, soprattutto evitava il mio sguardo come se temesse di essere ridotto in pietra.

«Hai trovato qualcosa?»

«Siamo tutti molto stanchi, e dobbiamo uscire da qui in fretta. Ti spiegherò un'altra volta.»

Mi feci bastare quella risposta, per quella volta.

Eravamo davvero tutti troppi stanchi.

Mavor non si voltò neppure a guardarmi mentre Nolan finalmente notava che la scrivania fosse fuori posizione, oltre a essere del tutto svuotata di qualsiasi oggetto.

«Ti hanno chiuso in un posto senza il bagno?»

Mavor annuì. «Motivo per il quale suppongo che torneranno a breve.»

«A maggior ragione, andiamo via in fretta.»

«Io non vengo con voi.»

«Cosa?» Nolan sbiancò come uno straccio candeggiato alla risposta del suo amico, e le sue occhiaie divennero ancora più scure.

«Resto qui.»

Guardò Mavor come se fosse impazzito, come era prevedibile.

Quanto a me, non sapevo se sarei riuscita a lasciarlo da solo in quel posto.

«Mavor, non fare lo stupido.»

«So quello che sto facendo. Lasciami solo una sigaretta, le ho finite.»

«Mavor...»

Nolan cercò di parlare con fare paterno, ma venne interrotto l'attimo dopo.

«Se me ne andassi verrebbero a cercarmi di nuovo. Prenderebbero Venus. Non ho paura di quei due sfigati e nemmeno di chi sta al potere qui dentro. E ho un paio di cosette da dire ancora a quelle persone.»

Il detective sbuffò, e si arrese.

Io restavo in silenzio con quella strana e malinconica nostalgia che mi attanagliava ogni volta che finivamo di fare sesso.

«Almeno tutta questa fatica è valsa a qualcosa, a stare dietro a te c'è da impazzire.»

Sventolò il fascicolo tra le mani, poi mi guardò come se volesse leggere in fondo ai miei occhi.

«Andiamo, Venus. Sai quanto sia testardo.»

Mavor annuì seduto sulla scrivania dove poco prima non mi aveva dato tregua dall'estasi, con la camicia slacciata e un sorrisetto accennato con cui mi spogliò ancora una volta mentre uscivo da quella stanza contro la mia volontà.

«*Venus.*»

Lo disse con un tono diverso da qualche minuto prima.

Lui sarebbe diventato il mio chiodo fisso, il metro di paragone a cui qualsiasi altra persona venuta dopo di lui non sarebbe riuscita nemmeno lontanamente ad avvicinarsi.

Sarebbe stato il principio e la fine.

Dopo di lui sarei tornata nel mio bunker di emozioni spente.

Lo guardai con l'aria rassegnata di chi ormai aveva perso le speranze, mentre posava la mandibola sul pugno chiuso, con l'aria più stanca, languida e soddisfatta che gli avessi mai vista dipinta addosso.

«Lo so che sai badare a te stessa. Ma fai attenzione.»

34

You risk it all to feel alive

«'Cosa provi?'
A volte niente. A volte tutto.
A volte ho provato di tutto per non sentire niente.»

Venus ♀

Una settimana dopo

La notte che precedeva l'udienza mi svegliai dolorante e con il braccio addormentato, perché ero crollata, abbracciata al cuscino, in un sonno fatto di incubi di cartapesta.

La realtà nella quale mi svegliai mi apparve deserta e insensata come quella dei sette giorni precedenti.

Non avevo più avuto notizie di Mavor.

Avevo solo incrociato qualche volta Nolan in ospedale, ma sembrava facesse di tutto per evitarmi e io non avevo indagato sulla questione perché non ne avevo le forze mentali.

La schiena mi faceva male, la pancia mi bruciava, dentro di me il pensiero di Mavor mi logorava come un male inarginabile, una cancrena inarrestabile che mi costringeva troppe notti a rigirarmi nel letto e a cercare il profumo di lui in quelle lenzuola immacolate.

La maggior parte delle volte finivo a toccarmi da sola con gli occhi lucidi.

È questo che succede ad andare a letto col demonio.

Che ti entra in circolo.

Aprii gli occhi nel buio, intorpidita dal sonno alla fine della notte. Ormai capitava spesso che mi svegliassi sempre alla stessa ora, l'ora più buia poco prima dell'alba.

La sveglia del comodino della camera degli ospiti di Victor ticchettava ma sembrava non scandire bene i secondi, e a quel punto realizzai che doveva essere pioggia battente contro il vetro.

Cominciai a tremare di freddo e chiusi rapidamente le persiane, sulla mia pelle il terrore che qualcuno mi stesse osservando, che stesse spiando i miei più profondi pensieri.

Mi sembrava di impazzire, e io ancora una volta non ero pronta all'alba del nuovo giorno che ci avrebbe attesi.

«Venus, sei già sveglia?»

Il bollitore fischiò per avvertirmi del fatto che l'acqua era pronta per il mio tè, ed Eclipse mi venne incontro già vestita e truccata di tutto punto quando ancora il sole tardava a sorgere.

«Victor mi ha detto che oggi avete l'udienza. Andrò io da Lucky.»

«D'accordo.»

Guardavo il pavimento, persa nel vuoto.

L'idea di Mavor mi ossessionava, quella di non sapere che fine avesse fatto mi succhiava energia vitale come un vampiro a cui avrei concesso il collo ogniqualvolta fosse stato assetato.

La consapevolezza che probabilmente stesse bene e che non mi avesse mai cercata era dilaniante.

«Ho pensato molto a quello che mi hai detto ultimamente. Ho contattato gli agenti.»

Alzai lo sguardo stanco sgranando gli occhi.

«Cosa? Cosa hai fatto?»

Avevo avuto una lunga discussione con Eclipse qualche giorno prima e le avevo raccontato tutto: dell'offerta che mi aveva fatto Charles, che era la stessa che aveva fatto a lei, e dei servizi segreti che la stavano cercando.

Non so se a quel punto io stessi cercando vendetta contro Charles Cadogan o contro Mavor, che per l'ennesima volta mi aveva sedotta e abbandonata come un'ingenua ragazzina illusa.

Ma avevo insistito sul fatto che lei cercasse un'alternativa a quella vita assurda a cui il nostro aguzzino l'aveva condannata.

«Non so se sarò mai pronta a deporre in tribunale, ma è un primo passo, no?»

«Io... io credo di sì.»

Forse con Eclipse dalla nostra parte avevamo davvero una concreta speranza di vincere la causa.

«Penso di doverlo a Lucky. È stata lei, in realtà, a convincermi.»
Annuii con la testa.

Per me quella sarebbe dovuta essere una splendida notizia, eppure non placava se non in minima parte il mio tormento e la mia angoscia.

«Non penso sarebbe fiera di sapere che lavoro per lui. Forse è arrivato il momento di dare un senso a tutto questo, di fargliela pagare. Conosco un sacco di suoi segreti e potrei davvero distruggerlo.»

Per quanto mi sforzassi non riuscivo ad ascoltarla, non le stavo dietro con la testa.

Non riuscivo a focalizzarmi sull'obiettivo, la mente mi stava giocando uno scherzo orribile.

Avevo passato gli ultimi cinque anni a schermarmi dalle emozioni, a centellinare ogni reazione e sensazione, proprio per evitare di divenire dipendente dai miei turbamenti come un tossico fuori di senno.

Ma Mavor con il suo cupo splendore mi aveva mandato in blackout le giornate e ora i miei occhi erano regolati solo sul suo buio.

Non volevo nutrirmi di luce, la rifiutavo come se fosse un'eresia.

Qualche ora dopo camminavo nei pressi della cattedrale di St. Paul in direzione del tribunale, assieme alla testolina biondo cenere di mia sorella con la sua giacca in tartan.

Quella mattina la mano di Athena era gelida, eppure mi scaldava il cuore assieme al caffè bollente alla nocciola che reggevo nell'altra mano.

Quando mi aveva telefonato per dirmi che sarebbe voluta venire con me all'udienza al posto di Lucky avevo davvero quasi sperato che le cose potessero prendere una piega quasi positiva, almeno nel rapporto tra me e lei.

Perché quella volta aveva deciso di accompagnarmi in udienza, e insieme a Victor avevamo dovuto ottenere un permesso speciale, visto che i minori non possono accedere alle aule penali salvo coinvolgimenti comprovati nel caso.

Athena aveva deciso di essere presente al posto di Lucky perché per lei sarebbe stato giusto così.

Ogni tanto qualcuno ne parlava come se non ci fosse stata più, e in effetti era così, in quei giorni non era tra noi e chissà se ci sarebbe mai tornata.

Mancava la sua freschezza, la sua energia vitale contagiosa.

Ma mia sorella era uno splendore quel giorno, con la sua treccia morbida e gli occhi color carta da zucchero, e la notai cresciuta.

Sarei dovuta arrivare con Victor, ma mi aveva avvertito che avrebbe tardato e io sperai di non trovarmi da sola assieme a Mavor.

Ma la voce che attirò la mia attenzione era decisamente diversa dalla sua, altrettanto mascolina ma meno formale e leggermente più dolce e limpida, e chiamò il mio nome un paio di volte fin quando non mi voltai.

Sollevai di poco l'ombrello sotto il quale ci stavamo riparando dalla pioggia e alzai gli occhi sulla strada, non sapendo se stessi prendendo un abbaglio.

Riconobbi Archie Cadogan che si muoveva a passo svelto, quasi di corsa verso di noi, e che ci raggiunse proprio davanti all'ingresso del tribunale, quasi sulla soglia.

Archie mi si avvicinò, con un sorriso affabile ma poco convinto e i lineamenti contriti in una smorfia meno superficiale dell'espressione che gli avevo visto la prima e unica volta in cui l'avevo incontrato, dentro il suo casinò.

Archie Cadogan era il primogenito di Charles. Era quello destinato a prendere le redini del suo regno, un giorno, prima o poi, e avrebbe continuato forse a costruire la metà degli edifici di tutta l'Inghilterra. E avrebbe preso in mano forse anche i traffici meno puliti di suo padre.

«Archibald, giusto?»

«Pietà, 'Archie'! Nessuno mi chiama così. Archibald era il nome di mio nonno.»

«Archie Cadogan.»

Marcai il suo cognome come se fosse l'unica cosa che mi interessava di lui.

«Io e te ci siamo solo visti di sfuggita, ma sono qui per chiederti un favore.»

«Che cosa vuoi?»

Sembrava sincero, ma a prima vista mi sembrava anche molto più figlio di buona donna rispetto al suo fratello minore.

Doveva avere pressappoco la stessa età di Mavor, e aveva il piglio stranamente fascinoso di chi possiede quella sicurezza in se stesso che Braiden non aveva. Soldi, potere e bellezza fuori controllo non gli avevano donato la stessa autostima.

«Si tratta di mio fratello.»

Braiden.

Raddrizzai le spalle e sollevai un po' il mento con aria sostenuta.

«Non vedo come questo possa essere affar mio.»

«Sta molto male. È un periodo di crisi. Mio fratello ha tanti problemi, ma non è cattivo. Nessuno di noi lo è.»

Su quel punto avrei avuto qualcosa da ridire.

«Visto quello che ha fatto direi che la mela non cade mai troppo lontano dall'albero.»

«Ti chiedo scusa a suo nome. Siamo solo le vittime di una famiglia ingombrante e disastrosa.»

«Beh, ognuno ha i suoi problemi... immagino.»

Rimasi in silenzio e ricordai Braiden come lo avevo conosciuto, un po' esitante nel rapportarsi con me e delicato, quasi timido durante il sesso.

Aveva bisogno di drogarsi per tirare fuori tutto ciò che aveva dentro.

Il problema era che aveva quel pessimo vizio di drogare anche gli altri a loro insaputa.

«Per favore, vallo a trovare. La tua vicinanza potrebbe fargli bene.»

«È evidente che tu non sappia lo scherzetto che tuo fratello mi ha combinato ultimamente.»

La mente di quel ragazzo aveva cominciato a deragliare quando aveva compreso che io avessi un interesse per Mavor.

«Invece ne sono a conoscenza, e quello che ha fatto è imperdonabile, ma Braiden è distrutto dai farmaci e probabilmente vuole trascinare giù con lui anche te.» Mi ricordava qualcuno che mi era stato troppo vicino per anni. «La sua agorafobia peggiora di giorno in giorno. La sua ultima testimonianza al processo non ha fatto altro che peggiorare le cose.»

Presi un lungo sospiro e ricordai esattamente il modo in cui era stato interrogato da Victor come testimone reticente.

Proprio mentre il ricordo correva verso quell'ultima udienza una voce tuonò nella nostra direzione, baritonale e profonda.

«Archie.»

Mavor sbucò da dietro l'angolo assieme a Charles Cadogan, e mi regalò uno sguardo che era tutto tranne che benevolo. Avevamo avuto tutti la stessa idea, ossia quella di arrivare molto prima per evitare le orde di giornalisti assetati.

Mavor aveva un aspetto così diverso dall'ultima volta, quando l'avevo lasciato così bello e sfatto e spontaneo, e animalesco e selvaggio come quel lato di lui che mi aveva rapita.

Era vittorioso, pacato, rilassato, la barba perfettamente rasata e i capelli in ordine, l'abito gli cadeva addosso senza fargli una piega e allo stesso tempo tutto di lui gridava potenza.

La maschera era tornata perfetta al suo posto, ma una macchia d'ombra calò sui suoi occhi quando dovette spostarli su di me.

Rimanemmo per qualche istante in uno strano limbo di assurdi collegamenti del destino, come se un filo unisse tutti noi, tutti e cinque. E come se quelli che non c'erano più fossero lì con noi a osservare la scena.

In quel momento si scaricò in me tutta l'ansia di quei giorni, tutti quei momenti passati a preoccuparmi per Lucky e per lui, a saperlo in mano a gente che avrebbe potuto fargli del male.

Allora stai bene. Sei più sano e salvo che mai.

Avevo una voglia disperata di chiedergli tutto ben sapendo che non avrei ottenuto risposte, ma l'orgoglio e il risentimento per non essere stata cercata ebbero la meglio su tutto il resto.

«Avvocato», lo salutai. «Non ci vediamo da un po'.»

Lui inclinò la testa di lato e Archie ci guardò con un briciolo di sospetto.

«Le avevo detto che non si sarebbe liberata di me così facilmente, Kelley.»

Il cuore riprese a battermi come se tutto quel tempo lo avessi passato in apnea, in uno stato catatonico, col muscolo cardiaco atrofizzato.

Passarono solo un paio di istanti, eppure mi sembrò che tutta la vita mi scorresse davanti.

Gli occhi e le mani di Mavor, le sue labbra, il quadro di *Venere e Marte*, tutto sembrava così insensato alla luce della ragnatela in cui ci eravamo conosciuti e in cui ogni santa volta eravamo costretti a tornare a recitare le nostre parti.

E infatti, per un'assurda concatenazione di eventi, di variabili incastrate in modo tale da portarci esattamente sulla soglia di quel momento, una voce ci ridestò da quell'attimo e attirò la nostra attenzione.

«È una fortuna trovarvi tutti insieme.»

Non pensavo che potessi avere sorprese più sconvolgenti di trovarmi Cadogan in un privé di *Annabel* o i servizi segreti fuori dalla National Gallery.

Quando mi voltai mi accorsi che l'uomo in impermeabile senza ombrello sembrava solo una sfocata immagine di Nolan Flynn, ma era proprio lui.

Sembrava che non avesse dormito per anni: aveva la barba sfatta, le occhiaie grigie e dimostrava parecchi anni di più, avrei persino potuto dire che quegli occhi rossi, iniettati di sangue e lucidi come due specchi, fossero quelli di qualcuno che stava bevendo da prima dell'alba.

Per un attimo pensai che fosse normale che ci fosse anche lui.

Ma quando incrociai lo sguardo di Mavor mi resi conto di quanto fosse preoccupato di ciò che Nolan avrebbe potuto fare oppure *dire*.

Charles al contrario fu sbrigativo e voltò i tacchi verso l'ingresso del tribunale senza fare caso alle sue condizioni.

«Flynn, sbrigati, andiamo dentro, sta cominciando a diluviare.»

Nolan non si mosse di un passo.

«Forse dovrebbe prima ascoltarmi.»

«Nolan. Cosa ti prende?» Mavor lo fulminò con lo sguardo, e poi mi fissò come a implorarmi di fermarlo.

In quel momento percepii un pericolo di cui non conoscevo ancora la natura, ma la luce di petrolio negli occhi di Mavor mi mise in allerta.

«Soprattutto tu, Mavor, tu devi ascoltarmi. Apri bene le orecchie, perché non penso che sarò in grado di ripetere quello che sto per dire. E penso che tu debba sapere chi è l'uomo che stai per andare a difendere.»

A quel punto Mavor fece un paio di passi verso di lui e tuonò severo, gli occhi ridotti a due spilli di ghiaccio.

«Nolan, qualsiasi cosa sia, dobbiamo prima parlarne in privato.»

La tensione si tagliava con la punta di un coltello.

Nolan evitava il suo sguardo, sembrava non riuscire a guardarlo negli occhi e nemmeno a mantenere la concentrazione su un punto preciso, e a quel punto ebbi la conferma che non fosse del tutto lucido.

«Mavor...»

Al suo posto a parlare fu Charles Cadogan, che gli rivolse qualche istante della sua attenzione come se fosse il più penoso spreco di tempo a cui fosse mai stato costretto.

«Qualsiasi cosa tu stia per dire... ti conviene riflettere prima sulle conseguenze delle tue azioni. Hai il segreto professionale.»

«Non me ne frega un cazzo. Non ho più intenzione di passare la vita a farmi intimidire da te. Ne ho abbastanza delle tue malefatte.»

Archie si avvicinò a lui con le sopracciglia bionde contrite e la fronte aggrottata.

«Nolan. Ti abbiamo sempre trattato come uno della famiglia.»

«E io questo non ve l'ho mai chiesto! Solo un pazzo vorrebbe far parte di gente come voi.»

Il suo volto impietrito e lo sguardo fulminato si indirizzarono verso Mavor.

«Venus ha il diritto di sapere. *Deve* sapere dov'ero quando hanno aggredito Lucky.»

Il suo sguardo snocciolò odio e rabbia contro Cadogan. Parlava in maniera convulsa, come se fosse impazzito.

Le speranze che Lucky si risvegliasse si affievolivano come la fiammella di una candela arrivata ormai alla fine dello stoppino. Potevo sentire il sapore della lacrima che stava rigando il viso di Nolan e che forse qualcuno avrebbe potuto scambiare per pioggia.

«No, Nolan, non farlo. Non qui. Non adesso.»

Mavor era teso, aveva perso tutta la sua impassibilità.

«Avevi detto che eri andato in Irlanda. Dalla tua famiglia...» pigolai sommessa, e tremavo nonostante la temperatura mite. Ogni singola goccia di pioggia che cadeva sulle spalle della mia giacca mi sembrava uno spillo di ghiaccio che mi perforava la pelle.

«Non ero in Irlanda. Ero molto più a sud.»

«Più... più a sud?»

«In Cornovaglia. Vicino a St. Ives, Venus. A fare ricerche su di te.»

Mi voltai verso Athena e ci scambiammo un'occhiata di sgomento.

Mia sorella aveva il terrore negli occhi solo a sentir nominare quel luogo.

Era stato quello della nostra infanzia, il posto idilliaco e felice dove eravamo cresciute, ma non eravamo mai più tornate in quella terra brulla e impervia da quando i nostri genitori erano scomparsi in quella notte spaventosa.

«Nolan, non davanti a lei», implorai.

Mavor avanzò verso Nolan e si parò tra me e lui.

«Quale sarebbe la novità? Abbiamo sempre indagato su di lei.»

Cercava di farlo tacere, ma Nolan sembrava quasi non sentirci affatto.

Gli si avvicinò e lo strattonò per l'impermeabile, ma il detective si liberò della sua presa.

«Sei ubriaco? Hai bevuto?»

«Lasciami stare! Ci sono delle cose che non sai nemmeno tu.»

«È per questo che lavori per me. Ma non è questo il luogo...»

«Fammi parlare!»

Mi guardò con occhi che imploravano il mio perdono, e io compresi che il cerchio stava per essere chiuso.

«Ho trovato una pista che mi ha portato a una fitta trama di situazioni, ma avevo bisogno che alcuni documenti del Governo me la confermassero. Per capire cosa fosse successo.»

«Nolan, adesso basta!»

Charles Cadogan restava impassibile, con accanto suo figlio che osservava la scena con lo stesso piglio deciso di Mavor.

«No, Mavor. Non ce la faccio più. Tutta questa storia è assurda.»

A quel punto, un tuono squarciò il cielo alle nostre spalle e cadde talmente vicino a noi che qualche allarme di auto cominciò a suonare.

«Io non resterò qui a farmi diffamare e ad ascoltare i deliri di un ubriacone. Mavor, parlerò con tuo padre. Sono scioccato dal fatto che nel vostro studio legale possano esserci dei collaboratori del genere.»

«È solo sconvolto da un trauma recente, Charles.»

Il suo cliente non apparve comprensivo.

Voltò i tacchi seguito da suo figlio maggiore che prima di camminare dietro a suo padre mi lanciò un'occhiata indecifrabile.

Mavor non parlò affatto se non con gli occhi, ma tutto in quel momento mi suggerì che il pericolo fosse stato sventato.

Anche io ammonii Nolan con uno sguardo, e afferrai per il braccio mia sorella portandola dentro il tribunale. Superammo i controlli del metal detector e ci incamminammo lungo gli imponenti corridoi in marmo.

Ma non appena varcammo la soglia dell'ingresso Mavor si avvicinò a me e poi prese a camminare al mio fianco.

«Convincere Eclipse a collaborare con l'MI6 è stata una tua idea, immagino.»

Quella freccia diretta mi colpì in pieno petto.

«Come... come fai a saperlo? Te l'ha detto Nolan?»

«Questa non dovevi farmela. Ti avevo avvertito.»

«Ho fatto solo quello che era giusto.»

Mavor si arrestò a quel punto, e mi guardò negli occhi con un odio feroce.

«*Giusto*? Ma cosa ne sai di quello che è giusto? Quella ragazza è responsabile di decine di rapimenti, Cristo! Ha gestito certi affari sporchi meglio di qualsiasi suo predecessore, con una crudeltà disumana anche verso ragazzine poco più grandi di tua sorella!»

A sentirne parlare in quei termini, un brivido mi scivolò lungo la schiena. Mavor parlava a bassa voce, ma in realtà stava urlando, perché tutto di lui gridava di una collera cieca.

«Quello che è successo a Lucky forse le ha fatto capire qualcosa.»

«No. Sono io che ho capito una cosa.»

Cercai di prendere fiato, perché sapevo che Mavor stava per colpirmi.

Me ne accorgevo dallo sguardo che precedeva il colpo, le pupille nero veleno come quelle di un mamba pronto a reciderti la giugulare con un morso.

«Ho capito che non posso fidarmi di te. Che tu sei disposta a fare qualsiasi cosa pur di farmi perdere questa causa. E che sei stata solo delle belle scopate. Un gigantesco, orribile errore. E sono contento di averlo capito prima della fine.»

Una baionettata nel cuore, poi una, poi l'altra, o forse a colpirmi era stata una mitragliatrice. Ma sicuramente non aveva avuto pietà di me.

Il sapore ferroso del sangue in bocca, la nausea asfissiante, i flash dei ricordi come sale sulle ferite.

Il mio cuore si richiuse in una cassaforte più impenetrabile che mai, eppure qualcuno che aveva provato ad avvertirmi c'era stato. Mi tornò alla mente il viso dolce di Nolan che mi aveva svegliata nella casa della famiglia Axford, le sue parole sincere e preoccupate quando aveva capito che tra me e lui c'era qualcosa.

«Lui... Questo caso per lui è tutta la sua vita. C'è in gioco molto di più di quello che tu pensi. Lui non si fermerà.»

«Mavor...»

Allungai le mie dita verso di lui, mentre Athena mi aspettava sulla soglia dell'aula.

Doveva aver visto il mio volto contratto in una smorfia di dolore purissimo.

«No. Devo andare. Io e te siamo nemici, Kelley, e nient'altro. Ricordatelo bene.»

Tutto quello che era accaduto tra noi si bloccò nella mia mente in una lunga e dolorosa sequela di momenti passati, ricoperti di cenere.

Un vulcano appena esploso aveva cristallizzato quel ricordo sotto la sua coltre spessa di lapilli.

Di noi, dei nostri corpi sotto di essi, non era rimasto che un misero mucchietto di ossa e lo scheletro di una vita che non sarebbe mai accaduta.

Cancella, Venus. Cancella tutto e vai avanti.

«Che tempo maledetto.»

Alle mie spalle spuntò Victor, già con la toga addosso, che mi salutò tranquillo mentre scrollava l'ombrello che grondava pioggia, e poi mi carezzò una gota arrossata scostandomi un ciuffo di capelli corvini dal viso.

«Che succede, Vin? Sembri stravolta.»

«È per... è per Nolan. Era qui fuori, diceva cose strane...» mentii sapendo di mentire.

«Sì, l'ho incontrato. Non sembrava molto in sé, gli ho consigliato di tornarsene a casa a riposare.»

Entrammo nell'aula del pianterreno, una stanza deserta e mal riscaldata. Gigantesca, imponente, con file intere di sedute vuote: qualsiasi cosa sussurrassi a mia sorella rimbombava da una parete a un'altra generando un'eco ininterrotto.

Quando ci accorgemmo di nuovo che il caso aveva voluto che finissimo tutti nella stessa stanza, un boato ci fece voltare.

Nolan non aveva ascoltato il consiglio di Victor, né quello di nessun altro: era entrato nell'aula e aveva chiuso la porta alle nostre spalle.

«Direi che questo è davvero il momento perfetto.»

Aveva i capelli bagnati che colavano sulla fronte, l'impermeabile zuppo e il volto paonazzo.

Vederlo così fuori di sé mi fece quasi pregare che Lucky potesse tornare a mettere pace a quel tormento.

Guardò mia sorella, la guardò negli occhi velati ancora di pioggia e io cominciai a tremare perché compresi che lui *sapeva.*

Le afferrai il polso con una mano in un gesto di protezione, qualcosa di istintivo e ancestrale, perché nulla mi aveva mosso in quegli ultimi cinque anni al di fuori della volontà di volerla proteggere.

«Nolan...»

La voce di Mavor che provava a fermarlo non riuscì a cancellargli quello sguardo negli occhi, quello che rimase inciso nella mia mente e che non scordai mai più.

E poi esplose una bomba proprio in mezzo a tutti noi, nel centro di quell'aula, mentre la pioggia scrosciava fuori dalle finestre semiaperte e ci ricordava che *no*, tutta quella storia non sarebbe finita facilmente, e seguirono quegli interminabili istanti in cui le orecchie fischiano a seguito di una detonazione.

Per poco non caddi io, non cademmo tutti colpiti dall'onda d'urto, eppure in qualche modo pendevo dal movimento delle sue labbra.

E quell'attimo rintoccò scandito dalle sue parole furibonde, piene di veleno e fiele.

«Athena Kelley è la figlia illegittima di Charles Cadogan. La figlia di una violenza sessuale ai danni della madre di Venus.»

35

Doing something unholy

«Sbalordito rimase il diavolo,
quando comprese quanto osceno fosse il bene,
e vide la virtù nello splendore
delle sue forme sinuose.»
Dal film *Il Corvo*

Venus ♀

«Guardami, Venus. Non devi dirlo a nessuno. Potrebbero succedere delle cose terribili.»

«Non lo dirò a nessuno, mamma.»

Il mio corpo si bloccò e non rispose più ai comandi quando la conversazione con mia madre si insinuò nei miei ricordi, così limpida e cristallina che avrei potuto toccarla con mano.

Lei non mi mentiva.

Non mi aveva *mai* mentito.

Guardai il pavimento con cui a breve avrei impattato e di cui avrei conosciuto durezza e consistenza, mentre un conato mi risaliva dalla trachea come se avessi inalato del metano.

E invece no, quell'attimo scomparve assieme a tutti gli altri e io restai in piedi per inerzia.

I miei polmoni cicatrizzarono in un nodo doloroso.

Certe parole possono riecheggiare a lungo in una stanza foderata in legno di pioppo, ma restare intagliate per sempre nella mente di chi le ascolta.

La frase di Nolan Flynn sarebbe rimasta scolpita nella mente di tutti noi, perché ci colpì tutti come una scarica di proiettili.

E lui come un plotone d'esecuzione si prese la briga persino di ripeterla.

«Athena è figlia di Charles Cadogan. Hai violentato sua madre, figlio di puttana.»

Non sapevo che fosse andata così.

Qualcosa dentro di me cominciò a urlare, erano tutti i miei demoni che trovavano una via di fuga, uno sbocco per uscire, e si dipanavano nelle mie vene come belve impazzite senza trovarne alcuno.

Restavano imbrigliati ad avvelenarmi mentre io negli occhi vedevo stampato il volto di mio padre.

Era un uomo buono, attento alle esigenze mie e di mia sorella, e io ero orgogliosa di essere sua figlia e di appartenere al suo stesso sangue.

Nessuno di noi aveva saputo nulla di quella storia per diversi anni.

Ero sempre stata convinta che la nostra fosse una comunissima famiglia come tante altre e che nulla avrebbe mai intaccato quella serenità con cui ci avevano cresciute.

Fino a quel giorno che fu uno spartiacque tra la me del passato e quella che poi sarei diventata.

Fino a quel giorno, in cui avevo letto una stupida mail, il risultato di un test del DNA che aveva il nome di mia sorella, una scheda che mia madre aveva inoltrato a un certo C.C., e avevo deciso di rovinare tutta la mia famiglia divorata da una rabbia cocente che non riuscivo a sfogare.

Per questo capivo quella di Mavor: volevo sentirla sulla mia pelle perché era stata anche la mia.

Avevo rivelato a mio padre quel terribile segreto nonostante mia madre mi avesse pregato di non farlo, assetata di vendetta e convinta che lei dovesse pagarla per il suo tradimento, senza immaginare che fosse stata forzata.

Tutto il resto era stato come precipitare in un tormento sempre più tenebroso.

Violenza sessuale.

Quelle due parole rimbombarono nella mia cassa toracica al punto che divenni sorda alle altre voci attorno a me.

Se Nolan diceva la verità, questo avrebbe cambiato tutto e mi avrebbe sbattuto in faccia la misura ingigantita dei miei sensi di colpa, che diventavano ogni giorno più mostruosi e invadenti.

Come era possibile?

Era tutto vero?

Rimasi attonita, come se una colata di cemento mi avesse appena immobilizzato la mente, e una nausea disturbante prese a farmi vorticare lo stomaco come se fosse l'oblò di una lavatrice in centrifuga.

Charles Cadogan non era stato l'amante di mia madre.

Charles Cadogan aveva usato la forza anche su di lei.

Misi a fuoco la realtà attorno a me mentre il passato tornava a presentarci un conto salato, un passato remoto di quando mia madre aveva lavorato per lui.

Quel mostro si indignò, e i suoi occhi divennero fumanti ma aridi e cinerei come una brace su cui avevano gettato dell'alcol.

«Questa è la più grossa stronzata che io abbia mai sentito!»

Archie avanzò verso Nolan, e per un attimo temetti che il primogenito dei Cadogan potesse ucciderlo a mani nude.

«Cosa sei, pazzo? Come fai a dire una cosa del genere?»

«Ho trovato dei documenti che lo dimostrano. I servizi indagano su tuo padre da decenni. La madre di Venus tredici anni fa sporse denuncia, prontamente insabbiata. Fu costretta a ritirarla! Mi ricorda qualcuno, non trovi?»

Piombò in quella discussione inferocita la voce strozzata di mia sorella.

«Io non sono sua figlia! Lui non può essere mio padre!»

Si strinse a me, mi abbracciò implorandomi che non fosse vero e io per poco non persi l'equilibrio.

«Perché stanno dicendo questo? Perché?»

Guardai Nolan e pregai che smettessero.

«Perché stai dicendo queste cose, Nolan?» Athena gridò in faccia anche a lui e Nolan cambiò espressione, quando si rese conto che sacrificarla era stato un male necessario per rivelare a tutti ciò che aveva scoperto.

«Mi dispiace, Athena. Ma era giusto che la verità venisse fuori in un modo o nell'altro.»

«Questo non era il modo, Nolan! Proprio per niente!» Mavor avanzò nel gruppo e prese parola, puntando il dito contro il suo amico, mentre io non fui in grado di accennare una sillaba.

Lo choc su di me ebbe effetti devastanti.

Muovevo solo le sfere oculari, avevo le corde vocali immobilizzate.

Mavor si voltò poi verso Charles mentre le lacrime di mia sorella mi bagnavano la giacca mescolandosi alla patina di pioggia che avevo ancora addosso.

«È vera questa storia? Sei il padre di Athena Kelley?»

Mi chiesi se davvero Mavor non ne sapesse nulla, ma dal modo in cui quasi aggredì il suo cliente doveva essere così.

Charles mi lanciò un'occhiata talmente fugace eppure penetrante, come se desiderasse vedermi diventare di pietra.

«Non crederai alle balle di quest'ubriacone?»

Victor guardò Charles con l'espressione meno diplomatica che gli avessi mai visto addosso e poi si rivolse a Mavor.

«Axford. Penso che dovremmo chiedere un rinvio dell'udienza.»

«Sì, penso tu abbia ragione.»

Era la prima volta che li vedevo d'accordo su un punto, ma Cadogan si mostrò immediatamente contrariato.

«Cosa? E perché mai?» si rivolse al suo avvocato.

«Perché lo dico io.»

«Tutto questo è assurdo! Io non so nemmeno chi sia la madre della Kelley.»

Riuscii a scorgere una luce diversa negli occhi di quell'abile e gelido manipolatore.

Era forse *paura*?

Mavor strinse i pugni e si rifugiò in se stesso, misterioso e crudele nelle sue incrinature, nelle oscure insenature dei suoi occhi ghiacciati.

«Sarà meglio per te, Charles.»

Mavor e Cadogan erano uno la nemesi dell'altro, due belve feroci della stessa razza. Alleati erano imbattibili, uno contro l'altro potevano far tremare l'edificio.

I loro sguardi si scontrarono come se potessero fulminarsi a vicenda, e battagliarono in una lotta all'ultima occhiata al vetriolo.

«Mi stai accusando, ragazzino? Secondo te posso conoscere la madre di una stripper?»

«Bugiardo... Schifoso...»

Ero convinta di averlo solo pensato, e invece avevo pronunciato quegli insulti a denti stretti e a voce bassa. Me ne accorsi perché si voltarono tutti verso di me.

E mentre aspettavano che io continuassi a parlare la porta dell'aula si spalancò, e sul ciglio si presentò un uomo dalla stazza notevole, con indosso un giubbotto antiproiettile, che ci guardò in cagnesco.

«Cosa sta succedendo qua dentro?»

Non appena la guardia giurata aprì la porta Athena si mise a correre verso l'uscita.

«Athena! Torna qui, per favore!» gridai senza preoccuparmi del poliziotto.

«Signori, per cortesia! Questa è un'aula di tribunale, non siete a casa vostra! Avvocati, mi meraviglio di voi.»

Lanciai un'occhiata a Mavor e lui mi guardò in un modo che mi fu indecifrabile, poi presi a correre verso l'uscita.

E così era accaduto *davvero*.

Avevo immaginato questo momento un migliaio di volte ma mai mi ero spinta tanto in là con la fantasia.

In strada le gocce gelide colpirono le mie spalle e colarono lungo i capelli sciolti mentre muovevo la testa alla ricerca di mia sorella.

La trovai accovacciata su delle scale di una chiesa non aperta al pubblico, proprio davanti al tribunale.

Gli occhi gonfi versavano rivoli di lacrime sulle guance arrossate, le mani secche con le unghie mangiucchiate le coprivano il volto in un gesto di tenero imbarazzo.

«Dimmi che non è vero. Ti prego, dimmi che non è vero.»

Mi piegai sulle ginocchia e la vidi tremare mentre io cercavo di farle sentire la mia vicinanza.

«È la verità. Ma non preoccuparti, non cambierà nulla.»

Delle onde minacciose comparirono in quell'orizzonte di occhioni color indaco spalancati contro di me.

«Tu lo sapevi?»

«Lo sapevo. In parte.»

Non riuscii a gestire le mie emozioni e quelle di Athena insieme, avevano una portata eccessiva da poter sopportare per chi non sapeva decifrarle, sarei andata in corto circuito con quel flusso di corrente eccessivo.

Avevo passato gli ultimi momenti con nostra madre ad accusarla di qualcosa di cui non aveva colpa e in quel momento avrei voluto scusarmi con lei più di qualsiasi altra cosa al mondo.

Mi aggrappai alla mia madreperla chiedendomi per quale dannato motivo non fossi morta nello stesso incidente con loro.

Ma forse c'era un motivo per cui mi ero salvata, uno scopo che avrei dovuto portare a termine.

Io dovevo pensare a *lei*.

Ad Athena, che era più fragile di me.

Ma la mano che afferrò il mio braccio con quella presa solida, ferrea, così lontana da quella di mia sorella, con le sue dita sottili e la stretta allo stremo delle forze, mi azzerò il libero arbitrio e mi costrinse a voltarmi.

I suoi occhi, due capolavori terrificanti di tormalina.

«*Venus*.»

Lui era lì con lo sguardo truce, incupito, e la mia rabbia si riflesse nella sua come due lati dello specchio.

«Che cosa vuoi, Mavor? Vattene via.»

Lui mi afferrò ripetendo il mio nome e io gridai un «Lasciami» che echeggiò nel traffico e si perse assieme al rombo dei motori accesi che ci circondavano.

Me la presi con lui mentre mi tratteneva tra le braccia.

Battei i pugni sul suo petto, più mi stringeva e più io colpivo duramente, quasi a fargli male, e lui mi inglobava, mi stritolava a non farmi respirare, «Fermati», mi diceva, «Calmati».

«Perché mi hai salvata? Perché? Perché non mi hai lasciata annegare?»

Lui era la mia rovina, mi disgregava riducendomi a un'accozzaglia di detriti.

Eppure era lì mentre io sbracciavo contro di lui, a stringermi al petto, a cercare di tenere assieme i miei pezzi, a tenermi talmente forte per evitare che mi tramutassi in cenere.

«Calmati, Venus, cazzo, sta' calma!»

I suoi occhi erano spilli e sul collo notai le vene bluastre contro il colletto della camicia, sulla sua pelle d'avorio la tensione si percepiva in ogni singolo poro.

«Vattene via!»

Lo guardai negli occhi e lui in quell'istante allentò la presa, eppure io affogavo tra le sue braccia come in quelle acque scure, senza il reale desiderio di ritornare a galla.

«Venus, andiamo a casa.»

Victor mi strappò dalle braccia di Mavor e io finii tra le sue come una bambola di pezza senza più il controllo del proprio corpo.

«Lasciale stare. Ci penso io a loro.»

«Winter.»

«No, Axford. *Devi* farti da parte.»

A quella frase Mavor si irrigidì, ma io non potevo dare spazio alle sue reazioni quando mia sorella stava per crollare.

«Le porto a casa mia. Dobbiamo chiedere un rinvio per cause eccezionali.»

Mavor annuì, mentre un rantolo di disperazione mi strozzò la gola.

«Ci penso io», ripeté Victor.

Io e Mavor ci guardammo per un ultimo istante in un breve ritaglio di infinito dove noi eravamo solo noi, e tutte quelle voci che ci rimbombavano in testa svanivano perdendosi come un grido nell'universo.

Eppure si avvertiva ancora l'odore acre, in mezzo a quello della pioggia e del fango, di quella cortina che era scesa all'altezza dei nostri corpi, di quei velenosi effluvi di parole odiose e insopportabili da ripetere.

E in quel piccolo stralcio d'infinito io vidi uno sguardo di Mavor che non dimenticai più.

Lo vidi accusare il peso della mia sofferenza, mentre mi trascinavano via da lui. Lo vidi soppesarlo e accoglierlo mentre restava immobile a guardarmi andar via sotto la pioggia, coi capelli umidi a gocciolargli sugli occhi e l'ombrello tenuto chiuso in una mano.

Nell'altro pugno teneva il mio mondo e con esso stritolava la mia speranza di rivederlo ancora.

Cucinare nei momenti di tensione era una di quelle cose che Lucky mi aveva insegnato in quasi due anni di convivenza.

Lei lo chiamava *sopravvivenza* e in quel momento mi parve quasi che fosse lì con noi a tenere insieme i pezzi del nostro morale come un collante invisibile.

Improvvisai una tattie soup come la faceva nostra madre, perché sapevo che era la zuppa preferita di Athena.

Mia sorella era sconvolta, aveva vomitato più volte dopo che eravamo tornati a casa.

I lineamenti contratti in una sola smorfia di disperazione mi preoccupavano, il singhiozzo ininterrotto mi colpiva a ogni singulto, e io avvertivo la mancanza della mia amica come mai prima di quel momento.

Ma quanto potevo essere egoista a desiderare che si svegliasse solo per poterla avere accanto in un attimo così assurdo della mia vita?

Eppure era proprio così.

Dannazione, mi stavo trasformando in Mavor Axford.

Portai il piatto ad Athena che lo allontanò con la mano, perciò mi sedetti al suo fianco.

«Non cambierà nulla. Comunque siano andate le cose lui non è tuo padre, e non lo sarà mai.»

Qualcosa serpeggiò nel suo sguardo e avrei potuto disegnare i contorni di quel dubbio, del sospetto che le apparve sotto le ciglia biondine senza un velo di trucco.

«Tu lo sapevi. Lo sapevi, vero?» mi chiese di nuovo.

«I-Io...»

Mi aspettavo una crisi isterica in cui mi avrebbe accusata di tutti i suoi mali, che però non arrivò. Athena era cresciuta in pochi mesi mentre io mi rendevo conto di essere sempre ferma sullo stesso punto.

«Da quanto lo sai?»

«Da un po' di tempo. L'ho scoperto quando ero piccola», ammisi infine, e in lei si delineò una strana espressione di consapevolezza.

«È per questo che litigavate in continuazione.»

«Eri troppo piccola, non potevi capire.»

«Tu hai sempre pensato che io fossi una ragazzina... ma ricordo tutto molto bene.»

Gli occhi di Athena si spensero nei miei.

Come se non bastassero i miei sensi di colpa, lo sguardo truce di mia sorella mi ricordò che avevo accusato mia madre senza sapere che non avesse colpe, convinta che fosse responsabile di quell'orribile farsa.

«È per questo che lui ti ha rapita? Per questo ha provato a farti del male?»

Non era più una bambina: Athena era cresciuta in fretta e io non potevo più nasconderle nulla.

«Non voleva che questa storia venisse fuori.»

«Dio. Pensavo fosse crudele e bastardo, e invece... è molto peggio.»

Guardai le sue piccole labbra rosee come due petali di peonie, il suo viso arrossato dal pianto e le ciglia che grondavano lacrime asciugate dai suoi polsi sottili.

«Non c'entri nulla con lui. Niente di niente.»

Mentre parlavo Victor entrò in salotto a passo delicato, intromettendosi in quella conversazione.

«Venus. Dobbiamo riportare Athena in istituto. Non abbiamo il permesso di trattenerla oltre l'1 del pomeriggio.»

Athena si chiuse in un silenzio doloroso, e io mi piegai su di lei carezzandole la nuca.

«Ascoltami. Mi prenderò cura di te. Se tu vorrai, finito il processo, io farò di tutto, *di tutto*, per farti tornare a vivere con me.»

Sperai che la mia convinzione potesse tirarle su il morale, perché credevo davvero in ciò che dicevo.

«Victor ci aiuterà. E anche...»

La mia brusca interruzione attirò la sua attenzione.

«E anche?...»

«*Nessuno*», risposi prontamente.

Spinsi giù ancora altre lacrime, talmente in fondo che pensavo che un giorno sarei straripata.

Mi misi in standby per tre giorni che passai tra Lucky e mia sorella. Rimasi soprattutto vicina ad Athena, sperando che non si chiudesse in se stessa come avevo fatto io quando avevo saputo di quell'inganno.

E, se per me era stato devastante, per lei che era la diretta interessata doveva esserlo in un modo che non potevo immaginare.

In quei giorni avevo vissuto con quel pensiero costante sul mio passato che mi aveva alienata dal resto del mondo.

Victor si era premurato di preparare la cena per tutti prima di uscire con Lance per andare a vedere l'ennesima mostra di qualche artista morto suicida. Avevo ancora fame, quindi visionai con attenzione l'interno del frigo.

Un budino al cioccolato, dello stufato ai funghi, uno Yorkshire pudding.

Decisi di optare per il budino e leccai con convinzione il cucchiaino.

Mi sciolsi i capelli che ricaddero sulla mia felpa extra large color crema che come al solito mi faceva anche da vestito. Un calzino di spugna era scivolato alla caviglia, l'altro era rimasto teso verso il polpaccio ma non me ne curai.

Proprio mentre pensavo che nessuno mi avrebbe mai vista in quelle condizioni il citofono suonò: Victor era uscito da una manciata di minuti e io mi convinsi che dovesse aver dimenticato qualcosa, probabilmente le chiavi di casa.

Nella vita privata era distratto come il Bianconiglio e io mi chiedevo come riuscisse a essere così metodico sul lavoro.

E invece la voce che mi trovai dalla parte opposta della cornetta era fin troppo familiare per non farmi sciogliere di una sensazione dolcissima e quasi miracolosa che mi risvegliò le sinapsi, scivolandomi lungo le gambe nude.

«Venus, ti prego, apri.»

Cristo santissimo.

«Mavor?»

«Apri. Avanti.»

Così diretto?

L'istante dopo che il suo incantesimo mi aveva afferrata e poi abbandonata, tornai a ragionare con il mio orgoglio.

«Io non apro un bel niente.»

Le mie gambe nude cominciarono a tremare come se in me stesse avvenendo un altro conflitto a fuoco.

«Ho bisogno di parlarti. Devi aprirmi. *Devi* aprirmi.»

«Altrimenti che fai? Ti metti in ginocchio?» cercai di prendere tempo prima di sbattergli il citofono in faccia.

«Mi ci sono messo diverse volte in ginocchio davanti a te.»

Impunito stronzo della peggiore razza.

Senza nemmeno vederlo immaginavo il suo sguardo sfacciato con la sua perfezione da estasi e qualcosa mi impediva di liberarmi della sua presenza dannosa.

«Risposta sbagliata. Buonanotte, Mavor.»

«Venus!... È importante. Fammi salire, oppure scendi tu.»

Un momento di silenzio in cui attesi che mi dicesse qualcosa che non avevo mai sentito pronunciato dalle sue labbra.

«Ti sto *pregando*. Non ho mai pregato nessuno.»

«C'è sempre una prima volta. Non te l'hanno insegnato a Oxford?»

Uno strano botto che proveniva dal microfono mi fece sospettare che avesse appena tirato un pugno al citofono.

«Non fare la ragazzina, cazzo!»

«Perché non vai a farti fottere e non vai a trovartene un'altra, di ragazzina?»

Riattaccai la cornetta e fuggii da quel pulsante di apertura che mi separava da lui, quasi impaurita dalla reazione che potevo immaginarmi.

Mi buttai nel letto con la testa che esplodeva, abbandonai il budino mezzo pieno perché non sarei riuscita a mandare giù nemmeno quello.

Qualche minuto dopo, il cellulare sul comodino vibrò e io sobbalzai nel letto, troppo rapita dai miei pensieri per capire subito cosa fosse.

M.: Ho bisogno di parlarti. Resterò qui fuori tutta la notte se sarà necessario.

Era il primo messaggio che ricevevo da lui, non mi aveva mai scritto sul cellulare da quando lo conoscevo.

V.: È necessario. Passa una buona nottata.
M.: Se morirò di freddo sarà colpa tua.
V.: È primavera, Mavor.
M.: Ma dentro di me sta grandinando.

Feci un lungo sospiro.

Non rispondere.

Non ci cascare, stupida.

V.: Anche dentro di me.

Forse è così che si finisce quando non piangi mai: forse non straripera, ma forse finisce che ti allagherai dentro e a un certo punto comincerai ad avere falle da tutte le parti.

M.: Allora apri e grandiniamo insieme.

Sospirai osservando il soffitto per un misero paio di istanti in cui feci credere a me stessa che ci stessi ancora pensando. In realtà avevo già deciso.

Mavor entrò in casa come un uragano, una tormenta che irrompe dai vetri frantumati delle finestre.

Si guardò intorno per qualche secondo nell'appartamento di Victor per cercare di capire se fossimo soli mentre io presi a rammentargli le sue parole prima dell'udienza.

«Che cosa vuoi da me? Sono un enorme e gigantesco errore, no? Quindi lasciami in pace.»

Gli rovesciai addosso le mie frustrazioni, la mia rabbia, e tutto ciò che mi avvelenava da fin troppo tempo.

Quello per cui mi odiavo davvero era quel sottile sollievo di non dover portare più sulle mie spalle da sola il peso di quel segreto.

«Giurami che tu non lo hai mai pensato di me e io me ne andrò immediatamente da quella porta.»

Non potevo giurare il falso, ma il modo in cui rigirava tutto ciò che io dicessi mi rendeva nervosa. L'unico modo per combattere le sue manipolazioni era spiazzarlo con la sincerità.

«Certo che l'ho pensato. Ma non lo pensavo più. Almeno fino a quando...»

Lui si avvicinò e io sentii il calore delle fiamme sul mio viso, sulla mia pelle, come se fossi nuda davanti a una pira ardente.

Mavor rimase qualche istante a fissarmi come se stesse realizzando il senso di quella frase, finché la sua rabbia non ebbe di nuovo la meglio.

«Fino a quando cosa, mh? Hai fatto male a smettere di pensarlo. Resto comunque il tuo più grande errore.»

«Come sei presuntuoso. Ti credi così importante?»

«Abbastanza da rischiare guai per tirarmi fuori da un palazzo di spionaggio internazionale.»

«Sono comunque venuta a salvarti il culo!»

«Esatto, proprio quando ti avevo avvertita di non mettere in mezzo Eclipse!»

«Vaffanculo, Mavor!»

Non erano passati nemmeno cinque minuti e già mi ero pentita di averlo fatto salire.

Afferrai una sigaretta dal tavolino all'ingresso e me l'accesi.

«Ora ho problemi ben più importanti del tuo cazzo di processo! La mia migliore amica è in coma e non so se si risveglierà mai. Mia sorella ha scoperto di essere figlia di un mostro e probabilmente pensa che io sia sua complice. E tu sei il solito egoista focalizzato solo su se stesso.»

Si era appena seduto, ma si alzò di nuovo in piedi in preda a uno scatto convulso.

«Hai fatto una cazzata più grande di quanto immagini ad averla coinvolta. Charles...»

«Se sei venuto per l'ennesimo rimprovero te ne puoi anche andare», sibilai velenosa contro il suo volto, e di nuovo ci trovammo vicini, e graffiavamo entrambi tirando fuori gli artigli.

«Sono qui perché ho bisogno di capire cosa ne sapevi di questa storia. Di Athena, di tua madre... e di Charles.»

La sua voce si fece tenebrosa, si avvicinò un paio di passi verso di me e mi sovrastò con il suo busto imponente.

«No. *Io* ho bisogno di capire cosa ne sapevi *tu* di questa storia!»

«Assolutamente niente. Niente di niente, maledizione!»

I suoi occhi sembravano sinceri, ma non avrei mai e poi mai potuto fidarmi di lui. E poi cambiava espressione, diventava quel Mavor che avevo scorto solo così di rado...

«Te lo giuro, non ne sapevo nulla. Nulla!»

A quel punto si infuriò e il lupo dentro di sé che non teneva a bada venne fuori in uno scatto in cui mi afferrò per le braccia e mi spinse indietro fino all'unica camera con la porta aperta.

La sigaretta si spense cadendomi a terra.

«Devi credermi.»

Le sue mani sulle braccia mi ustionavano, gli occhi mi irretirono nel buio e io presi fuoco come un mucchio di foglie secche su cui lui gettava benzina.

«Ma sono due notti, *cazzo*. Due notti che penso... a questa situazione. E alla fine ho capito una cosa.»

I suoi occhi si velarono di uno sguardo novembrino e caldo come un vino bollente, e in tutto quel disastro compresi che mi ero appena liberata di un macigno sul petto.

«Tu ricevevi i pagamenti da Charles per via di tua sorella. Non è così?»

Cercai di tenere a freno un respiro imbizzarrito, mentre il cuore pompava sangue alla testa e mi obnubilava lo sguardo.

Vedevo solo Mavor attorno a me, ero circondata dalla sua bellezza immortale e finsi che il resto non fosse un problema.

«Lui non vuole dirmi nulla, non mi risponde al telefono, mio padre mi assicura di non saperne niente e io non gli credo. Quei due si parano il culo a vicenda da una vita. Io ho bisogno di sapere cosa sia successo.»

«Non sono affari che ti riguardano.»

Il mio tono non fu convincente quanto le mie parole, perché caddi sul letto e lasciai che lui si mettesse a gattoni sopra il mio corpo.

«Sono mesi che mi chiedo come mai avesse scelto te. Ti ho chiesto tante volte cosa nascondessi... Adesso me lo devi.»

«Non ti devo niente.»

Si arrampicò sul mio corpo e io emisi dei versi di rabbia pura.

Lo odiavo, non ero mai stata tanto convinta di un sentimento.

Eppure mia madre diceva sempre che l'odio non è il contrario dell'amore, anzi che ha talmente tante caratteristiche in comune con esso che si potrebbe persino scambiarli.

L'indifferenza era l'esatto opposto dell'amore, il suo speculare, e per Mavor Axford io provavo tutto tranne che indifferenza.

«Hai giocato con me per troppo tempo. Mi hai nascosto troppe cose, piccola bugiarda. E io ho voluto credere che fossi l'amante di Charles quando la situazione era molto più complicata di questo. E, vaffanculo, *ho sbagliato.*»

Sgranai gli occhi e le labbra mi si schiusero.

«E adesso mi sento un coglione.»

E questo probabilmente era ciò che si sarebbe più avvicinato al ricevere delle scuse da Mavor.

«Sì, hai sbagliato.»

«Ma tu mi hai mentito. Come avrei potuto lontanamente immaginare uno scenario del genere?»

«D'accordo», lo interruppi, scivolai sotto il suo corpo e mi sedetti al centro del letto.

«Hai vinto.» Lo dissi ansimando come se fossi sopravvissuta, perché guardare i suoi demoni negli occhi era intenso e sovrannaturale come un'esperienza premorte.

«Finirò quella storia che ho iniziato a raccontarti da *Annabel*, solo per farti capire chi è davvero il tuo cliente. Dopodiché te ne andrai da questa casa, e non voglio più rivederti.»

36

Keep your business clean

«Tutta la bellezza della vita è composta d'ombra e di luce.»
L. Tolstoj

Venus ♀

COMPRESI che Mavor aveva accettato una tregua quando si alzò per chiudere la porta, poi rimase a fissarmi incrociando le braccia, senza rispondere e lasciandomi il tempo di elaborare un discorso.

«Quella notte... quella notte fu la prima volta che io sentii nominare una persona. *Un nome*.»

Ripresi a parlare esattamente dallo stesso punto in cui quel discorso si era interrotto nel privé di *Annabel* prima, e fuori dalla National Gallery poi.

«Una persona che era talmente potente da insabbiare un verbale intero e farlo modificare. Talmente potente che nessuno avrebbe sospettato che io potessi essere alla guida. La macchina aveva slittato, io non avevo bevuto, pioveva e la gomma era bucata. Avrei potuto affrontare quel processo, ma uno dei suoi uomini mi disse che *lui* non poteva rischiare che io finissi in carcere o con la fedina penale macchiata da un omicidio stradale.»

«Adesso mi è molto chiaro il motivo.»

«Perché quel bastardo voleva che io continuassi a stare zitta su sua figlia.»

«Tu già lo sapevi?»

Sospirai, o forse presi fiato.

«L'ho scoperto da alcune mail di mia madre in cui lei gli mandò un test del DNA. Lui le rispondeva che con Athena non voleva avere niente a che fare. Compresi tutto, o almeno così pensavo, e le diedi della traditrice. La mia adolescenza è stata distrutta da questa notizia.»

«Alle persone a cui lo dirai succederanno cose terribili, Venus.»

Avevo lavorato tanto su me stessa per evitare che quelle parole, pronunciate da mia madre, tornassero a perseguitarmi, eppure erano tre giorni che non abbandonavano la mia testa, quasi come se avessero messo radici nel mio cervello.

«Charles Cadogan comprò il mio silenzio su mia sorella. Mi fece promettere che non avrei mai rivelato ad anima viva chi fosse il vero padre di Athena. Mi assicurò che avrebbe pensato a lei dal punto di vista economico, che mi avrebbe versato una somma importante per il suo mantenimento. Io inizialmente accettai. Non presi mai una sterlina di quel denaro: è tutto versato in un fondo fiduciario. Ero convinta che Athena fosse la figlia di una relazione extraconiugale di mia madre. Ero convinta che mia madre avesse tradito mio padre...»

«... fino a tre giorni fa», decretò, severo. Le parole di Nolan riecheggiavano ancora nell'aria tra noi.

«Fino a tre giorni fa», concordai. «Fino alla rivelazione di Nolan. Erano cinque anni che inconsciamente la incolpavo per tutto quello che era successo, per come era precipitata la situazione. E invece lei era una vittima più di tutte noi.»

Non avevamo mai parlato così tanto in tutta la mia vita e tremavo, *Dio*, se tremavo a ogni sillaba pronunciata dalle mie labbra.

Mavor mi guardava senza battere ciglio, con l'espressione seria di chi ascoltava senza volersi perdere un istante o un frammento di quelle parole.

«Ma quando mi hanno tolto la custodia e lei è finita in un istituto, io ho cominciato a pretendere che lui se ne prendesse cura. Che si prendesse la sua responsabilità. Che la riconoscesse legalmente come sua figlia. Non era giusto che lei pensasse di essere orfana quando non era così, quando lei aveva un *padre*. A quel tempo non avevo motivo di pensare che Charles fosse il criminale che poi si è rivelato, altrimenti non avrei mai voluto che lei ci avesse a che fare.»

A quel punto del racconto, ero arrivata al momento in cui avevo conosciuto Mavor. Nemmeno il tempo di poterlo rivedere dopo il primo incontro, perché solo qualche tempo dopo ero finita in quel casermone abbandonato contro la mia volontà.

E la mia vita era cambiata ancora una volta.

«Lui mi disse che dovevo essere impazzita: ha interrotto i pagamenti ed è nato un braccio di ferro, fin quando lui non ha deciso di farmi sparire. Ovviamente, ha vinto lui.»

Mavor stritolò la mandibola fino quasi a spezzarsi l'osso. Ascoltava quel racconto con cieca lucidità, con la stessa frenesia di arrivare al culmine di quando faceva sesso.

«Quando sono salita su quell'auto i suoi uomini mi hanno detto che voleva parlare, che voleva trovare un accordo con me. Per questo sono salita di mia spontanea volontà, nessuno mi ha costretta. E invece lui voleva solo togliermi di mezzo. Non mi ha uccisa solo perché ero la sorella di sua figlia, suppongo, o forse perché pensava che potessi tornargli utile per altri suoi *progetti*.»

Quell'ultima frase, che non mi toccò minimamente, per Mavor fu una chiusura letale.

Rintoccò nei suoi occhi una furia assassina e irrequieta, ma non commentò l'accaduto.

«Hai qualcosa da bere?»

«Coca-Cola?»

«Col rum?»

Accennai un sorrisetto un po' amaro.

«Victor è quasi astemio. Solo un po' di champagne nelle occasioni particolari.»

Mavor roteò gli occhi al cielo.

«Non hai più parlato con Cadogan dalla notte dell'incidente? Ti mandava solo i pagamenti?»

Feci cenno di no con il capo.

«Mi ha lasciato così, libera, e col ricordo di quella notte che mi perseguita.»

Si sedette sul letto al mio fianco, abbandonando le membra sfiancate a quello sbuffo di coperte che profumava di bucato pulito.

«Sai una cosa, capinera? Ricordare è un archivio di emozioni. È un dono prezioso.»

Non l'avevo mai considerata da quel punto di vista.

«Emozioni?»

A volte ricordare mi sembrava quasi una condanna. Ma ricordai che suo padre mi aveva parlato del *jamais-vu* di cui soffriva, anche se non avevo ancora capito nel dettaglio di cosa si trattasse.

«Per i latini sì. Per loro il ricordo non aveva nulla a che fare con la memoria. Dicevano che la memoria viene dalla testa, mentre il ricordo viene da... *qui.*»

Mi sfiorò il petto con il dorso della mano, io mi ritrassi un istante e l'attimo dopo tornai a schiudermi contro la sua mano.

«*Re-cordis*... 'ritorno nel cuore'.»

Stava sentendo il mio battito, accelerato da quel tocco.

Rimasi a osservarlo chiedendomi come facesse a dire sempre la cosa più giusta o quella più sbagliata, senza mai conoscere una via di mezzo.

Piazzai una mano sulla sua per evitare che mi privasse di quel contatto contro il mio seno.

Era questo... proprio questo, il legame di seta che stringeva e univa i nostri destini. Un ricordo che ci aveva segnati, da cui non riuscivamo a liberarci e che era diventato la nostra schiavitù e la nostra ragione di vita.

Ci sfiorò un anelito che forse profumava di qualcosa di nuovo, ma l'attimo dopo quella luce nei suoi occhi svanì risucchiata dalle nubi che ci circondavano.

Eravamo accerchiati dalla minaccia della distruzione, ma sentivamo che nulla nella vita avrebbe avuto più sapore se non avesse avuto quello dell'altro.

Abbandonò il mio petto, oscurato da una zona d'ombra come un golfo in burrasca.

Osservai la sua schiena perfetta sotto la camicia che tirava contro i suoi dorsali. Le sue braccia toniche con cui si sorresse la nuca.

«Non ti ho mai detto tante cose... all'inizio perché temevo che tu potessi usarle contro di me. Poi perché temevo potessero metterti in pericolo. Ma ormai siamo andati troppo *oltre*.»

Il peso di una minaccia piombò in quella stanza.

«Cosa succede?»

«Qualche giorno fa Cadogan ha voluto parlarmi di qualcosa che non riguardava il caso. Non direttamente, almeno. Prima di venire da *Annabel* a chiedere un privé con te.»

Non erano buone notizie, ancora una volta, lo vedevo dalle palpebre tirate e dal modo in cui i suoi muscoli si contraevano.

«Lui lo sa, Venus.»

«Di noi due?»

«Questo non lo so. Ma ha saputo che sono andato in Russia dopo che Lucky è stata rapita.»

Prima o poi i nodi sarebbero venuti al pettine, tutti quanti. Era questa la sensazione che Mavor mi aveva trasmesso, fin dalla primissima volta in cui mi aveva guardata.

«Potrebbe sospettare che io sia responsabile del fatto che Lucky sia stata salvata. O della sparizione di Eclipse, che non si trova più a Mosca.»

«La sta cercando?»

«Temo che abbia capito che è a Londra, come i servizi segreti. E se non lo ha ancora fatto è molto vicino a farlo.»

Mavor aveva agito solo per Lucky, per convincerla a tornare a casa, e lo avevo spinto io a quella mossa.

Quando ancora pensavo che fosse tutto un gioco, una sfida che si riduceva a me e a lui e che non avrebbe avuto alcuna conseguenza.

Con dita veloci mi impigliai ai bottoni della sua camicia e gli allentai la cravatta.

«Cosa... stai...»

«Lasciami fare. Sta' fermo.»

La sua pelle si ricoprì di brividi al tocco delle mie mani. Sganciai i primi tre bottoni in modo che la camicia potesse scivolargli dalla spalla, lasciandogliela scoperta.

E la vidi lì, ancora una volta sul suo braccio: una cicatrice rosea e fresca, non del tutto rimarginata.

La mia gola raschiò e implorò per un sospiro di sollievo, da quanto mi bruciava.

Il colpo che Mavor aveva preso mentre aveva cercato di salvare Lucky, la ferita che io gli avevo bendato con la mia calza autoreggente, era ancora lì, a ricordarmi tutta la mia ingenua insensatezza.

«Se Eclipse si presenterà in tribunale e lui dovesse essere condannato, mi considererà responsabile. Penso che dopo la scena di Nolan stia cominciando a sospettare che io lo stia sabotando. E forse in parte l'ho fatto davvero.»

Lo carezzai, e la statica incredulità di Mavor a quel gesto mi convinse a continuare.

Lui mi osservava in silenzio, guardingo e malfidato, cercando di evitare che io potessi scorgere i suoi brividi, poi assaporò il mio tocco rilassandosi con un piccolo gemito di compiacimento.

«Lo hai detto anche a Nolan?»

«Nolan è fuori di testa, non ci si può parlare. È convinto che sia stato Cadogan ad aggredire Lucky e sta cercando di capire chi fosse il sicario.»

Poi mi guardò come chi stesse per emettere un giudizio universale. I suoi occhi facevano davvero paura.

«Se venisse a sapere di noi due adesso, sarebbe la fine.»

Mavor abbassò la testa e io non ebbi il coraggio di aprire bocca, ma pensammo entrambi alla stessa cosa.

Lo avrebbe ucciso.

«Avrebbe la conferma dei suoi sospetti.»

Charles Cadogan non si fidava più nemmeno del suo avvocato, e io cominciai a comprendere i timori che mi aveva mostrato Mavor.

«È per questo che continuavi a dirmi che saresti sparito? Che avresti potuto morire?»

«Non me ne frega un cazzo di me stesso. Io sono in vita soltanto per una ragione.»

Strinse i pugni e io deglutii a quella frase inquietante.

«Avevo promesso a Lucky che avrei ritrovato Eclipse, e sono stato un pazzo ad avvallare quella richiesta. Era un patto che avevo con lei e che non avrei mai dovuto onorare. Vi ho messi tutti in pericolo.»

«Penso che abbiamo gli occhi addosso. Penso che non dovremmo più rivederci.»

«No. Solo in aula. Da perfetti estranei.»

Annuii con un cenno del capo.

«È quello che mi hai detto tu tre giorni fa.»

«Eclipse è una mina vagante. Un vero pericolo.»

«Avresti dovuto dirmelo prima, quando eravamo nel palazzo del SIS!»

Non avevo pensato alle conseguenze, e non era la prima volta che in quella storia peccavo di superficialità.

«Ti avevo chiesto di non farlo, di non metterla in mezzo, ci avresti messi in pericolo tutti. E tu te ne sei fregata perché sei una testa calda, sei un animale selvatico.»

«Al posto mio avresti fatto la stessa identica cosa.»

Si rigirò su di me come una furia, mi fece distendere di schiena contro il materasso e ancora una volta salì sopra il mio corpo facendo leva con le braccia ai lati della mia testa.

«Ed è per questo che tu sei un errore, perché sei come me. Sei il mio errore non prevedibile. Non eri prevista, piccola V.»

Giocherellò con una mia ciocca di capelli che erano sparpagliati sul letto, con gli occhi tremuli e famelici, affamati dei dettagli che mi trovava addosso.

«Sei un glitch del mio sistema perfetto, in cui andavo dritto come un treno. Sei l'unica cosa che non posso controllare.»

Io non ce l'avevo, un sistema perfetto come lui, non avevo mai avuto una vita perfetta, e quello che era successo in aula ne era la dimostrazione più evidente.

Ma con Mavor era una continua lotta e anche in quel momento il mio orgoglio battagliava contro quegli occhi che erano due spiragli di luce nel buio dei miei ultimi giorni.

«Io non sono un errore, per te? Non sono la persona sbagliata nel momento sbagliato?»

La sua era una domanda retorica.

Cosa potevo rispondere a uno che mi aveva insegnato a respirare mentre mi teneva la testa sott'acqua in una vasca da bagno?

«Suppongo di sì.»

E per quanto tu possa combattere contro te stesso succede che un giorno decidi di cedere, e quello è l'inizio della fine. E poi cedi un'altra volta, e un'altra, e un'altra ancora. E poi scopri che tutte quelle volte non ti bastano più, *non ti bastano mai*.

«Allora dimmi, piccola V... Fino a quanto sei disposta a sbagliare ancora?»

Premuta dal suo corpo che palpitava come una fiamma ardente rimasi a barcollare tra le pieghe delle lenzuola di lino e la sua bellezza di tenebra.

Quella domanda risvegliò il mio animo assopito e lo trascinò sul ciglio del baratro, un concentrato di eccessi i cui vizi profumavano tutti di lui.

Dei suoi palmi aperti sulla mia schiena nuda, delle sue labbra a percorrere il sentiero della mia spina dorsale, dei suoi ansimi contro il mio collo.

I miei movimenti delicati divennero convulsi, abbandonai i miei pacati e languidi ritmi per emulare i suoi, inebrianti e voluttuosi, pieni di febbrile e spasmodica urgenza.

Me lo trascinai addosso senza nemmeno pensarci sopra, volevo solo sentirlo vicino. Tutto esplose nell'attimo in cui ci avvinghiammo, i nostri corpi tornarono a combaciare e il gelo di quei giorni tornò a fiammeggiare nei nostri muti sospiri.

Le nostre labbra collisero e il suo sapore invase la mia bocca in quell'istante che avrei voluto inghirlandare, incorniciare, per farlo osservare in una teca di cristallo e poter dire: «Eccoci, questi siamo noi».

Quel bacio iniziò insicuro e maledetto e divenne furioso nel giro di pochi istanti.

Le sue mani mascoline mapparono la curvatura della mia schiena e le mie dita insicure affondarono nella morbidezza dei suoi boccoli scuri. Scivolai nel tepore di un bicchiere di rum, bollente e dolcissimo. Mavor bruciava in gola e risaliva in testa per picchiare a morte il mio raziocinio.

La sua lingua mi scavò dentro affamata e le sue labbra mi avvolsero fondendosi con la mia carne in un solo, unico e profondissimo, punto di incontro.

Solo il tempo di realizzare, e Mavor interruppe quel bacio. Ci separammo ansimanti a recuperare ossigeno.

Si allontanò da me cruento come una bestia sanguinante, come se io fossi un'arma appuntita con cui continuava a ferirsi da solo.

«Dio santo. Se il demonio avesse la gonna avrebbe anche i tuoi occhi.»

Poi si alzò dal letto e prese a camminare nervosamente, mentre io rimasi distesa, ancora scossa da quel bacio spezzato.

Uscì dalla stanza e recuperò la giacca che aveva abbandonato sul divano.

«Mavor!»

«No. Stammi lontana. Non riesco a trattenermi, ormai è chiaro.»

Lo superai, poi mi piazzai tra lui e il portone di casa e lui mi guardò in un silenzio oscuro e pregno di dissenso.

«Tutto questo prima o poi finirà, vero? Il processo, almeno...»

Lo chiesi con un filo di voce ma lui bloccò la sua camminata come se avesse bisogno di ragionare.

«... *finirà*?»

Non era da me aver bisogno di rassicurazioni.

In quel momento non sapevo se avrei retto e mi aggrappai a lui, che restava fisso e assorto in un pensiero che seguiva il filo delle mie labbra.

Eppure quegli occhi cercavano di dirmi qualcosa, e mi sussurravano che forse c'è sempre qualcosa che nasce in mezzo al cemento, tra i reietti come noi, in mezzo alla gente che fa del proibito il suo pane quotidiano. Esistono segreti inconfessabili, tra le mura ammuffite di una grande città, che la società non vuole conoscere.

Noi eravamo uno di quei segreti.

«Finirà. *Deve* finire.»

Non sapevamo come, ma tutto avrebbe avuto una fine, e in quel momento quel pensiero ci bastò.

Sarebbe finita prima che lui si prendesse tutto di me?

A quel punto compresi perché aveva interrotto il bacio.

Perché lui avrebbe continuato a difenderlo comunque.

Nonostante quello che Charles aveva fatto a me, a mia madre, alla mia famiglia...

Mavor non sarebbe stato scalfito nemmeno dai suoi stessi errori di sistema.

Avrebbe continuato dritto come un treno, come diceva lui, e io sarei diventata un lontano ricordo di un piccolo intoppo sui binari.

E l'unico modo di smettere di attrarci era quello di respingerci.

Anche se gli occhi bruciavano e io sentii le lacrime che avrebbero voluto scendere per me stessa, le ricacciai dentro e tirai su col naso due volte.

«Adesso vattene. Ho risposto a tutte le tue domande, sai tutto. Ti voglio fuori di qui», proruppi con decisione senza però riuscire a guardarlo in faccia.

«Se resti davanti alla porta sarà difficile andarmene.»

Il corpo che non andava d'accordo con la mente era una costante quando ero con lui, e io non mi scostai di un centimetro.

«Sembri una bambina, quando metti su quel broncio...»

Mavor si chinò verso di me, accorciando la distanza dei centimetri che ci separavano, e ancora una volta il suo pollice percorse le mie labbra, lasciando tracce del suo sapore su di me.

L'attimo dopo la porta si aprì di botto e io venni spinta addosso a Mavor.

Gli caddi tra le braccia che mi sorressero in un gesto d'istinto, le nostre labbra si sfiorarono assieme alle punte dei nostri nasi, ma lui mantenne l'equilibrio di entrambi sbattendo la schiena contro il muro.

«Dio santo, mi sono scordato i documenti, ma dove ho la testa?»

Quando Victor si accorse che spalancando il portone aveva travolto qualcosa o qualcuno si voltò verso i nostri corpi schiacciati alla parete l'uno contro l'altro.

«Santo cielo!»

Mavor non scostò il suo sguardo da me: ci adattammo a quel viluppo di battiti incrociati, ci arrendemmo alla sensazione dei nostri corpi vicini e lui mi strinse come se il mio gli appartenesse.

Un suo respiro mi scompigliò i capelli dietro le orecchie e poi rimase così, a fissarmi, mentre io gli tenni le braccia attorno al collo come se ne andasse della mia stessa vita.

«Vi siete accorti che sono qui?»

Victor si fece scappare uno sguardo sconvolto, ma l'attimo dopo era già ritornato impassibile.

«Mh», riuscii solo a mugugnare in preda a quel cuore scellerato che non pompava più il sangue al cervello.

«Axford, non pensavo fossi qui. Ho interrotto qualcosa?»

Lui sembrò accorgersi del mio coinquilino solo quando gli fu rivolta quella domanda, e gli dedicò uno sguardo infastidito carico di rissosa irritazione.

«Solo l'inevitabile.»

Monocorde e telegrafico, Mavor si sciolse dal mio abbraccio e snodò i nostri sguardi aggrovigliati, poi superò la porta e scomparve dalla mia vista con la freddezza raggelante di un cecchino.

Victor lo guardò scendere le scale mentre se ne andava come se avesse un bisogno impellente di fuggire da quella situazione.

«Caspita. Abbiamo un esperto in uscite di scena.»

Mi buttai sul divano sollevando le gambe nude verso il soffitto mentre cercavo di controllare la respirazione che ormai marciava come un cavallo da corsa.

«È un esperto di tante cose...»

«Venus...» Roteò gli occhi al cielo e si sedette sul divano in uno sbuffo innocente di velluto.

Evitò di dirmi ancora una volta quanto tutto tra me e Mavor fosse sbagliato e gliene fui grata: si limitò a versarmi dell'acqua per abbassarmi la temperatura corporea e a porgermela fissandomi come se fossi una strana creatura mitologica, metà stripper e metà adolescente romantica alla prima cotta.

«Perché qualsiasi momento del cazzo con lui si trasforma in un momento *wow*?»

Non aveva cancellato gli ultimi giorni penosi, ma li aveva resi stranamente sensati, come se facessero parte e si inserissero in un disegno più grande di noi. Mi portava da zero a cento in un battito di ciglia.

«Cervello in apnea?»

«Già.»

«Non pensare che non ti capisca. È bello come un dio greco.»

«E aveva ragione quando mi chiamava 'stupida ragazzina'.»

Mi rotolai nel divano cercando il suo profumo tra le maniche della mia felpa, e Victor mi sorrise con tenerezza fraterna.

«Ho imparato a conoscerti... Non ti metteresti in un casino simile se non ne valesse la pena.»

«Andrà avanti a difenderlo, quel bastardo», sospirai rassegnata, mentre lo informavo delle mie certezze.

E tutti quegli sguardi, le parole sussurrate, i gemiti, quei tocchi ovattati, le frasi non dette e quelle dette a metà...

Fittizi.

Bugie, menzogne, squallide falsificazioni per infilarsi in mezzo alle mie gambe.

«La cosa non mi stupisce. Voglio dire, è Mavor Axford. E noi siamo troppo vicini alla sentenza, tirerà fuori qualche asso nella manica.»

Guardai il profilo dritto di Victor e quell'aria da poeta maledetto un po' bohémien e scapigliato che mi aveva affascinato fin dal primo momento: restava a cincischiare con i documenti in mano come se non volesse lasciarmi sola in preda a una tempesta ormonale.

«Perché stai temporeggiando? Hai l'aria di qualcuno che deve chiedermi qualcosa.»

«In effetti è così.»

Fece una breve pausa a effetto.

«Domani ho una festa di avvocati per il centenario dell'ordine, all'Old Bailey. Devo andarci per forza, non mi sarei mai aspettato un invito del genere. Ed è tutto merito tuo.»

«Merito mio?»

«Sono pur sempre il tuo avvocato in uno dei casi mediatici più importanti dell'anno.»

«Io preferirei andare a ubriacarmi in un pub squallidissimo ad Hackney.»

«Beh... non sono il tipo da feste, ma questa non posso perdermela. Prendere o lasciare. Magari è la volta buona che trovi un avvocato che vada bene per te.»

«Ne ho abbastanza degli avvocati, con tutto il rispetto. Ti conviene andare con Lance.»

«Ma io voglio portare te. Sperando che la ragazzina in piena tempesta ormonale esca presto da questo corpo.»

Qualche tempo prima avrei sognato un invito del genere da parte di Victor Winter. Magari io non ero il suo genere, ma lui era esattamente il mio.

Intelligente, generoso, educatissimo e con uno spiccato senso estetico, empatico e con una certa ironia inglese che non guastava affatto.

O forse in quel periodo mi sarei appigliata a qualsiasi cosa pur di non ammettere a me stessa che io non volevo essere solo una delle tante tacche sulla cintura di Mavor Axford.

«Tu non mi hai accompagnata alla festa di Lucky. Hai chiamato Mavor pur di non venire!»

«E l'ho fatto per te. Sono ancora convinto che con me non ti saresti divertita altrettanto.»

Sollevai il mento verso l'alto con aria altezzosa perché non l'avrei ammesso nemmeno a me stessa, ma quella serata era stata sensazionale.

«E allora lo vedi che sei un complice?»

«Mi oppongo a quest'accusa infondata.»

Piantai un grugno severo incrociando le braccia al petto. «Anche a questa festa lui ci sarà. E non sarà divertente», mi lagnai come una bambina sperduta, con il cuore ancora stretto tra le mani e il segreto di quell'incontro che avrei tenuto per sempre custodito in esso.

Victor mi fece un occhiolino e fece schioccare la lingua sul palato.

«Ma tu sarai bellissima. E, comunque andrà il processo, lui si mangerà le mani.»

37

Dirty, dirty boy

«'Sai aspettare?'
'So bruciare.'
'Fino alle braci?'
'Fino alle braci.'
'È perfetto.'»
C.L. Candiani

Venus ♀

C'ERA poco da fare: quella festa era un vero inferno e persino la musica classica in sottofondo, che un tempo mi avrebbe ammansita e rilassata, mi suonava come un fracasso insopportabile.

Mancava talmente poco all'udienza e dover entrare in quel posto in vesti poco confortevoli come quelle di un abito da sera era davvero l'ultima cosa di cui avessi bisogno, ma continuavo a raccontare a me stessa che lo stavo facendo per Victor.

Fu lui a pormi il braccio con un gesto estremamente galante, ma quel sesto senso di frenetica aspettativa non mi aveva più abbandonato da quando avevo incontrato ancora una volta gli occhi di Mavor.

Ci fermammo davanti a un immenso specchio anticato che rifletteva la nostra immagine, Victor con lo stesso smoking della notte alla Royal Opera House e io con un lungo vestito di velluto rosso a sirena con la scollatura a cuore che mi strizzava busto e seno come un guanto.

Eravamo abbastanza soddisfatti della nostra immagine e io strinsi i denti, pronta a stargli accanto nelle sue pubbliche relazioni, come avrebbe fatto una qualsiasi buona amica.

Sollevai gli occhi al cielo sui soffitti a volta e su quelle cascate di marmi italiani, col bianco calcareo che si fondeva al verde bosco che mi ricordava un unico paio d'occhi di malachite.

La musica e lo champagne alla fine mi fecero rilassare, insieme soprattutto al rendermi conto che fino a quel momento di Mavor non c'era alcuna traccia.

Victor mi aveva presentata come una sua cliente, e così eravamo andati avanti in mezzo a quello sfarzo, con lui che mi aveva raccontato delle numerose famiglie influenti che erano presenti quella sera facendo gossip su qualsiasi persona ci capitasse di incontrare.

Ma nessuna famiglia aveva dato un contributo alla giustizia britannica nell'ultimo secolo come gli Axford: loro non sarebbero mai mancati.

Io mi trovai presto da sola, lontana dal gruppo con cui Victor aveva preso a discorrere, sentendomi non all'altezza dell'ambiente e di quelle conversazioni.

E se Mavor fosse arrivato lo avrei guardato da lontano, dalla mia postazione solitaria, sapendo di non potermi avvicinare, tra i tendaggi pesanti che separavano la sala dalla terrazza...

«Buonasera.»

Una voce che risuonò sorpresa di vedermi mi fece sobbalzare, mentre ero nascosta in un angolo intenta a guardare gli altri senza farmi notare dal resto degli invitati.

Era la voce di un uomo adulto, e quando mi voltai compresi perché mi fosse familiare.

«Avvocato Axford.»

Il padre di Mavor mi gironzolò intorno, lanciandomi occhiate feline da sotto le sopracciglia folte e ingrigite su ogni angolo della mia pelle scoperta e del tessuto in velluto rosso che ricopriva le mie forme.

Aveva gli occhi tra il grigio fumo e il viola, un connubio molto strano che doveva aver perso di luce nel corso degli anni.

«Venus Kelley. Stasera sei una meraviglia per gli occhi.»

Per un dispettoso intreccio di eventi fortuiti mi ritrovai a voltarmi per sfuggire al suo sguardo, e incrociai quello di suo figlio puntato su di me.

Aver richiamato le attenzioni di suo padre aveva attirato anche le sue.

«Questa è una coppia che non mi sarei mai aspettato di trovare.»

Alistair rispose a Mavor piegando le labbra in un sorriso che stridette come una smorfia.

«Stavo solo facendo i complimenti alla signorina Kelley. Penso che sia la controparte più affascinante che abbiamo avuto in tanti anni. Potrebbe essere quasi una distrazione in aula, non trovi, Mavor?»

«Smettila. La stai mettendo in imbarazzo.»

«Tuo padre è più gentile di te.»

Se non fosse per quel piccolo problema di essere il braccio destro di Charles Cadogan, sarebbe quasi un tipo piacevole.

«Visto?»

Alistair ci congedò con un sorrisetto compiaciuto e un piccolo brindisi che fece tintinnare il cristallo del mio bicchiere.

«Mio padre è il solito porco. Quando vede una gonna non riesce a esimersi dal fare i suoi commenti. Ti stava dando fastidio?»

«Tu pensi che ogni singolo uomo che mi si avvicini mi dia fastidio, al di fuori di te?»

Non poteva permettersi di fare il geloso con me.

Mavor era un combattente, uno che perorava una causa fin quando non ne fosse uscito vincitore, eppure con me aveva gettato la spugna e di conseguenza poteva anche godersi il pugno di mosche che aveva ottenuto.

Affilò gli occhi alla mia risposta piccata e li diresse altrove.

«Cosa ci fai qui?»

Scrollai le spalle nude con l'aria di chi aveva scarso interesse per l'ambiente circostante.

«Mi piace la notte.»

«La notte è piena di insidie, capinera.»

Mi voltai verso di lui incrociando le braccia sotto al mio petto, che mi schizzò verso il collo più strizzato di quanto già non fosse, e il suo sguardo cadde proprio là in mezzo senza farne mistero.

Io reclinai la testa su un lato e lo guardai da sotto le ciglia.

«Infatti dovresti evitare di starmi attorno.»

Dentro la mia testa una vocina di autostima faceva il tifo per me.

Stai andando alla grande.

E stava andando alla grande anche il mio abito da cui Mavor non riusciva a staccare gli occhi di dosso. Farlo soffrire un po' sarebbe stato più che sufficiente, ma il sussulto del petto tradiva una sensazione che difficilmente sarei riuscita a tenere sottochiave.

«Venus, mi stai rendendo le cose veramente difficili.»

«Cose? Quali cose?»

«Quello che mi hai chiesto. L'evitare di starti attorno.»

L'elastico che ci univa si tendeva a dismisura, man mano che si avvicinava un'udienza e che ci obbligavamo a restare lontani. La tensione diventava palpabile, lo schianto sarebbe stato distruttivo.

«Credi di poterlo fare? Credi di poter smettere di... pensare...»

«... che vorrei vederti vestita solo di quel rossetto?»

Mi morsi le labbra e sentii il suo affanno premere sulle mie ossa e sulla mia carne fino a marchiarmi dei suoi segni e di quei lividi che sentii rinascere e sbocciare come fiori in mezzo ai miei seni.

Mentre stavo per ribattere, qualcosa interruppe il filo dei miei pensieri e per poco la flûte di champagne non cadde ai miei piedi.

«Mavor...»

«Preparati, piccola V. Sei pronta all'ultima partita?»

Una voce femminile mi fece accapponare la pelle, mentre il suo sguardo si arrampicava sulla mia pelle come un tocco delicato eppure urgentissimo.

Fu lei ad attirare la mia attenzione, quel tono caldo e provocante da maliarda, squisitamente sensuale e impostato.

Sollevai gli occhi sopra le spalle di Mavor e non compresi cosa stessi osservando, non compresi a quale genere di scena stessi davvero assistendo.

Bonnie era dietro di noi e il suo atteggiamento malizioso era studiato nei minimi dettagli per ottenere una mia reazione.

La vipera dagli occhi allungati e la lingua biforcuta che scrutava, cercava il mio sguardo per assicurarsi che fosse puntato proprio su di lei.

«Esci ancora... con lei? Dopo quello che è accaduto alla festa di Lucky?» sussurrai in direzione del volto di lui, dall'espressione enigmatica e indecifrabile, e poi celai il mio nervosismo abbassando lo sguardo verso le mie scarpe.

«È complicato.»

Risposi con un'indifferente scrollata di spalle che in realtà celava non troppo bene il fatto che dentro stessi ardendo come una miccia imbevuta di combustibile.

Non aveva negato.

Dunque era *lei* che voleva?

Era sempre stata Bonnie?

La ragazza dell'alta società inglese rifugiatasi in un locale di stripper d'alto bordo, scappata da una montagna di soldi e da una vita troppo noiosa?

E Mavor era adrenalina pura.

Schiaffi di sale su graffi sanguinanti.

Ma erano lei, la sua pelle, le sue labbra che avrebbe voluto baciare?

Non più una capinera con l'ala sghemba e il piumaggio arruffato?

«Non è complicato. Sì... o no?»

Non riuscivo a capacitarmi del gioco a cui stesse giocando, un gelido addiaccio mi si aprì nel cuore.

Mi afferrò il polso, lo stritolò nella sua stretta feroce e mi parlò, graffiante.

«Tutto quello che vedrai da questo momento in poi...»

«Mavor, volevi parlarmi?»

Bonnie ci interruppe e Mavor trasalì.

Non ero solita ignorare i richiami della mente ma piuttosto quelli del cuore, e infatti quello che feci fu voler prendere quel pugnale che lui ci aveva infilato dentro e rigirarlo per bene per spremerne il sangue fino all'ultima goccia.

Scappai via da quei due senza darmi il tempo di realizzare e divenni l'ombra di Victor, seguendolo in ogni movimento, a fingere sorrisi di circostanza mentre dentro morivo come una pianta rinsecchita nel deserto.

E non so se fu lo champagne o l'accumulo di tutto quello che era accaduto in quei giorni, ma la stanza cominciò a girarmi attorno quando, guardando tra quelle facce sorridenti, mi accorsi che non c'erano quella di Bonnie e nemmeno quella di Mavor. Un picco di adrenalina misto a panico puro cominciò a scalpitarmi all'altezza del petto.

«Scusami, Victor... Perdonami.»

Presi a correre per il tribunale deserto. Riconobbi il portiere notturno che avevamo evitato qualche tempo prima, e che mi accennò un sorriso stanco di una notte che avrebbe passato come tutte le altre.

Guardai la scalinata di marmo con il cuore che faceva le capriole e un ansimare in crescendo che mi stracciava il respiro.

Non poteva essere... Non poteva averla portata lì, proprio lei, come se non esistesse un'altra ragazza in tutta Londra. Doveva esserci una spiegazione e io non riuscivo davvero ad afferrarla. Mi aggrappai poco convinta alla balaustra e mi feci guidare su per le scale, arrivando di fronte alla biblioteca del tribunale con un peso sul cuore che era un vecchio e oscuro presentimento.

Mi bastò affacciarmi per vederli lì dentro, dritti proprio oltre la porta, contro una colonna in marmo rosso e immersi da un mare di libri alle loro spalle.

Bonnie alzò gli occhi nella mia direzione e il mondo si fermò assieme a tutto il resto. Precipitai di nuovo in quel limbo, mi sentii risucchiata dall'interno.

La mia alessitimia tornò prepotente come un vortice di globuli rossi impazziti di fronte a uno squarcio nella carne: la mia pelle si ispessì e i miei occhi divennero ghiaccio.

La giacca di Mavor addosso al corpo di Bonnie, le sue mani attorno alla vita, e loro due troppo vicini per i miei occhi fin troppo sensibili a quegli effluvi tossici.

«Venus. Vuoi unirti a noi?»

Il tono beffardo di Bonnie mi diede il voltastomaco.

Mavor si girò nella mia direzione e io non ebbi bisogno di vedere altro, ma la linea netta e definita delle sue spalle imponenti mi impediva di scorgere i dettagli di quella scena. La sua espressione si appannò davanti ai miei occhi tremolanti.

Il corpo di lui era stancamente ancorato a quello di lei, che gli carezzava la benda sul polso per risalire fino alla sua mandibola.

Dopo tutto quello che mi aveva detto io morii nel vedere il modo in cui lui la sfiorava, in cui le sussurrava parole suadenti.

Immaginai che la stesse guardando con gli stessi occhi con cui guardava me, e il suo tocco, la sua impronta, i suoi segni erano ancora visibili su di me come forse lo erano su di lei...

In quel momento voltai i tacchi e fuggii, perché forse non ero così coraggiosa come tutti dicevano.

«Venus...»

Sentii Mavor pronunciare il mio nome, una sola volta come un unico rintocco, provocandomi uno spasmo che mi immobilizzò la spina dorsale e poi, l'attimo dopo, mi lasciò andare.

Nessuna scarpetta, nessuna favola, nessun lieto fine avrebbe mai potuto sfiorare due come noi.

Lui era il predatore e io la piccola fiammiferaia che aveva acceso in lui qualche breve momento di fuoco. Il sesso con cui avevamo arginato i nostri segreti non sarebbe riuscito a evitare che straripassero.

Mi misi a correre fuori dal palazzo di giustizia, l'aria dolcemente tiepida intessuta di luce lunare. Passai oltre una fontana accesa e camminai verso il fiume, in abito da sera e tacchi a spillo, con qualche passante che mi lanciava occhiate curiose mentre mi sedevo sul bordo in cemento fasciata in quell'abito principesco.

I miei occhi aridi non tradirono la mia disperazione, ma non mi accorsi nemmeno del respiro che mi aveva seguito e di quel passo deciso che avrei riconosciuto ovunque.

Il viso contrito di Mavor comparve nel riflesso dell'acqua dietro quello delle mie spalle, il mio cuore si tuffò e fece un tonfo nel mio stomaco.

«Cazzo!» berciai annaspando e nascondendo il mio dolore, mi alzai in piedi reggendomi il petto con la mano destra. «Cazzo, lasciami stare!»

Imboccai Ludgate Hill lasciandomi alle spalle la cupola del tribunale penale, avvertendo il profumo di Mavor trascinato dal vento, la sua ombra che mi seguiva proiettata tra i fasci di luce dei lampioni a intermittenza e le saracinesche dei ristoranti che cominciavano a chiudere nell'attesa di un nuovo giorno lavorativo.

«Venus!»

Annaspai ancora, quando la mia schiena finì a schiantarsi contro una di quelle serrande, con Mavor che stringeva la mia vita e mi schiacciava il respiro con il peso del corpo.

«Venus, tutto questo era inevitabile.»

Un quantitativo indefinibile di brividi di vetro mi accapponò l'epidermide. I suoi occhi erano un retaggio d'inferno e nessun dio sarebbe venuto a graziarmi.

«Stammi lontano. Ho chiuso con te. Per sempre. In quella cazzo di biblioteca, proprio lì dovevi portarla?»

«Quello che hai visto... non è quello che pensi.»

«Allora cos'è? Eh? Spiegamelo!» lo sfidai, e ascoltai la sua voce immersa in un'eco leggera, come se il mondo si fosse svuotato.

«Non posso farlo. Io non posso. Il processo sta per finire e io ho bisogno di arrivare alla fine, lo capisci?»

«No! Non lo capisco! Cosa c'entra il processo con quello che stavi facendo con Bonnie?»

«Venus, cazzo, smettila! Non ti devo alcuna spiegazione, eppure sono qui.» Si guardò attorno, le dita serrate attorno al mio polso quasi a spezzarlo, lo sguardo divenuto meno deciso.

«Non vorrai farmi credere che ti senti in colpa? Tu?»

«La mia intera esistenza è mossa dai sensi di colpa. Proprio come la tua.»

Tutto ciò che mi aveva insegnato Mavor era che con lui avevi un piede in una fiaba e l'altro nell'abisso.

«Non posso spiegarti. Non posso *davvero* farlo. Ma tu *devi* fidarti di me.»

Un rintocco da un campanile in lontananza mi risvegliò dall'incantesimo in cui finivo risucchiata ogni singola volta. Guardai la sua bellezza ingrigita da un'ombra e sentii scricchiolarmi tra le ossa un bisogno di resistergli.

«Perché dovrei? Se potessi scegliere tra l'avermi e il distruggermi... tu sceglieresti sempre la vittoria.»

Mavor non negò, la sua mascella si contrasse ferocemente come a trattenere un pensiero e ciò bastò a farmi voltare di nuovo per fuggire attraversando la strada.

In quel momento i miei occhi bruciarono e io giurai a me stessa, ancora una volta, che nessuno mai avrebbe meritato le mie lacrime, e di certo non Mavor Axford. Ancora nemici. Ancora l'uno contro l'altra.

Mi chiesi per quale dannata ragione quel processo fosse così importante per lui, mi chiesi perché proprio Bonnie. Mi sfiorai le labbra pensando alle sue e a quanto mi fossi illusa che potesse volere solo le mie.

Afferrai il mio telefono e realizzai che fosse tardi, troppo tardi per chiamare mia sorella per dirle che ero una stupida ingenua a pensare che si sarebbe risolto tutto, troppo tardi per andare da Lucky che ormai dormiva da troppo tempo, troppo tardi per tornare da *Annabel*, dove non mi sarei mai più sentita al sicuro.

La città mi avvolse con una strana nebbia che scivolava sulle mie ciglia, trascolorò attorno a me e mi stinsi, grondando dai capelli la mia delusione. Allo scoccare dell'ora successiva, stavo vagando in un angolo di parco umido con i piedi scalzi e le scarpe in mano, quando lo schermo del telefono si illuminò.

Non ricevevo messaggi anonimi da quando qualcuno aveva voluto avvertirmi del pericolo a casa di Nolan.

Mi guardai attorno con la netta sensazione di essere osservata da qualcuno, di essere tenuta sotto controllo, e abbassai lo sguardo sul display sentendomi accerchiata da occhi che non riuscivo a vedere.

Era lo stesso mittente senza numero, una maschera di cera senza volto che mi fissava in mezzo a una folla d'indifferenza.

Notai che il telefono, che prendeva la linea a tratti, ci stava mettendo un po' a scaricare il contenuto del messaggio.

Perché quello non era come tutti gli altri che mi aveva mandato: qualcuno voleva mostrarmi un disegno di cui ero all'oscuro.

E un'immagine divenne limpida sotto i miei occhi sgranati, illuminati dalla luce artificiale dello schermo, e io mi sentii un faro puntato addosso, una scure pendente sulla testa come una lama da ghigliottina.

Mi guardai attorno e mi sentii pedinata, tornai a concentrarmi su quel messaggio chiedendomi cosa stesse cercando di dirmi.

Era una foto, una *mia* foto.

Una polaroid di me che sorridevo guardando oltre l'obiettivo, in bianco e nero, un ricordo di qualche vita fa.

Sotto il mio sorriso un po' sfuggente e il mio volto rilassato, una didascalia riferita a me scritta con un pennarello indelebile, come se avessi un bersaglio puntato in fronte.

È lei la ragazza.

DEVIANT – SPECCHI DI VENERE
NON FINISCE QUI...

IN ATTESA DEL VOLUME FINALE,
LEGGI IN ESCLUSIVA IL CAPITOLO 16
DAL PUNTO DI VISTA DI MAVOR IN RUSSIA.

Prima parte

«Guai a chi avrà amato solo corpi, forme, apparenze.
La morte gli toglierà tutto.
Cercate di amare le anime. Le ritroverete.»
V. Hugo

Mavor

Mosca rabbrividiva fuori della finestra, sotto una coltre di brina e neve. In lontananza baluginava una spolverata di stelle appannate dai fumi delle fabbriche, in un paesaggio bello e inospitale che probabilmente sentivo più mio di quello inglese.

Il pentimento di essere rimasto qui da solo mi pesava sulle spalle a ogni passo che facevo, ma era evidente che quando lei mi incendiava la pelle, quando dovevo placare la tempesta che lei scatenava, mi si annebbiava la ragione e io mi trovavo disposto a fare cose che per logica non avrei accettato mai. Nemmeno per tutto il potere del mondo.

In fondo tutti siamo ossessionati da qualcosa, continuavo a ripetermi che non c'era niente di male ad avere un pensiero assillante che ti batteva nel petto come un martello pneumatico, mentre giocherellavo con l'accendino nella tasca del cappotto.

Mi avvicinai al bancone e benedissi quella vodka troppo forte, l'unica ancora capace di farmi girare la testa.

«Adesso possiamo finalmente parlare in pace. Stavolta sei venuto a cercarmi tu. Come mai?»

Rimani concentrato. Non ti puoi fidare di nessuno, ma da qualche parte devi pur iniziare.

Eppure una vocina continuava a martellarmi in testa e a dirmi che avrei dovuto cavarmela da solo come avevo sempre fatto.

Il profumo di quella ragazza svolazzava tra i capelli color oro come minuscole particelle tentatrici, ma qualcosa nella mia mente non scattava, e forse il meccanismo inceppato era l'istinto che avrebbe dovuto infiammarmi il cervello per arrivare dritto nei miei pantaloni.

In fondo avevo sofferto di dipendenza sessuale o ipersessualità, o almeno così dicevano i medici.

«Ho alcune domande, per concludere la nostra chiacchierata. Conduce una vita sessualmente promiscua?»

Detestavo le domande sulla mia vita, lo guardai in cagnesco chiedendomi per l'ennesima volta perché mi trovassi in quello studio medico.

«Sì.»

«Ha rapporti con prostitute o esercita prostituzione personale?»

«La prima.» Colpo di tosse, il mio.

«Quanto spesso?»

«Quasi ogni giorno.»

«Ha continue fantasie sessuali?»

Allungai un sospiro, sentendomi una bestia da laboratorio mentre il medico scrutava tutti i miei movimenti. «Sì.»

«Masturbazione compulsiva?»

«Intende da solo o con altri?»

L'uomo, seduto di fronte a me, mi guardò male, anzi, malissimo, con talmente tanta ferocia che se non avessi voluto spaccargli il naso avrei riso per quella situazione tragicomica. Dovevo averlo sconvolto con i miei racconti.

«Esibizionismo?»

«Beh...» Mi sistemai a sedere sulla sedia perché stavo cominciando ad agitarmi. «Sì.»

«Voyeurismo?»

Gli specchi parlavano al posto mio.

«Mh-mh.»

«Pratiche di tipo sadomasochistico?»

«Direi proprio di sì.»

«È dipendente da materiali a carattere pornografico?»

«Oh, avanti, dottore. Chi non lo ama, quello?»

Ancora uno sguardo di puro sdegno. Avrei dovuto portare quel distinto signore sulla sessantina a divertirsi un po' assieme a me, prima o poi, perché la vita è breve e non è bello sprecarla a fare i bigotti rompicoglioni.

«Lo prendo come un sì. Ho un'ultima domanda.»

Cazzo, ancora? Ho un aereo da prendere per la mia prima udienza all'estero. E sono qui a sprecare il mio tempo con gli strizzacervelli.

«Ha mai sofferto di ipersessualità all'interno di una relazione stabile in misura tale da averla squilibrata?»

Distolsi lo sguardo, spazientito da quella situazione a cui mi aveva costretto mio padre dopo l'ennesima cliente trovata sotto la scrivania, come se non avessi imparato da lui il buon esempio.

«Non comprendo bene la domanda. Relazione stabile, dice?»

«Avrà avuto una relazione stabile nella sua vita. Ha venticinque anni. Una fidanzata, un fidanzato?»

«Non direi. Forse una cosa del genere, tempo fa.»

«Durante questa relazione è rimasto monogamo?»

«Monogamo? Io?»

Mi sentii quasi offeso da quell'insinuazione, ma il medico sollevò il sopracciglio ancora una volta scrutandomi con un giudizio severo.

La diagnosi era schiacciante, la esprimevano i suoi stessi occhi inespressivi ma eloquenti e io non avevo bisogno di leggere alcun referto. Sospirò più volte e borbottò tra sé e sé, controllando le carte e facendomi sentire un vero e proprio caso senza speranza.

Nessuna ragazza avrebbe mai potuto farmi cambiare, e io stavo davvero per mandarlo a quel paese. Al mio male non esisteva cura, potevo solo lenirlo con incontri che duravano quanto un'eclissi.

«Mi parli di questa specie di relazione che ha avuto.»

«Non c'è niente da dire, dottore. Proprio niente.»

Tornai con la mente al presente, nella stessa sala d'attesa dell'albergo che dominava la Piazza Rossa in cui avevo bevuto con Venus Kelley qualche giorno prima. Il suo ologramma mi girava in testa come se fosse la proiezione di tutti i miei torbidi intenti.

Mi ero appena scrollato il cappotto dalla neve, la ragazza che mi stava aspettando aveva le gambe nude accavallate e altissimi tacchi gioiello con cui avrebbe voluto portarmi nella stanza al piano di sopra, per farsi scopare con quelli addosso.

«Penso che tu possa aiutarmi», le dissi, ripensando a quella conversazione avvincente con il mio medico di qualche anno prima in cui mi ero riferito proprio a lei.

Raissa Ivanova scosse la testa, si morse il labbro inferiore coperto da un sottile strato di rossetto color corallo, seducendomi con ogni poro del suo corpo.

«Anzi, penso che tu me lo deva.»

«Io non devo niente a nessuno. Sei tu che mi hai lasciata senza spiegazioni, sparendo all'improvviso.»

Era più bella di come la ricordassi, da far girare la testa, e parlava in inglese con un forte accento che non sembrava voler stemperare, da quando Venus era andata via: aveva smesso di parlare russo e si sfiorava il labbro inferiore ossessivamente, con le unghie smaltate di rosso carminio.

Non potevo negare una certa voglia latente di portarmela a letto per dimostrare a me stesso che le parole che avevo detto a Venus prima di partire le pensavo sul serio. Ma dovevo sforzarmi per concentrarmi sulla sua scollatura e l'attimo dopo quel pensiero si era già disciolto nel camino acceso che scoppiettava dietro di noi.

«Eravamo solo due ragazzini. Ero appena tornato da Bali. Ero arrabbiato con il mondo.»

«Come se adesso fossi un agnellino.»

Mi accesi una sigaretta sperando che scattasse l'allarme antincendio e che mi si aprisse una via di fuga, ma poi decisi che dovevo scoprire le carte. Una mossa che detestavo, qualsiasi partita io stessi giocando.

«Devo ritrovare una ragazza. E ho come l'impressione che tu possa sapere qualcosa di dove si trovi.»

Raissa lavorava con le escort, in realtà me ne aveva fornite tantissime da quando ci eravamo conosciuti.

Osservò la foto sul cellulare, poi prese a scrutarmi con sguardo ingegnoso e incuriosito, guardandomi la punta del naso fino a discendere sulle mie labbra.

«Mh, sì. Credo proprio di aver capito. Non ci sono tante inglesi appariscenti che fuggono da un locale per soli uomini e se ne vanno in giro per Mosca aspettando un colpo di pistola alla testa.»

Girò l'oliva nel vermouth con la stessa nonchalance di chi sta parlando dell'ultimo paio di scarpe che ha acquistato.

«Ho saputo che tu e il detective l'avete trovata. Se ve la siete lasciata sfuggire non è un problema mio.»

«D'accordo.» Tirai fuori dal taschino interno della giacca un libretto degli assegni. «Quanto vuoi?»

Una prostituta di alto bordo simpatica quanto stupida, questo per me era sempre stata Raissa. Per quanto ti gettasse negli occhi la propria classe restava una ragazza che gestiva un bordello di lusso, una di quelle arpie travestite da sirene disposte a tutto pur di ottenere prestigio.

«Mavor, non ho bisogno di soldi! Stavolta giochiamo secondo le mie regole.»

Sbuffai rumorosamente, perché la pazienza non rientrava tra le mie migliori qualità.

«Avanti, allora. Sentiamo. Non amo le ragazze che fanno le preziose.»

«Tra tre giorni ci sarà una festa a casa di mio padre.»

Il padre di Raissa era un ricco miliardario che aveva fatto un sacco di soldi con il traffico di armi. Alzai gli occhi al cielo e nascosi sotto le palpebre l'impeto di rispondere male. Dovevo giocare d'astuzia, la vita era solo un'infinita partita a poker.

«Non vorrai mica che partecipi a una festa dagli Ivanov?»

Allungò lo sguardo da sotto le ciglia lunghissime, sbattendole con aria sbarazzina come se volesse farmi capitolare.

«Quelle cose un tempo ti piacevano parecchio.»

«Scordatelo. È fuori discussione.»

«Stai cercando di aiutare quella ragazza? Quella bambolina mora con gli occhi da cerbiatta?»

«Non la conosci affatto.»

Erano rare le volte in cui Venus mi era apparsa un cerbiatto impaurito, il più delle volte era incazzata col mondo quanto e più di me.

«Ma conosco te. E Mavor Axford che conosco io pensa solo a se stesso.»

Donne. Erano sempre le peggiori nemiche di loro stesse.

Percepii un insano livello di gelosia nelle sue parole, nonostante io non fossi più suo da tanti anni e probabilmente quello che non aveva mai capito è che non lo ero mai stato.

Mentre stavo con lei mi ero scopato anche sua madre, forse era arrivato il momento che lei lo sapesse.

Ma ormai era acqua passata, supposi.

«Se devi farti gli affari miei, vorrà dire che me la caverò da solo. E tu sai che l'ho sempre fatto.»

Chiusi la conversazione con la fronte aggrottata, lasciai i soldi per il drink, girai i tacchi e feci per andarmene. Raissa mi bloccò con una mano al cui polso scintillavano bracciali d'oro che avevano tutta l'aria di pesare più di lei.

«Dammi qualche ora. Ci penserò su. Deciderò se aiutarti o meno, ma sappi che non avrai nulla senza che io ottenga qualcosa in cambio.»

«Non iniziare proprio adesso a fare la preziosa.»

Sospirò, perché le stavo carezzando il braccio e lei si fece più docile. Le sue gambe da supermodella tremarono al mio sfioramento, dovette indurire la muscolatura per serrarle contro la sua volontà.

«Ne parleremo in un posto meno affollato.»

Mi scrisse l'indirizzo di casa sua su un bigliettino di carta, come se in quell'hotel non fossimo soli come sembravamo e anche i muri ci stessero ascoltando.

Cazzate.

Voleva una sola cosa da me.

Il mio rimpianto per essermi davvero andato a ficcare in questa faccenda aumentava col passare delle ore, ma ormai ero in ballo. Avrei rinfacciato questa faccenda a Nolan per il resto della sua esistenza.

Mi recai a quell'indirizzo il giorno dopo, con la faccia congelata immersa nel colletto del cappotto di lana: Raissa viveva in un attico di lusso a Moscow City, l'area più moderna della città, una zona in rapido sviluppo che mutava pelle come un camaleonte ogni volta che tornavo dalle sue parti.

La sua casa aveva una vista mozzafiato sulla zona di Tverskaya, lei era agghindata con due chandelier alle orecchie e un tailleur in bouclé color azzurro pastello come se avesse dovuto ricevere il Primo Ministro. O andarci a letto, perché scommettevo che sotto quello strato di tweed indossasse una biancheria da capogiro.

«Hai trovato quella ragazza?»

Non badai a convenevoli: mi fiondai sul bicchiere di Macallan che aveva aperto apposta per me e ne buttai giù due sorsate ristoratrici.

«Ho dello champagne...»

«L'hai trovata, sì o no?»

«Beh... sì, direi di sì.» Fece una piccola pausa a effetto, sollevò il mento per guardarmi negli occhi. «Ma se vuoi davvero che io ti aiuti, devi diventare uno di noi. Altrimenti non farò passare dei bei momenti a quella ragazza che stai cercando.»

Ero abbastanza sobrio da capire che mi stava minacciando, e che avrei dovuto cambiare strategia all'istante.

«Che cosa vuoi?» ringhiai senza nemmeno guardarla in faccia.

«Avanti, Mavor, è così facile da capire. La tua amichetta lo ha capito subito.»

Diventò ancora più sinuosa, più cercavo di allontanarmi da lei e più mi accorgevo che mi stava obbligando a retrocedere fino a farmi finire seduto sul divano.

«Quell'aria ingessata che hai quando sei nervoso, le lunghe ciglia che tremano di rabbia sugli occhi chiari... le tue bretelle.» Le sfiorò percorrendo quella alla mia destra dal basso verso l'alto. «Continui a legarci le ragazze?»

Solo una.

Perché lei non lo fa per compiacere me. Lo fa perché le piace sul serio.

Stava andando in ebollizione, e io sapevo quali corde far vibrare per farla zampillare come un vulcano in eruzione.

«Vuoi davvero saperlo?»

«Il lupo non perde il vizio», rispose ammaliata, per quanto potesse fingere indifferenza pendeva totalmente dalle mie labbra. «E in questo caso nemmeno il pelo.»

Mi sfiorò l'addome accavallando la gamba sopra la mia, si avvicinò ancora, percorse con il dorso della mano la mia mascella sbarbata nel momento in cui avevo compreso cosa volesse.

«E io che speravo di dover uccidere qualcuno. Per te», ironizzai a denti stretti, perché altrimenti avrei dovuto farle notare la sua totale mancanza di dignità nel chiedermi del sesso pensando di tenermi in pugno con un misero favore.

«Non sei mai stato il sicario di nessuno.»

«E invece tu vuoi solo una notte con me?»

«Avanti, mi vedi così disperata? *Ya khochu gorazdo bol'she, chem odna noch'.*»

Voleva molto di più di una notte ma io avrei potuto concederle al massimo un'ora del mio tempo. La conoscevo abbastanza bene da sapere che mi sarebbe bastato davvero poco per convincerla a dirmi qualsiasi cosa, e a darmi tutto quello che desideravo.

«Se accetto, mi aiuterai?»

«Mh-mh.» Scosse la testa in cenno negativo, poi si alzò in piedi e si mise a camminare avanti e indietro per un grande salone arredato in pellami scuri, con talmente tanto oro da darmi alla testa. «Non pensare di fregarmi un'altra volta. L'ultima mi hai praticamente scambiata per una mano di poker come se fossi una merce di scambio. Mi hai piantata in asso e non sei più tornato, non ti sei degnato nemmeno di mandare un messaggio. Come ha detto la tua amica? *Maschilista*?»

Alzai gli occhi al cielo, perché gli epiteti che mi affibbiava Venus erano davvero tanti e io non avevo davvero voglia di avere a che fare con un'altra sadica che avrebbe voluto vedermi strisciare.

«Stronzo, arrogante, pervertito... hai l'imbarazzo della scelta.»

Diventò seria, non aveva più voglia di scherzare mentre si accorgeva che posavo gli occhi ovunque in quella porzione di sala, persino sul cagnetto ringhiante a cui avevo rubato spazio sul divano, tranne che su di lei.

«Stavolta dovrai portare a termine quello che hai iniziato molti anni fa, Mavor.»

«Di cosa stai parlando?»

«Lo sai benissimo.» Si sedette sulle mie ginocchia e si avvicinò al mio orecchio, lo sfiorò con le labbra mentre io dissimulavo la mia noia. «Indossa uno smoking, e preparati a toglierlo.»

«È una vecchia storia, la nostra.»

Mi alzai in piedi anche io, per sovrastarla, nonostante fosse altissima la staccavo comunque di una decina di centimetri.

Giocai con i bottoni della sua camicetta in seta, incrociando i suoi occhi con un sorrisetto sghembo. «Pensavo fossimo amici. E invece appena puoi chiedermi qualcosa...»

«Amici! Tu sei il più grande approfittatore e manipolatore che abbia mai conosciuto.» Era visibilmente irritata dalla propria innegabile eccitazione.

Sapevo bene che parecchie donne mi detestavano, in giro per il mondo, non mi ero comportato sempre come un perfetto gentleman. Eppure, tornavano sempre a chiedere tutte la stessa cosa.

«Cosa vuoi da me?»

«Farò in modo che nessuno si faccia male, che la tua amica torni a casa sana e salva. E che la tua *principessina* torni sul palco a esibirsi. Senza di te.»

La gelosia galoppava sul suo volto dall'incarnato perfetto. Se non mi avesse visto con Venus nella hall di quell'albergo, tutto questo desiderio nei miei confronti non sarebbe scattato. E invece stava marcendo dentro all'idea che io avessi guardato un'altra.

«Sto cominciando a irritarmi sul serio.»

Il fervore che avrebbe dovuto scattarmi in mezzo alle gambe mi schizzava in testa, uno scatto di rabbia furiosa mi accecò lo sguardo iniettandomelo di sangue, e lei mi rispose con la stessa tempesta furiosa negli occhi.

«Sei proprio uno stronzo. Eppure una volta pensavo che io e te potessimo avere un futuro.»

Scoparmi la figlia di un boss rivale non era stata esattamente una delle mie migliori trovate, perché poi farle capire che non mi sarei mai innamorato di lei era stato sfiancante e anche abbastanza pericoloso. Così ero sparito. Non esisteva un modo più rapido per far capire il mio disinteresse.

«Ma adesso c'è quella moretta nei tuoi pensieri, non è così?»

Mi scrutò in fondo alle pupille col suo sguardo di ghiaccio come se avessi Venus incisa da qualche parte in fondo all'anima.

«Smettila di parlare di lei», le intimai a denti stretti, mentre cercavo un contatto visivo e lei ridacchiava osservando il pavimento. «A che razza di gioco stai giocando? È meglio che tu me lo dica.» Le strinsi il polso, poi lasciai la presa.

«*Svad'ba*.»

Schiusi le labbra e spalancai gli occhi, sgonfiandomi come il mastice di una ruota bucata. Ero sicuro di essere sbiancato come uno straccio, o forse ero ingrigito come la neve sporca e mescolata al fango della Piazza Rossa. Sperai di non aver capito come colto da un momentaneo blackout della mia seconda lingua, eppure avevo capito benissimo e la mia lucidità si annebbiò per un attimo.

«Sei impazzita?»

«Un giorno mi hai detto che mi avresti sposata. Ebbene, quel giorno è arrivato», decretò come se non avessi alternative.

Se c'è una cosa che avevo sempre detto di amare delle ragazze russe è che ti saltavano addosso, letteralmente. Le inglesi erano più fredde e distaccate, misteriose e schive. Ma quello superava decisamente il mio limite di ciò che intendevo quando pensavo a una ragazza che fa la prima mossa.

«Avevo vent'anni e le narici sempre imbottite di coca.»

Ero quasi sicuro che mi stesse prendendo in giro. Che volesse tirarmi un pessimo scherzo, allungando gli artigli su di me e sperando che io mi facessi cogliere all'amo.

Ma io ero più furbo. Immensamente più furbo di lei, e chi giocava con me finiva per perdere tutto.

«Vorresti per caso... non onorare i tuoi patti?»

«Non onoro mai i miei patti. E in questi casi non ne esiste nessuno, mi pare.» Mi accesi una sigaretta e cominciai a camminare avanti e indietro con una bramosia di vendetta che mi iniettava le sclere vitree e gonfie di sangue.

«Eppure sei qui a onorare un patto, o sbaglio? Devi riportare la rossa a Londra?»

Sbattei il bicchiere sul tavolo, facendola quasi sussultare.

Ero un amico leale il più delle volte, ma arrivare a sposarmi una pazza scriteriata per salvare il culo alla ragazza momentanea di Nolan mi sembrava un po' eccessivo. Se ne sarebbe trovata un'altra, Londra era piena di rosse procaci con le tette grosse e la lingua più lunga del conto in banca.

Venus mi avrebbe perdonato o dimenticato. In fondo, ancora sospettavo che fosse davvero l'amante di Cadogan. Lei giudicava il mio modo di essere e detestava ogni fibra del mio corpo mentre il suo si faceva possedere dalla mia calda potenza, ingrata e incoerente, ma avrei voluto vederla al posto mio, di fronte a una scelta del genere. Avrei mandato tutto all'aria e sarei tornato alle mie cause a Londra, all'Old Bailey e ai clienti che mi aspettavano come se dalla mia presenza dipendesse la loro vita. Io tenevo in mano i fili del destino di spaventosi patrimoni miliardari, cazzo.

«Chi era quella brunetta? Me lo dirai mai?»

«È stata lei a chiedersi chi fossi tu.»

Venus l'aveva guardata male dal primo momento che l'aveva vista, e la cosa mi rendeva quasi elettrico, furioso, eccitato.

Io e lei non eravamo niente, eppure l'idea che quella psicopatica di Raissa stesse impazzendo di gelosia mi saliva al cervello come una botta di adrenalina.

Venus ti entrava nel sangue nel bene e nel male, e non solo a me. Persino il suo giudizio severo, le sue sopracciglia accigliate, le ciglia tremolanti quando si innervosiva, lo sguardo di ghiaccio e il suo nasino dritto verso l'alto per guardarmi dal suo metro e settanta scarso. Persino tutto quello riusciva a scaldarmi.

Quella piccola stronza.

Questo avevo pensato la prima volta che l'avevo vista, e la seconda, e la terza, e lo pensavo ancora. Eppure la stanga bionda di fronte a me aveva ragione e io ero lì per lei, a prescindere da come me la volessi raccontare.

«Lei si opporrebbe a noi due?»

Se sapesse quello che mi stai chiedendo, ti prenderebbe per i capelli e ti staccherebbe le extension a una a una.

E non perché fosse possessiva, ma perché lei era assetata di qualcosa di cui io, come avvocato, non mi ero mai curato eccessivamente. Il concetto di giustizia.

E non era nemmeno questione di Eva contro Eva, ma a fare certe richieste ci si perdeva la faccia e a volte la vita.

«*Noi due.*»

«Mavor, avanti, pensaci. Un matrimonio di convenienza. Conviene a tutti e due.»

«E io cosa ci guadagno?»

«La prima notte di nozze.»

Mi scappò una risata che suonò più come un ringhio, mentre lei mi sorrideva convinta, perché la conversazione era surreale e io facevo fatica a realizzare. Stava parlando sul serio.

«Mi hai quasi convinto.»

Come se non ne avessi avuto un centinaio, di prime notti con te.

«Guardami negli occhi, Mavor. Non sono seria, sono serissima.»

«Tuo padre che cosa ne pensa?»

«Ovviamente è d'accordo con me, non vede l'ora di avere dalla sua parte l'avvocato di Cadogan... e penso che questo sarebbe il tuo unico modo di uscire vivo da questo Paese.»

Preferirei tornare a Londra in una bara di legno piuttosto che con la fede al dito.

«Stai davvero cercando di incatenarmi, Raissa? Finora non ci è riuscita nessuna.»

Venus era diventata la sua ossessione.

Venus aveva il vizio di diventare ossessione.

E io potevo usare quella gelosia a mio vantaggio, per sedurla.

«La cosa mi eccita», aggiunsi.

Non poteva restare impassibile mentre le mie braccia la cingevano da dietro, lei col suo sadico progetto stampato in testa e la disperata follia che le galoppava dietro agli occhi.

Corrucciava le labbra in avanti come se fosse una bambina, poi tornava algida e indifferente cercando di resistere alle mie carezze che dalle cosce risalivano verso la zona sotto la gonna.

«Perciò dovremmo sposarci per interesse?»

«E su cosa si fondano per te i matrimoni? Vuoi venirmi a parlare di amore, Mavor? Proprio tu?»

«Sì, proprio di quello. O vuoi forse dirmi che non sei innamorata di me?»

La studiavo, la osservavo, la seducevo in ogni minimo movimento che accennavo contro il suo corpo. Lei rispondeva con cinica e spietata freddezza, ma non avrebbe resistito a lungo.

Non voleva i miei soldi, perché ne aveva già abbastanza.

Non voleva potere. Voleva adrenalina, e quella potevo dargliela solo io. E il lignaggio della mia famiglia, il suo aplomb inglese, il mio istinto bestiale: voleva fuggire dal piattume del lusso sfrenato e vivere la vita che desiderava a spese della mia libertà.

E ovviamente, voleva il sesso migliore della sua vita.

«Forse dovresti cominciare a pensare che ti meriti un uomo che ti ami», sussurrai al suo orecchio. Il suo respiro cominciò ad andare in affanno, mentre con le labbra mi avvicinavo al suo collo e le facevo assaggiare l'unica cosa che voleva. Me.

«L'amore è sopravvalutato. Sei stato tu a dirmelo. Com'era? Tutto quello che ami è solo un'altra cosa che perderai.»

Nessun senso di colpa mi scosse realmente, mentre lei tentava di resistermi e mi guardava aspettando una mia reazione alla mia stessa frase.

Sperava che accennassi a Venus Kelley, mentre la mia testa cominciava a roteare come un carosello impazzito.

«È qui che ti piaceva. Tra queste due vertebre, sotto il collo.» Mugugnò qualcosa e capii che l'avevo in pugno e avrei potuto metterla in ginocchio e piegarla alla mia mercé, finché scattò in avanti e si voltò guardandomi in faccia.

«No. Smettila. Stai cercando di...»

«Dammi una sola ragione per cui dovrei sposarti, e io lo farò.»

«Ne ho una che non ti piacerà affatto, Mavor. Pensaci bene.»

Qualcosa mi trattenne, una forza maligna e glaciale che non veniva dall'esterno e nemmeno dall'aria della Siberia che filtrava da uno spiraglio di finestra aperta.

L'agitazione mi inghiottì dall'interno, sentii lo sterno risucchiarmi le viscere e lo stomaco centrifugare come un dannato in un girone infernale.

Un punto debole.

Tutti avevano un prezzo e dei vizi, e io ne avevo avuti tanti, ma non avevo mai avuto un punto debole. Senza debolezze, ero rimasto per anni arido e praticamente inattaccabile.

«Di cosa cazzo stai parlando?» sibilai a denti stretti, scandendo le parole.

«Mettiti lo smoking, alla festa.»

Le scappò una risata un po' troppo sguaiata per il suo sorriso plastificato, ripeté il concetto divertita dalla mia urgenza. Era bella, ma qualcosa di lei mi inquietava e mi ricordava l'occhio vitreo di Regina Storm l'attimo prima di morire accasciata sul pavimento. Una bellezza che sfiorava e precedeva la tragedia.

«Hai una ragione per cui faresti qualsiasi cosa?»

«Dammela tu.»

Qualcosa in me le fece paura prima di parlare, me ne accorsi dal modo in cui posò i tacchi sul pavimento, come per allontanarsi da me nel caso in cui perdessi il controllo delle mie azioni, ma poi assottigliò gli occhi marmati che sibilavano velenosi come se parlassero al posto suo.

«Quella ragazza che era qui con te è Venus Kelley. Quando mi hai detto che tra voi era *proibito* mi sono presa la briga di fare delle indagini, e ho capito tutto. Sono pronta a fare una chiamata al tuo caro cliente anche domani e a dirgli che vi siete fatti questo viaggetto insieme, e che avete dormito nella stessa camera. Che tu lo stai *tradendo*, per lei.»

Sospirai: quello era veramente un classico esemplare di stronza coi fiocchi, e io ero appena finito in un gran casino.

«Charles Cadogan è il nemico numero uno di tuo padre. Si contendono un impero in questo Paese da decenni. Non gli faresti mai un favore.»

«A maggior ragione mi ascolterà.»

Poi, il suo tono cambiò, diventando più remissivo e acquistando una sfumatura amara.

«Era per questo che ti piacevo, eh? Perché sono la figlia del suo rivale? E di conseguenza di tuo padre?»

«Non mi frega nulla di Charles e dei suoi affari. Per lui sono indispensabile.»

«Ma a tuo padre e alla tua famiglia importa eccome. E se Charles ti fa buttare fuori dallo studio, tu perderai tutto. Tutto quello che hai. La tua reputazione, i suoi soldi, il tuo lavoro... tutto per una ragazza, Mavor?»

«Anche se mi sposassi con te mi farebbe buttare fuori dallo studio.»

«Ma potresti diventare molto più potente di lui. Avresti una protezione che i Cadogan non si sognano nemmeno di poterti dare. Saresti da solo, senza dover dividere gli onori con tuo padre.»

La mia mente tornò a vagare su Venus, e ai mille modi in cui quella ragazza poteva essere finita in un pericolo più grande di tutti noi messi assieme.

Ero certo che se il diavolo avesse mai sognato, aveva desiderato proprio lei. Lei era il frutto delle brame di un demonio.

«In caso contrario?»

«In caso contrario... quella ragazza ha un laser puntato sulla fronte. Sarà sola, esposta, indifesa. Mi basta alzare il telefono. Pensa a quanto potresti guadagnarci. Il tuo studio legale avrebbe fondi infiniti. Ma se ti metti contro Charles e contro di noi, beh, finirai con il culo per terra.»

Venus non era mai indifesa, era fiamma viva e scarica elettrica. Ma era cocciuta e imprudente e bugiarda, quello sì.

Strinsi i pugni, mi obbligai a restare immobile e lucido.

«Ho la mia vita, il mio lavoro è a Londra.»

«Ti concedo un anno di tempo per risolvere tutte le tue questioni e tornare qui.»

Mi chiesi se fosse veramente in grado di fare un favore al peggior nemico di suo padre, pur di chiudermi in gabbia. La mia libertà valeva più di qualsiasi altra cosa, oppure no?

«Ho una causa da vincere, e Charles senza di me è spacciato.»

«Lo sai benissimo che non perdonerebbe questo tradimento, a meno che tu non abbia qualcuno a pararti le spalle.»

Due morti che camminano.

Quella frase mi rimbombava in testa da quando l'avevo sentita come un pendolo che scandisce sempre lo stesso secondo.

«È solo questione di tempo. Hai un contratto da firmare, e potrai diventare l'avvocato più potente del continente. Io terrò la bocca cucita e quella ragazzina potrà continuare a fare la sua squallida vita.»

Le mie mani cominciarono a tremare mentre uno strano terrore mi rosicchiava nel cranio come un tarlo carnivoro. Avrei potuto seriamente commettere qualche sciocchezza in quell'istante e non me ne sarei pentito nemmeno per un secondo.

«Vuoi davvero che ti sposi sotto minaccia?»

«Per noi sarebbe l'unione di due dinastie gloriose. Tua madre discendeva dall'ultima zarina di Russia.»

«Non la devi nominare, mia madre.»

«Io avrò ciò che voglio», continuò, «e le tue amiche avranno la protezione che mio padre e gli Ivanov le garantiranno. Contro Cadogan.»

«E vissero tutti felici e contenti», sentenziai, ironico, finendo a bere direttamente dalla bottiglia l'ultima sorsata. «Peccato che loro si trovino a Londra e se succede loro qualcosa, mi assicurerò personalmente che tu e il tuo paparino finiate nella Moscova come cibo per pesci.»

Mi sorrise ancora, svelando tutta la sua malizia.

«Come ti agiti, quando parli di lei. Sei sexy, con quella vena che pulsa giù per il collo.»

Non sapevo quale perversa dinamica potesse attrarla, ma più mi vedeva fremere e più godeva a rigirare il dito nella piaga.

«Stai sottovalutando quello che possiamo fare per te. Potresti diventare il più grande avvocato di questo immenso Paese.»

«Io devo tornare a Londra. Non ci sono discussioni.»

«Per un anno. Non uno di più.»

Mi venne incontro, perché la mia vicinanza l'aveva resa affamata e ne voleva ancora.

«Lo so che ti sembra una cosa assurda, *moya lyubov'*.»

Si avvicinò a me e tornò a posare le mani sul mio petto, flemmatica, io la strinsi contro di me cingendola tra le braccia.

«Sono sicura che tempo un paio di giorni e ti convincerai.»

La guardai come se impazzissi dalla voglia di lei: ero bramoso di giocare al suo stesso gioco. Le sfide mi accendevano, se c'erano in ballo la mia vita, la mia carriera e la mia intera esistenza diventava tutto ancora più pericolosamente attraente.

Amavo giocare solo quando tutti i giocatori puntavano tutto.

«Non lo è affatto. Trovo che sposarti sia una fantastica idea.»

«Lo farai, allora?»

«Oh, certo. E farò anche moltissime altre cose.»

Deglutì a fatica, mentre le mie mani avevano ripreso a percorrere voracemente il suo corpo. Improvvisamente quella pantera russa si era trasformata in un docile gattino al guinzaglio. Sganciai un paio di bottoni della sua camicetta e presi a carezzarle la pelle, poi scesi più in basso, sotto la gonna, sopra le calze, assicurandomi che i nostri corpi aderissero totalmente. Il suo desiderio cominciò a palpitare furibondo senza che quasi la sfiorassi, e lei si sciolse letteralmente tra le mie braccia anelando ogni singolo mio movimento. Il mio bacino si scontrò contro il suo, quando la schiacciai contro il muro e lei cominciò a miagolare.

Questa ragazza è in mio potere.

«Chiedimi cosa vuoi in cambio.»

«Oh, Mavor.»

Te lo leggo negli occhi.

«Docile e innocua. Così mi piaci.»

Le sollevai la gonna, le strappai le calze senza il minimo sforzo.

Restai in attesa, schiacciato contro il suo corpo, mentre lei mi chiedeva di più.

«Oddio, Mavor, ti prego.»

«Zitta. Non voglio sentire una parola. Se diventi mia moglie, devi asservire tutti i miei desideri.»

Quando provò a toccarmi, le bloccai le mani e le rimisi al loro posto.

«Inginocchiati.»

La feci voltare, poi la costrinsi a piegarsi sulle ginocchia, la lasciai sul pavimento a desiderare una cosa sola. Le carezzai il viso di porcellana e poi le infilai un pollice in bocca, insinuandomi tra le sue labbra, lei prese a leccarlo senza staccare gli occhi dai miei.

«Così. Brava la mia mogliettina.»

E fu a quel punto, quando la sentivo scalpitare e incendiare di desiderio, che la feci rialzare. Doveva impazzire per me, doveva arrivare oltre il limite. Non avrebbe più desiderato nessun altro nella sua misera esistenza.

Si avventò su di me come se fossi un osso da spolpare, mirando alle mie labbra per afferrarle tra le sue, io la bloccai ancora una volta.

«Cerca di trattenerti. Dovrai aspettare la prima notte di nozze, *sladkaya*», la schernii allontanandola bruscamente.

I miei pensieri brutali che dissimulavo mi confondevano la mente, mentre tornavo a chiedermi cosa avrebbe fatto Venus al posto mio.

Non quel vecchio elfo malefico di Nolan, o i miei amici con le famiglie perfette, né tantomeno mio padre o quel vecchio pervertito di mio nonno.

Lei.

Io e Venus eravamo fatti della stessa sostanza degli incubi, un viluppo di orgoglio e testardaggine diluiti in un mare di sogni infranti, e quando sarei tornato a Londra non avrei potuto più guardarla in faccia e dirle di smetterla di mettersi nei casini, perché i miei erano immensamente più grandi dei suoi.

Tu non sei un corpo fasciato di lustrini e autoreggenti in latex.

Tu non sei una perizia psichiatrica, e nemmeno un milione di lacrime incastrate in fondo alla gola.

Non sei quello che gli altri pensano che tu sia.

Tu sei quello che vedo solo io.

Mi eccitai furiosamente, e la ragazza che avevo quasi dimenticato che tenevo aderente a me notò compiaciuta la mia erezione dolorosa. Ormai ero diventato un cazzo di professionista della simulazione.

Guardai Raissa che ebbe il coraggio di sorridermi, ma in fondo l'avevo voluto io, un motivo valido per allontanarmi dai miei desideri.

«Andrà tutto bene», continuava a sussurrarmi come se tra le mie braccia avesse trovato la sua isola, mentre io pensavo a cosa avrebbe comportato per me compiere quel passo. La gloria, sicuramente.

«Ma certo, *sladkaya*. Saremo felici. E io sarò il più grande avvocato di questo Paese.»

E cosa avrebbe comportato per Venus se io non lo avessi fatto.

Seconda parte

Mavor

Due giorni dopo

VINCERE quella causa e tornare in Russia dove nessuno avrebbe potuto distogliermi dalle mie ambizioni era il mio pensiero assillante, pesante come un macigno, stridente come unghie sulla lavagna eppure totalmente sensato. Sicuramente non avevo mai pensato di sposarmi per amore.

Quadrava tutto in quel piano perfettamente studiato, a parte un piccolo, minimo, infinitesimale dettaglio...

Non so quanto mi fossi ubriacato da quando ero a Mosca, tanto da non arrivare più a distinguere il giorno dalla notte. Non ero sicuro di aver dormito tutte le notti precedenti, mi ero semplicemente anestetizzato.

Reso insensibile da non riuscire a comprendere la gravità di ciò che stavo facendo, mi buttai sotto la doccia, maledicendo il giorno in cui tutto era iniziato.

Di tornare a casa mia non se ne parlava proprio: la villa appena fuori Mosca sarebbe stata gelida, abbandonata da anni al suo decadimento mentre i fantasmi più rumorosi a volte erano quelli che mi affollavano la mente. Di dormire nella stanza in cui ero stato con Venus ancora meno, perché il suo profumo sarebbe stato molto più disturbante di qualsiasi presenza o ricordo.

Ero finito nel primo hotel che mi era capitato a tiro dopo aver vagato per la città come una bestia ferita, un bugigattolo per prostitute con le pareti di polistirolo e la doccia ammuffita. Mi trovavo bene, ai margini delle città imponenti.

Il suono dei miei passi sovrastava quello dei miei errori, quando a fine giornata mi ero incamminato verso quel luogo sapendo già perfettamente cosa aspettarmi, fasciato in uno smoking di Tom Ford monopetto di velluto e satin. Il mio aspetto era impeccabile.

Un'auto blu mi accompagnò verso la Rubljovka, il sobborgo di Mosca dove vivevano i miliardari e i pezzi grossi del Paese, barricati dietro le loro gigantesche mura tipo fortezza blindata, controllate ventiquattro ore su ventiquattro, trincerati nelle loro enormi gabbie dorate.

La sontuosità di quella residenza mi accecò non appena ne varcai la soglia, perché non la ricordavo così ridondante di opulenza oscura. Mi guardai intorno, vagai tra le stanze cercando solo qualcosa che contribuisse a mantenermi in uno stato quasi incosciente, le persone attorno a me erano nient'altro che specchi che riflettevano la mia apparente lucidità, la luce soffusa filtrava attraverso i miei occhi non mostrandomi nient'altro che ombre.

Io e Venus non siamo altro che estranei che mescolano liquidi, che si incontrano, che si scontrano l'uno dentro l'altra e mai in un letto, ogni singola volta.

Perché dovrei fare qualcosa per lei?

Io lo faccio per me.

Fanculo.

Lei è partita, starà sculettando su un palco fasciata di cinghie come al suo solito e io sto salvando il culo anche a lei perché non riusciamo a starci lontani.

E sono solo contro il mondo che ci vuole morti entrambi.

E questo è l'unico modo per salvare tutta la baracca da cui posso trarre un reale vantaggio.

Ma non riesco a togliermela dalla testa, ogni venatura sul marmo bianco nella mia mente diventa la sua pelle sotto le soffici increspature dei suoi baby-doll di seta.

Vorrei diventare l'unico che la sfiora pur sapendo che quel pensiero finirà per disintegrarmi.

Eppure...

Mi bloccai d'istinto mentre vagavo tra i miei pensieri da sbronzo, perché dietro di me una ragazza bionda mi seguiva a ogni passo: me ne accorsi dopo solo due svolte di corridoi. Quando svoltai per la terza volta, mi girai di scatto e la bloccai contro il muro, tenendola ferma con la mano stretta al collo senza stringere al punto che non riuscisse a parlare.

«Cosa vuoi da me, eh? Stai cercando di derubarmi?»

Doveva essere abituata a quel tipo di atteggiamento, perché non batté ciglio e rimase impassibile, ma continuò a scrutare i miei lineamenti come stupita dalla mia presenza.

«Tu sei Mavor Axford, l'avvocato di Charles Cadogan. Cosa diavolo ci fai qui?»

Rimasi spiazzato, perché non sapevo che il mio volto fosse così noto anche in quel posto. Potevo spiegarle che avrei sposato la figlia di Ivanov, ma non mi fidavo nemmeno della mia ombra. Non avevo ancora incontrato quell'adorabile stronza della mia futura moglie e avrei voluto farlo il più tardi possibile.

«Sei inglese?»

«Di Londra.»

La mia mente si schiarì a quella risposta, strizzai gli occhi mentre il naso mi bruciava ma distinguevo quell'accento tipicamente inglese, avrei detto quasi il cockney, lo stesso che avevo sentito su tante altre persone.

«Ci conosciamo?»

«Qualcuno a Londra non conosce Mavor Axford?»

Era stata brava ad aver giocato la carta del mio infinito narcisismo, e io mollai la presa contro di lei. Si abbassò la maschera quel tanto che bastava per mostrarmi i suoi lineamenti delicati e decisamente familiari, le leggere lentiggini sul naso sottile e dritto, le labbra carnose su denti bianchissimi: la riconobbi praticamente all'istante, con i suoi occhi allungati da gatta quasi a mandorla.

«Sei... Sei quella ragazza che lavorava da *Annabel*. Eclipse.»

«Preferisco Madeleine, ora.»

Mi ricordavo molto bene che partecipava alle feste di Cadogan, era una delle più assidue, instancabili lavoratrici notturne, almeno fino a quando di lei non si erano perse le tracce.

«Cosa ci fai qui?»

«Non so se posso fidarmi di te, *boy*, visto che ti ho trovato qui.»

Non potevamo fidarci l'uno dell'altra, e la sua aria di sufficienza mi faceva restare a distanza. Eppure, una voce nella mia testa mi diceva di non lasciarla andare.

«Hai della roba, con te?» Era l'unica cosa sensata da chiedere a quella ragazza, perché lei aveva tutta l'aria di avere quello che cercavo, e me ne sarebbe servita una quantità infinita per sopportare il resto che sarebbe venuto durante la notte. «Qualcosa di forte.»

«Tu non hai idea.»

Per sposarmi dovevo essere come minimo strafatto da non ricordarmi nemmeno più chi fossi. Ero stato addestrato alla tortura, alle guerre in tribunale più accanite, ai criminali più efferati, ma non a *quello*. Ero sempre stato intollerante alle gabbie dorate, le uniche che mi erano mai piaciute erano le gambe strette attorno al mio bacino.

Ma in fondo era solo uno straccio di contratto. Che importanza avrebbe mai potuto avere, se ne avessi guadagnato più di quanto potessi mai perdere?

La ragazza mi prese per mano, mi trascinò con sé al piano di sopra e io la seguii senza farmi troppe domande. Era mezza nuda, indossava solo biancheria intima e aveva indossato di nuovo la sottile maschera di pizzo sugli occhi.

Finimmo in un piccolo studio ricolmo di libri ammuffiti e se fosse stato solo una manciata di mesi fa, avrei saputo perfettamente come sarebbe andata a finire.

«Siediti qui.»

Non prendevo ordini a quelle feste, e a nessun'altra in realtà: avevo sempre fatto di testa mia. Ma per un attimo, per un istante solo, l'unico pensiero che mi martellò nel petto era quell'orribile e annichilente sensazione di non avere scelta, di essere braccato, io che nel mio ambiente ero il predatore per eccellenza.

L'attimo dopo ero tornato lucido e fiero.

Lei scostò il bordo delle mutandine sul fianco, mi piegai su di lei e tirai su con il naso la polverina bianca che ci aveva piazzato sopra, direttamente dalla sua pelle.

Il braccio mi doleva di un dolore sibillino che si insinuava nelle ossa, la ferita non si era mai rimarginata, lo strinsi tra le mani aspettando che quello che avevo preso facesse effetto.

La ragazza accanto a me rimase a osservarmi come se fosse abituata a fare caso al linguaggio del corpo.

Raissa non sarebbe tornata indietro nemmeno se mi avesse trovato a scoparmi con rabbia una bionda mascherata sul divanetto di una delle stanze di suo padre, anzi, probabilmente si sarebbe unita all'incontro.

Mi chiesi se Ivanov fosse al piano di sotto, che cosa ne pensava di tutto questo. L'avvocato di Cadogan, del suo acerrimo rivale, il figlio del suo socio che sposava sua figlia, la più piccola di sette fratelli. Doveva trovarla una cosa alquanto ironica o disgustosa.

Ma li avrei fatti pentire, tutti quanti.

«Sei qui per la festa, quindi? Sei uno di loro?»

Eclipse sibilò a bassa voce, come per non farsi sentire. I conti non le tornavano, ad avermi trovato in quel luogo.

«Sono qui per un altro motivo. Ma diciamo che ho avuto un contrattempo.»

«Che tipo di contrattempo?»

Avrei voluto che si azzittisse all'istante. Forse avrei dovuto scoparla sul serio, perché era mezza nuda e io non ero nemmeno fatto di legno, ma restavo molto più curioso di sapere per quale motivo si trovasse a Mosca.

Era la ragazza che stava cercando Venus, e questo per me la rendeva fin troppo interessante.

«Questa roba è veramente una bomba.»

Mi salì una tachicardia che rasentava l'attacco di panico, gettai la schiena all'indietro spalmandomi contro il divano, respirai in affanno mentre l'effetto della droga aumentava.

Vidi il corpo di Venus disegnato su quello di quella ragazza e la mia mente si mise a correre rapida tra le sue cosce sinuose. I suoi nei comparvero come costellazioni sulle gambe di un'altra e le mie labbra si seccarono come se fossi disidratato.

«Hai un'erezione?»

«Lascia stare, non sei tu. È la coca.»

Non riuscivo a controllarmi e nemmeno mi preoccupai di nascondermi, mentre lei accennò un sorrisetto divertito, forse compiaciuta immaginando che fosse lei l'oggetto delle mie attenzioni.

«Ah, beh. Gentile.»

Improvvisamente tornai talmente lucido che avrei potuto affrontare un processo di fronte a una giuria maldisposta.

«Prova a dirmi la verità. Cosa ci fai qui, a Mosca?»

Decisi di rimanere sul vago, alla sua ennesima domanda. Ci stavamo annusando per capire se potessimo fidarci l'uno dell'altra.

«Sto cercando una persona. Una ragazza. È la ragazza del mio migliore amico.»

«Oh mio Dio.»

La sua espressione cambiò di botto, sgranò i suoi grandi occhi ricoperti di una mano troppo pesante di trucco nero e mi guardò come se fossi appena atterrato da Marte. Si rizzò a sedere impettita con la schiena dritta e si mise a gesticolare vistosamente agitata.

«Una ragazza con i capelli rossi? Una spogliarellista?»

Sgranai gli occhi anche io assieme a lei, perché era evidente che stessimo parlando della stessa persona.

«Lucky Red.»

«Tu la conosci. Vuoi farle del male?»

«No, veramente. Come ti dicevo, è la ragazza del mio detective.»

Lo avevo sempre saputo che quella rossa mi nascondeva qualcosa, che nascondeva qualcosa a tutti noi. Lo avevo sospettato fin dal primo momento, e avevo provato a convincere Nolan fino a portarlo all'esasperazione. Ovviamente, il coglione cocciuto e innamorato non mi aveva ascoltato.

«La sto cercando anche io. In realtà ho scoperto dove si trova, solo che non posso avvicinarmi a lei.»

Sembrò tranquillizzata dalle mie affermazioni, e decise di aprirsi perché avevo l'impressione che non potesse fidarsi di nessuno, per quella storia.

«Quale sarebbe il rapporto tra te e Lucky Red?»

Abbassò lo sguardo, compresi non le facesse piacere parlarne. Era la stessa espressione di quando mi chiedevano di Venus.

È complicato, avrebbe voluto urlare al mondo che non era giusto che le cose fossero andate in quel modo, e senza che aprisse bocca avevo già capito ciò che voleva dire.

Non ci posso credere.

«Ci lega un passato insieme. Ma non deve saperlo nessuno. Mi sta cercando perché sono sparita da tempo, pensa che qualcuno mi abbia fatto del male o che io sia nei guai, ma io non posso rivelarle chi sono diventata.» Una lunga pausa, e poi ammise ciò di cui sembrava andar fiera. «Lavoro per Charles.»

Era diventata una di loro. Quando lo avrebbe saputo Venus, non l'avrebbe presa affatto bene.

«Mavor... tu devi farla tornare a Londra.»

Il colore dei suoi occhi virò verso il viola profondo e gridò disperazione, come un veleno tossico che le incancreniva lo sguardo.

«Riportarla a Londra è il motivo per cui sono qui», risposi, freddo come un bisturi, e sul suo volto si aprì un'espressione speranzosa.

«Ti prego, Mavor. Devi aiutarla, ci sono troppe persone sulle sue tracce, se continua a cercarmi e dovesse trovarmi... la uccideranno.»

Quindi Lucky era in Russia per cercare quella ragazza: tutta questa storia diventava sempre più assurda, come una spirale in cui vieni risucchiato dalle pareti troppo scivolose per evitare di finire a fondo.

«Ho diversi informatori sulle sue tracce, ma i miei uomini vogliono farle del male, perché smetta di cercarmi. Lucky prenderà domani mattina un treno per Kazan, e ho paura per la sua vita. Ma io non posso andare, perché dovrei dirle perché sono qui, e ho tutta l'intenzione di restare.»

Eclipse aveva fatto la scelta opposta a quella di Venus, non sapevo dire quale delle due fosse la più sconsiderata.

«Stanno cercando di nasconderla per poi continuare a sfruttarla per i loro scopi contro Charles, c'è dietro l'MI6, ma tu devi farla tornare in Inghilterra. Ti prego. Lei è qui per cercare me, io vorrei aiutarla ma...»

«Tu lavori per Charles Cadogan e lei non lo sa. Ho capito», conclusi, definitivo.

«Non lo sa nessuno qui dentro. Altrimenti, lo sai...»

Non avrebbe passato un allegro quarto d'ora, se fosse stata scoperta.

«Cazzo. Che situazione assurda.» Mi tirai indietro dalla fronte i capelli con la mano.

«Non devi dirglielo, Axford. Mi hai sentito? Giurami che non le dirai che lavoro per lui. Penso che mi odierebbe per il resto della sua vita. Dovrò essere io a farlo.»

«Hai fatto una scelta discutibile, sei sparita dalla circolazione, lei adesso sta con un altro. Che cosa ti importa di lei?»

«Non è una bella sensazione essere odiata dalla persona che hai amato.»

Quello era un dardo che bruciò impetuoso traforandomi il petto, come se un piromane avesse appena appiccato il fuoco nel mio stomaco. Ma non credevo che a lei importasse veramente.

«Eppure lavori per Charles e ti sei imbucata a questa festa come talpa.»

Annuì con la testa. «Tengo la situazione sotto controllo, ma se dovessero fare un passo falso... sarei titolata a farne uno anche io.»

Tutto si poteva dire di lei tranne che non avesse un coraggio da vendere, quella ragazza era una spia in casa di criminali e chissà quali altri azioni orribili aveva commesso da quando si trovava in quel luogo.

«Non sei nemmeno armata? È veramente pericoloso essere qui.»

«Ho di molto meglio delle armi. Ho due milligrammi di Fentanyl da iniettare in vena. Letale per qualsiasi essere umano.»

Quella frase mi illuminò con il suo buio inquietante, mentre lei sorrideva compiaciuta del mio stesso stupore. Spalancai gli occhi, perché era una dose da far fuori un orso bruno della steppa, e improvvisamente vidi in quella ragazza la mia chiave di volta.

Mi afferrai il braccio dolorante, perché la ferita ricominciava a bruciarmi come se avessi la pelle perforata da mille aghi.

Avrei affrontato da solo le conseguenze delle mie azioni senza rivelarle ad anima viva.

«Non posso aiutare Lucky. Stanotte devo sposarmi con la figlia di Ivanov», dissi come se fosse una cosa perfettamente normale sposarsi nel bel mezzo di un party esclusivo per gente ricca, annoiata e sessualmente deviata.

Il suo sguardo si tempestò di nubi all'orizzonte.

«Raissa Ivanova?»

«Esatto.»

Mi alzai in piedi, sistemandomi il papillon con aria del tutto indifferente.

«Quindi il tuo contrattempo sarebbe... un matrimonio?»

«È una firma su un foglio. Diciamo che ho tutto da guadagnare.»

«Cosa ci guadagnerai?»

«Una valanga di soldi e potere. E uscirò vivo da questa casa», ironizzai senza accennare ad altre minacce.

«Perché dovresti sposarla?»

«Perché è bellissima. È miliardaria, Ivanov è molto potente, mi offrirebbe delle protezioni sotto tutti i punti di vista. Potrei diventare il più grande avvocato di questo Paese.»

Ero sicuro di essere stato convincente, ma lei mi guardò con un sospetto fortissimo.

«Okay, adesso dimmi il vero motivo. Cos'altro hanno in mano?»

Abbassai lo sguardo anche io senza risponderle, e lei riconobbe nei miei occhi la stessa luce rarefatta che brillava in lontananza poco prima nei suoi. Avevamo un segreto che si somigliava, da preservare sotto la teca di cristallo di tutti i nostri sconsiderati affanni.

«Fanno sempre così. Toccano sempre i tuoi punti deboli. Le persone a cui tieni.»

Inghiottii un boccone amaro difficile da deglutire. Venus e la sua emorragia emotiva: mi aveva sanguinato addosso emozioni che neppure lei sapeva di avere e io non sapevo di desiderare. Più cercavo di proteggerla e più mi sfuggiva dalle mani, la rabbia verso di lei mi inondava eppure non riuscivo a provare disprezzo.

Restai in silenzio, e lei fece lo stesso nell'accogliere quella mia muta confidenza.

«Charles non la prenderà bene, comunque.»

«Charles può andare a farsi fottere, perché è stato lui a iniziare questa guerra infinita.»

A quel punto, la guardai.

Decisi ancora una volta che avrei dovuto rischiare di mostrare le mie carte.

Mi piegai verso di lei, posai le mani sui braccioli della poltrona dove era seduta, incastrandola tra le mie braccia.

«Guardami bene negli occhi. Non sono uno che si fa incastrare.»

«Cosa vuoi dire?»

Il mio sguardo si illuminò di una luce sinistra, la vidi riflessa nei suoi occhi trasparenti.

«Voglio dire che tu, Eclipse... tu potresti essere il *deus ex machina*.»

«Il tuo cosa?»

«Sei o non sei un'alleata di Cadogan?»

«Sono il suo braccio destro e sinistro, a Mosca e in tutto l'Anello d'oro», confermò con una certa fierezza.

«Lavoriamo per lui, eppure io e te vogliamo le stesse cose. Stiamo in bilico sul filo di un doppio gioco. Vuoi che Lucky torni a casa al sicuro?»

Non mi fidavo molto di Eclipse, o come diavolo si chiamava, e non perché lei fosse una ragazza e io un maschilista del cazzo. Anche un po' per quello forse, ma perché chi girava con una dose letale in tasca di una delle droghe più potenti al mondo mi appariva come una che avrebbe potuto fare qualsiasi cosa. E infatti era finita a lavorare per Cadogan a Mosca, gente senza scrupoli, era questo quello che in fondo avevo sempre amato e questo quello che continuavo a essere.

Annuì, e riconobbe in me il vero Mavor Axford machiavellico di cui aveva sentito parlare.

«Già. E tu col cazzo che vuoi sposarti.»

Sorrisi, per un attimo mi chiesi se a una di quelle feste del passato non eravamo finiti fin troppo vicini, perché avevo dei flash che mi riportavano indietro nel tempo. Ma era comunque una vita fa.

«Sei una ragazza sveglia. E se tu vuoi che io salga su quel treno, dovrai aiutarmi stanotte.»

«Puoi dirlo forte. Penso che mi sia appena venuto in mente un piano.»

Mi alzai in piedi per uscire dalla stanza, sistemandomi il papillon e gettando un'occhiata allo specchio, compiacendomi del fatto che alcol e notti insonni non avessero compromesso il mio aspetto ineccepibile.

«Ah e... Mavor. Non preoccuparti. Il tuo bel matrimonio sarà il nostro piccolo segreto.»

Annuii con un cenno del capo al suo occhiolino di scherno, e forse intravidi uno spiraglio di luce in fondo al tunnel. Accennai un sorrisetto soddisfatto, perché non ci fu alcun bisogno di spiegarsi meglio.

In quell'esatto momento, lo schermo del mio telefono si illuminò e un messaggio del gestore telefonico mi informava che le comunicazioni in entrata dal Regno Unito erano a pagamento. Dopo aver accettato di riceverli, comparve la prima scritta sul telefono, l'unica degna di nota in mezzo a un mucchio di spazzatura e di clienti disperati.

Sono preoccupata per te, avvocato.

Venus. Che due ore indietro rispetto al mio fuso orario si divertiva a ricordarmi che avevamo entrambi una predisposizione genetica a finire in un mare di guai.

Mi mancavano anche quelli con lei, cazzo.

Ti sembra che non me ne importi nulla, piccola V?

Poggio il dito sulle tue labbra per farti restare in silenzio, lo faccio anche quando siamo lontani.

Mi senti?

Rimpiangi quella notte in cui mi hai incontrato.

Il rimorso di tutte le volte in cui siamo finiti vicini ti assilla.

Ma non c'è donna che voglio, sottomessa o meno, che non sia tu.

«Lo vedremo, chi si sposerà stanotte.»

Ringraziamenti

Uno dei miei scrittori preferiti diceva: «Gioca la tua partita, non fare resistenza, lascia che tutto segretamente accada». Con questo secondo volume ho voluto ascoltarlo, ho davvero lasciato che le cose accadessero scorrendo tra pagine e fiumi d'inchiostro, e nel terzo ancora di più.

E indovinate un po'?

Mentre scrivevo questa parte ho ricevuto una notizia che avrei dovuto tenervi segreta per diversi mesi a venire: ho realizzato che sarei davvero arrivata sui vostri scaffali, realizzando un sogno che era grande quanto il mio desiderio e quello di tutti voi messi assieme.

E questa storia parla proprio di desiderio.

Certe cose amano scendere silenziose come fiocchi di neve, piccole stelle cadenti taciturne come ogni singola persona che sta leggendo e ha letto questa storia e ci ha creduto quanto e più di me.

La scrittura mi ha fatto tanti regali, anche se tendo a considerare la passione per la scrittura il primo dono fra tutti. Ma quello che per me era davvero inaspettato e che mi ha travolta è stato poter sentire l'amore di una vera e propria community, o grande famiglia, che circonda questa storia, di cui non mi ero resa conto pienamente fin quando non è uscito il primo libro della saga. Il vostro affetto, il vostro entusiasmo trascinante, la vostra pelle d'oca, l'attesa trepidante per il secondo volume è stata la mia gratificazione più emozionante e vi rende il vero fulcro di tutto, ciò che mi porterò dietro anche molto tempo dopo la fine di questa avventura.

Adesso siamo al secondo e penultimo atto di questa favola a tinte dannate, tante cose devono ancora essere svelate e tante resteranno appena sussurrate, starà a voi coglierne le sfumature... ma spero che possiate tornare ogni volta da Venus e Mavor come se fossero una seconda casa, soprattutto dopo il terzo volume che uscirà a breve e che costituirà lo svelamento di tutto ciò che questo amore torbido comporterà per i nostri protagonisti, che si sveleranno in ogni loro aspetto e dovranno affrontare le loro sfide definitive: quelle con loro stessi.

Grazie a voi, lettori, per esservi sempre esposti tantissimo nel farmi capire quando questa storia sia importante per voi, in ogni momento della stesura.

Grazie alla mia migliore amica, perché lei è una di quelle persone che arriva quando la vita decide di farti un regalo.

Grazie alla mia stellina per i quindici anni d'amore che solo lei è riuscita a donarmi, sei una vera parte di me, sei stata al mio fianco in ogni momento di questo romanzo e ti porterò per sempre nel mio cuore.

Voglio ringraziare la mia editor Linda per avermi amorevolmente affiancata e per aver corretto con pazienza e gentilezza oculata i miei errori e tutta la Sperling & Kupfer, assieme al team di Wattpad Studios e in particolare Anita, per avermi accompagnata in questo incredibile processo che è la nascita e lo sviluppo di un libro cartaceo, e per avermi dato piena fiducia in ogni risvolto che questa storia potesse prendere.

Il mio ringraziamento più grande va alla mia famiglia che è sempre venuta incontro alle mie passioni, lasciandomi il mio tempo e il mio spazio, credendo sempre in me con orgoglio e con un appoggio incondizionato, e a mia nonna che ne è la vera colonna portante e che spero non leggerà mai questo libro. Nonna, se sei arrivata fino a qui, posso spiegarti tutto e non è come sembra.

Manca solo un volume per arrivare al finale, ma dobbiamo ancora giocare la nostra partita con l'abisso e se questi volumi erano per gli intrepidi, il terzo sarà per chi non ha davvero paura di sognare, di allungare le mani verso il cielo per cogliere la più remota stella del firmamento, e qualche altro pianeta oscuro di cui non conosce il nome.

Se ci sarete, io sono pronta.

E voi lasciate che le cose, segretamente, accadano.

Certificato PEFC
Questo prodotto è realizzato con materia prima da foreste gestite in maniera sostenibile e da fonti controllate
PEFC
PEFC/18-31-226
www.pefc.it

GRAFICA VENETA
CARBON NEUTRAL

Questo libro è stato fabbricato da Grafica Veneta S.p.A.
con un processo di stampa e rilegatura certificato 100% carbon neutral
in accordo con PAS 2060 BSI

Finito di stampare presso Grafica Veneta S.p.A.
Via Malcanton, 2 – Trebaseleghe (PD)
su carta HOLMEN
con fibra vergine proveniente da foreste sostenibili holmen.com/paper
Printed in Italy